文学ノート＊大江健三郎

工藤庸子

講談社

文学ノート＊大江健三郎

目次

I　敗戦と小説について――大岡昇平×大江健三郎　7

＊このノートのためのノート（一）　9

1　「戦後派」と「穴ぼこ」　13

世界文学は日本文学たりうるか？／「標準語」と「世界言語」

2　ミンドロ島のスタンダール　23

戦地で自分の「遺著」に対面する／「撃つまい」と思っちゃうわけですねえ

3　子供時代に発見した言葉の世界　35

権力を持っていない弱い人間の「話し言葉」の豊かさ／「方言」と「標準語」

4　『芽むしり仔撃ち』――学童疎開と十歳の記憶　45

危険の感覚／対決／後日譚

5　それぞれの八月十五日　59

未来へ向けて回想する／四国の森の少年×仙台の少年／「敗戦」を生きる

6　『俘虜記』――小説という多面体　75

文学的実体としての戦後文学／旧制高校のドストエフスキー／戦後文学に対するアンチテーゼとして／占領下の社会の諷刺

7　『洪水はわが魂に及び』――未来の核戦争と想像的なもの　97

一九六〇年代の核シェルター／「穴ぼこ」と「陥没」について／幼児と未成年者たち／

カーニバルと表現世界の媒体としての子供／「祈り」について／神、神秘の光、反復される言葉／ウィン、ウィン、ウィン、ブオオオッ、ブオオオッ、ウィン、ウィン

8　『レイテ戦記』の終末観的ヴィジョン・黙示録的認識……145

日本の現代人にとっての「全体小説」／戦記の文体を「異化」する／土地に固執する地質学者の素質／「井畑一等兵」の話／丹念に読むこと、そして「特攻」について／レイテ島の土、声、死

Ⅱ　沸騰的なような一九七〇年代――大江健三郎／蓮實重彦……195

＊このノートのためのノート（二）……197

1　肉体＝意識……207

紙を破棄する／ドロドロの国／歯痛と小説のなかの人間

2　表層あるいは主題について……233

眩暈と肉声／テーマ体系×説話技法／数字とその運動

3　政治的なもの／想像的なもの……267

「異議申し立て」は非政治的か？／明治維新百年と二葉亭四迷と中村光夫／エクリチュール・フェミニズム・バシュラール

Ⅲ　神話・歴史・伝承――『万延元年のフットボール』『同時代ゲーム』

Ⅲ　神話・歴史・伝承――『万延元年のフットボール』『同時代ゲーム』……309

＊このノートのためのノート（三）……311

1　『万延元年のフットボール』……321

「本の持つ構造のパースペクティヴ」について／主人公は、曾祖父の弟でしょう／民俗学・維新・文献／四国の森で沖縄を読む／「物語」から「作品」へ／「目次」について

2　『同時代ゲーム』……401

本のなかの本、本のなかの絵／神話的ユニット――新世界を創建する「**壊す人**」／歴史的ユニット――天皇制国家にまつろわぬ者ら／民話的ユニット――子供らと民衆は無名のトリックスター／小説的ユニット――同時代としての戦後／大きい循環をなす始めと終りの、すばらしい再統合

＊しめくくりのノート――女性と大江文学……501

注……512

文学ノート＊大江健三郎

I

敗戦と小説について

――大岡昇平×大江健三郎

＊このノートのためのノート（一）

二〇二二年の春に刊行された『大江健三郎と「晩年の仕事《レイト・ワーク》」』をひきつぐ続・大江論のタイトルは、大江健三郎の『文学ノート　付＝15篇』（新潮社、一九七四年）のもじりであること、「＊このノートのためのノート」という小見出しは、大江の『文学ノート』の冒頭ページのまねであることを、まず書いておきたい。

「大岡昇平×大江健三郎」という構想は、前著の終章から導かれた。終章の立ち位置から大江のいう「戦後の精神」に回帰したいと考え、ただちに『レイテ戦記』を読み始めた。一方で、仕事が一段落したときにはヴァージニア・ウルフを読む習性のあるわたしが『三ギニー』の周到な新訳[1]によって、大いに勇気づけられていたことは確か。原著の刊行は「次の戦争」の不穏な予兆が世界に暗雲のごとく垂れ込めていた一九三八年のことである。

　さる〈教育のある男性〉に〈どうしたら戦争を阻止できるか、お考えを聞かせてくださいますか？〉と丁寧に尋ねられて、もう三年以上が経ってしまったけれど、いったい〈教育のある男性〉が一介の女性に向かい〈どうしたら戦争を阻止できるか、お考えを聞かせてくださいますか？〉などと尋ねたことが、これまで一度だってあったでしょうか、じっさい貴兄のお手紙は人類の通信史上、おそらく例のないもの……　でも、ともかく、返事を書いてみましょう……　と

一見ノンビリした調子で幕が開く。その〈教育のある男性〉に宛てた回答の手紙というかたちで

始まるエッセイだが、ウルフならではのユーモアと軽やかなアイロニーがはじけるような文章で、とても要約はできない。

そう断ってから、要するに、とまとめてしまうなら、たとえ「一ギニー」であろうと寄付なり会費なりを納めて何らかの「協会《ソサイエティ》」に所属することは、あまり自分の考えに馴染まないように思う、という話。なんとなれば、自分の力で自由に考えようとする者は、いっそのこと〈アウトサイダーの会〉のメンバーにでもなればよいのだから——というあたり、大江健三郎の盟友エドワード・W・サイードのいう「亡命者《エグザイル》としての知識人」に似ていなくもないのだが、そうした議論は省き、長い手紙の結論の一文のみ引用。

しかしその結果、貴兄のご質問への答えはこうならねばなりません——戦争を阻止するためのわたしたちの最善の手助けとは、あなたがたの言葉を繰り返し、あなたがたの方法に従うのではなく、新しい言葉を見つけ、新しい方法を創造することとです。(262)

ヴァージニア・ウルフの反戦論の粋《すい》とみなされる名著である。ところで〈しかしその結果、〉という切り返しに先立つ段落では、「貴兄＝教育のある男性」と自分とは〈軍服姿のその男性〉の「写真」を〈悪しきものの姿〉であると考える点では、まったき合意に達していると述べられていた。なるほど『三ギニー』の全体をふりかえってみると、ここで暗に話題にされていると思われる勲章だらけの〈軍服姿〉の「将軍」をはじめとして「王室騎兵隊」や「大学総長」や「裁判官」や「大主教」など、計五枚の写真——いずれ劣らぬ美々しき〈権威としての衣装〉をまとった者たちが「儀式」に臨む写真――が、それぞれ然るべき場所に、ただしキャプション風の解説は一切なく、ページ全体を占める大判で挿入されている。

堂々とした、でも見ようによっては何だか信用できない感じの被写体は、もちろん全員男性であり、「権威」から「権利」⇓「制度」⇓「国家」⇓「戦争」へと、さながら避けがたく内発的に膨張し爆発的に暴力化する宿命に操られているかのような現代世界の政治システムは、ほかならぬあなたがた男性が作りあげたものではございませんか？　というウルフの柔らかな声が、ページとページのあいだから聞こえてくるような……　いえ笑い事ではないのだけれど、それら「国家権力」の表象であるところの「五枚の写真」だけでも、皮肉な視線で、じっくり鑑賞していただきたい――と、これも大江健三郎がノーマン・メイラーに借りた用語をまた借りして「広告」のようにお奨めしておこう。

ところで、この半年近く、黙示録的な戦場の光景が日々公開され続けている黒海沿岸の国の大統領と参謀や市長や将兵が、いつもオリーブ色の半袖クルーネックのTシャツを着て、相対的な正装としては同じくオリーブ色のミリタリーシャツを重ね着し、これに無用な勲章を飾ったり、クリーニングしたシャツに日替わりのネクタイをしめたり、一日一回髭を青々と剃りあげたりするヒマなど全然ない、そんな場合じゃないのだ！　といわんばかりのラフなスタイルで、破壊された都市に身を置いて、痛切なメッセージと動画を世界中に配信しているのは、ウルフ的な意味で正しい。強国ないしは強権国家の「軍服と勲章」は、〈悪しきものの姿〉として「国家権力」を表象するのだが、その暴虐に対し、素肌の延長のようなTシャツを戦う者のサインとして採用した、新しい国民的な感性に――ここは感性の話にとどめるが――わたしは深く共鳴する。

英国で一介の女性が〈どうしたら戦争を阻止できるか、お考えを聞かせてくださいますか？〉と〈教育のある男性〉から意見を求められたのは、「第二次世界大戦」に向けて時代が突き進む「戦前」のことだった。そして「戦後」四半世紀が経過した時点で、大江健三郎は『同時代としての戦後』[2]を次のように書きおこし、新しい「戦前」の予感を語っていた。

> 新しい「戦前」が、重く、制禦《せいぎょ》しがたく、苦しく、時代によって懐胎されていると告げる声がおこっている。しかし、よく「戦後」を記憶し、それをみずからの存在のなかに生かしつづけている者のみが、もっともよく新しい「戦前」を感知するであろう。そして、戦争を、また「軍国」を。

女性解放の先進国とちがって近代日本の女性たちは、作家や物書きであろうとなかろうと、「戦争」一般について意見を求められたという経験を持たない。個人的な戦争体験を女性が力強く語ることはあった。しかし、一般的な意見を述べることと、個人的な体験を物語ることとは別だろう。わたしは「戦後」のあいまいな記憶をかかえたまま生きてきた者として、大岡昇平や大江健三郎を読みながら、一九四五年の「敗戦」を「文学」によりそって考えるということをやってみたい。

二〇二二年七月

1　「戦後派」と「穴ぼこ」

・世界文学は日本文学たりうるか？

まだ二十代の大江健三郎が「ぼく自身のなかの戦争」と題したエッセイで《戦争にたいする恐怖感の強弱の種類》を三つの場合にわけて整理している。[3]

A　戦争において死んでしまった人間
B　戦争体験をもつ人間
C　戦争を現実に体験しなかった人間

一九三五年に四国で生まれ、十歳で敗戦を体験した大江はCであり、Bはいわゆる「戦後派」の作家たち。分類は当たり前ともいえそうだが、まず強調しておきたいのは、大江文学を貫く中心的なテーマのひとつが「戦争を体験しなかった人間」の「戦争にたいする恐怖感」であること。出発点には「第三次世界大戦」の予感に怯えて「自殺」し「発狂」するのは《Cの恐怖心》を持つ「ぼくら」という確信がある。

　半世紀近く経過したのちの、いわゆる「戦後派」についての大江のまとめ――《まず知識人であり、戦争体験を持ち、文学的にはドストエフスキーからシンボリズムを通過した、そして社会主義的なリアリズムの理念を気にかけてもいる人たち》と定義したうえで、野間宏、椎名麟三、武田泰淳の名を挙げる。この「戦後派」の一番最後に、三島由紀夫とほぼ同年の安部公房とがいるというのだが、二人は大江より十歳年上で「学徒出陣」の世代。ただし、それぞれの事情で兵士として戦場に赴くことはなかった。つまり「戦争体験」は「従軍体験」とは限らないのであり、広義の「戦後派文学」は、明治維新以来の日本の近代化が《戦争に突き進んで敗戦する》までの《劇的な時代を意識的に生きた人々の文学》を指す。若い頃の自分は、こうした意味での「戦後派」の正統的な後継者と評価されることには《畏《おそ》れのこもった違和感》を持っていた、とも大江は語っている。[4]

　一九〇九年に東京で生まれた大岡昇平は、一九四四年に召集されてフィリピンのミンドロ島に配属され、翌年八月、レイテ島の俘虜収容所で日本の敗戦を知った。いわゆる「戦後派」の同世代であり、戦争体験の切迫の度合いも匹敵するはずだけれど、大江の見取り図にその名が含まれないのはなぜか？　と一瞬とまどうものの《ドストエフスキーからシンボリズムを通過した、そして社会主義的なリアリズムの理念を気にかけてもいる》という文学的な条件が、とりあえず異なっていることに気づく。ここは「スタンダール！」と作家の名を記載するだけにとどめ、なにゆえわたしにとって「大岡昇平×大江健三郎」という構図が重要なのか、前著（『大江健三郎と

「晩年の仕事《レイト・ワーク》」）で述べたことをふりかえりつつ、前口上としたい。

ノーベル賞の受賞に相前後する出来事である。一九九四年十月十七日、大江健三郎は京都の「国際日本文化研究センター」で「世界文学は日本文学たりうるか？」というタイトルの講演を行った。[5] 受賞者の名が発表されたのは、先立つ十三日。あの年のメディアの昂揚、巷の興奮は尋常ではなかった。一九六八年に川端康成が日本人として初めてノーベル文学賞を受賞したことが感動的な物語として想起され、さらに一九六四年の東京オリンピック開催にさかのぼり、敗戦国・日本の文化的リヴェンジという物語がつむがれて、国家的に顕揚されるという筋書も見え隠れした。文化勲章を辞退した大江への激しい攻撃も、そうした政治的な動きの兆しといえる。じっさいストックホルムでの授賞式に、川端康成は紋付の羽織袴に文化勲章を佩用して臨んだのだが、一九九四年の大江の姿とふるまいには、服装にかぎらず使用言語まで、初代受賞者と一線を画すという意思が明白に示されていた。「あいまい《アムビギュアス》な日本の私」というタイトルの、英語で行われた記念講演が、川端の「美しい日本の私」との差異を際立たせるためのもじりという性格を持つことも、講演のなかではっきり述べられていた。

「世界文学は日本文学たりうるか？」という十七日の京都講演の論題は、濃厚な受賞の可能性と予期される反響を踏まえ、周到に選ばれたものだろう。大江は現代日本における日本文学と世界文学の具体的な関係を《三つのライン》に分割してとらえるという。第一のラインは《日本文学は、世界から孤立している》と考えるもので、谷崎潤一郎、川端康成、三島由紀夫によって代表されるのだが、《このラインは、川端さんがノーベル賞を受けたことで、すでに世界の文学として認められていた》と過去形で、つまり周知の事実として指摘されている。ついで第二のラインは《世界の文学からまなんだ者たちの文学》であり、《世界文学からまなんで、日本文学をつくって、できることならば世界文学に向かってフィードバックしたい》と願っている作家たち。肝心なのは《世界文学が日本文学になった》という方向づけだろうが、大岡昇平や安部公房が導いたこのラインの後尾に「私の文学」がある、と大江は語っている。ちなみに第三のラインは《世界全体のサブカルチュアがひとつになった時代》のティピカルな作家たちを指すとのこと。これを大江は《村上春樹、吉本ばななライン》と名づけて聴衆を笑わせてみたりもする。

というわけで、見かけは屈託のない《三つのライン》という分類だが、「世界文学」という言葉がはらむ微妙かつ重大なズレが、逆照射されてもいるように見える。《第一のライン》では「世界文学」から「日本文学」が截然と分離され、「日本」の独自性が「世界」に認知され、顕揚されもすることが、眼目なのであるらしい。他方で《第三のライン》はどうか？　大江によれば、二十年も前、オクタヴィオ・パスと対話したときに、世界の大都市の《全体をひとつのサブカルチュアがとらえるような時代》が到来している、それは《新しい文学》もつくり出す、と予告されていたという。じっさい一九七〇年代には「グローバリゼーション」という言葉が使われるようになっており、世界的なスケールでの社会・経済・政治・文化の構造的な変容に《第三のライン》の隆盛は結びついている。拡大する一方の経済格差という高い壁に仕切られた世界でも、見たところ平等に行きわたっている「サブカルチュア」のおかげで、地球は平坦になり、風通しがよくなったようにさえ感じられる、ということか……　瞬く間に翻訳できる平易な「標準語」の小説が、ほぼ同時的に世界中で享受・消費されるようにもなった。そのことの、とりあえずは幸福な感覚が、若々しい「世界文学」の誕生というキャッチフレーズを生み、「日本文学が世界文学になった」という幻想――《第二のライン》から見れば、それは端的に幻想である――を生んでいるのではないか？

こんなふうに、売れゆきによって、あるいはノーベル賞の初代受賞によって、世界的に認められた二つのラインの中間に、自分たちはいるのだが、そこは「陥没」している、と大江はユーモアを交えて指摘するのである。そういえば、安部公房の『砂の女』は砂丘の大きな「穴ぼこ」に落ちた人間の物語であり、大江の『万延元年のフットボール』も裏庭に掘られた小さな「穴ぼこ」から始まっている！《それほど被虐的な人》ではない大岡さんの場合、「収容所」がこれに当たるらしい……《ともかく私たちは陥没していた》という述懐の示唆する同時代の感覚とは、いかなるものか？たんに無気力な蟄居というのではないらしい「穴ぼこ」というトポスについては、いずれ考える。

ところで《第二のライン》である《世界の文学からまなんだ者たち》が《世界文学に向かってフィードバックしたい》という願望を語るとき、その射程には、ホメロスの叙事詩からルネサンスを経て近代ヨーロッパの小説、そして欧米と旧植民地、ラテン・アメリカやアジア・アフリカの現代文学までが、おのずと入る。大岡昇平と安部公房は、このダイナミックなフィードバック型の世界文学の展望を担う先達である、と大江健三郎は明言するのである。

・「標準語」と「世界言語」

『わがスタンダール』（講談社文芸文庫、一九八九年）は大岡昇平が生涯に発表した文章のアンソロジーであり、刊行されたのは著者の死の一年後。「著者に代わって読者へ――三つの火」と題した埴谷雄高の短いエッセイが添えられている。スタンダール、トルストイ、大岡昇平の作品で、戦場の天空に立ちのぼる三つの炎には、何かしらつながりつづけるものがあると述べたあと、《そして、その事態には、百年を越えても、文学のみに特有な垂直の精神の貴重な明晰の絶えざる連鎖の端的証明がまぎれもなく存するといわねばならない》と埴谷は結んでいる。この評言もまた「世界文学」の伸びやかな展望の好例といえようが、まずは『わがスタンダール』の本文より。決定的な出会いを、著者自身は、いかに回想しているか？

「『南国太平記』より、おもろいで」という一見ラフな推薦の言葉に誘われて、大岡は『パルムの僧院』を読み、その《天上的な諧調》に開眼したのであるらしい。物語前半の山場のひとつ、美青年のファブリスが恋人マリエッタの情夫に襲われて派手な立ち廻りを演じるくだりについて――「短剣の柄でジレッチに顔をどつかれて、一生醜男になった、と思うと、ほんきでおこりよってな、そいで勝ちよるねん。そいマリエッタて女に、最初にいう言葉は、鏡みせてくれ、や、おもしろいで」。

　昭和四年から七年まで（一九二九年から一九三二年まで）、大岡が京都帝国大学在学中に「先輩」が聞かせてくれたこの話が何となく気にかかり、昭和八年二月に一週間ばかり家にこもって（翻訳はない時代ゆえ）友人に借りた原著を読破して《そのままスタンダールへのめりこんだ》。それまで小林秀雄からランボーを、河上徹太郎にジッドを教わっていたが、当時のスタンダールへの入れ込みようは――《かたわな文学生活》と神妙に反省してみせるほど――まことに一途でひたむきだったのであり、《するとわが生涯の最大の師は、『パルム』を教えてくれた桑原先生ということになる》と大岡昇平は晩年のエッセイで、おおらかに語っている。

直木賞にその名を冠した直木三十五の作風や、評判になっていた新聞連載小説『南国太平記』に馴染みのある人は、いまやごく稀《まれ》かもしれないけれど、それにしても、羨ましいようなスタンダール入門ではないか？　戦後に改組された「京大人文研」で「西洋部」を担うことになる京都の知識人・桑原武夫の文明観を背景に、東京育ちの文学青年が、イタリアの「無垢」で「行動的」な貴族ファブリス・デル・ドンゴとの遭遇を果たしたのである。晩年のエッセイで大岡は、時代小説の「斬込み」の場面とファブリスの「斬合い」の場面に共通する映画的な性格に着目し、活劇風にドラマを要約する。そして「桑原先生」は、主人公の貴族的な心に萌した「こわい」という感情をめぐる「心理」を筋立てて説明し、「おもろい」と形容したと語っている。その「桑原先生」のレクチャーの場面を思い描いて惹き込まれたわたしは、なるほどこれは「おもろいで」が正しい日本語である、とひとり頷いた。すなわち「非・標準語」の豊かさということに、あらためて思い至ったわけなのである。

すぐれた小説家は、登場人物という仕掛けのおかげで複数の言語のなかで思考することができる。大江健三郎の「晩年の仕事《レイト・ワーク》」（ノーベル賞受賞後、二十一世紀に入ってから発表した六つの長篇小説を、こう名指すことにする）の場合、四国の森に住む小説家の母親が、地方的な言い回しと独特の声の抑揚（と想像されるもの）によって「標準語」からの距離と偏差を浮き彫りにする。一方で知的な障害をもつ息子は、模範的というよりは「標準語」の拘束を超えたという意味で「超・標準語」と呼びたくなるような、端正で明快な日本語を口にする。老いた母親と中年の息子はともに社会的には周縁化された人たちであり、それでいて——いやむしろ、それゆえに？　——常人は目にとめることのない大切な真実を静かに解き放つように思われる。
　ここで強調しておきたいのは「標準語」とは、国家に認知され管理された中央の言語であるという事実。先にとりあげた一九九四年十月の講演「世界文学は日本文学たりうるか？」の後半には「世界言語」をめぐっての考察があり、その内容は、理論的ではないけれど示唆に富んでいる。宮澤賢治が《おそらくエスペラントと日本の東北地方の方言を結んだ美しい言葉》を工夫したこと、安部公房が《クレオールをつくり出す言語本能》に興味を持っていたこと、等。真の「文学言語」はつねに「反・標準語」である、と結論するのは、いかにも早計であるけれど……大江の夢見る「世界言語」なるものが、ウェブ上の「高精度翻訳ツール」によって瞬時に処理できるという意味での標準化された言語の対極にあることを、「世界文学」の補論として強く主張しておきたい。小説の言語は、単一ではなく複数的に増殖することによって、中央集権的な「標準語＝国語」の力学に逆らい、平準化の強制に対抗する。
　大岡もまた、中央の言語に対して微妙な距離を置き、複数の言語を探索する作家といえる。「桑原先輩」の録音されていたはずはない関西弁を、誇張しつつ音声として再現するこだわりにも、それがあらわれている。以下は複数的な言語使用をめぐるエピソード。九死に一生を得て戦地から帰還した大岡が、家族の疎開先をやっと探し当て——幽霊ではない証拠に！——《「足ありまっせ」って入っていったですよ》という話し方からも、人となりや日常の「語り」のトーンを推し測ることができる。両親が和歌山で妻が神戸の人だったから、家庭では関西弁だったという。[6]
　一方で、「東京人」としての大岡は、明らかに標準語とは異なる独自の「語り言葉」を持っているのだが、これを生粋の「江戸っ子」弁と早合点してはいけない。理由は単純で、本人の文化的ルーツがそのまま「江戸」の時空に通じているわけではないから。ちなみにわたしの父親は明治四十二年の生まれ、嬉しいことに大岡と同い年なのだが、隅田川の言問橋に何代も居を構えていたという一族の日常語には、江戸の町人文化の匂いがほのかにあった。大岡の場合はどうか？

大正期から昭和前半の東京、それも環状線の内側から隅田川河口にかけての一帯——昔は武家屋敷だったという区画を中心に高級住宅地が広がり、その外側に中流以上の戸建て住宅が立ち並ぶ一帯——に地方出身のエリートも交えた知識人たちの安定した文化圏があった。その洒脱な文化圏の知的な社交言語ではないか、とわたしは考えている。ふと懐かしさが胸にこみ上げるような、この東京言葉を継承して話す人は、すでに九十歳以上の高齢になっており、ほぼ失われてしまった「江戸っ子ぶり」の口語である。

一九五三年に上京した大江健三郎が東京大学フランス文学科で初めて体験したはずの、口語的な言語環境としての「言葉の世界」は、とりわけこの東京言葉によって特徴づけられていた……わたしの記憶は確かにそう告げている。

2　ミンドロ島のスタンダール

・戦地で自分の「遺著」に対面する

株式仲買人の父親がたまたま羽振りの良い時期であり、青年期の大岡昇平に金銭の苦労はなかった。成城高等学校に通っていた頃から、東京帝国大学仏蘭西文学科に在籍する小林秀雄にフランス語の個人指導を受けたりするほどで、羨ましいような知的・都会的な環境だったと推察される。[7] 早くから同人誌に評論を発表していたが、のちに『わがスタンダール』の巻頭を飾ることになる論考「スタンダアル（一七八三—一八四二）」の冒頭部分に「第二次世界大戦を見るために（或いは見ないために）我々は果して自殺を思い止るかどうか」という問いが掲げられている。エピグラフのように引かれたスタンダールの回想には《脳天に一発打ち込みたくなるのを抑へる》ことができたのは《政治的好奇心からだつたらしい》との自殺願望が語られており、それにひっかけたもの。大岡の論考が書かれた一九三六年を歴史年表に位置づけるなら、まさに二・二六事件の年である。先立つ一九三一年には満州事変、三二年には第一次上海事変、五・一五事件。ちなみにドイツでは三三年にヒトラーが政権を獲得。その後三七年には第二次上海事変、日中戦争勃発。四一年に真珠湾攻撃と太平洋戦争勃発、四五年にポツダム宣言受諾……　日本国は急峻な斜面をずれ落ちるように《戦争に突き進んで敗戦する》ことに向って行った。

　スタンダールの主要作品さえわずかしか翻訳されていない時代だったから、『わがスタンダール』に収められた初期のエッセイは、いずれも作家の紹介という趣の短文だが、そうした中でも「スタンダールと小説」「スタンダールと政治」という二つの主題が、いわば拮抗しつつ迫り上ってくるさまが見てとれる。とりわけ一九四四年の日付を持つ「バルザック『スタンダール論』解説」は気迫に充ちたもの。それというのも、これは『スタンダール論』と題した大岡にとっては初めての著訳書の巻末に置かれていた長い「解説」なのである。《自分がやがて戦争に引っぱり出され死ぬだろう》と思っていた著者が、遺著のつもりで書いた文章であり、《自分のスタンダール傾倒の総決算としたい気持》があったと後に述べている（『わがスタンダール』211）。

　黄ばんだ紙にセピア色の斑点が浮いた古書が一冊、いま、わたしの傍らにある。飾り気のないソフトカヴァーの中央に黒々と「スタンダール論」という題字が鎮座して、右上には並んで消えかけた「バルザック」「大岡昇平譯」という赤い文字。小学館発行の日付は「昭和十九年五月二十日」とあるが、戦況も悪化し日々の食糧さえ不足する日本国で、よくぞこんな洒落た本を出版したもの、と不思議な感興をそそられる。どのような構成か、手短に説明すると、まずはバルザックが一八四〇年に発表した「スタンダール論」の翻訳が半分近くを占めている。『パルムの僧院』に話題をしぼった、総じて好意的な論考だが、スタンダールからの返礼と論駁を兼ねた「バルザックへの手紙」が添えられて、その他『パルムの僧院』関連の短い文献が三篇。以上の翻訳につづく長い「解説」は、偉大なるバルザックに批判的に対峙する、若き大岡昇平による「わがスタンダール」の面目躍如……

バルザックが《無名作家を紹介する大家》として書きつづった『スタンダール論』は、フランス文学の研究者なら誰もが知る重要な文献である。ただし、ここではアカデミックな了解はすべて脇へ措き、大岡自身の視点と展望を確認しておきたい。

これは十九世紀前半、知識人が一八四八―五一年の欺瞞と絶望を知らぬ以前、大革命とナポレオンの影の中に育って、彼等が宮廷から地方の細民に到る全社会を自己の知性の射程内に感じ得た時代の二人の巨人であった。一人はナポレオンが剣で行ったものをペンで行うと称し、戸籍簿と競争して本の中に社会を建設する為に、ジャーナリスムの泥土の裡に自己の生命を消し尽して顧みなかった。一人は衣食の為に凡庸な政府に仕えつつ、知己を十年百年の後に俟って、繰返し強力な個人が幸福を追求して偽善者の充満する社会を跋渉《ばっしょう》する跡を追って倦《う》まなかった。一八四〇年彼等が共にその活動の頂点にあった頃、『パルムの僧院』を契機としてパリとチヴィタ・ヴェッキアを隔てて作家の心の交換を行ったことは、後世にとって甚だ幸運な偶然といわねばならない。（『わがスタンダール』65～66）

一八四八年の二月革命により誕生した第二共和政は、一八五一年十二月のルイ・ナポレオンによるクーデタによって短命に終わり、翌一八五二年に第二帝政が成立する。大岡はここに歴史の断層を見て取って、亀裂が生じたプロセスを《欺瞞と絶望》の体験と捉えるのである。それ以前、つまりバルザックとスタンダールの時代には《政治と文学は一つものであった》という見方を、あらかじめ補強する布石でもあるだろう。こうして《二人の巨人》の凝縮された定義が両者の相違も浮上させるような具合に出発点に置かれ、続く議論の中では、バルザックが《生活に於ける政治を社会を保持する力の干渉》と見たのに対し、スタンダールにとって政治は《或る自ら制禦し得ない精力の現われ》であったとも指摘されている。簡略な見取り図に収めるとすれば、一方のバルザックは政治を社会的な力学という観点から解釈し、他方でスタンダールは政治こそが――それこそ政治的好奇心から自殺を思い止るほどに！ ――真に不可解なものであると考えた。同論をしめくくる区切りの段落には、《政治も死と同様、最も文学的ならざるものである。が要するに「政治が運命である」以上避けることは出来ないし、避けるのは意味がない》との述懐がある。

六十代の大岡は《とにかくこの貧弱な『パルムの僧院』論を書いて私は戦争に行きました》と語っている。《出版は十九年五月、本がフィリッピンの駐屯地に届いたのは、十二月十五日米軍の上陸する三日前で、私は辛うじて自分の遺著に対面できたのでした。私の敗走中の反省にスタンダールに関するものが多いのは、丁度自分の本を読み返したところに、敵が上って来た、ということと関係があるらしい、ということを、いまこれを書きながら思い当ります》(215)。

大岡の経歴をここで簡単にふり返るなら、京大を卒業したのち「国民新聞社」を経て一九三八年、二十九歳で神戸にある日仏合弁の帝国酸素株式会社に入社。造船の溶接に必要な「酸素」は軍事関連産業であり、乗っ取りを画策する日本海軍とフランス勢力との対立が、不穏な国際情勢を反映して激化した。この時の経験は、未完の小説『酸素』の素材となる（一九五五年）。仕事の傍ら文芸雑誌に寄稿する生活を送っていたが、一九四四年三月、教育召集を受けて東京麴町区で入営、暗号手の特殊教育を受ける。五月に出版された小学館の『スタンダール論』は受けとることができず、七月三日、門司港出港。フィリッピンのルソン島に近いミンドロ島サンホセに配属される。その年の暮れ、敵が上って来たために駐屯地を離れる寸前に、神戸の家族から送られてきた《自分の遺著に対面》したのだった。

・「撃つまい」と思っちゃうわけですねえ

ミンドロ島で敗走中にスタンダールを考えたという具体的な例が、これも六十代になってからの回想に、奇妙なこだわりとともに紹介されている。「自分の生命が相手の手にある以上、その相手を殺す権利がある」というモスカ伯爵（『パルムの僧院』の主要人物で、バルザックがメッテルニヒになぞらえた老獪な宮廷政治家）のマキシムを思い返し、そのように行動するつもりだったが、《最後の段階になると、「撃つまい」と思っちゃうわけですねえ》と、大岡は感じ入ったように語るのである。[8] なぜ撃たなかったのか？　自分でもよくわからないその時の経緯と心理をあれこれ説明するところは、『俘虜記』の巻頭の章「捉まるまで」の山場であり、一瞬の出来事に十三ページが費やされる。[9]

マラリアと喉の渇きのため憔悴しきって草原にひとり横たわる「私」は、米兵が現われた場合、それを撃つまいと思う。そして実際に頬の赤い美青年を撃たずにやり過ごした、と一ページ足らずで報告したあと、「私」は「殺さない」という決意について論理的な背景を分析し、さらに《精神分析学者の所謂《いわゆる》「原情景」を組立てて》みる。まるでフィルムを巻き戻してスローモーションで再生するかのように、次つぎに想起される「映像」の短い断片を一つずつ凝視して、自分の行為を導いたはずの「心理」の痕跡を見出そうとするのである。明晰な思考の連鎖から「映像」にかかわる部分を少しだけ追ってみる——《私が初めて米兵を認めた時、彼は既に前方の叢林から出て開いた草原に歩み入っていた》とあり、つづいて米兵は《正面を向き、私の横わる位置よりは少し上の方へ視線を固定さしていた》との記述（改行）。《その顔の上部は深い鉄兜《てつかぶと》の下に暗かった。私は直ちに彼が非常に若いのを認めたが、今思い出す彼の相貌《そうぼう》はその眼のあたりに一種の厳しさを持っている》（改行）。谷の向うから叫び声。これに米兵が応じ、《顔を斜め声の方向に向けた。私が彼の頬の薔薇色《ばらいろ》をはっきり見たのはこの時である》（改行）、という具合に、二行か三行の、箇条書きのような文章がつづく。さらに《彼はまた正面を向き》、こちらに進んだはずだが、この時の「映像」は記憶に残されていない（改行）。次の記憶は《前とは反対の頬》を「私」に見せているものだが、ただし二つの横顔は繋続《けいぞく》するものではない（改行）。《この間私は銃を引寄せ、その安全装置をはずしたらしい》（38〜39）。

　記憶の「映像」の分析と精緻な心理分析を丹念に読みなおせば、埴谷雄高のいう垂直の精神の貴重な明晰とは、こういうことかと納得されるはず。「殺されるよりは殺す」という《モスカ伯爵の一見マキアベリスチックなマキシムは、私が考えていたほどシニックではなかった》という文章は、この長い叙述の中ほどにある。そして《最後の段階になると、「撃つまい」と思っちゃうわけですねえ》という感慨は、二十年も三十年も、作者の心を捉えたままである。かりにこの時、発砲していたら？　ミンドロ島の警備隊は壊滅に近く、生還の可能性は、ほぼなかった……

一九四五年の末に復員した大岡昇平は、一九四八年の『俘虜記』（「捉まるまで」の章、合本『俘虜記』は一九五二年）によって作家デビューを果たす。以下「戦争」を主題とした著作のみ列挙。一九五二年の『野火』、一九六九年の小ぶりな『ミンドロ島ふたたび』に続く一九七一年の『レイテ戦記』（中央公論社刊行の初版、一九八三年に岩波書店より改訂版を刊行）は、衆目の一致するところ大岡の代表作である。この大作の訂正加筆中で、ご本人によれば《気が立っていた》時期に、長時間のインタヴューを受け、その「書きおろし」ならぬ「語りおろし」を本にした『戦争』が、一九七〇年に刊行された。著者の口語的な肉声をやや誇張して演出しているようにさえ感じられ、よくある「口述筆記」すなわち書くことの代用品のように語ることとは質の異なる言語的実践である。《「撃つまい」と思っちゃうわけですねえ》という述懐も、この『戦争』に特有の、読者に直接語りかけるような口語体であるのだが、いよいよ《敵さんが攻撃をしかけてくる》とわかって駐屯地を離れ、仲間にも見棄てられて《もうしょうがないという覚悟を決めちゃった》ときの回想は——《その時は敵に会って殺されるという風には考えなかったんだなあ。軍部というもの、ああいう下らない組織のためにこういう下らない死に方をしなきゃなんない、そういう風に感じましたねえ。これはその時の実感ですよ》（125）。

一九八七年の『証言その時々』は最晩年の著者がみずから編纂したアンソロジーである。《戦争について、折に触れて求められるままに書いた文章を集めた。蘆溝橋《ろこうきょう》前夜から今日に到る、私の戦争に関する意見の、ほとんど全部である（インタヴュは除いた）》と「あとがき」に記されている。収録されたのは、主として新聞や雑誌への寄稿だが、文芸誌に連載された日記体のエッセイ『成城だより』からの抄出もあり、じつは《小説化されたドキュメント》である『俘虜記』からの抜粋が、例外的に含まれている（問題のページについては、後に検討する）。

　絶筆となった『堺港攘夷始末』も、森鷗外の『堺事件』を批判する立場から、明晰な「政治的好奇心」に貫かれた「歴史小説」を書くという試みだった。事件が起きたのは明治維新期だが、戦場の出来事をいかに記述し政治的な水準で解釈するか、という意味で『レイテ戦記』の方法論に連なる仕事である。大岡昇平は「戦争」を生涯の主題として、小説、エッセイ、対談、ジャーナリズムなど、様ざまの文体や形式を使い分け、肉声の「語りおろし」まで本にしてしまった稀有な作家だった。

　この「ノート」の冒頭で紹介した《戦争にたいする恐怖感の強弱の種類》という話に戻るなら、「B　戦争体験をもつ人間」のなかで、大江健三郎が心底から敬愛するのは大岡昇平にちがいない。いわゆる「戦後派」の《ドストエフスキーからシンボリズムを通過した》という文学的な条件を、スタンダールに傾倒した大岡が全面的には共有しないことは上述のとおりだが、いずれ見るように、それは大岡がドストエフスキーを読まなかったという意味ではない。《社会主義的なリアリズムの理念》というのも重要な分岐点である。列挙された野間宏、椎名麟三、武田泰淳の三名は、いずれも左翼運動にかかわり、思想犯として勾留・投獄された経験を持つ。つまり筋金入りのイデオロギーが《社会主義的なリアリズム》という小説の書き方の問題に先行し、その基盤ともなったと推察される。

《私は昭和初期の不況の中で成年に達し、軍部と財閥がそれから脱しようとして中国東北部でいんちきな戦争を始めたと思っていた。生来戦争は嫌いだった。三十五歳でフィリピン戦線に引っぱり出されその実態に接してますます嫌いになった。従って戦後四十年も、一貫して反戦反軍備であった。核兵器と原発は人類を滅亡に導くと思っている》――『証言その時々』の「あとがき」に記された、これも筋金入りの信条である。ところで、大岡昇平の「反戦反軍備」は総体として、つまり市井の人としても文筆活動においても、イタリア人の貴族ファブリス・デル・ドンゴのように「無垢」で「行動的」であった、とわたしには感じられる……

「天皇」と「国家」と「軍部」の関係を学問的に分析し定義するのは、憲法学や政治学や歴史学の専門家の仕事。小説家は――大江健三郎のノーベル賞受賞記念講演のキーワードを借りるなら――むしろ《あいまいな《アムビギュアス》》暗い領域、隠微な権力のせめぎ合いに眼を凝らす。「天皇」と「国家」と「軍部」の力がもつれ合う「戦争」の現場を、小説家はどのように書く、もしくは語るのだろう？

たとえば『パルムの僧院』の第一巻第三章に始まるファブリスのワーテルロー従軍記は、文学史に名高い。トルストイ『戦争と平和』の戦争の場面の処方箋になったともいわれるが、大岡によれば、《スタンダールの真実》に到達することはできなかった。《「戦場とは混乱である」という偏見》に支配された《観念的箱庭造り》という、トルストイ批判は手厳しい。《ワーテルローの一日は専らファブリスの無垢と勇気に対する抵抗として逐次その脈絡のない様相を現わして来るに対し、トルストイのアウステルリッツ、ボロジノはアンドレイ、ピエールの如き知的な人物の観察を通して描かれたからである》というのが、その理由（傍点は引用者）。なるほど『野火』においても『俘虜記』においても、スタンダールの《「人物と共に歩む」創作方法》が大岡の処方策になっている。[11] 高みから――いわゆる「神の視点」から、まるでドローンの捉えた地上のパノラマのように――戦場の全体を俯瞰する視線がないのである。

ところで容易に想像できることだが、「分析」でも「解説」でもない短い叙述によって「天皇」と「国家」と「軍部」の力がもつれ合う現場に言語的な「斬込み」をやろうとするなら、江戸っ子ぶりの気風のよい口語体が役に立つ。そのような例を、これは小説ではなく「語りおろし」の独特な文体による『戦争』から二つ。暗号という特殊技能を持つ大岡と同様、仲間に一目置かれていた優秀な衛生兵が敵弾に斃れる場面。

糞が出たらもう駄目だということがわかるんだな。そしたら、そこについていた兵隊に、「おれは天皇陛下万歳をいうから、おまえそこで聞いていてくれ」っていってね、「天皇陛下万歳」を三度いって死んだそうですがね。

天皇陛下万歳をいって死ぬ兵隊は馬鹿だ、と近衛の上等兵もいう。われわれインテリは大抵そう思って戦場へいくわけですけども、教育次第ではこうして死んでいく兵隊もいたんです。二十の若い兵隊でしたけど。(『戦争』90～91)

当事者の中でも心理と論理がどこか捩れたようにつながっている。戦場の破壊的な暴力は「抑圧」や「搾取」という図式では読み解けない。兵隊になるということは、国家が食い扶持まで世話してくれるということであり、捕虜になれば、国際協定に補給部隊なみの食糧を与えるという規定があって、文明国アメリカの軍隊ではこれが守られていた(142)。お互いに国どうしで決済することになっていたが、それはともかく、米兵と同じ一日二千七百（キロ）カロリーで、長く収容所にいた連中は《ぶくぶく太っちゃって》復員の日を迎えたという。

あれどういうふうに決済されたのか知りませんけど。ま、とにかく国から金を貰って、食わしてもらってたんだから、軍部に文句をいう義理じゃないんだけど、とにかくこっちは生命が賭かってたんだから、別にお礼いうことはないと思ってますがね。生きて帰ってみりゃ、ざまあみやがれってところですよ。（『戦争』154）

誰に向かって発されたのか、何をいいたいのか、なんとも不分明な「ざまあみやがれ」に、わたしは惚れ惚れする。洒脱な放言が狙う先は、軍隊？ 国家？ あるいは国民？ 言葉を発すること自体が権力への肘鉄砲であるような発話行為……

それにしても大岡の政治的な立ち位置は、ひと言で、いかに定義されるのか？ 《スタンダリヤンの俺としては、左翼の分裂は珍しいことじゃないんで、あんまり細かいことまで立ち入って考えないわけだよ。原則として俺は革命は機が熟したときにはできるんで、そうじゃなかったらだめだという、非常な公式主義に則っているんだ。〔……〕ただ俺はスタンダールの真似をして常に反対党に回っているということはいえる》。大岡昇平と埴谷雄高とは同い年なのだが、その二人が晩年に二年に及ぶ充実した対談を行った時に、大岡が埴谷の質問に対して、政治的な人間としての自己を再定義した言葉である。[12]

3　子供時代に発見した言葉の世界

・権力を持っていない弱い人間の「話し言葉」の豊かさ

『大江健三郎　作家自身を語る』（聞き手・構成　尾崎真理子）は、進行中の「晩年の仕事《レイト・ワーク》」六作品の前半に当たる『おかしな二人組《スウード・カップル》』三部作、すなわち『取り替え子《チェンジリング》』（二〇〇〇年）、『憂い顔の童子』（二〇〇二年）、『さようなら、私の本よ！』（二〇〇五年）が完結したところで始めたインタヴューが書籍化されて、二〇〇七年五月に刊行されたもの。二〇一三年末の文庫化に際して、その後の三作『臈《らふ》たしアナベル・リィ　総毛立ちつ身まかりつ』（二〇〇七年、後に『美しいアナベル・リィ』と改題）、『水死』（二〇〇九年）、『晩年様式集《イン・レイト・スタイル》』（二〇一三年）をめぐる新しい章が加えられた。作家の現時点を思考の足場としながら半世紀に及ぶ読書と執筆の生活の全体を俯瞰して、個々の「段階《ステージ》」を再訪する試みであり、口語的なやりとりによる「自伝」の試みともいえる。

第一章の小見出しに掲げられた二つめの話題は「子供時代に発見した言葉の世界」――四国の森から上京して東京大学に入学した大江健三郎は、いかなる言語環境に身を置くことになったのか、という先にも触れた問いの出発点に当たる。フランス文学科に進学してすぐに《フランス語では話し言葉、語り言葉と文章の言葉とは違う》ということを学んだ、と大江は回想する。一九三〇年代半ばにルイ＝フェルディナン・セリーヌが話し言葉に近い文体を文学に持ち込んだ、その《語りに近い文章》を特徴づけるのが、日本語に置きかえれば「……」という記号だろう、という指摘は、インタヴューが行なわれた時点での大江自身の文体的な探究にただちに結びつく。『燃えあがる緑の木』三部作（一九九三〜九五年）から晩年の六作品に向けて、明らかに「……」が増えている！　思考の脈絡や語りの声を途切れさせないための小休止、「書き言葉」にはない「語り言葉」特有の息遣い、とわたし自身は理解しているのだが、これは文体論的なメモということにして……　学生時代の大江青年は、セリーヌの先駆的な例にちなんで別のことを考えた。

日本語は明治時代にできた「言文一致体」によって書き言葉と話し言葉を一緒にした文体が現代文学までつながっているんじゃないか、という理由で、別種の区分による《二つの言葉》を思い浮かべたというのである。漢籍に通じた教養人である父親と視察に来た県知事の部下とのやりとりを見て、少年は《権力を持っていない弱い人間》の日常語が、権力者の言葉に屈服する現場を見たと感じたのだった。同じく《弱い側の言葉》として、自分の母親が賛否を問われたときに言う「それは、いいことですが！」を例に挙げる。全面的な賛同ともとれるけれど、「いいことだが、しかし……」という方向で、留保・否定したいという意図もあるようで、真意はわからない（たぶん字面は同じでも、東京の言葉とは微妙にイントネーションが違うはず）。「晩年の仕事《レイト・ワーク》」

における古義人の母親を特徴づける、このあいまいな言い回しは何とも絶妙なものである。

そこで大江のいう《弱い側の言葉》の繊細な豊かさの具体例を一つ。『取り替え子《チェンジリング》』[13]の序章、映画監督で義兄でもある吾良が自殺して《向こう側》へ行ってしまったという幕開けの衝撃的な出来事と無縁ではないかのように、老いた母親の言葉が長々と想起される。生前の吾良から譲り受けた「田亀」（旧式の録音・再生装置）と吾良の一方的な語りを収めたカセット・テープによって、古義人が死者と対話するという物語冒頭の奇態な設定に、母親の言葉がテクスト上で割り込んで来るような具合なのである。起き抜けに《童女のようなシルエットの裸》を見せて、いつも耳をかくしているターバンもはずした姿は《痩せている横顔から畸形《きけい》のように大きい耳が、それ自体で沈思《ちんし》しているように垂れていた》という。テレヴィの画像に話しかけて家人に叱られるというのだから、通常ならボケた老女の独り言、というだけのことだろう。それにしても不穏な可笑しさをはらむ肉声のパフォーマンスは、抑揚や一瞬の沈黙までが重要であって、要約も省略もできない。というわけで、差し向かいの食事の場面での母親の言葉を長めに引用。


——古義人さんに会いたいものじゃと、この春の初めから（すでに秋だった）念じておったのでな……いまあなたがそこに坐っておられても、半分は自分の空想がそこで食事をしておるかと思っていますよ。私はもう耳も遠いのに、古義人さんの言葉は……子供の時から口を大きく開けて話さなんだのが改良されておらず……よく聞きとれませんしな！

半ばは現実のことで、半ばは架空のことのように思いますよ！　それにな、この頃は何につけても、これは全部現実のことやと、とくに思い込もうともしませんが！

〔……〕

まあ、私にはもうあらかたが幻ですな。なにもかもテレヴィ同然で、実際に私と一緒にものがあるのやらどうやら……　幻と暮しておりますよ。そのうち私も、実際のものとしてはのうなって、幻だけになるということですが！　それでも、この谷間がな、幻の舞台であることに変りはないのやから、いつこちらから向こうへ移ったか、私にもようわからんのやないやろうかなあ？　（『取り替え子《チェンジリング》』39〜40）

《もうあらかた向こう側に移行している者》のようだったという母親の朦朧たる発話、それらの言葉が呼び起こす奥深いあいまいさが、そのままテクスト的な現実として、ここに在る。古義人のいる《こちら側》と吾良が去っていった《向こう側》のあわいのような薄暮の世界がおのずと立ち上がり、そこで母親は死者の声を聴きとる「よりまし」のような風情を見せている……

『作家自身を語る』のインタヴューに話を戻すなら、大江は「それは、いいことですが！」について、これが一般に村での「話し言葉」だったと語り、続いてふだんは《あいまいな話し言葉》を使っている女たちが「日常会話」とは別の話しぶりになることがあって、それは村の伝承や小さな歴史を語るときの《物語を語る話し言葉》だったと解説する。よく知られているように、小説家の母や祖母の《物語を語る話し言葉》は『M／Tと森のフシギの物語』（一九八六年）の語り方《ナラティヴ》の基調となる。さらに「晩年の仕事《レイト・ワーク》」では亡き母の言葉が——先の例のように、虚構《フィクション》の成立に深くかかわる言語的な仕掛けともなって——折に触れ想起されている。一方で、映画女優のサクラさん、若い舞台女優ウナイコなど、女性の表現者が現われて、四国の森の「伝承」を現地で演じるプロジェクトを立ち上げる。『臈たしアナベル・リイ　総毛立ちつ身まかりつ』と『水死』は、小説家の母のものであった《物語を語る話し言葉》を、次世代の女たちがそれぞれの様式において継承する物語とも読める。四国の森に住む女たちの「伝承」と「日常会話」という《二つの言葉》がこうして合流し、新しい小説の水脈が誕生する。「子供時代に発見した言葉の世界」は作家の原点・出発点であるだけでなく、半世紀後の「晩年の仕事《レイト・ワーク》」の物語世界をうるおしてもいるのである。

ところで古義人の母親の言葉は、四国の森に独特の言い回しを含んではいるのだろうが、このような話し方をする女性が、二十一世紀の今日も日本のどこかに実在するのだろうか？　全国の学童たちは、いまや完全に「標準語」化されてしまったようだし。古義人の母親が架空の存在であるのと同様に、その言葉も小説家の想像世界で練り上げられた理念的な言語ではないか？　一般の「方言」のように、帰属する現実の場・特定の共同体を持たないけれど、それでいて、故郷の亡き母の懐かしい言葉とは、このようなものかもしれない……　と誰しもが感じるような、いわば幻の母語？

・「方言」と「標準語」

「言葉が拒絶する」と題した一九六九年のエッセイで、大江は《森の奥の谷間で語られる言葉よりほかの、いかなる話し言葉にも、ぼくは、それが真の言葉、ほんらいの言葉ではない、というかすかな徴候をかぎつけずにはいられない》[14]と語っている。そして多くの老人たちが、かれらの谷間の言葉とともに死んでしまったいま、《現実世界において、真の言葉、ほんものの話し言葉を全的に再発見するということはないだろう》とも述べる。亡き母の言葉は、晩年の小説家が喪われつつある記憶を手繰りよせながら新たに創出したもの、というわたしの印象を、この述懐は裏づけてくれるように思われる。それにしても、ここで大江が《真の言葉、ほんものの言葉》として想起する《森の奥の谷間で語られる言葉》は、いわゆる「方言」とは異なるものではないか？

いわゆる「方言」は周縁化された言語である。それと同時に、これを使用するだけで、中央集権的で均質化の強制力を伴う「標準語」に対抗し、周縁の多様なアイデンティティを主張することもできる言語である。つまり目に見えぬ政治性を孕んでもいるのだが、一般的な傾向として、大江健三郎の小説には「方言」が少ない、あったとしても量は控えめである。なぜか？

「方言」をめぐる大江の言語的な経験には、「大江文学」の根幹にかかわる複雑な屈折があると思われるのだが、この問題は「文学ノート」の第Ⅲ部まで、ゆっくり時間をかけて考えてゆきたい。まず比較の例を挙げるなら、世代的には十歳ほど若い中上健次の『枯木灘』の場合、作家の故郷の言葉、和歌山の威勢のよい方言なくしては、父と母の強烈なキャラクターを造形することはできなかったはず。敗戦に到るまでの昭和の前半、とりわけ農村部の現実生活において日常的なコミュニケーションを担う地域の固有言語が、どのていどの存在感を示していたかは、専門家の調査に拠るしかないだろう。しかし、問われているのは、現実生活における言語使用の状況を、小説が忠実に反映しているかどうか、という話ではむろんない。『枯木灘』の方言は、その造形性に秘められた政治的な迫力によって読者を圧倒するのである。

すぐれた小説には、言語使用の現場における目に見えぬ政治性や権力構造をパロディ化する力がある。たとえば漱石による「江戸っ子弁」×「伊予弁」という古典的な構図。誰もが知る『坊っちゃん』のバッタ騒動から、宿直で寮に泊まった教師の布団に、寄宿生たちが生きた昆虫を山ほど仕込んでおくというイタズラをやったあとの談判の場面。「なんでバッタなんか、おれの床の中へ入れた」という詰問に「バッタた何ぞな」ととぼける生徒。《此学校ぢや校長ばかりぢやない、生徒迄曲りくねつた言葉を使ふ》と腹を立て、いったん小使に捨てさせた証拠の「バッタ」を拾ってこさせるが、その小使の馬鹿丁寧な反応も気に食わない。

小使迄馬鹿だ。おれはバッタの一つを生徒に見せて「バッタた是れだ、大きなずう体をして、バッタを知らないた、何の事だ」と云ふと、一番左の方に居た顔の丸い奴が「そりや、イナゴぞな、もし」と生意気におれを遣り込めた。「箆棒《べらぼう》め、イナゴもバッタも同じもんだ。第一先生を捕《つら》まへてなもした何だ。菜飯《なめし》は田楽《でんがく》の時より外に食ふもんじやない」とあべこべに遣り込めてやつたら「なもしと菜飯とは違ふぞな、もし」と云つた。いつ迄行つてもなもしを使う奴だ。[15]

「おれ」は「箆棒《べらぼう》め」と江戸っ子弁で言い募り、生徒は「なもし」と伊予弁でシラを切り、という互角の闘いのあと、「イナゴは温《ぬく》い所が好きぢやけれ、大方一人で御這入りたのぢやあろ」という口答えが決め台詞……吹きださずにはいられぬ場面だが、ここで「江戸っ子弁」は権力を行使する「標準語」ではない。

とりわけ「御這入りたのぢやあろ」は、半世紀後の大江少年にとっても、疎遠な表現ではなかったと思われる。それというのも、大江はあるエッセイで《われわれの谷間の表現》である「お跳びあがりたんですが！」という文例を挙げている。「お跳びあがりになったのです」という意味合いだそうだが、「御這入りたのぢやあろ」と同系列の接頭辞付きの動詞に続くのが、例の真意の読めぬ「ですが！」である。大江はこの「話し言葉」について、矢庭《やにわ》に垂直に跳躍して鴨居に頭をぶつけてひっくり返った壮漢を、火鉢の脇で泰然と見ていた女教師の《冷徹な批評の言葉》である、と懇切に、ニュアンスまでを説明している。[16] ちなみに『同時代ゲーム』（一九七九年）の「第五の手紙」に登場するコーニーチャンの綽名「お跳びあがり」は、このエピソードに由来する。そうしたわけで、東京郊外の貧困な「ほぼ標準語」のなかで育ったわたしは、四国の森の「地方の言葉」である「非・標準語」の繊細な豊かさに、羨望の念すら抱いてもいるのだが、念のため付言するなら、名高い「バッタ騒動」の舞台となったのは、現在の愛媛県立松山東高等学校。東京帝国大学を卒業して二年足らずの若き漱石が、明治二十八年（一八九五）に赴任した名門校であり、大江健三郎の母校にほかならない。

大江は《森の奥の谷間で語られる言葉》こそが《真の言葉、ほんものの言葉》であるといいながら、小説のなかでは、夏目漱石や大岡昇平のように「江戸っ子弁」や「伊予弁」や「関西弁」を生のかたちで表現の資源《リソース》とはしなかった。中上健次のように作家自身の周縁性を攻撃的に誇示するために、「方言」を燃料にして狼煙《のろし》を上げることもしなかった。おそらく大江が試みた唯一の例は、『現代伝奇集』（一九八〇年）の第二話「身がわり山羊の反撃」の語り手が使う、これ見よがしの関西弁だろうが、これはいわば「疑似方言」であって「故郷の言葉」ではない。

次に現実生活のエピソードから、「標準語」と「方言」をめぐる言語的な屈折の一例を——松山の高校生だったときに渡辺一夫の『フランス ルネサンス断章』を読んでフランス文学科に進学した大江健三郎は、憧れの東大教授の語る言葉に理想の東京言葉を見出したものらしい。教室に入ってくると《外套《がいとう》をバッと脱いで、それを丸めて教壇の横の床に置いて》授業を始められたのだが、その《全体がじつに格好がいい》とのこと。《声もやや高くて、張りがあって。江戸弁の喜劇俳優の、エノケンに似ている感じ》であり《粋《いき》な話し方》ってこういうことかと思った、というのだが、大江の回想に、自分がナイーヴな役割を引き受けることで生じる良質のユーモアがこめられているのは事実。[17] それにしても、大江より十年遅れてフランス文学科の同じ言語環境に身を置いた、東京の郊外育ちのわたし自身も、ある種の切実さとともに想像することはできる。

当時、地方の農村部の日常語と大都会の知識人の使う言葉との距離は一般に大きかった。今日なら「カルチャーショック」という語彙に収まるかもしれない断絶と疎外の体験を「方言」と「標準語」の対立に起因する抑圧的な権威との闘争と捉え、外国語の習得とは比べものにならぬ鬱屈を覚えたと告白する、東北の日本海側から来た学生も、わたしの身の回りにはいた。その知人は、巧みなフランス語で語るときには鬱屈の表情が消え、むしろ磊落《らいらく》な人物に見えるのだった。

大江の体験は、この東北出身の学生の場合とは似て非なるものだろう。先のエッセイ「言葉が拒絶する」のなかでは「話し言葉」と「書き言葉」という分類が説明の鍵となっている——《森の谷間から出発した後のぼくは、話される言葉において自由の感覚をあじわうことはなかった。

ぼくはつねに束縛されていた。そして活字に印刷されている言葉のみが、ぼくを解放した》。その「束縛」の感覚にも一因があったのだろうが、滑舌の悪さをめぐる屈折の体験が――小さな笑い話《スモール・トーク》という調子だが――『作家自身を語る』で披露されている。古義人の母親がいうように、子供の時から口を大きく開けて話さないのが改良されておらず、ということか、東京に出てから二年ほどは、店での注文さえはっきり受けとめてもらえなかったという。入学試験の会場では、答案用紙を床に落としてしまって、監督の教官とやりとりをしたのだが、内地の出身ではない受験生と思われたらしく、先生はゆっくりと「あ・な・た・は、台・湾・か・ら、き・た・ひ・と・で・す・か？」と質ねられた。新入生になってフランス語未修クラスの教室で再会したその教官は、フランス語学の大家・朝倉季雄先生だった！　という顛末には、音声学（耳で話者の出身地を当てるプロ）へのカラカイも微かに仕込まれているのかもしれない（85〜86）。

　それはそれとして、晩年の大江の証言の真意は、これらの言語的な疎外と軋轢の体験を、いわば逆転し、肯定的な契機に位置づけてしまおうという意志の強さを語ることにある。ひと言で定義するなら「エグザイル＝亡命者」としての言語体験――《とにかく中心的なところに居着いて、権力を持つ人々と共同するという事はしないで行こう》と決めた、というのが話題をしめくくる大江の結論である。エドワード・W・サイードのいう「亡命者としての知識人」という考え方に、壮年から晩年にかけての大江が深く共鳴する素地は、少年期から青年期にかけての言語体験によって培われたものでもあったという重要な事実が、ここに開示されている。

4 『芽むしり仔撃ち』――学童疎開と十歳の記憶

・危険の感覚

一九五七年に「東京大学新聞」に掲載された短篇『奇妙な仕事』が大きな反響を呼んだ翌年に、初めての長篇小説『芽むしり仔撃ち』が発表された。集団疎開で山奥の村に送られた感化院の少年十五人が、疫病の発生した村に置き去りにされた。少年たちは自力で仲間の生活を組織し、死者を埋葬し、祭をやったりもするのだが、帰還した村の大人たちに、そのような出来事は一切なかったと認めろ、と強要されるという物語。

《夜更けに仲間の少年の二人が脱走したので、夜明けになっても僕らは出発しなかった》という冒頭の一文について、立野謙は《常識的には、ここは「僕らは出発できなかった」と書くべきところだろう》と指摘して、文庫本の「解説」を書き起こしている。[18] 解説者は一九〇七年の生まれ、つまり大岡昇平や埴谷雄高より二歳年長で、左翼運動に関わり、転向して戦場に送られることなく敗戦を迎え、その後は文芸評論家として実績を積み、一九五七年には、学生新聞に載った無名の東大生の短篇を「毎日新聞」の時評で取りあげた。この世代にとって、戦局の悪化と本土爆撃、そして一九四四年夏の政府決定による半強制的な「学童疎開」は、綯い合わされた一つの体験として記憶に焼きついている。平野は躊躇なく、一九四五年夏の敗戦に先立つ冬の季節に『芽むしり仔撃ち』の物語を位置づける。

それにしても《夜更けに仲間の少年の二人が脱走したので、夜明けになっても僕らは出発しなかった》と語り始める少年は、まことに聡明かつ主体的に「戦争末期」という状況を生きている。

人殺しの時代だった。永い洪水のように戦争が集団的な狂気を、人間の情念の襞《ひだ》ひだ、躰のあらゆる隅ずみ、森、街路、空に氾濫《はんらん》させていた。僕らの収容されていた古めかしい煉瓦《れんが》造りの建物、その中庭をさえ、突然空から降りてきた兵隊、飛行機の半透明な胴体のなかで猥雑な形に尻をつき出した若い金髪の兵隊があわてふためいた機銃掃射をしたり、朝早く作業のために整列して門を出ようとすると、悪意にみちた有刺鉄線のからむ門の外側に餓死したばかりの女がよりかかっていて、たちまち引率の教官の鼻先へ倒れてきたりした。殆《ほとん》どの夜、時には真昼まで空爆による火災が町をおおう空を明るませあるいは黒っぽく煙で汚した。(『芽むしり仔撃ち』14)

一行は「感化院」を出発して《すでに三週目》だというのに、まだ《山の奥の僻村《へきそん》》にたどりつかない、というのが幕開けの設定である。文庫本の解説者は自らの体験を踏まえて当時の状況を解説し、《いくら太平洋戦争末期の話とはいえ、一週間あれば北海道から九州まで移動することも不可能ではあるまい》《いくらなんでもこういう非現実的な話はあり得ない》と批判する。もっともそれは、物語の設定が《本質的には無何有郷《むかうのさと》的なそれ》であることを指摘するためでもあるのだが(224)…… 実際のところ、かりに実証的なバック・グラウンドにこだわるとすれば、物語の中で少年たちの出発した「感化院」が愛媛の県庁所在地・松山にあり、疎開先は大江の生まれ育った喜多郡大瀬村にほかならないことは自明ともいえる。そして現在は内子町大瀬と呼ばれるその村は、松山から自動車道でわずか四十キロ！ 物語の舞台は意図的に非現実化され、いつ、どこで起きた事件なのか特定できないように書かれているのである。

地理上の名がないだけでなく、登場人物も戸籍名を持たない……「僕」と「弟」、そして南の地方に憧れての脱走という行為によって「南」と呼ばれることになった少年など、十五名の仲間がおり、ほかは「女の子」と死んだ母親の「疎開女」、「村長」、監視役の「鍛冶屋」、引率の「教官」、脱走した「予科練の兵隊」など。その中で「朝鮮人」の少年だけが「李」と名乗る特権を持つことは意義深い。「朝鮮人」と呼ばずに「李」と名指すことで、「僕ら」は少年を仲間の一員と認知するのではないか？ 「被植民者」である「朝鮮人」という差別語にこめられた、ほとんど罵りのような侮蔑の感情を、わたしでさえ幼いころの体験として記憶している。

ところで大江が「A 戦争において死んでしまった人間」「B 戦争体験をもつ人間」「C 戦争を現実に体験しなかった人間」という分類の中の「C」と自己定義して、広義の「戦後文学」

の系譜における小説家としての立ち位置を模索したことは、この「文学ノート」の本文冒頭で確認した。この分類と無縁ではないはずだが、十歳で敗戦を迎えた少年という出自に、大江は終生、強いこだわりをもっていた。人生の起点は作家にとって宿命のようなもの。選択の余地なく与えられた条件を、逆説的な僥倖にまで磨きあげねばならぬ、と覚悟を決めているかのように。しかも、ここであらためて実証的な観点に立つなら、その十歳の少年は、きわめて具体的で痛切な「戦争体験」を持っていたはずなのである。

　どのような「戦争体験」なのか？　ひとつには、四十キロも離れていない、地方の中心都市とのかかわりという次元において。総務省のサイトの「松山市における戦災の状況」[19]によれば、一九四五年三月十九日、四国沖に結集したアメリカの空母群から瀬戸内海の対岸・呉軍港の攻撃に向った飛行機と、迎え撃つ吉田浜基地の松山海軍航空隊の飛行機が、市の周辺で激しい空中戦を演じている。五月には航空隊基地への大規模な爆撃があり、予科練生や軍関係者が犠牲になった。さらに七月二十六日、松山市の中心部に焼夷弾が投下され、壊滅的な被害を受けた。全市人口の半数以上、六万人超が被災。そうしたわけで、山と森が囲繞する小さな谷間の村の住人が、頭上に敵機の頻繁な飛来を認めたかどうかは別として、たとえば『芽むしり仔撃ち』と同じ年に発表されて芥川賞を得た『飼育』の物語にあるように、深い森に墜落した敵機の黒人兵を村人が「山狩り」で捕えて「飼育」するという話などは、それなりに信憑性のある村の伝承となりえたはずである。わたしが少女時代を過ごした東京の北側の郊外には、土地に根ざした戦争の記憶や伝承が全くない。たぶんそのせいもあって、初めて『飼育』を読んだときには、奇想天外な童話のように感じたのだけれど……

一九四一年十二月、太平洋戦争が勃発した時、大江健三郎は大瀬国民学校の一年生だった。その後、年長の兄は松山の海軍航空隊で甲種飛行予科練習生となる。[20] 松山の商業学校に通う次兄も勤労動員されて軍需工場におり、空襲で低空からの機銃掃射にあった。数センチで自分の頭蓋をくだいたかもしれぬ《尖端のひしゃげた機銃弾》を掘り出して保存していた次兄が、現物を見せてくれたときの《深い動揺》――「もの」があるという認識に到った衝撃――を三十代の大江は回想しているのだが、この話はいずれあらためて。[21] 要するに兄たちの生活する松山には、実体としての「戦争」が蠢《うごめ》いていた。

もう一つの「体験」は、十歳の少年の感覚にかかわっている。一九六三年の「危険の感覚」と題したエッセイより。戦争のおわりのころ、熱病にかかった少年が見た悪夢。

> ぼくが見た夢は、夕暮の谷間の村の空いちめんにガダルカナル島での戦闘が、真赤な蜃気楼のように映って見える、という夢だった。それは夕焼けの雲が地図に、それも島嶼地方の地図に似ているという単純な観察と、教師にきいた南洋での戦争についての空想とが子供っぽく合成された夢だ。しかし真赤な雲を踏みしめて鬼のような形相の兵士たちが進んで行く光景は、たとえようもなく恐しかった。かれら兵士のやはり真赤な頬には、汗のような涙がとめどなく流れていた……（『大江健三郎　同時代論集1』307、以下書名は『同時代論集』と略記）

「C　戦争を現実に体験しなかった人間」という大江の自己定義で重要なのは、傍点をふった「現実に」という条件であり、おのずと演繹されるように、大江文学の根底にあるのは戦争をめぐる想像力と恐怖感にほかならない――《ぼくという作家にとっていちばん大切な、そして最も基本的な態度とは、それは危険の感覚をもちつづけることです》(306)。

『芽むしり仔撃ち』において「感化院」の少年たちは「学童疎開」の要綱に準じ、行政の指示によって山奥の村に移動したのだろうが、中に一人だけ本物の「学童」が紛れこんでいる。疎開先の縁故を持たぬ父親が、語り手の「僕」に「弟」を押しつけたのだった。「弟」は村の人間たちを珍しがって好奇心に眼覚め、《時どき僕のところへ駈けてきては、感動に声をうわずらせ熱い息を僕の耳たぶにからませて》、あれこれ報告する。この《薔薇色に輝く頬、うるんだ虹彩》(9)を持つ美しい子供は、何歳なのか? 国の定めた「学童疎開」の最年少つまり国民学校初等科の三年生か四年生であり、大江健三郎が特権化する年齢の十歳にちがいない、とわたしは想像する。語り手の「僕」は、国民学校の最年長、六年生としておこう。未成年の少年が活躍する物語の伝統については、これもあらためて話題にするが、最も輝かしい少年期の山場は十三歳を中心にした前後の三年ほど、というのが大岡昇平、ドストエフスキー、そして大江健三郎の共有する見方ではないか、とわたしは考えている。

「感化院」の少年たちと村の大人たちとの対比は、一見したところ、あたかも文明と野蛮の対立に由来するかのように見える。もちろんテクスト上に、こんな剝き出しの語彙はないけれど……《僕ら遠い都市から来た者たちにとって村は透明でゴム質の厚い壁だった》(16)と語り手の「僕」はいう。一行が目的地に到着したとき、夜の森は《静かに荒れくるう海》のようであり(35)、その《厖大な森》には脱走した予科練の兵士が潜み、竹槍で武装した農民が山狩りをやっている。そして疫病の蔓延が懸念されると、村人だけが忽然と姿を消して、村長が公式に受け入れたはずの少年たちを、食糧もない村の古びた寺に遺棄したのだった。空っぽになったはずの村で少年たちは、母親の死骸によりそう飢えた少女と離れた集落に住む朝鮮人の少年を発見するのだが……

ここで念を押しておこう、作者自身の記憶する幼いころの体験は《遠い都市》ではなく《谷間の村》の非・文明の側に根ざしている。しかも現実生活において、それらの都市と村を含む四国の地方一帯は、あるいは太平洋の彼方の悪夢のような戦場に、あるいは日本軍が蹂躙した朝鮮や中国の都市や農村に、少年の逞しい想像力によって結ばれていた。「敗戦経験と状況七一」と題した評論は、その名のとおり一九七一年に発表された思想的な色彩の濃い文章だが、その回想によれば、

> 十歳の地方の少年にすぎぬ僕にも、独力で、しかも情動の根をつき刺されるようにしてはっきり理解しえたのは、朝鮮、中国にたいする戦争犯罪、侵略のむごたらしい罪過の現実であった。僕は朝鮮から強制連行された労務者を見た記憶を消しさることができなかったし、地方の谷間の永い夏の夜は、中国大陸から血の匂いをたてるようにして帰ってきた旧兵士のおよそ罪の意識によって修正されれぬ即物的な恐しい思い出話で埋められていたのである。(『同時代論集2』242)

「戦争」や「戦場」が間近に感じられるという意味で、日本の大都会と寒村の、どちらに切迫した《危険の感覚》があったのか？　という一般的な問いは、おそらく愚問だろう。大江にとっ

て、安全な田舎というのは端的に幻想なのである。愛媛県で編制された「歩兵第二十二連隊」は、日露戦争以降「伊予の肉弾連隊」と畏怖された精鋭部隊とウィキペディアにもあるぐらいで、第一次・第二次上海事件でも先陣を切ったらしい。四国の森に住む十歳の少年は、旧兵士の即物的な思い出話によって《中国にたいする戦争犯罪、侵略のむごたらしい罪過》を想像力と恐怖感の次元で体験した。繰りかえし強調しておきたいのだが、これは大江文学の中核《コア》をなす経験のひとつである。

・対決

《遠い都市》から来た少年たちは、生活習慣にいささか荒っぽいところはあるけれど、連帯感と社会性を持ち、ほぼ端正というべきか、およそ「伊予弁」の痕跡はない「標準語」を話す。これに対して村の住人は《荒あらしい方言》を使う。それでいて、小説だけに許される非現実的な造形ということか、この「方言」は、村と都市とのコミュニケーション言語とはならないし、奇妙な具合に無意味化されており、音声的な特徴は記述されるものの、テクスト上で語彙がそのまま再現されることは一切ない。

　古びた柿色の塀の中から出発した少年たちが、山奥の村へ向けて《二つの穴ぐらをつなぐ暗《あん》渠《きょ》》（16）のような閉塞した道を三週間も行進したのちに《谷の向うの、谷底よりも暗い森の展《ひろ》がりの中》へと危険なトロッコで運ばれてゆく場面。

> 谷の両側からの間歇《かんけつ》的に荒あらしい方言の大人の声、憤懣《ふんまん》やるかたなく苛立っているような叫びが谷底に反響して駈けまわった。しかしそれらは殆ど僕らに意味をつたえるものではなかった。夜の森のふくれあがる豊かな香と軌道のきしみの他は嵐《あらし》の夜の風音のように僕らのうなだれた小さい頭のはるか上で荒れくるっていた。(33)

村に疫病が流行っていることを村人たちは知っており、村の子供たちは《土色の皮膚にのっぺりした無表情》(41)をたたえて頑強に黙ったまま、都会の少年たちを見まもっている。監視役の男に命じられて、感化院の少年たちが腐乱した動物の死骸の山を土中に埋める作業をしていると、村の子供が死んだ子鼠を指さきにつりさげて現れる。「ここにも、一匹いるぞ」という、その子の「話し言葉」については、《少しおびえと羞恥《しゅうち》にまみれ、そして逆にいたけだかになった声が僕らの背後から、母音の脣の開きの狭いこもった方言で呼びかけた》と、念入りに音声として描写されている(48〜49)。その日の夜、仲間の少年が死ぬ。怯えて助けを呼ぶ感化院の少年たちの叫びが《夜の森の獣たちの声》のように立ちのぼる。板戸で閉ざされた「宿舎」の庭に、村の男たちが集まってきて、その黒ぐろした群がりが《おそらくは昂奮のために殆ど意味の判らない強い方言》で議論をやっている。僕らは《吠えたてながらひしめく犬の群れ》のように、それらの大人たちを見つめるしかない(63)。

国家の支配体制を末端でになう村長が、村民もろとも姿を消して、村は少年たちの共和国になった。親に死なれた少女と語り手の「僕」とのあいだには愛が芽生え、朝鮮人の少年と感化院の少年たちは友情で結ばれる。ところが少女は疫病に感染し、朝鮮人の集落でかくまわれていた予科練の脱走兵が、年長者の落ち着きを見せて看病したのだが、苦しみの中で死んでしまう。「弟」は、愛犬が感染の源とみなされて虐殺されたのを悲しんで、失踪してしまった。打ち立てられたばかりの新しい秩序が、こうして無惨にも崩壊したところへ、村人たちが戻って来る。村長は少年たちの狼藉を責め、村人の脱出も疎開児童の遺棄も脱走兵の虐殺も、要するにお上のお咎めを受けるような《事件》に相当する不祥事は全て、何もなかったことにするという結論に至ったことを告げ、これを受け入れ、そのむね証言するよう、少年たちに迫る。《はめこまれる》ことを拒んだ少年たちは激しい暴力で打ちのめされ、食べ物で誘惑され、次つぎに屈服する。最後に朝鮮人の少年が《きわめて卑屈な語感のあらわな方言を使って》言い訳めいた詫びを述べる——拒めば朝鮮人の集落全体が追いたてられることはわかりきっていた。あくまで承服しない語り手の「僕」は追放され、凶暴な村人に追われて《より暗い樹枝のあいだ、より暗い草の茂みへむかって駈けこんだ》というところで幕。

村人たちとともに帰還して、少年たちの前にふたたび姿を現した監視役の男は《人間対獣の眼》で「僕」をにらみ、《捕虜あつかい》にしたのだった（187）。憲兵や巡査や村人に惨殺される逃亡兵の悲鳴を耳にして、朝鮮人の少年はにくしみにみちてこういった——「俺たちはかくまっておいたのにおなじ日本人同士で殺しあう」。その朝鮮人の少年が《暗く澄んだ眼、きわめて民族的な朝鮮の人間の眼》（204）をしていることを、「僕」は見てとった。村のおとなたちは、《人間同士》であることさえ忘れ、四国の山奥で戦場の野蛮を育んでいる……

これだけ暗い時代が背景にありながら、作者にとっては《幸福な作品》であったという（「解説」231）。たとえば、語り手の「僕」と孤児の少女との《はじめての愛》が疫病によって残酷に断ち切られ、鬱屈した表情で「国が降伏しさえすれば、俺は自由になる」（165）とつぶやいていた、みすぼらしい脱走兵が威厳をとりもどして献身的にふるまうあたり、ほとんど通俗小説のように哀切な進み行き……　ただし、これは絡みあうエピソードのひとつであって、作品全体を照らす澄みきった光源は「弟」にある。

大雪が降って、少年たちは「スケートリンク」をつくろうと勇み立ち、さらに野鳥を捕えて祭をやろうと昂揚する。「僕」と「弟」は罠を仕掛けて茂みにうずくまるのだが、退屈な時間が流れ、その場を「僕」がちょっと離れたあいだに、愛犬レオの奮闘によって見事な雉が仕留められたのだった。感動のあまり「弟」は青ざめて躰中震え、「僕」は喜びに殆《ほとん》ど嗚咽《おえつ》の衝動におそわれる。《僕らはそのまま短い時間抱き合っていた。レオは僕らの周りを吠えながら駈けずり、ふいにおどり上った》。それから犬と「弟」がもつれ合って雪の上を転げまわり、その格闘に「僕」が加わって、《僕らはまったく躰中のあらゆる血管を狂気に毒されていた》。

急に弟がぐったり力をぬいて坐《すわ》りこみ、僕も彼に腕をからんだまま雪に腰をおろした。レオが雉に跳びつき、それを弟の膝に運んだ。僕らは黙ったまままそれを長い間見つめた。弟の指が雉の頭頂の赤っぽい艶《つや》のある硬い緑の羽毛を小きざみになでた。そして犬の唾液《だえき》に濡れている暗い菫色《すみれいろ》の頸《くび》、豊かな色の氾濫《はんらん》する背。それはしっかり引きしまって運動感覚にみち美しかった。（157）

雪に埋もれた深い森の中、溢れる色彩と躍動感と二人の少年の恍惚が一つに溶け合った、鮮烈なクライマックスである。大江はのちに《この長編小説を私はほぼ中間の「猟と雪のなかの祭」という章から書き始めていた》と証言している。[22]「遺棄」された他所者《よそもの》の子供たちが《世界の真の王者》になるという発想は、『洪水はわが魂に及び』にも通じるものだろう。

・後日譚

瑞々しい初期作品は、完結して書架におさめられ、そのままになったわけではない。「続篇」あるいは奇態な後日譚とみなせる中篇『「芽むしり仔撃ち」裁判』が一九八〇年に発表された（岩波現代選書『現代伝奇集』所収）。作家は四十五歳。この年の前後は大江健三郎の執筆生活の山場のひとつ、biography の視点から見れば結節点のひとつに当たるのではないか、とわたしは考えている。とりあえず簡単な総括をしておくなら、二十余年のあいだに刊行された本は質・量ともに圧倒的なもの——『個人的な体験』（一九六四年）、『万延元年のフットボール』（一九六七年）、『洪水はわが魂に及び』（一九七三年）、『同時代ゲーム』（一九七九年）など、十二の長篇小説の他、短篇・中篇集が十二冊、単行本となった評論・エッセイなどが十六冊。政治的なコミットという意味での「状況」をめぐる論説は研ぎ澄まされ、『文学ノート　付＝15篇』（一九七四年）、『小説の方法』（一九七八年）など、書く現場をめぐる探究や方法論の深化・先鋭化もめざましい。

さて問題の「続篇」だが、『芽むしり仔撃ち』は語りの形式という意味では、ごく単純な「一人称小説」として書かれていた。これに対し『「芽むしり仔撃ち」裁判』では、語りの技法そのものが前景化され、全体が複雑怪奇なフィクションに仕立てあげられている。《兄さん、僕がはじめてそいつを遠方から眼にした時の嫌悪感は、いわばこの世に他人が実在し、自分が実在することへの、その根本的な組みあわせそのものに発するもののようだったよ。》という幕開けの一文に続く言葉は、先に引用した美しい弟と兄と犬の躍動感あふれる戯れの場面を、それこそ全否定することを意図したもののようにも思われる。特別製車椅子に固定された一個の肉体——原型を留めぬほどに破壊と損傷と人工的な修復を繰りかえし、五感の機能もあらかた失われているらしい《そいつ》——との邂逅を「僕」は報告し、その時の《嫌悪感》の起源を説明するのである。

「僕」が語りかけている「兄さん」は、かつて『芽むしり仔撃ち』を書いた作家であり、その「弟」が現在はアメリカにいて、英語で書き送ってくる「手紙」を兄の作家が「翻訳」したものが、いまわたしの読んでいる小説であるという。この複雑な仕掛けが冒頭で明かされて、そのまま「一人称」の叙述が続く(英語の手紙の書き手と日本語への翻訳者がいるというのだから、発話者と文体の責任者が異なるわけで、いわば二重化された一人称の書簡体小説である)。谷川に落ちて死んだと思われていた美しい弟は、じつは生きており、それもアメリカの市民権を得るためにヴィエトナム戦争に参加して五十二名もの「ヴィエトコン」を殺したという実績を持つという。その人物が「自伝」を書いて売りだしたいと考え、その目論見に乗った出版社の社長が執筆の助手として雇用したのが、「兄さん」に英語の手紙を書いてくる「僕」なのである。

一人称の語り手と「兄さん」は、かつては「感化院」の少年たちを黙って見まもっていた村の子供だった。「僕」は助手を務めることになった相手に「戦争の末期にわれわれの谷間へやって来たきみたちは、村の方言とはちがう言葉で、つまり標準語でしゃべる子供らだった」（『芽むしり仔撃ち』裁判』181）と指摘したりもする。想起されるのは、《村民総ぐるみの退去のあとに、疎開児童らのユートピア》（『芽むしり仔撃ち』裁判』268）が建設されたという、戦争末期の事件だが…… それで事が終わったわけではないらしい。敗戦の直後には、《デモクラシー裁判のために占領軍のジープで乗りこんできた少年》がいて、それが死んだはずの「美しい弟」だったという、思いがけぬ事態が明かされてゆく。しかも英語の手紙を書いてくる「僕」は、徐々に気づくのである、死んだはずの「美しい弟」としてふるまっているのは、じつは逃亡した「兄」のほうではないか……と。

パロディとグロテスク・リアリズムの結晶のような作品だが、裁かれる対象は「デモクラシー」の軍隊の出現にうろたえる村人だけではない。ギクシャクと屈折する語りは、敗戦直後の日本の領土へのアメリカ軍の進駐と、そのアメリカ軍に身を投じた日本人のヴィエトナム戦争への参加という連続した流れを照らし出す。よく知られているように「後日譚」や「再話」という方式は、無尽蔵の大江文学の根っこを支える土台である。『芽むしり仔撃ち』裁判』は、もっとも早い時期の試みのひとつ。

5　それぞれの八月十五日

・未来へ向けて回想する

『大江健三郎 同時代論集』全十巻は、一九八〇年の暮れから翌年の夏にかけて刊行された。[23] 渡辺一夫による外函装画の一部が、ベージュのクロスを貼った表紙に臙脂《えんじ》色の箔押しで再現されており、じつに瀟洒な作り。過去に発表した評論やエッセイなどの全体から取捨選択された論考が、主題をもとにブロックにまとめられ、第一巻「出発点」から第十巻「青年へ」まで、各巻に表題が掲げられている。それぞれの巻の内部も議論の素材や視点により複数のブロックに分け、巻末には「未来へ向けて回想する――自己解釈㈠～㈩」という新しい文章が添えられた。人生半ばの作家が未来を見据えて過去を展望するという、綜合的な仕事であり、これを作家の人生の結節点、あるいは中仕切りのようなもの、とわたしは見立てたのだった。あまりにも強靱かつ豊饒で途切れることのない大江の執筆活動を、一つのパースペクティヴに収めたいという願望が探し当てた目印である。

大江は若いころ、ノーマン・メイラーに傾倒していた。なかでも《アメリカでの文庫版を、ながいあいだ、自分の聖書のように》していたという『ぼく自身のための広告』が、『同時代論集』を企画した大江の念頭になかったはずはない。[24] ひと言では定義しがたいこの本で、メイラーは、これまでに書いた膨大な自作を編集し、自己分析のための仕掛けである「○○のための広告」と題した、由来も形式も多様なテクストを随所に挟みこんでゆく。「広告」とは、大江の用語によるなら「未来へ向けて回想する」こと、つまり回想しつつ未来に向けて語りかけることにほかなるまい。メイラーの『ぼく自身のための広告』は、きわめて複雑な批評装置を内包した一冊の本として姿をあらわすのだが、考えてみれば大江健三郎も、雑誌に掲載した評論の単行本化、単行本の文庫化、中篇・短篇集の刊行、等々に際して、しばしば新しい文章を「広告」advertisement のように挟みこむ。「小説」や「評論」の本体のテクストを囲む「パラテクスト」――「序文」「あとがき」「前口上」「解説」「○○のためのノート」「○○のための広告」など――の執筆や、それに先立つ自己編集の作業は、一貫した自伝的な意図に支えられている。さらには、文学世界の生成過程そのものを意識化し、可視化しようという批評的な意欲によって牽引されている。

「出発点」という表題を持つ『同時代論集1』の巻頭は「戦後世代のイメージ」と題したエッセイで、一九五九年の年頭に『週刊朝日』に連載されたもの（初めての本格的な評論集である一九六五年の『厳粛な綱渡り』でも巻頭に置かれている）。これ一本が独立して第Ⅰ部となり、第Ⅱ

部には《戦争にたいする恐怖感の強弱の種類》を論じた「ぼく自身のなかの戦争」などが収められ、六部からなる全体を戦争、敗戦、占領、戦後、憲法、性、文学、等々の主題が貫いている。その第一エッセイ「戦後世代のイメージ」の幕開けには「天皇」という小見出しが……

戦争がおわったとき、ぼくは山村の小学生で、十歳にすぎなかった。天皇がラジオをつうじて国民に語った言葉は、ぼくには理解できなかった。ラジオのまえで大人たちは泣いていた。ぼくは、夏の強い陽ざしのあたっている庭から、暗い部屋のなかで泣いている大人たちを見つめていた。(『同時代論集1』8)

「堪へ難きを堪へ、忍ひ難きを忍ひ以て万世の為に太平を開かむと欲す」——独特のうねるような抑揚、くぐもった声、あの「玉音放送」の一節は、八十年近くが経過した今日でも、毎年八月十五日のテレヴィ放送でお定まりのドキュメンタリー映像とともに流される。しかし一九四五年の子供にとって、不意打ちの「終戦の詔書」の日本語は意味不明だった。大人たちは家のなかでラジオを聞いていたから、村道には子供しかいなかった。天皇が、ふつうの大人とおなじように、《人間の声》で話したという、《ふしぎで、いくぶん期待はずれな事実》が、いちばん興味をそそる話題だった。その声をたくみにまねる少年がいて、その《天皇の声》で語る、きたならしい半ズボンの仲間をかこんで、子供たちは笑い声をあげた。その笑いは、夏の昼間の、静まり返った山村にひびきわたり、小さなこだまをよんで、高く晴れた空に消えてゆく。その空の高みからまいおりた不安が、ふいに不敬な子供たちをとらえた。ぼくらは黙りこんで、おたがいを見つめあった……

　大江のテクストを要約すると、大切なものを取りこぼしたような不安を覚えるのだけれど、全てを引用するわけにもゆかない。四国の森のなかで十歳の少年は、どのように八月十五日を生きたのか？　そもそも都会と田舎のどちらが戦時下の軍国主義的な締め付けが厳しかったのか？――なんとも大ざっぱな疑問だけれど、じつは大江自身が、同世代の都会の子供たちに比べて、自分らの戦中の経験は苛酷だった、と考えているように見える。そう推測する根拠を二つ。

　第一に、これはわたしの前著『大江健三郎と「晩年の仕事《レイト・ワーク》」』の第一章などで触れた問題でもあるのだが、大江健三郎は丸山眞男の著作を読み込んでいた。そして「丸山政治学のバイブル」などと呼ばれもする『現代政治の思想と行動』によれば、日本は産業の発展が未熟だったからドイツやイタリアのように労働者階級の組織化が進まず、ファシズムはむしろ農村に根づいていたという。これに対して都市在住の《本来のインテリゲンチャ》はファシズムへの《消極的抵抗》さえ行っていたというのが、丸山の見解であり[25]、この見取り図に照らすと、大江健三郎の少年期の体験はもとより、都会的な大岡昇平の立ち位置もすっきり理解される。

　第二に、ひとくくりに地方や農村といっても戦略的な重要性には歴然たる格差があるはずで、すでに見たように戦争末期、瀬戸内海の軍港・呉を対岸に持ち、特攻精神の拠点となった予科練と海軍航空隊を擁する松山は、切迫した危険に曝されていた。一帯では大人たちも、本土空襲の予感と恐怖に囚われていただろう。丸山は、ファシズムの担い手となった地方在住の「中間層」について、様ざまの職業を列挙しているが、その一つは教員である。田舎の国民学校が実践した単純明快な軍国主義教育とは、端的にどのようなものであったのか？

おい、どうだ、天皇陛下が、おまえに死ねとおおせられたら、どうする？

死にます、切腹して死にます、と青ざめた少年が答える。

よろしい、つぎとかわれ、と教師が叫び、そしてつぎの少年がふたたび、質問をうけるのだった。

おい、どうだ、天皇陛下が、おまえに死ねとおおせられたら、どうする？

死にます、切腹して死にます。（『同時代論集1』9）

執拗に反復される問答によって、少年は恐怖感に凝固する。そして少年は夢を見る――《ぼくは病気になったとき、白い羽根を体いちめんに生やした、鳥のような天皇が空をかけってゆく夢をくりかえして見た。そしてぼくはおそれおののいた》。この夢の白い鳥のような天皇が、原型ということか……『政治少年死す（「セヴンティーン」第二部）』で「おれ」が夕暮れの海上に見る聖なるもののエピファニーは《燦然たる紫の輝きが頬から耳、髪へとつらなる純白の天皇の顔》と記述されている。[26] 左翼の大物政治家を暗殺する右翼少年の物語は、社会党委員長・浅沼稲次郎の暗殺という現実の事件を予感させる不穏な世相が呼び水となって書かれたといわれるが、たぶんそれだけではない。十歳の少年は、超越的な存在として天皇を尊崇することを、問答無用で強制された心性として、いわば体で覚えて血肉化していたにちがいないのである。

・四国の森の少年×仙台の少年

聡明な十歳の少年は、その天皇の超越性＝聖性がしろしめす国家では、苛烈な暴力が公認・奨励されていることも、理解していたと思われる。大江が「中国訪問第三次日本文学代表団」の一員として訪中した際に、「朝日新聞」（一九六〇年六月五日付）に寄稿した「奉安殿と養雛温室」より。先の《白い鳥のような天皇》と並べてみるとチグハグにも感じられるけれど、記憶の奥底に沈んだ無数の相容れぬイメージの断片を、そのままに温存する少年だからこそ、長じて小説家になったのではないか。

> 大瀬国民学校のひにくれ者の生徒だったぼくは毎朝、校長から平手でなく、拳でなぐられていた。左手をほおにささえ、逆のほおを力まかせになぐるのだ。今もなお、ぼくの歯はそのためにゆがんでいる。
>
> 校長は、奉安殿礼拝のさいに、ぼくが不まじめであったといってなぐるのだ。奉安殿は、近隣まれにみるりっぱさ、校長自慢のものであった。日曜の夕暮れに、ぼくは玉砂利をふんでのぞきにいったが、金色につやのある木の台と紙箱と、天皇陛下、皇后陛下の写真が見えたのみであった。
>
> そこで、ぼくは毎朝の礼拝にまじめになることができず、そこで校長に歯がゆがむほどにな

ぐられた。(『厳粛な綱渡り』文藝春秋新社、一九六五年。引用は講談社文芸文庫91)

戦時下の学校における身体的暴力をめぐっては、対比してみたい東北地方のエピソードがある。以下の文章の「私」は憲法学者の樋口陽一。早生まれの大江と学年は同じだったはず。

もうひとつ、四五年の記憶で忘れられないのは、私は級長をしていたのですが、校長先生からもらった正式な辞令は「副小隊長を命ずる」というものだった。つまり校長が連隊長で、担任が小隊長。学校全体が兵営で、軍隊の内務班と同じ。小学五年生だから、いたずらをする。すると連帯責任で級長(副小隊長)が殴られ、いたずらをした本人が殴られる。真面目な先生ほど一所懸命殴った。また、そうした先生ほど、戦後は組合の活動に熱心に取り組んだ。その中で一人だけ忘れられないのですが、〝鬼軍曹が組合の指導者になった〟先生が、生徒の前で謝罪したことがある。「これからは民主主義のために私は一所懸命やる」と。(加藤周一・樋口陽一『時代を読む』[27] 5〜6)

総務省のサイトの「仙台市における戦災の状況」(宮城県)で確認するなら、「学都・軍都」として栄えた仙台市には、宮城・福島・新潟の三県を管轄する陸軍第二師団が置かれていた。一九四五年四月から空襲警報が増え、七月十日の空襲では百二十三機のB29が飛来して、人口約二十六万の五分の一が被災したという。[28] 東北帝国大学と旧制のナンバースクール第二高等学校の伝統を誇る住民のなかには、丸山眞男の分類による《本来のインテリゲンチャ》もかなりの割合でいたにちがいない。しかし、四国の森と仙台のケースを比べれば、権力構造に内包された暴力性と野蛮さは、似たようなものだろう。外見は多少ソフィスティケートされた嗜虐性のなかに、子供たちが巻きこまれていたというのが、都会の特性といえようか。

ところで八月十五日は「敗戦」か「終戦」かについて、仙台の少年はこう考えた――戦争中は「これは終わることのない戦争」だと教わっていた（いわゆる「総力戦」による「永久戦争」という発想）。しかし《日本がアメリカを占領し、アメリカ本土に日の丸を立てるなどということは、いかにファナティックな陸軍も考えていなかった》のだから、《終わるとしたら自分たちが死ななくては終わらない。小学校五年生でも級長ぐらいやっていれば、論理的にそれぐらいのことは計算できる》とのこと。つまり「これで自分は死ななくてよい」という思いが真っ先にあって、とりあえずの実感は「終戦」だったというのである。《毎日殴られていた》級長の少年は、その時点では先生の教える「敗戦」の恐怖感――「アメリカの軍艦に乗せられて太平洋の真ん中で突き落とされる。女の子はもっとひどい目に遭う」等――を仲間とほぼ共有していたのでもあるらしい。

かつての「軍都」は進駐軍の大きな拠点となる。完全武装で縦隊を作る日本の兵隊とちがってＧＩ（当時のアメリカ兵の俗称）は《チューインガムを嚙んで「ヘ〜イ！」などと言いながら歩いて》いる、これが一番の「カルチャーショック」だった。戦後少し経ってから、生まれて初めて見た外国映画がジャン・コクトー監督、ジャン・マレー主演の『美女と野獣』であり、もんぺ姿で買い出しにゆく日本女性を見慣れていたから、こんなきれいな人がいるのか、と見てはならない西洋を見たという感じだった。いうならば、ＧＩと『美女と野獣』で「全く新しい世界」に出会ったことになる、という言葉で、樋口陽一は少年期の「敗戦」という体験を要約する（偶然ながら『美女と野獣』は、大岡昇平が帰国して映画会社にしばらく籍を置いていた時期に字幕スーパーを担当したフランス映画……）。

さて四国の森に住む十歳の少年は《敗戦と終戦という二つの言葉を、いくたびもいくたびもノートにならべて書いてみた》という。[29] 校長は、みなさん、日本が戦争に敗けたと思ってはいけません、と演説し、仲間たちも「終戦」という表現を好んだ。「敗戦」という言葉を思いうかべるたびに《おびえにとらえられ、ぼくのまわりの世界が、秩序をうしなってがらがら崩れてしまうような気がした》と大江は回想する。「終戦」という言葉は、その逆に《奇妙なやすらぎの感情》をあたえるのだった。戦中の大江少年も、戦場に駆り出されることを恐れ、駆けるのが遅い自分は《突撃》のとき、一人ぼっちに荒野にとりのこされる、とか、一斉射撃するとき、味方を傷つけないか、とか心配したというのだから、不安の解消という意味でも、戦争が終わったことが「解放」と感じられたのは事実だろう。

先に引用した対談の冒頭部分、樋口陽一による少年期の経験の要約に応じて、加藤周一は指摘する——戦争が終わって、一方では解放感、他方では敗北感があり、日本はいまだにその体験をひきずっている、それが《憲法問題を複雑にしている》と。「解放感」は意識化されて護憲論になり、「敗北感」が改正論や憲法に対する違和感（いわゆる「押しつけられた」憲法）として残っているのではないか、というのである。なるほど「戦中」から「終戦／敗戦」へ、そして「戦後」へと時が流れる中で、こうした感情的なものは「現実政治」を背後から方向づけてきたにちがいない。小説家が鋭敏に反応するのは、このような次元のゆれ動きである。

たとえば「憲法についての個人的な体験」と題した大江の講演（一九六四年）には、「占領」ということについて、滑稽な話ながら当初は《無感覚》だったという述懐がある。[30] ジープに乗ったアメリカの兵隊が村の谷間までやってきたりしていた。それを現に自分の眼で見ていて、しかも占領ということを気にもしなかった。やはり戦後の数年間には《非常に明るい感じがあって、アメリカ兵が解放軍に見える》（傍点は引用者）ことがあったのであり、それは子供たちだけの錯覚ではなかった、と大江は強調する。

もっとも、都会のインテリたちは、たとえば二・一ストというふうな契機があって、突然暗くなる戦後というものを体験していたのでしょうけれども、田舎で育っている十代の少年にとっては、やはり戦後はあいかわらず明るい感じがしつづけていて、その明るい一連の歴史の中心に新憲法があり、それがうまく運用されているという気分があったわけでした。（傍点は引用者、『同時代論集1』74）

補足するなら二・一ストは一九四七年二月一日に予定されていた日本労働史上最大のゼネラル・ストライキであり、マッカーサー連合国軍最高司令官の命令で禁止された。引用した大江の回想の前後には、近隣の新制高校の一年生のときに、徳田球一や野坂参三など日本共産党の幹部がマッカーサーにより追放された事件に大きな衝撃を受けたこと、同じ一九五〇年に朝鮮戦争が始まり、松山の高校に転校した大江は《朝鮮の戦場で若い日本人たち、とくに高校生程度の学力と年齢のものが必要とされている》というデマに煽られたこと、などが語られている。一九五三年に上京する以前から、四国の少年は《新憲法が辱かしめられる》ということを通じて、世界にしのびこむ《あまり明るくない雰囲気》（傍点は引用者）を感知してもいた。

・「敗戦」を生きる

二つの、というよりむしろ、一対の短篇を読みなおしてみたい。二〇一四年に刊行された『大江健三郎自選短篇』[31]にも収められている『人間の羊』と『不意の啞』。先にノーマン・メイラーの例を引いて述べたように、自己編集は、作家が自身に向ける批評行為でもある。大江は『自選短篇』の「あとがき」で、短篇小説の総体から選んだが、《それらの短篇のいちいちから、自分の生きた「時代の精神」が読みとりうることを（しばしば消極的・否定的な表現となっているのではありますが）信じるようになりました》と述べている。すでに話題にした短篇だが、深い森に落下傘で降りた黒人兵を村人が「山狩り」で捕え《獣のように飼う》という『飼育』は、敵機の飛来する戦争末期の話。一方『人間の羊』と『不意の啞』はともに「占領」にまつわる話であり、これら三篇は、いずれも一九五八年に文芸誌に発表された。全体で二十三篇を収めた『自選短篇』では、「I　初期短篇」八篇の中心的なブロックをなす。

『人間の羊』は、酔った外国兵の一団と疲れた勤め人たちが乗り合わせた都会のバスの中での出来事を語るもの——学生の「僕」は、女連れの若い外国兵に因縁をつけられ、ナイフで脅され、ズボンを脱がされ《四足の獣》のような姿勢で剝き出しになった尻を叩かれる。外国兵たちは《羊撃ち、羊撃ち、パン　パン》と歌い、笑いたてて、通路を歩いて他の乗客たちをひきずり出し、列になって背を屈めた《羊たち》の裸の尻を叩き、いよいよ熱狂して歌いどよめいた。歌いつかれた外国兵が一斉にバスを降り、うなだれた犠牲者たちと傍観者の日本人たちが置き去りにされた。

ここからが「僕」の災難の二幕目。はじめは「僕」の屈辱をくすす笑い、それから見て見ぬふりをしていた乗客たちが、それぞれに一見まっとうな反応を見せる。一人の教員が立ちあがった。その声は《被害をうけなかった者たちの意見を代表しているように堂々として熱情的》だったが、被害者たちはうなだれて黙ったままである――《僕らを、兎狩りで兎を追いつめる犬たちのように囲んで、立った客たちは怒りにみちた声をあげ話しあった。そして僕ら《羊たち》は柔順にうなだれ、坐りこみ、黙って彼らの言葉を浴びていた》。教員は、ひときわ高い声で、警察に事情を話そう、被害者が集まって世論に働きかけよう、と訴える。体の底ふかく《屈辱が鉛のように重く》かたまって「僕」は身動きすることも億劫だった。《不意の啞》に僕ら《羊たち》はなってしまっていた……　バスが停止し、夜霧の流れる街に乗客たちが散ってゆく。逃げるように外に出た「僕」に追いすがる教員の執拗な説得、慰撫と強制、交番での新たな屈辱。そして教員の苛立ちと、怒りと、嘲罵の言葉――《兵隊にもお前たちにも、死ぬほど恥をかかせてやる。お前の名前をつきとめるまで、俺は決してお前から離れないぞ》。

《外国兵をのせた一台のジープが夜明けの霧のなかを走ってくる》という、これも霧の風景で始まる『不意の啞』は、四国の森が舞台。時間はやや遡って戦争が終わったばかりの夏のことである。村に到着した五人の外国兵と日本人の通訳を、村人や子供たちが遠まきにとりまいている。「少年」の父親が「集落長」として呼び出されたが、外国兵は《おとなしく礼儀正しい感じ》である。昼過ぎに《まっ白な皮膚と陽に輝く金色の体毛》をもつ外国兵たちが水浴びを始め、そこに《黄褐色》の皮膚をして《全身がつるつるして汚らしい感じ》の通訳の男が加わった。見物の子供らは尊大な通訳をいくぶん軽蔑して笑い声をあげる。その通訳の靴が見えなくなり、通訳は犯人を捜せと執拗に村人に迫る。「おれに協力することは進駐軍に協力することだ。日本人は、これから進駐軍に協力することなしには生きてゆくことができない。お前たちは負けた国の人間じゃないか。勝った国の人間に虐殺されても不平をいえない立場だ。協力しないでいることは気違いざたじゃないか」……　再び呼び出されていた「集落長」が、居丈高に迫る通訳に背を向けて立ち去ろうとしたとき、通訳が外国語で何かを絶叫し、外国兵が発砲した。

そして第二幕――夜が更けて《谷間の底の谷川から濃い霧が湧きあがる》なかで、村の男たちと父を殺された少年により報復が行なわれ、翌朝、谷川の深みに通訳の水死体が浮んだのだった。村人も子供らも外国兵の姿が目に入らぬかのように、ごく日常的な動作をしていた。ジープは水死体をのせて村に入った道を引き返していった。

あれは「報復」というより「処刑」ではなかったか、と思わせるほどに、全ては無言のうちに――それが暗黙の了解であり、定められた法の執行であるかのように――「不意の啞」となった者たちによって粛々と遂行されたのである。なるほど村には「共同体」があり、村人は言葉を失っても人間としての尊厳を失わない……　という方向に解釈を進め、ばらばらの群集でしかない饒舌な都会人たちと対比するのは、見当はずれではないにしても、安易な社会評論に過ぎない。一方でこれらの短篇が、バスで演説する「教員」とジープに乗ってきた「通訳」の、権威をまとった言葉への抵抗として、相似形の構造を持つことはまちがいない。「不意の啞」という言語的モティーフによってつながれた二つの小品は、屈辱の「穴ぼこ」に落ちこんだ者ら、あるいは虐殺される者らの失語状態を、小説家が自ら選びとって「出発点」としたことを告げている。

あらためて強調するまでもないけれど、占領下の出来事といっても、「米兵」の暴力を克明に告発することが小説の意図ではない。より一般的な「外国兵」という語彙によって、描写された「時代の風景」は普遍的なものとなり、そこに「時代の精神」が迫り上がってくるだろう。占領によって主権を奪われた国民が、新憲法に謳われた「個人の尊厳」を失わずにいることはむずかしい、という主張がそのままに、小説のなかで剝き出しに語られることはないのである。小説は「護憲」の意志をフィクションのなかで表明するために書かれるわけではないのだから……『飼育』を含めた三篇が文芸誌に掲載された一九五八年は、新憲法の公布から十二年、サンフランシスコ平和条約と日米安全保障条約が調印されてから七年。翌一九五九年には安保闘争が始まった。

最後に大岡昇平の「八月十五日」についてもひと言。著者自身が晩年に編纂したアンソロジー『証言その時々』については、すでに簡単に紹介した。個々の表題に掲げられていなくとも、全篇の主題が「八月十五日」に収斂するといってさしつかえない本である。たとえば「二十年後」と題した二ページほどのエッセイは、《二十年前の八月十五日夜、私はレイテ島の俘虜収容所にいた。仲間といっしょに私は少しばかり泣いたが、祖国の将来について絶望していなかった》という文章で始まっている。

われわれはとても小さくなるだろうが、そのために罪悪感から免がれることが出来るだろう。文化的にも小さくなるだろうが、片隅の幸福を享受することが出来るだろう、というようなことを考えた。

再建にかかる時間はまず十年だろう、というようなことを、俘虜の友人と話し合った。十年経った。アメリカとの単独講和を結んだが、アメリカの軍隊はまだ日本領土内にいて、日本の主権は三分の二ぐらいしか返っていない感じだった。トランジスタ―ラジオと造船によって、祖国は繁栄の道を歩み、朝鮮、ベトナムで、アメリカが生み出している戦争状態に協力していた。週刊誌は性的に無軌道な若い世代を謳歌していた。

二十年経った。政府はアメリカと軍事同盟を結び、ベトナムにおける同盟国の拡大戦争の冒険に加ろうとしている。これは道義的に不正であるだけではなく、祖国を核攻撃を受けるリスクにさらす危険な政策である。（『証言その時々』95〜96）

二十年前には思いも及ばなかった祖国の現状を見て《痛憤極りないといえば大袈裟であるが、幸い意見を述べる機会があるから、黙っていないのである》との言葉が全体をしめくくる。ところで《私の戦争に関する意見の、ほとんど全部》を収めた『証言その時々』には、例外的に『俘虜記』というフィクションから十五ページほどが抜粋されて収められている。それは「八月十日」と題した章の一部である。

……………………

八月十日は悪いニュースが入った。長崎原子被爆。広島に投下されたものよりもさらに強力なものの由である。

ウェンディは私にいった。

「何て馬鹿だ。ねえ、おい、君んとこの天皇は何か特別の命令を出して、軍を降伏さすことは出来ないのか」

「その時彼等は彼を殺すであろう」

私は横を向いた。ウェンディは俘虜の通訳の身分不相応な不機嫌にびっくりしたらしい。

「うっふ」と胃弱性の笑いを洩らすと、何処かへ行ってしまった。(『証言その時々』21〜22)

その日の夜に——つまり本土の国民に五日先立って——レイテ島の俘虜収容所の日本人たちは戦争の終結を知った。彼らはどのように祖国の「敗戦」を生きたのか? 抜粋の背後には『俘虜記』の大きな世界がある。

6『俘虜記』――小説という多面体

・文学的実体としての戦後文学

大江健三郎は大岡昇平について、少なくとも三度、まとまった文章を書いている。第一に一九六八年『持続する志』（文藝春秋）に収録された「大岡昇平の人間と作品」という評伝風のもの。第二に「大岡昇平・死者の多面的な証言」と題したエッセイで、これは「野間宏・救済にいたる全体性」と「埴谷雄高・夢と思索的想像力」のあいだに挟まれており、これら三篇が並んで一九七三年の『同時代としての戦後』（講談社）の巻頭を飾る。この評論集はそのまま『大江健三郎 同時代論集6 戦後文学者』（岩波書店、一九八一年）に再録されて、その前半を占めることになる。第三は一九八三年『大岡昇平集10』（岩波書店）のための『『レイテ戦記』解説』である。なお『大岡昇平全集13』（筑摩書房、一九九六年）にも「多面的なエクリチュール」と題した十ページほどの「解説」があるが、これは大岡の遺著『堺港攘夷始末』をめぐるものであり、今回は検討の対象としない。

第一の論考は、冒頭で作家と父母との関係を論じ、キリスト教の問題にも触れたのち、『武蔵野夫人』『野火』などを中心に考察。第二の論考は、『俘虜記』『野火』に加えて二年前に刊行された『レイテ戦記』（初版）を射程に入れる。そして第三の論考を大江はこんなふうに書き始めるのである――《『レイテ戦記』をほぼ十年をへだてて再読した。感銘は圧倒的であった。初読の際にくらべ、はるかにまさって、とも思う》。この圧倒的な感銘を精緻な作品論として文章化したときに、大江は大岡昇平こそ自分がその後尾に身を置く《第二のライン》の先導者であり、ノーベル文学賞にふさわしい、という確信を得たのではないか？　よく知られているように、大江は受賞の報せが届いた直後の記者会見で、安部公房と井伏鱒二の名とともに大岡昇平の名を挙げた。「大岡昇平×大江健三郎」という出会いの醍醐味も『レイテ戦記』の作品論に見出されるはず、と予感するのだが、この論点は先送り。『同時代論集6』の巻末に添えられた「未来へ向けて回想する――自己解釈(六)」も参照しつつ、第二の論考を読むことにしよう。

『同時代としての戦後』は一九七二年「群像」に十ヵ月にわたり連載された作家論であり、先に例を見たように作家名と作品の定義のような短い言葉を「・」を挟んで列挙してゆくという形式。野間宏、大岡昇平、埴谷雄高の三名に続くのは、武田泰淳、堀田善衛、木下順二、椎名麟三、長谷川四郎、島尾敏雄、森有正、計十名だが、これに「死者たち・最終のヴィジョンとわれら生き延びつづける者」と題した長い終章が添えられている。彼ら十名が《各人みなつらなった存在であり、本質的なつながりの輪はこのように明瞭だと、浮びあがらせる》ための洒落た工夫があって、それは作家論の最後に浮上したキーワードを次の作家論の冒頭に置くというだけの、見た目は単純なこととなのだけれど…… たとえば野間宏論が「真の水」という話題でしめくくられたあと、大岡昇平論は《水。水は、一九四四年初夏、フィリッピンにむかおうとする三十五歳の兵士、大岡昇平によっても、独自の意味づけとともに認識された》という一文で幕が開く。「未来へ向けて回想する――自己解釈㈥」のなかでも、それらの具体例が反芻されている。たとえば《大岡昇平と contemplation。contemplation と埴谷雄高。埴谷雄高とデモクラット。デモクラットと武田泰淳。武田泰淳とユーモア。ユーモアの微光。ユーモアの微光と堀田善衛》……という具合(317)。

読む者の興味を快く活気づける巧みな手法である。大江の考えによれば、こうして《本質的なつながりの輪》に収められた作家たちが「戦後文学者」と呼ばれうる。つまり特定の美意識を共有したり、思想的・政治的党派に属したり、雑誌の発刊を企画して結集したり、ということではないのである。短い序文には《かれらはことごとく、ひとつの終末観的ヴィジョン・黙示録的認識を、その存在の核心においているように感じられる》との指摘がある。選ばれた十人の作家のいちいちについて、固有の《終末観的ヴィジョン・黙示録的認識》を摘出し、描出することが、書き手の狙いでもあった。さらに巻末の「未来へ向けて回想する――自己解釈㈥」には、重要なひと言が――一九七三年に『同時代としての戦後』を刊行した《現実的な動機》は三島由紀夫の割腹自殺にあり、これを契機とした《戦後的なるものと、その最良の文学的実体である戦後文学》を否定する社会的風潮に抗うためだったというのである(傍点は引用者)。大江の意図は、三島の作品を徹底的かつ具体的に批判しながら、あえて三島の名をタイトルに掲げることはしなかった長い「終章」を読めば、おのずと理解されるはずだが、この問題に立ち入ることは控えておく。

・旧制高校のドストエフスキー

「世界文学」の展望を考える土台としよう。埴谷雄高との対談のなかで、大岡は『俘虜記』を書くために『死の家の記録』[32]を読み返した、と述べている。若いときにはドストエフスキーを読んだが、スタンダールの『パルムの僧院』を読んでやめちゃった、というのだが、この発言は無視できない。生涯をかけて『死霊』という『悪霊』の「パロディ」を書いた埴谷と同い年だし、そもそもドストエフスキーを語る大御所だった小林秀雄に兄事していたわけだし……というだけの事ではない。一般論としても、そうでなければならないからである。旧制高校と帝大で学んだ文学青年たちのドストエフスキー体験の重さは測り知れないからである。新制の高校・大学を卒業した大江健三郎は、いったん戦前の伝統を引き受けた上で、新たな実りをもたらすこともやっている。初期の例としては『洪水はわが魂に及び』において『カラマーゾフの兄弟』を参照することで。また晩年の作品では『さようなら、わたしの本よ!』において『悪霊』を構造的に含みこむことで。

ドストエフスキーは二世紀前、大岡昇平は一世紀以上昔に生まれた人ではあるけれど、二十一世紀の視点に立って『死の家の記録』と『俘虜記』の接点を見出すことは、むずかしくない。いまふうの用語でいえば、シベリアの監獄もフィリピンの収容所も端的に多文化・多言語の空間として描かれているのである。囚人であれ俘虜であれ、雑多な土地の雑多な階級の人間を無差別に押しこめる場所なのだから、当然ともいえるけれど……　『死の家の記録』では開幕近く、ダゲスタンの美少年が登場して、このイスラーム教徒にロシア語の読み書きを教えることが「私」の慰めとなる（第一部第四章）。いつも群れになっているポーランド人や、傲岸なウクライナ出身の男もおり、稀少なせいか珍種のように扱われるユダヤ人もいる。いうまでもなく帝政ロシアは、多民族国家なのである。『俘虜記』の場合はどうか？

出身は関西と関東が多く、農民・商人・事務員などの職業、軍隊での階級や徴兵の経緯などがタイプとして描き分けられている。とりわけ彼らの「話し言葉」は個性として書き分けられている。対談での埴谷の評価によれば、『死の家の記録』にはロシア人のさまざまなタイプが描かれているけれど、『俘虜記』の著者はフィリピンの土着民や敵のアメリカ人にも出会っている。付言するなら、個々のアメリカ人のヨーロッパ的なルーツを推定し、土地のフィリピン人の反応を横目で確かめ、黒人の肉体や表情を観察しているし、日本が植民地化した台湾人の俘虜の動静も気にかけている……　《日本人を発見したと同時に、世界の他の国をも発見したわけだ》と埴谷は指摘するのだが、大岡の返す言葉は――　《最初の洋行だからな（笑）》（『大岡昇平・埴谷雄高　二つの同時代史』224〜225）。

ドストエフスキーとの関連でもう一点。『俘虜記』のある章を書くときに『死の家の記録』を目標にした、という大岡の述懐がある。《あのダンテスクな風呂へ入るところがあるだろう。あの感じを演芸大会で出したいと思ったんだ》（147）。「演芸大会」は、「新しき俘虜と古き俘虜」の次の章――　《青きは鯖《さば》の肌《はだ》にして黒きは人の心なり》という尾崎士郎の引用をエピグラフにして《やがて俘虜《ふりょ》は急速に堕落し始めた》という一文を冒頭に置く。終章「帰還」に先立つクライマックスである（通し番号もないので「章」という呼び方は不適切かもしれないが便宜的なものとして）。

配給の莨《たばこ》で賭け事をやるとか「外業」（収容所の敷地外での労働）でかすめた食糧を隠匿するとかは、もとからある他愛のない気晴らしだが、問題は、人間的な「堕落」であって、それは性的なものが野放図にはびこることから始まるらしい。裏声の歌唱、白塗りの女装、そして「男情男子」と「女情男子」の排他的な結合、といった際どい話がつづくなかに、一般的な考察が差し挟まれて行く。死ぬまで《エゴチスムの原理の上に胡坐《あぐら》をかいて》社会の外に止《とど》まったスタンダールは正しいが、「チャタレー夫人の恋人」のローレンスとか「コリドン」のジードのモラルとかは未練というもの、といった本音の意見が述べられたりもする（462）。俘虜の娯楽は多種多様、角力《すもう》の次はお手軽な芝居という具合にエスカレートしてゆき、退屈している米兵が観客となり、中隊ごとに競い合う演劇熱が高まって、やがて役者気取りの者もあらわれる。従軍看護婦の大きなお尻の「日本の女」が見物に訪れて「今度の戦争はみんな軍部が悪いんですもの、ちっとも卑下なさる必要ござあませんわ」と激励したという報告もある。ほぼ毎月二回だった演芸大会は、ますます隆盛に赴き、ついに《三晩にわたる大々的大会》が計画された。ふだんから「私」はシナリオや「春本」を書いて購読料の莨を稼いだりしていたから、中隊の演し物の脚本担当である。しかし大盛況の舞台で《自作の猥褻劇》を見る気にはなれず、炊事場から密造の酒を取って来て飲んでいる、というところで幕。これが何故、『死の家の記録』の「風呂」の章なのか？

『死の家の記録』の第一部第九章、垢まみれの囚人が大挙して町の風呂屋に繰りこんだ。《浴室の扉を開けたときには、我々は地獄に落ちたのだという気がした》という場面（浴槽のない蒸し風呂らしい）。奥行きも幅も十二歩ほどの空間に、八十は確かだろうという数の、足に鎖をつけた人間が詰め込まれ、しゃがむ場所のない者は立ったまま、湯気で思い切り体を蒸しあげ、その後で冷水をかぶる。枝箒《えだぼうき》が五十本ほどいっせいに上下して、蒸された体を叩き、ひっきりなしに焼けた石に水が浴びせられ、湯気が立ちのぼる…… まさに地獄の釜そのもの…… 至るところで怒号や哄笑が起り…… 罵詈雑言を吐く者もあり…… 金切り声や叫び声が響いている。

この場面が「ダンテスク」だというのは、よくわかる。「ダンテスク」は「ダンテ風」「ダンテ流」というより「まるでダンテのよう」と訳すべきか…… しかし『俘虜記』の「演芸大会」は《全然だめだった》と大岡は述べている。これに対して埴谷が《いくら捕虜だって鉄の足かせなどない、いまの演芸大会ではそれはしようがないよ》となぐさめ、よく書いているよ、と褒めたりもしているが、要するに大岡の「演芸大会」はダンテにもドストエフスキーにも、あまり似ていない。ちなみに『死の家の記録』の第一部の終わりには「芝居」と題した章があって、囚人たちが知恵をしぼり多彩な芸を見せる。大岡は、この申し分なく感動的でいささか真実味を欠いた場面に対抗するために、「風呂」の章の「ダンテスク」を目標にしたのかもしれない。

それにまた、目標にしたというのは、手本にして模倣したという のとは別のこと。ある作家が他の作家や特定の文章を参照し、それを目標にして書いたという証言があるとして、いかに解釈するか？ たとえばスタンダール自身の「ナポレオン民法を読んで文章の調子をつけた」という言葉は、伝説になっているのだが、大岡は《こういう奇警な宣言に喝采《かっさい》を送る我々内心の喜悦こそ警戒すべき》であると述べている。さらに付言して——《もっともそれだからといって「民法を読んだ」というスタンダールの言葉の真実を疑う理由は少しもない。作品を書きながら作者が所謂「霊感の源」に利用するところのもの、或いは作者の頭に去来する観念自体、屢〻作品に何の関係もないものである。作者は多く自分が何を書いたかをはっきりとは知っていない。読者が作品を作者から奪い取る。こうして作者と読者の間、作品と読者の間に成立する共感の世界、その漠然たる全体が文学と称せられるものなのである》[33]。いかにも大岡昇平は、筋金入りの「スタンダリヤン」だった……

・戦後文学に対するアンチテーゼとして

出版当時の『俘虜記』への反響について、大岡は失望を覚えていたらしい。《目の前に来た米兵を射つか射たないか》という章はよく読まれたけれど、一九五二年に創元社の「合本」を出したときは、《誰もウンともスンとも言わないんだ。おれ、御苦労賞ぐらいくれるかと思っていたら、もう忘れちゃってるんだよ》。同じ年に単独講和（サンフランシスコ平和条約の発効）が重なったせいもあるが、という本人の述懐は「戦後」が早くも風化しつつあるという含意だろうが、そこであらためて考えなければならないのは、日本のいわゆる「戦後文学」において『俘虜記』が占める位置である。まずは埴谷の肯定的な評価を紹介するなら——《『俘虜記』は新しい戦争文学だ。日本的な感情や気分を越えて、つまり、これまでの「敵」と「味方」を越えた新しい戦争文学だ》（236）。正しい指摘だとは思うが、「戦争文学」は「戦後文学」より大きな範疇、もしくは対象のズレた概念であることも事実だろう。大岡自身は、語りおろしの『戦争』のなかで、こう述べている。敗戦の直後は「暴露物」といわれる本、前線で軍隊がどんなにみにくく、ひどいやり方で兵隊を死に駆りたてたか、将校はうしろでうまいものを食って、大本営発表は嘘ばかり……　といった話がたくさん出た（159）。それから「第一次戦後派」というのがあって、戦後という新しい時代を屈折した文体で書いた。そこには椎名麟三の主人公のように、《なんらかの形で自己が解体している状況》があった。

> ところがぼくの『俘虜記』の世界は、自分というものをもっていなくては成立しない世界ですよ。自分がどのようにして生きようかという二十四時間にピントがあるわけですからね。ぼくの自己は崩壊してないんで、そこは第一次戦後派と違うわけですね。だから、ぼくはむしろ戦後文学に対するアンチテーゼとして出ていったはずですよ。（傍点は引用者、『戦争』161）

崩壊していない自己という条件は、そのまま「スタンダリヤン」の大前提であり、「エゴチスム」の基盤ともいえる（元来は英語である「エゴチスム」のスタンダール独自の用語法に、大岡は「自我主義」という日本語を当てており、自己についての真摯で主体的な省察を貫徹するというほどの意味に解釈していると思われる）[34]。いうまでもないけれど、ここで大岡が対抗したという自己崩壊型の「戦後文学」も、先に見た大江の同時代論的な「戦後文学」も、いわゆる文学史的な枠組みとは多少ズレているだろう。しかし、大切なのは、文学史を編纂する評論家やアカデミズムの権威ではなくて、現場で書き考える作家たち、その一人ひとりの用語法……　なにしろ大岡の場合、戦場において自己が崩壊する瞬間の危機を経験したうえで偶々《たまたま》九死に一生を得た人間なのであり、生涯この自覚を守りぬいて戦争を語りつづけた作家なのである。

一九五二年に刊行した『野火』が読売文学賞を受賞したときの大岡の言葉より――『俘虜記』は《戦争という事件を、異常として考えないで、なるべく日常茶飯事と同じ、論理と感情に還算して表現するのを方針として》書いた、ところが《書いた後、どうも何か僕の中に残るものがあった。一応熱帯の自然を彷徨する孤独な敗兵の感覚と感情の混乱、といってもいいでしょう[35]》。『俘虜記』から『野火』、そして『レイテ戦記』へ…… 作家の《終末観的ヴィジョン・黙示録的認識》は深化し、発展する。

すぐれた小説は多面体であり、とりわけ『俘虜記』は読む角度によって相貌が大きく変わる。大江が『同時代としての戦後』の「大岡昇平・死者の多面的な証言」で試みたのは、とりわけ「A 戦争において死んでしまった人間」の経験を、間接的にであるにせよ語ること、そして『野火』がその模範であるように《大きい戦争のなかの、ひとりの兵士の怖れと怒り》(27)について、その証言を丹念に読み解くことだった。

しかるに『俘虜記』では大勢の人物が登場し、その多くは捉まって死を免れた者たちである。以前に「第二のライン」は《陥没》しているという大江の言葉を引いたが、《それほど被虐的な人》ではない大岡さんの場合「収容所」がこれに当たる、という指摘もあった。これはたしかに、大岡昇平の自己解釈とも見合っている。この「文学ノート」の「5 それぞれの八月十五日」でもひと言ふれたが、「八月十日」と題した章の冒頭を。

俘虜の生活では、日附なぞ正確に憶《おぼ》えていられるものではないが、この十日間だけははっきりしている。

昭和二十年八月六日であった。夜大隊書記の中川が中隊本部に入って来て、その日広島へ新式爆弾が投下されたことを告げた。

「えらい力やそうやで。一発で十哩《マイル》四方一ぺんやそうや」と彼はいった。

中川は彼と直接連絡のある米軍の収容所事務所で得た情報を、自慢しに来たのである。私はかねて彼が敵の兵器の威力について、友軍のそれを誇るような調子で語るのを不愉快に思っていた。この元十六師団の砲兵下士官が語る水際《みずぎわ》防衛の経験談は、宛然《えんぜん》米軍側の上陸戦記であった。

十哩四方といえば広島全市を蔽《おお》う広さである。この大災厄《だいさいやく》を彼がいつもの調子で語るのは聞いていられなかった。

彼がなお同じことを繰り返すので、私はいってやった。

「中川さん、いい加減にしたらどうだ。日本がやられるのが、そんなにうれしいのか」

彼はちょっと気色ばんだ。以前なら無論殴られるところであるが、この頃《ころ》は大隊本部の威力が衰え、私のような中隊通訳にも気兼ねしなければならなくなっていた。それに問題は愛国的見地から断然私に有利である。

結局彼の方で自分を抑えた。そして「そんなわけやないが」とか何とか呟《つぶや》きながら、隣の中隊の方へ去った。無論同じニュースを自慢しに行くのであろう。

「はは、大岡さん、大変な権幕じゃないか」

と傍《そば》で黙って聞いていた口隊長がいった。彼のセクショナリズムは、彼の中隊で大隊書記がやり込められたことによって喜ばされたのである。(『俘虜記』394〜395)

まさに「収容所」は日本社会の縮図。崩壊しつつある日本軍の旧弊なヒエラルキーと米軍の絶対的権力が、その閉鎖空間でせめぎあっている。「私」は中隊の書記兼通訳という仕事柄、両者の接点に立ち、米軍の中隊付きサージャントであるウェンドルフと、対等とはいえぬまでも人間らしい会話を交わすことができる。通称ウェンディは見た目はフランス人のようだがドイツ系移民の子孫。事務員であって特段に教養があるというわけではないが、平均的なアメリカ市民の良識を代表する人物と見える。

　翌日、つまり七日、ウェンディが持ってきた日刊紙「星条旗」（いわゆる「広報」ではないが米軍の「準機関紙」とみなされていた）の見出しにあった《ATOMIC の六字》が「私」の眼を射た。《私の最初の反応が一種の歓喜であったと書けば、人は私を非国民というかも知れない。しかしこれは事実であった。私はかねて現代理論物理学のファンであり、原子核内の諸現象に関する最近の研究に興味を持っていた》という報告は、《これが火の発見以来、人類文化の画期的な進歩》であるという「私」の感慨を説明する。《しかし次の瞬間、私は無論わが国民がその最初の犠牲となったことを思ってぞっとした。親子爆弾どころの騒ぎではない。「星条旗」の記事は、多少の威嚇《いかく》的誇張をもって、以来二十年あらゆる生物は廃墟《はいきょ》に育たないであろうと予言していた。私は種々の放射線によって身体を貫かれ、複雑な苦しみの後に死亡する沢山の同胞を思って慄然《りつぜん》とした》(397)。フィリピンの収容所にいた日本人は、広島の住民より先に、禍々しい災厄の重大さを想像することができたのである。

「君は原子が何を意味するか知っているか」とウェンディに質問された「私」は「知っていると

思う。私はこれが歴史的な発明であることを認める」と応じるが、これに対してウェンディは「何て馬鹿だ。何故《なぜ》君達は降伏しないんだ」。日本の軍人がポツダム宣言を受諾するはずはない、と「私」が検討済みの話題を持ち出すと、再び「何て馬鹿だ」という。「私」は空前の惨禍に思いを馳せ、真剣に軍部を憎む——戦局の絶望を知りながら、そして原子爆弾の威力を見ながら、なお降伏を延期しているのは、もっぱら保身のため、つまり《自己保存という生物学的本能》による。そうであるなら、一瞬に大勢が死ぬという事実に動かされ、《人類の群居本能》という《生物学的な感情》を脅かされて、大きな不安に陥った自分は《彼等を生物学的に憎む権利がある》（401〜402）。アイロニーを込め、ぶっきらぼうに単純化してみせた、いかにも明晰な一連の言葉、この論理的な思考法は、大岡に特有のものといえる。《現代理論物理学のファン》を自認する大岡昇平が、自然科学の眼で世界を捉える作家でもあることは、この先も折りに触れ話題にするつもり。

続く二日は《動物のようにうろうろ歩き廻って》すごし、十日のこと。長崎原子被爆のニュースが入る（前章で紹介した場面である）。そしてウェンディの「何て馬鹿だ。ねえ、おい、君んとこの天皇は何か特別の命令を出して、軍を降伏さすことは出来ないのか」という言葉に「私」は「その時彼等は彼を殺すであろう」と答え、横を向く。「軍人たちは天皇を殺す」といわないのは、心理的な抑制がはたらいてのことだろう。

その日の夜、突然、空に無数の探照燈の光束が立ち、湾内に碇泊した船の汽笛が長く重なって鳴り、収容所の門外には米兵たちが抱き合って踊る姿が見えた。《第一次大戦に取材したアメリカ映画をいくつか見た私は、この光景が何を意味するかを知っている》。戦争終結の報せを受けて、多数の個性的な登場人物たち一人ひとりが、どのようにうろたえ、虚勢を張り、ちぐはぐな反応を見せたかの記述が十ページほど。十一日の「星条旗」は日本の条件が「国体護持」であることを告げた。これは《日本軍部の最後の愚劣》であると「私」はウェンディに説明する。「国体護持」が条件つきで認められたのちも日本政府は回答を引き伸ばし、十四日の「星条旗」によれば、満州ではソヴィエット軍が日本軍を砲撃し、「日本の決意を促す」ために、米軍は本土の各都市を爆撃していた。《俘虜の生物学的感情から推せば、八月十一日から十四日まで四日間に、無意味に死んだ人達の霊にかけても、天皇の存在は有害である》（419）。

その日の夜おそく、例の大隊書記の中川が、日本のポツダム宣言受諾を触れて廻った。《俘虜の反応は皆無であった。我々にとって日本降伏の日附は八月十五日ではなく、八月十日であった》。

翌日、「玉音放送」の英文の原稿から翻訳したものが各中隊で読み上げられた。

詔書は私には滑稽《こっけい》に思えた。側近者が軍国日本の最後の恥を世界に曝《さら》したものである。しかし原子爆弾につき「延《ヒ》テ人類文明ヲモ破却スベシ」という文句を挿《はさ》んだのは、負け惜しみの怪我《けが》の功名であると思われる。（『俘虜記』419）

以上のような「八月十日」の断章が《私の戦争に関する意見の、ほとんど全部》である晩年の『証言その時々』に特例として再録されなければならなかったことは理解できる。しかしこうした「意見」は『俘虜記』という多面体の一面に過ぎない。繰りかえすなら小説は特定の「意見」

を表明するために、それだけのために、書かれるわけではない。

・占領下の社会の諷刺

大岡昇平は折りあるごとに自作を読みなおし、加筆・訂正し、編集し、「解説」や「あとがき」や附録の「資料」などのパラテクストも弛《たゆ》まず更新する作家である（この点も、大岡と大江はよく似ている）。いまわたしの傍らにある『俘虜記』は一九六七年刊の新潮文庫版だが、この「合本」の構成については著者が「あとがき」で説明しているから、ごく簡単に。一九四五年の末に復員した大岡は、翌年には「俘虜記」（後に「捉まるまで」と改題）に取りかかり、雑誌に掲載した続篇をまとめて一九四八年に創元社から『俘虜記』を刊行した。その後『続俘虜記』『新しき俘虜と古き俘虜』が刊行されて現行の「合本」が一九五二年に作られた。同じ頃に着手された『野火』も、前半の一部が一九四八年に発表され、一九五二年に単行本になった。これら二作は物語の主な舞台が太平洋戦争末期のレイテ島であるという点においては重なるけれど、はっきり狙いの異なるものとして構想されたはずである。

語りおろしの『戦争』によれば、『俘虜記』の冒頭「捉まるまで」を書いた時には「導入部」のつもりだったが、「生きている俘虜」（「合本」では十二の章からなる全体の五番目）を書く頃から「占領下の社会の諷刺」という意図が出てきたという――《収容所のことを書いて出すと、初めは俘虜生活そのものを書くつもりだったんですが、結局、収容所の中でアメリカ人に飼われてキャッキャといってた状態と、民主主義だとかなんとかいわれてワイワイやってる現在の状態と同じではなかろうか、どうもあらゆる点でよく似ているぞということに気がつくわけですね》(162)。風俗の頽廃とか、検閲がゆるくなるとか、読んでいる方も、自分達のことが書かれているような気がする。でも読み直してみるとやっぱり俘虜の話。《そういう変な諷刺的効果》を狙ったものであるというのである。先述のように『戦争』の証言は、大岡が『レイテ戦記』初版(中央公論社)のために雑誌連載時の原稿を大幅に訂正加筆していた一九七〇年のものであり、あらためて『俘虜記』と『野火』と『レイテ戦記』をメリハリの利いた見取り図のなかに位置づけようという気持も強くあったにちがいない。

「日本全体が強制収容所なんだ」というマッカーサーの言葉を、今回は新しい資料で見つけたという報告もある(163)。ただし自分のいう「収容所」はマッカーサーの「強制収容所」とは意味が少し違う、と補足したうえで、それにしてもサンフランシスコ条約の時までの日本に対しては、そう狂ってはいなかったわけですよね、と結論する。じつは大岡自身が指摘するように、一九五二年の『俘虜記』(創元社版の「合本」)の「あとがき」にも《俘虜収容所の事実を藉《か》りて、占領下の社会を諷刺するのが、意図であった》と明記され、その後も折りあるごとに、この「意図」が強調されているのである。

そうしたわけで「生きている俘虜」の章から、新しい「方法」が意識的に実践されているらしいのだが、遅まきながら、ここで全体像を捉えてみたい。全体で五百ページを超える『俘虜記』の十二の章には、四つのエピグラフが挿入されている。これは手がかりになるかもしれない。

冒頭「捉まるまで」の章で衰弱して昏倒した「私」が米兵に発見され、露営地で訊問を受け、担架と船で運ばれ、サンホセの野戦病院に収容され、三日後には飛行機でレイテ基地の俘虜病院に搬送され…… といった事実の推移については、作家の詳しい年譜を参照すれば、生身の体験を粉飾・改竄する意思は全くないことがわかる。著者のいう《小説化されたドキュメント》における「ドキュメント」、すなわち現実世界の事実にかかわる資料の検証と「小説化」の手法との関係は、おそらくこの作家独自のものであり、『レイテ戦記』や遺著となった『堺港攘夷始末』を予告する何かが、早くも感じられるのだが…… 当面、その種の問題は脇に措くとして、体験の要点を確認するなら、「私」は米兵の取り扱いによって、すでに自分が《文明国の俘虜》となったことを知っていた(69)。

病院での生活を語る「タクロバンの雨」には《なんじら何を眺《なが》めんとて野に出《い》でし、風にそよぐ葦《あし》なるか》という「マタイ伝」の一節がエピグラフに引かれている。「私」は俘虜という状況について考え、《山で我々が米軍に襲撃された時、叢林《そうりん》に一人倒れていた私の前に現われた米兵を何故私が射《う》たなかったか》(117)という問題についても、あらためて反省を重ねたのだった。そして「神の声」「神の摂理」という観念に思い至り、かつてミッション・スクールに通っていた十三歳の自分がイエスの神に強く惹かれたことを思い出す。従軍牧師の携えていた新約聖書の一冊をゆずりうけ、「福音書」を二十年ぶりに読みなおしたりもした。

ところで米兵を射《う》たなかったという名高いエピソードを含む冒頭の章「捉まるまで」には《わがこころのよくてころさぬにはあらず》という「歎異抄《たんにしょう》」の言葉がエピグラフに引かれていた。その謎解きのような文章が「タクロバンの雨」にある。「私」は「福音書」を読み、《イエスの人格》について考え、自分が敵を殺そうという意志を放棄した《奇蹟》について思いをめぐらせる。神が「撃つな」という《無音の声》を空間を貫いて「私」に送ってくれたとすれば、簡単に説明がつくし、それは神が「私」を愛しているという証しでもある。しかしそのような論法によって神を信じるのは、この《神学に含まれた自己愛》であって、他の戦場で起きていることに該当しない。それゆえ「捉まるまで」において《自己流の神学》を開陳することは慎んだのだったが、帰国後「歎異抄」で適切な句を見つけた次第……　とあって《わがこころのよくてころさぬにはあらず》に始まる数行が引用されている（123）。

それにしても、執筆中の小説の中で著者がエピグラフの由来まで説明してしまうというのは、なかなか前衛的な手法である。色いろと解説したあげく「私」は《現在この事件について達している結論》を述べるのだが、その結論はとりあえずのものとしても、あっけないほど明快である――《私が孤独な敗兵であり、私の行為を自分で選択することが出来た》という状況が、《兇器の使用を拒む意志》を招きよせたのであって、心理的にはヒューマニティや肉体の本能によって、《或いは神によってすら色づけられる》のではあるが、《実際には私が国家によって強制された「敵」を撃つことを「放棄」したという一瞬の事実しかなかった》。ここでわたしは「スタンダリヤン！」と思わずつぶやいた……

第三の短いエピグラフ《謬《あやま》たぬ記憶で辿《たど》ろう》は、書き方の「方法」が諷刺という「意図」によって変わってゆく「生きている俘虜」の章にある。出典は《「地獄篇」第二歌》と記されており、ダンテとヴィルジリオの出発を語る幕開けの詩節からの引用なのだが、見逃してならないのは、このエピグラフが『神曲』*La Divina Commedia* という堂々たる古典への呼びかけでもあるという事実だろう。全体を読みなおしたときに、わたしは大いに納得したのだった。なるほど『俘虜記』は『神曲』やバルザックの『人間喜劇』*La Comédie humaine* がそうであるように、古典的な意味での「喜劇」の系譜に属している。すなわち『俘虜記』は戦場の勇壮なドラマやそこに生きる人びとの惨禍を崇高な「悲劇」として語ろうとするものではない。繰りかえすなら、身近な「喜劇」の形式によって《占領下の社会を諷刺する》ことが著者の意図。第四のエピグラフが「演芸大会」の章、《青きは鯖《さば》の肌《はだ》にして黒きは人の心なり》という尾崎士郎の引用であることは、すでに見た。芝居に熱中する俘虜の急速な堕落を描く章の全体は、思いきり滑稽にしてやや陰惨でもある。

「戦争」はホメロスの時代から悠久の文学的主題でもあった。大江も一九七三年の『同時代としての戦後』では、『レイテ戦記』をのっけから「大叙事詩」と形容したのである。ただし、いずれ詳しく見るように、一九八三年の「『レイテ戦記』解説」では、ギリシャ・ローマの古典である「戦記」につらねたいという誘惑を退けて、《現代小説の到達したもっとも大きい小説として完全である》と断言するところから論述を始めている……

『俘虜記』の前半に話はもどる。《昭和二十年一月二十五日ミンドロ島南方山中》において米軍の俘虜となった「私」は、《共和国の軍隊の「文明」の雰囲気《ふんいき》》や《イギリス型の紳士》である医師に心残りを覚えながら新しい病院に移され、さらに一般の収容所へと送られる。状況がいかに特異なものであるか、しっかり想像してみよう――《いやなのは再び日本人の統治の下に入ることである》(170)と述懐する「私」が、国家権力に直結した軍隊という巨大組織が崩れ落ちる現場に、否応なく身を置くことになる。太平洋戦争でフィリピン攻略にかかわった陸軍第十六師団は、京都・大阪に司令部を置いたから、将兵にも関西系が多い。またレイテ島で収容された傷兵は大方において「現役」(徴兵検査に合格した二十代の若者)であり、教育や職業という意味では平均的な大衆である。一方、三十代半ばの知識人である「私」は、東京で三ヵ月の教育召集を受けて前線に送られた「おっさん部隊」の「補充兵」。病院では不断の読書によって「違った」人間になり、《衒学的《げんがく》孤独の裡《うち》に閉じ籠《こも》っていた》という（141）。これは「私＝語り手」をとりまく多くの登場人物の布置と相互の差異化を決定する重要な与件であろう。

ところで「喜劇」を構成する主要な素材は、交わされる会話。大岡の作品の場合、とりわけ出身の地方まで明記した「方言」の絶妙な効果……どこを取りあげてもいいようなものだが、「生きている俘虜」に先立つ「パロの陽」より一例を。心臓を病む「私」を酷使する元分隊長のやり口を見かねて、一人の元上等兵が怒鳴った――「こらいくら初年子《こ》かてあんなに使うたら可《か》哀《わい》そうやないかい。（この上等兵は十六師団の兵士だから京都弁である）死んでまうやないかい。いくらもとの分隊長かて俘虜《ふりょ》になったら対等やないか。伍長位でそないにえらそうに兵隊使うもんやないわ」。元上等兵のこの《啖呵《たんか》》にほくほく感謝する自分に「私」は幾分の自責を感じぬでもなかったが、その身勝手な元分隊長の自殺未遂事件について、同行した兵士（大阪人の衛生兵）が語るのを聞いて自責の念も吹っ切れる。それは米軍に捉えられて船で移送される途中の出来事だった。「夜中にほっと目さましたら、あいつ手拭《てぬぐい》さいて釘《くぎ》いかけて首吊ろとしてやがんね。わいはいうたんや。班長はん！　こんなところでそんな見っともないことしてくれな」――人前で首をくくろうとした分隊長の無様な恰好《かっこう》について、委細を聞いた「私」は、《狼狽《ろうばい》した大阪人にも、滑稽《こっけい》と映るほど悲愴味《ひそうみ》を欠いたるものであったらしい》としめくくる（150～151）。「話し言葉」の豊饒さ、躍動感だけではない。俘虜収容所での生活を語る文体の新鮮さと迫力をどのように説明したものか……　地形、建物の配置、収容人員（台湾人は別の区画）、米軍の管理、俘虜の組織、そして同じニッパ小屋に住む俘虜の仲間については出身地（「現役」は農村出身者が多い）、職業（大阪の青物卸商人、京都の茶問屋、等）、家系、容姿、性格、話しぶり、特技、等々をテキパキ紹介するというスタイルなのだが、一覧表のようなものや図版もあり、巻末には「附　西矢隊始末記」が三十ページに渡り「地図」や「戦闘略図」とともに添えられている。徹底した具体性という側面においても《小説化されたドキュメント》なのだと了解される。芝居のト書きや映画のスクリプトにも似た、効率的な可視化の工夫、といったらよいだろうか。描写することにのめりこむ小説家バルザックの、延々と何ページも続く人物描写や風景描写とは、人間の捉え方も空間と時間の構成法も、根本的にちがう。

社会的なものである「生きている俘虜」の生活のなかで、政治的なものが露呈するエピソードを一つ。「新しき俘虜と古き俘虜」と題した章は、終戦によって武装解除を受けて抑留された者と戦時中に捕獲されたか投降したことで俘虜になっていた者との対立を語る。「新しき俘虜」である元少尉が禁を冒して一般の俘虜の小屋に入ってきて吶鳴《どな》った（収容所の「話し言葉」は、吶鳴られることが多いらしい……）。「貴様等《ら》何故《なぜ》腹を切らんか。俘虜になんかなりやがって、おめおめと生き延びている奴があるか。腹を切れ」。これに応じたのは尾高という乱暴者の上等兵――「何だと。ただ山ん中逃げ廻ってやがった癖に、大きなことをいうな。憚《はばか》りながら俺達は最前線に出たばっかりに負傷して、止《や》むを得ず俘虜になったんだ。こん中には黙ってるけれど、大尉もいれば中尉もいる。少尉ぐらいで大きな口を利《き》くな」（433）。責任を問われる立場の将校は隔離されているのだが、名前や階級を偽って身を潜めるケースもあったという。元少尉は鋭鋒を挫かれて「ふん」とうそぶいたが、立ち去る背中に上等兵は「馬鹿野郎。また来やがると承知しねえぞ」。そして「何を」とふり返る相手に「ホワット・イズ・ホワット」…… これは彼の得意の日本的英語の一つ、「何が何でえ」の直訳であるとのこと。周囲からどっと笑いが起り、幕。「笑劇」のようなオチがついてはいるが、笑って読み流すのは勿体ない。言語的な秩序に組み込まれた権力構造、すなわち不可視の政治的なものが、敗戦によって、根底から揺らいだのであり、これはその兆しのようなエピソード。フィリピンの収容所で起きたことは、占領下の日本で起きる日本語の大きな変容——わかりやすい例を挙げるなら、軍国主義の言説が一夜のうちに払い箱になり、にわか仕込みのデモクラシー宣言が幅を利かせるとか——を予感させるものであり、占領下の社会を諷刺する著者の意図は、切実に伝わってくる。それにしても、戦時下の日本で使われていた暴力的・男性的な日本語の、権威を笠に着た虚勢の何というおぞましさ！ しかし、そんなものは遠い昔の話であって、わたしは暴力的・男性的な日本語の片鱗すら体験したことがない、と果たしていえるだろうか？

ぼくは戦後文学に対するアンチテーゼとして出ていったはず、という言葉に秘められた強靱な自意識と批判精神に、わたしはあらためて思いを馳せる。大岡昇平にとって従軍と俘虜の生活と敗戦という三つのステップは、「戦争」がもたらす言語環境の激変を、避けがたいものとして、そのつど発見し実感することであり、さらにまた、得体の知れぬ国家権力の発露として流通しつづける言葉のすさんだ相貌に、絶えず向き合うことでもあったろう。それは晩年の大江健三郎が語る《子供時代に発見した言葉の世界》にも匹敵する何か、大岡昇平の文学の根幹に刻まれた傷痕のようなものではないか……

7『洪水はわが魂に及び』——未来の核戦争と想像的なもの

・一九六〇年代の核シェルター

日本の敗戦から十五年。一九六〇年五月の末に、大江健三郎は初めて国外に出た。野間宏を団長とする「第三次日本文学代表団」の一員として中国に入り、毛沢東との会見にも臨む。時は安保闘争のさなか、国会前での機動隊とデモ隊の衝突の中で東京大学の女子学生が死んだというニュースが、会見の直前に伝わっていた。毛主席は、樺美智子の死に触れて、《深く激しい悲しみ》をその眼にうかべていた、と若き大江は報告する。しかし、中共の新聞《人民日報》に載った毛主席の談話では《基本的な悲しみ》を見てとることができなかった。それは《中国が国際共産主義の脅威をひめた存在であり敵であるという、新安保の基本思想をうちこわすために役立つものの一つ》であったはずなのに…… 一九四九年十月の「建国宣言」からやっと十年が過ぎたばかりの若々しい「中華人民共和国」、その革命的な国を率いる《東洋の哲学者・政治指導者》に出会った感動は「一日本青年の中国旅行」と題したエッセイのなかで率直に語られている。[36]

翌一九六一年の八月末から十二月にかけて、大江はイスラム圏のベイルートをとば口に、ヨーロッパ、ソ連とその周辺地域をめぐる旅をする。共産圏に関心を寄せる新進作家として認知されていたのだろう、ブルガリア政府とポーランド政府の招きをうけての出発だったが、社会主義国家の官僚制、大都市と地方の格差、社会にひそむ歪みを直視する「日本青年」の報告は、ときにユーモアを交えながらも端的に批判的である。しかも旅の途中で《あの核実験再開の波紋》に遭遇して《憂鬱症》にかかり、モスクワのホテルの十二階の窓から雪におおわれた市街をみおろすたびに恐怖感にとらえられた、と大江は語る。《自殺指向と自殺恐怖の暗いせめぎ合い》を招いた、あの核実験とは、ソ連が十月三十日に行った人類史上最大とされる水素爆弾の大気圏内実験である。そして旅の終わりには、アルジェリアの独立戦争が最終局面を迎えていたフランスで、サルトルに面会してインタヴューを行った。《極度に外斜視の淡い青と灰の敏感にうごく眼》をもつ、風采のあがらぬ初老の思想家は、「平和共存」という周知の政治原理を語り、《ソビエト帝国主義という言葉はあたらない》と明言した。《核爆弾はふたたび爆発することがないと内心信じているらしい点においても、いわばオプティミスチックな顔をわれわれにしめしたのであった》と総括する「日本青年」は、老いたヨーロッパの偉大な知識人にたいして幻想を抱いてはいない。

この旅は『ヨーロッパの声・僕自身の声』（毎日新聞社、一九六二年）という本に結実した。外貨の持ち出しも制限されていた戦後の貧乏旅行は、危なっかしい出来事も多々あって、別種の興味を誘いもするのだが、ここは核の問題に焦点を絞り、一九六五年のアメリカ滞在について簡単に。七月から八月にかけて、ハーヴァード大学でキッシンジャー教授（大統領補佐官・国務長官を歴任する国際政治学者であることに注意）のセミナーに参加したのちに、ミシシッピ川流域を旅するという日程だった。

　戦後を知る世代は記憶しているだろうが、六〇年代の日本は『朝日ジャーナル』（朝日新聞社）はじめ、『世界』（岩波書店）、『展望』（筑摩書房、一九六四年より第二期）など、思想的に自立した雑誌・総合誌に勢いがあり、大新聞や文芸誌にも、現代世界への鋭い斬込みを期待する風潮が感じられた。ごくふつうの女子学生だったわたしなども、ごくふつうに『ジャーナル』などを読んでいた。若き大江はそうした媒体で圧倒的な筆力を見せていたのだが、なかでも一九六五年のアメリカ滞在についての報告は、『大江健三郎　同時代論集3　想像力と状況』（岩波書店、一九八一年）に再録されたものだけでも四篇ある。ひとまず「アメリカの百日」を取りあげることにして……　これは「毎日新聞」の夕刊に一九六五年十一月一日から三日にわたり連載されたものだが、二段組みの新書判で十ページを占める（時代の流れとはいえ、今日の新聞紙面は、まるで細切れの「コラム集」のよう……）。およそ以下のような内容の、一般の日本人に向けたラディカルな呼びかけである。

　ヴィエトナム戦争への本格的な介入を始めて一年が過ぎたアメリカで、夏のはじめから秋のおわりまで暮らしたが、日本とアメリカとが《きびしい緊張のコイルの両端でふるえつづけているという印象》が濃密だった。五年前の夏、北京にいたときにも、緊迫した日米の《相関の圧力》とでもいうものを感じており、あの時の「安保闘争」と今日の「反ヴィエトナム戦争」の市民の意思表示の背後にひそむ《暗く、ほとんど絶望的な無力感》についても、いくらかは体験的に知っている。しかもなお、その日本の市民がデモンストレーションを持続することが、意味深いと思う…… というのが導入の話題であり、これは江藤淳を名指しての反論でもあった。

帰国してから、自分自身のアメリカを理解することを始めたが、もっとも緊急に感じられるテーマは《アメリカの市民たちの、核兵器、あるいは核戦争に対する感情》であるという。厖大な読書と対話によって支えられた報告であり、大江は会うことのできたアメリカの知識人のほとんどすべてに質問しノートをとっていた。広島および長崎ですでに炸裂した原爆について、いくらかでも正当化するためにアメリカ人がはらっている《努力の厖大さ》という印象の報告につづく、様ざまの意見の紹介は省かざるをえないけれど、一つだけ、シカゴ大学のハンス・モーゲンソー教授の《日本の核武装は、そのまま中国に、日本への核攻撃の正当な理由《エクスキューズ》を与えるものである》という指摘を引用しておきたい。モーゲンソーの意見に大江は賛同し、これは日本の核武装のみならず、日本の基地におけるアメリカの核兵器保有についても適用すべき考えであると思われる、と付言する。《沖縄の核兵器基地は、すでに中国に、そこへの核攻撃の正当な理由を与えていると感じられます》(122)という言葉は、重い。それはいわゆる「消極的安全保証」、すなわち核兵器国が非核兵器国に対し核兵器を使用しないと保証することの原則を、日本はみずから放棄するつもりなのか? という問いであり、周知のように、いま現在も、緊迫した国際世論の隠然たる争点であるところの問題である。

一九六一年九月にソ連が核実験を再開して一年後、いわゆる「キューバ危機」が起きていた。米ソの核戦争という、世界を震撼させた悪夢のシナリオは、かろうじて避けられたものの一方で、一九六四年十月には中国が核実験に成功し、アジア初の核保有国となる。《あらためて中国がアメリカ市民の感情の内で「嫡出の仮装《ママ》敵国」とでもいうべき存在となることを決定づけたのが、この中国の核実験ではなかったか》（124）と大江は問いかける。そうした状況下、《核戦争への暗い恐怖感》は、日本人固有の感覚にとどまるわけではない。《はじめてボストンを歩いた時、そのあらゆる街角に満ちみちている、核戦争用のシェルターにショックを受けたものでした》。

しかも、そのようなアメリカの一般市民の感覚と、大江自身の感覚のあいだには、深い溝があったという。《市民の家庭のパーティーの席などで、自分が中国をたずねたこと、また毛沢東の著作と人間を敬愛していることを話しては、いわばスキャンダラスな反応をよびおこしたものでした。それでいて、しかも僕が、中国の核実験を認めることを拒んで、日中文化交流の団体から個人的に脱退したことを述べると、右よりの人びとも、ごく進歩的な人びとも、その続きぐあいが理解できないという態度を示しました》。五年前、大江が革命的な国と呼んだのは、若々しい「ネイション」のことだった。現在の核武装した「国家」に幻想は抱けない、ということだろうが、その「続きぐあい」をパーティーの席で説明するのは、むずかしい……　こうして「毎日新聞」の夕刊に三日にわたって掲載された「アメリカの百日」は、一つの呼びかけに行き着いて幕となる。アメリカにとって、中国の核武装は《少なくともモラルの上で正当なこと》なのであり、その《モラルに、あるいは心理世界に、絶対的な反核兵器の思想の働きかけを行ないうる唯一の存在としては、日本および日本人のみがある、というべきなのではありますまいか？》（126）。

さて、ここで極めつきの難問を――作家・大江健三郎にとって政治的なものとは何か？　憲法、広島・長崎、沖縄、原発、核兵器……　これほど誠実に市民運動にかかわり、関連の専門的な本を貪欲に読み、具体的な活動の援護のために、良心的な市民として、小説以外の文章を労をいとわず書きつづけた小説家はいない。政治的な評論と文学の創作を二足のわらじのように器用に書きわけていた、というのとは全く別の話である。

奇妙なことに、著者自身は上述のとおり政治的なものをめぐる専門領域の論争にまで精通し、しかも現場の実体験をもつにもかかわらず、小説のなかで、たとえば反安保の闘争などが、政治運動として前景化され活写されることはない。『万延元年のフットボール』の鷹四は、悔悛した学生運動家というあいまいな肩書で登場する……　なぜなのか？　サルトルの『自由への道』では登場人物たちが、負の症例を含めて直截に政治的なものを代弁しているのではないか？　さらに比較するなら大岡昇平は、バルザックとスタンダールの時代には《政治と文学は一つもの》であったと断言し、みずからも「スタンダリヤン」にふさわしく、政治的なものが激しく露出する現場として戦争を描き切ることをめざしたのだった。その大岡を大江は敬愛しているが、にもかかわらず《政治と文学は一つもの》という断言を、そのまま自分の信念とすることはないだろう。フローベール以降、モダニズムの時代において、すでに《政治と文学は一つもの》ではなかった。あるいはむしろ「政治」と「文学」のあいだに生じた亀裂や齟齬こそが「文学」の引き受ける問題となるのであり、じつは大岡昇平も大江健三郎も、そのことを早くから正確に見抜いていたと思われる（この「文学ノート」の第Ⅱ部では、この難問に別の角度から立ち返るつもり）。

とりあえず、ある種のイメージを探りあてることはできる。「政治的想像力と殺人者の想像力」と題した一九六八年の評論の中で、大江は『価値紊乱者の光栄』を書いた作家が《自民党の大量生産したタレント候補》になって参議院議員に当選したという出来事に触れているのだが、それは喧嘩を売るような文体で書かれており、名指されてはいないが石原慎太郎への批判であることは自明だった。《小説をつうじて se dépasser しつづけること、すなわち人間として本質的に実在しつづけること》（フランス語はサルトルの用語であり「自分自身を超える」というほどの意味）が不可能になったところの作家が、ずさんに「政治的想像力」を語りつつ政治家になるという話だが、その経緯と分析に当たる部分は脇に措く。

そこで留意されねばならないのは、たとえひとつの小説においていかなる荒唐無稽の空想が繰りひろげられるにしても、その創作のさなかにおける作家の意識は、かれのぬきさしならぬ現実生活に根ざして se dépasser する作業をおこなっているのだ、ということである。すなわち作家にとって想像力の行使とは夢幻をつくりあげることではない。逆に現実的な、この日本の一九六〇年代に関わり、それを囲みこんで容赦なく浸蝕してくる、世界の現実すべてに関わる生き方の根にむかって、みずから掘りすすめることである。そのようにして現実の自分自身を超えてゆくことである。（『同時代論集3』156）

このようにして小説家は創作のさなかにも、「日本の一九六〇年代」に関わり、ぬきさしならぬ現実として容赦なく浸蝕してくる政治的なものと向き合っている。

・「穴ぼこ」と「陥没」について

この「文学ノート」の冒頭で参照したものだが、「ぼく自身のなかの戦争」と題したエッセイが『中央公論』に掲載されたのは、一九六三年のこと。《戦争にたいする恐怖感の強弱の種類》を、「A　戦争において死んでしまった人間」、「B　戦争体験をもつ人間」、「C　戦争を現実に体験しなかった人間」という《三つの場合》にわけて考える、という文章を手がかりに、大岡昇平と大江健三郎それぞれの立ち位置を思い描きつつ、いくつかの小説と一九七三年の評論集『同時代としての戦後』などを読み解いてきた。

その「ぼく自身のなかの戦争」の幕開けで、大江はある自殺した友人について語っている。東大の教養学科からアメリカに留学し、フランス人の美しい娘と結婚してパリに住み、国際政治の評論家への道を順調に歩むエリートだったのに、なんの暗示もなく、まったく不意に、みずから縊《くび》れて、死んでしまった。この人物を思い起こさせる「自殺した友人」は、さながら亡霊のようにその後の大江作品につきまとう。大江がパリでサルトルにインタヴューした時には、この友人が質問状の作成や日程調整の実務に当たったのだろう。翻訳したインタヴューの成果が、翌年の『世界』に実名で掲載されている。[37]

友人の自殺のしらせに深く悲しみながら、大江はサンジェルマン・デ・プレの料理店で中国の核武装の可能性について話し合ったことを思い出す。《もし米ソあるいは米中間に核戦争がおこれば、それは確実に世界の人間すべての、最終戦争となるだろう》と友人はいっていた。一九六二年十月、友人の自殺のしらせに一週間ほど前後して、いわゆるキューバ危機がおきた。そして大江は《世界の滅亡》についての友人の熱情的な語り口を思いだしたというのである。《ぼくにも世界最終戦争というヒステリックな（それがやがて現実におこるにしても、やはりそれを予想することは、現在の人間一般にとってヒステリックだろうと思う）イメージがじつに深く固く、自分の内部の歯車にかみあってくることがある、ということを、ぼくは確認せざるをえなかった》(48)。戦争体験についてまったく真空の日常生活を生きる者のなかで、《いったん風船が恐怖のガスに膨張しはじめたなら、もう破裂してしまうまでとどめようのない場合がある》というのが、ふくらむ恐怖のイメージ……　戦争の時代には幼なすぎて戦うことのできなかった人間が抱く《未来の核戦争にたいする恐怖感》――これが大江文学の出発点、その根幹をなす主題の一つにほかならない。

　キューバ危機の数ヵ月後、一九六三年三月に「ぼく自身のなかの戦争」が発表され、この年の夏、大江は「第九回原水爆禁止世界大会」を取材するため広島を訪れた。六月に誕生した長男が《瀕死の状態でガラス箱のなかに横たわったまま恢復のみこみはまったくたたない》という状況で、取材活動が開始され、一九六五年に『ヒロシマ・ノート』（岩波新書）が刊行される。この本の冒頭では《瀕死》の新生児と《パリで縊死》してしまった友人のことが並んで想起されており、こうして障害を持つ子供と、自殺した友人と、「ヒロシマ」と名づけられた核への恐怖が綯い合わされた。そのとき大江自身の存在の核心に『同時代としての戦後』がいうところの《終末観的ヴィジョン・黙示録的認識》が根ざしたのだろう、とわたしは想像する。この《終末観的ヴィジョン・黙示録的認識》は大江文学の太い幹を貫通し「フクシマ」の原発事故に結ばれた二〇一三年の『晩年様式集《イン・レイト・スタイル》』にまで到達するだろう。

その『ヒロシマ・ノート』には「穴ぼこ」という言葉の特徴的な用例がある。取材する大江の関心は、政治的に混乱する「世界大会」を離れ、原爆の被害者と治療に当たる医師たちの姿、彼らが示す「威厳」dignite へと収斂して行った。そして《自分自身がおちこんでいる憂鬱の穴ぼこから確実な恢復にむかってよじのぼるべき手がかりを、自分の手がしっかりつかんでいる》という自覚を持って、大江はこの年の広島滞在を終えたというのである。もう一つの用例は、四歳の夏に被爆して白血病になり、二十歳の誕生日を病院でむかえた青年についての証言の中にある。青年は残された二年間を本当に生きるために職場に戻り、二年後に最悪の苦しみの果てに死亡した。青年には二十歳の婚約者がいたのだが、その娘は青年が世話になった原爆病院を訪れて礼を述べ、翌日、睡眠薬による自殺体として発見された。《青年の絶望の穴ぼこは、国家全体をそこに充塡しても埋らぬ巨大さだった。しかし、ひとりの純粋に戦後世代の娘が、後追い自殺することでその暗い穴ぼこをみたしたのであった》(以上、傍点は引用者)。

以前に触れたように、ノーベル賞発表直後の「世界文学は日本文学たりうるか?」と題した講演で、大江は『万延元年のフットボール』の主人公が物語の冒頭で《裏庭に掘られた穴ぼこ》の中にいる、と指摘していたが、そこに『ヒロシマ・ノート』の《憂鬱の穴ぼこ》《絶望の穴ぼこ》《暗い穴ぼこ》を重ねてみることは自然だろう。講演者はユーモアをこめて、安部公房と大岡昇平と自分は「陥没」している、それは《わが国の代表的な学者・批評家佐伯彰一さんが率直に指摘していられることです》とも述べていた。さかのぼれば一九五八年の『芽むしり仔撃ち』にも、失踪した弟が谷川に落ちたらしいとわかった時の衝撃について《僕の頭に暗く大きい陥没が起り、そこへ僕のすべてがのめりこんで行くような感じなのだ》とあった（傍点は引用者）。しかし「穴ぼこ」と「陥没」の関係は？

『陥没の世代　戦後派の自己主張』（中央公論社）と題した新書判の本がある。著者・後藤宏行は一九三一年生まれ、江藤淳や石原慎太郎より一歳、大江より四歳年長ということになる。刊行は一九五七年というから大江の『奇妙な仕事』が東京大学新聞に掲載された年。後藤が「はしがき」で回想するのは占領下の精神風土である。《最近巷間では、日本をアメリカの一州に編入してほしいという世論がおこりつつあるそうだ。ことの真偽は別としても、その噂がながれるだけでも実になげかわしいことだ》という校長の訓話を聞いて、中学三年生の著者は《割りきれぬ反撥》を感じたという。《なぜ、私達がアメリカ人になってはいけないのだろうか。トタンぶきのバラックで朝夕イモガユをすすっている生活。それよりは肉のカンヅメをたべ、ジープを乗りまわし、自由な生活のできる豊かな国に属した方が》……《われわれは一等国民の誇りを守るために肉親の血を流し、鉄拳制裁の教育に甘んじねばならなかった。それよりも誇りをもたぬ四等国民の方が》……という屈折した心境がつづられる。《鶴見俊輔氏は私達を「陥没された世代」とよんでいる》とも記されており、戦後の世代論・文芸用語のなかで「陥没」という言葉自体は、早くから流通していたものと思われる。

　これに対して大江の「穴ぼこ」は、文学的なトポスとして分析されねばならない。一九六七年に刊行された『万延元年のフットボール』の「穴ぼこ」は、浄化槽を埋めるために裏庭に掘られたものであり、梯子で降りてしゃがむと《肉体は土に同化して》いるように感じられるというのだから、規模は知れている。一方、一九七三年の『洪水はわが魂に及び』の場合、大きな湿地帯に面した崖の根方に《三メートル×六メートルの、鉄筋コンクリートによる地下壕《ちかごう》が埋めこまれた》という。この「地下壕」の用途は核シェルター。《未来の核戦争にたいする恐怖感》のために「穴ぼこ」に閉じこもってしまった男の物語である。[38]《アメリカの核避難所《シェルター》ブームにみちびかれて》、東京の郊外、武蔵野《むさしの》台地の西端に出現した見本が、放置されたまま五年が経過した時点で、物語の幕が開く。

・幼児と未成年者たち

『洪水はわが魂に及び』は第二十六回野間文芸賞を獲得したのだが、大岡昇平と大江健三郎の幸福な接点が、ここにも見出される。選考委員だった大岡は、自作『萌野《もや》』も候補に挙がっていることを理由として最終選考を欠席し、書面で大江作品を推すとの回答を寄せた。大岡は、題材の一貫性、溢《あふ》れ出る想像力によって統制された世界、文体の延び、小説を読む楽しさ、現代的なテーマ、等を評価した上で、《蛇足をつけ加えれば、「祈り」がこの度の作品に現われた新しい要素であり、「ジン」というアラビヤンナイト的な名前を持った小児の聖性が、作品全体になんともいえない神秘の光をみなぎらせているのに魅惑された》と解説する。さらに、自分の作品は「凌駕《りょうが》」されたが、《同時代に凌駕されるよろこびを与えるのも、傑作の優雅な条件の一つではないだろうか》と申し分なく優雅に結んでいる。この「選評」について、大江は《私の文学生活でもっとも嬉しかったもの》と感想を述べているのだが、[39]だとすれば、作品論としても大岡の論評は的を射たものであるはず。この「選評」を考える指針としよう。

主人公が「大木勇魚《おおきいさな》」というのは、むろん本人の勝手な命名で、陸上の樹木と海に生息する最大で最良の哺乳類へのアイサツのようなもの。《かれは瞑想して樹木・鯨と交感しながら、「樹木の魂」「鯨の魂」に呼びかけるようにして、はじめて確実に考えることができた》というのだが、しかし「瞑想」とは何か？　誰しもが戸惑うところだけれど、この重要な問題については『レイテ戦記』の章であらためて。それというのも『同時代としての戦後』において「瞑想」contemplationという語彙は、「水」という語彙が野間宏論と大岡昇平論をつないでいたように、大岡昇平論と埴谷雄高論をつなぐキーワードなのである。一方、大岡が示唆するようにアラビヤンナイトのランプの精と同じ「ジン」という名を持つ五歳の幼児は、「聖霊」を意味するアラビア語の魔力ゆえか、のっけから神話学でいうところの「童子神」のよう[40]……　急勾配の崖下に掘られた地下壕を土台にして《三階の銅鐸《どうたく》のような建物》が建てられており、そこに奇態な三十男が脳に障害を持つ五歳の息子とともに引きこもって暮らしている、というのが幕開けの状況で、男の仕事は《鯨の様ざまな生態の写真を眺め、録音されたその声を聞き、核避難所の銃眼から、7×50、7.3°のプリズム双眼鏡で、戸外の樹木を観察する》ことだという……　《荒唐無稽な物語を組みあげた作者の資性は現代の我国に見られなかつた新しい型》であるとの評言は、やはり野間文芸賞の選考委員だった中村光夫によるものだが、その《荒唐無稽》を存分に楽しみながら読むことにしたい。

　葉をつけているあいだは樹木のすべての枝先が自然な方向性をそなえているものだが、真冬の黒くすすけだった枝先は、それと無関係な鬱屈した折れ曲りかたを示す。それは夕暮の乳白色の空を背景に、プリズム双眼鏡のレンズいちめんにひろがって、死んでしまった枝先に見える。そのような枝先を丹念に見張り、ある朝ついにそれらの枝先が、しずかに迅速に、濃い樹液をよみがえらせ、芽ぶくための力をととのえるのを発見する。その瞬間から、冬のあいだ勇魚の内部の摂氏三十七度の血の匂いのする暗闇で、枯れしぼんでいたところのものも芽ぶこうとする。極微の雷の音をたてて、うごきはじめる……（『洪水はわが魂に及び』上9）

これが「樹木との交感」という経験を言語化したものか……　新芽の季節を客観的かつ克明に書き記す自然描写とは、根本的に異っている。勇魚が「避難所」と呼ぶ建物は、大きな「湿地帯」に面しており、遠くの川べりで自衛隊の小グループが訓練する姿が見えたりもする。その並びには荒れはてたもと撮影所の大きな建物があり、隠れ住む「不良少年」たちがいて、勇魚の身辺を窺がっている様子。不穏な接触、脅迫めいた強引な勧誘をへて、勇魚は「言葉の専門家」として「自由航海団」を自称する少年たちの仲間になった。船で日本を脱出するという計画は、犠牲をともなう訓練や闘争の中で推進されてゆくのだが、やがて警察に追いつめられ、最後に避難所に立てこもった者たちが、国家権力によって打ち砕かれる……　以上が、ごく簡略な物語のまとめ。かならずしも政治的な事件とはいえないが、主題は厳正な意味で、政治的なものである。

一九七〇年十一月の三島由紀夫による陸上自衛隊市ヶ谷駐屯地での自決事件と相前後して、過激派の学生による「武装闘争」が先鋭化していった。一九七〇年三月末日のよど号ハイジャック事件、一九七二年二月のあさま山荘事件とメンバー逮捕後に発覚した仲間十二人のリンチ殺人事件、同年五月のテルアビブ空港乱射事件——いずれも「赤軍」を名乗る若者たちが起こしたものである。出版のタイミングからして、関連が問われたのは無理からぬことだったし、いま『洪水はわが魂に及び』を読みなおしているわたしが、機動隊による「避難所」包囲の場面、とりわけ破壊的な放水攻撃や、鎖で鉄球を吊った巨大クレーンが登場する進み行きなどに、奇妙な既視感を覚えずにいることはむずかしい。

しかし著者は《六〇年代後半から、七〇年代初めにかけてこの小説を書いた》と初版ハードカヴァーの函に記しており、小説の構想自体は「あさま山荘事件」に何年も先立っている。それは事実だが、国家権力による介入のプロセスなど具体的な設定や細部については、同時代の出来事が大いに参照され、時にパロディ化されて、小説に導入されていることも確か。そこで『洪水はわが魂に及び』という作品の「反・あさま山荘事件」的な特徴を、あらかじめ整理しておきたい。

第一に、「自由航海団」でひと際めだつメンバーは「少年」であって、大学の学生運動から派生した「赤軍」のメンバーとは年齢層が違う。第二に、七〇年代の「新左翼運動」では、社会的には中流以上、ドストエフスキーや大江健三郎や三島由紀夫を熱心に読む高学歴の若者たちが主流だった。一方、この小説を特徴づけるのは「集団就職」の少年たち、学歴は「中卒」で、田舎の訛りが抜けきらず、安い労働力によって戦後の高度経済成長を支えた農村出身者たちである。第三に、共産主義革命を掲げて組織化された「戦士」と異なり、泡沫的な「不良少年のグループ」にすぎない「自由航海団」には、イデオロギーも政治的主張も全くない。第四に「あさま山荘事件」ではテレヴィの実況中継に日本じゅうが朝から晩まで釘付けになった。一瞬は九〇パーセント近くに達したらしい視聴率自体が、異様な社会現象として注目されたのだが、この時の反省からか(?)機動隊による「自由航海団」のアジト包囲戦は、ひとまず厳重な報道管制のもとに置かれたのである。

《現実に深くからみとられている僕が、あらためてこの時代を想像力的に生きなおす。それがすなわち小説を書くことなのであった》(傍点は引用者)というのが、初版の函に記された著者自身の言葉の続き。つまり読む者としては「この時代」を念頭に置きつつ「想像力の問題」を問わねばならない。まずは作品の全体を視野に入れるため、登場人物たちの布置を確認することから……

登場人物の名前はすべて通称や綽名のたぐいで漢字も当て字である。「ボオイ」という同語反覆的な名を持つ「少年」は、他の者たちより明らかに年少らしいから、中学を卒業したばかりということか。破傷風を怖れて勇魚の避難所に強引にころがりこんだときには「伊奈子」(仲間たちの発音は蝗《いなご》らしい)が付き添っていた(第五章)。「自由航海団」への執着が人一倍強く、さびしがりやの「ボオイ」は、夢を託した訓練用のクルーザー(ただし上半分しかない)を敵の眼に曝すまいとして、撮影所跡の倉庫に残り、建物の解体作業に雇われた工事人夫たちに殴り殺される(第十七章)。

「伊奈子」は痩せた躰に《突出している円筒めいた乳房》を持つという。アフリカや中南米の祭儀か呪術などに使われそうな、小さな彫像のような風情をわたしは思い描くのだが、その行動は放恣ですらあるように見えて、浅黒い皮膚の肉体は、女としては未熟なままである。異性に対しては性的なものでもありうる慰安をもたらし、童子神ジンに仕える巫女の役割も果たす、不思議な魅力をたたえた少女。

一般の成長原理や時間進行に逆らうという意味で、奇怪な人物がいる。三十五歳の誕生日の夜から身長が「縮む」経験が自覚されるようになったというが、その症状の生々しい報告にもかかわらず、妄想ではないかという印象もぬぐえない。正常な大人の声と金切声の混交した不気味な声を発する「縮む男」は四十歳のカメラマンで最年長。「自由航海団」の訓練風景を週刊誌に売ったという嫌疑で、凄惨なリンチを受け死亡する。じつは少年たちが反社会的な集団としての結束と目的意識を持つための行動であり、倒錯的な献身に動機づけられた裏切りだったのかもしれないという、一抹の疑念が残された（第十三、十四章）。

仲間のリーダーは「喬木《たかき》」という。「樹木の魂」「鯨の魂」と交感するという勇魚の話に応じて、自分の故郷の村には（動植物の「魂」を合体させたような）「鯨の木」という伝承があると語る（第五章）。それは裁きの場を示すしるしであって、じっさい物語のなかでも、「縮む男」の処刑に到る第十四章は「「鯨の木」の下で」と題されている。世代相応の教養を持つ「縮む男」が『白痴』を話題にしたときに、喬木が示した反応からして、かれもドストエフスキーを読んでいる、と勇魚は思う。喬木は大人びた人物であり、生きて社会生活に復帰することが予感される。

「未成年」であることを特権のようにふりかざす副リーダー格の多麻吉は、武器の責任者で闘争的、どこか「ボオイ」の兄を思わせる（本当に兄ではないか、とも思わせる）。ほかにもドクターと呼ばれる医学部にいた人物、両親が自殺した「赤面」という名の誠実かつ行動的な青年、無線機で情報収集と情報発信に貢献する「無線技師」などがいて、クライマクスの攻防戦では、これらの特技を持ったやや年長の者たちが、勇魚とともに避難所に立て籠《こも》る……

・カーニバルと表現世界の媒体としての子供

ひとまず主要登場人物たちを優先してみたが、じつは年齢は十八、九と思われる、名を持たぬ「未成年」たちの存在こそが大切なのである。集団就職で上京した中卒の学歴しか持たぬよるべなき者たちは、当時の社会通念に照らせば、潜在的な落ちこぼれ。個別的に描かれることはないが、かれらの精神のありようは、反抗する少年の化身のような「ボオイ」に代表されており、集団としての姿や行動は、勇魚によってつぶさに観察されている。かれらにとって「自由航海団」に課せられた行動要領は明確である。たとえば高速道路で行う「大震災訓練」について——一九二三年の関東大震災のとき自分らの父親や祖父たちは《朝鮮人を血祭りにあげた》。今度大震災がおこれば《嫌われている弱いものがおれたち》なのだから、おれたちが《血祭りにあげられるよ。そのまえに大航海に出てていられればいいけれども。そうできなければ、自分をその場で救う手段を考えなければならないよ。ところでおれたちは、警察も自衛隊も自分の味方じゃない弱い者らなんだが、走ることはできるだろう?》(第十章)……というわけで、危険極まる運転によって高速道路を《解放区》にする計画を、小規模ながら訓練と称して実行した。祝祭としての暴力。危ういゲームに興じる少年たちの昂揚した笑い声。

湧きおこる笑い/薄笑い/嘲る笑いに大口を開いて/前かがみの躰じゅうを笑いの小さなモグラが走りまわって……　この不穏で無惨な物語のなかで、登場人物たちは本当によく笑う。なかでも無名の少年たちは集団として、複数的に笑う。たんに笑う者らを描いて叙述のダイナミズムで圧倒し、読む者を笑わせることのできる小説家は、めったにいないのではないか？　第五章、高熱を出した「ボオイ」のために勇魚が自転車で薬を買いに行かされての帰り道、待ち受ける少年たちの目の前で盛大にひっくり返ってしまった。《喚声をあげるバッタのような者どもが、方向感覚の麻痺《まひ》しているかれには、四方八方からとしかいいようのない方角から跳び出し駈けよった》という過激な場面。

かれら若者たちは傍若無人の笑い声をあげ、勇魚を見おろしながら酷《むご》たらしい眼つきを隠そうともしなかった。笑う若者たちは、倒れている勇魚に笑いの光をかよわせようとしているのではなかった。かれら自身がやわらぎ弛緩《しかん》しているのですらなかった。獣をまんまと罠《わな》にかけ、笑いによって、かれらはそいつを食う期待と闘争心に湧きたっている狩猟犬の吠え声かとも、かれらの笑い声は疑われた。大きい恥辱と、なお大きい狼狽《ろうばい》にとりつかれて、勇魚は立ちあがった。かれがよろめくと、笑い声はなお過熱し加速され、その笑う者らは勇魚をとり囲んでいる輪を拡げようともしないのだ。

——あ、起きた！　歩く！　とひとりの少年が叫んだ。躰を斜めに沈みこむ板に乗せているような不安定さのまま、片側にかたむくまいとする心理の指示にしたがうと、肉体はそのまま逆にかたむいて、大揺れに揺れてしまう。そのようにして避難所へと歩きながら、勇魚は倒れていたあいだ少年たちが笑いのうちに泡《あわ》だたせていた言葉が、ア、生キテルヨ！　であったのを意識に登録しなおした。それはかれに怒りのかたまりを抱懐させた。しかも祭りの鬼を嘲弄《ちょうろう》する群集のように、おおっぴらに笑いあざける若者たちに追いかけられ歩きつづけるうちに、怒りはたえまなく増殖した。かれはついに痛む足もかまわずピョンピョン跳ねとぶようにびっこをひいて、避難所に向った。(『洪水はわが魂に及び』上113～114)

勇魚が振りまわす鍬を、笑いあざける少年たちがゲームのようにかわす、空振りの反撃は省略。ようやく玄関に達してドアを開くと、伊奈子が立っており、《――アア、アー、と泣いているような声をたてて顔をゆがめて笑っているのだ。あんたは、ほんとうに滑稽な人間だねえ！アア、アー、アア、アー……》。その滑稽な負傷者に、読む者は心から同情するのだろうか？それとも残酷な少年たちのあざけりに、面白半分で同調するか…… たしかに笑いを誘われはするけれど、どこか居心地が悪く、やや不安でもある笑い。

もう一つ、昂揚した《大笑い》が感情をエスカレートさせる例を――第二十章、「自由航海団」が機動隊と対決するクライマクス。多麻吉のハンドマイクと大型警備車の巨大なスピーカーが、とんちんかんな言葉を交わす。そして《このアンチ・クライマクスの響きが、籠城している者を大笑いに笑わせた》。仲間の哄笑が充満する大船室《メイン・キャビン》で、多麻吉が、突如、逆上する。

――このおれがなあ、銃撃をずっとやってきたんだがなあ、これからもどんどん撃つぞ！〔……〕そしていくらでも罪は、かさねるぞ、おまえたちは、おれを罰することはできない。おれは未成年だからな、おれを死刑にはできないだろう。おれを無期懲役にしてもな、すぐにもこの世界は、滅びるんだからな。意味ないいんだよ。おれはおまえたちと一緒に死ぬ

んだよ、馬鹿！（『洪水はわが魂に及び』下230）

憤怒と恥の感情で、多麻吉は《ダルマさながら真赤》になった……　じっさい、この小説の「笑い」は多様にして複雑、不意に攻撃的になり、激情の爆発を招くこともある。ちなみにこのクライマクスで、マイクを通して強調された呼びかけの声はゴチック体。

ところで大江はいつ頃ミハイル・バフチンを読み、創作の滋養とするようになったのだろう？『ドストエフスキイ論』の邦訳は一九六八年に出ているし、「ラブレー論」については大江自身が、一九七八年の『小説の方法』に「グロテスク・リアリズムのイメージ・システム」と題した論考をおさめ、その後半で「カーニバル」の概念を解説している。[41] ともあれ『洪水はわが魂に及び』ほどに、バフチンのいうカーニバル的な笑いと民衆性が、率直かつ大々的に発揮された作品はほかにないのではないか？　もともと渡辺一夫教授に憧れて仏文科に進んだというほどなのだから、学生のときからラブレーの渡辺訳を笑いながら熱心に読んでいたはず。「大江文学」と「ルネサンスの笑い」と「バフチン」の親和性は、いわば生得のものだろう。

大江によれば「グロテスク・リアリズム」とは《カーニバルの美的概念を把握するために採用された用語》である。なるほど「縮む男」の審判と処刑は、被告の異様な肉体をふくめ「グロテスク・リアリズム」の手法で書かれており、カーニバル的な暴力の祝祭として、登場人物たち全員がこの残酷な体験を生きることになる。またバフチンによるなら《民衆的な祝祭の笑いの重要な特性》は《笑っている者自身もこの笑いの対象になる、ということ》であるとも大江は述べる（『小説の方法』211、傍点は全て大江）。つまり三十男の主人公は、不良少年たちのカーニバルを安全な高みから見物するのではない。カーニバルの暴力を死に到るまで共に生きることを求められるのであり、そのような人間にとって、自転車の派手な転倒と浴びせられる残酷な哄笑は、通過儀礼《イニシエーション》だったのではないか？ カーニバルを主宰する名もない少年たちが「中卒の農村出身者」であることは、バフチンのいう《民衆的な祝祭の笑い》が純正なものであることを保証する。

しかし、なにゆえ少年でなければならないか？ 先にこの「文学ノート」でひと言触れた、大江と大岡とドストエフスキーをつなぐ主題としての「少年期」という話に立ち返るなら、大岡は自伝的な『少年』のなかで《知恵の目醒め》を十二、三歳の頃と定義して、性的成熟の訪れる十八歳はむしろ《確信の時期》であると語っている。[42] ドストエフスキーについては『カラマーゾフの兄弟』に登場して終幕で未来への希望を託されるコーリャと仲間の少年たちが思いおこされる。「第一、僕は十三じゃなく、十四です。あと二週間で十四歳なんです」というコーリャの熱のこもった言葉は、何かしら重大な自覚が表明されているようで忘れがたい。[43]

では、大江健三郎の文学にとって「子供」とは？ 一九七五年の講演「表現された子供」では、ラブレーのガルガンチュワとパンタグリュエル、谷内六郎の絵画、中沢啓治の漫画『はだしのゲン』などとともに『カラマゾフの兄弟』の少年たちが取りあげられており、そこにガストン・バシュラールが『空と夢——運動の想像力にかんする試論』で提起した「想像力の問題」が結びつけられて力強い議論が展開されている。[44]

まずはカラマゾフ家の三兄弟について。二番目のイワンは《つねに悪魔の想念にとりつかれている》ような、懐疑的で知的な青年だが、そのイワンが《純真で美しい宗教的な魂》をもった弟アリョーシャに語りかけていう——《いいかい、もしすべての人が、苦しみによって永遠のハーモニーをあがなうために苦しまねばならないとしても、何だってそこに子供が顔を出す必要があるのだろう、ええ？　何のために子供までが苦しまなければならなかったのだろう、なぜ子供までが苦しみによってハーモニーをあがなう必要があるのだろう？》（池田健太郎訳）……　この問いかけに、応えられる者はいない。そう示唆したうえで、大江はドストエフスキーの小説では《最後に、希望と救済へむけての信号のような子供たちの役割があらわれてくる》と語る。アリョーシャとコーリャと仲間の子供らの「美しい共同体」を評しての言葉だが、そこから導かれる「表現世界の媒体としての子供」という考え方を、やや長く引用しよう。これは大江文学の全体をつらぬく重要な主題である……

このように子供を表現世界の媒体として導入することによって、われわれは自分が持っている既成の人間・社会・世界へのイメージを揺さぶり、つくりかえる手がかりをえる。この人間世界の悲惨・残酷について、そのただなかで生きつづけねばならぬ以上、われわれはしばしば鈍感になっているけれども、しかしあらためて子供たちがそれに苦しめられるのだということを考えることによって、すなわち子供をイマジネーションの根幹のバネとして導入することによって、新たになまなましく人間世界の悲惨・残酷について強い経験をする。しかもまた他の側面では、ということは楯の裏表のようにつながった側面では、子供たちの未来を考えることによって、また子供の生きいきした明るい心により、そって考えることによって、この世界を新しいものにつくりかえねばならぬという希求、必要性を強く感じなおし、その願いにむけて自分の暗く怯む心を励ます。そのような喚起力を、子供という存在がもっている。他ならぬ子供をそのような表現の機能として、芸術のなかに新しい展望をわれわれが開く。そのためにこそわれわれは絵画や小説に子供を表現するのだと私は考えるのであります。（傍点は引用者、『同時代論集8』105）

この断章には、二つの問いが含まれている——①人類の未来、子供たちの未来にたいする作家の責任とは？　②子供と想像力の問題を考えることは、その責任を果たすために有効か？　第一の問いはサルトルを、第二の問いはバシュラールを念頭においてなされていると思われるのだが、ここではバシュラールへの傾斜に注目したい。かつてサルトルの「想像力の問題」をめぐる卒業論文を書いたが、卒業の直前にバシュラールを読んで、いわば「転向」することを考えた、という本人の証言も残されている。[45]

バシュラール『空と夢』の眼目は、冒頭のページに示されている。《いまでも人々は想像力とはイメージを形成する能力だとしている。ところが想像力とはむしろ知覚によって提供されたイメージを歪形する能力であり、それはわけても基本的イメージからわれわれを解放し、イメージを変える能力なのだ》。この《イメージを歪形する能力》という簡潔な定義につづいて、バシュラールは《想像力 imagination に対する語は、イメージ image ではなく、想像的なもの imaginaire である》（傍点はバシュラール）と指摘するのだが、大江の解説によれば——《イメージ・イマージュはスタティックなもの、静止したもの、すでにでき上がったものであって、イマジネールとはそのように固定しない、ダイナミックに動いているもの・動きうるものとしての、人間の意識の働きをさしている、あるいは反映しているもの》と考えることができる（『同時代論集8』98）。

さて、話は『洪水はわが魂に及び』に戻る。少年たちはいかにして作品の想像的なもの、imaginaire に参画するか？ いや、端的にいうなら、いちばん純粋に「運動の想像力」を実践するのは誰か？ ――もちろん「ボオイ」である。兄のような多麻吉はじめ、仲間の少年たち・年長者たちも、そして勇魚自身も、じつに逞しく「ボオイ」に共感して想像的なものに関わってゆくのではあるけれど。

「ボオイ」は幻《ヴィジョン》を見る。深い眠りに陥っているあいだに不意に、勇魚にたいする理不尽なほど強烈な敵意がとりのぞかれたのは、夢のなかから、あるいは眠りのなかから《二本の腕が突き出て「ボオイ」をひきとめた》からだと多麻吉は「ボオイ」に代わって説明する。《眠りながら千億分の一秒ほどのあいだに意味がつたわる》のだから、それは幻《ヴィジョン》といったほうがいいのであり、自分も身に危険が迫って瞬時に判断することが必要になった時に幻《ヴィジョン》を見るという（第十章）。

第十六章、破局に向けてドラマが進展し、独り撮影所跡の倉庫に立てこもった「ボオイ」がブルドーザーで工事人夫たちと対決する場面――《幻《ヴィジョン》の戦車》が出撃する！ 巨大なローラーが本体から両脇にはみだして見える、この《黄と黒の縞のザリガニ》のような大型ブルドーザーは、もともと建物のとりこわしのために働いていた重機を少年たちが失敬して倉庫の出入り口に隠しておいたもの。喬木の説明によれば、たんにおどかすためではなく、外敵と戦う戦車なのだった（第七章）。いま、倉庫で起きつつある異変を、遠くの避難所の銃眼から双眼鏡で見守るのは、勇魚、喬木、そして「赤面」の三名、つまり年長者たちである。ドカン、という大きい爆裂音が響き、湿地帯に立ちこめていた霧と煙が薄らいで、そこに黄ばんだ赤色の炎がチラチラし、見とおしのきく谷間に動くブルドーザーが現れた。

巨大な排土板を怒れるペリカンの顎《あご》のようにつきだして、だんだら縞のブルドーザーが突進する。そいつが霧を押しのけて進むように、その進路に二台のブルドーザーが見えはじめ、そしていましも双子のように似たそれぞれの運転手が地面へ跳びおりるところだった。突進するブルドーザーのひどく高いところに、それも脇に片寄って突きでた運転席に、小さな頭をした小さな男が、それでも肩をそびやかし両肱《りょうひじ》を張り黄と黒のだんだら縞の戦車をかけっている。幻《ヴィジョン》の戦車を……　眼に見えるものと眼に見えぬものとの、その認識は、銃眼から覗く三人に同時に来た。(『洪水はわが魂に及び』下121)

息をのむ勇魚は、感動と滑稽感に泡だつような喬木と「赤面」の声を聞く――《「ボオイ」が、ブルドーザーでシカケタ!》。そして大笑いに笑いだした三人の視線が最後に捉えたものは、燃えあがる倉庫――《ただ燃えあがる倉庫の大きい炎のかたまりのうちに、「ボオイ」の達成した幻《ヴィジョン》が拡大され強化されてあざやかに映りつづけるようだった……》。

救援隊として待機していた多麻吉は「ボオイ」を見殺しにしたのではないかと問いつめられると、瀕死の少年が《自分の幻《ヴィジョン》をちゃんとつかまえておちついていたよ……》と説明し、最後の奮闘ぶりをしっかりと報告してから、唐突に嗚咽する(第十七章)。

いよいよドラマの大詰め、アジトに残った者たちと湿原を占拠する警察との緊迫した交渉が続く。国外脱出を要求する「自由航海団」は、警察側の情報操作を出し抜くために、無線放送でアマチュア無線家に呼びかけて、警察当局によって提供されるべき脱出用のモーター・セーラーを具体的かつ詳細に描きだす。そして多麻吉はこうつぶやく——《こんな具合に遠慮なしにいいたてていると、自分たちの乗っかっている漁船改造型モーター・セーラーが幻《ヴィジョン》に見えるよ……》（第二十章）。そしてついに自爆の気構えで銃を構えることになったとき、多麻吉は勇魚にコートームケイな夢を語るのである。機動隊の連中が何百人もこちら側に合流し、拡大「自由航海団」が結成されて晴海埠頭《ふとう》から出発するという、華々しい《大逆転》（第二十二章）……《若者らのいちいちの幻《ヴィジョン》》も、かれらの生きた現実世界も、最後に《粗暴な自己破壊によって血の闇に消えるる》ことは予感されていた（第十七章）。それでもかれらは「自由航海団」という幻《ヴィジョン》を手放しはしなかった。

・「祈り」について

伊奈子はジンによりそう「少女」である——「小娘」「娘」などと呼ばれもするけれど「少年」代表の「ボオイ」と対をなす。その「少女」が「幼児」と初めてたがいを見つめ合う場面。

しかし勇魚が声をたてるまもなく、ジンは眼をひらいた。そして眼ざめるまえから夢のなかにもいたその娘に微笑していた具合に、声なく穏やかに笑っていた。

——この子は、きれいに笑うねえ、と娘は感銘をあらわした。きれいで白痴らしくないわ。ふだん白痴は、笑っても怒っても苦しがっているみたいに皺《しわ》がよってしまうのに……

――きみは白痴についてくわしいね、と勇魚はいった。遠慮なしに白痴、白痴というのはどうかと思うが、ともかく、白痴について観察しているよ。

――わたしには小頭症の兄がいたから、と娘はいかなる反撥的な感情もまじえずにいった。(『洪水はわが魂に及び』上91)

そういえば、眠る乙女が眼ざめの瞬間に、夢に見た王子様を見出す、という話が『眠りの森の美女』にあったけれど……　鳥の声だけに反応して、その名を告げることのできるジンが《――アカショウビン、ですよ》とささやくと《――なにかいったよ、きれいな声で》と娘はすっかり白眼が剝き出されるほど真丸に眼を見ひらいていう。この民話か童話のような出会いから、「幼児」と「少女」の持続する交わりが始まった。

これまで勇魚は幼児の《中心の一点からゆるやかに外縁へひろがる、草花の開花のような微笑》を独り占めしてきたのだったが、伊奈子はいともやすやすとその特権を簒奪する。ジンの微笑に続いてジンの言葉も、伊奈子は横取りする。勇魚の固定観念では《ジンの意識は密閉された罐《かん》》のようであって、自分は罐の蓋にひとつ穴をあけて、幼児の意識にいたる管をとおしている。ジンの脇をはなれるときには《管のこちらの端に野鳥の声のテープをつなぐ》というのだが、いまやジンの意識を閉ざす罐に《二つめの穴》があけられてしまった。のみならず、伊奈子とジンは事もなげに、テープをゆっくり回転させながら鳥の声をあてる「ゲーム」に興じるようになる！「〇〇、ですよ」という一つのシンタックスしかない、独り言の反復のようであったジンの言葉が、対話という形式に発展したことにより、勇魚の特権の価値は下落する（第六章）。さらに「ボオイ」も音楽をつうじてジンと対話的な関係をむすぶ。ジンが「ボオイ」の口笛に誘われて、ふだんなら許容するはずのないテープの逆回転に平然と耐えている。しかも「ボオイ」が惹きこまれている音楽が、スカルラッティのソナタの《嬰ハ短調、ですよ》と、鳥の声を指示すると同じ調子で穏やかに告げたりもする。「ボオイ」は《——ジンはいい白痴だねえ》と感じいる……「相互教育」と題した第十章、こんなふうにして「幼児＝童子神」をかこむ子供らの「美しい共同体」が育まれたのだった。

じっさい、ここが「祈り」の章でもあることは意義深い。「言葉の専門家」である勇魚が英語の授業をやることになり、手元にある二つの作品から「ゾシマ長老の説教」の英訳を教材にした。『カラマーゾフの兄弟』の第六篇、《純真で美しい宗教的な魂》をもつ末の弟アリョーシャが修道院で師と仰いでいたゾシマ長老が亡くなって、青年は修道院を去ることになる。師の最後の説話を死後しばらくして書きとどめた文章のなかに、それはある。『カラマーゾフの兄弟』は、父親が殺され、召使が自殺し、長男はシベリア送りになり、次男は狂気の淵をさまようという、暗い物語である。ドストエフスキーの《終末観的ヴィジョン・黙示録的認識》を読みとることができる、という示唆だろうか？ 民衆の尊崇する長老の信仰は、ロシア正教の教義といかなる関係にあるのだろう？ といった問いを立てて、深く読み込むこともできそうだけれど、じつは『洪水はわが魂に及び』のテクストは、そのような方向をやんわり拒んでいるようにも見える。それは伊奈子や「ボオイ」が敬意をこめて「白痴」というときに、ドストエフスキーの『白痴』が見え隠れするような気がしても、そのことは印象に留めておいたほうがいいと感じるのに、似ている。
すぐれた文学には固有の引用の技がある。『カラマーゾフの兄弟』の英訳から抜粋された二つの短い例文は『洪水はわが魂に及び』のテクスト上に移植され、ロシア正教の信仰や教義を離れて、別種の光を放つのである。第一の教材は、動物（＝鯨）と天使のように無垢な幼な子（＝ジン）への慈愛を説くもので、勇魚自身も認めるように、率直に状況を反映し、共同体のモラルを提案する。

Young man be not forgetful of prayer（青年よ、祈りを忘れてはいけない）という言葉に始まる第二の教材は、思いがけず「祈り」prayerという言葉をめぐる活発な議論を誘いだした。「抹香《まっこう》くさい」といわれるかと勇魚は危惧したのだったが……《なかでも「ボオイ」と多麻吉がそれをもっとも好んだ！》という感嘆符に注目。先に紹介した話だが、ページのうえでは《二本の腕が突き出て「ボオイ」をひきとめた》という「ボオイ」の幻《ヴィジョン》について多麻吉が説明するというエピソードが、これに続く。論理的な根拠が示されるわけではなく、本人たちの直観で語られたことだが、それでも読む者は察するだろう、幻《ヴィジョン》を見る者――バシュラールによるなら《知覚によって提供されたイメージを歪形する能力》をもつ者――には「祈り」の力があるらしいということを。

さらに何ページか先には、いっそう深められたやりとりがある。《多麻吉の解釈は、prayするとは集中することであって、対象がなんであれひたすら肉体と意識をあげて集中すれば、むこうがわに通じようと通じまいと、その集中している自分の肉体と意識のなかにnew feelingとnew meaningが湧きおこってくるのだというのだった》。これに対して「赤面」が《――そんなことはおれたちがいつも体験してきたことじゃないか？　そんなふうにprayしているからこそ幻《ヴィジョン》が見えてくるんだぜ、幻《ヴィジョン》はnew feelingとnew meaningじゃないか？》。ここで「ボオイ」がめずらしく議論の流れに賛同し、さらに多麻吉が前向きの意見を述べる。new feelingだけでは感覚馬鹿みたいだけれどnew meaningで内側を豊かにすることができる……　これが『洪水はわが魂に及び』の少年たちが自然な話し合いのなかで見出した「幻《ヴィジョン》＝祈り」という考え方である。まさに「相互教育」の成果！　と喝采を送りたくなるではないか……

　大江健三郎は「教育」的な、つまり「教育」ということに深い関心をもつ作家である。そこで——語学教師を一生の仕事としたわたしとしては——外国語のまなび方についても確かめておきたい。受験エリートだった勇魚にとって印象深かったのは、若者たちが常套どおり翻訳して説明することを求めず、《語対語の置きかえ》に満足しなかったこと。集団就職で上京して職場から離散したかれらは《英単語に置きかえられるべき標準語にそもそもなじみが薄い》（傍点は引用者）のであり、したがって、かれらにとって日本語の標準語は、その中で知性を養われた母語ではない。そのためかれらは、英単語についての丁寧な説明を《自分の肉体と意識についての新しい行動法》として、直接に受けとめ消化することを希求していたのである。

　Prayerという英単語をめぐる小さなエピソードの連鎖のようなものがある。第十四章の最後、むごたらしい処刑によって「縮む男」が死んだあと、勇魚は断末魔の男のプープー泡を吹くような脣の動きを無意識のうちに自分が繰りかえしていることに気づく、そして《その脣が……Prayer is an …… education ……といっているのだということを認めた》。「縮む男」は果たして裏切り者だったのか？　かれもまた、かれなりのやりかたで「美しい共同体」の「祈り」と「相互教育」に参加した、そして《自分の肉体と意識についての新しい行動法》として、prayerという英単語を直接に受けとめ消化していたのではなかったか……　そのことを、命を懸けて示したのではなかったか？

物語の終幕では、機動隊に包囲され、外界とのコミュニケーションの手段を断たれた若者たちが、無線放送で日本の国民に呼びかける（第二十章）。《――Young man be not forgetful of prayer. こちらは「自由航海団」放送局》という呼びかけにつづいて《録音をとってあなたがたの局から再生放送してください。また報道関係へテープ提供を申し出てください》という、受信者への依頼が繰りかえされる。インターネットのなかった時代の無線放送の音声の、独特の距離感と生なましさにわたしは思いを馳せる。そして籠城者たちが置かれた状況の絶望的な深刻さとYoung man be not forgetful of prayer という呼びかけの天上的な響きとのギャップ、というか断絶ぶりに、思わず笑いがこみあげてきそうにもなるのである。

無線放送を担当する「無線技師」がアジトの屋上で機動隊に狙撃された。銃眼のガラスに大量の血液がしたたりおちる――《血液のしたたり自体のリズムにあわせて、「赤面」が祈るようにつぶやく声を、勇魚は耳朶《じだ》のすぐ脇に聞いた。Young man be not forgetful of prayer ……　Young man be not forgetful of prayer ……》。

投降した者たちを乗せた救急車が走り去り、「無線技師」と「赤面」の無残な死体とともに、多麻吉と勇魚が残された。予感されていたように、少年たちの幻《ヴィジョン》も、それぞれが生きた現実世界も、最後の戦いの中で《血の闇に消える》だろう。《あの言葉》がちゃんと思いだせない、と多麻吉がいう。勇魚はYoung man be not forgetful of prayer. と最初の行を暗誦し、多麻吉が黙って耳を澄ましているので次の行に進めていった。Every time you pray, if your prayer is sincere, there will be new feeling and new meaning ……

・神、神秘の光、反復される言葉

《蛇足をつけ加えれば、「祈り」がこの度の作品に現われた新しい要素であり、「ジン」というアラビヤンナイト的な名前を持った小児の聖性が、作品全体になんともいえない神秘の光をみなぎらせている》という大岡昇平の評言が、大江健三郎にとって大きな喜びであったことは、これまで見てきたところで、いかにもと納得されるのではないか？　ところで「神」という主題をめぐる大江作品と大岡作品との近似あるいは相違という問題は、むずかしそうだけれど、興味を誘う。大江は六〇年代の論考「大岡昇平の人間と作品」で「神」という項目を立て、『野火』における「神」についてこう述べている――《「神」はもっとも積極的な主題ではない。むしろ、「神」の不在が、『野火』の兵士の見る神の内容であって、その神は、いわばいかなるキリスト教の正統ともぴったり符合することのない、倫理的な神である》[46]。さらに「自然」の項では《私は祈ろうとしたが、祈りは口を突いて出なかった》という一文に行き着く『野火』の断章を取りあげるのだが、その前に大江はあらかじめ、《「神」を「自然」におきかえても、事の本質はかわることがない》と議論を方向づけている。念のためにいいそえれば、『野火』の「神」と『俘虜記』で回想された少年期におけるキリスト教信仰の問題は、いずれも一人称で語られてはいるけれど、大岡昇平という人間の中で矛盾なく統合されるという保証はまったくない。すぐれた作家は一つの人生が内包する相容れぬ傾向を、むしろ温存し、フィクションの中で、そのいちいちを進化・発展させるのではないか？

声はその花の上に漏斗状《ろうとじょう》に立った、花に満たされた空間から来ると思われた。ではこれが神であった。

その空間は拡がって来た。花は燦々《さんさん》として私の上にも、落ちて来た。しかし私はそれが私の体に届かないのを知っていた。

この垂れ下った神の中に、私は含まれ得なかった。その巨大な体軀《たいく》と大地の間で、私の体は軋《きし》んだ。

私は祈ろうとしたが、祈りは口を突いて出なかった。私の体が二つの半身に別れていたからである。

私の身が変らなければならなかった。[47]（『野火』135〜136）

これが『野火』の「三〇　野の百合《ゆり》」から大江が引用する断章である。先立つ「二九　手」には、極限的な飢餓のなかで、死んだ仲間の肉を食べたいという誘惑に駆られて動き出す右手の手首を左手が上から握って押しとどめたという、あの読む者が言葉を失うエピソードが語られている。その体験を別のかたちで反芻するかのように、独りさまよう兵士は美しい谷間で「あたし、食べてもいいわよ」という花の声を聞く。飢えているのは右半身。一方で左半身は、草や木や動物などは《死んだ人間よりも、食べてはいけなかったのである。生きているからである》と理解する。引用の《私の体が二つの半身に別れていたから》という述懐は、これらの不思議な体験を思っての反省である。

上記引用に先立って、大江は『野火』が翻訳されてキリスト教国の知的読者に強い感銘を与えたのは、そこに《神学の絵とき》があったからではない、とも指摘する。たしかに《この「神」と「自然」との、まことに特徴的なからみあい》をとおして『野火』は何かを探究しているように見える。それは明らかに、大岡昇平が少年期に浸ることのできたキリスト教信仰や、『俘虜記』で宙吊りのままに残された「神の声」と「摂理」をめぐる省察とは、またちがう何かのようである……

『野火』が読売文学賞を受賞したときに寄稿した「「野火」の意図」で、大岡は『俘虜記』を書いた後、何か残るものがあって、それが《孤独な敗兵の感覚と感情の混乱》ということだった、と述べたあと、こうもつけくわえている――《それを表現するのに、ああいうファンタスチックな物語が空想されたわけでした[48]》。

神学の絵ときというよりファンタスチックな物語……そのような方向で、「三〇　野の百合《ゆり》」の全体を読みなおしてみる。《私は降りて行った。雨があがり、緑が陽光に甦《よみがえ》った。林を潜《くぐ》り、野を横切って、新しい土地の上を、歩いて行った。／万物が私を見ていた。丘々は野の末に、胸から上だけ出し、見守っていた。樹々《きぎ》は様々な媚態《びたい》を凝らして、私の視線を捕えようとしていた。雨滴を荷《にな》った草も、或《あ》いは私を迎えるように頭をもたげ、或いは向うむきに倒れ伏して、顔だけ振り向いていた。／私は彼等に見られているのがうれしかった。風景は時々、右や左に傾いた》。そして「私」は一つの谷に入ってゆく。確かに見覚えのある、深く嵌入《かんにゅう》している小さな谷の地形……　陽光が谷に降りそそぎ、林の縁に蔭を選んで坐った「私」の前には、音もなく流れる水に根を洗われているらしい草の葉が一面に拡がっている。

　草の間から一本の花が身をもたげた。直立した花梗《かこう》の上に、固く身をすぼめた花冠が、音楽のように、ゆるやかに開こうとしていた。その名も知らぬ熱帯の花は芍薬《しゃくやく》に似て、淡紅色の花弁の畳まれた奥は、色褪《いろあ》せ湿っていた。匂《にお》いはなかった。（『野火』134〜135）

この断章の、固く身をすぼめた花冠が、音楽のように、ゆるやかに開く、というところで、わたしはジンが勇魚に送ってよこす、あの《中心の一点からゆるやかに外縁へひろがる、草花の開花のような微笑》を思わずにはいられないのだが、似ているのはそこまで。大岡の《一本の花》は、あたりの野山にまで濃厚な気配を漂わせる成熟した女である。湿った花芯の匂いの不在までが、なんとあらわれもなくエロス的であることか……

次いで「あたし、食べてもいいわよ」という「花の声」が聞え、これに飢えた右半身の反応と抵抗する左半身をめぐる反省がつづく。陽光の中に光り輝く花を見つめているうちに、周囲は霞んで行くようであり、いまや空の奥から同じ形、同じ大きさの花が湧くように夥しく現われて、光りながら落ちて来て、《末は、その地上の一本の花に収斂《しゅうれん》された》というのである。ここで「野の百合《ゆり》」をめぐる聖書の節が引かれ[49]、さらに《声はその花の上に漏斗《ろうと》状《じょう》に立った、〔……〕ではこれが神であった》という確信が語られる。

『野火』は「狂人」が精神病院で書いている手記であることが、物語の最後でオチのように明かされるという仕掛けの小説である。「神の声」を聴いたが「祈り」は口を突いて出なかったという「私」の言葉を、事実の回想のように、つまり大岡自身の信仰の問題として読むことに、意味があるとは思われない。それにしても「三〇　野の百合《ゆり》」につづき、神の存在に触れている短い「三一　空の鳥」と人間の世界に回帰する「三二　眼《め》」という、合わせて三章が《孤独な敗兵の感覚と感情の混乱》の山場をなすことは事実。とすれば「感覚」と「感情」の混乱を表現するのに《ああいうファンタスチックな物語が空想されたわけでした》という著者の言葉の真意は、どういうことなのか？

　これまで何度も話題にしたように、大岡の「話し言葉」は、学校教育が顕揚する模範的な標準語ではない。その洒落た江戸っ子ぶりのバイアスを勘定に入れて読むとして……　一般の文芸雑誌は「戦争物」はもう沢山だ、「恋愛物」を書けというのだそうである。《僕は自分の戦場の経験にまだ書くものはあると確信していたので、癪にさわったが、よしそんなら人ががっかりするようなセンチメンタリズムを発揮してやれ》という気になって書いたのが『武蔵野夫人』であるとのこと。《人ががっかりするようなセンチメンタリズム》と《ああいうファンタスチックな物語》は一対の口語表現である。『武蔵野夫人』は脇に措くとして、『野火』の場合、文体上のバイアスをとりされば、その真意は大岡が大江を評して用いた「神秘の光」そのものではないか？

　それゆえここで、大江と大岡の近似する点として「神秘の光」という主題を掲げておく。『野火』を論じる大江は、孤独な兵士の経験のなかで「神」と「自然」はおきかえる事ができる、つまり互換可能なものではないか、と示唆するのだが、これに先立って、兵士が《母親の肉体のような自然と一体化しよう》としていること、そして兵士は自分を《自然の一部分として転生するところのものへ、すなわち草や花の水準にあるものにまでひきずりおろしつつある》ことを指摘していた。では「自然との一体化」という神秘的な願望の、大江的ヴァージョンは？『洪水はわが魂に及び』の冒頭近く、先に「幼児と未成年者たち」の項で引用した、芽ぶきの予感を語る断章につづく部分にそれはある。冬から春への凝縮したみじかい季節、勇魚は《脱皮直後の蟹《かに》のように警戒的》になりながら、それでも芽ぶく落葉喬木《きょうぼく》の見まわりに出かけてゆくという。

芽が灰褐色や茶の硬い萼《がく》の鎧《よろい》につつまれていたあいだは、かれも、自分自身その鎧にかこわれた紡錘型《ぼうすいけい》の冬芽であるように、安全に感じていたのだ。しかし、その萼の中からおそろしくみだらな幼いもの、柔らかな淡緑の芽がのぞきはじめてしまっては、ある奥深い不安に凍りつきそうだった。かれは、その一帯のみで幾億ともしれぬ枝々の芽によって動揺をあたえられる。（『洪水はわが魂に及び』上10）

あの《猛悪きわまる鳥族のものども》が柔らかで誘惑的な芽――おそろしくみだらな幼いもの――を啄《つい》ばむために襲来し、《世界が崩壊》してしまうのではないか、という不安に勇魚はおそわれもするのだが、それでも《芽ぶこうとする力、芽ぶくことの意味》を考えるために、小枝を折りとって避難所に持ち帰り、「樹木の魂」と「交感」することをめざす……という話から、そのまま改行することなしに、ジンと呼ばれる五歳の子供の存在へ、さらに勇魚とジンとの「交歓」に向けて、叙述はいとも滑らかに移行する。こんなふうにして「神秘の光」が静かに世界に浸透してゆくのである。

「神」という主題と「祈り」との関連については、どんな近似もしくは相違があるだろう？『野火』の孤独な敗兵は、キリスト教の教義に則した神ではないにせよ、超越的な存在の証しである「神の声」を不意に聞く。一方『洪水はわが魂に及び』の場合、勇魚をふくめ全員についていえることだが、特定の宗教によって権威づけられた「神」が明確に意識の中にあらわれることはないように思われる。第七章、勇魚が《自分の現実生活を樹木と鯨の代理人という役柄に限定》して生きている、と自分を紹介すると、「ボオイ」がやにわに反撥し、さらに「縮む男」が《樹木と鯨は、神じゃないと思うんだがな？》と疑問を呈したりする場面があるのだが、《――もちろん樹木も鯨も神じゃないよ》と勇魚が応じ、でも鯨より樹木のほうが神に近いように思う、と漠然と感想を述べて議論は終ってしまう。さらに第十章「相互教育」の英語学習の現場で勇魚の観察するところによれば、少年たちも《なにに向ってprayするかということは、この際二義的な問題であり、prayすることの強さ、激しさこそが問題の核心なのだと、みぬいているかとさえ感じられた》という。しかるにこれを「神なき祈り」と断じてしまえば、いかにも粗雑なまとめになるだろう。示唆されているのは、そして終章の決定的な破局に到るまで真摯に実践されてもいるのは、字義通りのこと、すなわち「神の存在」を定義する以前に「祈りの強さ、激しさ」を求める、というだけのことではないか？　その「祈り」によって「美しい共同体」は支えられるはず、という直観は、ほぼ二十年後の『燃えあがる緑の木』三部作にまで引き継がれる。これは大江文学の奥深い核心にある、あいまいさを含んだ主題のひとつだろう……

大岡は『洪水はわが魂に及び』の選評のなかで《小児の聖性》という言葉でジンの尊さを語っていた。「聖性」とはholiness, saintetéであって「聖人」「聖者」に具わるもの、キリスト教でいえばイエスに似た者を指すという。これに対して「霊性」は spirituality, spiritualité の訳語であり、たとえばカトリック神学はこれを厳密に定義する。混同がないよう、強調しておきたいのだが、宗教的な外観をもつ現代の流行現象としての「スピリチュアリティ」については、大江自身が自分の探究とはまったく別種のものであると明言している。

ところで大岡のいう《小児の聖性》を、大江はいかに造形しているか？　ジンが「きれいに笑う」こと、そして「きれいな声」をもつことに、伊奈子は感嘆する。しかし伊奈子自身は、幼子イエスを抱くマリアのような清らかな「母性」の少女ではない（なにしろマリアは処女懐胎だし……）。ましてや障害児の面倒を見る「ヤング・ケアラー」などでは全然ない。ジンにたいする伊奈子の役割は、宗教的なものによってゆるやかに束ねられた共同体のなかで、聖性を認められている「童子神」に仕える巫女、そして霊媒をつとめるよりましのようなもの……というのが、わたしの読み方であって、そこにはおのずと「音声」と「話し言葉」の問題がからむ。

「○○、ですよ」という初歩的なシンタックスから生まれる対話的な関係の無垢な美しさ。「タンポポ、だよ」「そう、タンポポ、ね」という幼児とのやりとり、たんなる反復でしかない母と子の対話ほどに、非・権力的で幸福な「話し言葉」があるだろうか？　じつは勇魚は、幼いジンによる同語反復のなかで、つまり絶対的な肯定としての「言葉の反復」のなかで、安全に生きてきたのだった。《——自転車からひっくりかえって畑に落ちたけれども、なんともなかったよ。ジン、よかったね。／——よかった、ですよ。》というふうに。

物語の冒頭近く、ある朝、《ミズナラの若葉が発芽期をついにのりこえて、したたる陽の光に柔らかく新しく、ひろげた内臓のような葉をおののかせる》のを見た勇魚は、ジンとともに外出することと決意する。湿地帯を歩み、バスに乗ってからも、勇魚は避難所の方向を把握しようと努めていた。

なぜ、避難所の位置をそのように実感的にとらえていなければならないか？　それは一時間後に、世界最終戦争がおこったとして、核爆発の熱と衝撃波がこの都市を襲うまえに、恐慌状態におちいった市民の右往左往するあいだを、ずっとその日のために全生活を方向づけてきた人間の、冷静さとねばりづよさとをもって、ジンともども、徒歩で帰りつかねばならないからだ。そして樹木と鯨とに正当な権利授与をおこなう瞬間まで、かれと幼児のふたりが、進んで人類世界の終りを選びとるようにしてゆったりおちついて待たねばならないからだ。激しい熱にコンクリートの外壁が輝いた後、衝撃波は幼児の耳にも響くだろう。その時勇魚は、ジンの穏やかにささやくような、

――世界の終り、ですよ、という声を聞きたいとねがった。（『洪水はわが魂に及び』上28～29）

これが勇魚の《終末観的ヴィジョン・黙示録的認識》に思い描かれた一枚の未来図だった。しかし出来事の進み行きは思いがけぬ方向をとり、ついに伊奈子がジンを抱いて避難所を出ていくことになるのだが、その資格はまたしても「言葉の反復」によって与えられる……　機動隊と警察による避難所への攻撃が激しさを増す終幕の一場面、勇魚が台所に降りてジンに声をかけるが、

ジンはかれに一瞬眼を向けてきたのみで、伊奈子の語りかけをこまめに復唱している。

──あれはヘリコプターの音ね、ジン…… あれは警察の放送ね、ジン……

──ヘリコプターの音、ですよ…… 警察の放送、ですよ、というふうに……

それはジンを励ますためによりもむしろ伊奈子が、かつてあてどない鬱屈におちいった勇魚が繰りかえしおこなったとおなじに、ジンの言葉の鏡に自分をうつしては平衡をたもとうとしているのだ。(『洪水はわが魂に及び』下245〜246)

こうして自分をうつしだす《言葉の鏡》は、窮境に耐えることへの励ましとなる。反復され聞きとられる言葉はまた、共生の証しでもあるはずで、これは「祈り」についてもいえることではないか? 前項の最後で見たように、Young man be not forgetful of prayer という言葉は「無線技師」の反復的な呼びかけによって無線放送で社会に送りだされ、銃撃された青年の血液のしたたりにあわせた「赤面」のつぶやきとして繰りかえされて勇魚に聞きとられる。さらに多麻吉が勇魚の暗唱に耳を澄ませることで、避難所に残された者たちを代わる鏡のようにうつしだし、一巡して輪のようにかれらをつなぐだろう。

「自由航海団」の仲間が自分らのものとしたゾシマ長老の言葉は「説教」であって「祈り」ではない。しかも英語訳のままであることで、原典のロシア語からも日本の標準語からも切り離されている。そのため国語によって管理された意味の地平から浮き上がり、いわば国籍不明の船舶のように漂流しているようにも見える。もっぱら「音声」として分かち合う「祈り」の言葉は──

やや強引な解釈であることを承知でいうのだが——言語的にいかなる国家にも帰属しないのは事実なのだから、その点、ノーベル賞作家の夢見た「世界言語」にも似ているのではないか？

最後にやや次元の異なる例を。じつは小説家の日本語の表記法も、標準語の拘束から逞しく解放されている。勇魚が「樹木の魂」「鯨の魂」にむけて語る内面の言葉などは、原則として、と一括する自信はないけれど、かなりの部分が片仮名。第七章で登場する「縮む男」の正常な声と金切声の混交した奇妙な声による発話も、しばしば片仮名（これらのケースについては、どのような状況下で片仮名になるか、そもそも原則があるのか、詳しいテクスト分析が必要だろう）。クライマクスでは巨大なスピーカーを通した国家権力の説得ないしは脅しの声が、随所でゴチック体になる。避難所からの多麻吉のハンド・マイクによるアンチ・クライマクスの応答も、すでに見たようにゴチック体。

最後の日の朝九時、機動隊の男が俘虜となり、**Bakkgar！** と横文字で叫び声を挙げた。その発声につづき、念入りな音声学（？）の説明が——《冒頭の子音は、これ以上にも運動エネルギーの加わった破裂音はほかにありえまいと思えるほど強く、また語尾のアは、日本語において可能なかぎりもっとも開いた母音だった。それはただ、馬鹿が！　と叫んでいる声なのではあるが、全体において、この言葉がはらみうる最大の敵意の爆発力をそなえていると感じられる。しかも陽気ですらある罵声《ばせい》なのだ》（傍点は大江）。男の無闇に雄弁な抗議を文字化した日本語のテクスト上で、この横文字の **Bakkgar！** がなんと九回も繰りかえし、爆弾のように炸裂する……

・ウィン、ウィン、ウィン、ブオオオッ、ブオオオッ、ウィン、ウィン

最後の時が迫り、機動隊の強力な放水車と鎖で鉄球を吊った巨大なクレーンによる激しい攻撃が続くなか、勇魚は核シェルターの「地下壕」に独り閉じこもる。《瞑想用の椅子》に背をまっすぐにして坐った勇魚は、鯨の鳴き声の録音テープをセットして、いつものように、ただしかつてない大音響で、鯨の声を聞く。

はじめに聞えてくるのは、海中深くひそむ耳にはそのように聞えるにちがいない波の音と、モーター・ボートの機関音だ。それがたちまち地下壕全体を、バーミューダ沖の海底深く潜らせた。そして響きはじめる、ウィン、ウィン、ウィン、ブオオオッ、ブオオオッ、ウィン、ウィン、という鯨の鳴き声が、鉄の球の衝撃を圧倒する。

――鯨、ですよ、と勇魚は自分にむけて満足の思いをあらわすためにいった。ウィン、ウィン、ウィン、ブオオオッ、ブオオオッ、ウィン、ウィンと鳴く一頭のザトウ鯨の背後から、大洋じゅうのすべての鯨たちの歌が、はるかに呼応するかのようだ……（『洪水はわが魂に及び』下294～295）

しかし、なぜ鯨なのか？　巨樹を「神木」として崇める伝統は日本に根づいているし、フレイザーの『金枝篇』に見られるごとく、世界の神話伝承にも樹木信仰の例はかぞえきれぬほどにあ

る。樹木のほうが神に近い、という勇魚の感想も常識的なものだろう。一方、鯨が鳴き声という普遍的な言語を持つことは、勇魚がこの大きな哺乳類にたいして抱く敬意の理由の一つではないか？　物語の初めから、鯨の録音テープは勇魚の生活の中心にあった。第二章では勇魚の夢のなかに、成長して大男になったジンがあらわれて、筋肉質の警官にやみくもに殴りつけられ、イェッ、イェイ、イェイという水中《ハイドロ》マイクでとらえた鯨の声をあげて叫ぶ。その悪夢のなかで、すでに死んでいるらしい勇魚も、圧倒的な無力感の底でイェッ、イェイ、イェイと泣いたのだった。

現実世界、あるいは「こちら側」の世界において、大江健三郎は『洪水はわが魂に及び』を執筆している時期に「死滅する鯨とともに——わが'70年」を発表し、これを『鯨の死滅する日』[50]と題した一九七二年の評論集に収めている。さらに一九七一年に雑誌『新潮』に発表した『死滅する鯨の代理人』を吸収して改題したものが、あのウオオン、ウエイ、ウエイ、ウオオンという正体不明の声から始まる『月の男《ムーン・マン》』となって、一九七二年の中篇小説集『みずから我が涙をぬぐいたまう日』に収録された。[51]一方、評論集『鯨の死滅する日』の「序文」に当たるページには《ある黙示録的なるもの、終末観的なるものが、しだいに色濃く、たちこめはじめている》（傍点は引用者）とあり、さながら予告のように一九七三年の『同時代としての戦後』のキーワードが明記されている。こんな具合に一九七〇年代初頭の大江の想像力のなかで、鯨という生物は黙示録的、終末観的という形容にしっかりと結ばれていたらしいのである。

『鯨の死滅する日』の表題作にあたる「死滅する鯨とともに——わが'70年」は、沖縄を経由してアジア・インドを旅した大江健三郎が一九七〇年を回顧するというスタイルの文章だが、実際のところ、この旅には「鯨の魂」が目に見えぬ随伴者として同行していたのだった。「反捕鯨」が「海洋保護」や「地球環境」などのスローガンとともに強く主張される時代になっていた。海の哺乳類が死滅する日には地球も亡びるだろうから、鯨があのように叫ぶのは《ある黙示録的なるもの、終末観的なるもの》について警告するためにちがいない。この年、大江にそう確信させる《印象深い日本への訪問者》がいた。《マッコウ鯨のために熱情にみちた詩を書いて、ひとり鯨のがわに立ち、人類に抗議した詩人・生態学者スコット・マクベイ》(69)。この「鯨の代理人」が残していったテープの鯨の叫び声を深夜ひそかに聞きながら、大江健三郎は――大木勇魚に唱和するかのように？　――鯨の叫び声をひとり模倣することもあったという。《ウエッ、ウエッ、ウエッ！　ウエエエイ、ウエエエイ！　と躰をのけぞり喉をふりしぼるようにして》。

さて旅先の沖縄、中城湾《なかぐすくわん》にて。大江は強大な規模の公害の予告に対して、非力な少数者として戦いをいどむ穏やかな漁民たちの運動を見て、《ぼくの鯨の歌は、もしかしたらこのようにしてのみ、人類はすでに始ったところの破滅への黙示録の世界を生き延びて、わずかに生命の樹にいたる権利をかちとりえるのかもしれない》という小さい希望のきざしをかぎつける（傍点は大江）。そして《漁民たちを鼓舞する鯨になって、ウエッ、ウエッ、ウエエエイ！　と歌っていたのだ》。

さらにインドのベナレス、ある夜明けがた、ガンジス川に浮かぶ船の上で。前日に大江はホテルのBBC放送で「ミシマのハラキリ」を知った。もし説明を求められたら《作家とは、この人間の世界が滅亡しかかっていると感じているか、そうでないまでも、諸行無常と観じていながら、しかも、救いを見出していないところの人間》であって、追いつめられた作家の「自己破壊」は……　というふうに語るだろう。そんなことを思いめぐらせ、ガンジス川に沐浴する人びと眺めやりながら、《あらためてぼくは、ウエッ、ウエッ、ウエッ、ウエエエイと、鯨の歌を模倣してみては、なにものかもっとも人間的な根本のものが自分のうちに芽ばえる勢いをはげました。半裸の船頭もインドのまことに数多い言葉のひとつベンガル語で、それに和するかのごとくであった》。

以上で「なぜ、鯨なのか？」をめぐる謎解きになっただろうか？　フィクションの人物・大木勇魚は、作者・大江健三郎のまねをしているのだろうか？　あるいはその逆か？　そんな問いは無意味であって、現実世界（＝こちら側）と虚構の世界（＝向こう側）をつなぐ細い糸が一筋、かろうじて見出されたにすぎない、というべきか……

「表現世界の媒体としての子供」という主題については、これまでのところで多少は語ることができたように思う。しかし作家とほぼ同い年であるはずの勇魚自身はどうかといえば、三十男が世界を知覚する「肉体」についても、さらには《知覚によって提供されたイメージを歪形する能力》という意味での「想像力」についても、なにひとつ確認できてはいない。

とりわけ《三メートル×六メートルの、鉄筋コンクリートによる地下壕》の床に掘られた、もうひとつの人工的な「穴ぼこ」、すなわち《30センチ四方の炉のような穴》については、まだ、ひと言も触れていないではないか！　そこに露出した《関東ローム層の泥》は小形ピッケルで耕され、水が滲みだすのであるらしい。建物の住人は、これを《瞑想《めいそう》用の足場》として、素足で大地を知覚するという。物語冒頭で詳細に記述されたこの特殊な「穴ぼこ」から、終幕にはゴボゴボと泥水が湧きおこる……

忘れずに言い添えておかねばならないが、伊奈子は初めて地下壕に降りた時、《コンクリート床の四角な穴にもっとも魅惑された》ことを、熱情をあらわして勇魚に告げたのだった。そのような伊奈子と勇魚の特別な関係についても、いわゆる男女の仲についても、考察しなかった。理由がなかったわけではない。一例を挙げるなら《——それじゃ、やらない？　と伊奈子がいったのである。／——やろう、と勇魚は気弱な人間の感謝の思いをこめて答えた。〔……〕ソレジャ、ヤラナイか、と後に残された勇魚はひとり笑った》という一節は、読んでクスリと笑えばよいのであって、ここで反復の効果などを解説するには及ばない。

8 『レイテ戦記』の終末観的ヴィジョン・黙示録的認識

・日本の現代人にとっての「全体小説」

敗走する孤独な兵士が野火を見る。

私はその火を怖《おそ》れた。私もまた私の心に、火を持っていたからである。

或《あ》る夜、火は野に動いた。萍草《うきくさ》や禾本科《かほんか》植物がはびこって、人の通るはずのない湿原を貫いて、提灯《ちょうちん》ほどの高さで、揺れながら近づいて来た。

私の方へ、どんどん迫って来るように思われた。私は身を固くした。すると火は突然横に逸《そ》れ、黒い丘の線をなぞって、少しあがってから消えた。

私は何も理解することが出来なかった。ただ怖れ、そして怒っていた。（大岡昇平『野火』

大江健三郎は、この断章を引用して《大きい戦争のなかの、ひとりの兵士の怖れと怒り》に思いを馳せる。そして《戦争の全体を描きだそうとすること》《血と鉄と泥の匂いのする大叙事詩をつくりだすこと》の根源にあるのは、この《怖れと怒り》にほかならない、と語っている[52]（傍点は引用者）。

大岡昇平は「敗戦二十六年の夏」という日付をもつ初版『レイテ戦記』の「あとがき」で、《レイテ島における決断、作戦、戦闘経過及びその結果のすべて》を書くことが著者の野心であったと述べていた[53]。昭和十九年七月、補充兵としてフィリピンに渡った大岡は、昭和二十年一月二十五日、ミンドロ島の山中で米軍の俘虜となる。収容所の日本兵から聞いた談話と自らの体験を素材として、帰還後ほどなく、一人の兵士を中心とした二つの物語、『俘虜記』と『野火』を発表。戦後四半世紀が過ぎての新たな野心は、レイテ島とレイテ湾を舞台とした陸と海の戦争のすべてを書くことだった……

一九七一年に中央公論社から『レイテ戦記』初版が刊行された時点で、大岡はすでに敗戦直後の公刊戦史には陸軍と海軍が共同で隠蔽した重大な事実があることに気づいており、その後に入手した新資料や新刊の文献を網羅的に読み込んで、版を重ねるごとに加筆訂正を行なっていた。一九八三年の岩波書店『大岡昇平集9〜10』に収められた『レイテ戦記』は、一九七四年の中公文庫を底本とするが、この段階でも、かなりの加筆があった。大江は文庫版に加えられた大岡の書き入れのコピイを読んで——つまり最終的な改稿の現場を、書きなおすプロセスとして生々しく再体験しつつ――「解説」を書いたのである。

この「再読」を通じて大江は、作品の《多様なひろがりと、緊密な統合性》が増したこと、《マッカーサーとアメリカ、そして天皇、軍部と日本の、アジア史および世界史のレヴェルでの定義づけが、幅と多層性を加えて》いることを確認したという。初版からほぼ十年、『レイテ戦記』に感銘する自分の《精神と情動のキャパシティーが増えた》とも感じるが、《さらに励んでも、ついにこの作品のはらんでいるものをすべて汲みつくすまでには、おそらく生涯いたりえぬだろう。そのような自己の生についての粛然たる反省もさそわれるほどの、『レイテ戦記』は日本現代文学が比較する例をほかに見出しえぬ巨大な作品である》[54]――こんなふうに深甚な敬意、賞賛に畏怖の念が入り混じる真摯な感情を、大江健三郎が同時代の作品にたいして表わしたことが、ほかにあるだろうか？

「大岡昇平×大江健三郎」という出会いの醍醐味は、この「巨大な作品」とその「解説」を読み合わせることで、おのずと明らかになるはず……というわけで、目標は見えている。何よりも小説の本体を誠実に読みながら、長めの引用も厭わぬことにして、一歩ずつ前へ進むことにしよう。

第一の道標は「全体小説」という言葉。大江は十年前に『同時代としての戦後』に収めた大岡昇平論でも、《戦闘の全体を展望する》という兵士たちの《熱望》について語っていた。そこで引用された『レイテ戦記』の文章は以下のとおり。

八、九日両日の戦いは、リモン峠の戦闘の中で、最も凄惨なものとなった。米兵も連日の戦いに気が立っていた。この日は是非主稜線に達しようとむきになっていた。自分たちに苛酷な戦いを強いる日本兵に対して腹を立てていた。

なんのためにおれたちは戦わなければならないのか、数千マイル離れた祖国で、金持が一層金持になり、どこかの気障な奴に女房をやられるために、フィリピンに来ているのか、というような観念に取りつかれていた。ハロやタクロバンで幕僚や新聞記者がフィリピン娘とダンスしているのに、なぜおれたちだけ雨の中で命をかけて戦わねばならぬのか、と腹を立てていた。

日本兵もまた物量にものをいわせる米軍の戦闘を卑怯と感じ、腹を立てていた。三日間の戦いで多くの戦友が殺されたのを怒っていた。雨の中に憎悪と憤怒がせめぎ合う白兵戦になったのである。（『レイテ戦記』上399）

このような《憎悪と憤怒の戦闘》に参加せしめられている一兵士がいだくであろう《絶対に実現不可能である望み》、それが《戦闘の全体を展望する》という《憎悪、憤怒、恐怖にうらうちされた熱望》だった、と大江は考える。現実には、一兵士の熱望は空しい。かれは《その戦闘の数多い歯車の役割を果たさしめられて死ぬ、あるいは俘虜となる》のだが、『レイテ戦記』は一兵士の熱望に応え《戦闘の全体を展望する》ことにより、現実の《堅固に閉鎖した力関係》に、ひとつの《完璧な逆転》をうみだしたというのである。ここで大江は大岡の作品を「大叙事詩」と形容してもいたのだが、十年後の「再読」にもとづく「解説」では、ギリシャ・ローマの古典に名高い「戦記」や「叙事詩」との類似という観点を離れ、のっけから、これは「全体小説」であると断言し、自分は《小説として読みとることに固執する》という。なぜか？

　わたしなりに思い当たるところはある。たとえば『レイテ戦記』の著者は《雨の中に憎悪と憤怒がせめぎ合う白兵戦》の数日について、「十三　リモン峠　十一月三日—十日」で、六十ページに及ぶ綜合的・全体的な叙述を行っているのだが、あるところで、こうも述懐する——《もし私がアメリカ人なら、この二つの迂回部隊の行動について、叙事詩的放浪戦記が書けるのだが、そのため悲惨な死を遂げなければならなかった同胞がいるため、それが出来ない》（傍点は引用者、上408）。英雄の武勲や偉業を讃える「戦記」や「叙事詩」の一貫した叙述法では、現代の戦争の「悲惨な死」を描けない、それでは死んだ同胞に申し訳が立たない、という著者自身の告白は重要ではないか？

　じつは『レイテ戦記』は「全体小説」だという大江の言葉には、微妙な屈折が含まれている。戦後しばらくわが国で、とくに西欧文学の研究家でもある作家たちによって、「全体小説」というものが模索されたのだが、理論は様ざまに出されたものの、用語法の定義はあいまいなままであり、これが「全体小説」だと主張しうる作品はついに出現しなかった——そう考える大江は、かつて「全体小説」の旗手・野間宏との対談で、自分の方法は、いわば反全体小説だと思っています、と距離感を表明したことさえあった。[55]その大江が《ここに「コロンブスの卵」のように、日本の現代人にとっての「全体小説」が完結している、と考えぬわけにはゆかない》と宣言する。《戦闘の全体を展望する》という十年前の評言よりさらに巨大なものが予感されているのではないか？　大岡のいう《レイテ島における決断、作戦、戦闘経過及びその結果のすべて》が、大江のいう《ひとつの有機体たる言葉の作品》に結実するまでの道程を、「解説」の言葉に導かれて辿ってみたい。

・戦記の文体を「異化」する

岩波の『レイテ戦記』は重厚な深緑の布張り二巻本で、「付録」「作者の言葉」などのパラテクストを合せるなら千二百ページをゆうに超える。「死んだ兵士たちに」という献辞が上下巻の扉ページに添えられて、冒頭の章「一　第十六師団　昭和十九年四月五日」は、こんなふうに始まっている。

比島派遣第十四軍隷下の第十六師団が、レイテ島進出の命令に接したのは、昭和十九年四月五日であった。師団長陸軍中将牧野四郎は鹿児島県日置郡出身、陸士二六期、第二十九聯隊長、第五軍（牡丹江）参謀長などを勤めたことがあったが、その後は主に教育総監部系統の経歴をたどり、昭和十七年十二月以降は、陸軍予科士官学校長であった。十九年戦局逼迫に伴い、三月一日十六師団長を拝命、十二日ルソン島ロスバニヨスの師団司令部に着任したばかりであった。（『レイテ戦記』上2）

この文体が、大江によれば《作品全体の基幹》を構成する。ただし、軍事用語を多用して事実を列記する機能的、実際的な文体、一般に「戦争の記録」はこのように書かれるという慣例に依存しているとみなすなら、それはすでに著者の手法にまきこまれているからであり、じつは《戦記の文体を「異化」した文体》として独自につくりだされたものである、というのだが……さっそく「異化」という言葉につまずきはしないか？　このロシア・フォルマリズムの基本用語について、大江は『小説の方法』の冒頭の章で多くのページを割いて考察しているのだが、ただし、ここでは《ものの手ごたえをそなえている、かたちのある文学表現の言葉》という定義を引くに留めよう（傍点は大江）。じっさい《かたちのある文学表現》をめざす大岡が、日常・実用の言葉をどのように「異化」するか、解説者はこれから具体的に示してくれるはずだから……

『レイテ戦記』の「基幹の文体」は「防衛庁防衛研修所戦史室編」の戦史叢書の文体とはちがう。参謀の実戦体験にもとづく回想録とも、アメリカ人の従軍記者の書いた戦記の文体とも、興味本位の、あるいは感傷的な通俗読物ともちがう。大岡は、それらのうちに《虚飾を洗い流すことで使用にたえる、民衆としての兵隊の挿話を選びとって、いったん自己の文体にきたえなおしたあと、作中にみちびく》のである、と大江はまず、概括的な展望を示す。その上で、戦記などからの直接の引用には、かならず出典の批判検討がなされており、この大きい戦闘について書かれた様ざまなレヴェルの日誌・記録、回想、小説のたぐいの《綜合的な批判、検討の書物》とさえいいうる、と保証する。わたしの言葉で補足するなら、作中に導入されたテクストの、文献学的な信憑性や位置づけとともに、そのテクストの断片において、語りの視点を提供し、世界を言語化しているのが、どこの誰なのか、どのような立場の人間であるか、ということが読者によって自然に想像されることが大切なのだと思われる。

大江によれば『レイテ戦記』の「基幹の文体」が公的機関で編集された戦記の文体と異なるのは、そこに《日常的な平談俗語の語り口》が加えられて効果を挙げているからでもあるという。

大岡昇平の「語り口」の魅力については、この「文学ノート」で繰りかえし話題にしてきたが、大江の言葉を借りるなら《東京育ちらしい歯切れのよい話し言葉が、乱暴なほどの率直さで、かつは知的かつ上品な親しみを感じさせる口調》で随所に挿入されて、「基幹の文体」を生きいきと活性化させる。これが、文体の「異化」と呼ぶプロセスの一例である。大岡の独特の「語り口」がテクストに挿入される呼吸を味わうために、やや長いけれど大江による引用をそのまま再現する（傍点は念のために「僕」がうつとのこと）[56]。

旧日本軍の軍事機構は天皇の名目的統帥による「無責任体系」（丸山真男）といわれるが、これは必ずしも天皇制国家の特技ではないようである。民主主義国家でも軍部という特殊集団には、いつも形骸化した官僚体系が現われる。夥しい文書化された命令、絶えず書き改められる指導要綱、「機密」「極秘」書類の洪水が迷路を形成する。外部の容喙は許されないし、また不可能である。内部の部課同士の間でも理解不能なのだから。セクショナリズムが生じ、競争心と嫉妬をもっていがみ合っているのである。勝利によって鼓舞されている間は、円滑に働くこともあるが、敗北の斜面を降りはじめると、欠陥が一度に噴出して来る。

真珠湾出撃の時はあれほど厳密な電波管制を敷いた日本艦隊が、なぜミッドウェイの前にはやたらに通信を取り交して、艦隊の動きをアメリカに諜知されるようなへまをやったか。山本五十六は六カ月の間にばかになってしまったのか。答えは否定的なのである。戦勝におごった軍事組織の全体をひきしめることは、聯合艦隊司令長官個人の能力を越えていたのである。（『レイテ戦記』上46〜47）

引用前半は『レイテ戦記』の「基幹の文体」が、心理的、あるいは思想的な分析を記述するのにも有効な文体であることを示している、と大江は指摘する。それも、たとえば「愛国心」とか「大東亜共栄圏のイデオロギー」とか、特定の心理、あるいは思想を一方的に主張する戦記とは対蹠的に、多様なレヴェルの心理、思想を分析的に記述するのであり、これも大岡が一般的な戦記の文体を「異化」した成果とみなされる。傍点をふった文章はどうか？　たとえば「艦隊の動きをアメリカに諜知されるような不手際をやったか。山本五十六は六ヵ月の間に天才を失ったということか」と書き替えてみれば、「異化」の度合いが激減し、テクストの活力が失われ、言葉がものとしての手応えを失ってしまうことがわかる。

いわゆる「作者の介入」という手法は、小説のテクストに一般的なものだが、大岡昇平の「介入」は多種多様。上記引用は、端正な「書き言葉」から――「へま」とか「ばか」とか――いきなり生身の著者の肉声を響かせるような具合に、ことさらぞんざいな「話し言葉」に移行するもの。大江の「解説」を見習って、二つほど特徴的な例を並べてみよう（わたしも念のため傍点をうつ）。

> 大本営海軍部はしかし、敵機動部隊健在の真実を陸軍部に通報しなかった。今日から見れば信じられないことであるが、恐らく海軍としては全国民を湧かせ、勅語まで出た戦果がいまさら零とは、どの面さげていったところであったろう。しかしどんなにいいにくくともいわねばならぬ真実というものはある。（『レイテ戦記』上45〜46）

昭和十九年十月十七日における海軍による情報の隠蔽は、レイテ島に一万以上の兵がとり残されて餓死したことの遠因ではないか、と「いいにくいこと」を切り出すための前置きの文章であり、先の引用文の「無責任体系」という話題の布石でもある。冴えているのは「いまさら……どの面さげて」という正面切っての罵倒。言葉自体は定型的な表現に過ぎないけれど、事の重大さに比例した罵倒の効果は痛烈ではないか？

さらに十ページほど先、軍人たちが「にわか仕立て」に決定した作戦のおかげで《無意味に死んでいった兵士がいる。そのために悲しんでいる遺族がいる》と述べ、ただしこういう事態において「責任の体系」はあり得ないことは、すでに書いた、と断って改行する。

> 山本五十六提督が真珠湾を攻撃したとか、山下将軍がレイテ島を防衛した、という文章はナンセンスである。真珠湾の米戦艦群を撃破したのは、空母から飛び立った飛行機のパイロットたちであった。レイテ島を防衛したのは、圧倒的多数の米軍に対して、日露戦争の後、一歩も進歩していなかった日本陸軍の無退却主義、劣勢包囲、頂上奪取、斬込みなどの作戦指導の下に戦った、十六師団、第一師団、二十六師団の兵士たちだった。
>
> 申すまでもないことだが、これは、アメリカ兵についてもいえることである。（『レイテ戦記』上58）

どこの国でも戦争の指導者は似たようなもの、《死んでいく兵士の身になっていては作戦など立てられるものではない》という言葉がこれに続くのだが、これが「指導者」の無責任な独白にシフトしたものか、それとも著者の客観的な見解なのかは、たぶん意図的にあいまいなままにされている。しかしなおのこと、戦争についてナンセンスな文章を書いてはならない、という戒めは著者にとって絶対なのだ、という心意気が伝わってくるではないか？　著者はアメリカ軍についても力の及ぶかぎり事実を再構成しようという覚悟を当初からもっており、これは敵味方を束にした決意表明である。

こうして著者は、第一次世界大戦で戦死したイギリスの詩人ウィルフレッド・オーウェンの「非運に倒れた青年たちへの賛歌」の一節を引用したのち、不意に率直な一人称を採用してこう述べる。

私はこれからレイテ島上の戦闘について、私が事実と判断したものを、出来るだけ詳しく書くつもりである。七五ミリ野砲の砲声と三八銃の響きを再現したいと思っている。それが戦って死んだ者の霊を慰める唯一のものだと思っている。それが私に出来る唯一つのことだからである。（『レイテ戦記』上59）

しばしば引かれる、この文章を、わたしは粛然として読む……　「六　上陸　十月十七日―二十日」と題した次の章、いよいよ米軍がレイテ島の上陸戦を開始する。その前置きに当たる冒頭五つの概論的な章をしめくくる、いわば仕切りなおしの文章である。

すでに明らかなように「防衛庁防衛研修所戦史室編」の戦史叢書や、旧陸海軍による「公式記録」あるいは軍関係者による「戦記」などの文書は、情報の客観性と政治的な中立性を保つという原則をつらぬいているだろう、と期待するのは、根本から誤った幻想にすぎない。それぞれの文書の背後には、仮に個人の都合ではないにしても、陸軍、海軍、大本営、戦地の司令部、等々の組織や集団の利害がひしめいている。大岡昇平は、のっけから典型的な「戦記の文体」を採用し、これを「基幹の文体」にするのだが、それは、わたし自身の比喩を使うなら見えないほころびを至る所につくり、長短様ざまの異質な言葉を挿入してゆくためであり、これが大江のいう「異化」のひとつであろうと考える。「戦記の文体」を「異化」することで、大東亜戦争をめぐる国家的な言説を侵食し、ついにはその一角を切り崩すことができるはず……これは国家のために「死んだ兵士たちに」捧げられた小説なのである。

・土地に固執する地質学者の素質

長短様ざまの異質な言葉は、作者に由来するとは限らない。挿入されたテクストの断片において、語りの視点を提供し、世界を言語化しているのが、どこの誰なのか、どのような立場の人間であるか、ということが読者によって自然に想像されることが大切ではないか、と先に指摘した。そこで大江の「解説」をいったん離れ、「一　第十六師団　昭和十九年四月五日」の冒頭から「小説のテクスト」として読みなおしてみたい。幕開けの時間と空間をいかに構成・造形するか――これが小説世界の誕生と生成にかかわる決定的なプロセスであり、古今の偉大な小説家がそれぞれに全霊を傾注してとりくんだ難題でもあることはいうまでもない。

「レイテ戦」について書くのだから、米軍と対決することになる主要な戦力として第十六師団の師団長が命令を受けた、昭和十九年四月五日が物語の第一日となるのは、きわめて穏当、ほとんど平凡な選択であるといえそうではないか？　しかし、下巻の巻末に付録として添えられた「太平洋戦争年表」は、フィリピン方面を作戦地域とする第十四軍がルソン島に上陸した昭和十六年十二月に始まっている。そして、十七年における日本軍マニラ占領、マッカーサーのオーストラリアへの脱出、コレヒドール島の米軍降伏、日本軍のレイテ島進駐、十八年には日本の軍政下でフィリピン共和国（ラウレル政権）成立、等々の重要な出来事があったのち、昭和十九年、戦局逼迫に伴い四月に第十六師団の司令部がレイテ島に進出することになったことが確認される。つまり物語の時間は、フィリピン方面での戦争が、負け戦に転じた時点で流れ始め、決戦の地と定められたレイテ島に着任した師団長の視点を借りて、その立ち位置から——それまでの経緯は一切説明されずに——舞台が描かれ、ドラマが進行し始める。

わたしはこの師団長「陸軍中将牧野四郎」なる人物に大岡昇平は密かな共感を覚え、開幕の「視点人物」に抜擢したのだと考えている。資料となったのは、牧野中将の「陣中日誌」、それも作戦要務令に定められた公式の文書ではなく「私物の日記」であり《中将の温厚篤実な人柄》が表れているという。十六師団の日々の動向を知ることができる貴重な資料であり、たまたま参謀に託されて内地に送られたおかげで、中将の戦死による散逸を免れた。

冒頭で資料の紹介があってから、戦局の急迫と軍司令部の作戦、等の具体的な説明が、おそらく中将の記録を踏まえて、ほぼ二ページ半。一行の空白を置いて、司令部の置かれたレイテ島タクロバンをフィリピンおよびアジア・太平洋との関係で位置づけるための記述が、これもほぼ二ページ半。地理学・地質学的な記述に、日米両軍の配置、侵攻、退却など大まかな動きを挿入することで、舞台とドラマが同時に見えてくる。レイテ島の人口（九一万）、主要産業としての農産物、等に触れたあと、戦略的な価値のある飛行場の現在地を紹介し、改行して《牧野中将は、四月十三日一〇三〇、タクロバン飛行場》に着いて参謀長の出迎えを受けた、との報告がある。官舎は《タクロバンの町を見晴す高台の上の、木造二階建てペンキ塗りの建物》であり、《意外に瀟洒な作りなので、中将は満足を覚えた》とのこと。マニラに比べると夜は涼しく、聯隊長から贈られた《新鮮な鰻の蒲焼を食べ、その夜はよく眠った》。「私物の日記」のおかげで、温厚篤実な人柄の中将が、よい趣味の持ち主でもあり、よく食べてよく眠る、健康な人間であることを、読み手は自然に理解する（小説論的に注目されるのは、食糧需給の逼迫する戦地での《新鮮な鰻の蒲焼》という、あられもなく具体的な細部の効果！）。読み手は共感に導かれて、翌日十四日のタクロバン市中の視察にも、十五日、南方三〇キロの海岸地方への視察にも率直に同行し、舞台の広がりや土地の起伏を見てとることだろう。それにしても一方で、シロウトとは思えぬ地理学・地質学的な記述は、どこから来たのだろう？

二つだけ例を挙げておく――《台湾からルソン島を伝わって来る洋上山脈はルソンの南部から紐飾状に分岐してフィリピン群島を作る。さらに南方にボルネオ、セレベス、ハルマヘラ諸群島に展開する。いわゆる西部太平洋花綵列島である》。レイテ島の《分岐山脈》の一つの形状については《最高峰で一、四〇〇メートルくらいだが、開析が進行していて、脆い鋸形の頂上と、熱帯性叢林に埋められた深い谷を持っている。火山がその上に噴出して山形を一層複雑にしている》。

『レイテ戦記』を『中央公論』に連載していた一九六七年、大岡昇平は旅行社の組織した「第二次戦跡慰問団」に参加して、ルソン島、レイテ島などの激戦地を訪れた。さらに、レイテ島の先は単独行動ということで、中央公論社のT君、写真家のI君とともに、かつて自分が警備隊の一員として配属されていたミンドロ島を再訪する。一九六九年『海』に掲載された『ミンドロ島ふたたび』が、いわゆる「戦跡探訪記」の枠に収まらぬ、滋味ゆたかで痛切な鎮魂の旅の記録でもあることに、ここで詳しく触れる余裕はないのだが、中にはこんな記述がある――《戦前、フィリピンの地図は不正確な二〇万分の一があるだけで、日本軍も米軍もそれを拡大したものを使っていた。しかし航空写真欠如地帯が多く、河流の方向が逆になっていたり、三つの山嶺が一つになっていたり、およその見当で道路が書いてあったりした。このため日米両軍はいたるところで悪夢のような経験をした[57]》。

「慰問団」に同行した大岡は、ミンドロ島に向かう直前に、マニラで四日間の休養をとり、日本占領時代のフィリピンについての文献のほか「地理調査所」でレイテ島、ミンドロ島の五万分の一地図を入手したという。つまり、昭和十九年四月、タクロバンの飛行場に降りたった牧野中将の手元には、悪夢のようにデタラメな地図しかなかったはずであり、レイテ島の地理学・地質学的な記述は、『レイテ戦記』を執筆しつつある大岡昇平の知識に由来する。それが玄人はだしのものであることは、すでに研究者によって指摘されてもいるのだが、基礎資料とみなせる『地質ニュース』603号掲載の蟹澤聰史の論考がウェブ上に公開されているので、要点を書きとめておきたい[58]。

大岡が地質学や地理学に並々ならぬ関心をもっていることは『武蔵野夫人』のなかで、復員兵の勉が《見知らぬ土地の地形に興味を持つのも、彼の兵士の習慣の一つであった。敗兵は常に遁《にげ》路《みち》に心を配りつつ歩くものである》としていることからも推察される。この作品に取り組んでいた一九四八年の当時、大岡は小金井の富永次郎宅に身を寄せており、しかもちょうどこの頃、地質学の領域では「関東ローム層」の研究が注目されるようになっていた（ちなみに武蔵野台地の北端を生活圏とする町の小学校で、担任の地理の先生から「関東ローム層」という新しい言葉を教わったわたしは、その明るく科学的な響きに魅せられたものだった）。重要なのは、戦地から戻った大岡が、地理学・地質学の最先端の論文に親しんでいたという事実である。『武蔵野夫人』の幕開け、《中央線国分寺駅と小金井駅の中間、線路から平坦《へいたん》な畠中《はたなか》の道を二丁南へ行くと、道は突然下りとなる。「野川」と呼ばれる一つの小川の流域がそこに開けているが》……と始まる二ページほどの文章を、地質学者はそっくりそのまま引用し、《このあたりの記述はまさに第四紀地質学そのもの》、《大岡の文章には地質学の論文の一部にもなり得るような記述があちこちにある》と太鼓判を押している。さらにまた、蟹澤の論考で紹介された逸話によれば、大岡の書斎には日本地理学会の学会誌『地理学評論』がギッシリならんでおり、それに感心したある地質学者が、地質学会にもぜひ、と勧誘し、一九五三年四月入会以来、大岡は終生地質学会会員だったという。

文学的な関心という問題が、もう一方にある。大岡は十五歳でチェーホフ、ゲーテ、ドストエフスキー、スタンダールなどを翻訳で読み、成城の高等科一年で外国語にドイツ語を選択した。また少年期に《ゲーテの教養主義にいかれて》いたともいうのだが[59]、それはすなわち、大岡自身の「教養主義」にも、啓蒙の世紀に人文学とともに育まれた自然科学の語彙や思考法が、おのずと組み込まれていることを意味するだろう。大江健三郎は『同時代としての戦後』でも、そうした経緯を正しく捉え、こう語っていた——《すべての秀れた作家が、それを生れながらの資質とも、様ざまな異物、他者との出会いによる教育の結果とも、意志による選択とも、さだかには見わけがたいところの、それぞれの独自のヴィジョンを持っている。大岡昇平のヴィジョンは、地理学、地形学の科学的な言葉によって、その骨格のおおもとがくみたてられているもののように思える》。地理学、地形学の豊かな知識という付加価値の次元ではなく、ひとりの作家が完成させる《独自のヴィジョン》のくみたてが問われているのである。

> 大岡昇平は篤学な測量技師のように、新しい地形を科学的に把握し、しかもそこへ単独の歩行者としてはいりこんでゆく者のなまなましいイメージを加えることによって、独特のヴィジョンを完成する。あらためて《レイテ島を南北に走る脊梁山脈》に想像力の軍靴を踏みしめて入って行く、この単独行の兵士の背には、おのずから多面的ならざるをえない、それぞれの生命をかけた証言をおこないつづける、死んだ兵士たちの魂がつみかさなっている。かれはレイテ島の土の発しつづける声を、いちいち聴きとって、魂にきざみつつ歩いてゆく。（『同時代論集6』39〜40）

『レイテ戦記』の舞台に対して作者が持つ独特の関係、その肉体的・想像的なもののありようについての、まことに鋭利な分析ではないか？　ところで《新しい地形を科学的に把握》することについて、大岡がゲーテを範としたらしいことは、容易に確認できる。埴谷雄高との対談で、フンボルトの地質学やゲーテ全集の科学論文なんかを読んだ、と語っており、これに対して埴谷が《ゲーテはたしかに科学的で、『イタリア紀行』なんか見ても、生えている植物をみるとすぐ地質学的な考察をやっているね》と応じ、さらに大岡が《そうだ。もとはゲーテだよ。ゲーテとフンボルト。その興味がずっと続いていて、だから、フィリピンへいっても、その地形を注意して観察していたわけだよ》と同意する。そして『武蔵野夫人』の舞台となる「関東ローム層」へと話題は移ってゆくのだが、そこで大岡が《風景をそのままでなく、成因から捉える地形学》と念を押していることも確認しておこう。[60] 大江の指摘する《科学的な言葉》は、大岡における大地と文学の特殊な親和性を育んだ動因のひとつといえそうではないか？　とりわけ『レイテ戦記』における「風景描写」や「自然描写」は、バルザックやフローベールのそれに並べてみると際立って異質であり、ゲーテの『イタリア紀行』に近い。ガストン・バシュラール『大地と意志の夢想』によれば、ゲーテは「花崗岩」に《情熱的な愛着》を抱き《根源的岩石》とみなしていたというけれど、かりに大岡の作品をバシュラールが読んだなら、存在の根源的なありようという意味で、深く感銘したにちがいない。[61]

大岡は一九七二年に「地形について」と題した短いエッセイを書いている。[62]《私の書くものの中の自然描写は、大抵地形についての説明がつくことになっている。風景がどう見えるかだけではなく、つまり視覚的に捉えるだけでなくて、山なり谷なりが、どういう地学的経過で、いま見る姿になったかを書かないと気がすまない》というのは、上述の《成因から捉える地形学》に符合する。《ちょっとした短い旅に出ても、まずその土地の地図を買う。いま自分のいるところが、どの位置で、まわりの地形はどうなっているかを承知しないと、気がすまないのである》という述懐につづき、こんな男になってしまった理由を、大岡はあれこれ考える――《ジャングルに一人きり》になり《自然だけが友になるような経験をした》せいか、《渋谷という複雑な地形の土地》で育ったためか、《もともと地形に注意する傾向》があったのか、それとも《私の内部には、なにか不安があり、唯一つたしかなものとして、土地に固執する》のか。土地の《成立ちが知りたい》という気持があって、それは機械仕掛のおもちゃをこわしてしまう子供のように、《なにか私の中の幼児的なものに根ざしている》のか……

　ところで先に紹介した地質学の論考で、蟹澤はこれらの言葉に簡略に触れた上で、《こういった性格は地質学者にはごく自然なものであって、大岡にはそういった素質が本来備わっていたのかもしれない》と指摘している。小説家・大岡昇平は、土地に固執する地質学者の素質を持つ、と地質学の専門家が保証してくれたわけである。それにしても、ジャングル云々の話はわかりやすいけれど、幼少期を過ごした渋谷の地形の記憶から、ある不安に触れて、幼児的なものへと意識を深化させるプロセスは、いささか特異なものではないか？

　大岡のエッセイ「地形について」が岩波の『図書』に掲載されたのは、一九七二年の一月。ちょうど大江が『群像』で『同時代としての戦後』の連載を開始した時期でもある。大岡の文章を大江が読んで刺戟されたのか、あるいはすでに親しい交流のあった間柄ゆえ、口頭でのやりとりが先行してシンクロナイズした文章が自然に書かれたものか、その辺りの経緯にはこだわらぬことにしよう。大岡昇平の《地理学、地形学の科学的な言葉》をめぐる大江の洞察が、そのまま『レイテ戦記』の読解へと深められてゆくさまに、わたしは胸をときめかせているのである。これは比較文学でいうところの、どこか抑圧的な「影響関係」などとは全く別のものではないか？

しめくくりに『野火』の「二　道」から模範的な例を――《大岡昇平は篤学な測量技師のように、新しい地形を科学的に把握し、しかもそこへ単独の歩行者としてはいりこんでゆく者のなまなましいイメージを加えることによって、独特のヴィジョンを完成する》という大江の評言の正しさを、あらためて実感できるだろう。

野が展《ひら》けた。正面は一粁《キロ》で林に限られたが、右は木のない湿原が尻《しり》ひろがりに遠く退いた先に、この島の脊梁《せきりょう》をなす火山性の中央山脈の山々が重なり、前山の一支脈は延びて、正面の林の後へ張り出して来ていた。その伏した女の背中のような起伏が、次第に左へ低まり、一つの鼻でつきたところに、幅十間ばかりの急流が現われ、丘はまたその対岸に高まって、流れに沿って下り、この風景の左側を囲っていた。その先に海があるはずであった。

（傍点は引用者、『野火』11）。

役立たずの病兵として軍隊から追い出され《単独の歩行者》となった「私」の眼前に、ぱっと新しい視界が展けたというところだが、動きや変化を表す「動詞」の多様さ、その頻度に注目。凡庸な作家の描写文は「名詞と形容詞」で組み立てられることが多いという指摘を、昔どこかで読んだような気がするが……　自然そのものに、のたうつ肉体のような生命力が宿っているということか。じつは動き、かつ変化を生じさせているのは、歩行者の肉体と意識の方なのだが、うごめく大地との隠微な交わりがあって、そのことに由来する根源的な不安が仄めかされているかのよう……《伏した女の背中のような起伏》という力強い、エロス的な比喩が、描写文のちょうど中央に置かれて全体を支え、あるはずの海が彼方に想起されたところで、一つの《独特のヴィジョン》が完成する。

・「井畑一等兵」の話

何度も述べたように、昭和十九年七月、大岡昇平が配属されたのはミンドロ島のサンホセ。翌二十年一月二十五日、米軍の俘虜となり、野戦病院に収容されたのち、二十九日、レイテ島北東部に位置する港湾都市タクロバンのレイテ基地俘虜病院に、飛行機で搬送された。その後、俘虜収容所に移されて八月の敗戦を迎え、十二月に帰還船が博多港に入港するまで、この地で共に暮らした俘虜の同胞たちから直接に聞いた話が『レイテ戦記』の堅固な土台となっている。

昭和十九年十月二十日に、米軍がレイテ島に上陸。第一の「視点人物」である牧野中将の「私物の日記」は、それ以前に日本に送られたらしく、九月で終わっている。米軍が掌握したタクロバンに大岡昇平が俘虜の病兵として運ばれたのは、ほぼ三ヵ月の後。《十六師団は米軍上陸後一〇日で崩壊して、レイテ戦史ではふがいない師団とされている》と著者は指摘するのだが、さらに続けて、その後も師団はゲリラと交戦しながら作戦を遂行していたのであり、まずは《日本軍進駐以来のレイテ島のゲリラの実体とその活動》を知る必要があろう、と述べて、冒頭の章「一　第十六師団　昭和十九年四月五日」をしめくくる。

大長篇の全体像を捉えるのは先送りにしなければならないが、ここで牧野中将に匹敵するとわたしが考えている、もう一人の「視点人物」を紹介したい。『レイテ戦記』が依拠する公的機関の戦史や回想録は当然のことながら、大方が下士官以上の軍人が書いたものなのだが、「八　抵抗　十月二十一日―二十五日」と題した章から「レイテ戦の生き残り」による口頭での証言、すなわち戦場に身を置いた兵士が語ったことに依拠するらしい叙述が増える。その流れは、こんな具合――「玉砕」「自決」などの不穏な言葉が浸透し始めた戦場で、部下を連れて伝令に立ち「離散兵」となった「京都市の西川政雄軍曹」の経験談が三ページほどあり、一行空けて米軍の視点からの報告が二ページほど。また一行空けて日本軍の「一等兵」が、ここで登場する。舞台はタクロバンの南方ドラグ（米軍の上陸地点）から内陸に入ったブラウエン近郊。それは《キュラキュラともヒュルヒュルとも聞える甲高い音》で始まった。

> 井畑一等兵が壕へ入ってしばらくすると、坂の下に二台の戦車が現われた。弾も来た。戦車は坂を登るつもりらしかった。カタピラの音は、この近さで聞くと、ガラガラというしわがれたような音に変っていた。
>
> 　彼の知らないほかの部隊の兵士が、坂の上に現われた。ガソリン缶を転がし始めた。缶は凸凹の坂道をはねながら落ちて行った。日本兵は缶を転がし始めると小銃で射って点火した。道傍の家の床下に転がりこむものもあったが、一部は燃えながら米戦車の前まで転がって行った。戦車はガラガラと老人がうがいをするような音を立てて退いて行った。みんな歓声を挙げた。
>
> 　井畑一等兵は飛行場作業隊員だから、銃も手榴弾も支給されていなかった。この時になっても彼に持たせる銃は、隊にはないのだった。

「そのうち戦死する奴が出る。そいつのを使え」と分隊長がいった。

日が暮れると、分隊長は、

「もう大丈夫だ。アメ公は夜は来やしねえ、上へあがろう」

といって、壕を出た。小屋の裏の林の中で、飯盒半分の飯を炊き、レイテ島に着いて以来、はじめて満腹感を味わった。

小屋の床にアンペラにくるまって横になった。いっそ一人で逃げ出して、山へ入っちゃおうか、どうしようかと迷いながら、眠りに就いた。

翌日、米兵はブラウエンの町に入って来た。井畑一等兵は喉笛を横から貫かれ、かすれ声しか出なくなった。(『レイテ戦記』上111〜112)

本格的な戦闘というより小手調べのような接触だろうが、武器すら持たぬ作業隊員の五感が捉えた、おそらく初めての戦場がここにある。奇妙な騒音や人の声や内面の言葉、そして《飯盒半分の飯》による「満腹感」……　わたしは牧野中将の《新鮮な鰻の蒲焼》を思い出す。肉体の素朴な感覚と気取りのない言葉で満たされた二ページ弱の断片が、一行の空白を前後に置いて挿入されており、まさしく「異化」の効果を挙げている。それにしても、いくぶん唐突な印象を与えることはたぶん承知の上で、《井畑敏一一等兵は和歌山県那賀町の土建業者で、十八年召集、第五十四飛行場中隊に属し、十九年六月以来ブラウエン南飛行場（バユグ）の地均しに従事していた》と詳細に記録される兵士は何者なのか？　むろん誰かわからぬままであっても、いっこうに差し支えない。しかし、どこかで会ったような……　という印象から『俘虜記』の記憶が甦る読者もいるにちがいない。

『俘虜記』の中で、著者はこう述べていた――《俘虜の兵歴》は詳述しない、レイテ戦の正史が発表されていない今日、《俘虜の個人的な経験談を綴《つづ》り合わせてみても無意味であるし、そもそも私の描こうとするのは俘虜であって兵士ではない》(195)。しかし、考えてみればすぐわかることだが、『レイテ戦記』で「兵士」であった者たちが「俘虜」となって『俘虜記』に登場するわけである。つまり、書き方の相違にもかかわらず、二つの作品世界は切れ目なくつながっている。その『俘虜記』の「私」によれば、米軍の俘虜病院から俘虜収容所に移されて重病棟の入院患者となった時の仲間の一人が《銃弾に喉笛を横に貫かれ、声が出なかった》(209)とあり、これは同一人物ではないか、と目星がつく。身振と口の形だけで、あるていど意志を伝えることができたらしいが《私のような新しい知合いとは筆談を用いた》とのこと。彼は「私」の両親と同じく、和歌山県の生まれで、やくざの群に入っていたが、皺《しわ》の寄ったおでことまん円な眼玉は「私」が幼いころ家で見た郷里の女の一人に似ていた、彼の家は紀の川の中流にある、等々の話につづき――《私は東京で生れ、めったに郷里に帰ったことのない人間であるが、この紀伊地塊と本土の間を貫く大地裂帯の眺めだけは愛していた。彼がこの雄大な渓谷《けいこく》の一部に住んでいたということは、彼に対し特別の親近の感情を起させた》。

　小学校しか出ていない、郷里の若者に乞われて「私」は、初歩の英語を教えることになるのだが、重病棟の「私」にとって《唖《おし》の学習者》との交流は心和む経験でもあったらしい。戦場で傷つき、語る声を失った兵士の身振と口の形と筆談による物語が、こうして「語りおろし」ならぬ「語りなおし」の文体によって『レイテ戦記』に挿入されたのだった。今日の歴史家なら「オーラル・ヒストリー」あるいは「エゴ・ドキュメント」などと呼ぶかもしれない。回想録を書かなかった者たちの体験は、『レイテ戦記』の続くページでも――衛生下士官の小川幹雄伍長とか、《松阪市出身の理髪店の長男》である赤堀多郎市伍長とか――しかるべきタイミングで挿入されて、叙述の全体を活気づけてゆく。

それにしても、日本の一兵士の名がその帰属とともに明記されるのは――わたしの見落としでないかぎり――「井畑一等兵」が初めてではないかと思われる。やはり《特別の親近》の証しだろうか？　かりにこの場面が「ある一等兵の物語」として挿入されたとしたら、匿名の体験は「師団長陸軍中将牧野四郎」の個別化された視点に圧倒されて、無名の群集のほうに押しやられてしまうにちがいない。名を銘記することは、忘却の淵から引き上げること……『レイテ戦記』の下巻には、「レイテ島作戦陸軍部隊編成表」と題して主な部隊の編成を出来るだけ詳細に記した実名の一覧が、二十ページほどの資料として添付されている。戦没者にかぎらず死者の慰霊碑は、一人ひとりの名が石に刻まれることを望むのではないか？　再三述べてきたように『レイテ戦記』は「慰霊」のための小説でもあった。

それはそれとして、無名の兵士たちの視点が採用されるのは、「井畑一等兵」の登場より、少なくとも五十ページほど以前、「六　上陸　十月十七日―二十日」の章である。《十六師団の兵士たちはアメリカの艦砲射撃の威力を大体予想していた》（上63）と始まる段落に続き、壮絶な戦いの惨状が報告される。味方の砲台が土台ごと吹き飛び、隣にいた戦友が全然いなくなり、自身も大腿の肉がそがれていたり、眼球が枕元に転がっている死体があったり、首や、手や、足がない者、腸が溢れでている者など《想像を絶したこわれ方、ねじれ方をした人間の肉体》があった……　大岡昇平自身は、この種の凄惨な白兵戦のど真ん中に身を置いたことはない。敵軍の「上陸」を語る章の幕開けにおかれた断章は、匿名の「オーラル・ヒストリー」を集約した「碑文」のようなものかもしれない。

・丹念に読むこと、そして「特攻」について

ここで『レイテ戦記』上下巻の全体像を視野に入れておきたい。とはいえ、大江健三郎が《日本の現代人にとっての「全体小説」が完結している》と断言するほどに『レイテ戦記』は巨大な作品であり、さらに『同時代としての戦後』の評言を思いおこすなら、そこには大岡昇平の《終末観的ヴィジョン・黙示録的認識》が、完然と立ちあらわれているはずなのである。要約するなんて、冒瀆のようなもの、と思いつつ……

「一　第十六師団　昭和十九年四月五日」において師団長・牧野中将の視点から開幕した戦記は、「二　ゲリラ」において、フィリピンの近現代史を踏まえ、外国勢力のはざまで戦況を睨みつつ戦うゲリラの住民をまっ先に紹介する。ちなみに「三十　エピローグ」には、この導入に呼応して《しめてみれば歴史的なレイテ島の戦いの結果、一番ひどい目に会ったのはレイテ島に住むフィリピン人だったということが出来よう》（下520）との結論が統計資料とともに記される。次に「三　マッカーサー」で、当時は「西南太平洋総司令官」であった野心的な軍人の路線と行動を語り、「四　海軍」「五　陸軍」では米軍の動きに触れながら、日本軍の編成とこれまでの展開を確認する。「六　上陸　十月十七日―二十日」は実質的な戦闘の始まりを告げ、米軍のレイ

テ島上陸を報告、「七　第三十五軍」では、レイテ島の第十六師団を含む組織である第三十五軍の全容とその動きを紹介、「八　抵抗　十月二十一日―二十五日」では、陸の戦場での日本軍の兵士による抵抗、と話が進み、《レイテ決戦はまず海軍の始動で行われようとしていた》（上90）という予告に添って、舞台が海上に移る。「九　海戦　十月二十四日―二十六日」「十　神風」は上巻の山場である。

上巻の後半は、ふたたび陸に戻り、「十八　死の谷　十一月十六日―十二月七日」に到るまで、レイテ戦の主戦場となったリモン峠での激戦を中心に記述――《私がリモン峠の諸隊の行動を逐一報告しなければならないのは、それが壕の中にうずくまった兵士の生死に関係しているからである》という著者の一人称による述懐を引いておく（上451）。上巻最後の「十八　死の谷」の章に先立つ「十七　脊梁山脈」の最後のページには、レイテ島で戦われた唯一の、ほぼ同等の兵力による陣地戦（十一月二十三日開始）については章を改める、という断りがある。そしてリモン峠での軍全般の作戦から孤立しつつ、当面の敵との決戦に臨んだ第一師団の歩兵第一聯隊を追って「死の谷」へ。大岡は《日本の歩一》（伝統ある日本陸軍の最初の歩兵聯隊）について《現役であるから、主に東京下町の商家の子弟、近郊の農家の息子から成っていて、都会の蒼白きインテリ部隊ではない》と説明を加え《向う意気の強い東京の部隊》（上548）への連帯感を露わにする。「軍参謀」の視点から記された回想の《不当な誹謗》（上588）への反論という意図も明かされ、苛酷な戦闘に焦点がしぼられて、その総括が行われたところで上巻は幕。

下巻に予告どおり、「十九　和号作戦」を導入として、十一月二十三日から十二月十五日まで、ダムラアン、ブラウエン、オルモック湾とその周辺の激戦地を日を追って記述（ちなみに十二月十五日は、大岡昇平が配属されていたミンドロ島にも米軍が上陸した日付である）。オルモック湾での戦闘は、事実上レイテ島での戦いに終止符を打ったとされる。「二十四　壊滅　十二月十三日―十八日」によれば、この時点で《戦力は二〇対一ぐらいに懸絶》していたという（下198）。

「戦記」の主目的が、勝敗が決するまでの経緯を報告することにあるなら、ここで結末が見えてきてもよいはずだが、『レイテ戦記』は、この「二十四　壊滅」から「三十　エピローグ」まで、下巻の三分の二近く、三百五十ページを紡ぎだす。小説論的に見れば「二十四　壊滅」は、むしろドラマの転機、そして壮大なフィナーレの開始という性格を合わせ持つのかもしれない。他ならぬこの章に、米船団のミンドロ島上陸に触れて《筆者はこのサンホセ警備隊の一等兵であった。比島派遣威第一〇六七二部隊、固有名独立歩兵三百五十九大隊臨時歩兵第一中隊（西矢政雄中尉）で、ルソン島南部にあった第百五師団（勤）所属のまま》云々と詳細に兵士としての大岡昇平の身分を明かす三行の文章が織り込まれている（下209）。いかにも遅まきの、この自己紹介は、偶然とは思われない。

「戦争文学」という観点からすれば、ここからが大岡昇平という小説家の真面目《しんめんぼく》ということではないか？　ジャングルに逃げ込んで「遊兵」となった者たちが、補給を断たれ、飢えに苦しむ「敗兵」となり、人肉喰いのうわさが流れ、《筆者が『野火』という小説にした挿話》（下440）が伝承となってゆく世界。ただ生き残るための、残酷で悲惨なあがき……　先立つ凄絶な戦闘の犠牲を含みこんだかたちで、前例のない《終末観的ヴィジョン・黙示録的認識》が、ここに現出するのである。昭和二十年八月、終戦時点でカンギポットから周辺の高地に圧迫されて九、五〇〇の将兵が死に絶えた（下505）。この飢餓の地に日本軍は「歓喜峰」というコートームケイな漢字を当てていた！

ほぼ全体像が見えてきたところで、あらためて大江の「解説」に戻るなら『レイテ戦記』は《戦略規模から歴史そのもののひろがりにいたる、巨視的な視点》から戦争を眺めるかと思えば、《兵隊の個の内部》に入りこんで《対立を効果的な構成要素》とするという（「解説」629）。また「小説の手法」として具体例を見るためには「海戦」の章を丹念に読むのが早道である、とも大江は語っている。そして実際に「九　海戦　十月二十四日―二十六日」「十　神風」まで百二十ページほどを丹念に読むことを実践するのだが、その方法は、晩年の大江の用語によるなら「読みなおすこと」re-reading の模範演技のようでもある。

問題の二章において、大岡が《大規模な海戦の全体》を呈示するにいたるまでの道程を、大江はいかに順序立てて「解説」してゆくか？　大江の「解説」が展開する論点をあらかじめ箇条書きにしておく――①海戦の「残酷な事実」②日米両海軍の戦艦の反転・回頭の動きを追いつつ、海戦の全体の把握を、戦争の全体への雄渾な思考力によって、対比させ、統合する　③艦隊をとらえる「恐怖」についての心理分析　④ひとつの「史観」の呈示――日本および日本人についての、確実に前へおしすすめられた認識　⑤特攻の「自己犠牲と勇気」という、重く困難な検討課題――昭和十九年十月のレイテ沖海戦における緊急措置と翌二十年一月八日、大本営によって決定された沖縄戦での全機特攻との峻別を前提として　⑥大岡昇平の資料読みとりの観察力と思考、そのしたたかさの二枚腰。

これらの論点を念頭に置き、道しるべとしながら、小説のテクストを読みなおしてみよう――

レイテ沖海戦は、その規模において、世界の海戦史上最大のものであるという。《聯合艦隊は当時考え得る最も巧妙な作戦を案出して、局地的勝利の可能性を生み出した。その作戦においても、戦闘の経過においても、われわれの精神の典型的表現であったといえる》との断りから「九海戦」の幕は開く。ひとまず「基幹の文体」を提供するのは、宇垣纏中将の『戦藻録』であり、文章に剛毅な性格、軍人の考え方のダイナミズムが感じられるとのこと。ただし、数十ページ後には、この『戦藻録』にも故意の言い落としがあると指摘され、次のような厳しい戒めが続く。

すべて大東亜戦について、旧軍人の書いた戦史及び回想は、このように作為を加えられたものであることを忘れてはならない。それは旧軍人の恥を隠し、個人的プライドを傷つけないように配慮された歴史である。さらに戦後二五年、現代日本の軍国主義への傾斜によって、味つけされている。歴史は単に過去の事実の記述に止まらず、常に現在の反映なのである。(『レイテ戦記』上237)

「九　海戦」の章は《軍艦もまた民族の精神の表現といえる》(上174)として、伝統的な「主力艦対決主義」に基づく前代未聞の巨体「武蔵」が沈没する経緯などを話題にするのだが、まっ先に①海戦の「残酷な事実」を読者に突きつけることを忘れてはいない。異質な言葉として引用されるのは体験記、艦長による克明な報告書など複数のテクスト。並置されたそれらの引用は三ページに及ぶのだが、大岡による前置きと第一の引用の冒頭部分は、こんな具合。

空から降って来る人間の四肢、壁に張りついた肉片、階段から滝のように流れ落ちる血、艦底における出口のない死、などなど、地上戦闘では見られない悲惨な情景が生れる。海戦は提督や甲板士官の回想録とは違った次元の、残酷な事実に充ちていることを忘れてはならない。

「まわりには人影はなかった。僕は血のりに足をとられながら、自分の配置のほうへはうように駆けだした。足の裏のぐにゃりとした感触は、散らばっている肉のかけらだ。甲板だけじゃない。それはまわりの構造物の鉄板にもツブテのようにはりついて、ぽたぽた赤いしたたりをたらしているのだ。めくれあがった甲板のきわに、焼けただれた顔の片がわを、まるで甲板に頬ずりするようにうつむけて、若い兵隊が二人全裸で倒れていた。一人はズボンの片方だけ足に残していたが、いずれもどっからか爆風で吹きとばされてきたものらしい。皮膚はまともにうけた爆風で、ちょうどひと皮むいた蛙の肌のように、くるりとむけて、うっすらと血を滲ませている。〔……〕」(『レイテ戦記』上175)

大江健三郎より十歳年長で「武蔵」沈没にさいして奇蹟的に生還した少年兵・渡辺清による『海ゆかば水漬く屍』より。大岡の引用はさらに十行ほど続く。「解説」のなかで大江はこのテクストにひと言触れているだけなのだが、ここでは長めに引用した。むろん動機がないわけではなくて、まずは『レイテ戦記』のテクストが、どれほど多種多様で厳選された大量の引用文から成っているかを、おりにふれ確認しておきたいという気持がわたしにはある。渡辺清は日本戦没学生記念会「わだつみ会」の事務局長も務めた反戦運動家として知られるが、主義主張が鮮明であることは、おそらく大岡が「証言」として採用する決定的な理由ではない。

話はやや逸れるけれど、ここで多種多様かつ大量の引用文という観点から補足。たとえば下巻の大詰め「二十九　カンギポット　一月二十一日―四月十九日」には、命令を受けてレイテ島からセブ島に脱出した村川優中尉の体験が、四ページにわたり《録音のまま引用》されている。現在は東京のある国際ホテルの支配人であるという、この人物の回想には《他の軍人とは違った日常的な調子がある》と大岡は評価して、語られた言葉に全幅の信頼を寄せているのである（下465）。ちなみに語る本人が生還している以上、幸運な結末が約束されたこの体験記は、短篇小説のように読んで面白い……　大江は、この部分に注目して、《『レイテ戦記』の全体のなかで、ただ一箇所だけ、証言者の話しぶりをそのまま引用した、と付記されているものがある》と指摘する。引用の前後に文献の批判検討の文章を置くという大岡の大原則についてはすでに述べたとおりだが、ここは証言の形式の新しさ、そして証言の由来を露出させる手続きの面白さ、というのが大江のいいたいことだろう――《著者は証言のテープをそのままおこして引用することすら、やはりそのように念を押さなければおこなわないのである》（「解説」626〜627）。

『海ゆかば水漬く屍』の引用については、この「文学ノート」にも海戦の「残酷な事実」をしっかり書きとめておきたいという、わたしの個人的な思いもある。戦後民主主義の時代、そもそも日中戦争や太平洋戦争をめぐる「戦記」というジャンルは、文学少女には全く疎遠なものという暗黙の了解があった。カエサルの『ガリア戦記』やトルストイの『戦争と平和』やセリーヌの『夜の果てへの旅』のほうが、はるかに身近に感じられた、というのは考えてみれば不自然なことではないか？　女子供は日中戦争や太平洋戦争について真剣に考える必要はない、という無言の仄めかしがあったとすれば、そこには人為的な誘導が、すなわち目に見えぬ政治的なものが働いていたことになる……　とすればなおのこと、わたしは大江のいう「全体小説」に、遅ればせながら向き合ってみなければならない。

　さて、そうはいうものの、②海戦の全体の把握を、戦争の全体への雄渾な思考力によって、対比させ、統合する、というレヴェルについては、全く未消化のまま、ただ圧倒されたとしかいいようがない。ここで大江は、《人間のやることであるから、海戦には多くの錯誤がつきものである。奇蹟的な完全試合といわれる日本海海戦を除いて、ほとんど錯誤の連続といってもよい》（上181）という大岡の文章を引いて、小説家が統合を行う手法について解説する。それは「錯誤」の誘因とその結果を追及することで、《小説としてのスリルと思いがけぬふくらみが達成される》からであるとのこと。なるほど、とわたしは頷いた。

　③の「恐怖」についての心理分析は、大江によれば、戦略とその錯誤の戦史研究のレヴェルの多様な証言を総点検する記述のさなかに立ちあらわれて、《自然かつダイナミックな展開》をもたらすという。以下は、スタンダールの専門家として出発し、心理小説の名作を書いた小説家の文体を、大江がはっきり見定めて選んだ文例だろう。

　艦隊は全滅を賭してもレイテ湾に突入する予定であった。しかし「死を賭して」は、いうは易く行うに難いことである。弾丸を冒して突撃する歩兵、体当りする特攻機の操縦士にこの恐怖が全然ない、とするのは真実に反する。ただ人は軍人の習慣とか、戦場における心理の昂進、あるいは信念に鼓舞されて、恐怖を超越するだけである。

しかしこれが一艦隊の長時間の行動となると、話は複雑となる。司令官や幕僚の個人的性格は勿論、全将兵のいわゆる「士気」といわれるものが作用する。状況の強圧の下に、集団心理的に伝染することがある。(『レイテ戦記』上226)

このあと大岡は、捷一号作戦におけるレイテ沖海戦での主力、栗田艦隊に生じた《不安と逡巡》と《レイテ湾突入の意図放棄》をめぐる事実の確認を慎重に進めてゆくのだが、そのさい、しばしば記述や解釈の対象となるのは、多くの戦記にあるように「栗田中将」という一人の軍人ではなく「栗田艦隊」という集団である。太平洋戦争における日本の海軍は《防衛的海軍》であり、消耗戦に捲き込まれ、戦力が底を突いた時、真珠湾に倣ってレイテの《冒険的攻撃作戦》が再浮上するのだが、それはかりに勝ったところで、戦果を拡大する手段がないのだから、敗戦を遅延するだけの効果しかない攻撃だった。それゆえ《捷号作戦に一応成功の可能性が現われた時、司令官に逡巡が現われた原因は、司令官個人の性格、大海戦指揮の経験の不足に求めるべきではなく、これら「歴史」の結果と見なすべきだと私には思われる》と大岡は語っている(上246)。

またしても一人称の語り。そこに括弧つきで記された「歴史」という言葉。次の引用の《近代日本の歴史の結果》という言葉にも、同じく認識論的なレヴェルの洞察という重みが感じられる。

戦力の不足を、高度に訓練されたパイロット、砲手の技倆でカバーしなければならなかった。しかしこういう人的資源は有限であり、補充が間に合わなかった。もとは海員や漁師などの志願水兵から成っていた日本海軍も、捷号作戦の頃は召集兵が主だった。その時奴隷的な訓練、艦内生活の前近代性が、障害となった。新しい水兵に戦意より組織と上官への怨恨が積った状態で、戦場に臨ませるほかはなかった、などなど、近代日本の歴史の結果である無数の要因が重なって、捷一号作戦を成功させなかったのである。

われわれはこういう戦意を失った兵士の生き残りか子孫であるが、しかしこの精神の廃墟の中から、特攻という日本的変種が生れたことを誇ることが出来るであろう。限られた少数ではあったが、民族の神話として残るにふさわしい自己犠牲と勇気の珍しい例を示したのである。しかしこれについてはまた章を改めて書くことにする。（傍点は引用者、『レイテ戦記』上246〜247）

海戦に関わる章ではないが、もうひとつ、これも大江が取りあげている文章に、荘重な響きとともに「歴史」という言葉が反復的にあらわれる（「解説」637）。友軍の動きから切り離されて孤立した第一師団の歩兵について語る「十八　死の谷」の最後、すなわち『レイテ戦記』の上巻をしめくくる文章である。

レイテ沖海戦におけると同じく、ここにも日本の歴史全体が働いていた。リモン峠で戦った第一師団の歩兵は、栗田艦隊の水兵と同じく、日本の歴史自身と戦っていたのである。（傍点は引用者、『レイテ戦記』上621）

『レイテ戦記』のなかで「精神」という言葉は、「歴史」という言葉にならぶ厳粛な意味合いを持つ言葉として使われている。すでに引用したなかにも《聯合艦隊は当時考え得る最も巧妙な作戦を案出して、局地的勝利の可能性を生み出した。その作戦においても、戦闘の経過においても、われわれの精神の典型的表現であったといえよう》、《軍艦もまた民族の精神の表現といえる》などの文章があった。そして「海戦」の勝敗が実質的に決した時点で、著者はあらためて《この精神の廃墟》の中から《民族の神話》として残るにふさわしい例が生れたと判断するのである（以上、傍点は引用者）。それにしても、個別の美談に仕上げるのでもなく、まとめて断罪するのでもなく、いかにして《自己犠牲と勇気の珍しい例》を語ればよいか？　これが「神風」のきわめて困難な課題となるだろう。

大江も指摘するように、神風特攻が最初の戦果をもたらしたのは、この時の海戦においてなのだから、これが『レイテ戦記』という《徹底して綜合的な小説の主題のひとつとなるのは自然ななりゆき》ではあった（「解説」633）。そこで「特攻志願」の決断の場面について、資料を正しく呈示する責任は、ひとえに大岡自身がにならうべきものとなる。十月二十日、第一航空艦隊司令長官大西滝治郎中将により《零戦に二五〇キロ爆弾を抱かせ、一機一艦必殺の方針で、体当りさせるほかはない》（上262）という決定が下された。編成された二六名の「特攻隊」が《キラキラと眼を光らして立派な決意を示していた顔付》、あるいは指揮官に選ばれた関行男大尉が、計画の内容を告げられた時の、数秒の沈黙、そして少しの澱みもない、明瞭な口調の『是非、私にやらせて下さい』（傍点原文）という回答……これらのエピソードを紹介した大岡は、関大尉の決意について考察する以前に、一秒、二秒、三秒、四秒、五秒……とカウントされる沈黙の長さを物理的に示し、当事者の想念の重さを推し測る。引用元の本が、特攻を正当化する意図で書かれたものであることは、おのずと推察されるということか、出典の批判検討はひとまず先送りにされている。[63]

パイロットに死の覚悟は必要だが、《生還の確率零という事態を自ら選ぶことを強いられる時、人は別の一線を越える。質的に違った世界に入るのである》と大岡は語っている。一連の透徹した省察を、大江は敬意をこめて紹介し、『レイテ戦記』の続くページが「全機特攻」を定めた沖縄戦への厳しい批判に捧げられていることを強調する。そして大岡の資料読みとりの観察力と思考を《したたかさの二枚腰》と形容して称賛を惜しまない。特攻についての大岡自身の最終的な評価として、大江が注目するのは、人間の「強い意志」に対する畏敬へと収斂する次の文章である。

口では必勝の信念を唱えながら、この段階では、日本の勝利を信じている職業軍人は一人もいなかった。ただ一勝を博してから、和平交渉に入るという、戦略の仮面をかぶった面子《めんつ》の意識に動かされていただけであった。しかも悠久の大義の美名の下に、若者に無益な死を強いたところに、神風特攻の最も醜悪な部分があると思われる。

しかしこれらの障害にも拘らず、出撃数フィリピンで四〇〇以上、沖縄一、九〇〇以上の中で、命中フィリピンで一一一、沖縄で一三三、ほかにほぼ同数の至近突入があったことは、われわれの誇りでなければならない。

想像を絶する精神的苦痛と動揺を乗り越えて目標に達した人間が、われわれの中にいたのである。これは当時の指導者の愚劣と腐敗とはなんの関係もないことである。今日では全く消滅してしまった強い意志が、あの荒廃の中から生れる余地があったことが、われわれの希望でなければならない。(『レイテ戦記』上264〜265)

以上で、④ひとつの「史観」の呈示という著者の最終的な課題を念頭に、大江が実践してきた「丹念に読む」ことのあらましを、粗略ながら確認することは出来たように思う。それにしても「九　海戦」「十　神風」は、上巻のほぼ中央。巨大な長篇の冒頭から四分の一という辺りにわたしたちはいる。

これら二つの章について大江は、課題の大きさも重さもぬきんでており、独立した中篇として読みとりうる完成度をそなえている、とも述べる(「解説」632〜633)。おそらく大江は、これら二章に読みとりの意識を集中することで『レイテ戦記』の精髄を捉え、読み方のコツを「解説者」として伝授することもできると考えているのだろう。原稿の予定枚数も尽きているということか、結論へと導く道筋は、あざやかで速やかである。わたし自身の言葉で要点を反芻——参謀が好んで使う「かなりの抵抗」とか「相当数の離散兵」といった無難な表現に隠された苛酷な現実が、戦場に送られた将兵によっていかに体験され、言語化されているかは、「八　抵抗」の章で具体例を見た通り。指導部の証言と現場の証言との矛盾や隔絶を浮き彫りにするという手法も、すでに読む者にとって馴染みのはず。大岡の切実な共感がつねに《七五ミリ野砲の砲声と三八銃の響き》に包まれた大地にあったこと、さらにまた、組織的戦闘が終わった後の六ヵ月に及ぶ敗兵たちの飢餓の日々に向けられていたことは、あらためて強調するまでもない。

　大岡昇平は先述のように、政治的好奇心から自殺を思いとどまったと称するスタンダールに学び、《第二次世界大戦を見るために（或いは見ないために）我々は果して自殺を思い止るかどうか》という挑発的な一文を初めての著訳書『スタンダール論』に掲げて戦地に赴いた人間である。九死に一生を得て帰還した作家が『俘虜記』『野火』『ミンドロ島ふたたび』とは桁違いの巨篇『レイテ戦記』を書きながら最終的な着地点と見定めていたのは、やはり政治的なもの、軍隊という制度、さらには日本という近代国家との対決ということではなかったか？
「三十　エピローグ」には、《本土決戦のような夢物語のために、国民の犠牲を強要するのは罪悪である。国民に死を命じておきながら、一勝和平の救済手段を考えるのは醜悪である》という全面的な断罪につづけて、次のような総括がある。

　こうしてレイテ決戦に敗れた上は、大本営はフィリピン全域の現地司令官に降伏の自由を与えるべきであった、という平凡な結論に達する。そうすればルソン、ミンダナオ、ビサヤでの日米両軍の無益な殺傷、山中の悲惨な大量餓死と人肉喰いは避けられたのであった。

　しかし申すまでもなく、これは今日の眼から見た結果論である。国土狭小、資源に乏しい日本が近代国家の仲間入りするために、国民を犠牲にするのは明治建国以来の歴史の要請であった。われわれは敗戦後も依然としてアジアの中の西欧として残った。低賃金と公害というアジア的条件の上に、西欧的な高度成長を築き上げた。だから戦後二五年経てば、アメリカの極東政策に迎合して、国民を無益な死に駆り立てる政府とイデオローグが再生産される

という、退屈極まる事態が生じたのである。（『レイテ戦記』下516）

これらの文章を最後の引用として、大江は結論にいたる――「全体小説」としての『レイテ戦記』を「小説の手法の特質」のいくつかを媒介にして、要約しようとつとめてきたが、それが成功したとは思わない。もともと『レイテ戦記』そのものが《厖大な資料、情報を、強靭きわまる知性が、要約し、驚くべき統合力を発揮してきざみだした文章》なのである。それにしても、戦後三十八年たった今日、ここに引用した著者の《現代史への結論》は《あまりにも現実的な明察》として生きている。アメリカの世界政策に加担する政府とイデオローグたちは、核兵器による人類の滅亡すらをも、あえて拒もうとはせぬ意気ごみ……と眼前の現実を語り、その認識に起因する絶望の牽引力を隠そうとはしない。それでいて、なおも最後に、さながら大岡の「われわれの誇り」「われわれの希望」という言葉に応答するかのように「希望を信じさせる」と書き記して大江は筆を措く――《レイテ島の大きい悲惨のいちいちをこのように全体的に統合して、人間への励ましの響きをも聴きとらせる――それが鎮魂歌の響きにかさなるとしても――大岡昇平のなしとげた仕事は、われわれに国民的な回復への希望を信じさせるものでもあるのではないか？》。

・レイテ島の土、声、死

最後にふたたび「地形」について。大岡昇平によれば《小説の舞台に選んだ土地は、無論実地調査しなければならないが、地上の歩行する我々が、眼で見得る範囲は知れたものであって、付近一帯の地形の概略を呑込んでなければ、眼前の風景がよく理解出来ないものである》。さらに《人は知らないが、とにかく僕は、或る地方の小説を書くには、付近の五万分の一地図を拡げないと筆が取れない。それに地図にはなかなか美観があるものである。平面上に標高曲線で表わされた図形から一つの山を想像するのは、一種の知的な喜びがある。分岐する河の上流の示す文様は例えば壁を走る亀裂の自然線と似ていることもあり、植物の分枝を出す様と似ていることもある[64]》。

　大江の場合も「地形」に強い思い入れがあることは確か。しかし地図を広げて小説を書くという習慣はなさそうだし、何よりも現実の地図、たとえば故郷の内子町大瀬とその一帯の五万分の一地図に『同時代ゲーム』のドラマを過不足なく落とし込むことなど、誰にもできはしない。地名も現実世界のものではなくて、ぼかしてあったり、村の伝承に借りた名づけであったり、あるいは「鞘」のように（あけすけな？）隠喩であったり……いずれにせよ、小説家にとって物語の舞台となる空間を造形することは、文学世界の創造にかかわる根源的な営みである。大江については、第Ⅲ部で『万延元年のフットボール』『同時代ゲーム』を論じるときに譲るとして、ここは大岡昇平の場合に話をかぎる。

　地図を広げないと小説が書けないというのと、小説のページに地図を印刷してしまうというのは、また別の話である。自伝的な『幼年』と『少年』、そして『レイテ戦記』や『堺港攘夷始末』には、随所に地図が挿入されており、そのことが大岡のきわめて個性的な手法であるかのようにいわれることもある。しかし、こと「戦記」に関しては、これが伝統のスタイルであることを、まず確認しておきたい。

　近代日本の対外戦争にかかわる「戦記」というジャンルは、戦後の文学少女には無縁だった、と先に述べたけれど、大学で外国文学を学ぶようになってからは何でも自由に読んだ。たとえば『戦争論』で名高いクラウゼヴィッツの『ナポレオンのモスクワ遠征』……　いま、手に取ってみると、これは近代ヨーロッパにおける「戦記」の典型的なスタイルであり、つまりは近代日本の「戦記」のモデルの一つでもあったろうと思われる。[65] ロシアの大きな折込地図のほか、仏・露両軍の作戦の図版が多数、本文には両軍の編成が数字を伴う一覧表として挿入され、兵員の喪失にかかわる一覧表も延々と続く、そして巻末には付録資料……　ふと思いだして、クラウゼヴィッツの翻訳の何年か前に刊行された北御門二郎訳のトルストイ『戦争と平和』（東海大学出版会）をひっぱり出してみたら、やはり「ボロヂノの会戦要図1812年8月26日（旧暦）」という大きな図版が入っている。これらの出版物の文献学的な厳密さは不明だから、視覚的な印象という程度のことでしかないが、『レイテ戦記』の地図や一覧表などは、じつは異例どころか、模範的なものだろう。しかし「戦記」以外についてはどうなのか？

『俘虜記』の「労働」の章に、こんな文章がある――《文字をもって対象を書き尽すべき文学者として、図形の助けを藉《か》りるのは屈辱であるが、小学校の進歩的教育によって、視覚的に甘やかされた現代の読者は、我々が文字をもって記述するところを、まず図形として脳裡《のうり》に描くと信ずべき理由があるから、いっそ図形を入れてしまった方がお互いに手間が省ける。では右がわが収容所の略図である》（310）。この見開きに「第一図」と「第二図」が並んで置かれており、おそらくこれらが、大岡の小説の本文に挿入された図版の初出だろう。『俘虜記』も広義の「戦争文学」ではあるわけだし、著者の洒脱な言い訳を真に受けて、図形を入れてしまうのは、お互いに手間が省けるから、と考えることにする。いったん先例が作られてしまえば、「収容所の略図」も「地図」も「作戦図」も、あるいは大岡が幼少期を過ごした渋谷の町内の住宅地図も、要するに視覚資料にすぎない。自明のことながら著者が力点を置くのは、《文字をもって対象を書き尽す》ことである。

　では「地図」や「地形」が好きな人間、土地に固執する地質学者の素質を持つ作家は、いかに《文字をもって対象を書き尽す》のか？　レイテ島とフィリピンの大地に対して大岡が抱く奥深い想念とは、いかなるものか？　『レイテ戦記』の下巻「二十九　カンギポット　一月二十一日―四月十九日」の冒頭。ここは地図も図版もなく、二ページほどにわたり、きわめて具体的にドラマの舞台を記述する文章がある。レイテ島西北部の半島について《地質調査はまだ完全ではないが、全体として第三紀の地向斜（海成層）であることに、専門家の意見は一致している》という、まさに専門的な指摘があり、地形、気候、植生、農産物、師団の位置、主要な道路、丘陵の土壌、永久抗戦の拠点となったカンギポット山（「歓喜峰」は上述のように日本軍の当て字）の位置、土地の名称ブカブカ、等の説明が続く。

　山そのものはいかにも歓喜峰の名にふさわしい山容を持っていた。頂上の東の側は比高七〇メートルの、そぎ取ったような岩壁になっていて、紫藍の岩肌が朝焼け夕焼けに赤く染まった。付近の低山の間に聳立して、遠くからもよく見えた。原隊を追及する敗兵は、あそこまで行けば友軍がいると勇気づけられ、そそり立つ岩の頂上を見詰めながら足を運んだ。

（『レイテ戦記』下430）

小さな歩行者を描きこんだ、見事な水彩画のような描写文である。さらに一ページ先、《私は少しカンギポット付近の地誌をくどく書きすぎたかも知れない。しかしこれは以来六ヵ月、レイテ島の敗兵が住んだ環境である。組織的戦闘は終っており、地形が勝敗を左右することはなかったが、その自然、気候と土壌は兵士の日々の生活に重大な影響を及ぼした》という弁解のような一節があり、敗兵が生き延びるための具体的な工夫へと話は移る。飢えて異国の大地を黙々と歩行する敗兵の体験を、五感で生きようとつとめる大岡が、くどく書きすぎた、などと本気で思っているわけはない。この記述の過剰さに、そして読者の注意を過剰さそのものに惹きつけようとする作為に、わたしは感動する……

大岡昇平の肉体と意識。作家が『レイテ戦記』を書くためには、フィリピンの大地をふたたび自分の足で踏みしめることが是非とも必要だった。先にもふれたように、戦後の賠償問題が片づき、民間人の渡航も可能になって、旅行会社の組織した「第二次戦跡慰問団」に大岡が参加したのは、昭和四十二年（一九六七）三月のこと。当時「残留日本兵」は、誰もが知る時事問題だった。横井庄一元陸軍軍曹がグアム島から帰還するのは、五年後の昭和四十七年。その二年後に、フィリピンのルバング島から小野田寛郎元陸軍少尉が帰還した。「終戦」も「敗戦」も受け入れず、永久抗戦を信じる遊兵でありつづけることを選び、二十年以上を生き延びた日本人が、今も密林に潜むアジア・太平洋地域――その歴史的な時空にわが身を置くために、大岡はフィリピンを再訪し、『レイテ戦記』の執筆と併行して『ミンドロ島ふたたび』を書いた。

単行本『ミンドロ島ふたたび』の表題作となる戦跡紀行文は、手元の文庫本で百五十ページほど。日本からの旅人に、現地の人びとはしたたかにチップを求め、怪しげな日本軍の遺品なるものを売りつける。思わず笑ってしまう喜劇の一場面ではあるのだが、同時に戦争の重く苦しい記憶が甦り、読む者も後ろめたさを覚えずにはいられない。先にふれたように、大岡は『レイテ戦記』上巻の「二　ゲリラ」の章で、土地の住民であるゲリラの活動を紹介し、下巻「三十　エピローグ」では、日本とアメリカに翻弄され蹂躙されつづけたフィリピンの大きな犠牲と困難な戦後について、長く語っている。さらに『レイテ戦記』上・下巻それぞれの扉ページには「死んだ兵士たちに」という献辞があり、小説全体をしめくくる「完」という文字に先立つ最後の文章は――《死者の証言は多面的である。レイテ島の土はその声を聞こうとする者には聞える声で、語り続けているのである》。

この「声」は暗喩ではない。大岡自身が声の人であるから「レイテ島の土」に語りかける、そして「レイテ島の土」の生なましい肉声を聞く。『ミンドロ島ふたたび』の冒頭に記されるのは、昭和三十三年の遺骨収集船「銀河丸」に乗ることが叶わなかった時の小さなエピソード。大岡は詩のようなものを書いた。《おーい、みんな、／伊藤、真藤、荒井、厨川、市木、平山、それからもう一人の伊藤》……　と死んだ戦友に呼びかけて、《しかしみんなは今は土の中》……《骨には耳はないから／聞えはしないし》と語りかける詩句の進み行きには、そこはかとないユーモアさえ漂うのだが、最後に「僕」は《大粒の涙をぽたぽた》こぼしたのだった。

昭和四十二年、マニラに滞在したのち、近郊の飛行場からレイテ島に向けて《特攻機の巡航速度より少し早い》双発機で飛び立ち、激戦のあった海域を見おろした時、大岡は《特攻機を操縦して行く若者も、この風景の中にいた》ことを思う。そして「きみ」に言葉をかけ、「きみ」と一心同体になろうと試みて、空中で敵と交戦する感覚を、あるいは撃墜される瞬間を、丹念に言葉にしてみるのである——《きみの身体は銃弾に貫かれて、機が落ちて行くのか、意識が落ちて行くのかわからないまま、きみは暗い死の中へ落ちて行く》。運がよければ、きらきら光る波の中に埋もれた目標めがけて、きみは急降下に移るだろう。《翼を折られ、身体を射ち抜かれようとも、機を目標に当てるために、操縦桿を握っていなければならないのだ》……きみのほか誰も知る者のない世界の出来事。特攻士の遺書は、悲痛な言葉に充たされて、残っている。しかし一度機に乗ってからのきみについては、きみと神様のほか知る者はいない。

ミンドロ島のサンホセ。大岡の配属された警備隊六十余名はほとんどが死に、俘虜となって帰ったのは大岡を含めて五名だった。その地に立って、二十五年前、死んだ仲間を埋葬した時のことを思う。近隣に住む先住民族マンギャンは風葬の習慣を持つといわれていた。

おーい、荒井のチビ、
お前は米軍が来る前に死んだから、
お前の墓はおれ達が掘ってやったじゃないか、
なけなしのタバコを一本、
胸で合わせたお前の白い手にはさみ、
おれ達が掘った穴の中へ降ろしてやったじゃないか。
捧げえ銃《つつ》、頭《かしら》あ中《なか》、土を掛けえ。

ぱらりと土はお前の顔に落ち、
お前は眼ばたきしたようだった。
鼻だけにょっきり、土から出ていた。
そこで西矢中隊長殿は、やめえといい、
自分で穴へ降りてって、
お前の鼻にハンカチをかぶせた。
それからまた、土を掛けえ、
穴はだんだん埋められ、
土人が掘り返すといけないから、
土はおれ達がよく踏んづけた。
……………　　　　　　　　　　　（『ミンドロ島ふたたび』131〜132）

大江のいう《日常的な平談俗語の語り口》によって露わになるのは、「声」と「土」と「死」の親和性。深く静かな交わりが、確かな手触りとともに、そこにある。

ところで原初的な存在のありよう、というよりむしろ、存在することの原初的な感覚、といったほうがよいだろうか、大岡昇平の場合、それは見ること、眺めること、その視覚的な印象に強く結ばれているらしい。『歩哨の眼について』[66]と題したエッセイ風の短篇より――ミンドロ島サンホセの兵舎の前面は一キロほど先まで開けた湿原になっているのだが、その荒れた風景を長く見張っていると《やがて一種の放心が歩哨を囚《とら》える》という。

眼は屢々《しばしば》一つの対象に固定したまま動かなくなる。私は湿原の中ほどに横ざまに倒れた一本の木を憶《おぼ》えている。雨に洗われて白く光ったその根を、一本二本と数えたものだ。今も画に描くこともできるほど、その苦しみ悶《もだ》えるような不吉な形を憶《おぼ》えているのである。

何かを考えていたはずである。内容は憶えていないが、一種の sentiment として、今も再現できるような気がする contemplation は「観照」あるいは「瞑想《めいそう》」と訳されるようであるが、眺めるという状態には、必然的にある思考が随伴《ずいはん》しているはずである。ただその内容は漠然として言葉とはなり難《がた》い。(『靴の話　大岡昇平戦争小説集』97～98)

大江健三郎は『同時代としての戦後』のなかで、この断章を取りあげている。《かれのものの見かた、ものを見ているかれの在りかた》についての、これは正確な表現であるとして、この歩哨が、マラリアに病み疲れ、強大な敵に包囲されて彷徨しながら、《黙示録的なものを見、終末観的なものを見る》という場面に、大江は思いを馳せるのである。そして《黙示録的、終末観的なる状況のなかにあって contemplation の時がかれをとらえる》だろう、しかし、その時の経験を言葉にするには、さらに戦後の永い時が必要だった、ともいいそえる(『同時代論集6』42～43)。

繰りかえし述べたように『同時代としての戦後』は、一つの作家論の最後に浮上したキーワードを次の作家論の冒頭に置くという方式で、いわば数珠つなぎのように書いてゆくのだが、そこで大岡昇平論を次の埴谷雄高論につなぐキーワードが contemplation なのである。しかし、考えてみれば『洪水はわが魂に及び』の主人公にして語り手である大木勇魚も、瞑想する男ではなかったか？　核シェルターの地下壕には、コンクリートの床に30センチ四方の穴がうがたれて、そこに関東ローム層の泥が露出している。《絶対に反・機能的》なこの「穴ぼこ」は《瞑想用の足場》としてつくられたものであり、かれは《裸の足うらを、苗でも植えるように足場の地面に載せ、背のまっすぐな木椅子にかけて瞑想した》というのである。

　核シェルターの地図上の位置は示されていないけれど、多摩川にそそぐ野川の周辺である『武蔵野夫人』の舞台と地形学的にはつながった下流の斜面、同じ川沿いの湿地帯のどこか、ということは大岡の証言により確定できる……[67]　というわけで、この「文学ノート」の「I　敗戦と小説について——大岡昇平×大江健三郎」をしめくくるにふさわしいイメージは、武蔵野台地の西端の核シェルターで「穴ぼこ」に露出した関東ローム層の湿った泥を踏みしめながら瞑想する男の姿。著者と同年齢の三十男は《未来の核戦争にたいする恐怖感》にじっと耐えている、それともミンドロ島の歩哨にアイサツを送っているのだろうか？　三十男のcontemplationの在りかた、そのcontemplationにおける肉体と意識の在りかたにまで思いを致すのは、またの機会に……

Ⅱ

沸騰的なような一九七〇年代

――大江健三郎／蓮實重彥

＊このノートのためのノート（二）

音楽と文学、作曲家と小説家――早くから大江健三郎は、芸術を語る特別の相手はこの人と見定めてきたのではなかったか？《芸術は現実との沸騰的な交渉ののちにうまれる》という武満徹の言葉は、一九六七年、若き大江が「作家としてどのように書くか？」と題したエッセイの中で引いたもの。『大江健三郎全作品』（新潮社、第I期、一九六六〜六七年）の「解説」として書かれ、『大江健三郎　同時代論集7　書く行為』（岩波書店、一九八一年）に再録されて、「第I部　出発点を確かめる」のしめくくりに置かれた文章である。続く「第II部　文学ノート」は一九七四年の『文学ノート　付＝15篇』の主要部分を収録。いま「文学ノート＊大江健三郎」というもじりのようなタイトルで試論を書きつつあるわたしが、この単行本『文学ノート　付＝15篇』を念頭に置いていることは、「＊このノートのためのノート（一）」の冒頭で示したとおり。

たとえば音楽と自然とのかかわりについて、武満は自然の風景を描写するということではない、と明言する（以下、大江の文中における武満の文章の再引用は「　」とする）。

「私は自然と人間を相対するものとしては考えられない。私は生きることに自然な自然さというものをとうとびたい。それを〈自然〉とよびたい。これは奥の細道に遁れるような行為とは大きく矛盾するのである。私が創るうえで、自然な行為というのは現実との交渉ということでしかない。芸術は現実との沸騰的な交渉ののちにうまれるのだ。」（『同時代論集7』117）

《武満徹の沈黙のもっとも深いところに沈んでいる錘り》のような、こうした言葉に耳を傾けながら、大江は内心で、文学もまた、自然の風景や社会の出来事を描写するということではない、と応じているのではないか？　あるいは「私たちの生きている世界には沈黙と無限の音がある。私は自分の手でその音を刻んで苦しい一つの音を得たいと思う」という祈念に寄り添い、また「沈黙に抗議するもの」として「強い一つの音」を択ぶという覚悟を分かち合い、要するに武満のいう「音」を「言葉」に置きかえて、大江は思考しているのではないか？　さらに芸術と切り離せぬこととして、西欧文明と日本の近代化、そして政治的なものとのかかわりなど、現代世界に生きる人間としての疑問や選択にかんしても、武満と大江は根っこのところで深い共感と信頼を培ってきたにちがいない……　という確信もあるのだが、そうしたことはいずれ視野に入ってもくるだろう。ここではひとつだけ、わたしの意識に小さな棘のように突き刺さった「沸騰的」という言葉を出発点として択びたい。

　作家人生の総括のようなインタヴュー『大江健三郎　作家自身を語る』に、「一九七〇年代」をめぐる回想がある――《私の一生のうちで文学理論と具体的な文学と、それから作家、詩人たちと、それらが一緒になっているなかへ入ってゆく、そして沸騰的なような出会いを経験できた最良の時期でした》（傍点は引用者、153）。つづけて《私の好きな作家たちは皆、［ギュンター・］グラスにしろ［バルガス・］リョサにしろ、ああした大盤振る舞いのような大作の仕事に入っていたんですよ。私も落着いてはいられませんでした。血気にはやるというか（笑）》と語る大江の語調まで、どこか沸騰的であるような……《そしてその時期の産物として、私の作品としては『同時代ゲーム』がある》という発言を、しっかり記憶しておきたい。わたしの「文学ノート＊大江健三郎」の第Ⅲ部では、その「沸騰的なような一九七〇年代」を予感させる一九六七年の『万延元年のフットボール』と、その産物としての一九七九年の『同時代ゲーム』を読むことになるだろう。

作家としてどのように書くか？　芸術家としてどのように生きるか？　という問いをめぐって、大江は武満と語り合うことができた。そして、知識人として生きるという覚悟については、ノーベル賞受賞と前後して親密になったエドワード・W・サイードとの友情が大きな支えとなったはずなのだが、これについては『大江健三郎と「晩年《レイト》の仕事《ワーク》」』の随所で触れたので、繰りかえさない。

であるならば、批評については？　文芸評論については？　あるいはまた大学の文学研究については？　無造作にならべてみた三つの活動は、むろん同質のものではないが、境界線があるわけではないし、分類的に並置することはできない（同じ人間が複数の活動をないまぜにして生きることはめずらしくない）。

それはそれとして、誰もが知るように、大江健三郎自身が凡百の研究者をはるかに凌ぐ学問的な知見と圧倒的な読書経験を持ち——まだ誰一人その全容に向き合ったことはないと思われるのだが——膨大な量のエッセイや評論や講演記録、そして小説を「書くこと」「読むこと」をめぐる鋭利な論考などを、世に送り出してきた。ここで「読むこと」に関連して、晩年の大江がいう

「読みなおすこと」とは何か？　という問いに一言ふれるなら、これは『憂い顔の童子』の登場人物「ローズさん」の言葉。大江自身にかさなる老齢の作家「長江古義人」の文学を研究するこの架空の女性は、アメリカ人であり、re-readingという言葉を指導教授のノースロップ・フライから学んだという（本を消費するように「読み捨てる」のではなく「読みなおすこと」こそ、本当に「読むこと」、すなわち真の読書、という教訓は、ロラン・バルトに由来する）。フライは神話と文学の関係に斬りこんで、理論的な大著『批評の解剖』から一般読者に語りかける『教養のための想像力』まで、幅広い名著を遺した碩学である。

駒場の学生時代からの大江の友人で、エリオットはじめ英国モダニズムにも通暁し、英語と英文学について終生の相談相手でもあった山内久明は、一九六三年からカナダのトロント大学に留学し、フライ教授の並外れた知性に深い感銘を受けたのであるらしい。帰国して周囲に「フライ熱」を感染させた、と山内は回想しているが、大江も感染者の一人だったのかもしれない……とすれば『憂い顔の童子』にノースロップ・フライの教え子が登場するのは「大学の文学研究」を代表する友人への敬愛のしぐさとも解釈できそうではないか。じっさい「大江文学」における神話や伝承の主題化は、早くからアカデミックな研究に支えられていた。『同時代ゲーム』はもとより、晩年の『水死』に到るまで、日本の伝承を含みこむ世界的なパースペクティヴのもとに、神話的な小説が繰りかえし書かれることになるのだが、その豊かな源泉の一つは、モダニズム文学との出会いにあったと思われる。

ともあれ日本の大学にとって「大江文学」は、国際的あるいは学際的な研究交流に絶好の領野ではないか。しかも「大江文学」それ自体、滋味あふれる知性の糧なのである。二〇二一年一月に東京大学に寄託された作家の自筆原稿は、さあ、あなたが読んで、考えてくれないか……と若き研究者たちに語りかけているような気がしてならない。

さて、小林秀雄を語らずして純文学の文芸評論は語れない、というのは自明であるからして、ここは最小限にとどめるが、作品の良し悪しや出来不出来、あるいは作家どうしの影響関係を判定する、権威をまとった存在が評論家であるという了解は、一般的なものだろう。さらにこの職業は男性のもの、という暗黙の了解が、日本の文壇にあったかどうかは定かでないけれど、現実はおおむねそのように推移してきたように見える。平野謙など戦後を代表する文芸評論の枠組みから、大江の作品が決定的に逸脱したとみなされたのは、『同時代ゲーム』によってである。小林秀雄の「おれは二ページでやめたよ！」という捨て台詞は、よく知られている。

ではあらためて——評論とは異なるものとしての批評と「大江文学」との関係はどうか？ まずは批評というものを定義すべきかもしれないが、むしろ定義しえぬものとして実践され、存続することが批評の本領かもしれないとも考える。とりあえずこれが、権威をまとった評論の伝統に対抗し、海外の新しい潮流に呼応する用語として、一九六〇年代から文芸の世界で流通するようになったことを思いおこすにとどめよう。「二〇世紀の思想・文学・芸術」と題した松浦寿輝・沼野充義・田中純による鼎談が『群像』に連載されて完結したところだが[1]、その「第九回批評の革新」（二〇二一年十月号）の冒頭に、ロシア・フォルマリズムについての沼野による整理された紹介がある。《私の一生のうちで文学理論と具体的な文学と、それから作家、詩人たちと、それらが一緒になっているなかへ入ってゆく、そして沸騰的なような出会いを経験できた最良の時期でした》という大江の述懐のなかでの「文学理論」が、主としてロシア・フォルマリズムを指すことは、よく知られている。しかし「批評」は「文学理論」と重なるところはあるにせよ、同じ枠に収まるものではない。鼎談では、沼野につづき松浦が発言し、サロン文化の華開いたフランスで、知的で洗練された会話が育んだ文学・芸術をめぐる伝統に触れてから、いわゆる「新批評」（ヌーヴェル・クリティック）とそのルーツとしてのガストン・バシュラールなどを話題にし、いくつかの潮流を明快な見取り図に収めているので、これを念頭に置くことにする。

ところで大江健三郎が一九六一年にヨーロッパを旅行してサルトルにインタヴューを行ったことは、すでに紹介した。六十年以上も昔のことだが、戦争のために永らく交流の機会を絶たれていた外国を、日本の旅券を携えた二十代の若者たちが訪れるようになったのである。若者たちの貪欲な知性を、その好奇心、ときめき、そして衝撃の大きさを、想像してほしい。小田実の『何でも見てやろう』（一九六一年）は、アメリカ、カナダ、メキシコ、ヨーロッパ、ギリシャ、エジプト、イラン、インドを踏破する貧乏旅行、まさに初代バックパッカーの冒険を報告し、今日も版を重ねる大ベストセラーになった。この一九六〇年前後に、阿部良雄、渡辺守章、蓮實重彦がフランス政府給費留学生として相次いでパリに留学した。東京大学仏文科を卒業した大江健三郎とほぼ同世代と緩やかに括ることのできる三人は、ほぼ二十年後の卒業生である松浦寿輝がテクストから端正に再現してみせる「新批評」、そして「現代思想」と日本では名指されることになる新しい哲学の潮流が、おそろしく挑発的・鋭角的な身振りを見せながら出現する現場に身を置いて、それぞれに同時代的な出会いを経験したはずなのである。ほぼ十年後の卒業生であるわたしの世代は、輝かしき先輩たちを仰ぎ見て「神々の世代」などと呼んだもの……

ボードレール研究の世界的権威となる阿部良雄は『若いヨーロッパ――パリ留学記』（一九六

二年）を書いた。ほぼ二十年後の「文庫版あとがき」では、まず若気のいたりに違いないこの本のなつかしさを語ることからはじめ、小田実の『何でも見てやろう』の尻馬に乗って世に出た数多い外国体験記の一冊、などと軽く言い添えてもいるのだが、続くページの述懐はこうである――《「一九六八年五月」の危機を二度目のパリ生活中に生活と研究の場で体験した私は、そうした秩序・価値観の根本的問い直しを機縁とするさまざまな反省を、『西欧との対話――思考の原点を求めて』（河出書房新社、一九七二年）という本にまとめる機会をもった。それは、西欧人が自らの文明と秩序についての意識の面で体験せざるを得なかった危機であると同時に、西欧に対するわれわれ日本人の関係――より正確には、その関係についての意識――に対しても、ひとつの変革あるいは反省を促す契機たり得るものだったと思う》。問題は、西欧文明の現象ではなくて、その現象の基本にある西欧人の方法意識を把握することであり、その問題意識が『西欧との対話』の底流となった、と著者は語っている。さらに《私の基本的な態度は『若いヨーロッパ』の時と比べて変ったわけではない》とも。ちなみに先の鼎談「批評の革新」では、一九六〇年生まれの田中純が、この『西欧との対話』の読後感として《まさに homme de lettres、文人の深い考察》と敬意をあらわし、これを受けて松浦寿輝が「新批評」を批判した阿部先生は「旧派」を自任していた方だった、と指摘する。つづいて田中は「生きることとの感覚性」を重視する文学研究者の肖像を描きだす。

　マラルメ、クローデル、ラシーヌなどを研究対象とした渡辺守章は、学術的な論考を執筆するかたわら、翻訳や舞台演出により実践的《パフォーマティヴ》に作品を解釈し、日本の伝統芸能を世界の舞台芸術の文脈につなぐことも行った。パリ留学は一九五九年までの三年間、「新批評」をめぐる論争がジャーナリスティックな事件となる以前だが、一九六〇年代の前半は別として、その後は演劇のシーズンに毎年かならず渡仏したという。はじめての本格的な著作は、浩瀚な学位請求論文『ポール・クローデル——劇的想像力の世界』(中央公論社、一九七五年)。真の文学者に博士の学位などは馴染まないという、東大仏文の伝統的な美風に逆らう新風、という共感あるいは皮肉をこめた周囲の感想も後続の世代には聞こえていた。

一方、蓮實重彥は一九六二年からパリに留学し、一九六五年の末にパリ大学に博士論文『「ボヴァリー夫人」を通してみたフローベールの心理的方法』を提出する。フランスに留学する者もまれな時代、わずか三年で学位を取得して帰国することは快挙だった。渡辺守章と蓮實重彥の距離が近づいたのは一九八〇年代後半、東京大学における表象文化論の学問的・制度的な立ち上げの時期であり、そのことと無縁ではなかろうが、二人のあいだには早い時期から、ミシェル・フーコーとその友人モーリス・パンゲとの交流という接点があった。[2]

一九八〇年、蓮實重彥は『大江健三郎論』において刊行されたばかりの『同時代ゲーム』に終章で触れており、ほぼ十年後の『小説から遠く離れて』(一九八九年)は、その『同時代ゲーム』を正面から取り上げる。沸騰的なような時期の産物である「小説作品」に、拮抗する強度をもって、新しい「批評」が相対したのである、と書いてから、わたしはふと逡巡する。相対するという動詞が正確かどうか、自信がない……と断ったうえで付言しておこう。この「文学ノート」の第I部で示した「大岡昇平×大江健三郎」という構図には、信頼と交友の記憶が漲っており、そこはかとない幸福感さえ漂うのだが、これに対して大江と蓮實の関係は傍目には理解しがたいものがある。後者の視点からすると《非常に曖昧かつ複雑》なのでもあるらしい。[3]「大江健三郎

／蓮實重彦」としたのは、そのあたりの違いを記号で仄めかしたいという稚拙な工夫。いずれにせよ「作品」と「批評」との望ましい関係が、一方が他方を紹介し、評価し、賞賛し、あるいは教導するものとしてあるはずはない。さらにまた「作品」と「批評」は、断じて狎れあいを演じてはならない。ちなみに生身のノーベル賞作家ともと東大総長との個人的な関係は、とりあえずわたしの関心の埒外にある。

　百冊以上はあるらしい蓮實重彦の著作のなかで『大江健三郎論』は、これまでのところ例外的に孤独な佇まいを見せている。大江の『文学ノート　付＝15篇』も、今では話題にする者もない。しかし二冊の本を近づけ、共振させる何かがある。わたしの見立てによるなら、大江が「小説の言葉」と呼ぶもの、蓮實の用語では「言葉の肉体」なるものをめぐる奥深い洞察と、その洞察を特徴づける、出発点の同時代性のようなものが……

1　肉体＝意識

・紙を破棄する

《いま、ここに読まれようとしているのは、ある名付けがたい「不自由」をめぐる書物である。その名付けがたい「不自由」とは、読むこと、そして書くこと、さらには思考することを介して誰もがごく日常的に体験している具体的な「不自由」である。だが、人は、一般に、それを「不自由」とは意識せず、むしろ「自由」に近い経験のように信じこんでいる》——蓮實重彦『表層批評宣言』（筑摩書房、一九七九年）冒頭の文章だが、この本が「沸騰的なような一九七〇年代」に続く一九八〇年代の、いわゆる「ニュー・アカデミズム」の基本書（？）に数えられたことなどは、ふと思い出すだけでよい。《「自由」と錯覚されることで希薄に共有される「不自由」》を「制度」と名付けることにするが、それは「装置」とも「物語」とも「風景」とも綴りなおすことができる、という宣言の要旨のみ確認して、本論を四十ページほど読み進む。すると「表層の回帰と「作品」」と題した章の冒頭に「紙、そして貶められた表層」という小見出しが。さらに二十ページ読み進むと——《「作品」とは、「制度」によって引き裂かれて生きるしかない「人間」と「言葉」と「紙」とが、事件として遭遇すべき不可能な場所なのである》。

なるほど…… とひとまず頷いてみせてから、おぼつかぬ気分のまま、読んだばかりの言葉とその文脈を反芻する。著者が注目するのは「書籍の黄金時代」とか、「濁れる書籍の氾濫時代」とか、あるいは「学問と真理」といった「物語」の氾濫である（ここでいう「物語」とは、いずれ『物語批判序説』において「紋切型」と名指されるものに通底する何かである）。例として引いた若き林達夫の言葉について、《誰も本気で耳を傾けることのない大学総長の訓話に似ているといって笑ってはならない》などと著者はいうのだが、若き批評家の冗談を四十年後に再読して、クスリと笑うかどうかはともかく、要するに、たとえば権威づけられた凡庸で執拗なディスクール（言説）によって、希薄に共有される「不自由」があるのである。それは見えない「制度」として機能しており、さして抵抗感のない「風景」あるいは「環境」として、わたしたちをとりまいている。

わたしが語ってみたいのは、「作品」とは《「人間」と「言葉」と「紙」とが、事件として遭遇すべき不可能な場所》であるという『表層批評宣言』の定言が、大江文学の場所を正しく捉えており、とりわけ『文学ノート 付＝15篇』という本が『表層批評宣言』と同時代的に存在することの必然や意義までを、明るく照らし出すという事実にほかならない。

その前置きとして、なるべく簡単に、ある具体的な事実に触れておきたいと思う。それは話題にするのも恥ずかしいほどに自明のことなのだが……　「紙」という物理的存在そのものが、今や「作品」が芽吹き成長するために不可欠の土壌ではなくなって、あたかもそれが万人の合意にもとづく自然な決断であるかのように、「人間」と「言葉」と「紙」との遭遇という大前提が、着々と破棄されつつある。じっさい「紙」と「ペン」で「作品」を書く作家という種族は、ほぼ絶滅してしまったといえるのではないか？　一世紀前のタイピストのように、男も女も同じ前かがみの姿勢で、パソコンのモニターに顔を向けてパタパタとキーボードを叩く。「入力」「消去」「コピー」「ペースト」を繰りかえし、ひとまず完成させた「ファイル」をメール添付で出版社に送る。校正もPDFで済ませ、めでたく書籍になれば「紙」の出番。しかし、それは「読むこと」の媒体としてであり、「書くこと」は（しかし、本当に書いた、といえるのか？）、とうの昔に用済みになっている。近年はデータのみがやりとりされる「電子書籍」とか「メルマガ」などの簡便な選択もあり、その場合「本」（と呼べるのか？）は「紙」といっさいかかわることとなく、存在し始める。こんなわかりきったことを書き連ねるのは、これを「紙」という「制度」的なものからの解放、新たな「自由」の到来と勘違いしてはならないからである。

　小説を書かぬ身としては、小説そのものではなく、小説をめぐる様ざまの言葉たちが、「紙」の破棄と同時代的に、どのような「不自由」を強いられるようになったかを確かめてみるしかない。たとえばの話、わたしが急に若返って、大学の「紀要論文」を書いてみようと思い立つ、と仮定しよう。まず国立情報学研究所のCiNii Researchの論文サイトにアクセスして「大江健三郎」と入力すると千八百件近くヒット（二〇二三年五月時点。文芸誌のエッセイなども含まれる）。絞り込み検索のために、かりに「戦後」というキーワードを足してみると、ほぼ百三十件ヒット。「先行論文」に仁義を切るために片端から斜め読みしてゆくと、まずは「論文」が礼儀正しくキーワード検索の指示に従って他の「論文」を引用・紹介する頻度と分量が気になってくる。最優先は、大江自身の「作品」を読むこと、それも「小説」と「評論」を読み合わせながら、繰りかえし「大江文学」へのアクセスを自分自身で試みることじゃないの？　もしかしたら「パワポ」の「プレゼン」のスタイルに影響されている？　シンポジウム、学会発表、オンライン授業、ＳＮＳ、チャットでの応答などが「文体」の変化、思考する主体と「言葉」との関係の希薄化に、拍車をかけているのかもしれない……　ＩＴ化の時代、《読むこと、そして書くこと、さらには思考すること》の、名付けがたい、目に見えぬ「不自由」は、減じるどころか、いや増しに増している、それもまさしく「自由」と錯覚されながら……　わたしはそう確信し、その確信を語る言葉をしっかり「保存」するために、パタパタとキーボードを叩き続けることになる。パソコンの半ば強制的な導入は「文学」および「文学をめぐる思考」にとって、印刷機の発明より格段に重大であるという事実を、人はなぜ真剣に語ろうとしないのだろう？

　さて、大江健三郎の『文学ノート　付＝15篇』は「紙」の時代に「紙」に書かれた本である（混乱のないかぎり、大江の単行本タイトルは『　』、わたしが書きつつあるこのノートは「　」と区別する）。[4]以下は小説の「書きなおし」のプロセスにかかわる記述。

> 　ところが小説においては、書きつけた言葉が、ただそれだけではっきりした実在に見えてくるということはない。また、そもそものようであってはならないであろう。作家は、言葉の鉱物標本を提出するのではなく、地底深く、まっ暗なところに埋っている鉱脈の全体に

ついて、想像力を喚起するために働いているのである。小説の部分として書きつけられた数ページは、まったく堅固でもなんでもない。不定形で、やわな、とりかえ可能の、なにやらあいまいなものにすぎない。しかもそうした数ページのなかに、まぎれもない作家自身の痕跡が、なまなましく残っているのである。（傍点は大江、66）

そこで作家は書いたばかりの数ページ（つまりは具体的な「紙」の何枚か）を破棄することになるのだが、端的にいって、それは自傷行為のようなものであるらしい。先の引用から改行もなく、なめらかに続く文章はこうだ。

> 僕は子供の時分に、避難してきた戦争罹災者の一家族の世話をしたことがあった。悲鳴をあげるかわりに眉根をひそめるだけの、おそろしく蒼ざめた少年の火傷を母親が治療しようとしていた。片腕の繃帯を剝がすと、石膏をかためたようになった、膿と血潮まみれの木綿に、ほとんどバリ、バリと音をたてるようにして肱から腕頸までの皮膚と脂肪とが残った……　僕が、自分のいま書いたばかりの数ページに感じるのは、そこに自分の肉体と意識とが膿と血潮まみれで貼りついている、という感覚である。それをむりやり引き剝がし、小説の数ページを客観的に、外在化させようとすると、頭の奥のほうで、バリ、バリとひきさかれる音が聞えるような苦痛がある。（66）

エッセイであれば、読みかえすのに抵抗もないし、書いたものを破棄することも負担にならないと作家は語る。ところが《小説では、自分に漠然とながら違和感のある数ページを軽はずみに破棄すると、そのひょうしに、それこそ腐敗していない肉のいくらかまでバリ、バリと剝ぎとってしまうような結果にもなりかねない》という。そしていま現に長篇小説を書きすすめている「僕」は、その作業に触れて、こう付けくわえる――《新しい小説を書きつつ、いま書いたばかりの数ページを読みかえすことに、重苦しい抵抗感をいだかなくなれば、その時、僕は、すでに形骸化していてしまった文体の脱けがらに、僕自身についての概念をつめこんでゆくだけの自動人形になりさがってしまっているのだ》（傍点は引用者）。

いま現に書きすすめられている小説が『洪水はわが魂に及び』であることは、『文学ノート』の幕開けで明かされている。続くページには「創作ノート」という言葉も見出されはするのだが、一般に「創作ノート」とは、執筆に先立って準備のために作成するものではないか？　これは奇妙な意図を孕んだ、唯一無二の「文学ノート」であるらしい。ゆっくりと確認してゆこう。

まずは「僕」と名乗る人物の奇妙さについて。とりわけ注目されるのは「肉体」と「意識」と「紙」の関係、つまり「僕」が書いたばかりの「紙」という平面に感じる《自分の肉体と意識とが膿と血潮まみれで貼りついている》という、なんとも嗜虐的な感覚である。「紙＝木綿の繃帯」という暗示だろうか？　もう一つ、『文学ノート』本論の冒頭近く、原初の言語的な体験が、やはり肉体の感覚として語られるところがあって、わたしは二つの断章を一対のものと捉えている。それは作家が「書きはじめる」場面についての報告である。

作家は「言葉」によって経験を呈示するのだが、そのさい「もの」は明瞭であって「意識的なるもの」はあいまいであるかというと、事実はその逆であり、たとえひとつかみの南京豆であってもそれを小説のページの上に盛るわけにはゆかない。解釈でも説明でもなく、現実世界における読者の新しい経験となるように、ひとつかみの南京豆という言葉が具体的かつ即物的な効果をあげなければならない…… こんなふうに「書く人」の心構えが語られたあと、いささか唐突に《幼い肉体と意識》とをとおしてうけとめた、少年期のある出来事が回想される。

僕は森の奥の谷間に住んでいる情動不安定なガキであった時分に、次兄から尖端のひしゃげた機銃弾を見せられた経験を思い出す。それは学徒動員で軍需工場に働きに行っていた兄が、空襲のさいに広場に倒れふしていて、低空からの機銃掃射にあい、耳のすぐわきのコンクリート床にもぐりこんだそれを記念に掘ってきたという弾丸であった。僕はその小さな金属塊から、じつに深い動揺を呼びおこされた。グラマン戦闘機の来襲、軍需工場の中庭、わずか数センチで頭蓋をくだいたかもしれぬ弾丸、それでは兄がここにこのようにして生きており、体熱がつたわってくるほどまぢかに坐って、僕を納得させるべくしゃべりたてているのは、まったくの偶然というべきではないか。すでに死んでしまった幻がしゃべっているのではないか？ それにくらべて海の向うの外国人の工場でつくられた、この真鍮色に鈍く光る小さな金属塊が、なんと奇怪なほどにも確実に、このようにあることだろう。言葉におきかえるならば右のような内容のことを、僕は、経験として、自分の幼い肉体と意識とをとおして受けとめていたのだった。(21)

しかも経験のクライマクスは、そのあとに来た。幼いガキは兄の饒舌に疲労して、井戸端に出て行った。ポンプを押すと噴出してくる水のかたまりを口にうけて飲もうとした瞬間に、幼いガキは《「もの」の電撃的な存在主張》に出会い、衝撃を受ける。堅固で、かたちをもち、光を照りかえす水のかたまりは、自分よりはるかに奇怪なほどに確実である、という強烈な認識が到来する。小さな顔のガキは、青ざめて、足をがくがくさせ、じっとたちすくんでいたという。《言葉以上のもの、すなわち肉体と意識とを一瞬に刺しつらぬく経験としてそれはあったのである》と述べてから、大江はこの出来事と経験の実質を「啓示」とさえ呼ぶのだが、ここでは「肉体」と「意識」の関係に話を引きもどす。

　大江健三郎という小説家の自覚において、「書くこと」にかかわるのは、人間の「意識＝肉体」ないしは「肉体＝意識」なのである。「肉体」と「意識」がぴたりと貼り合わされている？強力な接着剤のごときイコール記号は、ほとんど不気味ではないか？

　じつは比較してみたい例がないわけではない。『失われた時を求めて』の開幕の場面、ベッドに横たわり眠りと覚醒のあわいにたゆたっている語り手の「身体《からだ》」が、自分のいる時空を把握しようと世界に触手を伸ばし、まさぐっている。その「身体《からだ》」は人間の「意識」の器であり、人間が生きた時間の「記憶」もまた「身体《からだ》」の深みに沈殿し、そこに埋蔵されている。もう一つの例は、ミシェル・フーコー。一九六六年のラジオ講演「身体のユートピア」より。[5]「意識」は宿命的に「身体《からだ》」に幽閉されており、脱出することはできない、という幕開けの話題の枕として、フーコーは、このプルーストの断章を引く。これら二例において、人間の「からだ」は外界と接し、他人の視線に曝される「身体」corps である。大江の場合は血と肉に充たされた「肉体」、フランス語なら chair である（フランス語の単語と日本語の単語の意味が完全に重なるわけではないけれど、ほぼ対応してはいる……）。

それはそれとして、「肉体」と「書くこと」の密着という意味で、大江文学の系譜をさかのぼるなら、先駆者はプルーストよりむしろフローベール……と、ここは書き添えるだけにしよう。繰りかえすなら「肉体＝意識」によって経験を受容するという自覚、そして「肉体＝意識」によって言葉を書くという感覚が、大江の『文学ノート』には、充満しているのである。「書きなおすこと」「書きはじめること」をめぐる上記の引用に、あられもなく露出しているのは、そのような大江的「肉体＝意識」にほかならない。しかも「戦争の傷痕」が書くことの原点にあるという事実までもが、抗いがたい必然の力をもって、読むものの眼前に押しだされている……ロラン・バルトが『零度のエクリチュール』（一九五三年）で語った「表現形式の歴史」という文脈に位置づけて、大江の「書き方」の実践を、その歴史性において捉えなおすことができるかもしれない、とも思うのだが、これも当面は指摘に留めておく。[6]

ところで「肉体＝意識」という実体は、キーボードをパタパタ叩く作業からは生成しないのではないか？　だいいちパソコンほどに、無機的で非・肉体的で、要するに感覚的なものと無縁な装置はない。大学教師が一斉にパソコンを使用するようになったのは一九九〇年代。「二十一世紀の制度」としての「大学」は「言葉」よりも「情報」に習熟することを強く求めている。つまり「言葉」と「紙」の関係が決定的に変わったのは、さほど昔のことではないのだが、問題は流れた時間の長短ではないだろう。地殻のひび割れのように、いつのまにか不可視の断層が生じてしまったのだとすれば、なおのこと「紙」に「ペン」で書かれた言葉たちに再会する機会が、作家自身の配慮によって設けられたことの幸運を考えたい。二〇二一年の年頭、大江健三郎が東京大学に寄託した自筆原稿に、わたしは思いを馳せる。

・ドロドロの国

『文学ノート　付＝15篇』という、フシギな本の全体像について——《この文学ノートはwriter at workとでもいうか、現に仕事をすすめている作家の意識について、また僕がしばしば使ってきた言葉をもちいるなら、単なる意識をこえたところの意識＝肉体について書いたものだ》というのが導入の言葉。簡潔な「序文」にあたる一ページ強の文章のしめくくりには《僕はかつて創作ノートを公開したことがなく、おそらくは今後ふたたびそれをすることもないが、ただひとつの例外としていまこのノート及び付録を刊行する》とある。つまり、大江の「創作ノート」なるものは、この世に存在してはいるのである。ただし、作家本人が生成途中の資料をシステマティックに破棄していった可能性もあり、親しい編集者などの眼にも触れていないらしい。

では、ただひとつの例外として差し出されたこの本は、著者が仄めかしているように、本当に「創作ノート」なのだろうか？　そして「付録」とは？　タイトルに小ぶりの文字で記された「付＝15篇」については、先立つ部分で、すでに説明がなされている。最終稿では削除されたが、書きつづけるあいだは《この長篇の必要な構造材》であり、《進行中の作品work in progress》にとっては不可欠の支えであった細部。そのような断章をえらんで添えたのが、『文学ノート　付＝15篇』の全体である。二部構成のこの本と、最終稿としての小説『洪水はわが魂に及び』とを合わせ読むなら、そこに《作家が生きていることの全体の想像力的なありよう》が明瞭となるはずであるという……

わたしは確信するのだが、「書くこと」をめぐる反省的な思考がこれほど明晰に、独特の肉体的な語彙で語られた『文学ノート』を、一九七四年に持った日本文学は、世界文学に対して、また世界中の文学批評と文学研究に対して、圧倒的な先駆性を誇ってよい。ようやく片仮名表記の「エクリチュール」や「パロール」や「ディスクール」などが、日本語に浸透しはじめた時期であり、ロラン・バルトは知られていたが、ジャック・デリダの『尖筆――ニーチェの文体』[7]は原典の刊行が一九七八年。アカデミックな研究分野でいえば「生成論《ジェネティック》」という方法論的な呼称が定着することになる「草稿研究」が萌芽として見えてきたのが、一九七〇年代だった。それにしても、小説と並行して書かれ、小説の完成後に編纂された、この自称「創作ノート」は、やはりどこか不可解な印象を与える本なのである。

『文学ノート 付＝15篇』は、唐突に誕生したように見えるかもしれないが、じつは一九六〇年代に、先行する模索があった。先に紹介したエッセイ「作家としてどのように書くか？」がそれであり、日付は一九六六～六七年、つまり『万延元年のフットボール』執筆の時期。武満徹の「沸騰的」という言葉は、このエッセイにあった。

大江の文学は、音楽への愛着と信頼によって方向づけられている、それこそ作家が音楽と同衾するようにして、何かを捉え、摑みとろうとしている、とわたしには感じられる。エッセイ「作家としてどのように書くか？」の冒頭の話題は、交響楽団員をまえにした若き指揮者（大江と同い年の小澤征爾）の練習風景をテレヴィで見て考えたこと――指揮者が音を探しもとめ、それを《曖昧さの鉱床から具体的に発掘してゆく過程》に、自身の創作の実際的な過程にあいかようところのものを見出す、とくに原稿の推敲の段階と、校正刷の手なおしの段階が似かよっているように思われる、と大江は語っている。『文学ノート』の用語を踏襲するなら、①「第一稿」(いわゆる「初稿」)②「第二稿」から「第n稿」までの「推敲」あるいは「書きなおし」のプロセス③ゲラ校正、以上三つのステップのうち、②と③の総和は、時間と集中力という意味で、おおむね①に匹敵するというのである。

音楽との近似を、もう一点。ほぼ仕上がった作品を《信頼する編集者》の視線にゆだね、編集者の意識と、自分の意識が、《ほとんど対等な力関係において機能を発揮する》ようなやりとりのなかで、硬い手ごたえのある「形式」があらわれるのを待つ、そこでは「コンサート・マスター」の役割が編集者の役割である、とのこと。大江健三郎は、大作家なのに編集者の意見を柔軟に受け入れるという話を仄聞するけれど、若い頃の作家の意図はそういうことであったらしい。第一稿を書く段階で「僕」の視線は、書いている自分を捉えることができない。

僕の眼の背後に暗闇の広がりがあって、そこから意識による制禦をこえたものが、次つぎにくりだしてくる、というのが、僕にとって自然な感覚である。したがって最初の原稿は、僕の肉体そのものの一部のようであるか、少なくとも僕の肉体そのものの熱や湿りけをそのまま継承していて、それは「形式」を持たない、ドロドロのかたまりのように感じられるのである。(『同時代論集7』110)

さらに……

原稿の段階の、ドロドロした、「形式」を持たぬ、そして自分自身の熱と湿りけをわけもっているかたまりは、いわばわれわれの伝承の内なる神がみの時代の《浮きし脂の如くして》ただよう様子が、まったくクラゲのようであった、ドロドロの国に似ている。それに対し、意識の力の天の沼矛《ヌボコ》でかきまわし、滴をしたたらせるような作業をおこなわなければ、「形式」をそなえた実体はあらわれない。そうした作業の段階が、若い指揮者の練習風景の意味するものと、本質的にかよいあうように思われたのである。(112)

『古事記』の天地創造神話と文学テクストの生成と…… 原初の物質《マチエール》、そのドロドロしたものについては、いずれあらためて話題にする機会があるはずだが、ジャン＝ピエール・リシャールの論考「フローベールにおけるフォルムの創造」を、ここで少しだけ参照してみたい。[8] 批評家による作家の言葉のおびただしい引用から、短文の例をふたつだけ――《何かがどんどん、僕のなかでぶ厚くなってゆき、容易には流れだしそうにない》（傍点はリシャール）、《真珠とは母貝の病いだが、文体とはおそらく、さらに深い苦痛が流れだしたものなのだろう》。これらの引用に添えて、批評家は《この流れはすでになかば固まり、ペースト状になって、みずから凝固する途上にある》と述べている(160)。大江の「形式」も、フローベールの「文体」も、液状のもの、ドロドロしたものが、ペースト状になり、やがて硬くなることで徐々にあらわれる。原初の物質《マチエール》をかきまわす作業に従事する『古事記』の天沼矛《あめのぬぼこ》が、「フォルムの創造」に専心する近代作家のペンの暗喩であることは、いうまでもない。「肉体的なもの」と「書くこと」の密着、とわたしは先に述べた。さらには、「書くこと」と「性的なもの」との合一という、いくぶんデリダ的でなくもないイメージを招来せずにはおかないという意味でもそうなのだが、大江に先行するのはフローベール、とわたしが感じてしまうのは、以上のような理由による。

　前述のように、一九七〇年をはさむ数年に執筆されて一九七三年に書きおろし単行本となった『洪水はわが魂に及び』と同じ時期に、『文学ノート　付＝15篇』は書きつがれ、雑誌『新潮』に一九七〇年十二月から一九七三年八月まで連載されたのち、小説に一年遅れて刊行された。六つの章タイトルは以下の通り――「作家が小説を書こうとする……」「言葉と文体、眼と観照」「表現の物質化と表現された人間の自立」「作家が異議申し立てを受ける」「書かれる言葉の創世紀」「消すことによって書く」。

　わたしが前項で話題にした、ひとつかみの南京豆と機銃掃射の弾丸と水のかたまりをつなぐ話は、連載第一回「作家が小説を書こうとする……」にあり、自分が書いたばかりの草稿に感じるのは《そこに自分の肉体と意識とが膿と血潮まみれで貼りついている》という感覚である、という話は、連載第三回「表現の物質化と表現された人間の自立」にある。この表題が示唆するのは、「表現の物質化」は「文体」と「形式」にかかわる努力だが、それに匹敵するもう一つの課題は「人間の自立」であるということ。ちなみに「小説のなかの人間」といって《作中人物という熟語をもちいないのは、この熟語自体の成立のなかに、小説のなかの人間を、図式的な紙人形にしてしまうたぐいの考え方がふくまれているように思うからだ》との述懐もある（傍点は大江）。図式的な紙人形についてはあらためて考えるとして、連載の最終回すなわち単行本の終章「消すことによって書く」から一文を引いておきたい。

そして作家は、机の上に載せられていたインクで汚れた厚い紙の束を、もういちど手もとまで引きよせる。かれは小説を書きなおしはじめる。かれは生なましい反撥をあたえつづける自分の肉体のかたまりに向けて、みずからはいりこむようにして作業するのであるから、かれの耐えねばならぬ嫌悪感は、実際大きいものだ。しかも自分の肉体＝意識がそこへはみだしている半製品の文章を、ほかならぬ自分の肉体＝意識で切りきざみ、こねまわすようにしなければならぬのだから、嫌悪感は二重になる。話がおおげさにひびくかもしれないが、この作業を、自分の子供を殺すような仕事だといった作家もいた。それにしても、現存する作家の未定稿から定稿への過程にまで興味を示すようになっている今日の文学研究家たちが、作家の、肉体的な嫌悪感の圧力にさからいながらの書きなおし作業、という点に想像力的な関心をそそがぬのはなぜだろうか？（135）

大江健三郎は、大木勇魚と同じ「三十男」の作家として、《今日の文学研究家たち》を念頭に、これらの文章を書いた。その後、半世紀がたって膨大な自筆原稿が東大に寄託された。わたしたちは大江的な《書きなおし作業》に《想像力的な関心》をそそぐ機会に恵まれようとしているが、そのための準備のような探索は始まったばかり。生成論とはテクストの生成過程を一歩一歩丹念に究明していくことなのである。[9]

ところで、終章のタイトルからも明らかなように、大江の場合、テクストの生成過程を特徴づけるのは、文字通り倒錯的な仕草、すなわち「消すことによって書く」という作業である。フランス文学研究の分野ではよく知られた話だが、フローベールの草稿は複数の書きなおしの過程で一定の嵩に達してから次第に減り始める。削除作業の原則や削除される原稿の量は当然ながら作家によって異なるけれど、大別するなら、大江はフローベールのタイプ。これに対してプルーストは、関係代名詞などを駆使して、とめどなく言葉を増やしてゆく。画像検索サイトでproust, paperollesと入力してみるとよい。大小の紙きれを何枚も糊付けした、つぎはぎだらけの原稿用紙は、感動的ですらある。書く人の想像力が一枚の「紙」の限られた平面から四方に溢れだし、繁茂し、増殖してゆくさまが、物理的に見てとれる……

『文学ノート』の終章「消すことによって書く」の続くページには、先の引用にある《子供を殺すような仕事》という不穏な比喩を踏まえ、いっそう嗜虐的に《書いたばかりの小説の大幅な削除というものは、鉈《なた》で子供の腕を切りおとすような感じの作業》などという、むごたらしいイメージの展開があったりもするのだが……　ともかく『洪水はわが魂に及び』の第一稿がしかるべく削除され、すなわち、全体の構成との緊密なかかわりのなかで慎重に長短の削除が実行されてゆき、ついに三分の二の枚数に組みかえられた。

・歯痛と小説のなかの人間

《作家が小説を書くことは、かれの内部においてかれがすでに知りつくしていることを、単に文字にかえる行為ではない》という言葉が、エッセイ「作家としてどのように書くか?」の中にある(125)。また『文学ノート　付＝15篇』の冒頭に近いページには、《確かに小説を書くことは、それを書く前に、僕の内部にすでにあったものを、そのまま紙の上にあらわす、という作業ではない。サルトルが想像力の機能を、ほかの意識の領域の機能から区別して、はっきり考えてみようとした研究において使用している言葉をかりてくるならば、小説を書くことは、すでに作家の意識のなかにあるところのものの、等価物 équivalent を文章によってつくりあげる、という作業ではない》と記されている(45)。じっさい繰りかえし見たように「書くこと」は、ドロドロしたかたまりだった言葉の群がしだいに硬くなり、「形式」をあらわしはじめ、やがて「作品」になるまでの、生成のプロセスにほかならない。

ここでダイナミックな生成の具体例を。『洪水はわが魂に及び』について、この長篇小説を企画していた数年間、漠然としたものではあるが、ひとつの政治的な構想をその軸にすえていた、と大江は語っている(141)。ところが数種のノートをとり、未定稿を書きはじめたさなかに、《ほとんど僕の構想とおなじような事件》に出くわした。一九七二年二月、連合赤軍による山荘籠城と銃撃事件。テレヴィに事件の第一報があらわれた時点で《僕は政治的な青年たちをめぐっての自分の構想を放棄していた》という。しかしなぜ？　——《事が起ってしまってから、何かの解釈をつけて、そのことはすでに予言されていたというように》、自分の小説を書きつづける気持はなかったから、というのが、その理由。モンテーニュが引用したキケロの言葉であることが書き添えられているのだが、いわゆる予言的な作品という狙いは安手だという大江の確信が、古代からの普遍的な問いに根ざしていることを示唆するためだろう。

出発点にあったイメージのカケラは、十二年前にソヴィエト・ロシアで噂に聞いた若者たち、娘たちの犯罪団であったという。革命をめざしていた青年たちの一団は、最終稿では年齢層をやや下げて「不良少年」たちの集団になっている。これらの人物、そしてかれらと関わりをもつ「三十男の観察者」は、『文学ノート』の記述によれば、作家が現実生活を生きることにより、何年もかけて自律的に変化していった。もう一つの大きな変化は、若者たち、娘たちに、いちいち詳細な履歴書をあたえるという手法について、これはアメリカの大がかりな通俗小説の手法であって、真に文学的でありうるはずはない、と反省したことに起因するらしい。《真に文学の根にかかわる実在感》は、いま自分が机に向っている書斎の窓を蹴やぶって、いきなり一頭の牛が入ってくるようなものだ、と大江はいうのである。

僕はその牛の来歴も知らないし（その精神分析的過去など知りようがないのは、もとよりのことだ！）、また実際どのようにして二階の窓から、鳥でもないそいつが闖入してきえたのかも、かいもく見当がつかぬ。しかし実際にそいつがやってきてみれば、眼の前で泡をふき荒あらしく鼻息をついて、赤い筋のふくれた眼をぐっとこちらにむける、その牛の実在感をどうして疑いえよう？　小説の人物も、まさにこの飛ぶ牛のような実在感こそを、そなえなければならないのである。（146～147）

飛ぶ牛のような実在感！――と復唱してから、いっとき絶句したのち、わたしはそういえば、と思い返す。そして、眼の前で泡をふき荒あらしく鼻息をついて、赤い筋のふくれた眼をぐっとこちらにむける牛のように、攻撃的で手懐けようもない「ボオイ」と呼ばれる少年の、確かな実在感に思いを馳せる。じっさい「ボオイ」にかぎらず『洪水はわが魂に及び』の人物たちは、いずれも来歴的説明ぬきで、いきなり存在しはじめ、行動に移る。

かれらに対峙する「大木勇魚」、『文学ノート』ではもっぱら「三十男の観察者」と呼ばれる人物はどうか？　語り手に相当する人物が、小説内の世界を「観察」observerしているという設定は、バルザックをはじめ、ヨーロッパの近代小説から日本の自然主義小説に至るまで、むしろ、ありふれたものではないか？　ただし、大江の「三十男の観察者」は、物語分析でいうところの「視点人物」「焦点人物」などの概念から、大きくはみだしている。いってみれば存在のありよう自体が、奇態なまでに肉体的なのである。先に触れた「人間の自立」という課題、「作中人物」ではなく「小説のなかの人間」でなければならぬ、という自戒は、端的にいって「三十男の観察者」に向けられたもの、とわたしは考えている。

さて、しばし脇道に逸れるようだが、大江健三郎の「小説」以外の著作がとりわけ貴重なものに思われる理由をひとつだけ——作家自身の文学世界の生成プロセスの一端が、読書目録を添えて、はっきり記録されていることがある。これは日本文学を含む世界文学を、いかに読み、血肉化してゆくかという、根っこの問題にかかわる話。大江の「書く人」は、本を滋養にしながら、いや、本を食べながら、ラブレーのガルガンチュアか『万延元年のフットボール』の大女ジンのように巨大になってゆく……　という荒唐無稽な夢想に、わたしは魅了されているのだが、それはともかくとして、想像力を刺戟し起動する特別の言葉、あるいは具体的なイメージやモティーフは、作品を問わず、じつをいえば小説や評論などのジャンルも問わず、「大江文学」の広大な宇宙を遊泳しているように見える。その幻の風景のなかで、あらためて気にかかるのは「観察」という言葉……

『往生要集』において観想という言葉は、また観察という言葉におきかえることの可能な言葉であるようだ。そして観想という言葉のはらむところのことを、われわれが今日使用する言葉において表現すれば、それはもっとも集中的な想像力の発揮というべきであるように思われる。そこでわれわれは、観想という言葉を軸にして、

観察――→想像力

という公式がなりたつのを認めることができるかもしれない。（『同時代論集1』298）

ヘンリー・ミラーの水彩画をめぐるエッセイの中の一文だが、執筆は一九六八年。『核時代の想像力』（一九七〇年）でも『往生要集』は話題になり、ほかならぬ『文学ノート』にも《聖書は、また『往生要集』をはじめとする仏教の書物は、僕がもっともしばしば繰りかえして読む種の言葉》(152)という述懐がある。信仰を導く書物というのでは、かならずしもないらしい。じじつ手元の『往生要集』（講談社学術文庫）で「観察」というページを開いてみると、仏の「色相」すなわち壮麗なお姿をいかに具体的に心に思い描くかの手引きのような、美しい叙述が長々と続く。これが《集中的な想像力の発揮》への導きであることは、わたしのような初心者でも自然に理解される。

「観照」「瞑想」「観想」「観察」……おきかえ可能とはいわぬまでも、英語ならこれ、という言葉がある。前述のように大江は『同時代としての戦後』のなかで、大岡の身におきるcontemplationを話題にしていた。ミンドロ島での兵士の経験を語る断章で、大岡は

《contemplation は「観照」あるいは「瞑想《めいそう》」と訳される》としていたが、大江は言葉の大きな含みを引き受けて、大岡が夭折した友人・中原中也を語る著作を、こんなふうに称えている——《詩人が書き、行なったところのことの復元作業をこえて、いわば、詩人の生涯の contemplation のすべてを、戦後に育ったわれわれに、ともに経験させるための産婆のような仕事を、戦後長くつづけてきた》。さらに、それは《戦場で死んだ兵士たち、病んで俘虜となった、かれ自身をもふくむ兵士たち、それらみなの contemplation を、全体的、綜合的によみがえらせようとする努力》とあいかさなるようにも見える、とも語り、一九八一年の『レイテ戦記』再刊のための綜合的な作品論へと展望を開いてゆく。contemplation が「想像力」と「書くこと」の根っこにかかわるキーワードであることはまちがいない。

ところで『文学ノート』では「観照」という言葉が《ひとりの人間がその存在感に深く根ざしつつ、ものを見るところの action》(58)と具体的に意味づけられている。《そこでは、ひとりの人間がかれ自身の存在感の根にむかって沈みこんでゆく方向性の、すなわち、内にむかうベクトルと、かれの眼が具体的な事物を見ている、という、外にむかうベクトルの、ふたつの意識の action がひとつになる》という。小説のなかには《「眼」の役割と実質をたくされた男》がおり、文章によってかれの視線をたんねんに追うことが、そのまま、《男の内部を、その肉体の熱や内臓を循環する血の動きのいちいちをもまた、すくいとるように表現することになる》との説明もある。《「眼」の役割と実質をたくされた男》とは、大江的な意味での「視点人物」に当るだろうが、それにしても比べてみると、凡庸なリアリズム小説の「肉体＝意識」を持たぬ「視点人物」は、ほとんど空っぽのカメラ・アイのようではないか？　そんなわけで、ようやく、ぼんやりと姿をあらわしたように思われるのだが、このように「眼」で「もの」を見る「三十男の観察者」こそが、大江的な意味合いにおける「小説のなかの人間」としての「大木勇魚」なのである。

しかし、紙の上では具体的に、どのようにして男の内部を表現するための作業が進められるのか? 果てしなく「書きなおす」ことの、いくつかの指針が『文学ノート』に記されていないわけではない。たとえば《ふくらみすぎた部分》、つまり「書き手」の資質によくあった、《いわばかれの魂が歌いだすようなところ》を削除する仕事には、大きな抵抗感があるけれど、「書く人」はそのような《ふやけたナルシシズム》を自分に許してはならない。《小さな細部での行をおっての剝ぎとり操作》も大切。こんな断言も添えられている——《あいまいな一行は、絶対にそれを正確な一行にかえなければならぬ。そのためには書きなおしを繰りかえさねばならぬ。しかしどうしても正確な一行をきざみだしえないならば、むしろその一行をまったく削除してしまったほうがいい。そのほうがあいまいな一行よりも、表現的である》(傍点は大江)。さらに、書きくわえる操作については…… いや、このあたりでやめておこう。そもそも「正確」か、「表現的」かを判断するのは、どこの誰なのか? 「書く人」が「読む人」の役割をになって……という説明はあるけれど、つまるところ「書きなおす」とは、本質的に不条理な、いささか古びた感のある比喩を使えば、シジフォス的な営みではないか。

それでも相当な時間をついやして、第二稿は、第一稿より堅固になり、「書く人」の肉体=意識から、より自立したものになる。そして第n稿に向けて、しだいに「大木勇魚」は、紙人形ではなく、小説のなかの人間になってゆくのである。もっともらしい「来歴的説明」や「精神分析的過去」などは、書きくわえられていないにもかかわらず……

以上で『文学ノート　付＝15篇』の「創作ノート」に当る部分の大要は、わたしなりに摑めたような気がするので、全体の三分の一近くを占める「付＝15篇」のページを開いてみる。《書いたばかりの小説の大幅な削除というものは、鉈《なた》で子供の腕を切りおとすような感じの作業》という言葉を先に紹介したが、その大幅な削除によって切りおとされた子供の腕が復元されて、ここにあるということ？　書きつづけるあいだは《この長篇の必要な構造材》だった、という説明もあった。完結した小説『洪水はわが魂に及び』の世界からはみだしたような、なんとも不思議なテクスト群である。15篇のそれぞれに簡潔なタイトルがつけられており、たとえば「1　隠れ家」では、なにゆえ不良少年たちのアジトにフィルム産業の廃墟が選ばれたかを、年長者の「縮む男」が解説する。映画のセットは想像力の問題なのさ、という指摘は、なるほど、と感心するのだが、最後に削除されたのは、過剰な謎解きと判断されたためだろうか。「15　大洪水後」は、作品に別のフィナーレがありえたことを告げている。地下壕に閉じこもり瞑想用の椅子に坐った勇魚に機動隊が猛攻撃をかける。《すべては宙ぶらりんで、そのむこうに無が露出している。「樹木の魂」「鯨の魂」にむけて、かれは最後の挨拶をおくる、すべてよし！　あらゆる人間をついにおとずれるものが、かれをおとずれる》——これが完結した小説の幕切れだが、「15　大洪水後」と題された『文学ノート　付＝15篇』のヴァージョンは、機動隊の放水で水没した地下壕の泥水に沈んでゆく瀕死の勇魚に向って、隊員が発する大声で終わる。《——このようにしておれたちがなにより無知な気狂いどもから、伝統の世界をまもるのだ！》。「10　革命」においては、若者たちが地下壕の床に四角く切りひらいた瞑想用の穴にこぞって興味を示し、かわるがわる椅子に坐って、濡れた地面に足裏をのせ、意見を述べている。一方、完結した小説のなかでは伊奈子だけが、穴に魅惑されたことを熱情をあらわして勇魚に告げており、小娘と三十男の内面のキズナのようなものが暗示されたのだった……

最後にもう一つ、削除された断章「12　歯」を紹介したいのだが、ここで唐突に想起されるのは、《「人間」と「言葉」と「紙」とが、事件として遭遇すべき不可能な場所》という蓮實重彦による「作品」の定義。「不可能」という言葉を「極限的な困難」と読みかえた上でのことだが、その「極限的な困難」の象徴的かつ肉体的な症例が、大江健三郎のいう「激甚な苦痛」ではないか、と考えながら、わたしは「12　歯」のページを読んだ。《歯の痛みが、静かなむしろ内科的なものから、激しく外科的なものに移行している間、かれは覗き穴を穿とうとしてコンクリート壁をハンマーで叩き続けていたのである》という一文で、それは始まり、《ネズミ花火が弾ぜまわる》という比喩からクレッシェンド効果を高めつつ悶絶しそうな激痛を、四ページほど執拗に記述するのである（読んでいるわたしの口腔にじわっと唾液が溜まるほど……）。

じつは「創作ノート」の本文に、関連する重要な記述がある。昼間の殴り合いで折れた歯が、歯茎につき刺さっていたことが激痛の原因だったらしいのだが、このシーンを書きおえた後で「僕」はある変化がおこっていることに気づく――《三十男の外側と内側とが、より堅固に》なり、《僕自身とかれとのあいだの、つねに生きた血のかよっているつながりが、よりはっきりしたことでもあると同時に、この三十男が、よりくっきりと僕の意識の外に、自立しはじめたことでもあるのに気がつくのである》(77)。歯痛と自立？――不定形《アモルフ》な存在から堅固で自立した「肉体＝意識」を持つ小説のなかの人間へ。そのような、しっかりした手応えを「書く人」が率直に語った、まことに稀有な例である。
それにしても、書きつづけるあいだは《この長篇の必要な構造材》だった「12 歯」の数ページが、なぜ最後に削除されねばならなかったのか？ という疑問は残る。推論はできても確かな答えが見出せる問いではない。「書く人」本人にとっても、大幅な削除は、迷いに迷った末の不安に充ちた決断であるというではないか。それに、「12 歯」の削除と無縁ではないはずだが、完結した『洪水はわが魂に及び』では「第十章 相互教育」において、「祈り」pray という話題に重ねて大木勇魚の似たような事故による歯痛の体験が、さほど長いものではないけれど「激甚な苦痛」の体験として、念入りに本人によって語られている。そして誰もが知るように『同時代ゲーム』では、「第一の手紙 メキシコから、時のはじまりにむかって」の幕開けから、異国での歯痛という体験が、ほどほどの喜劇性とスキャンダラスなまでの嗜虐性を充満させて延々と書き記されることになる。考えてみれば「12 歯」という《この長篇の必要な構造材》は、いったんは削除されてしまったものの、「創作ノート」の「付録」として復活したわけでもある。別の形で、さらには別の作品のなかで、二度、三度と生き返ったともいえる。歯痛の「激甚な苦痛」という肉体的モティーフは、こうして大江の文学的宇宙を遊泳する。

しめくくりの一言は、世に言う大発見を求めての宝探しについて。最終的に削除された草稿には、小説本体の謎解きの鍵がある、本当のことが隠されている、最終稿がフィクションとして完成したとき、それは現実や事実や真実を隠蔽する装置ともなったのだから…… という見通しのもとに、草稿研究が行われることは少なくない。しかるにこれが、「大江文学」の期待する自筆原稿の読み方を、文字通り裏切るものであることも、強調しておきたい。先に紹介したように

『文学ノート　付＝15篇』は「書く人」の《書きなおし作業》に《想像力的な関心》をそそいでほしい、と「読む人」を誘っている。最終稿としての『洪水はわが魂に及び』とこの本を合わせ読むなら、そこに《作家が生きていることの全体の想像力的なありよう》が明瞭に見えてくるはず、という著者の信念に、わたしは応えたいと思う。

2　表層あるいは主題について

・眩暈と肉声

蓮實重彥の『表層批評宣言』は『同時代ゲーム』と同じ一九七九年に、『大江健三郎論』は翌一九八〇年に刊行された。最小限の年譜のようなものを作成しつつ、初期の批評活動を反芻してみたい。フランスで学位を得て帰国した蓮實は一九六六年、東大文学部の助手となり、その年の五月、来日したロラン・バルトの講演を通訳。一九六七年には、筑摩書房『フローベール全集別巻』の「解説」として長文の「フローベールと文学の変貌」を執筆した。フランスにおけるフローベール研究の動向を批判的に集約し先取りもした見事な論考は、同世代のフランス人研究者をして「負けた」といわしめた、という話も伝え聞く。[10] 後続の世代にとっては、文字通り研究の出発点。わたしも大学院ではフローベールについて修士論文を書いたりしたのだから、当然ではあるけれど、いくたび読み返したことか……　一例を挙げれば《バシュラールを援用しながら更に奥深くきわめた『文学と感覚』（一九五四年）のジャン＝ピエール・リシャールは、影響の点でも方法の面でも最もフランス的といえようか》という指摘に続く文章。

文学的創造という内的体験への接近の方法として、リシャールは、さまざまなテーマが作品や書簡の中にあらわれてくる姿を分析しながら、潜在意識が一つの確かな方向をめざして体系化してゆくさまを見きわめようとする視点を選んでいる。時にテマティックと呼ばれるこうした方法に特徴的な事実は、批評家が、『ボヴァリー夫人』の作家としてのフローベールではなく、ものをつくりあげようとする意識が繰りひろげるなまなましい劇に、つまり自分自身を確認しようとする内面の葛藤に、より敏感であるという点である。ここでいう「フォルムの創造」とは、構成その他の外形的な形式ではなく、また内面の表徴としての文体の意味でもない。それは、生の感覚の総体によって確かめられる存在感である。こうした方法は、学界のうけ入れることとならず、リシャールの野心的な業績にもかかわらず、いまのところ彼が中央の教職に迎えられる気配はない。（傍点は引用者、『フローベール全集　別巻』503）

フランスのアカデミスム批判でしめくくられる断章を、久しぶりに読みなおして、あらためて気づいたこと――リシャールを語る若き批評家＝研究者の視点を借りるような立ち位置から、半世紀後のわたしは、大江の『文学ノート　付＝15篇』を読んでいるのである。そのことは傍点で強調した一連の言葉からも明らかなはず。「書くこと」は《すでに作家の意識のなかにあるところのものの、等価物 equivalent を文章によってつくりあげる、という作業ではない》との断言が、大江の「創作ノート」にあったではないか。ものをつくりあげようとする意識がくりひろげるなまなましい劇を、リシャール、蓮實、大江はそれぞれに凝視する。そして生の感覚の総体によって確かめられる存在感が立ちあらわれるのを待つ……　いうまでもないが、わたしは批評家と小説家のあいだにあるかもしれぬ、いわゆる「影響関係」を探り当てたいのではない。たがいに響応するように思われる何冊かの本を「読むこと」「読みなおすこと」をわたし自身がやってみる、その実践の記録が、この「文学ノート」となるだろう。

一九七四年十一月、たまたま大江の『文学ノート　付＝15篇』と同年の同月に、蓮實の第一評論集『批評　あるいは仮死の祭典』（せりか書房）が刊行された。七一年の秋にパリ第七大学に日本語講師として着任。一年間のフランス滞在の、文字通り沸騰的なような出会いの報告、といえるだろうが、しかし、いったい何と、どのような出会いがあったのか？

「限界体験と批評――現代フランスにおける〈知〉の相貌」と題した第Ⅰ部の序論的な断章Ⅰ「眩暈、そしてその戦略」に続き、真っ先に登場するのは、ミシェル・フーコー。名高いコレージュ・ド・フランスにおける開講講義「ディスクールの領域」で、メリハリの利いた肉声として響いたはずのフランス語を、何の説明もなく、いきなり翻訳して引用することから、本論の幕開けに当る断章Ⅱは始まっている。[11] 続く短い断章Ⅲはアラン・ロブ＝グリエの回顧上映に際してのもの。いわゆる「ヌーヴォー・ロマン」の旗手という一般的な了解を越えて、映画批評へと触手を伸ばす。断章Ⅳ「プルーストとヌーヴェル・クリティック」はシンポジウムの報告なのだが、この時エコール・ノルマル・シュペリュール（高等師範学校）という《知的特権地帯》で三日間にわたり問われていたのは、《批評そのもの》であり、《解読不能な環境としてあるプルーストを前にした眩暈こそが討論の真の対象だった》と報告者は語る(34)。専門の研究者より現代批評家の主だった顔ぶれが目立つ催しであり、華やかな文化イヴェントの様相を呈していたらしい。

フランスにおける一九六八年の紛争後の大学改革で何が変わったかといえば、ヌーヴェル・クリティックと映画と漫画とが講義のプログラムに大幅にとり入れられたこと。アカデミスムの禁句だった構造主義がキャンパスを大手を振って歩きまわり、《新傾向の批評がすでに新たなアカデミスムとして老朽化しようとさえしている》という指摘が眼に留まる。報告者の蓮實自身は、日本の大学院在学中はロラン・バルトの『ミシュレ論』とジャン゠ピエール・リシャールの『フローベール論』などに刺戟を受け、《当時の東大仏文にはあるまじき「ヌーヴェル・クリティック派」(その名前はまだなかった)を気取る》というふうで、その路線で修士論文を提出したが、《評判香しからず》というのが、留学前の実績である。[12]

ところで十年後の日本の大学院生は、一九七〇年代の始めにフランスで「新傾向の批評」が軒並み制度公認のものになってから、これらを自明のテクストとして受容した。つまり留学する時点で、大成し胡乱《うろん》さの薄れた批評家・思想家にまみえる心の準備ができていた。一見ささやかだが、決定的なズレ……『批評 あるいは仮死の祭典』の著者が、肉体の不調に擬えていう「眩暈」の感覚、その底流をなすらしい「漂流」や「存在の崩壊」の感覚を想像することは、じつは容易ではない。

プルースト生誕百年にあたる一九七一年の前後、フランスでは多くの展示会や研究会があった。シンポジウム会場で《ほとんど即物的といえる重量の眩暈》を覚えたのは、エコール・ノルマルで組織された「プルースト研究センター」が『失われた時を求めて』の未発表資料（「カイエ」と呼ばれる六十冊ほどのノートなど、膨大な手書きの資料）の解読作業をめぐる報告を行った時であるという。いずれ「生成論」「生成批評」と呼ばれる方法論が定着するはずの草稿研究の萌芽を目の当たりにした蓮實重彦は、途方もない量の作業とアプローチの困難さ、そして研究成果が読書の世界で一般に認知されることのおぼつかなさに思いを馳せて《頭がくらくらしてしまう》というのである。

ちょうど同じころ、日本では、大江健三郎が自らの手書き原稿に向き合って、紙の上の出来事を記述するという不思議なことをやっていた。《作家の未定稿から定稿への過程》にまで興味を示すようになった文学研究者は、作家が書きなおし作業に感じる《肉体的な嫌悪感の圧力》にも《想像力的な関心》をそそいでほしい、などとも言い添えて。

『事件の現場』（朝日出版社）は、一九八〇年に刊行された蓮實重彦の第一対談集だが、このタイトルと表紙に記された「言葉は運動する」という副題らしきものをそのまま借りたいと思わせるような文体で、第一評論集『批評 あるいは仮死の祭典』は書かれている。たとえばプルースト・シンポジウムにおけるジル・ドゥルーズの紹介文は、眼前にドゥルーズの肉体があり、肉声を発しているという事実そのものへと吸い寄せられてゆく――《彼は何の前提も示すことなく、また自己の方法への注釈といったものも呈示せず、ましてとっておきの秘密を洩らすといった儀式性をも拒否しながら、まるでほろ酔い加減の親父がカフェのカウンターで仲間に冗談をふっかけるといった気安さで、いいですか、『失われた時』の話者《ナラトゥール》は気狂いですぞ、といった命題を、まさにその命題だけを宙に向って放り出す》（41）。

『批評 あるいは仮死の祭典』の第II部は、ジル・ドゥルーズ、アラン・ロブ＝グリエ、ミシェル・フーコー、ロラン・バルトとの「対話篇」である（対話相手の紹介、インタヴューに至る経緯、場面の描写など、成り行きしだいで構成はいちいち異なっている）。ドゥルーズは一九六四年の『プルーストとシーニュ』や一九六八年の『差異と反復』などが話題になってはいたが、蓮實自身が進めている『ザッヘル＝マゾッホ紹介』が初めての邦訳となるはずだった（一九七三年に晶文社より『マゾッホとサド』として刊行）。他の三名は来日したこともあり、それぞれ複数の邦訳がある。とくにアラン・ロブ＝グリエは、一九六一年に映画の企画のために夫妻が来日したさいに、蓮實がアテンドしたという経緯もあり、旧知の仲……といった具合に紹介していったのでは切りがないから、一言でまとめるとして。当然のことながら、蓮實の第一評論集は、本場フランスの知的最前線の見聞録的な解説とか、日仏の文化の橋渡し、といった啓蒙的な使命感とは無縁。「現代フランスにおける〈知〉の相貌」なるものを描出しつつ、じつは、いまだ日本語で書かれたことのない「批評」を実践する……という心意気が、随所に見え隠れするのである。表題作でもある第III部「批評、あるいは仮死の祭典――ジャン＝ピエール・リシャール論」は、《影響の点でも方法の面でも最もフランス的》な批評のテクストに相対し、批判的分析をめざす論考だが、いわゆる「テマティスム」については次項にゆずり、第II部の「対話篇」に話をもどして、二、三のことを確認しておきたい。

独自のヴィジュアルな文体を持つ映画批評家であり、小説の実作者でもある蓮實重彥の現場報告が、とびきり上質のシナリオのようであることは確か。たとえばドゥルーズの無秩序に混濁した書斎に招じ入れられ、テーブルを挟んで向いあったものの、うずたかく積み上げられた書物のあいだのわずかな隙間から、相手の視線を探さねばならず、ときおり相手はこちらの質問を聴きながらメモをとる手をとめて、煙草をすすめてくれるのだが、この部屋には灰皿がないので、マッチの箱に灰を払い落し、本の山を越して無造作にさしだしてくれる、その間にも白い猫が一匹はいってきたりもしたのだが、ともかく《自分のパロールがドゥルーズによってエクリチュールへと移しかえられてゆくことにはかなりのスリルがあった》(78)……というシーンなど。

あるいはミシェル・フーコーの場合、一時的な危機を生きている大学よりはるかに《古い古い制度》である「コレージュ・ドゥ・フランス」が生きている《不幸な状態》を語るに際して「へっへっへ、わたしは何の話をしているんですかね」と自分で合いの手を入れてみたり、続いて《ヴァレリーは「畜生《メルド》！」と叫んで煙草をもみ消し》云々という、咄嗟には脈絡も理解しがたいジョークを披露したり、というふうで、これぞまさしくフーコーの「パロール」！　とわたしは感じ入ってしまうのである。それにしても『知の考古学』(一九六九年)をめぐる論考「フーコーを読む」と対話「フーコーを聴く」の二部から構成されて「アルケオロジーからディナスティックへ」と副題をつけられたこの章で、総体として展開される議論の精緻な密度は、誰ひとり疑いえぬものだろう。

触れずにすますわけにゆかないという場面が、あと二つ。いずれ『表層批評宣言』を書くことになる批評家が、まだ書かれてはいない「ロブ＝グリエ論」の構想を、本人を前に披露するところ。表題だけは『饒舌なるスフィンクス』と決まっている、と断ってから……

あなたの試みは、読む行為の意味の変革を読者なり観客なりに強いている。多くの場合、

> 「作品」は一つの謎であって、読者はその謎を解いて答えに到着しようとする。「深さの神話」とでも申しましょうか、「作品」の背後には何かが隠されていて、それが作者の人間性であったりその思想であったりしたわけですが、あなたは、奥へと進もうとする読者の歩みを排して、読者を「作品」の表層にくぎづけにしてしまう。その上で、文章体験なりフィルム体験なりの場に荒々しく踏みこんできて、読者が模索していたはずの答えを自分の口から告白してしまい、ところでその問題は何でしょうかと開きなおる。つまり、謎なぞ遊びの基本構造を逆転しているという意味で『饒舌なスフィンクス』だというのです。（傍点は蓮實、125）

「ふふ、洒落たことをいいますね」とロブ゠グリエは応じ、息の合った対話が続く。ロブ゠グリエによれば、いわゆる「ヌーヴェル・ヴァーグ」の映画には《映画への本質的な考察》が欠けており、せいぜい文学の世界でいうフランソワーズ・サガン。ところが、ゴダールという人だけは、まったく異質で、《映画そのものの構造、そのステレオタイプ、映画の中で映画そのものについて語ること等の作業をおし進めた。つまり映画そのものと批判的に戯れることで映画を撮ってきた》。一方で《その仲間といわれた作家たちが戯れていたものは、権力に奉仕する物語の、つまりは権力階級の言葉たちとの幻影的な遊戯にすぎなかった。その結果、映画は姿を消してしまう》。カメラが存在し、俳優が俳優であることを、観客が忘れる時、映画は《世界に開かれた窓のごとく、純粋に透明状態に還元されてしまう》というのである（132〜133）。

以上のことは、蓮實重彦の声で語られてもよいのではないか、とわたしは思う。フィルム体験においても、文章体験においても「作品」を、世界に開かれた透明な窓とみなすことを断じて拒むこと。作者の人間性とか、思想とか、いわゆる謎解きの誘惑を内に秘めた「深さの神話」に、あくまでも抵抗すること。すでに《読者を「作品」の表層にくぎづけにしてしまう》という決定的な言葉が、引用の断章にあることも記憶しておきたい。「表層」と呼ばれる批評的な平面の延長上に、いずれ『『ボヴァリー夫人』論』（筑摩書房、二〇一四年）の「テクスト的な現実」が、触知可能な実体として浮上するだろう。

このところわたしは何冊かの本を読みなおす合間をぬって――一九七〇年代に再会する儀式のように――永らくパソコンに貯めてきた音声データや格段にアクセスしやすくなった動画のたぐいを再生するという作業をやっている。フーコーやデリダなど強烈な個性をもつ批評家や思想家のなかでも、バルトの「パロール」は別格。南西フランスの海辺の町の穏やかな光線のような、あの深く滑らかな声に魅了された者は少なくない。そのロラン・バルトとの対話は、《あなたのエクリテューールは、わたくしの青春の軌跡と深くかかわっています》という蓮實の発言から始まり、バルトの『ミシュレ』とジャン＝ピエール・リシャールの『フローベール論』に接したとき、《言葉と存在とが交しうるエロチックな関係を始めて知った》ように思う、という述懐が続く。そしてバルト自身も対話の中で、『記号の帝国』（一九七〇年）をめぐり、日本に滞在して経験した《「シニフィアン」の崇高なるエロチスム》なるものを語る。外国の理解できぬ「国語」が《その物質性において、発声の面といった言語の肉体性において》、快楽のさなかへと導いてくれるとのこと（224）。

さらに、もう一つ《フォルムとの無媒介的な相互嵌入を志向するが故にエロチックな試み》

（189）という蓮實の言葉を引いておきたい。話は飛躍するようだが、言葉と存在が交わしうる関係という意味で、バルトの「快楽」と大江健三郎の「肉体的な嫌悪感」は、無縁でもなければ背反するのでもない。むしろ補完的、あるいは表裏一体とさえいえるのではないか？　じっさい大江は、バルトと同様、周囲に「書くことが好き」であると語っていたという。バルトに劣らず言葉の物質性において「シニフィアン」を触知する快楽の人であるからこそ、それに見合った張力の嗜虐性を演じてしまうということか……　大江文学は奥深いエロスを湛えている、とわたしが直感する瞬間があるとすれば、それはたとえば《フォルムとの無媒介的な相互嵌入を志向するが故にエロチックな試み》という、同時代的な言葉に導かれてなのである。

　一九五三年の『零度のエクリチュール』に始まり、バルトにはすでに十冊を超える著作があった。蓮實は『記号学要理』『モードの体系』に触れて、《この二つの書物は、まさにあなたが「記号学」と「構造主義」とに方法論的分野を限定することなく、むしろそこから遠ざかるために連ねられた言葉であるように思われます》と語り、これに応じてバルトは――《あなたの見解は実に正鵠を射ている。それをわたしなら、こんなふうにいい直せましょう。つまり、書物を書くとは、ある意味でそれを抹殺するためだ、二度とそれには言及しないためだ、といったふうに》（216〜217）……　意義深いやりとりとして、これも記憶に留めたい。じつは蓮實自身の多様な分野の著作にも、どこか似た気配が漂っている。それを抹殺するため、というバルトの言葉はいささか不穏だけれど、ミシェル・フーコーについても、蓮實は《その「遠ざかる身振り」の革新的側面》（140）を語っているのである。じっさい書きおえるとすぐ遠ざかってしまうというのは、ふり返ってみれば、蓮實自身がその後もずっと守り通してきた「人生の習慣《ハビット》」のようにも思われる……

ここで一九七〇年代の蓮實重彦の活動をふり返るなら、『批評 あるいは仮死の祭典』に続き、一九七七年に『反＝日本語論』、翌年には『フーコー・ドゥルーズ・デリダ』と『夏目漱石論』、その翌年には『表層批評宣言』と『「私小説」を読む』、ほかに映画関係の著作が二冊。そして一九八〇年には『大江健三郎論』と『事件の現場』……計十一冊の著作のうち映画関係と対談集は脇に措くとして、『夏目漱石論』『「私小説」を読む』『大江健三郎論』の三作は、主題論の方法論的先鋭化と捉えることができる。また『表層批評宣言』と『大江健三郎論』は、わたしの命名によれば「反＝制度」あるいは「脱＝制度」的な運動のクライマックスとして同調しているようにも見える。念のため断っておくが、ここでいう「反＝制度」あるいは「脱＝制度」とは、大学にせよ文壇にせよ、制度としての環境において公認され奨励される方法《マナー》に抗い、そのことで制度の力学からたえず身をかわし、逸脱する、というほどの意味であり、いわゆる「反体制」的な思想の表明とは、いかなる関係もない。

そうしたわけで、たがいに素知らぬふりをしている十冊ほどの本は、不可視のネットワークを形成しているといえなくもない。その中に、ぽっかり浮いて見えるようなのが、読売文学賞を受賞した『反＝日本語論』（筑摩書房）なのだが、いま「大江健三郎論」として書かれつつあるわたしの「文学ノート」の文脈にかかわる論点のみを、ここでは確認しておきたい。『反＝日本語論』は、いってみれば幸福な私小説のような側面を持つ批評作品ではないか、とわたしは考えている。フランス語の話者である美しい妻と日本語を母語とする大学教師の夫、そしてフランス語で会話する両親をもち日本の初等教育を受けている利発な少年と、これら三人の作中人物なくしては、この作品は生まれない。しかも、これら三人がそろって登場するのは、最初で最後、二度と私小説が書かれることはない……

問題提起は以下のようなもの──《そしておそらくは、われわれにとっての「西欧」とは、文字が音声の影にすぎないという言語的特性そのものをいかに触知するかという一点にかかっているといえるのだ。そのことの意味は、きわめて重い》……どういうことなのか？「フランス現代思想」と呼ばれるものに馴染んだ者なら、問われているのが、ジャック・デリダのいう「ロゴス中心思想」批判であることをただちに察知して、それが《きわめて図式的に要約すれば、西欧の歴史とは、「話しことば＝声」による「書きことば＝文字」抑圧の歴史にほかならない》ことなど、説明の必要すらない、というかもしれない。しかし、わたし自身は知識としては知っているつもりでも、実感は全くないといわざるをえない。その一方で、以下の文章に、わたしが即座に説得されてしまうのは事実であって、それは好んで近代小説や作家の書簡を読んできたからだろう。

「西欧」は、いまから一世紀ほど前に、はじめて「書く」という言語的実践を知ったのである。もちろん、それ以前から「詩」や「演劇」は書かれていたが、あくまで「音声」を表象する補助的な手段として「文字」が使用されていたにすぎない。ところが、「小説」というしいたげられたジャンルが盛んになるにつれて「表象」であり「代理」的な技術にすぎない「文字」が奇妙な一人歩きを始めたのだ。（傍点は蓮實、『反＝日本語論』19〜20）

じっさい一世紀ほど前に、フローベールは「散文は生まれたばかりのもの」«La prose est née d'hier»という自覚を語っていたのだが、そのことは「書く」という言語的実践それ自体が前景化され、自律的な営みとみなされて、「文字」が奇妙な一人歩きを始めた、という事実と深くかかわっている。これが「西欧」で生まれた「近代小説」というジャンルの存在そのものにかかわる来歴であり特質でもあることを、大江健三郎という小説家の本能は知りぬいているから、『文学ノート 付＝15篇』が書かれ得たのではないか？「書くこと」をめぐる大江の立ち位置はデリダ的！……と形容するのは荒っぽいとしても、フランス語と日本語という「国語」の壁を越えて、ここに、日本の作家と日仏の批評家が共有する言語的な経験の「同時代性」を認めることは許されるのではないか？

さて『反＝日本語論』で三人の作中人物が演じるのは、「話しことば＝声」が優位に立つ平和な日常風景である。たとえば「声の残酷」と題した断章では、妻の故郷ベルギーを訪れた一家が、決して自明ではない「フランス語」が使用される現場に身を置いたとき、幼い息子の批判精神がキャッチした「話しことば＝声」の標準からの逸脱を、その後も少年は秘密のジョークのように繰りかえし盛大に模倣して、それこそ小さな「ロゴス中心主義者」としてふるまっていたりする。「意味」に繫留されていない「話しことば＝声」が、謎めいた音声のまま漂流するという話もある。たとえば「ミシブチン」「ゾケサ」「シノチミヨ」……シニフィアンの物質性との、バルト的といえなくもない戯れということか？ これら微笑ましいエピソードの数々も、長い目で見れば、すぐれて蓮實的批評空間といえる「表層」へ、様ざまの角度から接近し、読む者を誘導してゆく準備運動のように感じられるはず。

《系列の異なる二つの環境が遭遇したときに起る眩暈の次元に自分を置いてみる作業》——『批評 あるいは仮死の祭典』の第Ⅰ部、そのしめくくりに近いページの言葉である。すでに明らかなように、蓮實が眩暈と呼ぶ遭遇の次元には「日本」と「西欧」を隔てる対話的な距離がない(なにしろ「私小説」が語るのは、婚姻という血の交わりの物語なのだから)。二年前に刊行された阿部良雄『西欧との対話——思考の原点を求めて』に蓮實は一度だけ言及し、彼我の相違を強調するかのように、傍点つきで《きわめて啓発的な日本論》と定義したのだった。

・テーマ体系×説話技法

二〇二二年の夏、半世紀近い時間をかけた『ジョン・フォード論』が刊行された。当時のインタヴューより[13]——映画を見るうえで重要な作業は、「可視的なイメージ」と「不可視の説話論的な構造」との双方へ同時に注意を向けること、それは至難の業ではあるのだが、と、蓮實は語っている。そして《「主題」というものがどこから来たかというと、ガストン・バシュラールからです。たとえば彼の『水と夢』(1942)という試論は、「水」という主題を扱っています。そして、バシュラールがテマティック(主題論的)な批評の大本にいるとすれば、それを精緻化したのがジャン=ピエール・リシャールだというのが、わたくしの見たてです》とも述べる。さらに《主題が孕んでいる、ほかのものに対する漠たる色気のようなもの》を掬い上げることのできた批評家、とリシャールを称えたうえで、自分もまた《ほかのものへと伸びる触手のようなもの》を持つ《意義深い細部》に興味を抱くという。たとえば、ジョン・フォードのある作品における「投げる」という身振りが、フォードのほかの作品における「投げる」ことへと触手を伸ばしている、あるいは「白いエプロン」がほかのものへと触手を伸ばしている、そこに自分は《ショットの「魂」》を見る、また《魂による繋がり》を認め、惹きつけられる……

第一に「可視的なイメージ」＝「主題」というわけではないということ、第二に、漠たる色気という繊細な誘惑の運動に身をまかせることから、全てが始まるのであることを確認しておこう。

誰もが知るように「主題論」的という意味で、蓮實の映画批評と文学批評は同質の方法論に支えられている。しかし安易な比較は禁物。たとえば「ショット」と「書く」ことを同列に置くことなど不可能だし、そもそも創造のプロセスも受容の形態も全く異なる「作品」について、共通の語彙や概念を設定して「不可視の説話論的な構造」を分析することができるとは思われない。たとえば映画は「語り手」とか「話者」とか呼ばれる存在を必要としないだろうし、文学研究が小説を語る時にいわゆる「視点人物」や「焦点人物」を想定し、これをカメラの機能に喩えて理論化を試みることはあるけれど、大ざっぱな議論に終わることは目に見えている。さらにまた映画について「エクリチュール」「文体」「文法」などの言葉を使うことがあるとすれば、それは分析用語としてではなく、意義深い比喩という水準に留まるかぎりにおいて、有効だということではないか？　それにしても、蓮實の映画批評と文学批評が、あたかも双生児のように同時に誕生し、「現代思想」と呼ばれる領域の議論も取り込みながら、圧倒的な生命力を維持してきたことは事実なのである。実体という大江の用語を借りるなら、「大江文学」と「蓮實批評」は実体として「同時代」的に向かい合う、というふうにわたしは捉えている。

「蓮實批評」誕生の時点は、年譜によって確かめられる。映画でいえば、季刊雑誌『シネマ69』創刊号にアラン・レネ論を書いたのが一九六八年。「白いエプロン」の主題が初めてあらわれるのは「ジョン・フォード、または翻える白さの変容」と題した論考で、これは一九七七年に発表されたもの。[14] 文学の領域では、ジル・ドゥルーズから現在の主要な関心事について問われたさいに、《『ボヴァリー夫人』をテーマ体系と説話技法の相殺現象という点から分析している》と答えている。[15] 一九七四年の第一評論集に記されたこの関心事が持続して、二〇一四年の大著『『ボヴァリー夫人』論』へと至るのだが、一九七〇年代の出発点において、テクスト上に繁茂する「主題」とこれを統禦する力としての「説話技法」の連関という基本的な構図は出来ているのである。今後は実践のなかで「批評」の運動能力を高めてゆけばよいということではないか？

ところで「説話技法」にかかわるのは「話者」であって生身の「作者」ではない。両者の峻別と《本源的な分離》は《現代文学の主要な条件》であり、この了解は「批評」の大前提にして基盤ともなる、と蓮實は主張するのだが、ここで日本語の語彙の選択についてひと言。たとえば構造主義の旗手と目されるジェラール・ジュネットは、説話技法の分析の基礎となる一般的な理論を構築することをめざして、「ナラトロジー」narratologie と「語り手」narrateur というセットを定式化しようと試みた。しかし、主体的な発話者である「語り手」という概念は、個々の「作品」を文章体験の場として柔軟に記述するには不向きだということだろう、蓮實の批評用語としての「話者」は「語り手」のように露出せず、より隠微な場に身を置くものであるらしく、以下のように定義され、半世紀後の今日も――たとえば『『ボヴァリー夫人』論』などにおいても――意味の揺らぎなく使われている。

> さまざまな生活上の挿話に彩られ、いわば文体の創始者としてある「作者」と、ひたすら非人称的で、言葉一般との戯れによってしか存在を示しえない無名の「話者」との本源的な分離こそが現代文学の主要な条件であるが、そうした事態は、なにも日本の文学批評の刷新を目論んで、フランスあたりから構造主義だの記号学だのを「知識」として輸入するまでもなく、「作品」という迷路に親しむことで自ずと獲得されるはずのものではないか。（傍点は引用者、『批評 あるいは仮死の祭典』27）

ロラン・バルトの「作者の死」と題したエッセイが発表されたのは一九六七年。引用した蓮實の文章の初出は、雑誌『海』の一九七二年四月号。むろん輸入した「知識」ではなく、自前の方法論に拠る立ち位置が明示されているのだが、それだけでなく、実践の具体例までが素描されている。

たとえばあのトリトメのなさについて語る安岡章太郎を、母親コンプレックスの落第坊主といった逸話的存在たる生身の作者の生活体験の側にではなく、またその遙かな反映にすぎない作中人物の側にでもなく、トリトメのなさそのものの方へ滑りこんでゆく説話行為の側に衝き返してみたり、あるいは藤枝静男の驚嘆すべき『欣求浄土』の旅ないし放浪のテーマを、同じく文章体験の場でのみ捉えようとしてみた場合、饒舌な「知識」による環境汚染に加担することなく、環境としての批評に眩暈とともに踏みこみ、トリトメもない迷路を無媒

介的に触知することができるはずなのである。（『批評 あるいは仮死の祭典』27〜28）

一九七四年の末に刊行された単行本の註によれば、ここで素描された「安岡章太郎論」と「藤枝静男論」の構想は、それぞれに形をなして前者は『海』の一九七三年七月号、後者は同じく『海』の一九七四年五月号、六月号に掲載されており、当論文「限界体験と批評」にとっての陰画的実践をかたちづくるべきものであるという。「環境としての批評」とは何か？ という問いは、こうして「批評」の実践とシンクロナイズする。なお、一九七四年十一月号の『國文學 解釈と教材の研究』には「横たわる漱石」が載り、これが一九七八年の『夏目漱石論』へと発展。一方、「安岡章太郎論」「藤枝静男論」は「志賀直哉論」とともに一九七九年に単行本『「私小説」を読む』を構成する。以上が、『大江健三郎論』に至るまでの「テマティスム批評」の実践の、めまぐるしい記録である。

ここであらためて『批評 あるいは仮死の祭典』の第Ⅲ部に置かれた表題作について。副題に明記されたように――これも最初で最後の――本格的な「ジャン＝ピエール・リシャール論」である。「フローベールの小説ではたらふくものがつめこまれる」《On mange beaucoup dans les romans de Flaubert》という単純明快な文章からリシャールの「フローベールにおけるフォルムの創造」は書き始められる。《リシャールがまず執着をみせたフローベールの饗宴への心的傾斜は「食欲」から「病的飢餓」を通過して「不消化」へと到達し、つまり「食べる」ことの失敗をまざまざと具現化してみせたときはじめてその意味作用を完全なものにするのである》と蓮實は語る（254）。そして当初の挫折の中からやがて「死」「愛」「深さ」などの主題、さらには「多孔性」poreux「浸透性」perméabilitéなどの副主題がその真の諧調を響かせはじめる、というのだが……

想起されるのは、「書く」ことをめぐる存在のありようという意味で、リシャールが拾いあげるフローベールの言葉と『文学ノート　付＝15篇』の大江の述懐とのあいだに響応するものが多々あるのではないか、という前述の話題（「ドロドロの国」の項）。《何かがどんどん僕のなかでぶ厚くなってゆき、容易には流れだしそうにない》（傍点はリシャール）、《この泡立ったクリームをかきまぜるのは容易なことではない》等はフローベールの言葉だが、これにリシャールは《生地《ペースト》のぬかるみ》を難儀して進みつづける、とか、《手探り》をしながらさまざまなフォルムを示してゆく、といった解説を添える。一方で大江は「表現の物質化」について「生地《ペースト》」と等価とみなせる「粘土」という比喩を用いて、こう語っている。

> 詩においては、まだ訂正し、つくりなおすあいだにおいてすら、言葉とその積みかさなりとしての数行、そして全体が、堅固な（あるいはミルクの表層に浮ぶ膜の程度の堅固さ、なんとか凝固しようとしているというのみのそれであっても）様相を呈している。それはいったん言葉を書きつけると、ひとかたまりの粘土を台に置いたような具合になる。粘土のかたまりは、ひねられ押しつぶされ、かたちづくられ、また毀されるが、そのあいだもつねに粘土は眼のまえにあって、その全体が見える。そのような粘土のかたまりが、それ自体としてわれわれをひきつけぬということがあろうか？（『文学ノート　付＝15篇』65〜66）

くどいようだが、フローベールでもなく、リシャールでもなく、蓮實でもなく、大江健三郎の文章である。物質化の途上にある《粘土のかたまり》に作家はおのずとひきつけられる、と大江はいうのだが、ただし、それはあくまでも「詩」を書くときのこと。続くページで語られるのは「小説」を書くとき、とりわけ書きなおすときの「肉体的な嫌悪感」である（いま書いたばかりの文章を破棄するのは、戦争で罹災した少年の火傷を治療するために膿と血潮まみれの木綿の繃帯をバリ、バリと剥がすようなもの、という衝撃的な比喩は、「紙を破棄する」の項で紹介した）。そうしたわけで、繰りかえし強調しておきたい――大江の証言を信じるなら、作家の嗜虐性・倒錯性が激しく噴出するのは、「小説」の散文を書くことに固有の現象なのである。このことは《「小説」というしいたげられたジャンルが盛んになるにつれて「表象」であり「代理」的な技術にすぎない「文字」が奇妙な一人歩きを始めたのだ》という蓮實の見解と無縁ではなかろうと思う。

蓮實の「リシャール論」に話は戻る。いずれにせよ《漸進的な凝固》という観点に立たなければフローベールの《文体練磨の作業》を検証することはできない、というのが、リシャールの展望であるわけだが、その「テマティスム」の技法を蓮實は繊細な筆致で肯定的に記述したのち、終盤で批判的な論点を導きいれる。「書く」ことをめぐる作家の冒険は、いずれ終結へと向かわなければならないはずであり、しかも「フローベールにおけるフォルムの創造」と題した試論は、創造の失敗ではなく創造の成功の物語として幕を降ろさなければならない。だが考えてみれば、そのような論の進み行き自体が、批評の側から紡ぎ出された虚構の物語ではないか？「フォルムの創造」はフローベールにとっては一つの祈願でしかなかったはずなのに、リシャールは

《壮大な終幕の偽装工作》をやってしまった、というのが、蓮實によるリシャール批判の眼目である（263）。

もう一点、これはリシャールを読む日本の大学院生でも気がついて懸念を抱くところだが、リシャールはフローベールの「作品」と「書簡」、さらにはポミエ＝ルルー版『ボヴァリー夫人』と呼ばれる「異本」のような新版（いずれあらためて蓮實重彦と中村光夫との接点を考える時に話題にするつもりだが、作家が執筆の過程で削除した膨大な草稿を、研究者が取捨選択して復元し、決定稿に挿入したという建前の――発想としては、大江健三郎の『文学ノート 付＝15篇』と、全く無縁とはいいきれぬ――フシギな拡大版『ボヴァリー夫人』のようなもの）までを、同質の資料とみなして無造作に引用する。「作品」としてしか存在しえぬ「小説」は解体し、フローベールの書いた言葉の果てしない海に溶け出してしまったかのように、輪郭を失ってゆく……

以上のことに言及したのは、じつはリシャール批判の陰画的実践さながらに、蓮實自身が模範的な「作品」論として完結するテマティスムの試論を一九七三年に書いているからである。「主題論」と「説話論」の連携する運動としてフローベールの『三つの物語』を読み解いたフランス語論文は、[16] 明快にして端正、東大の「研究紀要」に違和感なく収まっており、当然ながら日本語による「批評」とは全く異質な文体を持つ。博士論文を提出した後、蓮實がフランス語の論文を発表したのは、これが三本目。あえて図式的に整理するなら、その後も研究者的な側面と批評家的な側面が、日仏二言語で自在に演出されてきたように思われるのだが、その辺りのことを正確に記述できるのは、わたしが今その論考をかたわらに置いて参照している菅谷憲興のような、第一線のフローベール研究者だけかもしれない。

いずれにせよ、「批評」と「研究」のあいだに齟齬や葛藤はないか？　という問いに耳を塞ぐわけにはゆかないのである。あの七十二歳から七十八歳にかけて執筆された『『ボヴァリー夫人』論』について、著者自身は「フローベール研究という意識は希薄で、書物として読まれればよいと思っていました」などと、涼しい顔で述べておられるのだけれど……[17]　「フローベール研究」の数十年に及ぶ学問的論考の蓄積を渉猟・精査して八百五十ページの議論に組み込むというだけでも、想像を絶する緻密な作業が行われていることは事実である。だとすれば『『ボヴァリー夫人』論』は「批評」と「研究」の統合なのか？　という、いっそうの難問は、次世代にゆずることにしよう。それでも多少は「批評」と「研究」の関係にこだわってみたいとわたしが思うのは、若き蓮實重彦は「批評」と「研究」を形式的に差異化することを、まるで爽快なゲームのように肉体的に実践し、大いに楽しんでいたのかもしれない、と想像してもいるからである。

『大江健三郎論』が『表層批評宣言』とほぼ同時に書かれていることは重要である。これらが研究論文でないことは自明とはいえ、だからアカデミックな仕事とは無関係、と決めて切り離してしまうのは安易に過ぎる……　先に引用した《饒舌な「知識」による環境汚染に加担することなく、環境としての批評に眩暈とともに踏みこみ、トリトメもない迷路を無媒介的に触知することができるはず》という『批評 あるいは仮死の祭典』のマニフェストを反芻しつつ、二冊の本を読みなおしてみたい。《饒舌な「知識」による環境汚染》は暗にアカデミスムを、つまり制度としての大学を指しているのだろうが、キーワードは後半にある。すなわち「環境としての批評」と「眩暈」、そして《トリトメもない迷路を無媒介的に触知すること》……

・数字とその運動

『ジョン・フォード論』における「投げる」ことと「白いエプロン」という主題については蓮實自身の言葉を前項で紹介した。目次を開けば「馬」「樹木」などが著者の感性をそよがせる主題であるらしいことがわかる。ところでジャン＝ピエール・リシャールの『フローベール論』は「食べる」ことを導入の話題としていたが、蓮實による『三つの物語』論は――リシャールをもじるような文章で――「落ちる」ことを導入の主題とする。そして「落下」という垂直方向の運動が、水平方向の展開といかに競合しつつ小説の時空を構成し、説話論的な運動を生み出してゆくかを分析することで、三つの小さな物語を繋ぎ合わせ、一貫した「作品」論として見事に完結する。また蓮實の予告にあるように「安岡章太郎論」は「トリトメのなさ」、「藤枝静男論」は「旅ないしは放浪」をテーマとするのだが、一方で『夏目漱石論』を手に取ってみれば「溺死」「水滴」「水の女」など、バシュラール風の「水」の主題に全体が浸されていることが、おのずと伝わってくる。そして『大江健三郎論』は「数字とその運動」をめぐって繰り広げられる。しかし、なぜ「数字」なのか？　テクスト上に数字が多い……　といわれてみれば、確かに！　と思う。だが何よりも「表層」とは？　と問うことから始めてみよう。わたしの直感によれば、「表層」と「数字」は相性がよいのである。

先に述べたように「深さの神話」とは、謎解きの誘惑である。作者の人間性とか、思想とか、何か重要な「本当のこと」が「作品」の背後に隠されている、と考える者は、じっさい少なくない。いや大方の者は、「作品」を世界に開かれた透明な窓とみなしており、窓の「向こう側」に見える世界をコメントすることが、批評行為だと勘違いしている。じっさい、どのような物語が書かれているのかを紹介するだけで、どのように書かれた作品なのかは目に入らぬといった風情の評言が、世にあふれているではないか！　窓の「向こう側」の世界は、ごく当然のように「作者」の生きる現実世界を多少とも忠実に反映したものとみなされることになり、しかも、このような「深さの神話」に依拠して小説を分析する道具立てまでが広く提供されている。人間性についてはフロイトの精神分析を、思想あるいはイデオロギーについてはマルクス主義の概念を参照したふりをすればよいのである。

この「深さの神話」に相対する『表層批評宣言』によれば《「批評」とは、存在が過剰なる何ものかと荒唐無稽な遭遇を演じる徹底して表層的な体験にほかならない》という。

翻ってその不自由の淵源を究明し、その質を検証せんとするときその口をついてでる言葉が、せいぜい「搾取」や「抑圧」、あるいはそれに類するマルクス＝フロイト的語彙に限られているといった「貧しい」現実は、「搾取」や「抑圧」の廃棄を目指す言葉としてあったはずの「マルクス主義」や「精神分析学」が、今日の文化的構造にあってはまごうかたなき貧困化の装置として機能せざるをえない経緯を明瞭にさし示している。（『表層批評宣言』17〜18）

念を押すまでもないけれど、この「不自由」は《いま、ここに読まれようとしているのは、ある名付けがたい「不自由」をめぐる書物である。その名付けがたい「不自由」とは、読むこと、そして書くこと、さらには思考することを介して誰もがごく日常的に体験している具体的な「不自由」である》という『表層批評宣言』幕開けの文章（この「文学ノート」では「紙を破棄する」の幕開けで引用した文章）を受けてのこと。「マルクス主義」や「精神分析学」は《まごうかたなき貧困化の装置》と化してしまった、という指摘を記憶に留めよう。そういえば『批評あるいは仮死の祭典』第Ⅱ部の冒頭を占める「ジル・ドゥルーズ――エディプスと形而上学」の中で、著者は刊行されたばかりのドゥルーズとフェリクス・ガタリとの共著『アンチ＝エディプス』（原典は一九七二年、邦題『アンチ・オイディプス』の翻訳刊行は一九八六年）を共感をこめて紹介し、《「マルクスとフロイトの統合」といった二十世紀好みの方法的展望》（60）を《ただもう辟易するほかはない》と退けていた。立ち位置の明確さは疑いようがない。「表層批評宣言」とは、「深さの神話」とその「神話」に付随する諸々の解読装置からの離脱宣言にほかならない。いかに「離脱」するかといえば、「神話」に「異議を申し立てる」のではなく、「神話」の力学をやりすごすのである。《徹底して表層的な体験》を生きること自体が、こうして「批評」の実践となるだろう……

ということで、あらためて思い当たるのだが、じっさい「数字」には「深さ」がない。背後に何かを隠しているということもない、意味されるものに紐づけされてさえいないらしい、身軽で中立的な記号たち。「表層」で演じられる「運動」として捉えたときに、数字は絶好の「主題」論を構成するにちがいない。

じつは大江健三郎も、あるところで《正体のあきらかな、恐ろしさも奇怪さもない数字》と形容し、これを《考える》ときに使うコトバが本来もつべき恐るべき力と対比させている。[18] ちなみに「マルクス主義」と大江の関係については、「文学」が特定の思想やイデオロギーに奉仕することがあってはならない、という作家の決意は揺らいだことがない、とひとまず指摘しておけば充分だろう。フロイトについては「小説家の無意識」と題したエッセイが参考になる。

> 二十世紀の冒頭、小説家たちは、こぞってフロイドに捕獲されて、心理学の囲いのなかの家畜の生活をおくり、それからやっと柵を破って、みんな再び、無意識の曠野をめざすべく逃亡した、それがこの半世紀の文学界におこったことどもである。はたして逃亡した家畜の幾パーセントが家畜の習性を忘れて、野獣に戻っただろう？（『厳粛な綱渡り』578）

『万延元年のフットボール』に取りかかる前の年一九六四年の文章であり、含蓄のある論考だから、いずれ読みなおしたいと思っているのだが、とりあえずフロイトの破棄が議論の中心にあることを確認。「エディプス・コンプレックス」を媒体とするフロイト流の心理学に囲いこまれていない豊饒な「無意識」の領域――カール・グスタフ・ユングやカール・ケレーニイなどの名がおのずと想起される――は、小説家にとって目新しい曠野のようであったはずだが、そこで小説家は、曠野の野獣の本能を取り戻すことができたのか？　と大江は問いかける。一方、蓮實は「無意識」という「深さの神話」そのものを不毛な誘惑として退けるのだが、むろん意見が全面的に一致することを期待しているわけではない。それにしても批評家と小説家は、とりあえず「反＝フロイト」と呼んでさしつかえない基本的な選択において、ドゥルーズなどとともに同時代を生きているといえるのではないか？

さて、あらためて「数字」のテマティスムである。『大江健三郎論』は先行する『夏目漱石論』などの試論より、主題の選択も、論述の方法も格段に、過激なほどに、先鋭になっている。「とりあえずの序章」の幕開けはこんな具合――《どこからはじめても始まりは所詮装われたものなのだから、そもそもの始まりを画定しようといった意志はさらさらないが、遊戯の規則に従ってせめて始まりの演技を演じなければならぬというなら、たとえばこうしたやり方が考えられる。つまり、思いきり文脈を逸脱することだ》。そして《断片を断片として宙に迷わす》ことにする、という宣言につづき、前後の脈絡など考えずに読め、という指令が下され、《その、ごくありきたりな要請が、始まりの偽装工作となりうれば、と思う》と批評家は述べるのだが、ふと想起されるのは、ジャン＝ピエール・リシャールのフローベール論は《壮大な終幕の偽装工作》をやってしまった、という指摘（傍点は引用者）。リシャールが無自覚に行ってしまった《偽装工作》なるものを、語彙として借用した上で、批評的なもくろみを荒々しく露出させ、もっともらしい《始まり》など期待するな、と釘を刺しておく、ということか…… そして、いきなり数字だらけの短文の引用が四ページ近く。数字はいちいちゴシック体で強調されており、これは確かにタダゴトではない、という気分になってくる。

「第一章　数の祝祭に向けて」の冒頭も引用しておこう――《けなげなまでの律義さで同じ方位を確信し、その生真面目な確信のみを共有しつつ頬など上気させて群れ集うあまたの言葉たちが、しばらく肩を接して窮屈そうに身を寄せあっていたかと思うと、やおらあられもなく露呈された素肌をこすりあわせ、その淫らな表層の戯れにつれて何やら低いつぶやきのようなものを洩らしはじめる。このつぶやきが聞きわけられさえすれば、もうしめたものだ。それは、並みの言葉とは異なり「作品」として選ばれたものの身の証しのようなものなのである。大江健三郎のものであれ誰のものであれ、一冊の書物に閉じこめられた言葉たちは、きまって独特な低いうなりのような基調音を響かせている》……「肉体」をもつ「言葉たち」が主語であり動作主。その「言葉たち」が素肌をこすりあわせ、淫らな表層の戯れを演じながら、その戯れについて低いつぶやきを洩らしている……　これが「批評」の凝視する「表層」なのだ！　という、やぶからぼうの断言である。

わたしの記憶はあいまいなものだが、この本が刊行されたときの世間の反応も、戸惑いに近いものではなかったかと思う。しかし、三十四年後の『『ボヴァリー夫人』論』から遡って読みなおしてみると、不思議な懐かしさを覚えずにはいられない。それというのも、浩瀚な書物の大団円、「IX　言葉と数字」「X　運動と物質」は、いま引用した『大江健三郎論』幕開けの至近距離にある。『ボヴァリー夫人』の「テクスト的な現実」が響かせる《独特な低いうなりのような基調音》に七十代の批評家はじっと耳を傾けている。その静謐でエロス的な言葉との交わりと、四十代の壮健な肉体の運動としての「批評」は、別のものではない。

そうしたわけで『大江健三郎論』は、のっけから構築的な議論に抗うように進行する。まずは『ピンチランナー調書』で小手調べをしてから『個人的な体験』に敬意を表し、次なる『万延元年のフットボール』を対戦相手と決めてじっくり構え……　という風で、縦横無尽に緩急の運動を繰り広げるうちに主要作品はほぼ網羅され、「あらずもがなの終章」には、生まれたばかりの『同時代ゲーム』『現代伝奇集』との余興のような対決まで用意されている。それにしても、親切な作品解説などありはしないし、「目次」は道案内というより迷路に掲げられた目くらましの道標のよう……　しかし、そもそも《環境としての批評に眩暈とともに踏みこみ、トリトメもない迷路を無媒介的に触知すること》が目標だというのだから、読む者もいそいそと、この「眩暈」に身をまかせればよいのではないか？

一九七〇年代の蓮實による「眩暈＝テクスト」とわたしが呼ぶものが、『大江健三郎論』の「言葉たち」がつぶやく話を含め、三つある。『フーコー・ドゥルーズ・デリダ』の「Ⅱ「怪物」の主題による変奏――ジル・ドゥルーズ『差異と反復』を読む」の冒頭、《洞窟の淀んだ湿りけがなにやら不吉な重みとして肩に落ちかかり、肌にまといつく黒々とした冷気となって追ってくるあたりで思わず足をとめ》……　と始まるのは「洞窟の怪物」のつぶやきで、その「怪物」がドゥルーズ自身であることは、二ページほど先で告げられる。そして『表層批評宣言』の本論の幕開け、《たとえば「批評」をめぐって書きつがれようとしながらいまだ言葉たることができず、ほの暗く湿った欲望としての自分を持てあましていただけのものが、その環境としてある湿原一帯にみなぎる前言語的地熱の高揚を共有しつつようやくおのれを外気にさらす覚悟をきめ、すでに書かれてしまったおびただしい数の言葉たちが境を接しあって揺れている「文学」と呼ばれる圏域に自分をまぎれこまそうと決意する瞬間》……　と書かれはじめた文章は、途切れずに書かれつづけて一ページを超える長文となる。小見出しに「書くこと＝消すこと」と掲げられているのは、偶然だろうか？　「消すことによって書く」というのは、大江が『文学ノート　付＝15篇』の「創作ノート」のしめくくりに置いた章タイトルだったけれど……　「書くこと」も「消すこと」も決して自明な行為ではない、たとえば足し算と引き算のように、棲み分け可能で自律的な身振りではない、という確たる認識を、小説家と批評家は根っこのところで分かち合っていた……　それにしても、蓮實的な「眩暈＝テクスト」は、ゲームの規則に馴染むための準備運動か、それとも前奏曲のようなもの？　あるいは舞踏への招待とか？……　いや、誘惑的な男性というよりむしろ中性的で、単一の肉体の「準備運動」だとわたしは考えている。いずれ話題にするつもりだが、日本の一九七〇年代、「批評」の競技場である対話の場に、女たちが招じ入れられることはなかった。

とはいえ、いまさら未練だ、野暮だ、といわれようと、わたしは半世紀をさかのぼり、律儀に読みなおし、問いなおしてみたいのである。「数字とその運動」というテマティスムは、大江作品に対し、どこまで有効か？　蓮實批評を参照しつつ、ただし拘束されることなく、大江文学の世界を無媒介的に彷徨うことができるだろうか？　第Ⅲ部で『万延元年のフットボール』を論じるときに、あらためてこの課題に向き合おうと考えているのだが、これまで述べてきたこととの関連で、『万延元年のフットボール』がフロイト的な「心理小説」「家族小説」の痕跡を払拭しており、ましてや「姦通小説」など気配すらない、という一点のみ、ここで確認しておきたい（これは大江の小説全てについていえる傾向でもある）。

根所家の生き残りの兄弟、三男の蜜三郎と四男の鷹四の葛藤の物語――とりあえずそう要約しておくが、なにしろ三男の妻が四男と関係を結んでも、そのこと自体が決定的な破局を呼びよせるわけではないし、死んだ父や祖父の記憶は希薄、曾祖父とその弟をめぐる伝承が兄弟の心情的モデルとして参照されているものの、エディプス的な意味で抑圧的な存在は皆無といってよい。蓮實の指摘によれば《作者はここで、性格の違いからたがいに傷つけあう兄弟の悲劇という図式を周到に避けているし、また父権的な秩序への順応と反撥というアベルとカイン的な神話的祖型性からも可能な限り遠ざかっている》(117)。だからこそ、われわれは絶えず「三＝四」という数字の対立を「数の戯れ」として読み続けなければならない、と蓮實はいうのである。

『大江健三郎論』が小説家への敬意を率直に表明するのは『個人的な体験』をめぐる考察の中である。この小説は個人的な体験として特権的な存在理由を持っているのだが、それは作家の想像力や文体が、その体験に特殊な深さと拡がり、鮮明な輪郭を与えたといった事態のみによるのではない、《書くという文章体験のむしろ非人称的といってよかろういとなみの水準で、言葉をめぐる大江的姿勢のすぐれて個人的な畸型性が露呈している》という点にこそ注目すべきなのだ、というのが、蓮實の論点である(傍点は蓮實、76)。長篇に多少とも仮構化された作者自身の個人的な体験を読み、その延長線上に体験の個人性を認めるというのは、《小説家大江健三郎にとっての最大の侮辱にほかなるまい》と蓮實は断言し――体験を語る「物語」の水準ではなく――「作品」の水準にかたちづくられる、できごと＝事件としての《孤独な無媒介性》を称えている。続いてあらわれる《荒唐無稽の畸型性》《荒唐無稽の怪物性》などの語彙が、どことなくジル・ドゥルーズ論を思い起こさせるのは、理由あってのことだと思われるのだが、ひとまずは『表層批評宣言』の一文を引いておく――《「批評」とは、「理性」の衰微にともない相対的な畸型性をまとう「狂気」ではなく、絶対的な畸型としてある「狂気」にほかならない。そして「作品」もまた、その絶対的な「狂気」、すなわち絶対的な「白痴」いがいの何ものでもない》(41)。こうして「畸型」「白痴」などの否定的な語彙に、逆説的かつ絶対的な肯定の響きが付与され、その逆説的かつ絶対的な「狂気」の水準において「批評」と「作品」が対峙することになる……

さらに『大江健三郎論』のキーワードでもある「荒唐無稽」について。批評家は進行中の「数字とその運動」のテマティスムは、仮設の橋を《軽業師に似たアクロバットの身振り》を演じながら向う岸にたどりつこうと試みるのに似ているという。そして《荒唐無稽はいささかも知的な余裕ではない。それはせっぱつまった肉体的な身振りであり、知的な余裕とは、堅固な意味の橋の上を踏みしめて歩く連中にこそふさわしいものだ》と語り、さらに読者が「作家」と呼ばれる存在に示しうる最大の敬意は《「作品」を仮りごしらえの不安定な橋とみなすこと》ではないかと問いかける（167）。こんなふうにして『大江健三郎論』は、「数の氾濫」や「数の祝祭」を、時にはスポーツ中継のように歯切れのよい短文で追って行くのだが、ある時点で、なんとも破天荒な指令によって、不意にゲーム・オーヴァーが宣言される――《かけ声をいっときたりとも絶やしてはならない。荒唐無稽、**荒唐無稽**》（251）。

指令に応えて「かけ声」をかけるべき人は、読者？　観客？　それとも応援団？　この唐突な幕引は、ジャン＝ピエール・リシャールの行った《終幕の偽装工作》のもっともらしさから限りなく遠い、と断言することはできるだろう。《いわば肉体的なエンターテイメントを目指しつつ》書かれたもの、というのは『表層批評宣言』の「あとがき」の冒頭にある言葉だが、『大江健三郎論』に適用してもいっこうに構うまい。じっさい、こんな話が続くのである――嘘か本当か知るよしもないし、たぶん嘘だとは思うが、その《現代日本のもっともすぐれた小説家》は、目次に蓮實重彥の名前が印刷されているのを見ると、その雑誌を即座にくず籠に放りこんでしまうという。たまたまくず籠が遠かったりした場合、《ピンチランナー目がけての牽制球を投げる投手》のような仕草を想像させるのであり、これは《運動論的な感動を波及させてくれる》……中学生のとき円盤投げで武勲を挙げたという来歴を持つ蓮實重彦は、投げる仕草と空中に放物線を描く物体の運動に、殊の外惹かれるらしい。こうして「投げる」ことのテマティスムをつうじて、文学批評と映画批評がまぎれもなく一つの肉体に根ざしているという事実が、鮮烈に立ちあらわれる。

《そこで作家は、いま書いたばかりの紙を破く。生理的なことをいうかぎり僕にとっては、小説を書く作業というと、むしろその紙を破く、いくらかの爽快感をともなわぬではない腕の運動を、まっさきに思い出すほどだ》という述懐は、大江の『文学ノート　付＝15篇』に見出される(85)。『ピンチランナー調書』の著者は、『表層批評宣言』の著者と同様、野球好き……という話をしたいわけではない。「紙＝膿と血潮まみれの木綿」という主題化を思い出すまでもなく、小説家の肉体は嗜虐的。しかしそのことと紙を破く「爽快感」は矛盾しないはず。

それにしても「書くこと」と「肉体」の密着という自覚について、小説家と批評家が、そのはずはないのに、まるで示し合わせたように肉体的な語彙で語っているのは、やはり気にはなるのである。

3　政治的なもの／想像的なもの

・「異議申し立て」は非政治的か？

武満徹と大江健三郎は、反安保デモ隊ではスクラムを組み、放水車の強烈な水圧に曝された仲であるらしい。《武満徹の政治的な意見は、つねに物ごとの本質にふれていて進歩的であり、すなわち独立したラディカルの意見であるように思われる。一九六〇年に、われわれは、政治的党派からは独立して、強権に抗議するグループをつくった。それ以後、なおラディカルでありつづけている、かつてのメムバーはじつに数少ない》と回想される事実が、「若い日本の会」という名の文化人のグループを指し、ほんの数年のあいだに「ラディカル」であることをやめてしまったメムバーに石原慎太郎や江藤淳などがいた、等々をここで解説するにはおよぶまい。

「私は、もっと積極的に現代を音楽の手掛りとしたい。現代の視点から民謡を……などというただし書きはまやかしにすぎない。なぜなら、作者はあまりに現代を客観視しすぎる。作者が相手にすべきは真に同時代の思想や感情である。この激しいウズのなかで、おのれをいかし、それを証すことだけが正しく伝統につらなることにはならないか。」（傍点は引用者、『同時代論集7』120）

《もっとも信頼すべき、ラディカルの顔》が見出されるのは、武満のこのような文章によってである、と大江は語る。「＊このノートのためのノート（二）」の冒頭で紹介した論考「作家としてどのように書くか？」の一部だが、すでに述べたように、作曲家と小説家は同じ言葉を使って、相手の思考に寄り添いながら、共に思考しているように見える。たとえば客観視された「現代」ではなく、激しいウズのような「同時代」……と反芻してみれば、「沸騰的なような出会い」というイメージも、さらには『同時代としての戦後』『同時代ゲーム』などの表題の含意も、おのずと補強されるのではないか？

ほかに二つほど、大江の引用する武満の文章を――「私はまず音を構築するという観念を捨てたい。私たちの生きている世界には沈黙と無限の音がある。私は自分の手でその音を刻んで苦しい一つの音を得たいと思う。そして、それは沈黙と測りあえるほどに強いものでなければならない」（117）。「私は生きるかぎりにおいて、沈黙に抗議するものとしての〈音〉を択ぶだろう。それは強い一つの音でなければならない」（122）。続けて大江は、武満のように決然と「強い一つの音」をさがしもとめることを選んでそれをなしとげつづけている芸術家が、いかに稀であるかに思いを致し、そこで不意に、ほぼ半世紀前に発された二葉亭四迷の《漠然としてはいるが切実な期待の声》ということを語り始めるのだが、その論理の連なりについては、あらためて次項で考える。

大江健三郎が武満徹とともに、行動的でラディカルな日本の若者としてふるまったのは、一九六〇年の反安保闘争が最初で最後だったのではないか。様ざまの政治運動家たち、左翼のオピニオン・リーダーたちと、会議や行進で毎日のように会った一時期が、幻滅の体験しかもたらさなかったことを、数年後の大江は語っている。たいていの会議で退屈し、行進では苛立った、おおかたの実際運動家たちには《危険の感覚》がなかったことに、それは起因する、というのだが、いいかえれば《危険の感覚》こそが、作家にとって政治的なものの基盤だということになる。[19]一方で大江は、反核や護憲などの市民的な運動に長期的にかかわってゆく。そこには「知識人の責任」という、やや次元の異なる自覚が働いてもいるだろうが、目下のわたしの関心は、一九七〇年前後の大江健三郎が「大学闘争」という眼前の出来事に対し、いかに向き合うことを選んだか、という点にある。

よく知られているように大江健三郎は、三島由紀夫がやったように全共闘の政治集会に華々しく登壇することはなかったし、学生の「異議申し立て」に知識人として合流することも、積極的に応援することもなかった。「書く行為」という副題を持つ『同時代論集7』をしめくくる「未来へ向けて回想する――自己解釈(七)」の中にある文章。

書くこと、それも小説を書くことは、現実世界に対する、まともな行為と呼びうるものか？　それを僕に問いかけてくる声は、とくに大学闘争の時期に多かった。その時期は、僕が『洪水はわが魂に及び』を準備していた時期にかさなってもいた。この小説自体、大学闘争に影響づけられているところを持つのでもある。この小説を書きながら、同時に書きすすめた『文学ノート』に、「作家が異議申し立てを受ける」というような名づけ方の章があるのも、直接、大学闘争と関係があろう。contestation という言葉の訳語として、異議申し立てという日本語がよく使われはじめたのは、ほかならぬ大学闘争においてのことであったから。（傍点は大江、『同時代論集7』293）

世間的には「左翼のオピニオン・リーダー」とみなされる、あるいは、その役割を期待され、強要されることとさえあったはずの若き大江が、十年前を総括した文章として重要である。しかし『文学ノート』の「4　作家が異議申し立てを受ける」の章を開き、学生運動や大学闘争についての意見が開陳されることを期待するなら、その期待はみごとに裏切られる。実存主義に傾倒する学生や教師たち、《自己否定者たちの、これはよそめにもあきらかな、次第に深まる閉塞状況》といった指摘はあるけれど（82）……　じつは別のところ、ある講演のなかで、一九六八年五月の事件に参加したサルトルに倣って《政治的な行動》を起こすよう、という働きかけを《東大の若いかた》から受けたことが、率直に語られている。女子学生から寄せられた手紙への、大江の応答の言葉は、以下のようなもの——スチューデント・パワーの問題、学生の改革運動をどう考えるかということは、それをいわば《文化全体の問題》と把握する、そして学生からの問いかけを《自分の生きかた全体の問題》として考えてゆく、長い尺度での、ぼくの仕事を見てほしい……

じじつ『万延元年のフットボール』の根所鷹四から『燃えあがる緑の木』の「新しいギー兄さん」に到るまで、大江の小説に登場するもと学生運動家たちについては、文化全体、生きかた全体の問題が問われるのであり——たとえば十九世紀フランスのロマン主義文学のように——当事者が「ラディカル」であると確信したはずの政治的行動そのものが、ドラマの中核をなすことはない。おそらく大江健三郎は、学生たちの「異議申し立て」については、政治的なものとしての有効性自体に、むしろ懐疑的だったのではないか？　これは一九六八年の「異議申し立て」の現場に、教師として身を置いた蓮實重彦への問いかけへと連動するという意味で、わたしの「文学ノート」第Ⅱ部の構成にかかわる大切なことがらでもあることを、言い添えておく。

それでは『文学ノート』の「4　作家が異議申し立てを受ける」には、いったい何が、どのような論点から書かれているか？　作家が小説を書きすすめながら「異議申し立て」を聞く。そこには、ほかならぬかれ自身のうちに聞く声と、外部から来る声があるが、後者のなかで《本質的な異議申し立て》を代表するのは、とりわけ以下のようなものであるという。

なぜ作家は、しだいに性的なるものと暴力的なるものに関心をひかれてゆくのか？　性的なるものと暴力的なるものにひきつけられるかわりに、そのようなものと無関係な高みで、人間の肉体のもっと高尚なところ、人間の行為のもっと立派なものをのみ主題にえらんで文学をつくりあげることはできないのか？　（傍点は大江、『文学ノート　付＝15篇』94〜95）

大江の議論は挑発的かつ攻撃的ですらあることを、予告しておこう。《心の奥深く、あるいはごく浅い所に、文学蔑視の念をいだいている者ほどあきらかに、文学についてなにごとかを一言いうことをためらわない》と指摘してから、作家はとりあえず「しかし、きみ、昨今の文学は、性と暴力よりほかに書くことはないと信じている者どもの、乱痴気さわぎだけのものじゃないかね」といったたぐいの、権威風を吹かせた論評を退ける。《あらゆる国家で、検閲とはこのたぐいの精神の指導によっておこなわれる》と言い添えて。

つづいて、そのようにいった以上、《作家には、どのようにして、性的なるものと暴力的なるものが、文学の生死をかけた問題であるのかを、あきらかにしなければならない》と断り、本論に入る（傍点は引用者）。じつは大江の初期の評論をざっと見わたしてみれば、繰りかえし性的なるものと暴力的なるものをめぐる論争的なエッセイが書かれていることがわかるはずだが、『文学ノート』における議論の展開は、きわめて具体的であることによって、わたしを説得する。

　思い切ってわたし自身の表現に置きかえてしまうなら、一つの言葉が、権力としての制度に対する、強い抵抗の手だてとなることはある、というのが、大江の主張なのである（武満のいう「強い一つの音」「沈黙に抗議するものとしての〈音〉」にパラレルであるはず……）。英語圏それもアメリカの場合、《たとえばfuckというたぐいの、いわゆるfour-letter wordが、文学において、紙に印刷されるための市民権をとるまでの、作家あるいは出版社と、検閲との闘い》は永かった。その永い闘いのあいだ、four-letter wordは《ダイナマイトがゆわえつけられている導火線》のように機能した。そして大きなダイナマイトの爆裂音が、国じゅうに鳴りひびき、《文学、映画、演劇の検閲の全面的廃棄》にむけて、《導火線は爆発をひきおこしつづけた》という大江の論述を、もう少し先まで丁寧に追ってみたい。

《考えてみれば映画フィルムに映された陰毛の存在など、fuck という言葉にくらべれば、つまらぬちっぽけな影のようなものだった》という指摘に続き、英語圏において four-letter word が、なぜかくも強力な爆発力をそなえているのか？ という問いを発し、自ら答えてこう断言するのである──《英語圏─キリスト教圏において、言葉とは、ついには「神」が言葉そのものの究極の incarnation であるような、ひとつの、はっきりした肉をそなえたものとしてとらえられるからであろう》。そして傍証のように、T・S・エリオットの『ゲロンチョン』から出典も明かさずに引用されるのは、英語原典の詩の三行……《暗黒の襁褓《むつき》につつまれて沈黙している、言葉のなかの「言葉」、やがて猛虎キリストと肉化してあらわれるであろうような、言葉のなかの「言葉」。》と大江はその詩句を日本語で意訳しつつ反芻する。そして、そのような「言葉」の世界において憎悪されずにはいない fuck という言葉こそを、それこそ《言葉のなかの言葉》として戦いの旗にひるがえす者らの《反抗的な文学》への、熱情的な共感をあらわにするのである。ノーマン・メイラーやビートニク世代の著名な作家たちが名指されていないのは、モデルの権威に寄りかかる議論ではないと示唆するためか……

ところで大江の議論の眼目は、日本では、これに比肩する「四文字単語」（卑語）が見出されないという認識にある。該当する言葉はわが国の印刷された紙面のおもてに公然とあらわれてきたが、闘いのはての勝利獲得という碑がうちたてられたのではなく、《それはひそかに、ためらいながら、暗黙のうなずきあいの交換をつうじて紙面に浸透した》（97）。その言葉には、《連鎖的な破壊力》はひめられていなかった、というのである。現にひとりの青年が総合的な芸術的野心を発揮して、アート紙に写真と文章をあわせ印刷する雑誌を刊行するとして、かれは問題の言葉を印刷することはできるが、《ひとつまみの陰毛の写真をそこに刷りこむことはできない。考えてみれば、それこそは言葉の破壊力への根本的な見くびり、蔑視ではないであろうか？》（傍点は引用者）。

『洪水はわが魂に及び』をしっかり読んだ者であれば、ただちに思いおこすはず、未熟な肉体をもつ伊奈子が、問題の卑語を口にして男を誘うことを。また『同時代ゲーム』では、それこそ幕開けの瞬間に、双子の妹が送ってきた《恥毛のカラー・スライド》なるものが、手紙の書き手のアパートの板張りにピンでとめられ公開されていることを。ちなみに問題の卑語を、ここでわたしがそのまま再現しないのは、わたしの自由である、などと断るまでもあるまいが、それはそれとして、作品のなかで発揮される「言葉の破壊力」に敬意を表した批評が同時代的に書かれてもいることを、言い添えぬわけにはゆかない。

　蓮實重彦『大江健三郎論』のしめくくり、「一発から零へと向けて」と小見出しをつけたページには、伊奈子の「一発やりませんか？　一発やってみましょうよ！」という台詞をめぐり、問題の卑語も明記して《数的な露骨さ》を論じるところがある。また《恥毛のカラー・スライド》については、最近の筒井康隆との対談でも、これが《書くことを励ます力を鼓舞している》と蓮實は指摘して、《主題論的な体系と語りの構造とのほとんど無責任なまでの連携》という視点から、以前に『同時代ゲーム』を絶賛したことを語っている。[20]

　さて、わたしは『表層批評宣言』の《いま、ここに読まれようとしているのは、ある名付けがたい「不自由」をめぐる書物である。その名付けがたい「不自由」とは、読むこと、そして書くこと、さらには思考することを介して誰もがごく日常的に体験している具体的な「不自由」である》（傍点は蓮實）という文章を、小説家の語る「異議申し立てを受ける」という経験に近づけて考えることは可能だろうか？ と自問しているところである。まずは《ある名付けがたい「不自由」》の根っこに見出される具体的な「不自由」について、蓮實が初めて語る場面を確認することから始めたい。

　第一評論集『批評 あるいは仮死の祭典』の冒頭近く、ミシェル・フーコーのコレージュ・ド・フランス開講講義「ディスクールの領域」の引用に続くページ、つまり実質的な出発点に、それはある。あらゆる社会にあっては《語る行為とそれが生産するものまでをも含めたディスクール》は《一定の手続きによって統御され、選別され、再分配されて》いる。そのためにわれわれは《自由にしゃべる自由を奪われている》という状況が一般にある。ここでフーコーが注目するのは、「言論の自由」とか「国家権力の介入」といった、一元的で可視的な規制の経験論ではない。そうではなく、目に見えぬ《排除の体系》（傍点は蓮實）に従って行使される《一定の手続き》が如何に機能し、それによって言葉の何が失われるか、という二点が重要なのである、と蓮實は指摘する。そして《言葉はまずそれ本来の威力と危険性を失い、またその偶発的な事件性を希薄化され、さらにはその物質的側面が隠蔽される》（17）とフーコーの問題提起を要約するのだが……　大江が強く批判する《言葉の破壊力への根本的な見くびり、蔑視》とは、これと無縁ではない小説家の経験を指し示しての評言ではないか？ ひたすら「書くこと」の経験に密着して語る小説家は、《外在的な排除手続き》としてフーコーが列挙する《性や政治を語るときにたち現われる「禁忌」、狂気を理性の世界から隔離する道具としての「分割と拒絶」、そして嘘を思考の座から追放する「真実への意志」》といった項目についても、賛意と共感を示すかもしれない。小説家の証言にある「権威」や「検閲」の精神は、もっとも見やすい具体例ともいえるのだから…… しかし、小説家が批評家と同調するのは、そこまでだろう、とも思う。フーコーおよび蓮實が照準を定める「ディスクール」（言説）の水準に大江が関心を払った形跡は、すくなくとも『文学ノート』には認められないからである。[21]

ところで「異議申し立て」をめぐる蓮實重彦の立ち位置は？ 立教大学に着任したばかりの若い教師として学生たちと対峙した時の経験が語られることは、あまりなかったように思う。わたしが確認しえた例を紹介するなら、それは『小説から遠く離れて』（日本文芸社）に付された小冊子、絓秀実によるインタヴューにある。日付は一九八九年だから二十年が経過しているが、その応答は、いま読み返しても、なるほどと思う…… 第一に「コンテスタシオン」（異議申し立て）というものが持つ非政治性について。《バリケードの中の学生たちまでが近代化路線反対などという非政治的な姿勢で「近代」を語り始めたりする野蛮な時代》と蓮實は回想する。《いわゆる造反教官たちの言説の反動性と、彼らが示している言表の擬似的な正当性との間のズレみたいなものが、僕には文学の問題の顕在化そのもののように面白かった》というのが二点目。《僕は六〇年代後半の大学紛争によって生まれた批評家だと思う》との述懐がこれに続く。そして《言説の政治性ということに無感覚、ほとんど言説の政治性ということがあり得るということさえ想像してなかった時代》が——たとえば上述のコレージュ・ド・フランスにおけるフーコーの「言説《ディスクール》」についての「演説《ディスクール》」が提起した議論を念頭において——「野蛮」と形容されているのであることは、容易に理解できる。以前に引用した『表層批評宣言』の文章から、不自由の淵源を究明せんとするとき口をついてでるのは、《せいぜい「搾取」や「抑圧」、あるいはそれに類するマルクス＝フロイト的語彙に限られているといった「貧しい」現実》という言葉を再び引いてみてもよい。

これらの言葉を手がかりに、六〇年代後半に学生だったわたし自身の素朴な体験をたぐりよせるなら、以下のようになるだろう。確かに学生たちの《近代化路線反対》は、マルクス＝フロイト的な語彙で語られており、父の権威を代行する教師と資本家への若者の反抗という筋書は、まさしくエディプスのドラマのように生きられていた。「コンテスタシオン」の非政治性という蓮實の批判は、父の近代的言説を反復しながら父に対抗する学生たちの「近代」批判が抱える根本的な貧しさ、目に余る不毛さを指す、と考えることにしよう。いわゆる「反体制」のフロイト的な言説は、不可避的に「体制」に回収され「制度」の延命に貢献してしまうのである。

ところで制度化された学問への「異議申し立て」を指す「ニュー・アカデミズム」が一九八〇年代に流行語になった時、蓮實重彦がこれを牽引する一人とみなされたのは、学生たちが「根源的な問いかけ」などという貧しい言葉で語ることしかできなかった「近代」批判をめぐる探究が、七〇年代を通じて蓮實自身の語彙と文体と修辞により展開されていたからにほかならない。その意味で《僕は六〇年代後半の大学紛争によって生まれた批評家だと思う》という述懐は正確なのだとも思う。また蓮實の語彙と文体と修辞に、これも流行現象とみなされるほど若者の熱い支持が寄せられたのは、「コンテスタシオン」の現場に教師＝批評家として身を置いたことに由来する信頼ということが、少なからずあるのだろうとも感じている。年譜には、次のような言葉が記されている――《何度もくり返し行われた徹夜の団体交渉の折に学生諸君と交わしたやりとりの言葉や言い回しの数々は、直接的、間接的にその後の文章の文体や修辞に影響を落とす。紛争時における言語的実践がなければ、その後の批評活動はなかったと思われるほど、個人的には深いインパクトを紛争から受けとめている》[22]。

それにしても「ニュー・アカ」を自任する者たちはもとより、「ブーム」に昂揚する若者たちの中にも、女性の姿は見当たらなかったという事実、さらには、そのことを不思議に思う者など皆無だったという事実も、念のため想起しておかねばならない。一九七〇年代に海外では、エレーヌ・シクスーやリュス・イリガライ、ジュリア・クリステヴァなどが登場して、英米圏を巻き込む「フレンチ・フェミニズム」が開花したのだったが……

その女性の視点から、いわずもがなのひと言を——学生運動における「コンテスタシオン」の非政治性にもかかわらず、実践的なフェミニズムが徹頭徹尾「コンテスタシオン」を貫こうとする姿勢に、わたしは率直に賛同する。いまでも「体制」は「野蛮」なままであり、言説の政治性ということがあり得るということさえ想像していないのだから、具体的な要求項目を掲げた権利闘争の現場における「コンテスタシオン」は、それ以外の手法はないといいたくなるほどの正攻法なのである。

ただし、一九六八年の学生運動が、最終段階でフェミニズムを懐胎したという見方があるとすれば、それは納得できない。論理的にも、それはあり得ない。エディプスのドラマはブルジョワジーの家庭劇であり、そもそも女性を排除したホモソーシャルな舞台に馴染むもの。ほぼ十年後、上野千鶴子などの実践的フェミニズムは「コンテスタシオン」の語彙や戦略を技法として駆使するようになるのだが、学生運動のエディプス的な精神を受け継ぎはしなかった。

・明治維新百年と二葉亭四迷と中村光夫

前項の冒頭で、武満徹の「強い一つの音」をめぐって、ひと言だけ触れた話題だが、明治四十一年、二葉亭四迷の「酒余茶間《しゅよさかん》」は、次のような言葉によって《漠然としてはいるが切実な期待の声》を世に送り出していた。

「何しろ日本人の音楽には日本人の肺腑に徹るような或物がなけりゃならぬ。何だか知らんが確かにある。そこが日本人の特色だろう。だからよし西洋楽が輸入されるにしてからが、その特色——その或物が摂取され調和されて、特殊な日本音楽になって来なければ心から日本人を動かすことが出来ぬ。」(『同時代論集7』122)

この引用に続いての大江の考察——今日、武満徹が達成したのは、まさに日本人の肺腑に徹る音楽なのだが、しかしそれは、日本人の心情の枠内にとじこめられた音楽ではない、現に西欧の聴衆を感動させるものなのだから。とはいえ、武満の音楽が西欧の世界に逆輸出されるべき特殊な日本製・西洋音楽になりおおせたというのではない。日本、西欧ということにかかわっていえば、武満自身の以下の言葉が、かれの意図、かれが現実になしとげたところのことを充分にあきらかにする。

「私は日本的なものの特質を曝いて、それと西欧的なるものを等価値のものとして自身の手で衝突させたい。私たちの時代の立場としてはそれはけっして不可能ではないだろう。その時そこにうまれる矛盾が表現の唯一の批評となるのである。」（123）

西洋音楽と同様に、「小説」という文学ジャンルも「西欧近代」を担う文化として、明治初頭に輸入されたのだった。大江は武満にわが身を重ねるようにして、「日本的なもの」と「西欧的なるもの」は等価値であり、自身の手で衝突させることが求められている、私たちの時代にはそれは不可能ではない、衝突の火花が照しだす《矛盾のかたまり》こそが、《ダイナミックで創造的な自己批評》の根となるはず、と自らを鼓舞してもいるのである。何度でも強調しておきたいが、「世界文学」という言葉がのちに掲げられる時にも、大江のめざす目標は、たんに伝統に根ざした日本製の小説の逆輸出ということにはならない……

以上が芸術の創造的な期待であるとすれば、文学研究や批評の場合はどうなのか？　一般に研究者や批評家は、先駆的な外国文化の影響のもとにあり、正確な知識の輸入・紹介に当ることが一義的な役割、と考える者は少なくない。しかし、蓮實重彦の立場はむしろ「大江／武満」に近い、また「中村光夫／二葉亭四迷」の立場にも近いのではないか、とわたしは思う。そのことは西欧と日本の「衝突」に身を曝す「眩暈」の感覚を語ることから、批評の実践が開始されたという事実が示してもいる。とりわけ『反＝日本語論』は《ダイナミックで創造的な自己批評》という形容にふさわしい。

一九六八年は、明治に改元されて百年に当たり、国家主義的な風潮の高まりを背景に、政府主導の記念行事などが準備されていた。これに対抗するように、明治維新と日本の近代化路線が辿った道をいかに批判的に再評価するか？　ということを問う知識人たちの活動も、六〇年代を通じて旺盛になっていた。この時期、ようやく生活にゆとりができて、読書人口も増え、出版社は一斉に「世界文学全集」や「日本文学全集」、そして文豪の個人全集などを企画。一九六五年には筑摩書房の『明治文學全集』全百巻という途方もない叢書の刊行が始まった。二葉亭四迷も一九六四年から翌年にかけて、新たに臙脂色の瀟洒な布張り新書版で、全九巻の全集が岩波書店から刊行されている。明治の文豪の本は中流家庭の本棚にもあり、わたしも高校の国語教育で鷗外、漱石、藤村などの文章に自然に触れていたように記憶する。そうしたなかで、大江健三郎は維新前後の故郷の伝承をとりあげて『万延元年のフットボール』を一九六七年に発表するのだが、この作品の最後には、いくつかの本の名が「～に負うところがある」という断りを添えて列挙されており、その中に『二葉亭四迷全集』がある。そして維新百年の幕が開く元日の「毎日新聞」に寄稿した「ふたたび戦後体験とはなにか」[23]という文章でも、二葉亭四迷の名が大きく取りあげられるのである。

　大江は《生き方の根本的な動機づけ》を探る際に――晩年に交流したエドワード・W・サイードの用語を借りるなら――二葉亭四迷を自らのカウンターパートとみなし、「明治維新」と「敗戦時と戦後」とを対位法的な位置関係において捉えようとした。四迷が維新を経験したのは数え年五歳の時、大江が日本の敗戦を経験したのは十歳の時。「毎日新聞」への寄稿文で、大江はまず、予想されるあざけりを《少年の幼い頭の認識したところのことなど、なにほどのことがある、と嘲弄的な旧世代の声がいう》と先取りし、これを退けて、以下のように語っている――四迷は生涯を通じて「維新の経験」を日々選びとり、自分にひきつけつづけたのだが、われわれの年代の、信頼にたる者たちもまた、「敗戦時と戦後の経験」を、かれらの今日の《生き方の根本的な動機づけ》として選びとり、自分にひきつけつづけているように見える。そして、その《根本的な動機づけ》が、モラルの感覚を軸として国際関係の問題にまで及ぶところに、「維新の経験」の上にたつ四迷と、「敗戦時と戦後の経験」の上にたつ者たちをつなぐキズナを認めることができる。

　大江が引用する二葉亭の言葉——《偖《か》く維新の動乱の空気にも、稍《やや》実感的に触れてるので、それで一味ハイカラならざる或る（言はば豪傑趣味ともいふべき）もの、さては国家問題、政治問題の趣味などが僕らには浸み込んでゐる》。維新という動乱の空気を知る者は《国家問題、政治問題》に無関心にはなれない、という主張だが、明治も終わりに近づいていた当時、今さら「国家」や「政治」の話はバンカラではないか、という世間の風潮を批判してのこと。この明治四十一年の六月、二葉亭はペテルブルグに渡り、肺結核を悪化させて、翌年ヨーロッパ、喜望峰廻りの長く辛い船旅で日本をめざすが、ベンガル湾で客死する。

　病身を押してロシアに向けて出発するまえ、四迷は友人に「僕は人に何らか模範を示したい……なるほど人間といふ者はあゝいふ風に働く者かといふ事を出来はしまいが、世人に知らせたい」と云ったという話が伝わっている。「毎日新聞」の寄稿文で、大江はこの言葉を紹介し、二葉亭が持っていた「国家問題、政治問題の趣味」は、官僚や政治家がそれらにたいしてそなえていた感覚とおなじではない、と語るのである。それは二葉亭というひとりの人間のありようの、《基本的なモラル》にかかわるもの……　という話の方向からして、なにゆえ《生き方の根本的な動機づけ》を考えるために、二葉亭四迷が召喚されるのか？　という議論の大筋は見えてくる。

ここで武満と二葉亭をむすびつけた論考「作家としてどのように書くか？」の文脈に戻るなら、先に引用した「私は日本的なものの特質を曝いて、それと西欧的なるものを等価値のものとして自身の手で衝突させたい」という武満の文章について、大江は音楽と思想が武満の内部に共存しているのだ、と断言し、こう続けている。

ひとつの思想を文章に表現して、小説に象嵌するというようなことよりも、もっと根源的な深い場所で、思想と作家の活動とはむすびついている。そうした思想的なものの、根源的な存在感を体験することによってのみ、作家はその場所で倒れないでいる平衡感覚と、前へすすむための実質的な動機づけをうるのである。（『同時代論集7』125）

『万延元年のフットボール』は『二葉亭四迷全集』に負うところがある、という著者の言葉を字義通りに受けとめて、いわゆる「参考資料」を越えたキズナがあるはず、と見当をつけておきたい。大江健三郎が一九六五年の七月から八月にかけてハーヴァード大学でキッシンジャー教授のセミナーに参加していたことは、『洪水はわが魂に及び』を論じた時に話題にしたが、『万延元年のフットボール』の最初の構想が練られたのは、このアメリカ滞在の時だった。《二葉亭四迷のおよそ文学的な意識とは無関係な手紙のうちから、ぼく自身の意識のピンによっては、どうしても向うがわへつらぬきとおせないところのある、数々の断片をぬきだして、それをカードにうつし、日々それらを読んでいた》という言葉が、評論集『持続する志』にある（404）。見逃してならないのは、文学的な意識とは無関係な手紙、とわざわざ断っていること。

ここで強調しておきたい――「維新の経験」の上にたつ者たちと「敗戦時と戦後の経験」の上にたつ者たちをつなぐキズナという発想は、『万延元年のフットボール』一作の構想だけを支えているのではない。大江の故郷の伝承を素材とした作品群、主なところを列挙しただけでも『同時代ゲーム』と『M／Tと森のフシギの物語』、そして「晩年の仕事《レイト・ワーク》」後半の三作のうち『臈たしアナベル・リイ　総毛立ちつ身まかりつ』と『水死』が「維新の経験」と「敗戦時と戦後の経験」を重ね合わせるような構造を持っているのである。大江が《生き方の根本的な動機づけ》として選びとり、終生自分にひきつけつづけた「歴史認識」とは、このキズナにほかならない。

ところで、終生のキズナといっても、大江の文学世界は絶えず生成し、変容もするのであり、同工異曲といいたいのではない。たとえば五作品のうち最初の二作品は、とりわけ男たちが考え行動するのだが、『同時代ゲーム』において伝承の語り部をつとめた「父＝神主」の役割を『M／Tと森のフシギの物語』では「祖母」がつとめることになり、能動的な女たちの姿がおのずと脚光を浴びる。その後の二作品では、映画あるいは舞台の俳優である女たちが中心になり、女たちが表現し、批判することまで、堂々とやってのける……　という具合に、わたしは大江文学における女性の存在感を整理する。単純すぎる図式化といわれようと、いっこうに構わない。これら架空の女たちに励まされて、わたしはこの「文学ノート」を書いているのだから。

話は男たちの「維新」と「敗戦時と戦後」に戻るが、大江が「信頼にたる者」に数えたであろう先達のうち、中村光夫は、おそらく特別の重みを持っている。一九五八年に発表された中村の

『二葉亭四迷伝』（講談社文庫）を大江が熟読していることは、引用や依拠して語るところが多いことからも確認される。中村によれば、武士の出身でありながら、いわゆる武家の堅苦しさをほとんど持たない二葉亭と鷗外は好対照をなす。二人の《気質と人生の対しかた》には大きな距りがあって、《鷗外の魅力がその冷たさにある》のと反対に、《二葉亭が読者をひきつけるのは、いつも八方やぶれの不遇のなかで、胡座《あぐら》をかいて気楽な座談にふけるような、飾り気のない開けはなしの暖味》による。鷗外を謡曲とすれば、二葉亭は清元か新内だろう、とのこと（16〜17）。洒脱な文体と論述の力強さ。読む者が二葉亭に惚れこまずにはいられぬ評伝である。

一方、蓮實重彦にとって中村光夫はいかなる存在だったのか？　という問いは、それ自体が興味深いものであるだけに「文学ノート＊大江健三郎」という本来の枠組みからはみだしてしまいそうな危惧はあるのだが、わたしにとって『二葉亭四迷伝』は、考える素材として新しい。「蓮實／中村」と「大江／二葉亭」という四つの名をめぐり、共鳴する旋律が聞きとれると思われるポイントを三つほど、列挙してみる。

①「失敗作」への偏愛について

一九一一年生まれの中村光夫は、一九〇九年生まれの大岡昇平と同様に、世界史のただなかに身を置く「近代日本」の在り方を、巨視的な展望をもって考究しつづけた作家であり、蓮實が二人に例外的な親しみをこめた敬意を捧げていることは、よく知られている。まずは「私の一冊　近代日本の悲劇」[24]と題した蓮實のエッセイの冒頭から――《第一篇は坪内逍遥の名義で刊行された『浮雲』はいうまでもなく、早すぎるといってよい晩年の『其面影』や『平凡』のように「失敗作」ばかりを書き残して四十六歳で他界した二葉亭四迷は、はたして作家の名に値するのか。

四十六歳で『二葉亭四迷伝』を書き始めた中村光夫は、二葉亭が優れた作家であったかどうかにはほとんど興味を示していない。「今迄の批評家の型とは違ふ型の批評家になりたい」といい、「普通の文学者的に文学を愛好したといふんぢやない」という二葉亭がどのように文学を愛好したのか、あるいは愛好しそびれたかに中村の興味は集中し、そうした視点から「失敗作」の意義を問いただすことになる》。

　二葉亭がツルゲーネフの翻訳をめぐって「彼の理解するロシア小説を『リプロデュース』するにたる文体」が日本には存在していなかったから、「いやでもそれをつくりださねばならない」といった、という話は、蓮實の見るところ、中村にとって、いわゆる「言文一致」の創始者としての貢献にまして刺戟的なのだった。二葉亭四迷は《我国の近代小説史の白紙の第一頁に思うままの図を描ける立場》にいた、という中村光夫の言葉には、じっさい大きな含みがある。若さだけが許す倨傲のなかにいた二葉亭にとって、《作家になるとは彼の心を燃したロシア文学に匹敵する小説を自分で書く》ことだった、と中村はいうのだが、じっさいまっさらな白紙の状態に向き合う強靱な意欲、渾身の創造行為というものを想像してみなければ、いま問われている、括弧つきの「失敗作」という概念のスケールも理解しえないだろう。二葉亭四迷の個人の人生は、文学者としても、それなりの職歴を持つ知的エリートとしても「失敗」だったにちがいないのだが、そこに「失敗」を通してしか現出しえぬ「近代日本」の悲劇的な相貌が浮きあがる。その逆説的なドラマこそが、偉大であり、感動的なのではないか……

　ところで蓮實は半世紀以上にわたり『ボヴァリー夫人』を読みなおすことを続けるうちに、これは破綻寸前の、齟齬や危うさを抱えた作品である、と確信し、その確信の意義深さを様ざまの角度から活き活きと語るようになっていったのではないか？　たとえば「散文は生まれたばかりのもの」というフローベールの認識には、《我国の近代小説史の白紙の第一頁》という、二葉亭を位置づける中村の言葉とも呼応するものがある。新しい潮流のゼロ地点に立つという自覚。壮大な企図に絶望的な無力感が交錯する中で生きられる「小説を書くこと」の苦患《くげん》……　それでは書きあげられた『ボヴァリー夫人』は、いかなる意味で出来損ないなのか、という具体的な問題については、すでに言及した菅谷憲興の蓮實重彦論が「失敗作としての『ボヴァリー夫人』」という項目を立て、周到に論じているから、ここでは触れずにおく。[25]『同時代ゲーム』が出た時に、文壇の大御所たちの否定的な論調に対抗して、筒井康隆が《これは確かに失敗作かもしれないけれど、失敗作であるということさえ度外視すれば成功作である》と書き、大江はたいそう喜んだという。この話は二〇一八年の蓮實との対談でも思い起こされており、[26] 筒井にとって「大江文学」の精髄は『同時代ゲーム』にあることがわかる。蓮實も「晩年の仕事《レイト・ワーク》」六作品を別格の成果とみなす一方で、それまでの長い道程におけるまぎれもない頂点は『同時代ゲーム』と考えているらしい。

ここで以前に引用した《読者が「作家」と呼ばれる存在に示しうる最大の敬意は、「作品」を仮りごしらえの不安定な橋とみなすことではないか》という挑発的な問いかけを、反芻してみてもよい。続く文章は――《誰もがその上を堂々と胸をはって歩いてゆくことを名誉だと思う「作家」など、およそ文学とは無縁の連中にすぎないだろう》(167)。細部まで念入りに調整されて、微動だにしない完璧な構造物などが、「肉体的なエンターテイメント」を好む批評精神を刺戟するはずはないのである。眼に見えぬ齟齬や破綻を抱えているのかもしれぬ、不安定ではあるが、圧倒的としかいいようのない「作品」。運動への気運が全身に脈打っている肉体さながらの……「失敗作」への偏愛とは、そうした手に負えぬ、躍動する「作品」への、持続する愛着にほかならない。

② フローベールの草稿

蓮實重彦『随想』（新潮社、二〇一〇年）に収められた中村光夫についてのエッセイには「6「栄光の絶頂」という修辞が誇張ではない批評家が存在していた時代について」という長いタイトルがつけられている。一九六七年、留学を終えて帰国したばかりの蓮實が『フローベール全集』のための翻訳や執筆を進めていた時期に、恩師・山田𣝣先生とともに鎌倉の中村光夫邸を訪れたことで始まる個人的な交流の委細は棚上げにして、上記のエッセイからフローベールの草稿にかかわる小さなエピソードを二つだけ紹介しておきたい。東京大学に寄託された大江健三郎の自筆原稿を念頭においての話題であることはいうまでもない。

以前に「テーマ体系×説話技法」の項で触れた本だが、『「ボヴァリー夫人」新釈版、未刊行草稿を附記』（一九四九年）という、編者二人の名を取って通称ポミエ゠ルルー版『ボヴァリー夫人』と呼ばれる分厚い本に、中村光夫が強い関心を示したのだった。蓮實によれば、中村氏は《これは面白かったと一言もらされ、百戦錬磨の知将がとうとう自分にふさわしい敵と対峙する好機に恵まれたかのように、思いきり満足げに微笑まれた。うん、これは面白かった、とぶっきら棒につぶやかれただけなのに、批評家としてしばしば味わわれただろう読後の充足感を遥かに超えたたえもいわれぬ悦楽のようなものを、全身であらわしておられた》という（96）。その充足感と悦楽のようなものに応え、蓮實はフランスに滞在していた一九七一年の末、フローベールの草稿を収蔵するルーアン市立図書館に、中村を案内した。閲覧室でほんの四時間ほど過ごしただけの中村が、作家の「自筆原稿」から何を摑みとったのか？　中村自身の慧眼もさることながら、中村の感想や証言を批評的な語彙によって意義づける蓮實の洞察からは、それぞれの高揚感までが伝わってくる。

　フランス文学史の伝統によれば、『ボヴァリー夫人』の作者は「ロマン主義」から「写実主義」への移行を実現したことになっている。この伝統にまっこうから対立する発想なのだが、フローベールの初めての長篇小説は、いわゆる「写実主義小説」にふさわしい描写文の充実と文体の錬磨の成果として誕生したのではない、という確信を、親子ほど歳の違う二人の日本人が分かち合ったのである。「ポミエ＝ルルー版」が、フローベール自身が削除した草稿を適宜復活させたフシギな増補版——中村光夫の卓見によれば『原ボヴァリイ夫人』のようなもの——であることは、以前に述べた。中村が発見したのは、「写実的、具体的描写という点では、草稿の方がすぐれて」おり、「決定稿ではそうした具体的な細部はほとんど削られ、人物の行動が最小限の必要にこたえて記録されているだけなので、いわば表現はずっと抽象的になり、描写の具体性は犠牲にされてい」るという事実だった。蓮實によれば、これは《言葉がその表象機能とは異なる言語そのものとしてテクストに露呈され始めているという、ある意味ではフーコー的ともいえる「言葉と物」の関係が初めて意識された》ことを意味するという（傍点は引用者）。また、「表現はずっと抽象的になり、描写の具体性は犠牲にされ」るとき言語に起るのは、《ロラン・バルトなら「白いエクリチュール」と呼ぶであろうものにほかならない》とも付言する。六十歳を過ぎた中村が、フーコーなら「言語の露呈」と呼ぶものから、「作者の死」の問題にまで触れてしまっていること、まさしく散文性の危機を捉え得たことに、蓮實は感動以上の深い動揺を覚えたという。

ルーアンの市立図書館を訪れた時の中村も、改稿の手順そのものに注目し、「自筆本」には各章の区切りがまったくないことを強調する……「生成論《ジェネティック》」と呼ばれるアカデミックな方法論を先取りするかのように。ところで、大江健三郎の『文学ノート　付＝15篇』に連綿と記されているのは、言葉がその表象機能とは異なる言語そのものとしてテクストに露呈されるという出来事それ自体ではないか？　とりわけ「6　消すことによって書く」と題した終章は、中村光夫の視線の先に蓮實が捉えたフーコー、バルト的な意味合いにおける散文性の危機に、大江自身が反省的な意識を傾注し、自らの言語的実践を類例のない現場報告として記述したものといえるのではないか？

③「知識人のエクリチュール」

一九八〇年の『事件の現場』に収められた、中村光夫との対話。中村が〈文体〉という言葉で二葉亭の新しい文学的な試みを評価することについて、蓮實は《ロラン・バルトのエクリチュールという概念との関係で考えてみたい》と提案する(66)。バルトは一般に「テクストの快楽」という地平に位置づけられることが多いのだが、バルトの多面性、とりわけ政治的なものとのかかわりという意味でも見逃せない論点である。初期の『零度のエクリチュール』（一九五三年）は《サルトルのアンガージュマンの社会参加的な側面を、書く体験のほうにひきよせようとする試み》だった、と蓮實は語る。文体《スティル》は個人に独特なもの、一方、国語《ラング》は万人共通のもの。文学はふつう、その二つのものの関係で成り立つと考えられていたけれど、その中間に《感性なり意識なり考え方なりを規制するような力》が働いている。その規制を受けながら書かれた言葉には、歴史的なもの、社会的なものが露呈する、とバルトは考え、これを「エクリチュール」と呼んだ。そのような意味合いにおいて、《二葉亭が苦心して作り出したのは、もちろん個人的な文体であったには違いないにしても、それが次第に受け入れられてゆく過程で、単なる個人的な文体を越えて、実は明治二十年代から三十年代にかけての日本の知識人のエクリチュールになったのではないか》と蓮實は指摘するのである。

大江健三郎が、手紙や評論などを含め二葉亭四迷の仕事の総体に強く惹かれたのも、そこに新たな時代を画する、バルト的な意味での「知識人のエクリチュール」を認めたからではないか？『文学ノート　付＝15篇』の「2　言葉と文体、眼と観照」には、一般に「文体」と呼ばれるものの大方が、形骸化した鋳型のようなものでしかない、といった批判に添えて、《作家にとって文体とはつねに、充分には意識化できないところのものである。そしてそこに文体の問題の核心にふれる、様ざまな契機がひそんでいる。作家が、意識的にある文体を選びとろうとすることはある。しかし、実際にかちとられた文体は、どこかでその作家の意識による企画を越えているものなのである》との鋭利な認識が語られている（38〜39）。さらに《ロシア語の文体を文節の区切りかたや、単語の数まで勘定にいれながら、なんとか新しい日本語の文体をつくりあげようとした、二葉亭の努力のような特別の例をのぞけば》、既成の文体のいずれかを典拠にするのが一般である、といった考察が続く。また別のところ「5　書かれる言葉の創世記」には、以下の文章がある。

もっと現実に近づけていえば、言葉はそれを発した人間を社会化する。社会にたいする、その人間の肉体＝意識のありようを、言葉がただちに決定して、その言葉を発した人間は、もう社会と無関係ではありえなくなるのである。世界内存在としての人間、社会的存在としての人間、ということを考えつつ、いままでのべたところのことを逆にたどれば、すなわち言葉が、かれの肉体＝意識を人間とする、ということがおのずから明瞭となるであろう。言葉が人間をつくる。言葉が世界をつくる。言葉が社会をつくる。（『文学ノート 付＝15篇』120〜121）

ここに「エクリチュール」という言葉はないけれど、バルトの『零度のエクリチュール』に示された「表現形式の社会参加」ということが、はっきり自覚されている。さらにまた、作家は小説を書きながら、《その言葉が世界をつくる現場》に、立ちあっている、というのが大江の捉え方。《言葉が人間をつくり、社会化する現場》に立ちあっているのであり、それを考えれば《作家が、かれの小説の、結果として固定したかたちよりも、現にその小説が書かれているさなかの状態にもっとも強くひきつけられる》のは、けだし当然であろう、とも語る。《読者が「作家」と呼ばれる存在に示しうる最大の敬意は、「作品」を仮りごしらえの不安定な橋とみなすことではないか》という蓮實の提言を、今いちど引いておこう（傍点は全て引用者）。

・エクリチュール・フェミニズム・バシュラール

ふだんからなるべく「影響」という言葉は使わぬように心がけている。大江健三郎が特定の作家や思想家の影響下にあって特定の作品を書いたという解釈は、それだけであれば、いかにも貧しいと思う。真の作家にとって、古今東西の文学作品や思想や批評の本は日々の糧のようなもの。一つの作品はつねに経験の総体であり、複合的・多面的なものとして存在する。なるほどT・S・エリオット、W・H・オーデン、W・B・イェーツなど、英国モダニズムの系譜とされる詩人たちに大きな影響を受けた、という言い方を作家自身がすることはあるけれど、詩人から小説家への影響なるものを傍観者の視点から特定できるはずもない。同時代の評論や研究についても、生身の人間が絡むことであるから、様ざまの社会的な配慮というものがある。小説のなかで虚構の生を生きている恩師・渡辺一夫を唯一の例外として、ここでも個別に名指して敬意が示されているか否かで、影響の有無や多寡などを憶測するのは無意味だろう。それでもやはり気にはなるのである。一九七〇年代パリの沸騰的なような出来事を、大江はどのぐらい身近なものと感じ、至近距離からフォローしていたか……

大江の『文学ノート　付＝15篇』は「創作ノート」を名乗っているけれど、実質的には海外の最先端の動向を視野に入れた「(自己)批評」の試みではないか、とも思う。わたしがこの「文学ノート」の先だつ部分で考え、確認してきたのは、書くこと、読むことをめぐる意識の先鋭化という意味で、大江と蓮實は——たがいに素知らぬふりをして——同時代性を分かち合っているという事実。『文学ノート　付＝15篇』と『批評　あるいは仮死の祭典』が、たまたま同じ一九七四年十一月に刊行されている以上、それこそ同時性といいたいところだけれど、日付の一致は象徴的な偶然でしかない。

　ところでガストン・バシュラールについては、すでに見たように、大江も蓮實もよく読んでいた。ただし、それが作家と批評家を例外的に結びつける特別の徴《しるし》だとはいいにくいのではないか。「＊このノートのためのノート（二）」でもひと言触れたように「ヌーヴェル・クリティック」のルーツとしてのガストン・バシュラール（一八八四〜一九六二年）は、六〇年代、七〇年代のフランスで隠然たる存在感を持っており、日本でも次々に翻訳が出た。思い返せば、バシュラールを読まぬ仏文研究者などはいなかったのである。一方、大江と蓮實の接点というほど明確ではないにせよ、それぞれの思考の源泉となったであろう批評家の一人にロラン・バルトがいる……というのが、とりあえずの見立て。晩年の大作『憂い顔の童子』に登場するアメリカ人の研究者ローズさんが、「読みなおすこと《リリーディング》」の大切さを説くときに、その発想がノースロップ・フライを経由してロラン・バルトに遡るものであることを強調するのは、ゆえあってのこと、つまり小説家の精神を養ってくれた批評家たちへの間接的なオマージュではないか、とも考えている。

　一九七四年の九月に『状況へ』と題した時事問題にかかわる評論集が岩波書店から出版された。ヴィエトナム戦争、沖縄返還などを主要な話題として前年に雑誌『世界』に連載されたものである。大江は、この時期、小説と批評に加えて、時事評論という三つ目のジャンルにも、切れ目なく取りくんでいたことになる。その『状況へ』の「プロローグ」に、《ロラン・バルトがかれらの国の大歴史家の文章を選びだして作った本》にあった一節ということで、ミシュレの文章が引かれている——《散文は思考の最後の形態、漠とした無為の夢想からもっとも遠い形態、行動にもっとも近い形態である》。小田実が主催者でもあった「アジア人会議」の八王子の丘の会議場で、政治的な意味で行動的な参加者の「アジア人」たちの言葉を聞くうちに、大江は《ミシュレの散文観をはっきり把握しえた》と感じたという。そして《これらの行動＝「書き方」の人びと》、すなわち行動と同義語の「書き方」でのみ語る人びとの眼に、自分自身の「書き方」はどのようなものにうつるのだろうか、という《茫然とするような思い》に引き入れられていた、とも述べる。しかもなお僕は自分の「書き方」で書く……　という文章が段落のしめくくりに置かれているのだが、この「書き方」という語には「エクリチュール」というルビが振られている。「「書き方」の問題」という表題を持つ「プロローグ」が示唆するように、これは『状況へ』の中心的な検討課題なのである。

　ここで「大江文学」からしばし離れることになるが、引き続きロラン・バルトに寄り添って考えてみたい。それというのも、ミシェル・フーコー、ジル・ドゥルーズ、ジャック・デリダなど、蓮實の著作に導かれて名を挙げてきたフランス七〇年代の批評家・思想家たちのなかで、とりわけ現時点から振り返ったときに、わたしが切実な共感を覚えるのは、やはりバルトなのである。たとえば一九七七年一月七日のコレージュ・ド・フランス開講講義「文学の記号学」から、「権力」としての「言語」について語っているところ。

　言語活動《ランガージュ》は立法権であり、言語《ラング》はそれに由来する法典である。われわれは、言語のうちにある権力に気づかない。というのも、およそ言語というものはすべて分類にもとづき、分類というものはすべて圧制的である、ということを忘れているからである。ordo（秩序＝命令）という語は、分類区分することと同時に威嚇を意味する。ヤーコブソンが指摘しているように、ある一つの特有言語は、それが言うことを可能にする事柄によってではなく、むしろそれが言うことを強制する事柄によって定義される。われわれのフランス語にあっては（これは大ざっぱな例にすぎないが）、私はまず自分を主語〔主体〕として立て、つぎに行為を述べることを強いられる、その結果、行為は私の述語〔属性〕にすぎないことになる。私の行為は、私の存在の論理的帰結であり、かつ、それに続いておこるものにすぎなくなる。同様にして、私は常に男性か女性を選択しなければならない。中性や複合的な性は禁じられているのだ。（『文学の記号学』[27] 12〜13）

引用はここまでとしよう。続いてバルトは、エルネスト・ルナンが表現手段としてのフランス語を信頼し、たしかにフランス語はある《政治的理性》を表現するように強制するが、それは《民主的なもの》でしかありえないと主張していることを紹介し、これに反論するという論点を微妙にずらして挑発的な定言を導いてみせる――じっさい「言語」は《反動的でも進歩的でもない。言語は、単にファシスト的なのである。というのも、ファシズムとは、何かを言わせまいとするものではなく、何かを強制的に言わせるものだからである》。

ほぼ半世紀後の現在、これらの言葉を読む日本の読者が、バルトのラディカルな思考法にどのぐらいの実感をともなう賛意を表明するだろうか？　繰りかえし参照した蓮實重彥『表層批評宣言』の冒頭を、もういちど読みなおしてみよう――《いま、ここに読まれようとしているのは、ある名付けがたい「不自由」をめぐる書物である。その名付けがたい「不自由」とは、読むこと、そして書くこと、さらには思考することを介して誰もがごく日常的に体験している具体的な「不自由」である。だが、人は、一般に、それを「不自由」とは意識せず、むしろ「自由」に近い経験のように信じこんでいる》（傍点は蓮實）。具体的に思い描いている風景は同じではないとしても、バルトと蓮實が共有するのは「言語」とは不可視の権力にほかならず、おのずと「不自由」の体験として生きられる、という認識である。しかも、とすかさず言い添えたい――日本語の「政治的理性」は、とほうもなく非・民主的で、おそろしく男性中心の世界観の結晶なのではないか？　ルナンの考えるように「政治的理性」が言語に内在すると仮定しての話だが、半世紀に及ぶわたしの根強い実感は、それが存在すると告げている。

「影響」という言葉と同様に「ジェンダー」や「ホモソーシャル」という言葉も濫用を慎みたいと考えている。ただし、以下の議論では、これらの語彙が有効に働くかもしれない。フランス語と同様に日本語でも――ファシスト的な強制力によって――《常に男性か女性を選択》して発話しなければならず、また《中性や複合的な性は禁じられて》いる。この事実は、あいかわらず絶対的な強制力をもって、日本の法律を構造的に拘束しているのである（フランスの法律が、同性婚や性的マイノリティの権利を認めることで、バルトが告発する言語の強制力をたわめる方向を模索してきたことは、よく知られている）。眼に見えぬ制度としてのジェンダーの構造が、男性に占有された近代日本のホモソーシャルな社会の構造物のまま、揺らぐ気配もないということ。しかも、この構造物が揺らぐことは好ましくない、という判断が、常に政権担当者の大前提であることを、わたしたちは日々、いやというほど見せつけられている。

すべての根っこにある言語の問題にラディカルに立ち返ること——一九七〇年代のフランスは、そのことに意識的だった。そして前述のように、この時期、エレーヌ・シクスー、リュス・イリガライ、ジュリア・クリステヴァなどがいて、いわゆる「フレンチ・フェミニズム」の先鞭をつけたのだが、ここで強調したいのは、「フェミニスト」たちは全てを読み、理解し、発言しており、ジャック・デリダをはじめ、同時代の思想家・哲学者と実りある対話を交わしていた、という事実である。一九八〇年代のアメリカで、いわゆる「フレンチ・セオリー」が一世を風靡したとき、先導する者たちのリストには、デリダ、ドゥルーズ、フーコーなどとともに、これら「フェミニスト」たちの名が掲げられていた。そして今日、アメリカのフェミニズムは力強く世界を牽引してもいる。

なぜ、日本の女性たち、わたしたちは、ひたすら沈黙していたのだろう？　どこからか応えが返ってくるわけではないのだが、そのことはしばしば考える。日本の戦後民主主義は女性の問題を置き去りにした。戦後の経済復興を担う企業戦士の男たち、その銃後（?!）を支える女たちという隠然たる構図は、一九九〇年代のバブル崩壊まで続く。政治や経済はもとより、文化や思想の領域でも、発信される言葉のほとんど全部が、男性のものであり、男性の世界観を代弁するものだった。つまり、七〇年代のわたしたちは「社会的マイノリティ」としてさえ認知されていなかった。これが当事者による手っ取り早い回答ということになるだろう……　ごく少数だけれど聡明な女性たちのグループが、海外の文献の翻訳・紹介に当たり、志のある出版社も協力を惜しまなかった。しかし全てを読み、理解し、発言する「フェミニスト」があらわれて、時代を牽引する男性知識人とのあいだに実りある対話が交わされるという可能性については、その気配すらなかったと断言できる。

日本では、一九七〇年前後の学生運動がフェミニズムの覚醒を促すには至らなかった、ということはすでに指摘した。八〇年代の「実践的なフェミニズム」が、学生運動の「コンテスタシオン＝異議申し立て」の手法を採用したのは、戦略として正しいと思う、とも述べた。しかし、その後は？……四十年後の現在も、実践の現場において唯一有効なのは、強力な「異議申し立てのフェミニズム」の持続する行動であることに変わりはない。気がついてみれば、いまだに構造物が揺らいでさえいないのだから……その一方で、「異議申し立てのフェミニズム」の亜種のような潮流が、久しい以前から言論のスタイルとなり、文芸の領域でも勢いを得ているように思われる。

「コンテスタシオン」のように戦闘的であるとはかぎらない、むしろ機知にとんだ「コンスタタシオン」……つまり「事実確認型のフェミニズム」。ここにも、あそこにも、差別が、抑圧がある、ほらこの通り、強制された性差が存在するではないか！と果てしなく指摘して、レッテルを貼ってゆくフェミニズム。不平等や格差の現象は視界を覆いつくすほどにあるから、この爽快な論法は永遠に継続できる。しかし女性が女性の体験を、弱者が弱者の体験を物語るというだけの文章であれば、それは事実の確認でしかない。量産されたテクストは、わかりやすさも手伝って、善意の人びとの賛意と共感を呼びよせながら、順々に消費され、最終的には制度に回収される。つまり、女性や弱者に発言の場を与えたホモソーシャルな社会がリベラルであるかのような幻想を与え、疚しさを忘れさせることで現状維持のアリバイになり、眼に見えぬ制度としてのジェンダーの構造を揺るがすどころか、じつは補強すらしてしまう。皆がうなずきあうなかで「自由」を満喫しているように見えて、われ知らず環境の「不自由」を亢進させてしまう言葉たち。これでは半世紀前に蓮實重彦が批判した、学生たちの「コンテスタシオン」に内在する非政治性を、文脈をずらして再構築しているようなものではないか……

しかし「フェミニズム」の歴史を検証することは、わたしの目標ではないし、時代はむしろ、権力・暴力・差別・格差といった大きな問題系のなかで考えよう、という方向に向かっている。聡明な若い男女のあいだには、たしかな手応え、頼もしい気運がある。それにしても、大江や蓮實とほぼ同時代を生きてきたわたしたちが、現代の若者と肩を並べて二〇二〇年代という地点に立ち、過ぎ去った半世紀を俯瞰するときに、同じ風景が、同じパースペクティヴのもとに視野に入ってくるわけではない……　つまり、こういうことである。

「沸騰的なような一九七〇年代」に参加した日本の女性はいなかったし、むろん女性の不在について批判的に語る女性あるいは男性の言葉など残されてはいない。そして、その後も半世紀におよび、日本語の内包する「政治的理性」は、女性がもっぱら女性を語ることを推奨したから、わたしたちは強制される以前に忖度したのである。女性は女性作家を読んで、女性の視点を活かし、女性ならではのものを書けばよい。要するに求められているのは、女たちによる、わかりやすい「自己表象」なのだった。その期待に応えれば貴女も社会的に認知される、という制度＝権力の示唆、分業体制のススメが確かにあった。いま現在も、暗黙のしたたかな要請と、これに応じる忖度があるのではないか……　とすれば、わたしたちの視点から見ても「コンスタタシオン＝事実確認型のフェミニスト」は新しい種族とは到底いえない。むしろ半世紀前のわたしたちに、奇妙なほど、よく似てはいないか？

凡庸といわれるだろうが、一つの提案はできる――先に触れたように、大きな問題系のなかで考えること。全てを読み、理解し、発言し、一人の人間の体験を文学、歴史、社会、哲学、政治学、法学の自律的な思考に向けて、大胆に掘り下げること。日本語の「政治的理性」が男性のために囲いこんできた広大な知の領域を、日々の地道な努力によって着々と侵犯すること。じっさい言語の「政治的理性」の変革こそを、わたしたちは希求しなければならない。近代日本は、そのような課題があることすら気づこうとしなかった。たとえばヴァージニア・ウルフは一世紀前に、知的エレガンスを存分に発揮して「戦争」を論じてみせた。ウルフを見倣って、などというのはおこがましいけれど、まだ生きているわたしたちも、未来を担う貴女がたも、大江健三郎が恐怖を語りつづけた「世界戦争」「核戦争」の切迫について、人間として考えることをやってみてはどうか……

言語と密着した文学は、歴史学、社会学、哲学、政治学、法学などの人文社会的な思考のなかで、もっとも「性差の力学」に翻弄される分野であるということを、かたときも忘れてはならない。たとえば「肉体」という言葉は、七〇年代において、男性の占有する言葉だったということを、あなたはご存じだろうか？　女性は使いにくい、というていどの、控えめな反応を指しているだけではないか、と反論することはできる。しかるに、この「文学ノート」を書きながら、わたしは自分が半世紀にわたり「身体」という言葉を使うよう努めてきたという事実を発見し、それが意味することの衝撃的な重さを実感し、眩暈すら覚えているところなのである。

じじつ記憶をさぐってみれば、女性研究者は「肉体」という言葉を避けて「身体」という言葉を使うようにという具体的な指導が、それとなく、あるいはあからさまに、わたしたちになされていた。つまり環境あるいは制度からの強い規制は、確実にあった。しかし、先に述べたように、魂や意識の器であり他人の視線に曝される「身体」corpsと、血・肉・骨・内臓で充たされた「肉体」chairとは、別のものである。「肉体」という言葉を使わないということは、その言葉を書かず、読むときは素通りするということ、何よりも、その言葉をめぐる想像的なものの運動が遮断されているということ、さらには、その言葉が指し示す実体を思考しないということではないか？　つまりわたしたちは「男性の肉体」「女性の肉体」「中性や複合的な性の肉体」を思考し、想像することを、バルトがいうように《禁じられて》いた！

日本語の「政治的理性」はもっぱら男性の視点で構築されているから、たとえば性に由来する特殊な規制や禁忌の兆しなどは、男性の視野には入りにくい、ということはあるかもしれない。繊細な違和感を抱くのは、排除された側であるとすれば、そもそも「性差の力学」にかかわる言語的な差別の実態を想像できる男性は、きわめてまれだろう。ちなみに「「異議申し立て」は非政治的か？」と題した項で、ある四文字の日本語の卑語について、問題の卑語を引用・再現しないのは、わたしの「自由」である、と書いたが、あれはウソであって、むろんわたしは全く「自由」ではない。ウソを承知で、わたしは「自由」だと口にする自由を、かろうじて持っているにすぎない。このようにして、言語はその「政治的理性」によって社会を管理し、人間の思考や想像的なものまでを支配する。

『文学ノート　付＝15篇』の著者は、英語のいわゆるfour-letter wordが、戦後のアメリカで《ダイナマイトがゆわえつけられている導火線》のように機能した、と指摘する一方で、日本語の四文字の卑語は《ひそかに、ためらいながら、暗黙のうなずきあいの交換をつうじて紙面に浸透》してしまった、と失望を語っていた。いま、あらためてこの文章を読みなおすなら、キリスト教圏における「言葉のincarnation＝受肉」という発想に、すくなくとも強度において匹敵する「肉をそなえた言葉」を、自分は日本語で書きたいのだという願望が、まずは「肉体＝意識」を主語とする思考法の根っこにあるのだろうと推察される。誰もが不意打ちを食らったような困惑を覚えるであろう「肉体＝意識」という言葉を、叙述の中でひたすら前面に押し出すことで、《暗黙のうなずきあい》を好む日本語の「政治的理性」に対抗しようという意図もあるだろう。「肉体」という高貴さを欠いた言葉や、四文字の卑語など、あえて違反的な語彙を選択する身振りに賭けられているのが、政治的なものであることは、わざわざ指摘するまでもない。

さて「大江文学」のおかげで、「肉体」を思考する機会に恵まれた者としては、『文学ノート付＝15篇』の「肉体＝意識」を特徴づけるものについて、あらためて簡単なメモを作成しておきたい。まず「身体」という言葉の不在を強調した上で、結論を先取りするなら、歴然とした特徴の一つは、大江の「肉体」は非・フロイト的であること。『文学ノート』に「意識」という言葉は遍在するけれど「無意識」という言葉はないし、暗黙のうちに「無意識」が想定されているわけでもない。つまり抑圧されて深層に横たわる「無意識」という実体があるという前提のもとに議論が進められる場面はない。一方で「肉体」もまた抑圧された衝動や欲動の宿る場ではないらしい。フロイトの学説が前提とする個人の性衝動の影がちらつくことも全くない。そもそも「欲望」という言葉に、大江は関心すら抱いていないように見える。結果として「肉体＝意識」と定義された書く主体は、徹底して物質的かつ中性的なものとなる。

ここで『文学ノート　付＝15篇』は『洪水はわが魂に及び』の「創作ノート」であるという観点に立ち返るなら、大木勇魚は、機動隊に追いつめられ、死を目前にした最後の内的独白で一度だけ、「肉体＝意識」という言葉を口にする。全てを剝奪され、削り取られた「人間」の、究極のありようということか……

兇暴ナ抵抗ヲオコナウナカデ、最後ノ人類タルオレノ肉体＝意識ハ、宙ブラリンノママ爆発シ、ソシテ無ダ。ソノトキコソ、鯨ヨ、樹木ヨ、キミタチハ、ホカナラヌキミタチニムケテ、**スベテヨシ**ノ大合唱ヲオクルダロウ。アリトアル葉ムラハ身ヲフルワセテ唱和スルダロウ、**スベテヨシ！**（『洪水はわが魂に及び』下399）

「肉体＝意識」として世界に現前するという、ただその一点に収斂して、命は尽き果てる——《ソシテ無ダ》。大木勇魚の辞世の挨拶は美しく、あれこれの饒舌な物語的解釈を求めない。

さらに「無意識」と「想像力」の問題について、論点整理のような補足を。先に「小説家の無意識」と題したエッセイから《二十世紀の冒頭、小説家たちは、こぞってフロイドに捕獲されて、心理学の囲いのなかの家畜の生活をおくり、それからやっと柵を破って、みんな再び、無意識の曠野をめざすべく逃亡した》という文章を引いた（「数字とその運動」の項）。続くページには《しかし同時に二十世紀は小説家の技法が、ますます意識的になるべき時代》であるとの指摘があって、さらに《そこでぼくは、机にむかっているあいだは、意識的な小説家の生活をおくるかわり、それよりほかの時間の、個人的生活においては、自分の無意識の偏向を決して統禦してはならない、という強迫観念にとりつかれている》との述懐がある……　これで、一応の説明はつく。『文学ノート』は机にむかっている小説家の証言であるから、もっぱら「意識的」な活動を語る。個人的生活においては、フロイトから離反したカール・グスタフ・ユングや神話学のカール・ケレーニイ、とりわけ宗教学のミルチャ・エリアーデなどを手がかりに、無尽蔵の神話的なイマージュや象徴的なものが埋蔵された「無意識の曠野」に回帰することで、作家の「想像力」は逞しく飛翔するだろう。

その「想像力」については今いちど、ガストン・バシュラールに立ち戻りたい。地水火風の四大元素をめぐる人間の夢想を、古今の文学作品を素材に縦横に論じ、詩的で芳醇な散文の著作を何冊も世に送ったバシュラールは、じつは文学の専門家ではなく、大学で哲学・科学哲学を講じた碩学である。大江健三郎が仏文科の卒業論文で取りあげたサルトルの想像力論にあきたらず、早々にバシュラールに傾倒していった経緯については、以前に述べた。その要点は、サルトルのいうイマージュ image はスタティックなもの、静止したものであるのに対し、バシュラールの想像的なもの imaginaire はダイナミックに動いている、という相違にあった。真の想像力 imagination とは《知覚によって提供されたイメージを歪形する能力》であるというバシュラールの定言を踏まえ、大江はイメージを déformer することのエキスパートである子供を小説に登場させることの意義深さを説いていた。その講演「表現された子供」を参照しながら、この「文学ノート」第I部では『洪水はわが魂に及び』の少年たちが見るダイナミックな「幻《ヴィジョン》」を読みなおしてみたのだったが、じつは大木勇魚の imaginaire のバシュラール的な性格については言及しなかった。

しめくくりに「小説の中の人間」の「肉体＝意識」によりそいながら、ある断章を読みなおしてみたい。「樹木と鯨の代理人」を名乗る勇魚に、知り合って間もない喬木が自分の故郷には「鯨の木」という伝承があると告げたところ。《――「鯨の木」、なあ！　と勇魚は感銘に揺さぶられて、吐息をはくような声を発した》とあり、一つの言葉から「幻《ヴィジョン》」が出現するのである。

そのまま勇魚は、かれの前方に現に見えているのとはちがう、もうひとつの空間を見出《みいだ》していたのである。それは、見渡すかぎりの草原にむかって立つ者に、あるいは海にむかって立つ者にのみ経験しうるような広大な空間であって、都市に定住して以来かれはそれを見うしなってきたのであったが、幻として再現したその空間をいっぱいに埋めて、ただひとかぶの樹木による巨《おお》きい森が、「鯨の木」があらわれた。稲さながら分蘖《ぶんけつ》して群がり伸びた太い樹幹の上に、こまかな葉の密集した厖大なひろがりがあって、それは湧《わ》きたちつつ盛りあがり、海上におどるシロナガスクジラの全容をあらわした。しかも小さく黒い賢そうな眼が、葉のむらがりのつくりだす頭部から、無邪気に微笑してよこした。その「鯨の木」の全体は端的に懐かしいものだ……（『洪水はわが魂に及び』上106）

大江文学にとって樹木が特別の主題であることは、連作短篇集『雨の木《レイン・ツリー》を聴く女たち』や『燃えあがる緑の木』三部作など、いくつもの作品が示している。幼いころから馴染んでいた故郷の森の伝承や、フレイザーの『金枝篇』や、柳田国男の『神樹篇』や、英国モダニズム文学、さらには神話学・宗教学・人類学の新しい学問的成果など、おびただしい読書がもたらした詩的イメージや具体的な知識が混然一体となって堆積し、その厚い地層から、豊かな水脈が生まれでたのだろう。それにしても、引用の風景は、まさにバシュラール！

『空と夢――運動の想像力にかんする試論』には「大気の樹木」と題した章に、心惹かれる考察がある。バシュラールによれば、アニミスムを追究してゆくことで見出される《根源的イメージ》は、じつは数多くはないのだが、そうした《根源的イメージ》の一つは、樹木であるという。大気＝空に向かって生長する樹木は《万象を垂直化》する。樹木は物質的・力動的な想像力の申し子であり、《水から大気への移行》という夢想を誘いだす。水中の魚が空の鳥になることはめずらしくない、というのだから、空間を埋めつくすひとかぶの巨木が海上におどるシロナガスクジラに変身することは夢想のロジックに適っている。じつはバシュラールは、大江健三郎と同様に、クジラにもひとかたならぬ興味と愛着を抱いているようなのだが、この辺りで幕としよう。大江文学における「運動の想像力」とりわけ「神話的な想像力」については、第Ⅲ部の作品論で、あらためて。

Ⅲ　神話・歴史・伝承

――『万延元年のフットボール』『同時代ゲーム』

＊このノートのためのノート（三）

《一冊の本にあっては、すべてが似ていながら一つ一つ違っている森の木の葉のように、文章という文章がざわざわと立ち騒いでいなければなりません》――若きフローベールが恋人に宛てた手紙にある一文だが、『万延元年のフットボール』や『同時代ゲーム』が達成したもの、そのめざましく雄大なイメージは、このようなものではないか、とわたしは思う。同じ手紙の同じ段落には、《ホメロスとかラブレーとか、あらゆる文学が生れ出るもとになった本は、それぞれが時代の百科全書です》とも書かれている。また文学青年だったころの友人宛ての手紙には、ホメロス、ウェルギリウス、シェイクスピアの本をヴァカンスに持ってゆく、との報告があり、その理由を述べていわく――なにしろ、この三人だけで《世界中の図書館》に匹敵する、詩情《ポエジー》においても観念《パンセ》においても《三つの大海原》、まさに《ギリシア、イタリア、北国》なのだから。[1]

よく知られているように、大江健三郎はフローベールに似て、信じがたいほどの読書家である。といっても、それは博識への願望ゆえではないし、実証的な意味で正確な小説を書くための、律儀な調査研究ということでもむろんない。少年のフローベールがセルバンテスに親しんだように、四国の森のなかで日本の敗戦を迎えた十歳の少年は、手に入れた本を繰りかえし読んでいた。その時から最晩年にいたるまで、《世界中の図書館》の本を読むことをやめなかった。根っからの小説家でありながら、小説以外の厖大なテクストを書いたという点も、よく似ている。

フローベールにとっての「書簡」に相当するのが、大江健三郎にとっての「エッセイ・評論」であるというのが、わたしの見立て。「書簡」あるいは「エッセイ・評論」を書くことが、作家自身の「文学」の生成にとって、おそらく不可欠でもあったという事実こそが、重要であると思われる。そこでまず浮上する問いは——大江の「文学」と「エッセイ・評論」の相互関係を、いかに語ればよいのだろう？

賦活作用。頻繁に使われる言葉ではないけれど、大江自身の用語でもあって、「細胞賦活」とか「免疫賦活」などの医学の用例からもわかるように、機能を活発にする作用、それも生理的な意味での活性化を指すもの、とわたしは理解する。大江の「エッセイ・評論集」は、共著や対談集をのぞく単著だけで、四十二冊に及ぶ。岩波書店の『図書　追悼　大江健三郎さん』[2]のページに小さな文字で印刷された、それら四十二冊のタイトル一覧をじっと眺め、併行して書かれつづけた長短の小説（講談社『大江健三郎全小説』全十五巻には、長篇三十作、中・短篇六十六作が収められている）を思い浮べながら、「読むこと」×「書くこと」の不断の働きかけが醸成する圧倒的な賦活作用を想像する。文字通り空前絶後なのではないか……

なかでもリストの欄外に記された『大江健三郎　同時代論集』全十巻は、二〇二三年の秋に岩波書店から「新装版」が刊行されたところであり、いま、わたしが書きつつある「文学ノート＊大江健三郎」にとっても、特別の重みをもつ。論集の内容と構成については、以前に「5　それぞれの八月十五日」の「未来へ向けて回想する」の項で簡単に触れているが、あらためて、これが『同時代ゲーム』刊行の直後になされた仕事であること、そこには一九八〇年までの大江について、ひとつの「パースペクティヴ」が見てとれるはずであることを強調しておきたい。これまでに書かれた「エッセイ・評論」を取捨選択し、全体の内容構成を考え、十巻それぞれの主題を立て、一冊の本の巻末には、書き下ろしの「未来へ向けて回想する」と題した文章を添えて、論集の総体を構造化する。こうして「自己編集」と「自己解釈」を重ねる作業には、独特の賦活作用がそなわっているのであることも、いいそえておかねばならない。

わたしがコナール版のフローベール書簡集を、ひたすらカードを作りながら——果てしなく増えてゆくだけのカードは、結局いかなる「検索機能」も果たさなかったのだけれど——やみくもに読みつづけた学生時代の濃密な時間を、いま一度生きなおすことはできない。とはいえ、いまあたえられている条件のもとで、『万延元年のフットボール』と『同時代ゲーム』の「作品論」を書くという目標のために、『同時代論集』全十巻を読みつづけていないわけではない。そこで、わたしの「文学ノート」のパースペクティヴをもっともよく照らし出すと思われるエッセイを、とりあえず一篇だけ選んでみたい。

『大江健三郎 同時代論集5 読む行為』の巻頭に置かれた「出発点、架空と現実」[3]は『万延元年のフットボール』を発表してまもない一九六九年の文章である。この「文学ノート」の「第I部」で話題にした「世界言語」「標準語」「方言」など、また「第II部」で考察した言語の表象機能の問題などとも、その内容は無縁ではない。以前に、中上健次の『枯木灘』とちがって大江の『芽むしり仔撃ち』は、周到に「方言」を回避しているように見える、なぜか？ という問いを発してみたのだが、答えはむろん宙吊りのまま。表現手段としての「方言」という視点をいったん放棄して、「読むこと」「書くこと」の言語的実践というレヴェルで、あらためて考えてみてはどうか……

「出発点、架空と現実」が語るのは、本好きの子供だったころの微笑ましい思い出ではない。日本が戦いのさなかにあった幼年時、《書物は現実への吊り橋ではなく、その逆に、吊り橋を崖の下の暗黒にむかって斬りおとす斧であった》という（9）。なぜなら書物のうちなる事物、人間はみな架空のものだった。異邦人、猛獣、ビルディング、汽船は架空であり、海すらが架空だった。幼年時のぼくが住む谷間をかこむ山のあいだの狭い空を飛びこえてゆく敵軍の爆撃機のみが《現実化した飛行機》だったのであり、バター、牡蠣、サラダ菜が、麺麭《パン》すらも架空だった。印刷された事物の名前と現実の事物との照応関係が、はじめから断たれているのだったから、コオフィは甘ったるく焦げくさいような液体だという級友の証言を聞いただけで、にがいコオフィは《もっとも判読しがたい言葉の謎》となる……　ここに語られた経験は、語り口の妙味ゆえに、読む者の夢想を誘いはするけれど、とりたてて啓示的なものではない。プルーストの『失われた時を求めて』を初めて読んだ戦前の日本の研究者にとって、マドレーヌは架空のものだったから、breuvage という言葉の比喩的な用法に引かれて、平凡な焼き菓子を神秘的な液体だと思いこんだという言い伝えが、とくに滑稽でも深遠でもないのと同じである。それはそれとして、コトバがモノに紐づけされていない、表象＝代理としての言語の基盤すら触知しえない、という底なしの感覚を、だから書物は《現実への吊り橋》を斬りおとす《斧》だった、という方向に捉えなおす、その鋭利な論理の切り返しが、わたしを魅了する。

《父親の不意の死が、もっとも鋭く、書物のうちなる世界と、現実生活とのあいだの連絡路をたちきる役割をはたした》（11）という回想もある。父親の死は、活字で読んだかぎりの、いかなる死とも似かよっていないのだった。幼年時のぼくが、書物のなかの言葉を、現実世界の事物にひきよせることなしに受けいれることはできたけれど、それは《谷間のしばしば兇暴な子供らの社会で、チビの変り者あつかいされ私刑《リンチ》を加えられかねない》ほどの、危険な選択だった。それでも読むことをやめぬぼくは、《身のまわりの事物よりも、書物のなかの事物が、より重く現実的に実在する瞬間》(13)をくりかえし経験するようになり、他愛ない子供むけの連載小説などのために、恐慌におちいったりもした。すると母親は《活字で書かれていることはツクリ話にすぎない、本当のことではない》と勇気づけるのだった……要するに《事物の実在性と架空さ》が、現実生活と書物の世界のどちらかのみにある、という判断はできなかった。そのことの認識が、この独特な「書物論」の眼目ということになろうが、さらにまた、もうひとつ、「話し言葉」をめぐる軋轢という大きい障害があった。

《ぼくが書物のなかの話し言葉をもちいて谷間の子供仲間と話したとしたら、ぼくはまず五体健全ではいられなかっただろう》というのだが、それだけではない。暴力的な制裁や仲間はずれへの恐怖よりも、もっと大きい障害は《われわれよりほかの者たちの言葉を、標準語すなわち教室での苦役の手段となる架空の言葉としていることへの憤怒であって、ぼくはこんりんざい、そのような言葉を使用してみる意志はなかった》。なるほど教室で使用を強制される「標準語＝架空の言葉」への憤りということは、よくわかるけれど、その対抗軸は「方言」なのか？　大江の念頭にあるのは「方言」の復権などという制度的な関心では全くないと思われるのだが、そうだとしたら？

ここでようやく、活字にはならぬ「伝承」というものが、「書物」や「教室の標準語」に対抗し、より信頼にあたいするものとして想起されるのである。これは架空ではない、自分の住むこの谷間の現実なのだ、と信じこむことのできる言葉、濃い安らぎの感情をいまでも《横隔膜のあたりの肉体的な感覚》において思いだしうる言葉……　そのような言葉を語る《谷間の語り部はぼくにとって、特にひとりの愛玩犬のような顔をした片足びっこの小さな老婆であった》という（16）。この老婆は十年ほど前まで——つまり大江が芥川賞作家となったころまで——生き続けており、ぼくが谷間に戻るたびに「思い出話」をした、という回想につづいて、その思い出話のきわめて特殊なものであったというスタイルについて、二段組二ページの説明がある。

老婆にとってぼくは、われわれの家系の三代にわたる三男坊が《ひとりに濃縮された具体的象徴》なのであり、ぼくは日露戦争の兵役のがれのために滑稽な策略を弄した男でもあり、不況のために尾羽うちからして谷間に逃げもどり朝鮮半島に渡った男でもあり、さらに、戦後の新制中学の子供農業協同組合で投機的な成功をおさめた少年でもあった（唐突な比較だけれど、ヴァージニア・ウルフの『オーランドー』に似ていはしないか？）。ぼくの母親が老婆にくりかえし、大叔父さんも、叔父さんも、死んでしまった、と念を押してもたじろがない。ぼくは《自分が三人の男のかさなりあったイメージとして老婆の意識に実在しており、彼女はそのいちいちのイメージを弁別しながらも、それらが同時的に存在していると実感している》ことを理解する（17）。

老婆が子供らに語り聞かせる《歴史談のそもそものモティーフ》はただひとつ、明治はじめにこの谷間を起点としておこった一揆であり、小娘だった彼女は一揆の主謀者の情人となる。しかもこの猛々しい男は、明治初年においてとおなじく、第二次世界大戦の戦場でも戦って、あらゆる時代に遍在する。《彼女は明治以来つねにこの男と共に谷間の歴史に参加したのであり、現にいま彼女が谷間に生きている以上、彼女の経験した歴史は、すべて同時的にこの谷間に現前している》というのである（傍点は大江、17）。子供のぼくは、老婆のスタイルをすっかりそのままに踏襲して、《明治初年の一揆のいちぶしじゅうを見ていた者》ででもあるかのように、谷間の「語り部」をやっていた。幼い仲間たち、時には年長の者たちすらも固唾をのんで蹲みこんでいる輪の真中で……

《地方都市からの疎開児童が、ぼくの経験談としての一揆と暴動の話を聞いてたちまち矛盾撞着をつきだし、ぼくを嘘つきだと嘲弄したときから、ぼくにとって現実生活における言葉の使用はいかなる脱出口もない苦役にかわった》（29）という文章が、論考のしめくくりに置かれている。それにしても《絶対に都市生活者の子供らよりも猜疑心の強い、したたかな村落共同体のガキども》が《たかぶった情念にほてる沈黙の輪》（20）でもって、谷間の「語り部」となった子供の言葉をつつみこんだことは、事実なのである。

　この情景を想起する大江は、「語ること」「聞くこと」をめぐる特別な状況を、「祭り」という概念で説明するのだが、ここで深入りするいとまはない。ひとまず別の論考から引用するなら、老婆の語りによって、《すべての一揆はひとりのヒーローあるいは乱暴きわまる無頼漢をつうじて、あたかもその男が老婆の脇に立っているかのごとくに、その時を現在とする谷間の世界にむかって押し出されて》くるようであり、それは《谷間ぐるみの集団的な想像力に支えられてのコミュニケイションであった》[4]という（傍点は引用者）。

《愛玩犬のような顔をした片足びっこの小さな老婆》は、大江文学を読む者にとって、二重の意味で啓示的な存在であるといわねばならない。第一に、ここで素描されたような谷間の共同体の「語り部」の、きわめて特殊なスタイルに匹敵するか、これを凌ぐものを、小説を「書くこと」

の実践において現実化することを、大江は考えていたにちがいないのだから。「出発点、架空と現実」は『万延元年のフットボール』を刊行してまもなくの文章だから、その時点での自己分析・自己評価であると同時に、新たなプロジェクトを模索する試みでもあったはず。もう一度、四国の谷間に回帰して《あの子供の時分の宇宙モデルの森》を小説に書くという目標は、十年後の『同時代ゲーム』に結実する。この大作が芽吹いたのは、オクタヴィオ・パスが《剝きだしの死の兆候にみちている》と書いたメキシコでのことだった。

しかしメキシコ・シティーのアパートで、夜ふけの長い時間思い描きつづける森は、やはりいったんそこへ迷いこめば生きて出てくることはできぬ〔……〕、すっぽり谷間を閉じこめるための外縁、生と死のそれぞれの母胎が共存している、魅惑的で恐しい暗闇の場所なのであった。つまり僕は、その森の奥からひとり抜け出してしまってから、四半世紀をこえて後も、やはり自分のもっとも根本的な宇宙モデルとして、谷間の集落とそこをかぎりない厚みで囲む森というものを考えていることが、そのメキシコ・シティーのアパートでいかにも自然に納得されたのである。（『同時代論集5』333〜334）

巻末をしめくくる「未来へ向けて回想する——自己解釈㈤」からの引用であり、こちらは『同時代ゲーム』を刊行して一年後のもの。二つの小説作品は、連続したプロジェクトのなかで生成したと思われるのだが、いま「作品論」を書こうとする者は、谷間の「語り部」だった老婆の亡霊を随伴者とすることで、それぞれの特殊なスタイルを柔軟に触知することができるのではないか？　大作の終幕で《生と死のそれぞれの母胎が共存している、魅惑的で恐しい暗闇の場所》が、宇宙論的な場所《トポス》として顕れるところまで、ゆっくり時をかけて見届けたいと思う。

《愛玩犬のような顔をした片足びっこの小さな老婆》が啓示的であると思われるもうひとつの理由は、老婆が女性であるという単純な事実に由来する。『同時代ゲーム』において「伝承」のレヴェルを率先して担うのは「父＝神主」だが、これは一般的なのか、それとも特異な例なのか、この問い自体はさして重要ではない。《柳田国男は、集団的な想像力についてくりかえし証拠を提出しつづけるところの、おそらくはわれわれの時代の最も巨大な語り部であった》と大江自身も書いている(21)。一方で女や子供や大衆による「語ること」×「聞くこと」の活発な実践が「集団的な想像力」と呼ばれる賦活作用を育まなければ、避けがたく「伝承」の世界はすたれてゆくだろう……　そのようなことを考えている男性の作家がいるとして、その人の書く小説は、いかにして「女たちの声」を、作品にみちびきいれるのか？　二つの「作品論」につづく「＊しめくくりのノート」に、この話題はゆずるとしよう。

1　『万延元年のフットボール』

・「本の持つ構造のパースペクティヴ」について

四国の森を舞台にした代表作のひとつ『万延元年のフットボール』を読むまえに、あらためて「読みなおし《リリーディング》」ということを確認したい。晩年の大作『さようなら、私の本よ！』から引用――

《大事故まで森の家で一緒に暮していた、古義人を研究するアメリカ人女性が、ノースロップ・フライの書いていることとして、読みなおす《リリーディング》ことは、本の持つ構造のパースペクティヴにおいて読むことで、言葉の迷路をさまよっている読み方を、方向性のある探究《クエスト》に変える、といった》。このアメリカ人女性が『憂い顔の童子』のヒロインであるローズさん。つづいて古義人は《いまや自分は死んだ友人の生涯についてパースペクティヴを持っている。その上での、帰って来た友人との対話は、まさに方向性のある探究《クエスト》だ》と考える。[5]

長江古義人はここで、死者との架空の対話を思い浮べて語っているのだが、大江健三郎が架空の老作家に託して書いたこれらの言葉を、深い感慨とともに記憶に刻みたい。ほかでもない、作家自身の死によって、一冊の本の、また作家の生涯の「パースペクティヴ」は今や完成し、確定してしまった。もはや一行の加筆も訂正も行われるはずのない作品の総体を視野に入れ、「方向性のある探究《クエスト》」を始める時が到来しているという事実が、作家の死によって厳かに告げられた……

これから試みるわたしの「作品論」は、そうした状況を受けとめつつ「本の持つ構造のパースペクティヴにおいて読むこと」の実践となるだろう。それにしても「構造のパースペクティヴ」とは、いったいどのようなもの？　それを考えることもまた、これからの仕事……

「明治百年祭」を翌年に控えた一九六七年に『万延元年のフットボール』は刊行された。一九六〇年代の日本が「明治ブーム」の昂揚のなかにあったこと、政府主導の国家主義的な事業に対抗して、日本の近代化を批判的に再検討する知識人の活動が盛りあがりを見せていたことは、先に述べた。大江健三郎は一九六五年夏、ハーヴァード大学でキッシンジャー教授のセミナーに参加するのだが、その時、《二葉亭四迷のおよそ文学的な意識とは無関係な手紙のうちから、ぼく自身の意識のピンによっては、どうしても向うがわへつらぬきとおせないところのある、数々の断片をぬきだして、それをカードにうつし、日々それらを読んでいた》という大江の回想も、以前に紹介した。ところで「作品論」を書いてみようとする者にとって、作品が懐胎された経緯を語る作家自身の証言は、当然ながら特別な重みを持っている。二葉亭四迷の手紙をめぐるエピソードを含む「同時性のフットボール」と題したエッセイの冒頭。

小説家の想像力を、もっとも端的に表現すれば、それは二つの異った次元をむすびつけるカスガイのようなものではないだろうか？　しかも、このカスガイは小説家の肉体そのものが、二つの次元に両手と両足をかけて、崖のあいだの深淵に墜落してゆくのに懸命に抵抗している状態を考えればもっとも明瞭に、その実体を空想できるようなカスガイである。（『持続する志』403）

論文などで、かならず引かれる文章だが、「カスガイ」という便利な言葉を借りるだけでは勿体ない。じっくり読むと微かにユーモラスでさえあるイメージが喚起するのは、想像力の活動は命がけのロック・クライミングに似ているという事実？　「フットボール」をめぐる小説のほぼ十年後には『ピンチランナー調書』の「草野球」が開幕にあり、『同時代ゲーム』は新世界の創建から大日本帝国との戦争までを語ろうというのだから、一九八〇年までの大江作品は、蓮實批評と同様に「運動する肉体」の感覚によって牽引されていたといえる。なにしろ、このカスガイは《肉でできているのであるから、鉄のカスガイのように固く安定してはいない。やわらかく危険な不安定なダイナミズムが、その常態である》という。さらに《二つの異った次元》とは、現実の次元と夢の次元、現在と過去、主観的な次元と客観的な次元、希望の次元と絶望の次元、忠誠の次元と裏切りの次元、反セックスの次元とセックスの次元、等であるというのだが、すでに明らかなように、無機質で固定した二項対立はそこにない。必要な原則は、それら《二つの異った次元》をむすびつけるカスガイが、《小説家の想像力・肉体そのものに接近する運動性》をうしなわないことなのである。

『万延元年のフットボール』の場合であれば《万延元年を焦点とする一時代と、一九六〇年を焦点とする一時代との、百年間をへだてる二つの時代が、それぞれ絶対的に独立しながら、しかも同時性においてむすびついて》いなければならない。ちなみに「万延」という元号は、一八六〇年三月から一年足らずで終了したのだが、この年に起きた百姓一揆と一九六〇年の安保闘争が、作品のなかでは《二つの異った次元》として独立しながらむすびつく。そこで《ダイナミックなカスガイ》となる小説家の想像力は、一般には「史観」と呼ばれるという指摘は、重要だろう。ただし、歴史家の「史観」とちがって、《小説家の想像力には、かれ自身の肉体が、アワビの肉に対する殻のような具合に、強固に癒着している》……というわけで、エッセイの二ページほどをまとめてみたが、これで「小説家の想像力」なるものが画然と描き出されたと感じるか？　おぼつかぬ思いは脇に措くとして、まずは「肉体」と「想像力」の強固な癒着ということを強調しておこう。

ところで晩年の大江が「読みなおすこと《リリーディング》」について「本の持つ構造において読むこと」といわずに「本の持つ構造のパースペクティヴにおいて読むこと」と念を押す意図が、この辺りからも推測できはしないか？　「構造」というだけであれば、たとえば《固定した橋》のような堅牢な構造物を思い描いてしまうけれど、これに対して「パースペクティヴ」は誰かが見ることを前提にする言葉。小説を書く人であれ、読む人であれ、自分の肉体が今あるところで、自分自身の視点から、構造物の全体を捉えようとする時に、はじめて対象とのダイナミックなかかわりが生じるはず。大江にとって、書くことも読むことも、まったく同等に「構造のパースペクティヴ」において実践されるのであると思われる。

それはそれとして《万延元年を焦点とする一時代》と《一九六〇年を焦点とする一時代》というう《二つの異った次元》のうち、一見したところ後者のほうが迫り出して、前景化されているように感じられることは確か。中心人物は四国の谷間の村の旧家・根所家の生き残りである蜜三郎と鷹四。《行動するやつと、それを見まもっているやつ（やがてはそれを書くこともするやつ）、そのように、自分を二つに分けた》と大江は語っている。[6]

安保闘争の後、市民に謝罪する演劇団に入ってアメリカに行った鷹四が、日本に戻り、蜜三郎とその妻を誘って故郷の谷間の村に帰る。《行動するやつ》である鷹四は、地元の朝鮮人部落の出身である資本家と交渉して、根所家の倉屋敷を売却する話を一方的に進めており、そのかたわら、村の青年たちを集めてフットボールのチームを結成する。さらに鷹四は「スーパー・マーケットの天皇」と呼ばれている資本家への叛逆を企ててもいるのであり、チームの若者らを糾合し、経済的に支配されている村人の不満を煽り、お祭り騒ぎの中でスーパー・マーケットの略奪を実行する。しかし大雪に閉ざされた村で、住民は不安と苛立ちを募らせ、統制力を失った鷹四は、村の娘を強姦しようとして殺したと蜜三郎に告げて、酷たらしい自殺を遂げる。以上が鷹四の「行動」の簡略なリスト。

《それを見まもっているやつ》である蜜三郎は、幕開けの場面で、夜明け前のベッドから抜け出し、裏庭に浄化槽のために掘られた「穴ぼこ」にこもる。その第一段落は、本来ならテクストを一字一字、声に出しながら丹念に読んでゆきたいところ……

夜明けまえの暗闇に眼ざめながら、熱い「期待」の感覚をもとめて、辛い夢の気分の残っている意識を手さぐりする。内臓をもえあがらせて嚥下《えんか》されるウイスキーの存在感のように、熱い「期待」の感覚が確実に躰の内奥に回復してきているのを、おちつかぬ気持で望んでいる手さぐりは、いつまでもむなしいままだ。力をうしなった指を閉じる。そして、躰のあらゆる場所で、肉と骨のそれぞれの重みが区別して自覚され、しかもその自覚が鈍い痛みにかわってゆくのを、明るみにむかっていやいやながらあとずさりに進んでゆく意識が認める。そのような、躰の各部分において鈍く痛み、連続性の感じられない重い肉体を、僕自身があきらめの感情において再び引きうける。それがいったいどのようなものの、どのようなときの姿勢であるか思いだすことを、あきらかに自分の望まない、そういう姿勢で、手足をねじまげて僕は眠っていたのである。（『万延元年のフットボール』講談社、一九六七年。引用は講談社文芸文庫7）

こんなふうに【1　死者にみちびかれて】の章が書き起されるわけだが、ちなみに「章」という言葉について、ここで一言。テクスト上に「章」という言葉はないし、じつは漢数字による第一〜十三章の見取り図（＝目次）もない。当面はなるべく「章」という用語を避けて原典のアラビア数字を優先し、タイトルとみなせる言葉とともに【　】で括ることにする。この問題は「本の持つ構造のパースペクティヴ」とは何か？　という問いとともに、ゆっくり検討するつもり。

さて作品の幕開けの瞬間が、ベッドに横たわる人の半覚醒の状態であることについては、大江ほどの作家が『失われた時を求めて』の幕開けを考えなかったはずはない。先に見たように、プルーストの場合は「意識」や「記憶」の器としての「身体《からだ》」corps が世界に触手を伸ばしている。対する大江のテクストでは、のっけから「躰《からだ》」が「肉と骨」に充たされた重い実体として存在しており、分裂した鈍い痛みをとおして「意識」がこの「肉体」chairの存在を認め、それからようやく「僕」がこれを引きうける……　寝ている「身体《からだ》」／「肉体」の姿勢が問われたりするところも似ているが、いずれにせよ、ひとつの「作品」にふさわしいフィクションの時空を、まっさらな原稿用紙の上に立ち上げることは――新世界の開闢に似て、といいたくなるほどに――なんとも奇怪で精妙で、想像を絶する力技でもあるらしい。

　この「文学ノート」第Ⅱ部では、小説を書くことの主体が、等号でむすばれた「肉体＝意識」と定義されていることを確認した。じつは『万延元年のフットボール』のほうが、一九七四年の『文学ノート　付＝15篇』より先に書かれているのだから、上記の断章こそが、大江的「肉体＝意識」の原初の存在様式を、初めて念入りに記述したもの、といえるはずである。ところで《熱い「期待」の感覚》とは何か？　二つ目の段落でも《欠落感ではなく、それ自体が積極的な実体たる熱い「期待」の感覚》と繰りかえされている……　とりあえず、この語は記憶にピン留めすることにして先に進むと、二つ目の段落はこんな具合に終わる。

　不意に暗闇のうちに、昨日人夫たちが浄化槽をつくるために掘った直方体の穴ぼこが見えてくる。痛む躰のなかでは荒廃した苦い毒が増殖して、耳と眼、鼻、口、肛門、尿道から、チューブ入りゼリーのようにゆるゆるはみだそうとしている。(8)

「僕」は《眠った人間を模倣したまま》立ち上がり、暗闇の中を「穴ぼこ」に向って歩くのだが、ここで「肉体」の具体的かつ重要な条件づけがなされる。右眼は視力を失っている、それも《厭らしく無意味な事故》によって、小学生の一団に石礫《いしつぶて》を投げられたために。視力のない右眼は右前方に待ち伏せする多くのものを捉えることが出来ないから、「僕」の頭と顔の右半分は、ものに強打され生《な》ま傷がたえない。そのために生来の醜さが更新され、弟の美しさとの対比が際立つのだったが、それだけではない。《機能を喪失した眼》を「僕」は、《頭蓋の内側の暗闇にむかって開かれている眼》になぞらえる。

> 僕の片眼は血のいっぱいたまった、体温よりいくらか熱い暗闇をつねに見つめている。僕は、自分の内部の夜の森を見張る斥候《せっこう》をひとり傭《やと》ったのであり、そのようにして僕は、僕自身の内側を観察する訓練を、みずからに課したのである。（9）

スタンダールなど近代小説を分析する用語である introspection は「内省」と訳されることが多い。そのような反省的意識にみちびかれた冷静かつ知的な言語の営みと比較するなら、喪失した視力を肉体の内部の《体温よりいくらか熱い暗闇》に向けさせて《斥候《せっこう》》のように訓練する、というイメージは、絶句するほど鮮烈ではないか？　もっとも伝承の世界では、「ひとつ目」は能力の半減というよりむしろ、超能力の証しであるらしい。[7] 肉体の外側の世界と内側の世界とを、左眼と右眼で役割分担して観察する、という話は、まるでカメレオンの眼の動きのようでもあって、これも微かながらユーモラス……　などと、いちいち感心していたのでは、いつまでたっても「穴ぼこ」にすら辿りつきそうにない。

《黒ぐろとした晩秋の夜明けまえの大気のはるかな高みのみがわずかに白んでいる》時刻、「僕」は跳びついてこようとしたまっくろの犬をだきあげて、穴ぼこの底に梯子で降りる。犬は《震えている熱い躰を僕の胸にわずかによせかけ》て、「僕」の膝の筋肉に爪をたててくるのだが、《自分がその苦痛をもまた拒むことができない者であるように僕は感じており、五分後、それに無頓着《むとんちゃく》になる》。《172センチ、70キログラムの僕の肉体》は、昨日、人夫たちによって掘り出された土の全量とかわらぬものに感じられる、それほどに《僕の肉体は土に同化》している……《犬の熱さと、一匹の腔腸類《こうちょうるい》の内側のような鼻孔》だけが《生きているもの》であり、その鼻孔の機能がフルに働いているので、収集されてくる数知れない匂いに、ほとんど気をうしなって、後頭部を穴ぼこの壁面にうちつけたあと、《ずっとそのままで千種類の匂いと小量の酸素》とをとりいれつづける……

荒廃した苦い毒は、なお躰じゅうにつまっているが、もう外部ににじみでてくる様子ではない。熱い「期待」の感覚はかえってこないが、恐怖心は解除された。僕は、あらゆるものについて無頓着になっており、現にいま、自分が肉体を所有していること自体について無頓着だ。ただ、完全に無頓着な自分自身を、いかなるものの眼も見ていないのが残念に思われる。犬？　犬は眼をもっていない。無頓着な僕自身もまた眼をもっていない。梯子を降りきった時から僕は再びずっと眼をつむったままだ。(11)

四回も執拗に繰りかえされる《無頓着》という言葉は、おそらく《熱い「期待」の感覚》に対抗する感情であり、さらには《恐怖心》の解除という条件をとりあえず充たすものでもあるらしい。

　ここで改行して《僕は自分が火葬に立ちあった友人を、観照した》とある。「観照」というやや落ち着きの悪い古風な語彙には、仏教的な意味合いがあること、大岡昇平はこれをcontemplationという英語に相当する日本語と理解していたことは、先に見たとおり（「歯痛と小説のなかの人間」の項）。《朱色の塗料で頭と顔をぬりつぶし、素裸で肛門に胡瓜《きゅうり》をさしこみ、縊《い》死《し》した》友人は、小説の幕開けに想起されるだけの、グロテスクな死者ではむろんない。友人は死の一年前、コロンビア大学での留学生活を中断して帰国すると、軽症の「精神異常者」のための療養所「スマイル・トレーニング・センター」なる施設に入るが、何週間か後、治療を拒んで自殺した。

　障害のある子が生まれてアルコール浸りの日を送っている妻は、自殺した友人の話を聞いて《――頭を朱く塗って裸で自殺する人間のいることが恐いのよ》《――蜜もまた、頭を朱色に塗って、裸で自殺してしまうかもしれないから、私は恐いのよ》と怯えをあらわしてうなだれる（胡瓜の部分は妻に伝えなかった）。妻が仄めかしたように、死んだ友人が「マゾヒスト」であったことを、「僕」は具体的なエピソードとともに思い出し、それから《薄暗がりの水のなかの水栽培植物》のように無表情な眼をひらいて横たわる赤んぼうに触れることもせず、判断停止して、そのまま眠ってしまったのだった(25)。

　次いで想起されるのは、その友人が、ニューヨークのドラッグ・ストアで、「僕」の弟に会ったときの話。《一九六〇年六月の政治行動に参加した学生たちのみによって構成された転向劇の一座》に入って渡米した弟は、到着したら演劇団を逃亡して旅行するといっていたのに、《悔悛した学生運動家の役割》を演じつづけているらしいとわかり、「僕」はニューヨークに留学していた友人に、一座を訪ねてほしいと依頼する手紙を出しておいた。じつは友人が「僕」の弟に会ったのは、偶然だったのだけれど、その時の《汚ならしく汗にまみれて蒼ざめ緊張して》いる鷹四と友人との長いやりとりは、帰国した友人から詳細な報告を聞いたということだろうが、十ページ近くある。《かれが本当の事をいおうか、といった時おれは一種特別なショックをうけたんだが、鷹の本当の事とは、おれが実際に聞いた内容とはすっかりちがうものだったのじゃないかと思うね。しかしそれはいったい何だったのだろう？》という言葉によって友人の報告はしめくくられた(36)。

《本当の事をいおうか》という鷹四の言葉をめぐって《それはいったい何だったのだろう？》と友人が自問する、その何か、つまり弟の頭のなかのあるものについても、友人自身の頭のうちにあって奇怪な扮装での死を生みだしたあるものについても、それがどういうものであるか、「僕」にはわからない。《もっとも朱色の頭、素裸で肛門には胡瓜、そして縊死という行為が、沈黙のうちなる叫び声の一形態だったとすれば、生き残った者にとって叫び声だけでは不十分である》との述懐も添えられる。こんなふうに想像力を励まし深く思いを巡らせることが、死んだ友人を「観照」する、ということか。

《一卵性双生児のように似ている》と人にいわれる自殺した友人のことから、親族の死者へと思いは移り、一九四五年秋の出来事として、戦場にむかった二人の兄のうち、ひとりだけ生きて帰還した次兄が、朝鮮人部落で撲《なぐ》り殺されたこと、その日の夕暮に、病気の母親が妹にむかって、《やがて蜜三郎は醜くなり、鷹四は美しくなって他人に好かれながらうまく生きるだろう。いまのうちに鷹四と親しんでおいて、大人になってもあの子と協同しなさい》と語ったことが思い起こされる。ただし、妹は智恵の遅れた娘であり、大人の年齢になる前に自殺してしまった……

《犬が吠えた》という一行から始まる次の断章は、現実の世界へ、日常性の時空へと回帰。若い牛乳配達人に見とがめられて、「僕」はようやく「穴ぼこ」から出るのだが、その前に、紅葉しているハナミズキについて、こんな言葉が書き連ねてあることを記憶しておきたい――《地面五センチメートルの位置から見あげると、ハナミズキの葉裏はすべてあかあかと光をやどして、その色彩は、僕が谷間の村の寺で灌仏会《かんぶつえ》ごとに見た地獄絵の（それは曾祖父《そうそふ》が、万延元年におこった不幸な事件のあとで寄進したものだ）炎の色に似た、脅威的でかつ懐かしい燃えるような赤だ。僕は、ハナミズキから、意味の十分にはさだかでないひとつの信号をうけとめ、よし、と心のなかでいった》（40〜41）。

そうしたわけで【1　死者にみちびかれて】は、もっぱら「穴ぼこ」の中の話ばかり……のようにも思われるが、小説の全体を何度か読みなおして、さらにもう一度、幕開けに戻ってみると、ここに作品のエッセンスが濃縮されて、ぎゅっと詰め込まれているようでもあることに気づく。この圧倒的なテンションの導入部は、未知の強靱な力によって六〇年代の若者を惹きつけた。《十五万部ほど出たものです》という作家自身の述懐からも、小説好きの大学生などは誰もが耽読したという時代の空気が伝わってくる。[8]

この冒頭の章について、大江は《結局具体的に時間を動かすモチーフは全然ない》、と秋山駿によるインタヴューで語っている。[9] 穴にじっとしているだけだから、《文章の性質》がちがうのであり、第2章で《飛行機の場面を長々書いたのは、最初の文章から次に移るブリッジみたいなもの》であるという。ちなみに、こうした捉え方も「本の持つ構造のパースペクティヴ」の一例ではないか？

・主人公は、曾祖父の弟でしょう

【2　一族再会】では、帰国する鷹四を出迎える蜜三郎とその妻、鷹四に心酔する二人のハイ・ティーン（星男と桃子）が空港内のホテルで遅れる飛行機を待ちうけて一夜を過ごす。明け方、到着した鷹四と「僕」とのあいだで《百年来の倉屋敷》の売却をめぐる短いやりとり。「僕」は、弟がわれわれの曾祖父とその弟の確執についての関心を維持していることに、鮮明な印象をうける。想起されるのは、母親が死んでまもなく、一家離散の寸前に、わが一族の《ほぼ百年前の醜聞》について兄弟が交わした会話。弟が聞きこんできた噂によれば、《——曾祖父《ひいじい》さんは、弟を殺して村の大騒動をおさめたんだ。そして、弟の腿の肉を一片、喰ったよ。それは、弟の起した大騒動に自分が関係していないことを藩の役人に証明するためだったんだよ》。「僕」は弟を怯えから回復させるために、ひそかに聞き覚えていた別の噂を話してやった。《——いや曾祖父さんは、騒動のあとで弟が森をぬけて高知へ逃げるのを援助してやったんだ。弟は海をわたって東京に行き名前をかえて偉い人になったんだぜ。明治維新前後、手紙を何通か曾祖父さんにおくってきたよ》（71〜72）。

ここで、作中人物たちの台詞についての形式的なメモを。語り手でもある「僕」が内面で想起する過去の台詞は上記のようにダッシュで導入され、「僕」が叙述の現時点で耳にする台詞は鉤括弧で導入されている（どちらも必ず改行される点は同じ）。たとえば冒頭の場面、「僕」が「穴ぼこ」のなかで反芻する死んだ友人や弟や妻などとのやりとりは《――》の方式で、これが三十ページほど続くのだが、いきなり若い牛乳配達人が「穴ぼこ」を覗きこんで「その犬はなんという名前ですか？」と生の声を発する時は鉤括弧。この差異化、つまり時間構造の二重化を、読む者はあまり意識しないかもしれないが、じつは独特の――直接話法と間接話法の文法的差異などよりはるかに血の通った――文体的効果をもたらしている（ダッシュか鉤括弧かは、わたしの記述でも再現する）。

【3　森の力】は、四国の森への帰還を語る。鷹四は「親衛隊員」のハイ・ティーン二人と先に出発していた。蜜三郎と妻の菜採子は夕暮れの林道で迎えの鷹四と合流。根所家の使用人だった大食病の大女ジン、「隠遁者ギー」と呼ばれる森を住処とする男のことなどが話題となり、《森の力はぐんぐん大きくなって谷間を圧倒している》（98）というギーの言葉をそれぞれに実感しつつ、谷間の村に到着する。洪水で流されてしまった橋のコンクリートの橋脚に、仮設の保護材が載せられており、妻を支えつつ緊張して渡る「僕」に《グオッ、グオッというなにやらえたいの知れぬ鳥どもの声》が、百米下方から追いすがる。戦時中、強制的な森の伐採労働に従事していた朝鮮人の部落だったあたりに、いまは破綻した養鶏場があり、数千羽の鶏が空腹で鳴いているという。鷹四の説明によれば「谷間の青年たちは、指導者なしでは、何ひとつちゃんとしたことをやれないんだよ。曾祖父さんの弟のようなタイプの人間が出てこなければ手も足も出ない」（106）。

【4　見たり見えたりする一切有は夢の夢にすぎませぬか（ポー、日夏耿《ひなつこう》之介《のすけ》訳）】は、引用元ま

で示されていて、長さも章タイトルとしては異例。エドガー・アラン・ポーの愛読者である大江が、日夏耿之介の古雅な日本語訳に格別の愛着を持っていたことはよく知られている。参考までに、入沢康夫の明快な現代語訳では「私たちの見るもの　見えるものは／ことごとく夢の夢に過ぎないのでしょうか[10]？」（傍点は入沢）。

《谷間での第一日の朝》……　とドラマの始まりが告げられ、舞台が描かれ、村の住人たちが登場。まずは「離れ」で、前日の夜に簡単な挨拶だけは済ませていたジンと蜜三郎との対話。話題になるのは、百三十二キロに達したというジンの体調のこと、倉屋敷の売却のこと。ジンは一族の墓地について「S次さんのお骨が寺にありますがの」と訴える。永年世話になった女の重みのある言葉に「S兄さんの骨は寺から受けとっておこう。寺にある地獄絵も見ておきたいから」と蜜三郎は応える（111）。

ジンが家族と住む「離れ」と「母屋」にはさまれた内庭の奥に「倉屋敷」と呼ばれる堅牢な建物がある。「僕」と妻と弟の三人が、その特殊な建築をめぐって交わす会話。兄は「一揆がおこるような情況が前もって予感されたからこそ、曾祖父さんには、防火建築を建てておくことが必要に感じられたんだろう」と解説、弟は「おれはそのような深慮遠謀の、保守派の曾祖父さんに嫌悪を感じるね」と反発。兄と弟のあいだの摩擦と、百年前の兄と弟の関係は、なるほど独立しながら、いま現在の関心という同時性においてむすびついている。「夢のような昔の話に、どうしてそんなに熱中するの？」といぶかる妻（114〜116）。

一行は寺に移動。「S兄さんの骨」をとりに行く、灌仏会においてのように曾祖父の寄進した「地獄絵」も本堂にひろげておいてほしい、と来訪の意図をあらかじめ伝えてある。境内で二人の男が立ち話をしている。一方は住職で《若白髪を短く刈りこんだ輝やくように白い頭に、卵のような衛生無害の善良な笑顔が附属して》いるという。もう一方の男の、丸っこい巨きな頭は《額が兜《かぶと》のように広く張り彎曲《わんきょく》して》おり、《両脇にひらいて突出している顴骨《かんこつ》、ぐっとひろがっている鈍い顎、これはウニのお化けだ》とのこと。付言するなら、重要な脇役は身体的な特徴がヴィジュアルに誇張され、時には戯画化されて描かれることが多いというのは、西欧の近代小説にもよくある特徴。『万延元年のフットボール』の場合、好んで参照されるのは、日本の伝統に根ざした形象だろう。この「ウニのお化け」や、ヘッドライトの光の輪のなかを《真面目な兎みたいにぴょんぴょん跳躍して通りすぎ》たりする「隠遁者ギー」などは、まるで動く『北斎漫画』のようではないか…… 鷹四によれば、この「ウニのお化け」が養鶏をやっている谷間の青年グループの中心人物である。一方S兄さんと同級生だった住職は、土地の事情に通じた相対的には知性派の苦労人という役どころ。

本堂で「地獄絵」に集中する「僕」(119)と住職の対話については、死後の世界という大きい主題にかかわるはずであり、『同時代ゲーム』を論じる時にあらためて。いずれにせよ、日本の習俗における「地獄絵」とはいったい何? という疑問が解けなければ、「炎の河」の「優しさ」ということ自体が、わたしには実感できない。ひとつだけ予告するなら、地獄絵の《炎の河と炎の林》を前に《ハナミズキの葉裏に見た燃えるような赤》(第1章のしめくくりのイメージ)が想起され、《安らぎの感情》がそそぎこまれる、という蜜三郎の心の動きは、終章でもう一度、念入りに反芻される。鷹四は反対に「子供の時から地獄絵を恐がって」いたらしい。

S兄さんの骨壺を受けとっての帰り道、鷹四は車の中で隣の菜採子に「S兄さんが撲り殺された日の光景」を克明に語る。そして、「橋のところから百米下方の舗道で見た事実と夢とがどこで接合しているのか」は、はっきりしない、なにしろ「記憶が夢の滋養でぐんぐん育ちつづけているのでね」と述懐する。これに対して「僕」は《鷹四の精神の健康のために》、その記憶への反証を提示する。それにしても、二ページ近い鷹四のヴァージョンは、死者の「血のひとしずくが一匹の蟻を溺れさせる様子」まで見てしまう、というのである。その異様に微細で生なましい光景は、蜜三郎の《ぺしゃんこになったヒキガエル》という荒あらしい比喩とともに、読む者の記憶にも——「夢の夢」であろうとなかろうと——惨殺された死者の酷たらしく濃密なイメージとして刷り込まれてしまうだろう。

推論、想像、行動の全てにおいてエスカレートする弟と、これを押しとどめ妨害しようとする兄という構図は、第2章の《ほぼ百年前の醜聞》をめぐる会話以来、恒常的なものとなっている。それはそれとして、蜜三郎の存在様式がのっけから「無頓着」という言葉に収斂していたことを思い出したい。【6　百年後のフットボール】で寺の住職が、戦死した長兄の手帳が出てきたからといって《葡萄色のクロースで装釘《そうてい》した小型の版》（191）を携えてきたときの蜜三郎の反応に、その典型的な表出が認められる。東京の大学を卒業して二年たらずで戦死した《縁遠い肉親》でしかなかった長兄の書きのこしたものへの好奇心が欠如しているというだけではない。《手帳にまったく無関心な者としてふるまうべく定めて》という蜜三郎の決意は、積極的「無頓着」とでも呼ぶべきか……　一方の鷹四は、手渡された手帳をただちに読み、その日の夜、「蜜、手帳に恐しいことが書いてあるよ」と報告する（200）。エリート青年の戦争犯罪と要約できそうな話を披露した鷹四は、「戦場でも日常生活者の感覚で生きながら、しかも有能な悪の執行者であった肉親をひとり発見したということなんだよ、蜜」と迫る。そのような鷹四は、蜜三郎の「無頓着」に対抗して、いわば「執着」そのものを、苦しみを引きうけつつ生き抜こうとするかのようでもある。

物語の構造という意味では、戦地から戻らなかった長兄と地元の朝鮮人との衝突で落命したS兄さんとの対比的な構図は、曾祖父とその弟との対比的な構図とパラレルな関係にある。そして昔の出来事について、年長者の蜜三郎は鷹四より多くの記憶や情報を手にしている。死んだS兄さんについては「谷間の青年たちの指導者ではなかった」と鷹四に断言し、戦後の混乱のなかで闇屋集団となった朝鮮人を軍隊がえりの無法者グループが襲撃した事件で、朝鮮人に犠牲者が出たとき「贖罪《しょくざい》羊の役割をひきうけた」との解釈を披露する（133）。病気の母親は、S兄さんの「愚かしい絶望的な冒険」を怒って、葬式も出さず、お骨は寺に放置された、という蜜三郎の説明には、それなりの自然さと重みがそなわっている。

さらに蜜三郎は、根所家の生き残りの跡継ぎとして、S兄さんの同級生だった若い住職と、頻繁に対話する。もともと寺の住職とは、伝承や噂話などをふくめオーラル・ヒストリーの素材や、郷土史に関わる古文書や地獄絵のような視覚資料を集約し、保管する役柄でもある。その住職によれば、「S次さんの行動には、万延元年を頭において決断しているとしか思えない節があった」という（197）。蜜三郎は住職の見解に同調し、「S兄さんが、暴動の責任者グループの中でひとりだけ処刑をまぬがれた曾祖父さんの弟のことを気にかけていて、逆に自分は、朝鮮人部落襲撃の参加者のうち仲間でひとりだけ殺される役割を担った」という解釈は「S兄さんに対してもっとも優しい解釈」でもある、と応じている。さらに「鷹四もまたS兄さん同様、万延元年の事件に影響を受けて行動することを望んでいる」という指摘がこれにつづく。谷間の若者たちを集めてフットボールの練習をやっているのも、曾祖父さんの弟が「若者組の戦闘訓練をしたという話に鷹四が魅力を感じているから」というのが、蜜三郎による明快な分析である。

先に紹介したように、大江の自己定義によれば《行動するやつと、それを見まもっているやつ（やがてはそれを書くこともするやつ）、そのように、自分を二つに分けた》ということだった。さらに、これも再度の引用だが、蓮實重彥『大江健三郎論』には《作者はここで、性格の違いからたがいに傷つけあう兄弟の悲劇という図式を周到に避けているし、また父権的な秩序への順応と反撥というアベルとカイン的な神話的祖型性からも可能な限り遠ざかっている》との指摘があった。わたし自身の「読みなおし《リリーディング》」をつづける前提として、あらためて『万延元年のフットボール』はフロイト的な「家族小説」でも「心理小説」でもない、と強調しておきたい。

ところでこの「文学ノート」は、戦前の小林秀雄から受けつがれた「文芸評論」の伝統への対抗として、新しい「批評」を位置づけるという了解に立っている。一九六〇年代に海外の先鋭な批評的論争の現場に身を置いた、大江と同世代の若者たちが、一九七〇年代には、新進の小説家と同期するかのように、旺盛な執筆活動を展開する。それは作家と批評家が個人的に交流したか否か、「影響」をあたえ合ったか否かとは別次元の、端的な同時代性の現象として考察すべきではないか、というのが、この「文学ノート」の「第Ⅱ部　沸騰的なような一九七〇年代」が書かれた理由でもあった。その第Ⅱ部で話題にしたように、多くの「文芸評論」は「作品」を世界に開かれた透明な窓とみなして、その窓の「向こう側」に見える世界を、あたかもそれが目前の現実であるかのようにコメントすることが、評論家の責務であり権利でもあると信じているらしい。

前項でも参照した本だが、一九六九年の『対談・私の文学』などは、その一例。インタヴューをおこなった秋山駿は一九三〇年生まれ。受賞歴や文学賞関係の経歴を見れば、権威ある評論家として社会的に承認された人物であることがわかる。『万延元年のフットボール』の主人公は誰か？　という話題をめぐって、秋山の問いかけは次のようなもの――われわれの中でお喋りしていると、蜜三郎が主人公だというのと、鷹四が主人公だというのと、二派あって、作者は両方だというでしょうが、《僕は蜜三郎と共に歩くように読みました》というもの。これに対する大江の応答には、設問の有効性を拒む厳しさがある。

主人公は、曾祖父の弟でしょう。結局鷹四が自殺したところで大したことはないのです。そうなのじゃないでしょうか。彼らがなんとか努力して一瞬なりと曾祖父の弟の面影を現代読者の目にふれさせれば、小説の目的は果たされるのであって、そういうことなのですよ。曾祖父の弟が恥をしのんで生残って地下室にいたということが出てくることで小説は完成されるわけです。（秋山駿『対談・私の文学』52）

秋山は、なるほど、そう言われるとそのようだけれど、僕は蜜三郎かと思って、と未練を隠さない。大江は《蜜三郎は、魅力のない人物です。かれは人間的にも特に上等ではない》と冷たく言い放つ。すると秋山は、《魅力がない？　僕は、ああいう人が好きなんですが。自分に似ていると思ってみたり、読者はいつもそんなふうですが、蜜三郎の延長上に大江さんの顔かなんか思いだしたりして》と食い下がる。大江は、僕に近いことは確かで、そういう点でも、かれには魅力がない、と突っ放し、不意に話題を変えて、《あの小説に出てくる動物の本などはちゃんと出典がある》という。その出典について《小さい苺ばかり食べる亀が出ておりましたでしょう》などと指摘して、なにやら上機嫌な説明が続き、《そういうことなどはすなわち蜜三郎が読んだり見たりしていることは、この僕が読んだり見たりしていることとです》としめくくる。さらに《蜜三郎を魅力のない人間だとおっしゃられると、僕は困りますね》という諦めきれぬ風情の相手に対し、《鷹四はもっと魅力がないかもしれませんけれどもね。一等魅力のある人間は、曾祖父の弟だろうかと思っております。あるいは曾祖父自身じゃないかと思っています》と止《とど》めを刺す。

長々と紹介したのは、ある種の「文芸評論」の読み方と「大江文学」のめざすところとの齟齬のようなものを、歴然たる実例によって示したかったから。といっても、登場人物について、あたかも実在の人物であるかのように、その人柄の魅力や欠陥をあれこれ論評すること自体に、大江が違和感を抱いているわけではない……　架空の人間が圧倒的な存在感によって読む者を惹きつけるとしたら、そのこと自体は、作者の創造したフィクションの成果なのだから。一方で、先の引用に示されたとおり、どのようにして小説は完成されるか、ということを考えない、そのことに興味すら抱かない評論家の姿勢に、大江は不満を覚えている。つまり「作品」は生まれ育つ、それは生成し、ついに完成する、ということを無視して、「物語」の一要素に特化したコメントに熱中する読み方、それこそ「本の持つ構造のパースペクティヴ」など眼中に入れようとせぬ読み方を、鋭く批判しているのではないか？

さて、すぐれた小説においては、細部もまた重要……　ということで《苺ばかり食べる亀》について、ひと言補足。ちゃんとペンギン・ブックスにジェラルド・ダレルという学者が「マイ・ファミリー・アンド・アナザー・アニマルズ」という本を書いている[11]、その本に「アレキサンダー」という名前の亀がいて、呼ぶと一時間ほどしてその亀がやってくるので、苺をやるのです、と大江は嬉しそうに秋山に報告するのだけれど──そして報告は完全に無視されるのだけれど──さて、この微笑ましいエピソードは、どこにあった？

ちょうど読み止《さ》しになっている【6　百年後のフットボール】で、住職が長兄の手帳を携えてやってくる場面。鷹四と親衛隊員は、谷間の若者たちを集めてフットボールの初練習をやっており、蜜三郎は倉屋敷の二階で、死んだ友人と進めていた翻訳を再開したところである。机上のペンギン・ブック版のテキストは、友人の遺品。《好んでイチゴを食べるギリシアの亀を描写した章の余白に、友人が動物図鑑から写しておいた三センチメートル平方の亀のスケッチ》があったりして、《友人の感受性のもっとも柔らかく幼かったユーモラスな部分》をそのまま示しているという（182）。秋山駿との対談での「亀」への言及は、この《友人の感受性》を蜜三郎は分かち持っている、その蜜三郎が終幕で、ギリシアの亀ならぬアフリカの象を求めて旅立つことに気づいてほしい、という仄めかしにちがいない。

ところで、住職が携えてきた長兄の手帳は蜜三郎によって開かれることもなく、このペンギン・ブックの上に置かれ（191）、そのままフットボールの練習場に届けられる。長兄の人生を遠ざけることで、死んだ友人の記憶に寄り添う、という意思表示とも読める。少し先のページには「僕は根所家の人間の性格のうちで、万延元年の事件から勇壮な暗示を受けとることを拒む側のタイプの血をうけついでいる」という蜜三郎の述懐がある（198）。

それにしても「絶望のうちにあって死ぬ。」と始まる数行におよぶサルトルの引用を冒頭に掲げた第12章の長い悪夢のようなクライマックスを、胸をドキドキさせながら読んだ者としては、《鷹四が自殺したところで大したことはないのです》などと作者に切って捨てられたら、でも、なぜ？　とやっぱり困惑するのである。その一方で、文芸評論家と小説家との不機嫌なやりとりから、たとえば《主人公は、曾祖父の弟でしょう》という断言だけを説明ぬきで切り取って——まるで作者は「本当の事」をいうと決まっているかのように——論文などに引用するのは、まことに安易であるとも思う。いずれにせよ小説は多面的なものであり、「本の持つ構造のパースペクティヴ」は、読む人、読む状況によってちがうものになる。ひとつの「本当の事」に還元されてしまうような「作品」が偉大であろうはずはないのだが、そうしたこととは別に、なぜ作者は《主人公は、曾祖父の弟でしょう》と断言するのか？　という問いは、納得がゆくまで問いつづけなければならない。

名も明かされず「曾祖父さんの弟」という役割に限定されて想起される人物の実像については、目下のところ【2　一族再会】で提示された二つの「噂」の対立的なヴァージョン——暴動を鎮圧した曾祖父によって弟は殺された／騒動のあと弟は兄の援助で高知に逃げた——がそのまま引き継がれている。まず明確な修正があったのは、曾祖父のイメージのほう。《谷間での第一日の朝》、兄弟と菜採子がそろって「倉屋敷」の建物内部を確認したときのこと。床の間に懸っている茶褐色に焦げた扇面に稚拙なアルファベットでJohn Mangと署名されているのは、アメリカから帰ってきた漂流民ジョン・万次郎のものであり、じつは曾祖父さんが森をひそかに抜けて高知に赴き、その時に書いてもらった扇面なのだ、とむかしS兄さんが、幼い自分に説明してくれたという記憶を、蜜三郎は持っている（112）。帰国後の万次郎が高知にいたのは、嘉永五年から六年（一八五二〜五三年）の一年だけであり（115）、大政奉還に十数年も先だつこの時期に、海外を見聞した万次郎に会いたいと願い、危険を冒して山越えをした曾祖父は、開明的で進取の気性に富む例外的な人物だった、という解釈は充分に成り立つはず。大江が《一等魅力のある人間》として、最後に曾祖父を挙げることの根拠のひとつは、この辺りにあると思われる。

さらに【6　百年後のフットボール】で住職が仄めかすのは、なかなか複雑な話である。先代の住職だった父親から聞いたことだが、万延元年の一揆は、土佐藩の武士と断定はできないものの、森の向こう側の勢力から送りこまれた工作者と、蜜三郎の曾祖父とその弟が、住職の仲立ちで面会したことに発するという。《一揆が起らなければ、谷間の百姓たちが救助されえない》と考えることで、住職と曾祖父は一致していた、という説明は「百姓一揆」とは何か？　という歴史的定義を知らぬ者にはわかりにくいけれど、要するに「先納制度」という悪税が、一揆の成果として、撤廃され、百姓は救助されたのだった。ということは、曾祖父は《支配体制の側》に立つという建前をつらぬきながら、土佐藩の工作者から武器を仕入れ、弟に実行部隊を組織させて一揆を成功に導いた陰の大物ということか？　その可能性はあるけれど、いずれにせよ一揆それ自体は「御法度」つまり非合法な暴力であるから、組織した責任者たちは常に訴追されるのであり、この時、曾祖父の弟が率いる一揆の指導者グループは、倉屋敷に立てこもり、抵抗の果てに処刑された。[12] 住職の推測するように、曾祖父さんの弟のみが、処刑を免れ森に入りこんで去った、とすれば、曾祖父の弟は裏切り者だったのか？

ところが思いがけぬことに、クライマックスが近づく【10　想像力の暴動】で、その曾祖父の弟が書いた五通の手紙が出てくるのである。暴動の拠点となったスーパー・マーケット前で、蜜三郎を待ちうけていた住職が「寺の倉を探してみたら、根所家からあずかっていた文書が出てきたよ」といって大判のハトロン紙の封筒を手渡してくれた（325）。ただし「蜜ちゃん、面白いことになったねえ、面白いことになったねえ」という住職の熱っぽい訴えは、最高潮に達した暴動の先行きに期待してのこと。発掘された「文書」の中身が蜜三郎によって確認されるのは翌日の午前中。この日の午後、鷹四は蜜三郎に向かって「おれは現にいま成功している暴動の指導者で、戦場での一等上の兄さん同様に、有能な悪の執行者だ。はっは」と高笑いして「戦場」に戻る（363）。そして深夜、蜜三郎は、妻に呼び出され、カタストロフィーに直面する。

血に汚れて帰宅した鷹四との最後の会話のなかで、蜜三郎は曾祖父の弟について得た情報を以下のように要約する——「もと一揆指導者は穏やかに畳の上で死んだ模様だ。実際かれはいかなる『御霊』にもなりえない、羊のような人間として死んだんだ」（400）。新事実に対しての鷹四の応答は「蜜、きみはなぜそのようにもおれを憎んでいるんだ？」というもの。曾祖父の弟をめぐる「本当の事」は、すでに鷹四の興味の埒外にある。

・民俗学・維新・文献

《万延元年を焦点とする一時代》と《一九六〇年を焦点とする一時代》という《二つの異った次元》のうち、一見したところ後者のほうが迫り出して、前景化されているように感じられる、と先に述べた。ただし、すでに明らかなように、二つの次元をむすびつける《ダイナミックなカスガイ》として想像力が機能する仕掛けのようなものがいくつもあり、そのひとつが「伝承」である。

谷間の「言い伝え」とか「噂」のたぐいまでを「伝承」に含むとすれば、登場人物のレヴェルで要《かなめ》の役割を果たしているのは、寺の住職。これは見やすい例だが、より深いところで、民間伝承を基礎資料とする「民俗学」の学問的な思考が、小説の時空や物語に浸透しているのであるらしい。『ユリイカ総特集＊大江健三郎』の大塚英志の論考によれば、《まず事実として『万延』の時点で、大江は柳田國男を本当によく読んでいる》とのこと。大江は《『芽むしり仔撃ち』で描きかけた小宇宙を柳田的というより、民俗学的に描き直そう》としており、《柳田なり折口の民俗学的な理論を実装し、その援用で物語及び「ムラ」の構造化を試みている》というのである。実作者の経験をもつ大塚によるなら《重要なのはその民俗学的素材をぼくのような伝奇まんがの作者が、ギミックとして利用することの違い》であって、要するに大江は小説を構造化する「装置」として民俗学を援用しているとされる。[13]『同時代ゲーム』において、さらに徹底される技法だが、これを読解の指針と見定めよう。

蜜三郎の妻は、飛行場でも初対面の若者や義理の弟とすぐ打ち解けて、未熟な人間ではないことを示す。そして、いかにも柳田的に【3　森の力】と題された章では、隠遁者ギーと菜採子のあいだに生じるかもしれない「共感」が話題になっている。代用教員をしていたが徴兵を忌避して森に逃げこんで、その後もずっと谷間の人々に公認された「狂人」として森で生きている男について（97）、菜採子は「もし私が隠遁者ギーなら、この恐しい森に逃げこむことを忌避して、喜んで軍隊に行くわ」と感想を述べ、鷹四は「菜採ちゃんは、隠遁者ギーに共感するかもしれないね」と応じ、さらに「森の恐怖をそのように敏感に感じとる人間」は「発狂して森に逃げこむ人間」と対極をなすのではなくて「心理的にはひとつのタイプ」だと解説する（99）。

このやりとりを聞きながら「僕」は、一気に柳田国男の世界に入りこむ。じつは迎えの鷹四があらわれる直前に《発狂した妻が森の奥へ駈けこむ光景を思いえがこう》として連想の鎖をたち切っていた、とも記されているのだが、ここで想起されているのは、柳田の語る《裸にして腰のまわりだけに襤褸《ぼろ》を引き纏《まと》い、髪の毛は赤く、目は青くして光っていた》女のこと。さらに《山に走り込んだという里の女が、しばしば産後の発狂であったことは、事によると非常にたいせつな問題の端緒かもしれぬ》という言葉。つづく柳田の考察を追うなら、狂女は聖なるものに仕える「巫女」に近いとのこと（とりわけ「巫女」は『同時代ゲーム』に通底する主題）。引用は『山の人生』より。[14] 大江の作品を特徴づけるのは、ほんの二行か三行の引用が、引用元の固有の作品世界を一気にたぐりよせる、と思わせる瞬間が、随所にあることではないか？ 『万延元年のフットボール』における四国の森は、こうしてのっけから『遠野物語』など北国の伝承の世界と二重写しのようになり、《反人間なまでに深く黒い森[15]》として出現するのである。物語のクライマックスが、およそ四国らしからぬ大雪というのも、偶然ではない……

菜採子は都会的で知的な女性であるけれど、それでいて《濃密な森に囲繞《いじょう》されている、紡錘形の窪地》（101）で育まれた伝承の数々に、ごく自然な親和性を示す。鷹四が子供の頃に見たという「盂蘭盆会」での「御霊」としてのS兄さんの「念仏踊り」の記憶を熱をこめて語る時には、じっと耳を傾け、蜜三郎に「盂蘭盆会」の説明を求め（207）、「いちど念仏踊りが見たいわ」とナイーヴな憧憬《どうけい》をあらわしたりもする（211）。他所者である菜採子は、外部からの視線という意味で、読む者との――とりわけ兄弟の力関係から疎外されがちな女性の読み手との――仲立ちという役割も果たす。【7　念仏踊りの復興】は、タイトルにも示唆されているように「民俗学」と「物語」とが構造的に交錯するところ。蜜三郎から菜採子への「盂蘭盆会」についての学問的な理解にもとづく説明は、直接話法ではなく、内容を要約した文体で書かれている。むろん読者へのガイダンスでもあるはず。

ほぼ二ページに及ぶ「説明」の内容は――「僕」にも「盂蘭盆会」の時に森の高みから一列の行列をなして谷間に戻るものたちを見た記憶はあるが、後に《折口信夫の論文》によって、それらは《森＝他界から谷間＝現世に働きかけて害をなすことのある「御霊」》であることを教えられた。人々は大きな災害や疫病の流行などは「御霊」によるとして、かれらを慰めるために盂蘭盆会に熱情を燃やす。行列は「僕」の家の前庭で円陣を作って踊り、最後には倉屋敷に上がりこんで飲み食いした（根所家は村いちばんの大庄屋だった）。記憶によれば、戦争中のある夏突然に、兵隊服を着た「御霊」たちがあらわれた。谷間から出征して死んだ者たちの「御霊」だったが、S兄さんの死んだ次の夏の盂蘭盆会には、予科練の制服を着こんだ「御霊」が参加して熱情的に踊っていた……

《折口信夫の論文》とあいまいに名指されているのは「民族史観における他界観念[16]」である。中に「念仏踊り」という小見出しの二ページ弱の断章があるのだが、先立つ部分には、霊魂の類型が示されて《御霊の類裔の激増する時機》が到来した、とも記されている。

戦争である。戦場で一時に、多勢の勇者が死ぬると、其等戦歿者の霊が現出すると信じ、又戦死者の代表者とも言ふべき花やかな働き主の亡魂が、戦場の跡に出現すると信じるやうになつた。さうして、御霊信仰は、内容も様式も変つて来た。戦死人の妄執を表現するのが、主として念仏踊りであつて、亡霊自ら動作するものと信じた。それと共に之を傍観的に脇から拝みもし、又眺めもした——芸能的に——のである。戦場跡で行ふものは、字義通りの念仏踊りらしく感じるが、近代地方辺鄙のものは、大抵盂蘭盆会に、列を組んで村に現れる。
（折口信夫「民族史観における他界観念」323）

折口の論考は戦後数年という一九五二年に発表されたものだが、戦死者の「霊」という問題については、連日の空襲警報のもとで書き継がれたという柳田国男の『先祖の話』も合わせ読みたい。《少なくとも国の為に戦つて死んだ若人だけは、何としても之を仏徒の謂ふ無縁ぼとけの列に、疎外して置くわけには行くまいと思ふ。勿論国と府県とには晴の祭場があり、霊の鎮まるべき処は設けられてあるが、一方には家々の骨肉相依るの情は無視することが出来ない》という文章が論考のしめくくりに記されている。[17] 戦中・戦後の習俗を記述する民俗学の文献を前にして、大江が読みとっているのは、まずは死者の霊、とりわけ戦死者の霊に真摯に向き合うことの《基本的なモラル》のあり様《よう》ではないか。蜜三郎の実感においても、邪悪をなすかもしれぬ御霊は、もともと《谷間の民衆に属するものたち》なのである（207〜208）。民俗学の文献は、実証的な配慮から具体的細部を参照されるというだけではない。小説家の想像力に取りこまれることにより、文献は昇華されるのであり、作品に構造化されるとは、そのようなプロセスの全体を指すのだろうとわたしは考える。

話は戻って【7　念仏踊りの復興】における対話の場面。「撲り殺されたS兄さんの腕が、踊っているようで、足は跳躍しながら走っている者の足の形だったといったろう？」と鷹四は菜採子に語りかける。自分の記憶が、実際上の朝鮮人部落襲撃の記憶ではなくて、この事実が谷間の人間の共同の情念のうちに形象化されて再現される「念仏踊り」の記憶だったことを、同じ念仏踊りの記憶を語るフットボール・チームの青年たちの言葉から確認し、谷間の人間の共同の情念につながっている自分の根を見出したことを、鷹四は誇りにしてもいるのだった（206）。一方、蜜三郎は、実際に撲り殺されたS兄さんを見ているのだから、「あのように英雄化された美しい『御霊』をS兄さんの死に結びつけることはできなかった」という（209）。それは「谷間の人間の共同の情念」から遠いということね、と菜採子は返すのだが、その言葉には、攻撃の芽のようなものが……　つづく蜜三郎の説明によれば、新しい「御霊」は「新発意《シンボチ》」と呼ばれ、「そうした新入生の訓練を拵《シオ》りと定義」したという（この辺りは、折口論文の「念仏踊り」の断章を忠実に反映したもの）。さらに蜜三郎は「扮装をつけて激しく動きまわる念仏踊りは相当な重労働」であり、それに扮した若者にとってはシゴかれる訓練だった、と説明し、鷹四が「本当に谷間の共同の情念に根ざして活動している」（傍点は引用者）とすれば、フットボールの訓練は「新しい型の念仏踊り」だ、との解釈を添えもする……

　この場面の全体をとおして菜採子はひとつの選択をする。蜜三郎は《妻がいまやあきらかに鷹四の親衛隊に属した》（207）と逸早く見て取ったのだが、菜採子の選択は、異性としての義弟に惹かれたというよりむしろ、谷間の人間の共同の情念への共感を動機とするのである。繰りかえすなら『万延元年のフットボール』は構造的にも、恋愛小説や姦通小説から限りなく遠い。そうであるならば、この小説に固有の構造は、どのように生成するか？　と問うことを、つづけなければならない。

　民間伝承や念仏踊りの習俗など、文字に頼らぬ民俗学的な資料だけでなく、少なからぬ数の古文書や文献や学問的な論考が《ダイナミックなカスガイ》として「維新」と「戦後」をむすびつける役目を果たしている。『万延元年のフットボール』の本文の最後に、いくつかの書名が「〜に負うところがある」という断りを添えて列挙されており、その中に『二葉亭四迷全集』がある、と以前に指摘したが、あらためて、それらの「本」のリスト全体は以下のとおり――小野武夫編『徳川時代　百姓一揆叢談』、『維新　農民蜂起譚』、『幕末明治　新聞全集』、『三酔人経綸問答』、『二葉亭四迷全集』、旧制静岡高等学校戦没者遺稿集『地のさざめごと』。

　以上六点のうち、最後の「戦没者遺稿集」は例外であり、「維新」に直接むすばれるものではないのだけれど、《好んでイチゴを食べるギリシアの亀》の話と同様に、登場人物の造形と人間性の描出にかかわる文献でもあり、長兄とS兄さんとの対比という観点からも見逃せない。おのずと推察されるように、戦地で死んだ長兄の遺品である葡萄色の手帳は『地のさざめごと』の抜粋からなっている。鷹四が暗い情念に酷たらしい声で「蜜、手帳に恐しいことが書いてあるよ」と訴える場面（200）。たとえば《海南島の○○隊では隊長自ら、Fräulein の virgin を汚してもよいが、後片付をしっかりやっておけと云ふさうな。後片付とは to kill の意味なること勿論なり》とか、《生れて初めて日本刀をふるって土民の首を切る》といった、おぞましい記述が話題になるのだが、しかし、なぜ『地のさざめごと』からの引用なのか？

　戦没学生の手記なら『きけ　わだつみのこえ』を誰もが想起する。岩波文庫新版の冒頭に渡辺一夫による一九四九年の旧版序文が再録されており、《若い戦歿《せんぼつ》学徒の何人かに、一時でも過激な日本主義的なことや戦争謳歌に近いことを書き綴《つづ》らせるにいたった酷薄《こくはく》な条件》を考えれば、《煽動《せんどう》の犠牲になり、しかも今は、白骨となっている学徒諸氏の切ない痛ましすぎる声は、しばらく伏せたほうがよいとも思った》と記されている（傍点は渡辺）。敗戦からわずか四年、現下の社会情勢に鑑みて、取捨選別を行なわざるを得ないと考えた者の苦渋に充ちた「公正」概念にもとづく判断である。[18] 一方、『地のさざめごと』は戦後二十年余りという時点で、旧制静岡高等学校の後身である静岡大学文理学部の倉庫から埃をかぶった戦没者の遺影が発見されて、遺稿集の編纂事業が立ち上げられ、これが非売品として流通していたものが、なかば偶然のように大江の目に触れた。この本が評判を呼び、一九六八年に講談社から刊行されたとき、大江が挟みこみの小冊子に寄せた一文から、長めに引用する。いわゆる戦記物の氾濫は現在も続いており、戦没者の遺稿にも、警戒的たらざるを得ないのだが、という断りに続き、

　しかし本書は、深く綜合的な感銘をもたらす書物であった。僕はそこにひきこまれ揺さぶられて、まことに本質的な経験をした。僕はそのとき書きつづけていた長篇小説『万延元年のフットボール』に引用する古文書や、手紙の類を、現代に生きている自分自身の意識から明確に切りはなすために、擬古文を書くことはおこなわず、一揆記録の集大成や二葉亭の手紙やらを援用していたのであるが、今日に生きる戦後世代の人間であるヒーローたちの戦死した兄のノオトには、この『地のさざめごと』から文章を引いた。それは、まさに本書が、僕の世代にとって、戦死した兄たちそのものを全体的にあらわしていると感じられたか

らである。[19]

『万延元年のフットボール』に引かれた陸軍大尉の「日記」が、『きけ　わだつみのこえ』には収録しえぬ性質のものであることは明らかであり、それは「長兄」という人物の造形にかかわる明確な意図のあらわれといえる。さらに意義深いのは、文献からの直接の引用が、歴史的資料の実証主義的な尊重という配慮に由来するのではなく、《現代に生きている自分自身の意識から明確に切りはなす》ために採用された手法であるということ。《万延元年を焦点とする一時代》と《一九六〇年を焦点とする一時代》という《二つの異った次元》の安易な癒着が、あらかじめ回避されているからこそ、《ダイナミックなカスガイ》としての想像力が起動するのである。

古文書や文献の援用によって造形される人物の筆頭は曾祖父の弟である。この人物が谷間の伝承の花形であったことは、「行列の先頭に立って、見物人からも『御霊』を演ずる者たち同士からも敬意をはらわれている花やかな中心人物は、昔ながらの服装をした、万延元年の一揆の指導者の『御霊』だ」という蜜三郎の説明からも伝わってくる（210）。しかしそれだけで、作者が《主人公は、曾祖父の弟でしょう》と太鼓判を捺す理由が解明されるわけではない……　謎につつまれたその重要人物が書いたとされる五通の手紙を、労を惜しまず順番に読んでみることにしたい。

若い住職が探し出して来てくれた封筒には、手紙のほかに祖父の署名のある小冊子『大窪村農民騒動始末』が入っていたのだが、これは万延元年の一揆ではなく、《明治四年、廃藩置県の令を発端としてこの地方に起った、もうひとつの一揆》を指すとのこと（334）。終幕で鮮やかな謎解きのきっかけとなるのは、この小冊子。ただし問題の《もうひとつの一揆》については、先送りとしよう。五通の手紙は日付が明記され、しかも《住所の表示と署名》が欠けている。曾祖父の弟には身元を隠す必要があったから、と蜜三郎は考える。

第一の手紙は文久三年（一八六三）のもの。森を抜けて高知に出たもと一揆指導者は、住職の推測のとおりに、森の向うの土佐藩から来ていた工作者によって新世界への出発の援助を受けた模様、との説明に続いて、かれの《幻のヒーロー》だったジョン・万次郎に出会い、その捕鯨船に乗り組んだだが、水夫の生活に馴染めず仕事を放棄したことが確認される（335）。この手紙については引用文献の情報はないが、ちょうど司馬遼太郎『竜馬がゆく』（新聞連載の開始は一九六二年）が大評判になっており、中には竜馬が万次郎に会ったというエピソードなどもある。土佐藩出身の著名人たちについては説明不要、という程度には一般の読書人の常識を当てにすることができたのではないか。[20]

第二の手紙は、慶応三年（一八六七）。突然その文章に現れる《闊達《かったつ》な自由の感覚》は、数年間の都市生活によって《若わかしくユーモラスな属性》が自覚されたことを示している、との解説。手紙の内容は、横浜において生涯の最初の新聞を読んだ若者が、滑稽記事を転写して故郷の兄に送ったものであるというのだが、さて、現代人にはいささか読みにくいその記事の内容を懇切に紹介すべきかどうか……

大江文学における絶妙なユーモアという特質そのものを否定する人はいないと思われるが、それはどちらかというと「晩年の仕事《レイト・ワーク》」に顕著な傾向であって、とりわけ『万延元年のフットボール』は恐しく深刻な物語なのだから……　と暗に疑問を呈されるかもしれない。これまで読んできたところでは、《好んでイチゴを食べるギリシアの亀》のほか、地元の青年を「ウニのお化け」と名づける言葉のセンス、あるいは妻のつくった大蒜《にんにく》入りのチマキを食べた《若い住職と僕とは、未来映画の怪獣の火炎の吐息さながらに大蒜の匂いを吐きちらして倉屋敷に向った》(191)という記述などに、一人称で語る蜜三郎の若わかしくユーモラスな属性の一端が見てとれるように思うのだが、問題の「滑稽記事」の可笑しさは、また別種のもの。

以下、現代語で要約するなら、ペンシルヴァニアに住むある人物が、発狂したものか、自殺した。遺書によるなら、自分はある寡婦と結婚したのだが、その女の連れ子である娘を自分の父親がたいそう気に入って妻とした。つまり父は自分の婿となり、自分の妻の連れ子が自分の母となった。自分の妻となった女が子を産んだ。その子は自分の父の弟となり、自分の叔父となった。なぜならその子は自分の義理の母にとって弟に当たるのだから。また自分の父の妻が子を産んだ。その子は自分の弟であるが、孫でもある、なぜなら自分の子の子であるのだから。自分が娶った寡婦は自分の祖母である。なぜなら自分の母の母なのだから。自分は妻の夫である。また妻の孫である。自分は自分の祖父であり、自分の孫である……というのが、あまりの不条理に発狂して自殺したらしい人物をめぐる「滑稽記事」のオチ。真の可笑しさは、維新前後の草創期の新聞の洒脱な文体に込められたものだから、「広告」についての情報などとともに、原文の引用で味わいたい。出典は上記リストの『幕末明治　新聞全集』である。現在は国立国会図書館においてデジタル化されている基礎資料であり、一九六一〜六二年に世界文庫から刊行された全八冊は、まさに「明治ブーム」の証しといえる。

その後二十数年の空白があって、明治二十二年春と記された第三の手紙。裏切りによって一揆を生き延びた曾祖父の弟は、じじつアメリカへわたる希望を果たしたのかもしれず、《解放的な新天地をひとり確保した》ように見える、という解説に続き《すでに分別にみちた壮年の文章》によって書かれた手紙が紹介される。話題は、その年の二月に公布され翌年の末に施行されることになる「大日本帝国憲法」をめぐって。憲法発布の報せを受けて喜ぶ兄の手紙への、冷静な批判をこめた応答である。発布される憲法の内容を知らずに憲法という名のみに酔うことを戒め、《ある高知県士族の、すなわち森の向うから来た工作者の仲間だったかもしれぬ一人物の書物》から数行を引用する（336〜337）。引用元が中江兆民の『三酔人経綸問答』であることに、ただちに気づく読者が、『万延元年のフットボール』刊行の当時、一定数はいただろうと推察する。これも出版の「明治ブーム」の流れに乗って、桑原武夫・島田虔次訳・校注による岩波文庫が一九六五年に出版されている。『万延元年のフットボール』が原典から引用する中江兆民の言葉を、その現代語訳に置きかえるなら――《それに、ふつう民権とよばれているものにも、二種類あります。イギリスやフランスの民権は、回復の民権です。下からすすんで取ったものです。ところがまた、別に恩賜の民権とでも言うべきものがあります。上から恵み与えられるものです。回復の民権は、下からすすんで取るのであるから、その分量の多少は、こちらが勝手に決めることができる。恩賜の民権は、上から恵み与えられるものだから、その分量の多少は、こちらが勝手に決めることはできません。恩賜の民権をもらって、すぐさまそれを回復の民権に変えようなどと思うのは、論理の飛躍ではありますまいか》[21]。

『三酔人経綸問答』には、欄外の余白に「小見出し」あるいは「注」のような書き込みがあって、これがなかなか面白く、引用の部分については《此一段《このいちだん》の文章《ぶんしょう》は少《すこし》く自慢《じまん》なり》とある。

一般にも知られた重要な段落であることはまちがいないのだが、『万延元年のフットボール』の文脈に戻る。曾祖父の弟は、近く発布される憲法の内容が、分量の少ない恩賜的民権をあたえるにすぎないだろうことを予想して、《進取的民権を獲得するための集団があらわれて活動する》ことを切望している。つまりかれは、ひとつの「志」を持った人間ではあるが、それが民権の側の人々に加担する「志」である以上、曾祖父の弟が《維新政府の高官になった》という伝説は、真実を反映したものではない、というのが手紙の読み手である蜜三郎の結論である。

最後の二通は、五年後のもの。書き手の「志」は急速に衰弱してしまったらしく、それでもなお《時代の情報に通じている知識人》であることは変わらないが、《天下国家を論じる意志はすっかり影をひそめて、ただ遠方の肉親の身の上を真剣に案じている孤独な初老の人間の面影》がうかびあがるのみ、との解説がある。曾祖父の弟は、兄の息子であり唯一の甥である青年に深い愛情を注ぎ、まずは兵役を逃れるための工作に熱意を示し、次の手紙では、日清戦争の激戦地、威海衛に送られて音信のない甥の安否を気遣う痛切な思いが語られる。ちなみに二通の手紙が、『二葉亭四迷全集　第七巻』（岩波書店、一九六五年）からの抜粋であることは、日付と地名から容易に推測できる。なぜ二葉亭か、という疑問については――「3　政治的なもの／想像的なもの」の章で確認したように――《生き方の根本的な動機づけ》という言葉に託された、大江自身の深い尊敬の念を思いだせばよい。

五通の手紙によって、ひとまず曾祖父の弟の肖像が描かれた。その人はジョン・万次郎に憧れる幕末の冒険者として出発し、維新前後の都市文化を享受する若者となってのち、自由に天下国家を論じる中江兆民のごとき壮年の知性と風格を身に着けて、さらに《細心な優しさ》（338）を持ち軍国主義とは無縁な二葉亭四迷のごとき初老の知識人の相貌を見せ、その後、消息を絶った……

秋山駿によるインタヴューでの発言をここで思い出すなら、曾祖父の弟は、なるほど蜜三郎や鷹四よりずっと「魅力」のある人間かもしれない。ただし、それだけで《主人公は、曾祖父の弟でしょう》という自信ありげな指摘に説得されるのは、やはり安易というもの。《曾祖父の弟が恥をしのんで生残って地下室にいたということが出てくることで小説は完成されるわけです》という作者の言葉の裏付けとなる終章のページに、しっかり向き合うことをやってみなければならない。

・四国の森で沖縄を読む

終章は【13　再審】と簡潔に章タイトルが記されているが、直前の章の【12　絶望のうちにあって死ぬ。諸君はいまでも、この言葉の意味を理解することができるであろうか。それは決してたんに死ぬことではない。それは生れでたことを後悔しつつ恥辱と憎悪と恐怖のうちに死ぬことである、というべきではなかろうか。（J＝P・サルトル、松浪信三郎訳）】という数行に及ぶ引用は、これでも章タイトルとみなすべきなのか、それとも特別の意図が秘められたものなのか……検討は最後の「「目次」について」の項にゆずる。鷹四が酷たらしい自殺を遂げ、終章の幕開け、「僕」は倉屋敷の地下倉で、うずくまったまま眼ざめるのである。この地下倉が、冒頭の章の裏庭の穴ぼこと、対をなすことは、じつは明らかすぎるほど。

夢の鷹四は上半身が柘榴《ざくろ》のように裂けてくずれた赤い石膏像そのまま、眼にはキラキラ光る霰弾を無数にうめこみ鉄の眼の怪人みたいに、霧の中の前方右五メートルに佇んでいた。僕と弟を結んで一辺とする背の高い二等辺三角形のもうひとつの頂点に、土気色の蒼ざめた猫背の男が立って黙然とこちらを眺めている。〔……〕二人の頭上高く暗がりの湿地のキノコ群さながら、深ぶかと帽子をかぶり黒っぽい服を着た老人たちが、対峙《たいじ》するわれわれを見おろしている。頭を真赤に塗って縊死《いし》した友人や、植物のように無反応な赤んぼうがその前身であることのあきらかな二人の老人もまたそこに加わっている。

――おれたちの再審はすなわちおまえの審判だ！　と舞台の上の鷹四が脣の肉の吹っとんで単なる赤黒い穴ぼこのような口を大きく開き憎悪と共に勝ち誇って叫ぶ。（404～405）

死者たちの亡霊に糾弾される悪夢から「僕」が絶望的な気分で眼ざめると、改行して、これまでの経緯と、ある決定的な出来事が想起されるのだが、導入に《昨年秋の夜明けに裏庭の浄化槽のための穴ぼこに入り膝をかかえて時を過ごしたと同じく》という一言がある。穴ぼこと地下倉の構造的な響応関係は――書き手の作為とも見えるが――当事者の実感にも由来する。

さて、深夜の悪夢に先だつ日中の出来事。スーパー・マーケットの天皇とその配下たちが倉屋敷解体の下調査に来て、床下に立派な石造りの倉を発見した。白《ペク》と名乗るその朝鮮人の資本家は上機嫌で、そこが便所や井戸まで揃った生活空間であったことを告げ、《ここに狂人か脱走兵を住まわせていたのじゃないか？》という言葉とともに、こんな本や反古《ほご》の類がある、と無造作に差し出したのは、一冊の汚損した書物——表紙に『三酔人経綸問答全』と印刷された中江兆民の初版本！「僕」は茫然として《深い衝撃波のただなかを漂い》はじめ、ひとつの「啓示」へと到る。

曾祖父の弟は万延元年の一揆後、仲間を見棄てて新世界に出発したのではなかった。みずからを罰して地下倉に閉じこもり、《一揆の指導者としての一貫性》を持続した。かれの書きのこした手紙については、《もしここより他の場所での生活がありえたならこのような手紙を発信したであろうと想像しては、まさにそのような手紙を書いて地下倉へ食事を差し入れる者に手渡したのにちがいない》……つまりおそらく、食事だけでなく、評判の新刊書や都会の新聞なども差し入れて、親しい者たちの消息まで連絡文で手渡してくれたのらしい、寛大な兄に匿《かくま》われたまま、曾祖父の弟はフィクションの自画像を描くために、手紙を——まるで作家のように！——したためていた、ということになる。奇想天外な展開のようでもあるが、地下倉の存在については、横溝正史の小説では座敷牢などめずらしくもないし、事実こうした隔離と隠蔽の空間が、戦前の大きな屋敷にはまれに残されていたらしく、じつは大江自身が、このアイデアは「祖父の日記」から得たと語っている。[22]

最終的な「啓示」が訪れたのは、五通の手紙と一緒にハトロン紙の封筒に入っていた小冊子『大窪村農民騒動始末』が《曾祖父の弟の倉屋敷における幽閉生活を僕に確信させる啓示の核心》を提供したからである（429）。小冊子は著者の名が伊吉郎と明記され、この人物が蜜三郎たちの祖父に当たること、曾祖父の弟が身の上を案じていた甥であることは、手紙が読まれた時点で明かされているのだが（338）、まずは実在するのではない『大窪村農民騒動始末』という名の

「文献」の由来を突きとめたい。
『万延元年のフットボール』の巻末リストに掲げられた一連の本で残っているのは、小野武夫編『徳川時代　百姓一揆叢談』と『維新　農民蜂起譚』であり、これらが《一揆の指導者》だった曾祖父の弟をめぐる謎にからむことは、おのずと予想される。前者（上下二冊）は一九二七年に刊行されて一九六四年に復刻、後者は一九三〇年に刊行されて一九六五年に復刻された。一連の本が――新刊である戦没者遺稿集『地のさざめごと』は別として――一九六〇年代に「明治ブーム」に乗って復刊されたものであることを、あらためて強調しておこう。近代日本の成立を証言する明治・大正・昭和初期の本がいっせいに甦った時代として、文化的に一九六〇年代を特徴づけもした、まさに同時代的な一連の本といえる。

小野武夫の専門は農民経済史で、三冊重ねると厚み十二センチほどの大判の本は、学問的な労作である。手元の版の奥付は「著者」となっているが、むしろ「編著者」とみなすべきか。郷土史の資料や関連の文献・公文書・書簡などを自力で発掘し、書誌学的に評価することから始めなければならぬ草創期の「学問」が、今日の歴史学や経済学と全く異質であるのは当然のこと。この十二センチの紙の厚みを全く不十分ながら多少は時間をかけて探索した結果を小説のテクストに突き合わせ、なるべく簡潔に報告する。[23]

小説のなかの『大窪村農民騒動始末』、つまりフィクションの「文献」について確認するなら、これは《祖父が明治四年の騒擾事件に関わる、官憲と民衆の双方の視点の記録を収集して、解題と註釈を附した小冊子である》とのこと。この説明につづく二ページほどは、「官憲」の視点による記録であり、このテクストは小野武夫編『維新　農民蜂起譚』の「第十一篇　伊豫一揆

（外篇）」の「第三　大洲騒動（今の喜多郡大洲村に起る）」をわずかに手なおししたものである（545〜551）。大江健三郎の生まれた大瀬村も喜多郡にあり、維新までは伊豫国大洲藩の所領だったから、語られた出来事は、そのものズバリ、健三郎少年が、大人たちの語りを耳で聞き、自分でも仲間の子供らの前で語ってみせた地元の伝承の人気演目だったはず（子供らにとっては、親類や知り合いの祖父さんや曾祖父さんがヒーローでもある言い伝えなのだから）。ただし、引用された二ページは、同じ出来事の「官憲」ヴァージョンということになる。

ちなみに歴史的事件としての「大洲騒動」は、明治四年七月の廃藩置県の令による新体制を住民が拒絶して、七十余村が蜂起、要求を貫徹し、しかも騒擾の関係者は一人も処刑されず、政府側の責任者である大参事は自殺した……　つまり民衆の側からすれば華々しい戦果を誇ることのできた事件。維新をはさんで故郷で起きた二つの抵抗運動が、大江文学を最晩年にいたるまで豊かに潤す物語の源泉となったことは、よく知られている。

『万延元年のフットボール』のつづくページで紹介される『大窪村農民騒動始末』の抜粋には、《民衆の視点からの文章》であり、《記録というよりも騒動を物語風に叙述したもの》であるとの解説が添えられている。しかし、そこにあらわれる指導者、「頑民総代」として官憲と交渉した《六尺有余の総髪の大の男》、《亀背》（＝猫背）で《顔面蒼白》の怪漢、すなわち蜜三郎の地下倉での悪夢にもあらわれた、あの《土気色の蒼ざめた猫背の男》の正体は？——《倉屋敷の地下に閉じこもって万延元年の一揆を十年間も考えつづけてきた曾祖父の弟の、突然地上に再現した姿》だったというのが、天啓のようにひらめいた結論である。蜜三郎は寺を訪れ、若い住職のまえで、この《確信》を合理的な理由とともに開陳し、一方的な昂揚をうけ流そうとする相手を説得してしまう。

蜜三郎の主張は、維新の転換期の疑ぐり深い農民たちが、かれらの《暴動の指導権を、どこの者とも知れぬ異様な男にゆだねる》はずはないのであり（432）、この本の註釈をした自分の祖父も《じつは猫背の怪人物が自分の叔父だということを知っていて、ひそかに愛情を表現している》ように思われる、というもの。これに対して住職の提示した傍証によれば、明治四年の騒動の《猫背の指導者》は有名な伝説なのに、念仏踊りの「御霊」の中には居ない、それは曾祖父の弟の「御霊」と重複するからかもしれないという（433）。

ここで読む者は思い出すかもしれない。カタストロフィーの直前に蜜三郎が見た新ヴァージョンの「念仏踊り」には、ホンブルグ帽をかぶり、祖父のものだった黒いモーニング・コートを着こんだ容貌魁偉な若者が、《上品な猫背》でゆっくり歩きながら、周囲に《威厳のこもった会釈》を繰りかえす場面があったことを（353～354）。これが民衆のあいまいな記憶を雄弁に物語る、明治四年の指導者の「御霊」なのか否か……新しい世代による念仏踊りの演出については、若い住職も蜜三郎も、その意図や構想を明かされる立場にはいなかった。

それはそれとして「文献」の探索に戻るなら、『大窪村農民騒動始末』に登場する《六尺有余の総髪の大の男》は、小野武夫編『維新　農民蜂起譚』の「大洲騒動」に記録された人物ではない。じつは『徳川時代　百姓一揆叢談』の「丙の巻　暴民横行篇」の第一「丹後の百姓一揆」で獅子奮迅の活躍をする《六尺有余の総髪の大の男》を時空を越えて借用したものであり、《十六日、大窪村口で強訴徒党の解散を告げるや、彼の暴徒の巨魁《きょくわい》は其後恰《あたか》も掻消《かきけ》す如くに姿を晦《くら》ました。》という結末に到るまで、ほぼ一ページにわたり括弧つきで引用された多数の文章は、すべて『徳川時代　百姓一揆叢談』で確認することができる……　ということで、謎解きはひとまず終わったけれど、重要なのはその先の疑問――なぜ『徳川時代　百姓一揆叢談』『維新　農民蜂起譚』なのか？

　なぜ「叢書」ならぬ「叢談」であり、「農民蜂起論」ではなく「農民蜂起譚」なのか？　と問いなおすなら、「談」も「譚」も、基礎資料が聞き取り調査に基づくこと、いわゆるオーラル・ヒストリーに近い構成であることを告げている。徳川時代から維新にかけて、強権に逆らう民衆の「騒動」について、公正中立な報告が「官憲」の視点から公文書として編纂されていた可能性はあまりない。在野の知識人や文筆家による郷土史を探し当てることが出発点であり、たとえば「丹後の百姓一揆」の場合、文政五年（一八二二）十二月、丹後（京都北部）の宮津町およびその付近に「稀有の大騒動」があったとの言い伝えがあることを踏まえ、大正十三年（一九二四）に小野武夫が宮津町役場に問い合わせたところ、小池松治『文政年間丹後大騒動』の一冊が送られてきた、等の由来が「解題」に述べられている。もとは地方新聞の「読物」として執筆されたというだけあって、義太夫さながらの名調子。ところどころに挟まれた編者・小野による長大な註釈・考証には、《数万の群衆中より例の総髪の大男が天地に響く大音声で「城内の役人ども良く承はれ云々」といつたやうに書いて》いるが、《少し芝居に出来て》いるのではないか、など疑義も呈されている。とはいえ、口語的な誇張はあるにせよ、百五十ページを通読すれば、「丹後の百姓一揆」の発端から政治的な背景、五日間で終焉し《怪我人一名出ださなかつた》という堂々たる「騒擾」のあちこちの現場、その間、指導者グループと民衆がいかに決然と行動したかの全容、その後、追っ手に捕らえられた主謀者や切腹した大物など、いわゆる「義民」として事件の責任をとった関係者の消息までが、手に取るようにわかる。

　強調しておきたいのは、小野武夫編『徳川時代　百姓一揆叢談』と『維新　農民蜂起譚』は『万延元年のフットボール』に物語の具体的な素材を提供しているだけではないということ。小説家の想像力を刺戟するイメージが満載されている、というだけでもむろんない。口承的な「歴史」の資料を援用して小説を構造化する、という大きい課題に、ここで作者は挑んでいるはずであり、それは先に論じた「民俗学」に対峙する作者の姿勢に通底すると思われる。さらに、この壮大な企ては、「歴史」と「民俗学」にくわえて、「神話」の次元を小説に導入する『同時代ゲーム』へと引き継がれる……

　ところで、『万延元年のフットボール』に特徴的なのは、様ざまの文献からの忠実な引用という方式である。

> 作品自体はいうまでもなく想像の世界のものであるが、そこに引用されるところの、万延元年を焦点とする時代の文献や手紙のたぐいは、僕の意識の産物であってはならない、それは他人の意識によってつくりあげられたもの、したがって僕の意識にとってはどうしてもその核心にいたることのできない、不透明な壁によってかこわれた細部をそなえていなければならない、それを僕は原則としていた。文献や手紙のたぐいは、僕の小説の肉体につきささった棘のような異物でなければならなかったのである。（傍点は引用者、「同時性のフットボール」『持続する志』404）

《自分自身の意識から明確に切りはなすため》に、一揆記録の集大成や二葉亭の手紙やらを援用する、という大江の言葉は、以前に紹介したが、《小説の肉体につきささった棘のような異物》という生なましいイメージは、そのような異化作用の結晶として立ちあらわれるものだろう。ところで《万延元年を焦点とする一時代》と《一九六〇年を焦点とする一時代》という二つの次元のうち、目前の《一九六〇年を焦点とする一時代》については、いかなる記述の原則が採用されているか？　あるいはいないのか？

　そもそも《一九六〇年を焦点とする一時代》といいながら、焦点そのものである一九六〇年の「暴動」すなわち「百年後の一揆」としての学生運動が、きわめて断片的にしか語られないのは、なぜなのか？　作者自身が二十年後の文庫版解説で、鷹四を《安保闘争で傷ついた、荒ぶる者としての弟》とあらためて定義しているにもかかわらず[24]、さらには『厳粛な綱渡り』の「第二部のためのノート」では、一九六〇年六月前後について、自分が体験したもっとも熾烈な《政治的なウズマキ》と形容し、後続のエッセイ・評論でも安保闘争を焦点とする「政治的季節」に随所で言及しているにもかかわらず、なぜ、小説のなかで、具体的にそのことを、つまり安保闘争で、どのように傷ついたのか？　という重大な問題を正面から語ろうとしないのか？

　サルトルの『自由への道』のように、政治的な行動に参加する者たちの日々を、渦中にある者の生身の体験として克明に記述することは、自分の小説がめざすところではない、と早くから――おそらく大江自身が「政治的季節」の只中にいた一九六〇年という時点ですでに――心に決めていたのだろう、とわたしは想像する。

《ぼくは明治の知識人の型として、自分の青春のはじめは啄木が、そしてすでに青春から遠ざかりつつあるいまは二葉亭が好きだ》と大江は先の「第二部のためのノート」で述べている。その啄木の言葉《強権に確執をかもす志》をタイトルに借りて、安保闘争一周年の集まりで講演を行い、さらに書きなおした文章が、『厳粛な綱渡り』の第二部にある。結局のところ安保闘争をつうじてかちえた最低線のところはなにか？　という質問をアフリカのジャーナリストの一人につきつけられたときの大江の応えは以下のようなものだったという――《いまから五十年まえ、いまのぼくとおなじ年齢で死んだ日本の文学者に石川啄木という秀れた詩人がいる。かれが死ぬまえに書いたエッセイの一節に、《われわれ日本の青年は、いまだかつてかの強権にたいして何らの確執をもかもしたことがない》という批評がある。われわれ五十年後の日本の青年は、とにかく強権に確執をかもしたのだ、この叛逆精神、抵抗精神は、われわれにとって確かに血肉となっているにちがいないと信じたい》(114)。

あえて「安保闘争」と名指すことはせず、その代わり、とでもいうように「強権に確執をかもす志」という議論の水準を提示する。一九六八年に刊行された第二エッセイ集『持続する志』の「志」が指し示すのも、そのような啄木的な発想による「志」にほかならない。『万延元年のフットボール』のなかでは、中江兆民と二葉亭四迷の面影がちらつく曾祖父の弟が、《ひとつの「志」を持った人間として維新後の政治体制を見つめる男》だったと説明されている(337)。「強権に確執をかもす志」という意味で注目されるのは、『万延元年のフットボール』が、特別の、同時代的なキズナによって沖縄につながれているという事実である。一九六五年の春、大江がはじめて沖縄を訪れてから二年後に、この長篇小説は発表されたのであり、その前後にも沖縄への旅が繰りかえされて、一九七〇年の『沖縄ノート』に到るのだから、予想外のことではない。そのキズナの最も見やすい例は、主人公たち一族の「根所」という名に認められる。尾崎真理子が『大江健三郎の「義」』で、この問題を丁寧に検討しているので、話はやや重複するけれど、まずは要点を。[25] 柳田国男『海上の道』には、「根」という漢字をめぐる様ざまの考察に続き、たとえば次のような指摘がある――《ここで根というのは勿論《もちろん》地下ではなく、たとえば日本の前代に大和島根《やまとしまね》、もしくは富士の高根《たかね》というネと同じく、またこの島で宗家《そうけ》をモトドコロ或いはネドコロともいったように、いわば出発点とも中心点とも解すべきものであって、次第にその在《あ》りかが不確《ふたし》かになったとは言え、是が本来は統一の力でもあったのである》[26]。大江は『海上の道』の岩波文庫（一九七八年）に充実した「解説」を書いているから、むろん柳田の指摘は知っていたはず。一方『大江健三郎 同時代論集4 沖縄経験』をしめくくる「未来へ向けて回想する――自己解釈㈣」で紹介されるのは、伊波普猷《いはふゆう》の『古琉球の政治』である。《それから田舎の村落へ行くと、今でも一字（昔の村）に一ヶ所の根所《ねどころ》があるが、根所は大方村落の真中にあつて、之を中心として、家族的の村が出来た》という一文があり、《兎にかく琉球の村落は斯くの如く氏神を中心として成立してゐるから、相互扶助の精神が盛んで、其の団結は至つて鞏固である》という結語まで、半ページ近く引用が続く。[27] 意義深く思われるのは、伊波普猷の長い引用につづいて《そのような「根所」という言葉だけで、小説の全体の構想への出発が確保された》（傍点は引用者）と大江が語っていること。

僕は四国の森のなかの村に、かつて強固であった協同体の中心をなす家系を考え、それに「根所」という姓をあたえた。そしていったん失なわれてしまった村の協同体の精神を、おなじく崩壊にひんしている経済的な状況にかさね、一挙によみがえらせることをめざして、荒あらしく活動する青年と思弁的なその兄を、小説の主人公に据えたのであった。(『同時代論集4』329)

作者による自作解説の模範のようではないか。大江はさらに――念仏踊りの訓練からスーパー・マーケットの略奪への自然なエスカレートを念頭においては――この小説においては《協同体の核心をなす精神の回復を、祭りの演技のように行なわれる暴動のかたちで描いたが、そこにも現実に沖縄でおこりうる暴動への関心が反映していたと思う》とも語る。アメリカ占領下の沖縄で潜在的なものとしてくすぶる「暴動」が、四国の森の虚構の世界へと波及して、同時代的な想像力を活性化するのである。

大江は沖縄のホテルで夢を見ていたという。まるごと基地に囲いこまれているコザの町で、ついに沖縄の人間すべてをまきこむ暴動がおこるという悪夢。『万延元年のフットボール』では【6 百年後のフットボール】の幕開けに、蜜三郎が長い夢を見る。それは《万延元年と戦争の末期に共通の「時」を生きている百姓たち》が竹槍をふるって戦う悪夢であり、暴民たちの指揮者たる鷹四は、いつのまにか曾祖父の弟と一体化しているのだった(173~175)。そして、小説が刊行されて三年後、コザ市で一九七〇年十二月二十日未明の「暴動」が起きた。沖縄の民衆が啄木のいう「強権に確執をかもす志」を烈しいかたちで貫いていることを、大江は畏怖の念をこめて思いつつ、こう書いた――《僕は自分の生き方の進みゆきについて、沖縄から深く学ぶことがあったことをいわなければならない》(『同時代論集4』331)。

最後に小説内部での「根所」という名の機能ぶりについて簡単に。ドラマの実質的な幕開けである【2　一族再会】によれば、アメリカで鷹四が日本人旅行団の通訳をしたときに、めずらしい姓が機縁になって「スーパー・マーケットの天皇」と知り合った（70）。その朝鮮人の地元資本家に、倉屋敷の買い取りを提案されたところから、兄弟の故郷への旅というアイデアが生まれたというのである。「根所」という言葉だけで、小説の全体の構想への出発が確保された、という大江の自覚の発端となるものが、ここにある。

ところで蜜三郎と鷹四の父親は、物語のなかで、ほとんど出番がない。というか、端的に存在感が希薄なのだけれど、この父親が「根所」沖縄起源説を主張していたという話があった。詮索好きな村の助役の回想によると、「蜜三郎さんのお父さんは満洲進出の前に仕事をされた沖縄で、根所とおなじ意味あいの言葉にネンドコルーという琉球語があると、小学校で講演されましたが」という話。蜜三郎は、《根所→ネンドコルー説は、陰湿な毒をはらんだ笑い話としてのみ谷間で流行した》ことを思い出す（221）。その父親は、《太平洋で戦争が始まると中国での仕事を放棄してこれから帰国するという連絡をよこしたまま行方不明となり、三箇月後、下関の警察で死体となって母の手に引き渡された》（165）。母親は《谷間の老獪な百姓たちに煽動された若者たちの中心人物》として一揆の先頭に立った曾祖父の弟は、《根所家の内部》から見れば、自分自身の家を打ち毀した《最悪の気狂い》であり、中国で不可解な実らぬ仕事をして資産と生命を失った父親も、その《気狂いの血》を引いている、と酷評する。その母親にいわせれば、法学部を出て就職したものの徴兵されてしまった長兄は別として、わざわざ予科練に志願したS兄さんにも、同じ血が流れているのであり、一方で、鉄砲を用意して暴漢と戦った曾祖父さんだけは《立派な方ですが！》ということになる（178～179）。一族の男たちに母親が向ける屈折した怒り、苛烈な批判精神は、平和主義や反戦思想などの大まかな分類に収まるものではない。

ほんのいくつか例を挙げてみただけだけれど、要するに「根所」の末裔は、その名に託された《中心》としての役割を果たさず、四人の兄弟の誰かが《統一の力》を発揮する状況はついに訪れなかった。ただひとり《共同体の精神》をよみがえらせようと荒あらしく活動した末の弟は、無慙な挫折をへて自死をえらぶ……　名への裏切りの物語として『万延元年のフットボール』は構成されている。

・「物語」から「作品」へ

とりあえず『万延元年のフットボール』に語られた「物語」のあらましを把握することはできたように思う。これは新たな段階に進むために必要な作業でもあった。それというのも――この「文学ノート」の第Ⅱ部「沸騰的なような一九七〇年代――大江健三郎／蓮實重彦」で予告した課題でもあるが――ここで「大江作品」が「蓮實批評」と遭遇する現場を捉えてみたい、そのために、書かれた記号を無媒介的に触知しながら彷徨う運動として実践される「数字のテマティスム」を、しばし至近距離から追ってみたい、と考えているからである。

じつは誰もが気づいているはずだが、蓮實の文学批評の多くは、読み手が話題となる小説をすでによく読んで自分なりに理解している、という前提で書かれている。一方で映画批評の多くが、まだ観ていない人への誘惑として書かれており、この相違は批評としての難易度という印象と、たぶん関連がないわけではない。とりわけ初期のテマティスム批評のなかでも突出してラディカルな『大江健三郎論』の場合、説明も断りもなく――説明する気はない！　という断りはあるけれど――いきなり数字を含む断片を、数字だけゴシック体で強調し、ひたすらページの上に並べてみせる身振りから、「とりあえずの序章」が始まっていた。それにしても、たとえば次の文章で、批評家が「作品」という言葉に託しているのは何か？

『個人的な体験』を通過して以後の大江健三郎は、世界認識の深化とか文学的姿勢の前進などといった、時間軸にそって計測しうる相対的な発展とは異質の、比較を超えたほとんど絶対的とさえ呼べそうな変容を実現しているからである。それは、物語から「作品」への変貌といったらいいか、とにかく、同じ方位を確信する選ばれた言葉を程よく按配することで象徴的な意味の開示に加担する統一的な物語と思われていたものが、そこで確信されている方位をもはや特権化することのない拡散的な力学に触れて偏心し、逸脱し、希薄化しはじめたのである。（蓮實重彦『大江健三郎論』110）

《ほとんど絶対的とさえ呼べそうな変容》という断言が仄めかしているのは、説話論的に統一された物語にかさなりあうようにして、ただし、端正な物語に密かに抗うようにして、得体の知れぬ「作品」が荒あらしく露出しはじめている！　という感嘆の念、そしてこの「作品」には「テマティスム批評」を誘発する拡散的な力学が強く働いている、という確信ではないか……
《『万延元年のフットボール』の数は運動する数であり『セヴンティーン』のそれは静止してい

る》という。すなわち『万延元年のフットボール』の数が、《言語装置としての「文学」の風景を揺り動かす》のに対して、『セヴンティーン』のそれはむしろ《「文学」を安定させる》のである。なるほど「今日はおれの誕生日だった、おれは**十七**歳になった、セヴンティーンだ」と始まる『セヴンティーン』は、主人公の年齢を象徴的にすくいあげて表題とした中篇であり、《一人の性的少年が政治少年へと変容するとき、彼がまたぎ越えるべきものの象徴として**十七**という数字が使われている》（以上、傍点は蓮實、103）。このような象徴としての数字は《数の戯れへと向う資質》を欠いているのだが、じつは『万延元年のフットボール』の場合も、ひとまず象徴的な数を読みとる人は少なくない。いうまでもなく、一八六〇年と一九六〇年をへだてる「**百**」という数字、《近代日本の象徴としての**百**》《現代日本が背負いこんだまま、まだそれを過去として放置しきれずにいる一世紀としての**百**》……　日本の過去**百**年の歴史の重層的な読みなおし作業の象徴として、この長篇を理解するというやり方を、それゆえ批評家がのっけから退けているわけではない。

　じっさい冒頭から「**百**」という数字は意義深い配置で姿を見せ、執拗な頻度で反復されもする。《朱色の塗料で頭と顔をぬりつぶし、素裸で肛門に胡瓜をさしこみ、縊死した》友人の、気丈で剛毅な祖母が口にする言葉、「――誰もが死ぬんですよ。そして**百**年もたてば、たいていの人間が、どんなにして死んだかを詮索《せんさく》されはしませんよ」という台詞は、数の概念を《不思議な縊死体》の思い出に導入する。そして小説技法の展開という点からするなら、この台詞は物語の骨子を鮮やかに予告するものでもある。というのも、この長篇は《祖母の醒めたシニスムに抗い、**百**年という時間の層を貫いて死に方を詮索することの意義を問う物語として読みうるから》である。

確かに「曾祖父たちの時代」とは、物理的に百年という時間の層にほかならないことを、わたしたちは経験的に知っている。そして物語を牽引する重要な動機のひとつが、一族の男たちそれぞれの死に方を今現在の視点から詮索することでもあるという事実は、これまで繰りかえし見たとおり……　ところで蓮實の指摘によれば、一度しか姿を見せぬ匿名の老女が発する言葉の《予告的な機能》にもまして興味深いのは、「僕」が湿った竪穴の底で過ごした時間が、文字通り「夜明けの百分間の穴居生活」としていずれ回想されることになるという事実。《つまり、説話論的にいうなら、この百年の物語が百分によって導きだされる言葉としてあるという数的な構造が明らかになってくる》のであり、こうして百は書くことのうちに重層化されて、年から分へとその計測単位から自由になり、《あたりに無数の異なる百を氾濫させる気配》を帯びはじめる……

『大江健三郎論』の「第四章　説話論的な葛藤」の冒頭数ページをかいつまんで紹介したところだが、批評家はつづけて、『万延元年のフットボール』にあっての数の戯れは、百に関するかぎりは、ここでひとまず終息し、その後は「百年」の《叙情詩的とも呼べそうな執拗な反復》がつづく、と実例を列挙して指摘する。そして《象徴を担ったまま運動を奪われたこの百年に、数の戯れを組織する力はそなわってはいない》とも述べる。それらは《言葉に従属する数》にすぎないのであって、ガルシア・マルケスの『百年の孤独』などと《親しい微笑をかわすことであっさり「文学」と折合いをつける、行儀のよい数字》でしかない。それゆえ、この小説を百の物語として読むことをいったん放棄して、これが《大江的な変容を体験した後の「作品」にほかならぬ事実》を示さねばならない……　以上が、批評家によるとりあえずの問題提起である。

そこで『大江健三郎論』第四章の冒頭のページに戻るなら、じつは**百**より以前に批評家が注目したのは、**一**という数字だった。上述のように「**万延元年**」は**一**年しかなかった、つまりこの数字は《始まりの**一**であると同時に、孤独の**一**でもある》わけだが、**万**と**一**の対立が刺戟的だというだけでなく、そもそも「フットボール」は《運動する球体に対して絶えず相関的な関係を生きる複数の人影》をきわだたせる（101〜102）。つまり『万延元年のフットボール』という題名は、まさしく《数の祝祭》への誘《いざな》いにほかならない……

文学史を持ち出すまでもなく、単独者と複数者の葛藤という主題は、ほとんど近代小説に普遍的なものともいえる。批評家の指摘によれば、なかでも個人と集団という対立のかなり単調な図式にもとづいて、《孤立する単数者が背負いこむ負性をとことんつきつめることで特権的な劣等者に仕立ててあげるという視点》（114）は、本来ロマン主義的なものだった。したがって、そのことが意識化されていない『個人的な体験』以前の大江健三郎を《遅れてきたロマン主義者》（傍点は蓮實）になぞらえることは妥当であろうということになる。

それにしても、当面の問題は**百**ではないとしたら？　読むべきものは蜜三郎と鷹四、すなわち「蜜＝鷹」という漢字の呼び名に託された比喩的対立の構図を透かして見える「**三**＝**四**」という数字自体の対立であるという（117）。物語の始まりの時点で、両親、長兄と次兄、そして妹が他界しており、《**三**と**四**とが孤立した単数として係累なしの無防備さで宙を漂っている》という状況にあるのだが、以前にも述べたように、これはフロイト的な家族像から限りなく遠い。蜜三郎も鷹四も、父の権威のもとにある長男と次男という、近代的な序列にもとづく兄弟の構図から解放され、死んだ兄たちと妹にはさまれて、同時に兄でもあり弟でもあるという条件だけを共有しているのである。両者のあいだに優位と劣勢との戯れは確かにあるけれど、優劣を決定する原理は示されず、《小波瀾の無限連鎖》が説話的な持続を引き伸ばしてゆく。

というわけで、宙を漂う二つの数字の対立に注目することの根拠は確認できた。この先はダイナミックな批評の現場から、意義深く思われる論点を四つほど抽出し、箇条書きにする。断っておくが、以下の作業は大ざっぱなメモというていど。テクスト上の一字一句を読むこと、読みなおすことによってしか「大江文学」との真の遭遇はありえない、と畏敬の念をもって信じる者でわたしはあるのだが、そのこととパラレルに、このテクストは要約できない、という実感を「蓮實批評」に対しても抱いているからである。

第一に《三が孤立する単数であるとするなら、四はその周囲に匿名の複数者を群れ集わせる数なのである》という指摘について(121)。【2 一族再会】のホテルでの待機の場面は、二対二(蜜三郎とその妻vs.鷹四の「親衛隊員」である若い男女)の出会いに始まって、兄弟の葛藤の前哨戦のようなやりとりが展開されるのだが、やがて蜜三郎は重い眠りに落ちてゆき、目覚めた時には、帰還した鷹四が初対面の菜採子と打ち解けて、すでに均衡が失われ、一対四の構図となっている。その後、蜜三郎の《孤立》への傾斜はますます顕著になり、【9 追放された者の自由】において頂点に達し、さらにクライマックスに向けて鷹四は菜採子と関係を結び、終幕で菜採子が死んだ鷹四の子を宿していることが判明する。

論点の第二は、すでに触れたように、蜜三郎の無頓着、対する鷹四の執着という構図について。《「作品」の説話的持続を統御する真の葛藤は、この無頓着と執着とが煽りたてるものなのである》との鋭利な指摘がある(傍点は蓮實、123)。蜜三郎と鷹四はそれぞれに、過去の出来事をなってしまった事件について――たとえば曾祖父の弟やS兄さんの死に方について――ふたつの異なる「物語」をつむぎだす。無頓着と執着に裏打ちされた異なる「物語」の拮抗、偏差、不均衡、均衡の回復、優劣の逆転という経過が、そのまま説話的持続を構成するだろう(126)。

論点の第三は「本当の事」について。鷹四がアメリカで「僕」の死んだ友人に出会ったとき、劇団から脱出する計画はどうなった? と冗談めかして質問する相手に対し、鷹四が《――本当の事をいおうか!》とやはり冗談めかして、ただし威嚇するように応じた、という出来事が、【1 死者にみちびかれて】のなかで想起されていた(30)。ここで鷹四が仄めかした「本当の事」とは何か? というふうに、いわば謎解きの水準で、このエピソードが論じられることは多い。そして、その場合「物語」がいずれ提示するであろう回答は、生き方の問題にからむという漠然たる期待から、読む者の意識はおのずと倫理的な方向に向かう。しかるにいうまでもなく、これは「テマティスム批評」のめざす方向ではない。ところで以下の論述において、小説のテクストに頻繁に現れる「本当の事」という表現と批評の語彙としての「真実」とは、重なるところはあるにしても、やはり微妙にズレているのではないか? とも思うのだが、この疑問は「本当の事」について検討をかさね、新たな結論をみちびく段階まで先送り……

「夜明けの**百**分間の穴居生活」を導入部として持ち、「谷間の村からおれたち**一**族の倉屋敷が**百**年ぶりに姿を消してしまう」という事態を物語の中心に据え、「わが**一**族のほぼ**百**年前の醜聞」をめぐっての蜜三郎と鷹四という二人の兄弟の葛藤を軸として、「あと**百**年も持ちそうだ」という堅牢な欅の大梁を組みあわせた「垂直構造」の建築物が徐々に解体されてゆ

> く過程で、「百年前の自己幽閉者」の存在が鮮明な輪郭におさまり、その不可視でありながらも生なましい相貌が、物語の最後に至って唐突に露呈される地下倉の薄暗がりから、作品の諸々の細部を遡行的に照らし出すことになるという『万延元年のフットボール』の説話論的な構造は、一見したところ、隠された真実とその露呈という典型的なメロドラマ性におさまっているといえる。（傍点は蓮實、『大江健三郎論』129）

《一見したところ》、という留保つきの議論であることを見逃してはならないが、《隠された真実とその露呈》という仕掛けは、《典型的なメロドラマ性》の証しではないか、という蓮實の指摘は、否定的な含意を伴っていることを、まず確認しておきたい。《メロドラマとは、距離の特権的な操作者としての作家が、いずれは開示さるべき真実をめぐってその真実の在りかと意味とを一時的に隠蔽しうるもろもろの符牒を巧妙に配置し、その配置ぶりをたどりながら、解読すべき最後の記号への歩みを操作することで成立する距離と密着の戯れのことだ》というのである（傍点は蓮實）。『万延元年のフットボール』が、かりにこのような意味での全能の特権者としての作家によって書かれたものであるのなら、それは反動的な小説か？　という問いは、いっそう挑発的なものに思われる。

　第三の論点とも関連する第四の論点は「穴ぼこ」について。蓮實によれば『万延元年のフットボール』はのっけから「穴に着目せよ」と語りかけている。《地面よりも低いところに存在を人目から保護する不可視の窪みが存在する。作品のすべての秘密はその不可視の穴が発見された瞬間に露呈されることになるだろう。そこには「本当の事」が隠されている》(137)。そのことは、幕開けの「直方体の穴ぼこ」と終幕の「地下倉」との類似が告げている。《誰の目にも明らかなこの類似は、しかし、読む意識を、主題論的な領域へと誘いこむものではない》、つまり、これは《あからさまな小説的技法の一つ》であって《主題論的な欲望を抑圧するきわめて不自由な記号》でしかない（以上、傍点は蓮實、140）、等々、やや辛口の論評がひとしきり開陳されてから、しかし、それだけではない、という切り返しの議論が続く。問題は「百年ぶり」に地表に姿を見せた「地下倉」の説話論的な機能であるという。《自分を孤立した幽閉者としてたえながら、百姓一揆の原動力として機能しえた曽祖父の弟》は《孤立しながらも単数ではなく、その周辺に無数の存在を繁茂させうる複数性をまとって》いる。それゆえ《複数性をまとった単数を幽閉していた「地下倉」》は、説話論的な機能という意味で「直方体の穴ぼこ」とは異質なのである。その異質なものの発見によって「僕」は変容するのであり、地表にうがたれた陥没点は《もはや「観照」の場ではなく、運動の場として姿を見せている》（142）。

ここであらためて、大江健三郎が評論家・秋山駿に対して発した《曾祖父の弟が恥をしのんで生残って地下室にいたということが出てくることで小説は完成されるわけです》という指摘を思いだしてみてもよい。見てきたとおり『大江健三郎論』の批評的な応答は、十全のものではないか？　物語の終幕で曾祖父の弟をめぐる真実が明らかになり、蜜三郎は動物採集隊の通訳としてアフリカに旅立つことになる。《巨大な鼠色の腹へ「期待」とペンキで書いた象がのしのし歩み出て来ると思っている》わけはないが、ともかくそれは《僕にとってひとつの新生活のはじまりだと思える瞬間がある》というのが、物語の結びにある言葉……　じっさい《夜明けまえの暗闇に眼ざめながら、熱い「期待」の感覚をもとめて》という言葉から、物語は始まっていた。始めと終りをつなぐ円環構造がこうして生まれ、小説は《完成》された。

以上のような物語の進み行きに、《いささかのメロドラマ性の残滓が認められ、そこへと物語を導く作者の姿勢に全能の特権者の影がいささかまといついているにしても》（142）……と、あらためて軽く留保の言葉を述べたうえで、しかし、それはそれとして『万延元年のフットボール』を《それじたいが記号であるところの記号の物語》として読むことは可能なのだ、と蓮實は断言する。その上で《百という数字の氾濫》（165）――文字通り荒唐無稽な《数の祝祭》――へと到る運動する数字の「テマティスム批評」を、それこそスポーツ競技のように実践してみせる。ここは当然ながら、それらのページを逐一報告する場ではないし、批評のテクストは各自が読むべきもの。ひとまずの結語、敬意をこめた肯定とみなせる批評家の文章を、しめくくりに引いておくにとどめたい――《『百年の孤独』のガルシア・マルケスなどと比較してさえ大江氏の「作家」的優位が明らかになるのは、語りつつある説話論的な主題を「作品」そのものが壮大に摸倣するというその言葉の肉体的実践の資質をわれわれが触知する瞬間である》（168）。

さて、ごく当たり前のことながら、これまで確認してきた「テマティスム批評」の実践と無条件に一致するわけではない、わたし自身の視点に立ち返って「本の持つ構造のパースペクティヴにおいて読む」ことを続けたいと思う。繰りかえすなら、わたしは「表層の戯れ」とはやや異なる地平に身を置いて「構造のパースペクティヴ」を捉えたいと念じているのである。

まずは先にひとこと触れた「本当の事」と「真実」のズレを含んだ関係と無縁ではなさそうな四つの項目を、思いつくままに列挙してみる。①曾祖父の弟の正体　②妹の自殺の真相　③S兄さんの死因　④友人の縊死と関連するらしい「あるもの」――いずれも解かれるべき謎のように、あちこちで想起され、あるいは話題になり、説話論的な持続を始動させたり遅延させたりすることがらである。

「①曾祖父の弟の正体」は《隠された真実とその露呈》の模範例として検討されてきたわけだが、比較によって「②妹の自殺の真相」の特性が明らかになる。地下倉の生活者の物証が、いきなり蜜三郎に突きつけられるという展開は、その衝撃の絶大な圧力が、すみやかに「啓示」をもたらすほどに、予期せざるものだった。これに対して妹の死をめぐる「本当の事」は、じつは鷹四の思わせぶりな台詞によって、繰りかえし仄めかされている。封印された真実そのものは、のっけから露呈しているのではないか？

すでに見たように《――本当の事をいおうか！》という台詞の初出は第1章、蜜三郎の自殺した友人と鷹四がニューヨークのドラッグ・ストアで出会った場面（30）。《鷹の本当の事とは、おれが実際に聞いた内容とはすっかりちがうものだったのじゃないかと思うね。しかしそれはいったい何だったのだろう？》という友人のコメントも先に紹介した。一方で、第2章の記述によれば、鷹四は《いつでも妹の死についてなにごとかほのめかされると平静をうしなう》ことを、蜜三郎は以前から知っている（65）。そして第8章では、表題に「本当のことを云おうか」という言葉が「谷川俊太郎『鳥羽』」という引用元まで添えて掲げられている。降りつづく雪に閉ざされた大晦日、死んだ友人と鷹四とのニューヨークでの対話のことが、二人のあいだで話題になるのだが、その時の声もこうだったにちがいないと思わせる、つまり、どことなく威嚇的な声で、鷹四が「本当の事をいおうか」と蜜三郎に迫る。この言葉が「若い詩人」の書いた詩の一節であることを告げてから、鷹四は哲学の命題を述べるかのように「おれは、ひとりの人間が、それをいってしまうと、他人に殺されるか、自殺するか、気が狂って見るに耐えない反・人間的な怪物になってしまうか、そのいずれかを選ぶしかない、絶対的に本当の事を考えてみていた」と語る（258）。友人の自死についても、鷹四は考えつづけていた——「首を縊《くく》ろうとしておそらくは、本当の事をいおうか！　と叫んでから、そのまま首を縊ってしまったんだ。たとえそういう言葉を叫ばなかったにしても、一瞬後、もうとりかえしのつかないかれ自身の死体が、頭を朱色に塗った素裸の死体として他人どもの眼の前に残ることを勇敢に認めて跳ぶ、という行為自体に、本当の事をいおうか！　というぬきさしならぬ声が響いていると感じるんだよ」。さらに、自分がそうした「本当の事」をいう時がくれば、それを「蜜に聞いてもらいたい」とも鷹四はいった。「それは肉親としての僕、ということか？」「そうだ」「じゃ、きみの本当の事というのは、妹のことか？」というところで、鷹四が《剝きだしに兇暴な眼》で蜜三郎を睨み、対話はふっつり途切れたのだった。

この場面は、ページ数でいうと、本のちょうど真ん中あたり。蜜三郎が予感していたものが、酷たらしいかたちで開示されるのは、終章の直前の第12章。ふたつの章のちょうど中ほど、第10章に、以下のような述懐がある。スーパー・マーケットの襲撃を目の当たりにして「これは大変面白いことだよ！」と昂揚する住職を相手に、蜜三郎は、なにが鷹四を「こういうところにまで押し出すのか」と自問して、それは「自分の内部にやりきれない罅《ひび》割れをもっている」からだろう、と推測し、こうつけくわえる——「あなたも知っているように白痴だった妹が突然に自殺してしまうまでは、弟もそんな罅割れをもってはいなかったようなんですが……」（327）。

《自己処罰の欲求》（435）に通じる《やりきれない罅割れ》を鷹四が抱えていることを蜜三郎は

知っており、それが何に起因するかも、直感的に見抜いている。しかし鋳割れの原因が判明すれば、おのずと恢復がもたらされるわけではないし、そのことは「スマイル・トレーニング・センター」なる奇妙な療養所での治療に失敗したらしい友人の経験からも推察されるはず(もっとも、その療養所が実在したかどうかも定かではない、と「僕」は考えている)。要するに、兄と弟が漠然と理解を共有するらしい「本当の事」は、その存在自体が脅威と感じられる、恐るべき何か…… その何かは、いささかメロドラマ的な仕掛けである《隠された真実とその露呈》の真実とは異なる次元に位置するのではないか? この点は「④友人の縊死と関連するらしい「あるもの」」と関連させながら、次項でふたたび検討することにしたい。

残された問題は「③S兄さんの死因」である。謎解きの立役者は、曾祖父の弟ほどの存在感はないけれど、もう一人の隠れた重要人物であるスーパー・マーケットの天皇。戦争のために徴用された森林労働者の住む朝鮮人部落で育ち、いまや村の経済を支配する資本家になっている。《踵《かかと》に達するほどに長い黒の外套《がいとう》の裾を蹴りながら、軍人のように規則正しく歩いてくる大柄な男》とかれを囲みおなじく勢いの良い大股で歩いてくる《屈強な体軀《たいく》》の若者たちを見て、「僕」は《進駐軍のジープが最初に谷間へ入って来た日の光景》を明瞭に思い出す(414〜415)。スーパー・マーケットの天皇の一行は、《あの真夏の朝の穏やかに勝ち誇った異邦人たちに似ている》という。

「暴動」が引きおこした複雑な諸問題を、代理人を通じて手際よく解決してしまってから、堂々と村に現れたスーパー・マーケットの天皇は、倉屋敷の解体について現場で指示を与え、威厳と風格を見せて万事に対応し、地下倉がもたらした「啓示」に酔ったまま頭を熱くして母屋へ引きあげようとする蜜三郎に声をかけた。男が語ったのは、一九四五年夏の事件についての、現場の目撃証言である。《――軍隊から戻った兄さんが部落で死んだ時のことねえ、あれはわれわれが殺したとも谷間の日本人が殺したとも、はっきりわからないですよ。両方がいりみだれて棒で撲り合っている真中へ、あの人だけ無防備ではいりこんでじっと両腕を垂れて立っていて殺されたんだから。いわば、われわれと日本人とが共同で撲り殺したですよ》(424)。

S兄さんが《じっと両腕を垂れて立って》いた本当の理由は、本人が死んでしまった以上、わからない。ただ、はっきりわからないということだけは、はっきりしている……　この一言によって、「真実」の存在そのものが、不確かなものになってしまったのではないか？　これもまた《隠された真実とその露呈》というメロドラマ的な仕掛けを無力化する場面といえる。気がついてみると、曾祖父の弟とS兄さんの死に方について、蜜三郎と鷹四が競い合うように紡ぎ出してきた、いくつもの「異なる物語」は、いずれもあっけなく帳消しになってしまった。大江健三郎の「作品」はおいそれと、単純明快な「パースペクティヴ」に収まってはくれない……

・「目次」について

『万延元年のフットボール』を読む指針として、晩年の大作から《読みなおすこと《リリーディング》とは、本の持つ構造のパースペクティヴにおいて読むことで、言葉の迷路をさまよっている読み方を、方向性のある探究《クエスト》に変える》という言葉を引用した。そこで《言葉の迷路をさまよっている読み方を、方向性のある探究《クエスト》に変える》ために、もっとも頼りになる案内図は「目次」ではないか？

1 死者にみちびかれて

2 一族再会

3 森の力

4 見たり見えたりする一切有は夢の夢にすぎませぬか

（ポー、日夏耿之介《ひなつこうのすけ》訳）

5 スーパー・マーケットの天皇

6 百年後のフットボール

7 念仏踊りの復興

8 本当のことを云おうか

（谷川俊太郎『鳥羽』）

9 追放された者の自由

10 想像力の暴動

11 蝿の力。蝿は我々の魂の活動を妨げ、我々の体を食ひ、かくして戦ひに打ち勝つ。

（パスカル、由木康訳）

12 絶望のうちにあって死ぬ。諸君はいまでも、この言葉の意味を理解することができるであろうか。それは決してたんに死ぬことではない。

それは生れでたことを後悔しつつ恥辱と憎悪と
恐怖のうちに死ぬことである、というべきでは
なかろうか。

（J＝P・サルトル、松浪信三郎訳）

13　再審

ところで……　いま、この文章を読んでおられる方の手元にあるはずの「本」に、このようなページは存在しない。電子書籍も同様。一九六七年一月から七月まで、毎月欠かさず原稿用紙ほぼ百枚が『群像』に連載され、九月に単行本となり、その後、いくつもの版が刊行されているが、すでに雑誌において章タイトルが明記されていたにもかかわらず、「目次」のページで一覧にはならなかった。手元の講談社文芸文庫には左ページにヘッダーがあるのだが、最初から最後まで「万延元年のフットボール」のみ……　《方向性のある探究《クエスト》》をめざす読者は、困惑するしかない……　「目次」に章タイトル一覧がないのは単なるミス？　作家や編集者やブック・デザイナーにとって、それはどうでもよいこと？　あるいは何かしら作家自身の意図が込められている？　いまとなっては確かめようがない。

途方に暮れたわたしは、自分で作成した「目次」に連動する方式で詳細な「ノート」をつくり、パソコンの「ナビゲーション」機能に依存して、この原稿を書いている。なにしろ『万延元年のフットボール』の「構造」はとても複雑なのである。「穴ぼこ」における物語の始まりは《黒ぐろとした晩秋の夜明けまえ》、大晦日から元日に降り積もった大雪の昂奮のなかで「暴動」

が実行され、鷹四が自殺し、雪融けでぬかるんでいた道が乾いた頃に、スーパー・マーケットの天皇が出現する。おそらく十一月から一月を覆う、ほぼ百日の物語。ただし、そこに《万延元年を焦点とする一時代》や《一九六〇年を焦点とする一時代》の断片的な記憶や回想や、発見された資料などが――一見するとランダムに、じつは作者の周到な配慮にもとづいて――挿入・配置されてゆく。そのプロセスのなかで《百年間をへだてる二つの時代が、それぞれ絶対的に独立しながら、しかも同時性においてむすびついて》ゆくのである。物語の射程である百年と、物語の起源である「夜明けまえの百分」と、物語を生きる者たちの時空である百日と……

目次らしい目次のない小説というのが、特にめずらしいというわけではない。フローベールなどは、章の区切りはあっても数字のみで、章タイトルはないという形式の作品が多い。しかし『万延元年のフットボール』と同じほどのヴォリュームの『ボヴァリー夫人』の場合、ヒロインの結婚、出産、姦通、死という一方向の、メリハリの利いた物語と、大きな出来事に区切られた人生の時の流れが背景にあり、作品全体の構造をしっかり支えている。「目次」には三部構成の冒頭ページの数字が印刷されているだけでも、道に迷うことはけっしてない。ためしに司馬遼太郎の『竜馬がゆく』の「目次」を開いてみると、章の番号はないけれど「門出の花」「お田鶴さま」「江戸へ」「千葉道場」「黒船来」という具合で、時系列に添って進展する物語の内容が、均質に列挙されていることが、一目でわかる。つまり「章タイトル」と本文の関係は、同質であり、一貫しているのである。

すでに述べたように、「章タイトル」を含め、「エピグラフ」「序文」「あとがき」「解説」、そして小説の「表題」に到るまで、「本文＝テクスト」の外側、すなわち作者が現実の社会との境界線上に立って、架空の物語世界を読者に手渡すための言葉を書き込む領域を「パラテクスト」と呼ぶ。『万延元年のフットボール』の場合、そもそも「章タイトル」と「本文」との関係からして、均質どころか、まことに多様であって、「本の持つ構造のパースペクティヴにおいて読むこと」への意欲が唆《そそ》られる。上記の章タイトル一覧を凝視して、これぞ「大江文学」！ と感じ入る読者は多いのではないか？

十三の章（繰りかえすなら、パラテクストにも「章」という言葉はないが、これまでと同様、便宜的に）のうち、第4章、第8章、第11章、第12章のタイトルは、他の「本」からの引用であることが明記されている。つまり『万延元年のフットボール』という本の外側につながっており、暗黙のうちに新たなパースペクティヴの展開が約束されている。

第4章のタイトルが、エドガー・アラン・ポーの「夢の夢」と題した詩のしめくくりの二行であることは、入沢康夫の明快な現代語訳とともに以前に確認した。第8章は引用元の書名も明かされており、鷹四が「これは若い詩人の書いた一節なんだよ」と強調しているぐらいだから、本文と章タイトルの至近距離からの応答は、誰でも気づくはず。第11章のパスカルの引用はやや長く、「蠅の力。蠅は我々の魂の活動を妨げ、我々の体を食ひ、かくして戦ひに打ち勝つ。（パスカル、由木康訳）」とある。由木康が「蠅」と訳したところ、岩波文庫の塩川徹也訳は「虫けら」となっている。また山上浩嗣『パスカル『パンセ』を楽しむ』には「蚊の力」と題した章があり、これが重要な主題であることがわかる。«mouches»はハエ、ハチ、アブなどの小さい羽虫を指すから[28]、どの訳語が正しいかという話ではなくて、要はイメージの問題である。『万延元年のフットボール』では、この第11章に、鷹四が民衆を「卑小な蠅ども」に喩える場面がある（361）。

さらに作品全体を見わたすと、蜜三郎が飛ぶ「蠅」を捕獲する名手であることと、パスカルの《mouches》の引用は、共鳴するものがあるのかもしれない、という気がしてくる。あるいはむしろ、パスカルの《mouches》の記憶が作家の想像力のなかで活性化され、鷹四の「民衆＝蠅」という屈折した比喩と同時に、蜜三郎の特技が創造された、ということかもしれない。右の眼が視力を失った事故で療養していたときに《片眼だけで微妙な遠近の感覚を調整しながら》身に着けたワザであるという説明は、第8章にあった（238）。さて、問題は第12章、数行に及ぶ長さのサルトルの引用は、章タイトルというより、まるでエピグラフのようでもあり、物語の酷たらしく不条理な山場に、強烈な光を投げかける……

「絶望のうちにあって死ぬ。」と始まる長い引用の出典は、サルトルがホワン・エルマーノス『希望の終り』に附した「本書のために」というタイトルの「序文」。原典は一九五〇年『レ・タン・モデルヌ』誌上に発表されて大きな評判を呼び、一九五四年に松浪信三郎による邦訳がダヴィッド社から刊行された…… というところまで確認できたので、さっそく百数十ページの軽い冊子を古書で入手して読み終え、さあ、『万延元年のフットボール』の終幕に向けて論述の「パースペクティヴ」が見えてきた、と意気込んだのだったが…… 『ユリイカ総特集＊大江健三郎』が丁度そのころ刊行されて、そこに小林成彬による「遅れてきた大江健三郎――サルトルにみちびかれて」[29]と題した論考を見出した。もと大学教師としては、充分に説得的な先行論文に敬意を表した上で、論を進めたい。

先にこの「文学ノート」でも述べたように、大江は「想像力」の問題については早くからサルトルを離れて、バシュラールに傾倒するようになっていた。また一九六一年にヨーロッパとソ連を旅したときに、パリでインタヴューを行なっているが、初老の知識人を見る若き小説家の視線には、小林のいうように、どこか冷淡で皮肉めいたところさえ感じられる。しかし、その一方で、サルトルという存在の大きさを同時代的に実感するという意味で、大江はやはり特別のポジションにいたのであり、そのことの自覚と微妙な距離感は『大江健三郎 同時代論集1 出発点』をしめくくる「未来へ向けて回想する――自己解釈㈠」の冒頭、サルトルの死をめぐる省察からも読みとれる。

ところで小林の論考は「影響」という捉え方を退けて、副題に「サルトルにみちびかれて」という言葉を掲げている。これは大江自身の用語でもあり、たとえば《深瀬基寛博士のみちびきによるオーデンの詩》は、《ぼくの内部における燃えるトゲ》である、というふうに使う（傍点は引用者）。深甚な、隠然たる引力のようなものを暗示してのことだと思われるが、そういえば『万延元年のフットボール』の場合、「死者にみちびかれて」というのが幕開けの章タイトルではないか。大江は上記のサルトルの死をめぐる省察において、サルトルは《死について考えることについても、もっとも深く綜合的であった》と称賛しており（319）、じっさい、ある水準――哲学的と呼んでさしつかえない水準――において、鷹四の自殺と、これに先立つ友人の自殺とは、「サルトルにみちびかれて」書かれているのではないか？　とわたしは推測する。

エルマーノス『希望の終り』は、第二次世界大戦期、枢軸国寄りのフランコ将軍による独裁政権に対するレジスタンス活動に加わった若者たちの経験をルポルタージュ風につづったもの。パリが解放されれば、マドリッドも解放されると信じて、非合法の闘いに身を投じた若者たちの物語である。「目次」を一瞥すると、「地下組織」「闘争」「最初の瓦解」「終戦」「国際連合」「すべての終り」等々のタイトルが整然と並び、まことに見やすい案内図になっている。戦後の新しい秩序のなかで、ヨーロッパの、いや世界の民主主義勢力によって見棄てられた者たちの証言であり、《僕は卑怯者なのだ。われわれはみんな卑怯者なのだ。もう希望などはない。なにもかも駄目になった》《卑怯者、それがわれわれの現在の姿だ》(162)という言葉によってしめくくられる。

「エルマーノス」とは「同胞」を指す。正体不明の匿名の人物が書いたとされる手記と、これにサルトルが寄せた短い「序文」とを、一対のものとして読みたい。眼には見えないトゲのように、一九六〇年代の大江文学に突き刺さっている一冊の小さい本……

サルトルの「序文」は、ひとつの「叫び声」から始っている――《ドイツ軍占領下にあった当時のある夜のことである。私は数人の友人とともにホテルの一室に集っていた。突然、誰の声ともしれぬ叫びが、助けを求めて街路に響いた》。われわれ一同は、下に駆けおりたが、人影はない、その辺をひとまわりしたが、誰もいない。われわれは引き返して仕事にとりかかったが、《その叫び声は、一晩中、われわれの耳もとで叫ぶことをやめなかった。顔も知れず名も知れない一人の声が、すべての人に代って叫んでいたのである。恐怖の時代であったそのころ、われわれはみな、遙かな援助を、遅すぎる援助を待ち焦れていたので、誰しも、いまの叫びは自分自身の声だったのではなかろうかと、わが耳を疑ったものである》。

ところで、右の文章は冒頭から省略されずに十行ほどが引用されて、一九六二年の『ヨーロッパの声・僕自身の声』(毎日新聞社)の「J＝P・サルトルと会う――最後にパリから」の章をしめくくっている(187)。一方、同じころ雑誌に掲載された『叫び声』は《ひとつの恐怖の時代を生きたフランスの哲学者の回想によれば、人間みなが遅すぎる救助をまちこがれている恐怖の時代には、誰かひとり遥かな救いをもとめて叫び声をあげる時、それを聞く者はみな、その叫びが自分自身の声でなかったかと、わが耳を疑うということだ》という一文で幕が開く。そして《自分の耳の奥ふかく谺《こだま》しつづけている叫び声、荒涼として痛ましい夜明けの叫び声をきいていた。それは呉鷹男と僕自身の恐怖の叫び声のように思われた》という一文で小説は完結する。

サルトルの耳に響いた恐怖の時代の「叫び声」が、大江健三郎の『叫び声』（一九六三年）の起源にあり、その延長線上で四年後の『万延元年のフットボール』にも深く浸透していることは、小林の論考でも指摘されている。その『万延元年のフットボール』における「叫び声」の初出は第1章。秋の夜明けに穴ぼこの底で、「僕」は友人の頭のうちで増大して奇怪な扮装での死を生みだした「あるもの」、そして友人がその存在感にだけは接することのできた弟の頭のなかの「あるもの」について、考えをめぐらせており、《その伝達不能のあるもののためにのみ、死者が死を選んだのかもしれない》（傍点は大江）という疑惑が深まってゆく。すでにひと言触れた文章だが、あらためて読みなおしてみたい。

もし僕の友人が、朱色に頭を塗り肛門には胡瓜をつきさして裸で縊死《いし》するかわりに、たとえば電話で一瞬の叫び声なりと残してから死んだのだったとしたら、手がかりがあったかもしれない。もっとも朱色の頭、素裸で肛門には胡瓜、そして縊死という行為が、沈黙のうちなる叫び声の一形態だったとすれば、生き残った者にとって叫び声だけでは不十分である。僕にはこの漠然としすぎた手がかりを発展させてゆくことができない。（傍点は引用者、『万延

元年のフットボール』36〜37）
《朱色の頭、素裸で肛門には胡瓜》という奇怪な身支度は、《伝達不能のあるもの》にとりつかれた者が、《沈黙のうちなる叫び声》を可視的な形象に翻訳するための、決死の試みだったということか？　なかでも不可解な《肛門には胡瓜》について、蜜三郎は妻にも弟にも語ろうとせず、語らなかったという事実のみが強調されている（260〜261）。友人の死を招いた「あるもの」の全体を、絶対的な理解不可能性とともに、引き受けるのは自分である、という自覚あるいは自負によるものか……

先行する『叫び声』の終幕で、「僕」が自分の耳の奥ふかく谺《こだま》するのをきいていた《荒涼として痛ましい夜明けの叫び声》《呉鷹男と僕自身の恐怖の叫び声》の余韻がかすかに響くなかで、『万延元年のフットボール』の幕が開く。とすれば、「僕」と死んだ友人が似ているように、根所鷹四と呉鷹男は似ていはしないか？　鷹という記号の符合というだけではない。暴力的な決着を希求して自己処罰・自己破壊へと向かい、不条理な「強姦殺人事件」を起こし、汚辱の中の死を選ぶところなど、まるで鷹四が鷹男を反覆しているかのようではないか。

いやしかし、鷹四の「強姦殺人」については、蜜三郎の報告を注意深く読みなおしてみなければならない。猛スピードの車から娘が跳び降りて岩角に頭を打ちつけたとしか考えることができない、と「僕」はいう。しかし、《その次の瞬間から「犯罪者」たる自分を達成し、架空の「犯罪」を所有するための偏執狂的な熱望にしたがって、もうひとつ別の、耐えがたく嫌悪をもよおさせるグロテスクなことが行なわれたのだ》（380〜381）。つまり「事故」を「犯罪」に偽装する、強い意志が働いたというのである。その耐えがたく嫌悪をもよおさせるグロテスクな偽装行為は、それ自体が「犯罪」でもあろうから、それをあえて行い「犯罪者」の自己表象を完成させる。それほどに《偏執狂的な熱望》を、鷹四は持っている……　このような蜜三郎の「推論」は、鷹四の「証言」と明らかに喰い違う。さて、どちらが、というより何が「本当の事」なのか？　はたして真実は同定できるのか？

最終章が「再審」と題されている以上、先立つ第12章が「裁きの場」であること、それも——サルトルの「序文」が突きつけるような——おぞましい恐怖の極限において「審判」が下される場であることが、おのずと予想される。じじつ、その舞台は日常性の安寧から限りなく遠い。第11章の最後、凍てつく倉屋敷で不眠の夜を過ごしていた蜜三郎は、菜採子の「母屋に来てください。鷹が、谷間の女の子を強姦しようとして殺したから」という声に呼ばれて、屋外に出る。《暗い無音の陥没たる谷間は、覗きこむと底しれぬ竪穴のように感じられ、そこから湿って冷たい風が吹きあげてきた》(366)。

母屋での「強姦殺人」をめぐる鷹四の「証言」は、「僕」と「妻」と「若者」(鷹四の「親衛隊」の青年)のまえで行われ、それから鷹四に「僕」が付き添って、倉屋敷に移動した。「僕は聞きたくない」と拒む蜜三郎の抵抗を押し切って、鷹四は妹の自殺をめぐる「本当の事」を話す。近親相姦、妊娠、堕胎……そして「鷹チャンガ、イッタコトハ嘘ダ、アレハ他ノ人ニ黙ッテイテモ、シテ悪イコトダッタンダ」と妹はいった……　と鷹四が妹の言葉を反芻して、ひとまず話は終る。

> 谷間からはごく微細な物音も湧きおこってこない。たとえ音が発せられても森にはなお安定した雪の層があってたちまちそれを吸収してしまう。融けて流れはじめていた雪も、あらためて寒気に凍っている。しかもなお、四囲の森のまっくろの高い壁のあいだに人間の聴覚を越えた振動数の鋭い声が飛びかっているように感じられる。それは窪地を覆う空間いっぱいに横たわって躰をくねらせている異様に巨大な怪物の叫び声のようだ。（『万延元年のフットボール』395）

《暗い無音の陥没たる谷間》に、いまは《人間の聴覚を越えた振動数の鋭い声》が《異様に巨大な怪物の叫び声》のように飛びかっており、「僕」は《その耳に聞えない叫び声の存在感に威圧される》のを感じている。小説論的にいえばいささか人為的な仕掛けであるかもしれぬ幕開けの「穴ぼこ」も、対になった終幕の「地下倉」も、それこそ一瞬のうちに飲み込んでしまいそうな、底知れぬ竪穴。第3章では《濃密な森に囲繞《いじょう》されている、紡錘形の窪地》で日常の習俗が展開されていた、その民俗学的な空間が、終幕では神話伝承の小宇宙に匹敵する神秘的なトポスに変貌してしまっているではないか……　この時点ですでに、大江作品における「叫び声」の主題は、サルトルの「序文」における「叫び声」に拮抗する強靱さ、これを凌駕する造形性をそなえている、とわたしは感嘆する。

それにしても、鷹四の語る「本当の事」をめぐる「証言」は本当に「本当の事」だといえるのか？　いったい誰が裁くのか？　『叫び声』の呉鷹男は終幕の時点で死刑の執行を待つ身だが、じつは《自分が死刑になることを希望》したために、《強姦の有無》については《あいまいな態度をとった》のであるという。鷹四は、みずからを裁き、みずから死刑を執行する。酷たらしい死者の頭が霰弾を浴びたはずの壁のポジションに、赤鉛筆で記された略図があって、その脇には、みずからを処刑した者が起草した「判決文」が、同じ赤鉛筆で書かれていた。《――オレハ本当ノ事ヲイッタ》。

鷹四にとって、切迫した恐怖の極限は、「妹の自殺」という過去の記憶から、「本当の事をいう」という近未来の行為にシフトしてしまっていたのかもしれない。おそらく蜜三郎は、そのことを理解したうえで、語る行為に照準を合わせて「告白」と呼ぶ。「おれは、ひとりの人間が、それをいってしまうと、他人に殺されるか、自殺するか、気が狂って見るに耐えない反・人間的な怪物になってしまうか、そのいずれかを選ぶしかない、絶対的に本当の事を考えてみていた」という鷹四の言葉が、第8章にあった。「妹の自殺」について「告白」する言葉と、自らの「強姦殺人」を立証するための「犯罪者」の証言は、奇妙な具合に連動しているように見える。しかし、そこに絶対的に本当の事が立ち現われたと本当にいえるのだろうか？

ところで上述のように「僕」自身も、すでに幕開けの時点で、《友人の頭のうちに日々増大してついには奇怪な扮装での死を生みだしたあるもの》に思いをめぐらせ、《その伝達不能のあるもののためにのみ、死者が死を選んだのかもしれない》と考えていた。鷹四のいう絶対的に本当の事が「伝達不能のあるもの」と、最終的に等号でむすばれることはないにしても、両者が至近距離にあることは、確かであるように思われる。

「再審」という表題を持つ終章で、発見された地下倉にひとりうずくまり、渦巻く苦悶に翻弄されつづける蜜三郎の独白を、断片的に拾ってみる。《――おれは首を縊《くく》るにあたって、生き残り続ける者らに向って叫ぶべき「本当の事」をなお見きわめていない！〔……〕友達に、その頭を真赤に塗らせ、素裸で肛門には胡瓜を詰めこませて自殺させた、かれの内部のあるものすら、おれはそれを共有することがない。〔……〕かれら〔＝曾祖父の弟や鷹四〕は自分たちの地獄を確認し、「本当の事」を叫んでそれを乗りこえたのだ》（441〜442）……　ある意味で『万延元年のフットボール』は『叫び声』に密着したままの作品なのである。なにしろ「叫び声」という言葉は二十四回、「叫」という漢字にいたっては六十五回、テクスト上にあらわれる。言葉の重要度は使用頻度に正比例する、などと浅はかに考えているわけではないけれど……

『希望の終り』のサルトルの「序文」に話は戻る。「叫び声」をめぐる冒頭の段落は〈もう遅すぎる〉という言葉でしめくくられ、エルマーノスの証言を読み進むうちに、われわれ（＝フランス）の解放がかれら（＝スペイン）の解放につらなるものではなかったことを、われわれは痛感するだろう、と読者への予告がなされ、さらに《われわれは、われわれの同胞を棄てたのだ。その声は変じて〈他者の声〉となる。それはわれわれが暗殺した人間の声となる。その声はまだ生きていて、われわれの耳もとではじめて振動する。だが、その人間は、どう考えても、もう死んでいる》という文章がある。これにつづくのが、第12章のタイトルとして引用された数行——《絶望のうちにあって死ぬ。諸君はいまでも、このことばの意味を理解することができるであろうか。それはけっしてたんに死ぬことではない。それは生れでたことを後悔しつつ恥辱と憎悪と恐怖のうちに死ぬことである、というべきではなかろうか》。

『万延元年のフットボール』においても蜜三郎の耳もとで《遥かな援助を、遅すぎる援助を》求める「人間の声」が響いている。第2章、空港のホテルで蜜三郎が見た悪夢。たくさんの老人たちが街路を音もなく歩いており、その中に縊死した友人と、養護施設におくりこまれた白痴の赤んぼうがいることに気づく。《——僕がきみたちを見棄てた！》という悲嘆の声が、二度、蜜三郎の夢のなかで繰りかえされる（59〜61）。終章では、菜採子が蜜三郎を糾弾して、叫ぶようにいう。《——死ぬまぎわの鷹を恥じさせたのは、蜜よ。蜜が鷹を恥辱感の中に見棄てたのよ。いまそんなことをいっても遅すぎる！》（425）。

　エルマーノス『希望の終り』とサルトルの「序文」は一対のものとして読みたい、と先に述べた。『万延元年のフットボール』の冒頭、鷹四は《一九六〇年六月の政治行動》に参加した学生たちのみによって構成された《転向劇の一座》に加わってアメリカに行っている。劇団の演し物のタイトルは『われら自身の恥辱』……『希望の終り』のしめくくりの言葉——《卑怯者、それがわれわれの現在の姿だ》——を思い起こせば、いま時空を超えて、同根の物語があらためて、悲痛な思いをこめて語られようとしているのであることが、おのずとわかる。フランコ独裁政権下のスペインとドイツ占領下のパリでのレジスタンス、そしてアルジェリア独立戦争に揺れる一九六一年のパリ。地球のこちら側では、アメリカの支配に抵抗した安保闘争と若者たちの政治行動の挫折、さらに、一九六〇年代後半、いわゆる「本土復帰」を目前にした沖縄の未来に予想される暴動……　それぞれの時空に《遅すぎる援助を待ち焦れて》いる者たちの「恐怖の叫び声」が響く。

　一九六一年、アルジェリア独立の阻止を掲げる極右民族主義の武装地下組織ＯＡＳに対抗する市民の大規模デモに、大江がパリの友人とともに参加して、サルトルと出会ったことなどは『ヨーロッパの声・僕自身の声』に詳しく報告されている。サルトルへのインタヴューに同席したこの友人が、一九六二年、キューバ危機の直前に、なんの前触れもなく縊《くび》れて死んでしまった。サンジェルマン・デ・プレの料理店で、その友人と、中国の核武装の可能性について、米ソあるいは米中間の核戦争について、最終戦争と世界の滅亡について語り合った、という回想もある。[30] その時の二人の会話の中で、エルマーノスの『希望の終り』とサルトルの「序文」が話題になっただろうか？　友人の自殺は一九六二年の十月、『叫び声』の雑誌掲載は十一月号、そして『ヨーロッパの声・僕自身の声』が十一月に刊行された。わずか三ページのサルトルの「序文」にみちびかれたエルマーノスの小さい本が、持続する激しい情動を若き作家にもたらしていたことは確かだろう。『万延元年のフットボール』の【1　死者にみちびかれて】における虚構の「死者」に、パリの友人が重なるようであることは、いかにも否みようがないのである。

　繰りかえし参照した大江のエッセイ「同時性のフットボール」は、想像力の《ダイナミックなカスガイ》という話題から始まっていた。つづくページには、大江がボストン近郊の大学都市に滞在しながら、『万延元年のフットボール』の構想を練っていた時のことが記されている。最初の原稿では、小説の冒頭で、根所鷹四はすでに汚辱にみちた死をとげており、蜜三郎は《かれの弟という「他人」の絶対に理解を拒む部分にたいして、むなしい探索をおこなう》ためにアメリカに滞在している、という設定になっていた。つまり物語の時間的な構造は反転したけれど、「死者にみちびかれて」の探索という発想自体は、変わっていない。

　さらに重要に思われるのは、探索の成果が、隠蔽されていた真実の露呈というような劇的なかたちで期待されているのではないらしいということ。なぜなら蜜三郎のむなしい探索の旅は、二葉亭四迷のシベリアをこえてのロシアへの最後の旅に重ねられている。大江が繰りかえし引用する二葉亭の言葉、「僕は人に何らか模範を示したい……なるほど人間といふ者はあゝいふ風に働く者かといふ事を出来はしまいが、世人に知らせたい」という言葉が書き添えられてもいるのである(405)。《生き方の根本的な動機づけ》という意味で、一九六〇年代の大江が二葉亭四迷にみちびかれていたことは、この「文学ノート」の第Ⅱ部で見たとおり。むなしい探索の旅という主題は、二葉亭四迷という水源に発して地表には終《つい》にあらわれぬまま、伏流水のように『万延元年のフットボール』の世界を潤している。

　さて、最後にもう一度、『万延元年のフットボール』には「目次」がないという話。単なるミス？　それはどうでもよいこと？　あるいは何かしら作家の意図が秘められている？　という三つの可能性のうち、作家の意図にしばし拘泥してみたい。たとえば「目次」は必要ありませんか？」「やめておきましょう」という編集者と作家のやりとりを空想して、わたしは作家の心中を推し量る。読む者が「案内図」なしで「本の持つ構造のパースペクティヴ」を捉える「探究《クエスト》」の能力に、若き作家は、やや過剰な期待をかけていたのかもしれない（ちなみに、パソコンの検索機能のおかげで、この能動的・肉体的な「探究《クエスト》」の能力は退化の一途をたどっている）。

　あるいは、こういうことかもしれない――「絶望のうちにあって死ぬ。」に始まる第12章のタイトルは、やはり気にかかる。それは「眼に見えぬトゲ」であることが望ましい。《ダイナミックなカスガイ》としての想像力を活性化して、「本の持つ構造のパースペクティヴ」を現出させる中軸のような仕掛けであるからこそ、あまり露出しないほうがよい。それゆえ、見るからに特権的なテクストとして「目次」の中でのっけから人目を引くことに、ややためらいを覚える……

　もちろん、わたしの空想にすぎません。皆さんは、どう思われますか？

2 『同時代ゲーム』

・本のなかの本、本のなかの絵

「妹よ」という呼びかけで始まる六通の長い手紙からなる長篇小説である。物語世界の幕開けを告げる第一段落は、たとえていうなら、広大な森へ踏み入ろうとする者に入り口の小径を指し示す、大切な標識のようなものだろう。

妹よ、僕がものごころついてから、自分の生涯のうちいつかはそれを書きはじめるのだと、つねに考えてきた仕事。いったん書きはじめれば、ついに見出したその書き方により、迷わず書きつづけるにちがいないと信じながら、しかしこれまで書きはじめるのをためらってきた仕事。それを僕はいま、きみあての手紙として書こうとする。妹よ、きみがジーン・

パンツをはいた上に赤シャツの裾を結んで腹をのぞかせ、広い額をむきだして笑っている写真、それにクリップでかさねた、きみの恥毛のカラー・スライド。メキシコ・シティのアパートの眼の前の板張りにそれをピンでとめ、炎のような恥毛の力に励しをもとめながら。
（『同時代ゲーム』[31] 7）

でもなぜ、のっけから《きみの恥毛のカラー・スライド》が公開されねばならないか？　この主題については、書くことを励ます力を鼓舞している、という蓮實重彦の指摘も引用し、この「文学ノート」第Ⅱ部の「3　政治的なもの／想像的なもの」で触れた。とはいえ、なにゆえ恥毛であり、それもカラー・スライドなのか？　あいかわらず困惑している、というのが正直なところ。

【第一の手紙　メキシコから、時のはじまりにむかって】には、作品のなかで展開される物語の要点や重要な主題がぎゅっと詰まっており、このパースペクティヴは『万延元年のフットボール』にも似ている。「アポ爺《ジー》、ペリ爺《ジー》」という綽名の双子の学者（頭は禿げ上っているけれど三十代後半で、専門は天体力学）の名付けにしたがって、つねに「村＝国家＝小宇宙」と呼ばれる四国の村が舞台。「僕」と「妹」は、双子として誕生する以前から「神話と歴史を書く者」と「巫女」になることを父親によって予定されていた。その父親はつねに「父＝神主」と名指されるのだが、ここで見落とさぬようにしたい、二つの名詞を繋ぐのは、すでにお馴染の「肉体＝意識」のようなイコール記号ではなくて、ダブル・ハイフンである。ジャン＝ジャック・ルソー（Jean-Jacques Rousseau）を例に挙げるとして、記号の含意はどう違うのか？　以前に見たように

「肉体＝意識」は貼りついて一体をなしている。一方のダブル・ハイフンは緩やかな繋がりであって、村＝国家＝小宇宙が《村であり国家であり小宇宙ですらある》ものというアポ爺、ペリ爺の定義にしたがうなら、父＝神主は「父であり神主でもある人」と翻訳できる。ところで『同時代ゲーム』の独特な文体は、ひとつには、同じ語彙セットの執拗な反復に由来する。「父＝神主」「村＝国家＝小宇宙」のほか、たとえば「谷間と「在」」「われわれの土地の神話と歴史」「大岩塊、あるいは黒く硬い土の塊り」など、まるで省略や改変は絶対に許さぬ、言葉の魔力が減じるから、といわんばかり……　民話的な語り口を模した新しい伝承文学のエクリチュールである。

さて開幕の状況は——父＝神主の予定どおり東京の大学で歴史を学んだ「僕」は、メキシコでマリナルコの古い町を訪れて、「われわれの土地の神話と歴史」を書く役割を再認識したところだが、ここで唐突に強烈な「歯痛」という主題があらわれる。この「文学ノート」第Ⅱ部の「1　肉体＝意識」で見たとおり、大江文学において「歯痛」に代表される肉体の激痛は、小説を書くという行為に深くかかわる特異な現象であるらしい。ただし『洪水はわが魂に及び』における「歯痛」の機能と、数年後の『同時代ゲーム』における「歯痛」の機能は、同じではない。当面は深入りせず、書くことをめぐる「啓示」、あるいは聖なるものの「顕現」や「憑依」などと「歯痛」が結びつくらしい、とだけ指摘しておこう。

その聖なるものが『同時代ゲーム』の中軸をなす、潜在的な主題であることは疑いようがない。これを一身に担うことになるのが「**壊す人**」。つねにゴチック体で記され、三人称の代名詞「かれ」に置き換えられることもない。その「**壊す人**」と「創建者たち」によって構想された

「われわれの土地」は、創建期につづく「自由時代」を経た後に、大日本帝国に屈服する。そこで「村＝国家＝小宇宙」が戸籍の二重制という抵抗の仕組、ひと言でいえば住民の半分が血税と徴兵を免れる戸籍登録のカラクリを考案した。しかしこの仕組も、百年たたぬうちに、大日本帝国との間に戦った「五十日戦争」の敗北により崩壊した……　以上が幕開けにおいて簡略に示される、「われわれの土地の神話と歴史」の概要である。

　大きな流れでいうと「自由時代」の終焉と大日本帝国との対決は「神話」から「歴史」への転換といえそうだが、事はそれほど単純ではない。太平洋戦争開戦より何年か前、正確には大江健三郎の誕生した一九三五年の前年の夏と推定される「五十日戦争」の場合も[32]、老人たちの夢をとおして**壊す人**の指揮つまり戦略の指導が、毎晩あったとされる。すなわち物語後半では「神話」と「歴史」が同じ時空で二重に機能し、競い合っているようでもある。「われわれの土地の神話と歴史」という表現における「歴史」は、一般に歴史家がいうところの「歴史の記憶」、そこで自明の前提とされる「現実」や「事実」と呼ばれる対象とはかならずしも切り結ぶところのない、不思議な実体であると推察される。

　では一般に「歴史」に先だつとされる「神話」とは何か？　大江健三郎はあるインタヴューで、宗教学者ミルチャ・エリアーデの『聖と俗──宗教的なるものの本質について』は、バシュラールの『空と夢──運動の想像力にかんする試論』とともに《決定的ともいえる大きな影響》を与えられた本であると語っている。[33]そこで『聖と俗』の刻印を、とりわけ深く受けた作品は？と問えば、答えは『同時代ゲーム』以外のものではありえない。つまり『聖と俗』を丹念に参照しないわけにはゆかない、と思っているのだが、それ以前に、なぜ小説家にとってエリアーデが決定的に重要なのかについて。

はじめ僕はエリアーデが、かれ独自にリアリティーという言葉、リアルという言葉を使う仕方に興味をいだいて、そこで小説のリアリティー、リアルな小説ということを考える際、自分のそれにかれの考えを対比するということをしてきたのです。しかしいま、僕はそこから一歩、踏みだして——そこが仮説ということになる所以ですが——こう考えています。僕らが小説のなかで、ひとつの言葉、フレーズ、イメージ、または当の小説全体のそれぞれのレヴェルで、リアリティーを感じる。それもかならずしも現実にそくさず、現実らしくもないものに、なおもリアリティーを感じる、ということがある。それはすなわちわれわれが、自分の人間としての根柢に持っている「元型」につながるものをそこに見出す時、リアリティーを感じとるということではないか？

仮説を説明するために、学者でない僕としてできることは、小説による例示です。『同時代ゲーム』と対をなす長篇を、僕はこの四年ほど、書き進めては出発点に戻ってやりなおすことを繰りかえしてきましたが、それは右の意図に立ってのことでした。（『小説のたくらみ、知の楽しみ』[34] 24）

対をなす長篇というのが『M／Tと森のフシギの物語』[35]であることは念を押すまでもないとして、ここでいう「元型」（アルキタイプ）とは？　人類は《ものごとのはじまりの神話的な時、つまり「大いなる時」への回帰に向けて渇望を持っている》のだが、その神話的な時間のなかで、神々あるいは祖先によってなしとげられたのが「元型」としての行為である。その「元型」に根ざしている行為のみが、原始的な生活を送る人びとの暮しの表層にあるものから、文明人の意識のうちに潜むものにいたるまで、人間にとって「本当のリアリティー」を持つのだ、と大江はエリアーデに倣って考える。[36]【第一の手紙　メキシコから、時のはじまりにむかって】という表題に読みとられるのは、この《「大いなる時」への回帰》という希求、そして「元型」を掌握したいという渇望にほかならない。

さてエリアーデの宗教学は、キリスト教を特権的なモデルとせず、日本の神話も含め、世界の諸宗教を対象として、宗教一般を考察する。『聖と俗』では、まずドイツの宗教学者ルードルフ・オットーの言葉が引かれ、出発点の議論がみちびかれる。この宗教学者は《信者にとって〈生ける神〉とは何であるかを理解していた。それはエラスムスの神のような哲学者の神ではなく、〈理念〉でもなく、抽象概念でもなく、まして道徳の寓意でもなく、かえって神の〈怒り〉のなかに顕われる恐るべき威力であった》（傍点はエリアーデ）というのだが、最後の「恐るべき威力」という言葉に注目。じっさい「**壊す人**」は、まさしく「恐るべき威力」として顕われる、つまり「生ける神」のもっとも元型的なタイプといえるのではないか？　ちなみに誰もが気づくように、破壊的な威力を持つ**壊す人**と創建者たちという組み合わせは、あからさまな矛盾を孕む。わたしたちはすでにフィクションの只中にいる……

『同時代ゲーム』の神話の中心的なエピソードは、藩を追放された「**壊す人**と創建者たち」が、川を遡り、行く手をふさいだ「大岩塊、あるいは黒く硬い土の塊り」を爆破して、溜まっていた汚染水を一気に放流し、乾いた土地に「村＝国家＝小宇宙」を創ったという話。エリアーデにしたがうなら《或る国土への定住は世界創建に等しい》（傍点はエリアーデ、『聖と俗』39）というわけである。大筋で見れば『同時代ゲーム』はこんなふうに、四国の山奥の小さな村の「創建神話」として始まるように思われる。ただし、それ以前のコスモス（＝宇宙）の出現を語る「創世神話」が【第一の手紙】で早くも話題になっており、これから見るように、つづく「建国神話」の内容が、やがて物語の構造に深くかかわりもする。こうして一篇の小説作品のパースペクティヴが、宇宙の開闢から戦後の同時代まで、途方もないスケールの時間をふくみこむことになるのである。手紙の表題にある「メキシコから」という指定は——ひとつには小説が構想された時、実生活において作者がメキシコにいた、という事実によるのだが——可能なかぎり遠い土地から、無限大の時間的パースペクティヴを視野に入れるという趣旨でもあろう。無限大の拡がりを持つ宇宙の小さな惑星に過ぎぬ地球という感覚は、作品のフィナーレの神秘的な宇宙論のヴィジョンにも通底する。

　そうしたわけで、「本のなかの本」として第一にとりあげるのは、『日本書紀』と『古事記』である。ジョイスの『ユリシーズ』にとってのギリシア神話、『フィネガンズ・ウェイク』にとってのケルト神話に相当するのが、『同時代ゲーム』にとっての記紀神話……　本格的な比較は、わたしの力の及ぶところではないけれど、おそらくこの直感は見当違いではない。さて『日本書紀』と『古事記』が【第一の手紙】のどこに登場したかというと、メキシコ・シティの大学で「僕」がやっている「日本語教育」の授業。黒板に書かれた『日本書紀』の原文は漢文だから、これを福永武彦による現代語訳に置きかえて引用する。

イザナギノ尊《ミコト》とイザナミノ尊《ミコト》とは、天と地との間に懸《か》けられた天浮橋《あめのうきはし》の上に立ち、互いに相談して言うには、

「この下の方に、どうして国のないことがあろう？」

こう言って、玉飾《たまかざり》のしてある美しい天瓊矛《あめのぬぼこ》を差し入れて、下の方を探ってみたところ、蒼海原《あおうなばら》を得ることができた。その矛《ほこ》を引き上げると、矛の先からしたたり落ちる潮が、凝り固まって島となった。[37]（『日本書紀』22）

この引用についての「僕」の講義――ふたりの神々が、天浮橋《あまのうきはし》の上に立っていることを根拠に、この下に国がないはずはない、というのだが、君たち西欧の国々の神話と比較するなら、興味深く思われはしないか？　とまず学生たちに問いかける。じっさい、旧約聖書の「創世期」は《はじめに神は天と地とを創造された》という一文から始まっているが、『日本書紀』は《昔、天と地とがまだ分れず、陰《いん》と陽《よう》ともまだ分れていなかった頃、渾沌《こんとん》としていること鶏《とり》の卵のようで、わずかにそこに、ぼんやりと、物の生れるきざしのようなものが潜《ひそ》んでいた》と始まっている。そして《天がまず出来て、のちに地が定まった。その後に、神がそこに生れた》というのだから、いってみれば「存在」と「神」の関係がアベコベ。「神」が「存在」を生むのではなく、「存在」が「神」を生む。しかしともかく「天」と「地」の宇宙論的な上と下は提示された、というのが「僕」の示唆したいところであろう、とわたしは推測する。これに対してひとりの学生がただちに、《ヴァリアント》の存在を指摘して、「一書《あるふみ》」を無視して日本神話の宇宙論を語るのは不適切だ、と鋭く批判するのである。

「一書《あるふみ》」は、福永武彦訳では「別伝」。宇宙創造や神々の誕生は「伝承」であって、むろん「歴史」ではないのだから、「一説によれば」という併記は、考えてみれば自然であるように思われる。それにしても『日本書紀』の創世神話の「宇宙の初め」は「本文」に並んで六種類もの「別伝」が記されている。伝承文学としての「神話」は――この「文学ノート」の先だつ部分で『万延元年のフットボール』について検討した問題だが――近代小説に内包された「本当の事」とウソという二項対立を、やすやすと廃絶してしまう。しかも、これから確かめるように『同時代ゲーム』では、伝承文学の「別伝」方式が、語り方《ナラティヴ》の次元に取りこまれ、いわば実装されて、作品を構造化する重要な役割を果たす……

ここで「僕」はあらためて「妹よ」と呼びかけて、自分が本当に黒板に書きたかった一節はむしろこれだった、と語る。教室で紹介されるべきだった原典の文章の、福永武彦訳は以下のとおり――《お産をする時になって、まず淡路洲《あわじしま》を胞《えな》〔胎盤〕としたが、これは不愉快なしろものだったから、吾恥《あはじ》の意味で淡路州《あわじしま》と言った》(24)。胞《えな》は胎盤すなわち出産から一呼吸おいて排出される後産を指す。ここでイザナギノ尊《ミコト》とイザナミノ尊《ミコト》の男女神の婚姻による「国生み」が始まるのだが、この「アハヂ」村こそが、「僕」の故郷である。そのことを、本当は教室で語りたかったのだ…… という叙述のなんと屈折していることか！　だいいち、こんな複雑怪奇な「日本語教育」が、メキシコの大学では許される？　じつは、この教室には、ライヴァルらしい女子学生が二人いるだけで、授業のあと「僕」は彼女らとカフェテリアでしこたまテキーラを飲み、一方の女子学生と安ホテルに投宿してしまう。全体の流れとして【第一の手紙】のとくにメキシコ体験の報告は、スラプスティックというか、現時点の滑稽でスピーディーなドラマ展開が、神話的な文脈を支えつつ軽快に牽引していることは確か。
　ということで「僕」が書こうとしている「神話と歴史」の文脈に戻ると、日本の「創世神話」にまで起源をさかのぼることのできる「われわれの土地」は、じつは奇怪ないきさつで名付けられた「胞《えな》の島」ではないか？　というのが話の要点である。そして《「吾恥《あはぢ》」と嫌悪された島》と、『古事記』における、葦船に乗せて流された「水蛭子」とは関連があるとの指摘がつづく。これで、いわゆる「記紀神話」の二冊が出揃った。

『古事記』の現代語訳は、二〇一四年の池澤夏樹訳を参照。この新訳が刊行された時、大江健三郎と池澤夏樹の対談が行なわれた。二人の作家が『古事記』に深い愛着を持ち、根本的な理解を分かち合っていることが伝わってくるだけでなく、大江が池澤の仕事を評価する言葉のなかに「大江文学」にとっての『古事記』という視座までが素描されている。[38]

　その『古事記』は、宇宙の開闢について《天と地が初めて開けた時、高天《たかま》の原《はら》に生まれたのは》……と簡略に語り始め、すぐ神々の名を列挙する。脚注によれば「生まれた」と訳された動詞はもとは「成る」であり、《無からではなく混沌の中から何かが生じる》とのこと。日本の創世神話は「存在」が「神」に先行するという点、『日本書紀』でも確認したとおり。ここで列挙される一連の神々は、いずれも「抽象的」であり、「妹」とペア（現代の用語なら双子？）で誕生した神々も、当面は名前だけの存在である。イザナキと妹のイザナミのペアは、初めての性交する神。そのことは「誘（いざな）う」という隠れた動詞にも暗示されている、との脚注あり。

　さて、ここで天の神たちは、

「まだ漂ったままの国を固めて国土としなさい」と言って、伊邪那岐《イザナキ》と伊邪那美《イザナミ》に天《あめ》の沼矛《ぬぼこ》を授けてその仕事を命じた。

二人が天と地の間に架かった天《あめ》の浮橋《うきはし》に立って、天の沼矛を下ろして「こおろこおろ」と賑《にぎ》やかに掻《か》き回して引き上げると、矛の先から滴った塩水が自《おの》ずから凝り固まって島になった。

そこでこの島の名を

淤能碁呂島（オノゴロシマ）

と呼ぶことにした。（『古事記』28）

イザナキとイザナミはその島に降りたって、まずは「天の柱」なるものを立て、さらに大きな神殿を建てた。エリアーデによれば、世界各地の創世神話に聖なる柱という発想がある。柱は「世界軸」であり、たとえばオーストラリアの先住民の神話において、「聖柱」は《天を支え、同時に神界への道を開く》ところの世界の柱であるという（『聖と俗』27）。

つづくイザナキとイザナミの対話は、よく知られている。要約すれば「私の身体には足りないところがある」という女神に、男神が「俺には余ったところがある」と応え、そして男神が「きみの足りないところに俺の余ったところを差し込んで、国を生む」ことを提案。女神は右から男神は左から「天の柱」を廻り、向こう側で会ったところで「性交ということ」をすることになる。反対側で会った時、「ああ、なんてすてきな男」「ああ、なんていい女なんだ」というやりとりがあり、男神が「女が先に口をきいたのはまずかったかな」と反省するのだが、ともあれ《二人でおごそかに性交をした結果生まれたのは蛭《ひる》のようなぐにゃぐにゃな子だった。この子は葦で作った舟に乗せて流してしまった》という(30)。ここで先に言及した「水蛭子」と「葦の舟」があらわれる。

二人は「天《あま》つ神」に相談し、やはり「女の方が先に言葉を発したのがよくなかった」と言われ、そこで男女のやりとりの順番を逆にしたら、今度は首尾よく以下の国々が生れた、という報告がつづく。瀬戸内海をとりまく国土全体が、こうして誕生するのだが、列挙される地名の筆頭は淡道之穂之狭別島(アハヂ・ノ・ホノサ・ワケのシマ)。脚注には《アハヂは阿波に行く道の意。阿波は穀物の粟だろう》とある。そうしたわけで、遠回りしたけれど、『古事記』の淡々とした記述ではなく『日本書紀』の「アハヂ＝吾恥」という連想が、『同時代ゲーム』の作者にとっては是非とも必要だったのではないか、と推察される。《大日本帝国の公認された地図》にはじめてあらわれる「アハヂ」の表記は、いかにも没意味的に「吾和地」だったけれど、じつは《真の名を他人どもから隠蔽するための漢字》こそがあてられたのだ、と「僕」はいう(46)。そして、かつてわれわれの土地の人びとが「アハヂ」にあてた漢字を、遊戯的とすら感じられるものまで、延々と列挙する……

池澤によれば『古事記』の固有名詞には、いちいち意味がある(12)。じっさい人やモノや土地の「名付け」の行為は、無定形なものにアイデンティティを付与する行為、それに先立ち「存在」を認知する行為でもあるだろう。こうして『同時代ゲーム』の舞台は、記紀神話の「国生み」のルールに則って立ちあらわれるのだが、話を先取りするなら、村＝国家＝小宇宙の繁栄の時代、《文化的な自立を究極まで推し進めよう》とした指導者が、《独力で言語体系をひとつあみ出す》という、信ずべからざる大仕事を、ひとりの巨人的な頭脳を持つと認められた男に託したことがある（215）。百歳を越えてついに死をむかえようとする時になって、その男は村中を走り廻って「場所の名」を半紙に墨書して残しておいたという（217）。いちいち意味のある固有名詞の創造までは、自分がやった、という証拠を後世に遺すために。

これも『同時代ゲーム』開幕の時空を特徴づける現象といえようが、さながら連想ゲームのように、言葉から言葉へと想像力が飛躍して、ダイナミックな運動を惹起することがある。たとえば開幕の場面、マリナルコの友人宅での会食がドタバタ喜劇のごとき大騒動になり、友人が叫んだドイツ語の罵声のなかに、「僕」は「阿呆船」Das Narrenschiff に含まれる言葉を聞きとった（24）。そして《阿呆船《ナーレン・シーフ》の啓示》にうたれ、メキシコ・シティにもどる永いドライヴの間、ずっと《われわれの創建者独自の阿呆船《ナーレン・シーフ》とともに、時空を超えて漂うようであったのだ》と「妹」に語る。**壊す人**にひきいられた創建者たちの旅を、狂人を船に乗せて追放したというドイツの諷刺的アレゴリーに重ねつつ「僕」は濃密に夢想する。藩権力の下部組織の網目に覆われた土地の川を、内陸にむけて密かに遡行する冒険が、こうして遠くの「妹」を聞き手とする物語として懇切に語られる（25）。

創建者たちが進む道に《地図は実在しない》（26）という言葉が眼にとまる。川を遡行する人びとは、腕を伸ばして水に指をひたすだけで、《その方向性の無謬》を認めえた。川は《つねに明瞭な意味をあらわしている道》なのである。ブラントの『阿呆船《ナーレン・シーフ》』には多数の古版画が挿入されているのだが、わたしの手許の訳書[39]にも、川の遡行にかかわる「僕」の想像力を今あらためて刺戟しているらしい図版がある。「僕」によれば、歴史学を学ぶようになって『阿呆船《ナーレン・シーフ》』の版画を見る機会を得た時に、かつて幼い自分が夢想したもの、独力でつくりだした遡行者たちのイメージに、それらの版画が照応しているように感じられたという。ユングやケレーニイが示唆するように、人類の集合的無意識に埋蔵された「元型」を、子供の想像力は自力で発掘するのである。

『日本書紀』『古事記』『阿呆船《ナーレン・シーフ》』などの本と『同時代ゲーム』との関係を、いわゆる「影響」という観点から語るのは、まったく無意味であると考える。ヨーロッパ近代の歴史小説、恋愛小説、心理小説では、ものごとの因果関係を作者が解き明かしながら整然と物語を進行させるという方法が王道だけれど、それとは根本的に異質な「構造」を持つ作品として『同時代ゲーム』は書かれたのである。その異質性を凝視することこそが、読む者にとって心ときめく探索《クエスト》となるのではないか？

　ページの上に置かれた一冊の本、一枚の図版、さらには一つのイメージが、書く者の想像力を活性化する現場を捉えてみよう。たとえば覚醒と睡眠とのあわいに、酩酊した「僕」が見たというイメージ。真暗闇に、つまり眠りの世界に吸いこまれる直前に、暗闇を輝きつつ遡行する船が近づいてくるのを見た、と「僕」はいう――《それは畸型の誕生をした水蛭子《ひるこ》をすみっこの世界へ向けて流す葦船だったが、しかもそれはハイエルダールが大西洋を横断した、パピルス草による、堅牢な構造の大きい葦船にほかならぬのでもあった……》（傍点は大江、41）。コロンビア人の青年と「畸型」について語り合った第3節がここで終り、場面が切り替わって、すでに紹介した教室の風景となる。暗闇の葦船のイメージが、回転扉のように機能して、『古事記』の《葦船に乗せて流された「水蛭子」》の神話的イメージが招き寄せられたかのような具合。

この項のしめくくりにもうひとつ。「クェルナバカの宮殿壁画」を見たことからの連想のようにして、妹に語りかける重要な言葉がある――《メキシコ征服から革命にいたる全歴史をひとつの壁画に見る、そのような歴史の現前のさせ方から、妹よ、われわれの土地の神話と歴史のことを、懐かしいほど確実に考えめぐらしたのでもあった》（傍点は引用者、11）。メキシコの巨大壁画の方式を、そのまま踏襲できるはずはないけれど、われわれの土地の神話と歴史とを一冊の本のなかに一望のもとに見てとることができる、そのような神話と歴史の現前のさせ方がきっとある、という確信にみちびかれて、『同時代ゲーム』は書かれてゆくのである。

・神話的ユニット――新世界を創建する「壊す人」

《『古事記』というのはスピードのある速い文体なんです。事がどんどん進んでいく。小さな部分部分、小さなユニットが次々連なって、速やかに状況が変わる》――大江健三郎との対談における池澤夏樹の発言だが、そのまま『同時代ゲーム』にも当てはまるのではないか？　とりわけ「ユニット」は、大江自身の語彙でもあって、終章にあたる【第六の手紙　村＝国家＝小宇宙の森】をしめくくるページには《アポ爺、ペリ爺の二人組が、ひとつの三次元の空間についてそれ固有の時間があり、つまりは空間×時間のユニットとしてこの世界があるのだと、教えてくれたことがあった》という意味深長な一文がある（491）。また初版単行本に付された加賀乙彦との対談「現代文明を諷刺する」では、「村」の地図を書いてみたけれど、結局、書けなかった、という加賀の発言に対し、大江は《共同の無意識の中の原点にあって、外側からみると歪んでいるけれども、中にいる者にとってみれば、過去も未来も含めて、全体が一挙に見わたし得るような、時間×空間のユニットを組み立てたかった》と語っている。

この「ユニット」という言葉を借りて「神話的ユニット」という小見出しを立ててみた。純粋な「神話的ユニット」に純粋な「歴史的ユニット」が併設され、物語が構築されてゆくといいたいわけではむろんない。相対的に神話的なエピソードが優位に立つユニット、相対的に歴史的なエピソードが優位に立つユニット、という程度のおおまかな分類で、いわば人為的な囲みを作って、大小様ざまの「ユニット」を——作品の雄大さに比べれば恥ずかしいほど不完全で矮小なものに終わることは承知のうえで——総体としての「構造のパースペクティヴ」に収めてみたいと思う。

これまでいくたびも述べたように、章タイトルなどのパラテクストは読み解きの指針として大切である。「犬ほどの大きさのもの」と題した【第二の手紙】の冒頭、メキシコから帰国した「僕」が谷間の神社あてに長距離電話をかけたら、父＝神主が受話器をとって《簡潔にしかし奇態なこと》をつたえたのだった。「僕」は妹に、父＝神主がきみについていったことを、当のきみに繰りかえすには及ばないのだけれど、と断ってから——《きみは森にいたる斜面の高みの「穴」のひとつから、キノコのように縮みこみ干からびていた**壊す人**を家に連れかえった。そしてきみの肌の活力により、**壊す人**を再生させた。［……］もうきみはそれを犬ほどの大きさに回復させているという》(94)。つねに「犬ほどの大きさのもの」という定型表現で呼ばれるこの正体不明の存在は——読む者にとっていかに奇想天外であろうと——再生した**壊す人**にほかならない、と父＝神主と妹が保証したのである。したがって「僕」は、まだ幼い**壊す人**を育てながら巫女である妹が読むはずの「神話と歴史」を書くのだと理解して、《きみの官能の磁力にエネルギーを喚起》され、さらには仕事に確実な方向づけが与えられたと励みに感じてもいるらしい。いずれ見るように**壊す人**の巫女としての妹は、聖なるものとの関係において性的な役割を果たすのだが、それだけでなく「僕」自身にとっても官能の磁力を及ぼす存在である。【第一の手紙】の最後に付された第8節には、（**第一の手紙のうち、投函前に削除された部分。**）というゴチック体の断りが記されているのだが、そこには失敗した性交の試みさえ回想されている。

以上は、いわば前置きふうの、神話時代と同時代とをむすぶ、小さいけれど大事なユニットである。つづく新世界創建のエピソードは、ヴァリアント方式で繰りかえし語られる同種の物語の中でも、相対的に詳しいもののひとつ――《さて妹よ、**壊す人**にひきいられた創建者たちの遡行の終りと、かれらの前にたちふさがった大岩塊、あるいは黒く硬い土の塊りの爆破が、季節として梅雨へのはいりぎわにおこなわれたのであることは、およそ確実だと僕は思う》というのが導入の一文（96）。遡行者たちは、人目を避けて河口から船を乗り入れ、川幅がせばまると船を解体し、筏を組んで川筋をさかのぼり、さらには橇の形につくりかえた船材をひきずり草叢を進んでいった（98）。そして、行く手に立ちはだかる大岩塊、あるいは黒く硬い土の塊りを爆破した直後から、五十日間、大雨が降りそそぎ水の天蓋のように全地域を覆ったのである。ちなみに旧約聖書におけるノアの方舟の場合、四十日間、大雨が降り続いた。ギルガメッシュをはじめ洪水神話は世界中に遍在しているから、**壊す人**と創建者たちの冒険もまた、それら無数のヴァリアントの中のひとつといえる。

この冒険を特徴づけるのは、川を遡行する時から気づいていた異様な臭気。大悪臭の根源は、ありとある有機質が腐敗して溜りつづけ、そこから発生する瘴気のために、いかなる動植物も育たぬ湿地帯にあった。五十日間、沛然と降りそそいだ豪雨は、爆破された堰堤の空隙から悪臭をはなつものすべてを、真黒の水として押し流し、その後に乾いた土地が現出したという。

エリアーデによれば《場所の浄化は宇宙創造の再現である》(25)。つまりここでは「創建神話」が「創世神話」をふくみこみ、これを再現してもいる。一方で「大岩塊、あるいは黒く硬い土の塊りの爆破と大雨」をめぐる小さいユニットには、奇妙な具合に歴史の時間が介入する。そもそも火薬の伝来という歴史的事件や脱藩という旅立ちの動機からして、この「創建神話」を一六〇〇年以前に遡らせることは難しい。妹は再生して「犬ほどの大きさ」になった**壊す人**の年齢を、おおざっぱに五百歳前後と推定してもいる(123)。いずれにせよ、爆薬による自然秩序の破壊こそが、**壊す人**をして伝承の「神」とするのであって、破壊と創建が不可分であるというアイロニーは、繰りかえし強調するまでもない。

父＝神主の伝える話によれば、大量の黒い水の流出によって、下流一帯は恐しい疫病と土地の汚染という災厄に見舞われた(100)。父＝神主のスパルタ教育を受けて、いずれ自分が書くべき「神話と歴史」を学んでいた子供の「僕」は、新世界の出発点に今なら環境汚染と呼ぶであろう酷たらしい事件があったことに、懊悩を覚えたという。そして、子供の「僕」が自らの歯痛に施していた荒療治は「罪障感」にみちびかれての「自己処罰」だったかもしれない、などとも語る。

ここでしばし【第一の手紙】に話はさかのぼるが、東京の大学で歴史学を学ぶ「僕」が、文系の学生でありながら、爆薬のエキスパートになり、あいまいなかたちで過激な政治運動にコミットしていたというささやかなエピソードがあった。鉄パイプ爆弾の試作品を三個たずさえて、「僕」が東伊豆の岬に出かけた時のこと。潮に根方まで削られた「大岩塊」に目星をつけて、コマセ（撒き餌）の強烈な腐敗臭に悩まされながら、夜釣りの者らの姿が消えるのを「僕」は待っていた。そして夜明け方に出漁する沿海漁船の一群が、真黒な海を背景に、さらに濃い黒の影をきざみだすように通り過ぎるのを間近に見た瞬間、ひとつの啓示が閃《ひらめ》いた――《阿呆船《ナーレン・シーフ》、**壊す人**にひきいられたわれわれの土地の創建者たち、と僕は一瞬酔ったようになって考えた》。こうして「僕」は、爆破技術の開拓者として**壊す人**の役割を受けつぐことを放棄して、「われわれの土地の神話と歴史」を書く者となることを選んだという（30）。

東伊豆の岬にかぎらず、日本の海辺の風景には荒海に突き出た大岩塊があり、山には異様な風貌の巨石があったりもして、そうした岩石にまつわる神話や伝説が語り伝えられている。バシュラールの『大地と意志の夢想』にも巨大な岩石をめぐる詩的想像力の数々を分析する章がある。そういえば、アマテラスがお隠れになった洞窟を閉ざしているのも「大岩戸」（天の石屋戸）……「大岩塊、あるいは黒く硬い土の塊りの爆破と大雨」というエピソードには、具体的な神話のモデル（元となるエピソード）があったはず、といいたいのではない。そうではなく、集合的無意識に埋蔵された「元型」を探りあてることこそが、いま「神話」を書こうとする「僕」の目標なのである。

「創建神話」の英雄である**壊す人**は、死と再生を繰りかえす。一説によれば、火薬の専門家として、大岩塊、あるいは黒く硬い土の塊りを首尾よく爆破したものの、そこで生命もまた失われたのであり、これが《最初の死》とみなすべきもの。《火傷した全身に膏薬を塗って真黒なミイラのように横たわり、雨の五十日間を療養に過したといわれる**壊す人**が、じつは黒焦げの死体としてそこに安置されていた》というのである（125）。

この伝承につないで、**壊す人**の《最初の再生》が語られる。それは膏薬を塗って療養した（つまり死んだわけではない）という伝承の《微妙なヴァリアント》のようだが、こちらは黒焦げになって死んだ**壊す人**の遺体は、腐敗もせず燻製のように乾き、やがて《蛹がかえるようにその黒焦げの死体のなかから、いくぶん小ぶりの新しい**壊す人**があらわれて、――さあ、われわれの土地の建設を始めよう、と提案した》というもの。こうして**壊す人**が《揺るがぬ指導者たる権威を確立》したのち、ほぼ百年間にわたる「創建期」があった。

その後《いったん革命によってつくりだされたひとつの政治体制が、ある期間をへるうちに歪みひずみをあらわし、偏向した路線にかたむくことになり、そこでそもそもの初心に戻ろうとする、復古運動》が起きた（126）。民話的な語り口の伝承の、語り出しの言葉、すなわち《それは**壊す人**の死なれたすぐ後のことで》という定型表現によって、少なくとも出来事の順列は確定できる。神話的な英雄の死が、ここに位置づけられて、「創建期」に続く「自由時代」が訪れる。その「自由時代」は、具体的にどの程度の長さのものだったか？　東京で知り合った同郷の若者の話によれば、千年間は続いたという年寄りもいたし、「自由時代」そのものが半分神話のようなものだから、現実の時の長さでは測れぬという年寄りもいた。維新前の約二百年だという説も聞いたことがあるという（193）。

伝承の世界は「諸説アリ」というざわめきに充ちている。その原理にしたがって『日本書紀』は「一書《あるふみ》」（別伝）の併記を重ねてゆくのだが、これに対して『古事記』は決然と一つを採って他を捨てる。[40] かりにエピソードのあいだに矛盾があっても、読む者は、物語の単線的な進みゆきに安心して身をゆだねることができるだろう。では『同時代ゲーム』の方式は？　随所で「別伝」方式を取りいれていることは見たとおりだが、ただし『日本書紀』と違って「別伝」は併記されるとはかぎらない。上記のように「自由時代」の長さとか、ときおり明晰な論点整理のような言葉はあるけれど、いずれにせよ関連する出来事を一貫した年譜に収めることは絶対的に不可能なはず。「別伝」なるものは、まるで自生するエピソードのように、遠く離れたページに不意に現出するのだから……

ここで「**壊す人**の死と再生」の最も劇的なヴァージョンを取りあげて、読みなおすこと《リリーディング》をやってみたい。「創建期」から「自由時代」への移行を促した要因のひとつが「**壊す人**の死」であることは間違いないのだが、例によって経緯には諸説ある。ただ隠れてしまった「自然死」、あるいは「冬眠のはじまり」という伝承もある中で(150)、これから読む「別伝」は、殺された**壊す人**の肉体が、こまかく切り裂かれたというもの。【第二の手紙　犬ほどの大きさのもの】の第7節から最後の第11節まで、二十五ページに及ぶクライマクスである。「不死の人」となることを企てる独裁者である《壮年のスターリン＝**壊す人**》という「僕」の夢想、**壊す人**が孤独な晩年に《ドロノキの巨木》を跳び超え、梢を引っ摑んで回転する肉体鍛錬に励んだという話など、逞しい枝葉のように伸びるエピソードは惜しげもなく剪定したうえで、中軸をなす断章をまず引用する。

妹よ、谷間の共有地の広場に建てられた納屋にあらためて暮すようになった**壊す人**を、や

> はり永い時がたつうちに、暗殺してしまいたい、しかももう決して再生しては来ぬかたちでそれをしたい、と希求する者らがあらわれた。その理由はといえば、ただ「不死の人」の発散する重い威圧感に耐えかねてのことだった。それだけにこの恐しい希求を共有する者らは多かったのだ。そして実際に**壊す人**は暗殺され、谷間と「在」のあらゆる人びとが、再び**壊す人**がよみがえらないようにと、あるいはひとりの巨人化した人間としてよみがえってくるのでなく、この閉じた盆地の人間みなのうちに共有されてよみがえるようにと、死んだ**壊す人**の肉体を、人数分に切りわけて、老人から赤ん坊までがみなその一片ずつを食ったのである。(『同時代ゲーム』163)

壊す人の暗殺を語る伝承には、シリメという男が登場する。「後目《しりめ》にかける」という表現に由来するのではなく《即物的にそのまま尻に眼のあるような人間》であって、子供のころ「僕ら」は《尻の割れめから眼玉の覗く人間》を地面に描いて遊んだという。しかも「僕」は何年か前、《おそらくは痔を病んでいたために、笑う尻から眼を覗かせている》男に、水泳クラブで出会って、これこそが伝承のシリメだと確信したというのだけれど(164)、そう説明されても、やっぱり鮮やかなイメージは浮かばない……

　そのシリメが、**壊す人**殺しという、おぞましい仕事の責任を担う者に選ばれた。**壊す人**がわれわれの土地の最上層にひとり突出した人間であったのに対し、最下層からはみ出しつつ、ひとりぶらさがっていた人間がシリメであって《この二人は上下で対応しあっていた》と「僕」は説明する。そして「路上の馬鹿、あるいは気狂い」というのが定型の呼び名である——つまり人間社会の外縁にまで排除されたマージナルな存在である――シリメは、**壊す人**に向けて、ひとり対応する人間である以上、やはり百歳に近く、巨人化していたはずだとも述べる。**壊す人**を暗殺するためにシリメがとった行動は《いかにもシリメらしい奇態さ》のもので、《ひっくりかえしたかたち》で計画を遂行した。**壊す人**自身に、**壊す人**を殺すことのできる毒液の製法を教えてもらい、いわれたとおりに**壊す人**が栽培した百草園の毒草を煎じて毒液をつくったのである。さらに毒液の効用を試すために、これも伝説や昔話などによくある話だが、それを服用することを強要され、シリメは死んで、その死体は原生林の奥に棄てられた。

さて、シリメは模範的な「トリックスター」といえるだろうか？ そんな気もするけれど、一般に「トリックスター」という言葉は、しごく安易に使われていると思われるので、ごく簡単なメモを作成しておく。大江はポール・ラディン、カール・ケレーニイ、カール・グスタフ・ユング『トリックスター』[41]を山口昌男の充実した「解説」とともに、しっかり読みこんでいた。『同時代ゲーム』のリライト版ともいわれる『Ｍ／Ｔと森のフシギの物語』を開いてみると、ポール・ラディンの採集したウィネバゴ・インディアンの神話を活き活きと紹介する言葉につづき、亀井銘助も、銘助さんの生まれかわりの童子も、この「トリックスター」と《同じ性格》をもつ者として納得されるはず、と語り手自身が序章で明言してもいる。この時の説明にある「手ぎわのいいやつ」「いたずら者」（傍点は大江）というのが、最もよく知られたイメージだろうが、もうひとつ、『同時代ゲーム』執筆中に大江が併行して書いた『小説の方法』[42]の「6 個と全体、トリックスター」では、トルストイの『戦争と平和』や大岡昇平の『野火』などを素材として、周縁化され非社会化された存在としてのトリックスターが主に論じられている。この第二のイメージは――姿かたちの違いは別として――共同体の周縁に棲息する「路上の馬鹿、あるいは気狂い」であるシリメという存在によく馴染む。

ちなみに『小説の方法』と『M／Tと森のフシギの物語』の両方に紹介されている話だが、ウィネバゴ・インディアンのトリックスターは、火傷をおって焼け落ちた自分の腸を食べてしまったので、残った腸をきつく結び合わせたら、引っ張りすぎて、それで人間のお尻はいまのようにくびれたかたちになったとか……　シリメのお尻は、ウィネバゴ・インディアンの伝説の日本版ヴァリアント？

さらに第三のイメージは「道化」。山口昌男がラディン他の『トリックスター』に寄せた「解説」は、「トリックスター論」を包摂するかたちで、文明史の中の道化という大きな議論の枠組みを提示する。これは山口自身の著作『道化の民俗学』や、さらにはJ・スタロバンスキー『道化のような芸術家の肖像』などともつながる主題。「トリックスター」と「道化」にかかわる一連の本が、一九七〇年代の半ばから一斉に刊行されていることと『同時代ゲーム』の誕生が無縁であろうはずはない[43]。

話は戻り、シリメに殺害された**壊す人**の肉体は、そのこまごましたすべての断片までわれわれの土地の人びとに喰われたのだった。そのありさまを語るたびに、父＝神主は《――それは勇ましい眺めであった！》と感嘆するようにいったという。《**壊す人**の巨大な死体そのものの勇ましさ》ゆえであり、《血だらけの大量の肉片の勇ましさ》ということでもあるだろうと子供の「僕」は受けとめていたという。

その勇ましい**壊す人**の死体の肉を、谷間と「在」に生きているかぎりの、すべての人びとが喰った。乳飲児はそれを生のまま磨りおろして、肉汁として飲まされたし、歯のない年寄は、それを歯茎で噛みにかみ、柔かくして嚥みくだした。**壊す人**の躰が巨人化していたことは確かだが、谷間と「在」のすべての人びとにそれが分けられたのだから、ひとりあたりがたいした分量であったわけではないだろう。〔……〕ひとつの伝承では、「不死の人」たる圧制者の**壊す人**を斃した歓びに燃え立ちながら、その歓びの時をさらに引きのばすために、チューインガムでも噛むようにしてその肉片をあじわいつづけたということだ。（『同時代ゲーム』169）

チューインガムの比喩が暗示する歓びとは反対に、《もうひとつの伝承》では《人びとは神話と歴史にまたがる指導者としての、**壊す人**を殺害してしまったことを悲傷して、恥にまみれつつその肉を喰った》と伝えているのだが、いずれにせよ《経験されたのがひとつの祭であった》（170）ことは疑いがない、とも「僕」はいう。

人肉を食すこと。「たぬき汁」ならぬ「ばばあ汁」をおじいさんに食べさせる『かちかち山』から「子供の生き胆」を求める恐しい昔話まで、日本の伝承に食人をめぐるエピソードは少なくない。ただし『同時代ゲーム』が語るのは、圧倒的な威力をもつもの、聖なるものとの関係においてい行われる食人である。参照すべきはジェイムズ・フレイザーの『金枝篇』であり、じっさい世界の再生をめざしての「王殺し」は、この大著の中心的な主題を構成する。「第五十章　神を食うこと」「第五十一章　肉食の共感呪術」は、すでにタイトルが多くを暗示しているが、ひとつふたつ例を挙げるなら《人間の心臓は、それを食べる者にその本来の主の性質を注入する目的で一般に食べられる》のであり、また《未開人が神的なものとみなす動物や人間の肉を食べることを切望する理由》は《神の体を食べることによって、彼は神の属性と力とにあずかるのである》とも説明されている。[44]《経験されたのがひとつの祭であった》という「僕」のさりげない証言の背景には、神の身体を食べることの秘儀の伝統がある。見方をかえれば、**壊す人**が重い威圧感を与える「不死の人」という以上のものとなり、たんなる尊崇を越えて信仰の対象となった、すなわち神話の「神」となったのは、この「食人儀礼」を経たことによるのではないか？[45]

　こうして**壊す人**が死んで「自由時代」が訪れた。その契機となった「復古運動」において、**壊す人**の最後の妻であったオシコメがはっきり表面に立って、女ながらに**壊す人**の権威をうけついだ（137）。そのイメージは、「僕」が後に見た絵巻『男衾三郎《おぶすまさぶろう》絵詞《えことば》』の醜い大女によって補強されたのでもあるらしい（138）。また「大醜女《オーシコメ》」という漢字表記の「醜」という文字を古語辞典で引いて、《強く恐しく、ごつごつしていかつい、人並はずれた体格と才能、人格をそなえた人物》を想像したともいう。ここでも絵と文字が、想像力を活性化する。

「復古運動」を民話的につたえる伝承においては、オシコメひとりが若い世代の性的放縦に応え——田畑に精気を回復させるための古代的な儀式として——地面の上にじかに横たわる。すると、権力をえて加速化された巨人化によって小山のようになったオシコメの肉体は、《すでに百歳に近い年齢であるにもかかわらずみずみずしく豊かで、若者たちの一群みなを性的昂揚へとみちびきこんだ。二十人もの若者が、夜の大地の上に片脇を下に横たわる巨人女にまつわりついて、それぞれに性的な内部爆発をおこし、満天の星と交感した》（143）。

このようにして**壊す人**の遺業を継いだオシコメは、荒唐無稽な民話の輝きを放ってはいるけれど、もはや神話世界の聖なる存在ではない。オシコメは、やがて失脚すると、森への斜面の高みの「穴」のひとつに幽閉され――つまりオシコメられて？　と子供の「僕」は考えていた――しだいに縮みこんで幼女ほどの大きさになったとされる（138）。

想像力を活性化する絵――とりわけ「地獄絵」は特別に懐かしいものとして、四国の森を舞台とした二つの大江作品にあらわれるのだが、ただし解釈の視点も、作品のなかで持つ象徴的な意味も、むろん同じではない。『万延元年のフットボール』の幕開け、「僕」が秋の夜明けに穴ぼこの底で、自殺した友人を「観照」する場面に、あかあかと光をやどしたハナミズキの葉裏を見あげて、谷間の村の寺で灌仏会ごとに見た地獄絵の《炎の色に似た、脅威的でかつ懐かしい燃えるような赤》を認めるという話があった（40～41）。四国の村に戻った「僕」は、さっそく寺の住職に頼んで、その地獄絵を見せてもらい、絵図の中の炎の河から《安らぎの感情》が内奥へそそぎこまれるのを覚えたという。鬼に責め立てられる数かずの亡者たちの苦悶の表情にもまた、心を和《なご》ませるところのものがある（119～120）……　というふうに省察がつづく。終幕でも、寺の住職と語り合う場面で、弟を鎮魂《ちんこん》するための地獄絵の《濃密な「優しさ」》を強く思い（434～435）、さらに倉屋敷の地下倉にひとり閉じこもって死んだ弟に語りかけながら、冒頭の場面でハナミズキの葉裏から受けとめた「信号」の意味を解釈するのである（443）。

このような絵解きが、地方の山村には戦後もある時期まで根づいていたはずの灌仏会での僧侶の説教や法話の伝統に即したものといえるのか？　わたしには想像すらできない。それというのもアメリカの占領政策によって保護されたプロテスタント教会の日曜学校などが、神社仏閣よりずっと身近に感じられる環境で、戦後世代の都会の子供らは成長したのである。なおのこと強調しておかねばならないが、大江自身は習俗の鮮明な記憶をもっていた——《じつの所ぼくは、地獄絵の光景にほとんど威嚇されることがなかった。地獄絵を背にして、おそろしく通俗的な倫理観をくりひろげては、子供らを睨みまわしていた住職は、ぼくに奇妙な鈍さを見出したにちがいない》[46]。

『同時代ゲーム』**【第二の手紙】**に記された創建期の物語のなかで、地獄絵は三つの異なる時代の異なるエピソードに結ばれて、話題になっている。第一は、《**壊す人**に統率された創建者たちの、新しく人間の住みうる土地となった盆地での、土木作業。妹よ、僕はそれが現におこなわれるありさまを自分の眼で見たという記憶を持っている》(103)と始まる回想と省察の文章。「僕」が寺の地獄絵に見てとったのは、鬼どもと亡者たち、苦しみをあたえる者と苦しみをあたえられる者とのあいだには《親和力の印象》があるということだった。《分業でひとつの仕事をしているよう》でもあり、《労働の喜び》が、かれらに共有されているかとさえ見える(104)。ここまでは『万延元年のフットボール』の地獄絵の絵解きにも似ているが、『同時代ゲーム』の「僕」は谷間を出てから、『地獄草紙』の原本を見て、一挙にさとったというのである。あれは子供の「僕」にとって、地獄の眺めを描いた絵図ではなかった、村＝国家＝小宇宙が建設される光景を自分は見たというにせの記憶の出所は、あの地獄絵だったということを「僕」は確信したという。

集会所の壁面にかかげられる地獄絵を描くことをまかされた絵師は、《確かに地獄絵の形式を踏みながら、村＝国家＝小宇宙のそもそもの基盤をつくった土木作業を描いた》のであり、自分の幼・少年時の無意識は、当の地獄絵の深部にあるものを読みとって、にせの記憶につくりなおした、と「僕」は解説し、手紙の相手に呼びかける——《妹よ、僕の幼い無意識は、なかなかけなげなものだったようじゃないか?》(106)。じっさい『万延元年のフットボール』の【7 念仏踊りの復興】においても、谷間の人間の共同の情念ということが、「僕」と妻と弟の議論の中心にあった。表層の意識がはっきりした把握にいたりえぬ深部にあるものを読みとることで、共同体の「神話と歴史」の淵源に迫ることができる。これが『同時代ゲーム』においては、大学教師の「僕」に託されていた大仕事。歴史学・宗教学・神話学・人類学・民俗学に親しんだ者だからこそ、言語化できるはずの「元型」の探究という重大な任務なのだった。

地獄絵の解釈をめぐる第二の視点。オシコメの指揮によって「復古運動」という大きい祭が行われた時には、《谷間と「在」の家々をすべて焼き払ってしまった行為》があった(141〜142)。この出来事に重ねて、われわれの土地の秋祭のクライマクスに、飾りたてた山車《だし》に火をつけて炎上させる習慣があることが思い出されよう、と「僕」はいう。そして盆地の全域を俯瞰した地獄絵の絵解きとして、いちめんの炎に包まれたわれわれの土地を想像する。

第三の視点は、物語の時間を少し巻き戻すことになるが、**壊す人**の死につづく場面。《あの上縁を森に囲まれている赤い盆地を描いた地獄絵を、もういちど思い出してもらいたい》と「僕」は妹に語りかける(163)。鬼どもが、俎板《まないた》に載せている肉を、いかにも頑丈きわまる包丁と料理箸を使って切り分ける情景が、そこにあった。それにしても《血だらけの肉の量の厖大だったこと!》という「僕」の回想から、すでに見た暗殺の経緯と食人の場面へと移行して、《——それは勇ましい眺めであった!》という父＝神主の感嘆する言葉が、ユニットの全体を要約する。

地獄絵の赤い盆地はこのように、三度にわたって絵解きされている。創建の土木作業、祝祭と浄化の炎、そして**壊す人**の肉を食らうこと。これら三つが【**第二の手紙**】により統合されて、おのずと聖なるものが顕現するように、わたしには思われる。地獄絵は、特定の宗教の死生観にはかかわらぬまま、信仰への誘《いざな》いという役割を果たし、**壊す人**は「神」となる。そのことにより、伝承は「創建神話」の威厳と威光をまとう……

一方「神話」から「歴史」へ、掛け橋のように機能するのは《大怪音と「住みかえ」》のエピソードである。それは「僕」が子供の時分に民話のようにして聞いた、とりわけなじみ深い話であるという(126)。《創建期に鳴り響いて、その音への耐性から、人びとが谷間と「在」でのそれぞれの居場所と職業をふりわけられたという、あの地鳴りのような音》が、**壊す人**が死んですぐ、あらためて鳴り響き始めた。《多様な音の高低、強弱によるブーンという音》が、「在」と谷間に遺された、百歳を越えた創建者たちとその子孫たちを煽りたて、場所ごとに違う大怪音と住民のそれぞれが折合いをつけるため、全員の「住みかえ」が行われた。それは創建期の大雨と同じく五十日つづいた。

この出来事が**壊す人**の死の直後に起きたことについて、「僕」は歴史学を学んだ者らしい冷静なコメントを付している。《大怪音という現象が現実に起ったのかどうかとは別に、もしそれがそのように象徴化された、他の出来事の反映であったとしても、そのもととなった歴史上の事件は、指導者たる**壊す人**が死んで、権力の頂点の座が空白になった時期の、政治的な性格のものであったはず》という分析である(傍点は引用者、127)。父＝神主もまた《大怪音と「住みかえ」、そして「復古運動」の次の時期は、村＝国家＝小宇宙が始って以来の凡庸な人びとの時代だった》(128)と「自由時代」についての客観的な判断を下す。この父＝神主は、風変りではあるけれど、今日なら篤学の郷土史研究家と認められるはずの知識人である。

・歴史的ユニット――天皇制国家にまつろわぬ者ら

「僕」は双子の妹とともに、二人の兄と一人の弟を持つ。父＝神主と旅芸人の女のあいだに生れた五人の子供がそれぞれに、日本の戦後社会をいかに生き死にしたかを語るのは、【第五の手紙 神話と歴史を書く者の一族】。小説的な時空に浸透する神話的なものは相対的に稀薄といえる手紙だが、中にこんな文章がある――《われわれの土地の三島神社は、「自由時代」の終焉によって藩から強制された新しい機関のひとつであった。「自由時代」以前には、**壊す人**を守護神として信仰するよりほかに、いかなる神も必要ではなかったのだから》(358)。じつは父＝神主は、その魁偉な肉体のうちに、一滴なりと村＝国家＝小宇宙の血を受けついでいない。にもかかわらず、巨人化した創建者たちに自己同一化しつつ、われわれの土地の神話と歴史の研究に励んでいたようにも見えたと「僕」はいう。それにしても、父が三島神社の神官であるという設定は、『同時代ゲーム』の深層の構造にどのような力を及ぼすか？ シンボリックな意味を持つというだけではなさそうなこの問題は、終幕に到るまでの大きなパースペクティヴのもとで、繰りかえし考えてゆきたい。

「同時代論の試み――作家自身によるモデル解説」と題したエッセイがある。匿名の若き読者に宛てた手紙というスタイルで、一九七九年から一九八一年にかけて岩波の雑誌『世界』に連載された七篇のエッセイのひとつであり、刊行年からしても『同時代ゲーム』とのかかわりは深い。

そして＊＊君よ、僕がこの森のなかの「共同体」を、はじめてそこに古代国家を建設した人びとのものとして成立させえたことの（かれらがじつはその「場所」の侵犯者ではないかという疑いもまた、隠された主題としてあるのではあるが）、その根本的な条件としては、僕が中心志向の天皇制文化とは対極にある、周縁志向の反・天皇制文化をひとつの全体として表現することをめざしたということがあると思う。アマツカミという中心の万世一系の末裔＝天皇を頂点に置いた世界モデルとしての日本文化。それに対立する、クニツカミという多様な周縁的存在につながるものとしての世界モデル。（『同時代論集10』114〜115）

万世一系の天皇の統治を正当化し、《神話的な権威で補強するために、いわば権力保持のためのツールの一つとして日本語による文学を採用した》ものが『古事記』である、という池澤夏樹の解説を、ここで想起しておこう(11)。すでに見たように、記紀神話は宇宙の開闢を語る「創世神話」にかぶせるようにして「建国神話」を語っている。以下、ごく簡単に『古事記』の関連するエピソードを復習……　イザナキは死んだ妻のイザナミに会おうとして黄泉国《よもつくに》まで行ったところが、うじのたかった姿を見てしまい、恐れをなして逃げ帰る。追っ手が背後から迫り、イザナキはからくも葦原中国《あしはらのなかつくに》に帰還するのだが、脱出した場所は出雲の黄泉比良坂《よもつひらさか》であり、そこにイザナキは千人の力でようやく動かせる大きな石を据えた。世界の多くの神話がそうであるように、日本の神話も空間的には三層構造である。黄泉国すなわち冥府は地下世界。葦原中国はクニツカミの支配する地上世界。そして高天《たかま》の原《はら》はアマツカミのしろしめす天上世界。イザナキの子であるアマテラスとスサノヲの対決は、地上と天上を巻き込んだ。天上のアマテラスがスサノヲの乱暴狼藉を見て天の石屋戸に閉じこもってしまったために、高天の原も葦原中国も暗くなった。そこで石屋戸の前でアメノウズメが歌い踊り、神々が大笑いに笑い、めでたくアマテラスを誘い出し、おかげで天上も地上もふたたび明るくなった。スサノヲの子孫オホクニヌシは、これも池澤の注によるならスターの一人（68）、数々の冒険やエピソードに彩られ、出雲大社の主祭神となる。[47] 一方、高天の原のアマテラスは地上の支配権を得んとして、遣いを派遣する。これが「国譲り」と「天孫降臨」のエピソードである。

ところで『同時代ゲーム』の「大岩塊、あるいは黒く硬い土の塊り」が呼応するのは、アマテラスの石屋戸？　それとも黄泉の国に通じる路をイザナキが塞いだ「大きな石」？　象徴という次元では、おそらく後者だろう。いずれ詳しく見るように、村＝国家＝小宇宙というトポスは何よりも、冥府との距離の近さによって特徴づけられるのであるらしい。

父＝神主の仕える三島神社は、大江の故郷・愛媛県の大瀬村（現・内子町）に実在する神社である。今日、三嶋大社（静岡県三島市）が掲げる公開資料によれば、主祭神として名を挙げられているのは、オホヤマツミの神とコトシロヌシの神の二柱。『古事記』における出番は少ないが、いずれも「クニツカミ」の系譜であって、とくにオホクニヌシの子であるコトシロヌシは「国譲り」の圧力に屈した神として記憶される。それゆえ、われわれの土地の三島神社は《藩から強制された新しい機関のひとつ》という認識は、国家権力の介入の記憶にはちがいないのだが、それにとどまらぬ歴史的・政治的な含みを持つだろう。ちなみに父＝神主が神官をつとめる三島神社が《事代主神《ことしろぬしのかみ》》を祀るものであることは、アマツカミ優位の国家神道を奉じる勢力が大日本帝国を支配した戦時下において、父＝神主がおこなった《奇想天外なふるまい》(442)にからんで、さりげなく【第六の手紙】で明かされている(447)。

原武史『〈出雲〉という思想』によれば、《伊予国、とりわけ大洲地方には、出雲系の神々を祀る神社の数が、他と比較しても目立って多かった》という(126)。また柳田国男が近世神道の習わしとして解説するところによるなら、神社の祭神は、もともと土俗的な名もない信仰の対象だったいわゆる「山の神」が、制度的な格上げを意図して『古事記』の「神代巻《じんだいのまき》」に何とか合致させたことによるのであり、その際、オホヤマツミの神が祭神となるのは、よくある話だったという[48]。こうした「クニツカミ」の布置や力関係は、暗黙のうちに『同時代ゲーム』の土台となっているだろう。

【第四の手紙　武勲赫々たる五十日戦争】で、村＝国家＝小宇宙が大日本帝国の軍隊に戦いを挑んだ時、創建神話に語られた「大岩塊、あるいは黒く硬い土の塊り」に代る、巨大な土塁が築かれた。その堰堤壁面には、タールでふたつの四文字熟語が大書されていた(261)。一方は「**不順《まつろわぬ》国神《くにつかみ》**」、すなわち大日本帝国の奉じる建国神話に則っての言挙げであり、もう一方は、「**不逞日《ふていにち》人《じん》**」。こちらは大日本帝国が併合した韓国の反体制派、独立運動家などを指す「不逞鮮人」という言葉のもじり。太古から同時代までを視野に入れた上での、アマツカミの系譜への挑戦状であり、「僕」は《村＝国家＝小宇宙が、積極的に示した大日本帝国への宣戦布告ととらえたいと思う》と語る。

さて話は戻るが【第三の手紙　「牛鬼」および「暗がりの神」】は、決定的なかたちで「自由時代」の終焉を招いたとされる亀井銘助と、戸籍の二重制のカラクリを知って懊悩し正気を失ったとされる村役場の助役・原重治の二人が主な人物であり、時代区分という観点からいえば、それぞれの出来事が、維新の直前と明治末期に属するユニットを構成する。ただし表題にある「牛鬼」は原重治の綽名にすぎず、「暗がりの神」は死んだ亀井銘助が神格化されて神棚の隅に祀られるようになったもの。いずれも括弧つきであることは無視できない。さらに《妹よ、僕はこの手紙でしばらくは、自分のことを芝居者と呼ぶ者らとの交流と、僕自身の肉体の小訓練について語ることにしたい》と始まる第三の手紙には、語りの構造という意味でも、これまでとは異なる仕掛けがある。

東京で暮らす「僕」のところへ、小劇団の演出家をやっている同郷の若者が、村＝国家＝小宇宙の神話と歴史から芝居をひとつ構想したいといって、協力を要請してきた（177）。二十歳の演出家と三人の劇団員に、村＝国家＝小宇宙の神話と歴史について講義をおこない、議論を交わし、さらに原「牛鬼」を芝居にした台本を「僕」が書き、奇妙な稽古あるいはトレーニングが行われる。その間、芝居者らの解釈や批判や反論によって、視点はおのずと多角的になってゆく。演じられる芝居は、原の肖像を描くというよりむしろ、内面の葛藤と懊悩をパロディ化したものになるだろう。

二十歳の演出家は、村＝国家＝小宇宙の出身というだけでなく、亀井銘助の子孫であり、それが《盆地の歴史始って以来もっとも悪名高い人間》に執着する理由だと語る（184）。「僕」は生家の神棚の脇の暗がりの箱に入っていた、板に着色して描いた画像を思い出す。メイスケサンの煤けた画像に、確かに似ている……　しかし演出家によれば、メイスケサンは《われわれの土地の土俗神》であり、これに対して亀井銘助は《近代直前の歴史上の人物》であって、自分の気持の上では、これらふたつはつながらない、とのこと。おそらく鍵は「暗がりの神」という名にあるのではないか……《メイスケサンは天皇家の、すなわち太陽神の末裔とは逆の、闇の力を代表》するのであり、「その闇の力、邪悪な力」を信じる女たちが「暗がりの神様」に熱をこめて祈った、というのが、「僕」の解釈である（185〜186）。戦時下で父＝神主が《奇想天外なふるまい》をおこなった時も、国家神道が強要する神社参拝を終えた子供らは、《それぞれ自分の家のメイスケサンに御燈明をたて、身内から戦争にとられている者らの安全を祈願して》いたという（445）。

　維新をはさんで起った三つの一揆のうち、最初の一揆に関わって亀井銘助が果した役割は、一揆と藩との仲介人あるいは調停者だった。第二の一揆においては農民側に参加した（230〜231）。維新より三年前に銘助が獄死したのちに起きた第三のいわゆる「血税一揆」は、銘助が遺した文書を熱心に読み、メイスケサンの御霊を祀ることで、目的を達成することができた。[49]《「血税」の根拠をなす戸籍関係の文書はすべて焼きはらわれたが、その裏で、これはわれわれの土地の人びとのみの秘密制度となる、戸籍登録のカラクリも成立したんだ。この両義的な戦いの進め方そのものが、銘助の構想にほかならなかった。そのようにして銘助は、われわれの土地の創建から「自由時代」にいたる独立を、すくなくともその半分だけは回復した。それが暗闇の半分の独立だとしても、大きい事業だった》と思う、と「僕」は演出家に語る（243）。民話風な伝承によれば、銘助は獄中で狂死したとされ、《暗がりの神棚のメイスケサンの、おどろおどろしいイメージ》はそのことに由来するらしいのだが、「僕」自身は、銘助が最後まで正気だった、と考えている。
劇団員のひとりが郷土史の資料を入手した。「自由時代」末期には、村＝国家＝小宇宙は周囲から隔絶した禁忌の地として外部世界にも存在が知られていたらしく、川下の町の郷土史家によれば「吾和地」を指して呼ぶ古名は「甕《かめ》」だったという。そこで演出家いわく――《しかし甕棺といえば、それはまさに冥府の暗喩だろうじゃないか？》（213）。「名」の漢字表記や音韻表記が意味を産出する力、そして名づけられた対象を呪縛する力は、これまでにいくつも例を見た通り。そういえば、亀井銘助のカメイと甕のカメは、密かに共鳴しあっているのではないか？ しだいに明らかになるように、村＝国家＝小宇宙のトポスは「冥府」に隣接するだけでなく、むしろ積極的に「闇の力」の浸透を受け入れているようでもある……

「血税一揆」により明治初期に導入された戸籍のカラクリを発見した明治末期の村役場の助役は、亀井銘助の歴史的遺産に直面して正気を失ったという意味で、対蹠的なポジションにいる（つまり表題に並置される資格を持つ）。原重治は《大逆事件が引鉄《ひきがね》になって、幸徳の生地からは山脈をひとつへだてただけのわれわれの土地の、組織的な国家への叛逆が暴き出されるのを恐れた》（206）のだったが、ただし、原が「牛鬼」と呼ばれるにいたるのは、その暗い恐怖と苛立ちがさらにエスカレートしてからのことだった……　ということで、もと助役の狂乱をめぐる芝居の台本を「僕」が書くことになる。

ところで「牛鬼」とは何か？ 菊間晴子『犠牲の森で――大江健三郎の死生観』[50]は「牛鬼」をめぐる地元での資料収集から表象としての意味づけまで、周到な調査と考察を行なっている。また民俗学の専門分野では、大本敬久「牛鬼論―妖怪から祭礼の練物へ―」と題した紀要論文があり、実証的かつ歴史的な考察として十二分の説得力を持つ。大本によれば「妖怪」としての「牛鬼」は『枕草子』までさかのぼるが、神社祭礼の「練物」（神輿などの祭礼行列）としての「牛鬼」との連関は今のところ明確ではないとのこと。祭礼の「牛鬼」は愛媛県南予地方に集中して分布しており、共通するのは民俗学でいうところの「アクマバライ」の認識と「暴れ」（暴れ神輿などの荒々しい行為）の法則性であるという。[51]「妖怪」としての牛鬼については、柳田国男『遠野物語・山の人生』の「一八　学問はいまだこの不思議を解釈しえざること」にも記述があり、昔は大切にされた地方の神が、次第に軽んぜられ絶縁して《いつとなく妖怪変化《ようかいへんげ》の類に混じた》と説明されている（185）。

大江の個人的な体験はどうなのか？　まずは、子供の時《黒い牛鬼が喚きたてて走りすぎると、恐怖のあまりに嘔気を感じないではいられなかった》というほどの、深甚な恐怖の記憶があるらしい。[52]さらに「恐怖にさからう道化」と題した人類学的な評論が語るところによれば、牛鬼の狼藉が惹起する《恐怖と笑い》こそが、村祭りの興奮を支える構造材だったという。牛鬼に追われた《晴れ着の娘たちが足袋はだしで逃げまどう光景も、なまなましく思い出される》という一文があり、《それは僕のエロティシズムの原型を、すくなくとも一面で決定している》という見逃せぬ言葉が、これにつづく。[53]大江的「カーニバル」の表象としてまことに意義深い。

そこであらためて『同時代ゲーム』にとって「牛鬼」とは何か？　と問いなおしてみたい。外貌については、朱と緑と黒で塗った頭の威圧感が語られるだけ。「僕」の回想によれば、《牛鬼は雷のような地響をたてて盆地を駈け廻っても、それは墨で染めた麻布で竹枠を覆い、そのなかに二十人の壮漢をひそめた仕組にすぎなかった》が、いかなる理由によるのか、《かずかずの悪を行い、しかもその行為がむしろ敬虔《けいけん》に受けとめられ》ていたという（202〜203）。牛鬼の習俗は近隣の町や村にもあったが、われわれの土地の牛鬼が象徴的に担っている意味は異質のものであり、《絶対に独自》であるから、《それを覆いかくすためにのみ、似たような恰好をしつらえていた》ような気がする、とも「僕」は述懐する。

演出家の若者は、こんな話を伝え聞いたと語る――もともと牛鬼の祭は、《われわれの祖先が定住する以前に、あのあたりにいた者ら》の習俗だった。ところが《受けつがれた牛鬼自体に、征服された者らの怨みがこもっていて、そこで祭の日には、牛鬼が創建者たちの子孫を追い廻す》のだと。先住者の「怨み」がこもった「牛鬼」という解釈は、村＝国家＝小宇宙という「共同体」の神話と歴史の基底に埋もれた疚しさ、罪障感という主題を補強する。

それにしても、注目すべきことに、原重治は祭りの「暴れ」を模した狼藉を働くわけではない。容姿が「牛鬼」の大頭そっくりというのでもないらしい。語り伝えられる狂気した原は、《谷間や「在」で見さかいなく人びとに近づいては、**ババハッ！** と嘶《いなな》きのような声をあげて相手を威嚇する男》であるという（208）。村役場の助役は地方公務員として国家に仕える身でありながら、「共同体」の運命にかかわる秘密を抱えたまま、村＝国家＝小宇宙による《組織的な国家への叛逆》を隠蔽し続けた。《そのカラクリの内包する意味の大きさに押しひしがれて「牛鬼」になった人間》（243）が、胸中に渦巻く煩悶の全てを「牛鬼」の**ババハッ！** という嘶きに変えて、威嚇的に吐き出すということか？　要するに綽名の由来は、外観でもなく行動でもなく「嘶《いなな》き」、すなわち言葉にならぬ言葉にあるらしい。「僕」はそうしたことの全体を念頭に、台本の原案を構成したのだが、劇団の稽古では、台詞はそっちのけ、もっぱら**ババハッ！　ババハッ！** という断きのトレーニングが行われることになる。まるで前衛的な不条理劇のような昂揚の中で【第三の手紙】が終る。

【第四の手紙　武勲赫々たる五十日戦争】は、誰しも認めるように『同時代ゲーム』という小説の山場であるのだが、ここで父＝神主と柳田国男との関係を確認しておきたい。学問的な系譜という意味で、そのことが話題になるのは、じつは物語の大詰めの一箇所だけ。戦時中に父＝神主の思想傾向が——例の《奇想天外なふるまい》がきっかけとなり——特高によって問題にされたことがある。その時、この神官の永年の事業は、この谷間と「在」に残っている伝承の蒐集であり、それは《柳田国男の仕事に感銘した者らが、日本全土でおこなっている民俗学の分野の作業と見てよい》(468)という懐柔の論理に、父＝神主は保身のために迎合したのではなかったか、と「僕」は推察する……　この屈折した論理の背景にある切迫した状況については、あらためて考えることにして、ひとまず見方を反転させれば、父＝神主がスパルタ教育によって子供の「僕」に教えこんだ村＝国家＝小宇宙の神話と歴史は、柳田民俗学の世界観を取りこみ、鮮やかに映し出してもいるということではないか？　たとえば、以前にも触れた『先祖の話』には、こんな文章がある。

私がこの本の中で力を入れて説きたいと思ふ一つの点は、日本人の死後の観念、即ち霊は永久にこの国土のうちに留まつて、さう遠方へは行つてしまはないといふ信仰が、恐らくは世の始めから、少なくとも今日まで、可なり根強くまだ持ち続けられて居るといふことである。是が何れの外来宗教の教理とも、明白に喰ひ違つた重要な点であると思ふのだが、どういふ上手な説き方をしたものか、二つを突き合せてどちらが本当かといふやうな論争は終に起らずに、たゞ何と無くそこを曙染《あけぼのぞめ》のやうにぼかして居た。（『先祖の話』42）

『同時代ゲーム』における村＝国家＝小宇宙のトポスは何よりも、冥府との距離の近さによって特徴づけられるのではないか、と先に述べた。その特徴は柳田がこのように定義する日本人の独特な「死後の観念」によって裏打ちされている。だからこそ「五十日戦争」においても、遠い先祖にまつわる神話的なものと生者の生きる歴史的なものが共存し、相互に浸透することになる……　いかにも漠然とした予告だが、いったい何が起きるのか？　あらかじめ確認しておかねばならないが、じつは「五十日戦争」の事実は、大日本帝国および村＝国家＝小宇宙、双方のおおやけの歴史の記憶から、完全に抹消されている（253）。記憶のない歴史、というよりむしろ、ナカッタコトにされた汚辱の歴史。

それは「創建神話」の再演のようにして始まった。先述のように一九三四年と推定できる年の、五月のはじめの夜明け方、《谷間と「在」の老人たちみなが、こぞって同一の夢を見た》（255）。老人たちは、永く不在であった**壊す人**が、村＝国家＝小宇宙が蓄積した富の象徴である蠟倉庫に戻っていることを教えられた。そこで、この建物を閉ざして聖域とみなし、女たちに**壊す人**へのお供えの食事を運ばせることにした。『古事記』にも記されている通り、古代国家においては「夢のお告げ」を通して統治にかかわる神意が伝えられるのであり、こうして村＝国家＝小宇宙に太古の政治秩序が復活したのだった。《――あと一箇月半たてば県知事が、〔……〕軍隊の治安出動をねがい出るが！　それを迎撃するには、谷の頸を岩と土でふさぎ、谷全体に水をためねばならんが！》という**壊す人**の指示に従って、「大岩塊、あるいは黒く硬い土の塊り」の神話的暗喩としての土塁が築かれて、すでに見たように、宣戦布告の二つの四文字熟語「**不順国神**」「**不逞日人**」が堰堤にタールで大書された。

夢の指令があってのちの梅雨の季節、**壊す人**が大岩塊、あるいは黒く硬い土の塊りを爆破した直後に沛然と降り始めた雨を想起させる大雨が降りつづき、谷間は渦巻く濁流に没した（260）。最初にその濁り水に沈んだのは、われわれの生家だった、と「僕」は書き記す。母親とわれわれの兄たちは、谷間でいちばん高い所にある三島神社の社務所に避難した。こうして父＝神主と母親が同じ屋根の下で暮らすうちに、われわれ双子が懐胎されるということにもなった。それは「五十日戦争」にむけて《谷間と「在」のすべての人間が協同した共生感》のあらわれでもあったはず……

《滾《たぎ》る鍋の湯気》のように大雨が閉した谷間全体が、**壊す人**と創建者たちを待ちうけていた原初の「大悪臭」を思わせる悪臭を放ち始めた。《それらを神話的な暗喩によって人びとは結び、五十日戦争へ向けての、われわれの土地そのものがひそめている、暗闇の力の加担を信じるにいたった》（傍点は引用者、261）。こうして**壊す人**が告知していた、戦争開始の日がおとずれる——《土塁の堰堤のダイナマイトは点火され、悪臭の霧の底にあった厖大な量の黒い水が、凄じい勢いで奔出した。川沿いの道路を行軍して来た大日本帝国軍隊の混成一中隊全将兵が、たちまち押し流されて溺死した。かれらの死体を厳重な箝口令下に収容し火葬することが、大日本帝国軍隊の、第二の作戦行動となった》（262）。広い流域にわたる真黒にふくれあがった死体の回収にあたりながら、大日本帝国軍隊の、新しく派遣された一中隊がさかのぼる。この中隊による再度の進軍は、作戦の第三段階にあたる。指揮官の大尉は、やがて五十日戦争の伝承において「無名大尉」と呼ばれることになるのだが、壊滅した第一の混成中隊の指揮官は、かれの親友だった(275)。

第三段階の進軍をおこなった中隊は、村＝国家＝小宇宙に無血入城し、いよいよ戦闘開始……ということになるのだが、その前に、ふたつのことに注目しておきたい。ひとつは五十日戦争の存在そのものが、大日本帝国のおおやけの歴史から抹消されているという、先述の事実について。作戦の第一段階で全滅した将兵は、露天で焼かれて埋葬されたが、軍籍に記録されるかぎり、それで死におおせたわけではなかった。それどころか、死んだ将兵たちは、その後も順当に昇進すらして、中国、東南アジアの戦場を転戦することになった。五年も、十年も、太平洋戦争の終結以後にいたるまで、それぞれに《今度は公表できる二度目の死をとげる機会》(266)を見つけ出してやらねばならなかった。すなわち、孤独な一室の事務机で全軍の戦況を睨み、名誉ある死に場所を選んで、正規の戦死広報を送りとどけるために、いわばフィクションを紡ぎ出しつづけた聯隊本部付きの将校がいたのである。むろん名は明かされていない、この将校こそ、五十日戦争の意図と作戦に通じた唯一の生残りである「無名大尉」その人ではなかったか？《将校が仕事を完了した時、大日本帝国軍隊の命令系統は崩壊していた》から、かれは生きたままひとり姿をくらましたとされている(267)。これを裏づけるヴァリアントのような記述もある。五十日戦争の終結後「無名大尉」は軍籍ごと消滅することを企んで、不思議な消滅をとげた。かれの中隊の将兵は、潰滅した混成一中隊の将兵らが、名義のみ大陸と南方の戦場へむかったのと前後して、やはり国境の外へとおもむかねばならなかった、とも伝えられている(277)。

しかし、それにしても、これから見るように、その五十日戦争の終結に当たり、じつは「無名大尉」自身が、爆破による事故死、あるいは自死であるのかもしれぬ絞首刑という、二通りの死に方で死んでもいるのである……　こんなふうに「無名大尉」は現代人でありながら、**壊す人**と同様に「一書《あるふみ》」（別伝）方式による物語の分岐と重層化のなかで徐々に造形されてゆく。「伝承」の語り方《ナラティヴ》だけに許される、このダイナミックで不可思議な世界の生成こそが、『同時代ゲーム』の醍醐味なのではないか？　結果として、神話的なものと歴史的なものが、小説のテクスト上で混然一体となる。あまたある大江作品の中でも、これは全く例外的な、異様なスタイルではないか……

　もうひとつ、注目されるのは、村＝国家＝小宇宙から出た最初の戦死者である「木から降りん人」（268）。これが前項で論じた「シリメ」と対になる――あるいはその《一変種》（269）としての――トリックスターであることは、いうまでもない。「路上の馬鹿、あるいは気狂い」という定型的な名で呼ばれていた「シリメ」が、村＝国家＝小宇宙の住民から**壊す人**の暗殺を強要され、神話時代の終焉を招いたように、「樹上の馬鹿、あるいは気狂い」と呼びうる「木から降りん人」の死は、神話的な秩序の再生を象徴するからである。《笑う尻から眼を覗かせて》いる「シリメ」が、肉体の低いところに眼を持つのに対し、「木から降りん人」は肉体を高みに置くことで眼の高さを確保する。やむなく路上に降りた時は、逆立ちでヒョイヒョイ移動するというのも、天地を逆転することで、眼の高さを象徴的に維持しようという試みではないか？　その「木から降りん人」を虐殺したのは、軍事行動の意図も作戦も理解できぬまま、忿怒と不安を疲労にかさね、洪水に破壊された谷あいの隘路を、泥濘に悪戦苦闘して遡行してきた大日本帝国軍隊の将兵だった（270）。

もともと「木から降りん人」は谷間と「在」の共同体に属している人間ではなかったのだが、土地の外縁に生きていた人間が虐殺されたことにより、共同体の全体が、すなわち村＝国家＝小宇宙の存在そのものが侮辱されたと感じられた。五十日戦争は、怒りに燃えたったすべての成員の戦争となった。それにまた「木から降りん人」は、斥候をかって出る以前に、共同体に復帰してもいた、と「僕」は説明する。谷間を洪水の底に沈ませた、かの堰堤作戦が、盆地に住む人間の生活の場の、中心と周縁とをいれかえてしまったため、《それまで共同体の外縁にいた「木から降りん人」が、共同体のただなかに置かれることになった》からである（272）。

『同時代ゲーム』は柳田民俗学の世界観を取りこみ、鮮やかに映し出してもいる、と先に述べたが、ここで大江が暗に依拠しているのは、むしろ山口昌男の文化人類学だろう。先に参照した評論「同時代論の試み」によれば、大江は自分の幼・少年期から青年期への時代環境について、《中央―周縁の対立のもっとも稀薄であった時期》という実感を持っているという。それは《敗戦と戦後の民主主義的改革期という、社会的な基盤に立ってのこと》だったが、《のちに僕はあらためて日本の天皇制文化としての中央・中心にはっきり対立する存在としての、地方・周縁に眼をむけてゆくことになった》とも語る。これは『同時代ゲーム』の執筆に到るまでの自己分析だが、つづけて大江が明言するところによれば、《それは直接には沖縄について学ぶという時事的契機に発して、柳田国男の仕事にたち戻ることによってであり、また文化人類学者山口昌男の宇宙論的な仕事に触発されてのことでもあった》という（『同時代論集10』103）。

おのずと浮上する疑問だが、山口昌男との知的交流の跡が明らかに見てとれる一九七八年の

『小説の方法』と一九七九年の『同時代ゲーム』との関係は、いかなるものか？　後に大江が語ったところによると『小説の方法』は《私が自分自身でのみ読むために書くかのように、当時切実だった問題点を並べて》書き進めたものであり、それは『同時代ゲーム』の第一稿をほぼ書きおえたけれど定稿に向かうのが難しかった時期に、生成途中の小説の《内的構造を把握しなおすため》に行われた作業でもあったという。[54]　ちなみに『同時代ゲーム』第一稿は二千三百枚あったが最終稿は千枚、という大江自身の証言からしても（加賀乙彦との対談「現代文明を諷刺する」）、この段階での改稿は、よほど抜本的なものであったろうと想像される。

つまり大江は『小説の方法』で開陳した《一般的な方法論》にみちびかれて『同時代ゲーム』を構想し、書き始めたわけではないのである。いいかえれば『小説の方法』を片手に『同時代ゲーム』を読めば、小説の生成過程や全体像が解明されるなどとは考えないほうがよい。それにまた「遅れてきた構造主義者」などと呼ばれたりもしたこの時期の大江が、じっさいに「構造主義」から何を摂取したかという問題は、里見龍樹が「〈同時代〉の民族誌――文化人類学者が読む大江健三郎」で試みているように、原点に立ち返って考えるべきことがらだろう。[55]　いずれにせよ晩年の大江が「本の持つ構造のパースペクティヴ」というとき、「構造」は「パースペクティヴ」とおなじく即物的な意味で使われている。すなわち「作品」という名に値する小説には、かならず触知しうる「構造」があるはず、という素朴な信念を反映しているにすぎない。

それにしても「シリメ」と「木から降りん人」という対になったトリックスターは、クロード・レヴィ＝ストロースが『アスディワル武勲詩』[56]において神話の基本構造を分析した手さばきなどを思わせるものがある。ただし記号として、やや露出しすぎていないか、と感じる者もいるだろう。それに『万延元年のフットボール』にもすでに、ヘッドライトの光の輪のなかを真面目なウサギみたいにぴょんぴょん跳躍して通りすぎたり、野犬みたいに異様な敏捷さで坂を駈け下りたりする男、あの《昼と夜のあいだの窮屈な隙間を正確無比に駈けぬけて》行く「隠遁者ギー」という、堂々たるトリックスターがいたではないか？(94)『同時代ゲーム』の衝撃的な新しさ、真の魅力は、もっと深いところにある。この途方もない、破綻する寸前のような大作の深層を構造化して、神秘的な終幕に向けての緊張を絶えず醸しだす肉体的な底力は、むしろ柳田民俗学から滋養を得ているのではないか……

・民話的ユニット――子供らと民衆は無名のトリックスター

赤毛の大きい犬に自転車を曳かせて雑貨をあきなうところから、平和時には「犬曳き屋」と呼ばれていた男と賢い女房のエピソード。これを「亡霊」という民俗学的な主題をめぐるユニットのひとつと見立てて読んでみよう。大岩のうしろで右側を守って待伏せしていた「右翼伍長」(＝「犬曳き屋」)は、糞エネルギーのある敵兵が追いすがってきたので、足を滑らせ、斜面を転げ落ち、逆上して方向感覚を失ってしまった。そのまま大岩に走りあがると、向こう側の敵陣深く走り降り、三発の銃弾を受けて、「最初の俘虜」となり、敵陣営で死んだ(309)。その瞬間から、不思議な現象がおきて、「犬曳き屋」が深くその家族と犬とを愛している、情のこまやかな人間であることが示され、人びとに感銘を呼びおこした。

この日の夕暮、山狩り式の攻撃の進行方向から逃れていた非戦闘員たちが、もとの露営地へ戻って行こうとしていた時、早くも「犬曳き屋」の亡霊が、その家族と犬の脇にあらわれたのである。僕はいま亡霊という言葉を、伝承がそのようにいう、特別の意味づけにおいて用いようとする。すなわち人間の肉体が死に、そこから離脱した魂がこの地上より他の場所へ行く、その移行過程での、生きている人びとの眼にうつるあらわれについていうのである。

「犬曳き屋」に酷使されてつねに疲労困憊し、曳き帯を外されるとすぐさま横倒しになるほどだった犬が、赤黒い木洩れ陽が煙のようにただようあたりを見つめて、愛慕と悲哀に耐えぬふうに吠えた。テントと炊事道具の重さにうつむいて歩いていた「犬曳き屋」の女房と、幼い子供らが眼をあげると、巨木の蔭の貧しい下草のなかに「犬曳き屋」がしょんぼりと佇《たたず》んでいた。光源の弱い幻燈のように、鳥撃ち帽にニッカーボッカー、それに自転車のペダルを踏みやすいよう工夫した皮靴が地面になじまぬまま、および腰で「犬曳き屋」は立っていたという。（傍点は引用者、『同時代ゲーム』310～311）

《――おかしいなあ、お父さんはなにをしておいでるのじゃろう?》と女房は独りごとをいった。そのうちにも淡い人影はさらに稀薄になって消滅してしまったが、「犬曳き屋」の亡霊の出現と消滅は、その夕暮れ、幾たびも繰りかえされた。女房は覚悟をきめて作戦本部に老人たちを訪ねた。この土地の神話と歴史に詳しい父＝神主が、「犬曳き屋」の《亡霊としての出現の意味》をあきらかにした。「犬曳き屋」の魂は、家族と犬とが、帰りを待ちつづけるのを不憫に思い、自分は死んだことを示したいのにちがいない。また家族から《死者として自分を祀《まつ》ってもらいたい心》もあろう。このように《死後の魂が、ためらいながら出現する》ことは過去にもあった。それに対処する仕方にも先例があるのだが、死者の魂に向けては、《あまりに露骨に応えるのも、生と死をへだてる禁忌に不謹慎なこと》だから、《ごく自然なふるまい》のうちに、《なんとなくその死を納得するかたちで、死んだ「犬曳き屋」の魂をしずめてやらねばならない》という。

「犬曳き屋」の亡霊は、夜の間は家族を恐れさせるのを気に病んで、あるいは稀薄な幻は夜目にはとらえがたいからか、出現するのは昼と決まっており、その間、先の原則に立っての「犬曳き屋」の亡霊とその家族および犬との共同生活がいとなまれることになった。

亡霊があらわれている間、「犬曳き屋」の女房は、子供らや犬にむけてこういってきかせたのである。——お父さんは、どうなされたんぞやのう？　やっぱりお死にてしもたのかなあ？　お死にてしもたのならば、安心してあちらへ行ってもらうように、私らはしっかりせなやあならんわなあ。二、三十年もたったらば、私もお父さんのおられる所へ行きますが！

（『同時代ゲーム』313）

「犬曳き屋」の女房は、位牌を造り、陰膳をそなえて祈るなどして、原生林の黄色っぽい緑の薄明りを漂う、「犬曳き屋」の魂を納得させた。亡霊は、日ましに稀薄になり、出現も間遠になって、ついには消滅したということだ……

ほぼ四ページに及ぶ、短篇小説のように完成されたテクスト。とりわけ女房の柔らかい方言の美しさは羨望を覚えるほどなのだけれど、ただし、それだけが長く引用した理由ではない。現世に未練を残す死者の亡霊という話は、イェーツなどとともに大江が親しんでいたはずのケルトの伝承にも数多くある。一方で『同時代ゲーム』という作品に固有の「死生観」があるとするなら――この茫漠とした言葉を、大江自身はめったに使わないから、あくまでも括弧つきだが――それを探ってみたい。それは父＝神主がスパルタ教育によって「僕」に語りきかせた神話と歴史の根柢にあるもので、たとえば表題にイェーツの詩を引いた『燃えあがる緑の木』三部作の、西欧の神秘思想に深く根ざした「死生観」とは異質であろうと予想される。

死者は、この世からいかに消滅するか？　稀薄になって消滅するのは「犬曳き屋」の亡霊だけではない。伝承によれば《「復古運動」の集団労働の日々において、巨人化していた肉体がしだいに縮みこみ、そればかりか躰のむこうが透きとおって見えそうなほど稀薄になり、輪郭があいまいになって、ついに空中に消滅した創建者たち》もいた（148）。このエピソードのヴァリアントのようなものとして、創建者たちは**壊す人**の構想した「死人の道」を完成させた日の夜に、躰が《急速に矮小化して、かつその密度は稀薄になり、姿かたちの輪郭はあいまいになって》ゆき、ついに《ほとんど透明になった創建者たちの隊伍が、空中に消滅してしまう》という出来事も語られる（以上、傍点は引用者、159）。ただし、こちらは「死人の道」についてアポ爺、ペリ爺の科学的な解説を聞いた日の夜の、子供の「僕」の空想にほかならない。子供の「僕」はこんなふうにも考えた――《「死人の道」は、自然な老衰による死をむかええぬ創建者たちのために、そのように穏やかな死への離陸をおこなわしめる、滑走路であったのではないだろうか？》

村＝国家＝小宇宙の「死生観」の中心には「死人の道」がある。仏教が解き明かす三途の川やダンテの描いたアケロン川よりずっとあいまいな、地上に引かれた水平の太い描線のようなもの。子供の「僕」の空想する神秘的な「宇宙論」によれば――《満月が天心にある時、完璧に水平な「死人の道」は月光をまっすぐに反射して、白く光る水の帯のようであっただろう。それは宇宙から降下する者への、蛇のかたちの指標ではなかっただろうか？》（158～159）。

はじめて「死人の道」の《地形学的な戦慄》が想起されるのは【第一の手紙　メキシコから、時のはじまりにむかって】の中、ティオティワカンの遺跡を訪れて、やはり「死人の道」と呼ばれる敷石道の大通りがあることを知った時である。戦争のさなか、子供の「僕」が森の領域と谷間の世界をわかつ「死人の道」をただひとり登って行き、切り立った崖の上で宙づりになってしまい、アポ爺、ペリ爺に救出されたことがある（68～69）。この冒険のおかげで担いこんだ悪夢は、**壊す人**にひきいられた創建者たちが、「死人の道」を征服者として進み、先住者たる「大猿」どもを殺傷するというものだった。村＝国家＝小宇宙の「死人の道」は、生者の世界と死者の世界、「現世」と「幽冥」とを截然と分かつ、単純明快な地理的境界というのではないらしい。

いま、わたしは「幽冥」という言葉を、柳田国男の「幽冥談」[57]に借りている。いうまでもなくそれは、仏教の地獄絵に描かれる「六道輪廻」の死生観とは全く異なる概念である。「幽冥」という言葉が平田篤胤から本居宣長へとさかのぼる神学概念を指すことは、先に参照した原武史『〈出雲〉という思想』にも詳しいが、[58]大江自身は、一九七八年に「小林秀雄『本居宣長』を読む」と題した二十ページほどの精緻な論考を書いており、その冒頭には、本居宣長は筑摩書房の全集（全二十巻別巻三巻）で第一巻から読んだとの断りがある。また平田篤胤については、「フィクションの悲しみ」と題した一九八一年の講演で、『平田篤胤全集』の「道教・神仙編」で『仙境異聞』を読んだと語っている。[59] ちなみに大江が「全集で読んだ」という時の真意は「全集で全部読んだ」ということらしい。だからといって、『同時代ゲーム』の死者の世界は、江戸後期の「復古神道」に根ざしている、などと断言するつもりはないけれど、一定の取りこみはあるだろう。繰りかえしになるが、大江にとって神話、宗教学、民俗学、人類学などは、想像力を活性化してフィクションの世界を構造化するもの、さらにはイメージやメタファーの尽きせぬ源泉となるものにちがいない。一方で、特定の理論や解釈を学問的な権威と認め、その忠実な反映として構築されるフィクションが、真の「文学」であろうはずはない。そこで話を先に進め、以下のように問うてみよう――『同時代ゲーム』に固有の生と死をめぐる地形学、すなわちトポグラフィカルな構造というものがありそうではないか？ このナイーヴな疑問に応答する基礎知識が、柳田国男の「幽冥談」に読みとれるように、わたしは思うのである。

　この論考で柳田が「幽冥教」と呼ぶのは、今日の学問であれば「死生学」が研究対象とするはずの宗教的な営みである。平田篤胤一派の神道学者、徳川末期の神学者が遺した最大の事業は《幽冥の事を研究した点にある》と柳田は述べ、さらに「現世」と「幽冥」を「うつし世」と「かくり世」といいかえて、《幽冥論の骨子》をこんなふうに説明する――《この世の中には現世と幽冥、すなわちうつし世とかくり世というものが成立している。かくり世からはうつし世を見たり聞いたりしているけれども、うつし世からかくり世を見ることはできない。〔……〕かくり世はうつし世より力の強いもので、罰する時には厳しく罰する、褒《ほ》める時にはよく褒める、ゆえに吾々はかくり世に対する怖れとして、相対坐しておっても、悪い事はできない、何となればかくり世はこの世の中に満ち満ちているからである》（『柳田國男全集31』605）。さらに付言して、現世と幽冥の交通というものはないわけではない、幽冥の方からはどんな交通をしているか分らぬが、現世から幽冥に、自覚的に自ら進んで交通している者があるという。

ところで柳田にとって《天狗の問題》は《幽冥という宗教のいちばん重《おも》な題目》(599)らしいのだが、そういえば、父=神主は戦時下で例の《奇想天外なふるまい》をおこなった時、《朱色の天狗の面》をかぶって国民学校の新任校長と集団参拝の子供らの前にあらわれた。得体の知れぬ「天狗の麦飯」という伝承の食べ物もあるし、子供の「僕」がそう呼ばれることになる「天狗のカゲマ」という存在も、盆地ではなじみ深いものらしい。要するに、村=国家=小宇宙の森は、天狗が住んでいそうな世界であって、おのずと「かくり世=幽冥」の力が強く働いている……

いやじつは、五十日戦争の全体が、敵味方の双方にとって《かくり世はこの世の中に満ち満ちている》という実感を伴うものとして戦われたのではないか?「木から降りん人」を虐殺した後、「無名大尉」率いる大日本帝国軍隊が、村=国家=小宇宙に無血入城したことは、すでに述べた。洪水の泥濘にまみれた谷間には、人っ子ひとりいなかった。堰堤の爆破をなしとげると、家畜に犬までも引きつれていずこへか立ち去ってしまったのであり、そのような大事業をなしとげた統率力のある者が、相手陣営を指揮していることを「無名大尉」は認めざるをえないのである(275)。いくつかの作戦を試みた後、「無名大尉」は老若男女総ぐるみの謀反人どもが、この原生林そのものに《特別な意味づけ》をあたえていることに思い到る。もし《この原生林に固有の信仰が託されて》いなければ、このありふれた一寒村で大日本帝国に対する叛乱がしくまれているることに説明がつかない(315)。

そこで「無名大尉」は、この盆地を囲む森が、《地図に記述されたままの常凡な辺境の土地》にすぎぬことを明示するために、「地理的制覇」なる作戦を実行する。「五万分の一地図」に定規で朱線を書き入れて、直線のその道筋をつらぬいて原生林の奥深くまで踏破して、同じコースを引きかえす。次の日は20度軸をずらして朱線を引き、その道筋を再び往復する。これを十八回繰り返すだけで、この原生林の神秘の力は雲散霧消するはず、というのが「無名大尉」の構想する「地理的制覇」なのだった……　司令部＝中心から周縁に向けての遺漏なき監視の視線という意味で、これはジェレミー・ベンサムの理想の監獄「パノプティコン」にも似ているし、むろん天皇制国家における統治の様式の、あからさまな暗喩でもあろう。作者の大江健三郎としては「五万分の一地図」に特別に深い思い入れを持っていた大岡昇平への、ユーモアと敬愛をこめた目配せといった意図もあったかもしれない。

村＝国家＝小宇宙の神話と歴史に関わりを持たず、百歳を越えた**壊す人**が躰の鍛錬に使ったというドロノキのしるしすら書きこまれていない「五万分の一地図」は、「無名大尉」の期待した《心理的破壊力》（318）を持つことはなかった。ただし、この「地理的制覇」の作戦は、村＝国家＝小宇宙の軍隊の兵器工場が移動を余儀なくされるという思いがけぬ戦果を生んだ。村＝国家＝小宇宙の軍隊は、《**壊す人**にひきいられた創建者たちの遡行において、船を分解して作った橇》に似た「修羅車」を作り、工具や半製品の兵器などを山積みにして、疎開作業を行なった。ところが……

作業を終えた時、責任ある大人たちは重大な事態に直面する。大日本帝国の兵隊たちが直線の往復によって作った獣みちを横切って、村＝国家＝小宇宙の「修羅車」の軌跡がありありと刻まれている！　落胆する老人たちに、子供らの代表が申入れをした。自分らの「迷路遊び」の方式でにせの痕跡を、八重ムグラ（繁茂するつる草）のごとく現出させ、敵軍を迷いこませてしまおうと思う（322）……　こうして「無名大尉」の構想した作戦は、原生林の呪術的な力を払拭するかわりに、むしろ増大させたのである。

　戦局は緊迫の度合いを増してゆくのだが、ここで「僕」は視点をかえて（一行の空白を置き）、父＝神主を介してではなく、「子供らの伝承」として頭にいれている話を披露する。それは《子供の想像力にふさわしいリアリティ》をそなえたものであると思う、とのコメントつきで語られるのは、たとえば《自分でつくり出した迷路に入りこみ、出て来ることができなくなった子供ら》が、いかにして、したたかに五十日戦争を生きぬいたか、という一段落のエピソード（323）。また別の「子供らの伝承」によれば、五十日戦争の終盤において、子供らの半数は、《懐かしい気持をさそわれる大男》にみちびかれて整然と原生林の奥にあゆみさった。それゆえ戦争が終結した時点での「無名大尉」の厳格な軍事裁判でも、子供についてはただひとりとして処刑されることはなかった……　しめくくりに「僕」はこう妹に語りかける。この「懐かしい大男」とは《夢の世界から現実世界へと移行した**壊す人**にほかならなかった》ことを、きみはすでに読みとったことだろう（325）。

【第四の手紙　武勲赫々たる五十日戦争】の錯綜する物語のなかで、いつのまにか「子供らの想像力」にささえられた「子供らの伝承」が成長し、ときには《アナーキーな夢想》（321）に牽引されもして、しだいに大きい存在感をあらわすことになる。【第二の手紙　犬ほどの大きさのもの】でも、金属製の宇宙人であるらしい「ダライ盤」という男のエピソードなど、やはり子供らの想像力から生まれた話にちがいないのだが、この時の子供らは噂好きの傍観者でしかない。しかるに【第四の手紙】で活躍する原生林の中の子供らは、想像すると同時に行動する者であり、危機に瀕した小さな共同体に喜び勇んで参画する。「シリメ」や「木から降りん人」とちがって、目立つ特性もなく、天界の火を盗んだプロメテウスのような「文化英雄」とは正反対。端的にいって、名もない小さな複数者たちにすぎないのだけれど、じつは彼らこそ――この「文学ノート」では詳しく論じることが出来なかった「亀井銘助」を別として――『同時代ゲーム』が生んだ最高のトリックスターなのではないか？『M／Tと森のフシギの物語』によれば、ウィネバゴ・インディアンのトリックスターは《ひどいめにあいつづけていながら、なにか得意な思いつきを実行することになると、すぐにも上機嫌になって、はしゃぎまわります》（28）とのこと。じっさいトリックスターは、どこか子供っぽいキャラクターなのである。

　柳田国男の伝承研究においても、児童の《大きな功労》が称えられている。『日本の伝説』は《読書のすきな若い人たち》に語りかける平明な文体で書かれているのだが、しめくくりには《児童が楽しんで多くの伝説を覚えていてくれなかったら、人と国土との因縁は、今よりはるかに薄かったかも知れません》という一文がある。[60] その《人と国土との因縁》を探究する民俗学の視点から「昔話」や「伝説」の蒐集に勤しんだ柳田にとって、「伝承」の力強い担い手が、子供と女性、そして民衆であることは自明だったにちがいない。

　そうしたわけで五十日戦争においては、名もない民衆が、子供らに負けず劣らずの個性的な活躍を見せる。内部はガランドーになった兵器工場の建物が発見された時、「無名大尉」は作戦本部から建物にむけての直線の上に、長さ百メートル、幅二・五メートルの通路を切りひらくように命令し、原生林の巨木を伐採させた（われわれの土地の人びとにとって《もっとも酷たらしい悲惨事》との補足あり）。運びあげられた三八式野砲一門が兵器工場に狙いを定め、火を噴いて轟音を発した。兵器工場の仮小屋が燃えあがる炎を見て、大勝利を歓呼する大日本帝国軍隊の将兵の眼の前に、百名を越える謀反人どもが姿を現わした。手に手に白いズックのバケツを下げた《イブリ出された狸どものような連中》が、樹木の間から《チョコチョコとあらわれ、わずかな水をさっとかけては引きさがる……》。消火作業を終えた非戦闘員が原生林に消えさろうとするのとほぼ同時に、かれらを嘲笑するお祭気分の兵士らが百メートル×二・五メートルの帯へ走り出て、通路の側面の原生林からは、敵軍の一斉射撃が起った。次の瞬間、両軍は銃撃戦のただなかにあった（332）。

両軍ともに相応の犠牲者が出た。この時に「無名大尉」は自分と部下の将兵たちについて《道義的には森のなかの謀反人どもに劣る》と自覚したはずだと「僕」はいう（333）。原生林を山火事から守るために奮闘し、大日本帝国軍隊の襲撃によって重傷を負い、俘虜になった者たちに、「無名大尉」は直接訊問をおこなった。俘虜たちは黙秘するどころか、勇んでしゃべった。《山奥であればこそとくに生き永らええた、人を楽しませることだけが目的のウソつきの名人》（339）なのである。

以下は証言内容の簡略なメモ――第一号の俘虜は、この抵抗戦争が、支那全土と長白山脈にひそむ朝鮮の反・日ゲリラとの共同戦線であることを、でまかせの中国語、朝鮮語をまじえて力説した。第二号の俘虜は、ドイツに送って精錬した新鉱物を原料にして開発した《新型爆弾》の存在を語る。第三号の俘虜は、篤学な読書家として知られた郵便局長であり、常備軍の廃止、等の構想を含む講和条約の叩き台を「無名大尉」に呈示した。それが岩波文庫のカント『永遠平和の為に』のテーゼにほかならないことを、「僕」は後年つきとめた……

村＝国家＝小宇宙の神話と歴史を書く者としての「僕」が考察するところによれば、《人びとの夢のなかにのみある**壊す人**のあり様と、谷間での「無名大尉」のあり様《よう》との間には、この五十日戦争の進みゆきにしたがって、あきらかな類似関係が見られるようになった》という(281)。それはこの戦争の《内的構造を見るかぎり自然なこと》であるとも指摘するのだが……**壊す人**が人びとの夢のなかにあらわれて作戦を伝達したのに対し、「無名大尉」もつねに夢のなかにのみ自分の作戦の先ゆきを読みとるようだったのであり、やがて眼ざめている間も白昼夢を見ているらしいふるまいに及ぶようになった。戦争の最終段階は、白昼夢のうちで待ちうけている**壊す人**と「無名大尉」との対決という様相を帯びる。負傷した俘虜たちの証言のいずれもが、ほかならぬ**壊す人**から送ってよこしたところの、嘲弄の言葉なのだと思いこんだ「無名大尉」は、痙攣するように《恥の深み》へ突き進んで、《――あのおぞましい者どもの森を焼きはらって、一木一草だに残さぬようにしてやる！》と決意した(342)。

つづく幻想的な民話風のエピソード――俘虜たちのうちの五人が、三日目の深夜にそろって危篤状態におちいった。その夜、負傷者が収容されていた学校の教室で、寝床を囲み、そろって頭をたれる家族の姿があった。中天にかかろうとする大きい満月が谷間を照らし出し、窓辺に移されていた負傷者の顔も、月の光でよく眺められた。《末期の水として、原生林の最良の湧き水がみたされたズックのバケツには、それぞれに満月が映っていた》。

「僕」は《森の作戦本部の老人たちが、前線突破の大きい危険をおかして、危篤の俘虜たちの家族を送りこんだのは、なぜだったか？》と自問して、「犬曳き屋」の亡霊をめぐっての経験が影響してもいたであろう、と推測する。これに説得されつつ、わたしは「犬曳き屋」の亡霊と、子供らの迷路と、俘虜たちの葬送を、とりわけ美しい三つの民話的なユニットに数えたい、とあらためて考える。子供らと民衆が、無名のトリックスターとしてふるまい、「手ぎわのいいやつ」の面目を存分にほどこす冒険談……なかでも俘虜たちの葬送の大団円は、村＝国家＝小宇宙の劇的な「死滅」に直結するのだから、しっかり見届けたい。

もともと老人から幼児まで、家族らは水が滲みこむように警備陣を突破して教室に入りこんでいたのだが、夜が明けると、ごく自然に死者の埋葬に臨み、それから兵士や下士官をまったく無視して立ち去った。「無名大尉」は《――投降して来た者らを、そのように敵陣営に戻してよいのか！》と喚いたが、「大音響」がその声を妨《はば》んだのである。

二度の「大怪音」と最後の「大音響」。三度にわたり、村＝国家＝小宇宙の神話と歴史の決定的な変革の時に、異様な音が鳴り響く。以前に述べたことを復習するなら、「大怪音」の伝承は、「僕」が子供の時分に民話のようにして聞いた、なじみ深いエピソード。「創建期」に鳴り響いて、その音への耐性から、人びとが谷間と「在」でのそれぞれの居場所と職業をふりわけられたというのだが、その地鳴りのような音が、**壊す人**が死んですぐという頃に、あらためて鳴り響き始めた（126～127）。全住民に「住みかえ」を強く促すこれらの「大怪音」は、《政治的な性格》のものである、と歴史学を学んだ「僕」は解説した。そうであるなら、音は言葉を代替するともいえる。

三度目の「大音響」は、葬送の音楽として森の高みからいっせいにおこり、谷間を音の氾濫の底に沈めたのだった。俘虜の家族が原生林に帰還するのを援けたこの「大音響」が、いかなる楽器あるいは音響発生器によって生み出されたかを、父＝神主は具体的かつ詳細に語ったのだが、そこは省略する。耳をつんざくカコフォニーともいうべき「大音響」は《あからさまに嘲弄的な調子》を剝きだしにして、《すべての兵士たちに自分らが当初から愚弄されていたのだと自覚させた》(347)。言葉による表現の具体性を超越した「愚弄」の奔流そのものであるような「大音響」……

その「大音響」は真夜中に突然やんで、耳鳴りのするような濃い沈黙が訪れた。《五十日戦争の間に過ぎ去った夏の暑気が最後にぶりかえして、翌日は秋の最初の朝となる、くっきりした境界の夜》であった。兵士たちは《忿怒し憎悪する共有の情動》を燃やしながら、原生林に火をかける戦術がついに実行に移されることを予感して、充血した眼で闇を見つめていた。

原生林にひそむ人びとは、やはり明日こそが五十日戦争の頂点となることを予感して、《緊張の鋭さ激しさとともに、観照としての静かな深さをもそなえている情動》を共有のものとした。《村＝国家＝小宇宙の死滅の日》を前にして、かれらは創建期にさかのぼる広大な共同の記憶をよみがえらせているようだった。その夜、老人たちは、深く眠りながらそれぞれの夢をつうじて、**壊す人**に指導される作戦会議に参加した。朝の光がさしこんだ時には、《無条件降伏》が決定されていた。

戦争の終結については、「一書《あるふみ》」（別伝）方式の、複数の伝承が残されている。原生林の反乱軍の側からの、無条件降伏の申し出に接して、「無名大尉」は《剛直な職業軍人》に戻る。武装解除した敵の全員を「死人の道」の脇にとどめ、盆地の側から提供された戸籍台帳により、谷間へむけて降ろしていい人員を選択した。戸籍台帳に名前の記載されない半数の者が残された。「無名大尉」は残された者全員の殺害を命じた（350）。この《大虐殺》は、父＝神主のスパルタ教育でも、伝奇的なエピソードを語るのみだったから、堅固な沈黙に実体を閉じこめたまま、五十日戦争の神話的な核心となった……

並列された後日譚のような、もうひとつのエピソード。戦争終結後も「無名大尉」は中隊を谷間にとどめ、大きい土木工事をおこなった。その結果、大岩塊、あるいは黒く硬い土の塊りの痕跡が失われ、盆地の頸の地形まで変ってしまった。「無名大尉」は、この土木工事における最大規模の爆破の際に《その肉体と衣服が霧粒ほどにもこまかに砕かれて降りそそぐ爆死をとげた》（351）。稀薄化と消滅という村＝国家＝小宇宙の由緒ある死に方を、ついに我が身で全うするかのように。

さて父＝神主からスパルタ教育された伝奇的なエピソードは、繊細かつ神秘的なものである。「無名大尉」の検問所を通りぬけて、谷間へ降りることを許された者らは「死人の道」を越えて、いちめんに紅葉した雑木林の斜面へ向う。その花やいで明るい斜面と対照的に、青みがかった翳りのなかの窪地に、二重制の戸籍のカラクリの片割れたちが残る。戦争で犠牲になった者らの戸籍には、同年輩の他人が充当されるなど、老人たちは操作をおこなったが、「無名大尉」はこれを黙認するふうだった。ここにおいて《不思議な現象》が見られたという。《むしろ人間的資質において優れた者ら》こそが、原生林の窪地に立ちつくしている側に見られたというのである。

いまは夕闇に沈んだ原生林の窪地に立ちつくす真黒の塊りとなった人びとに向けて、「無名大尉」が《全員を死刑に処す！》と宣言し、これに対して窪地の人びとのなかから、堂々たる反論を叫びかえした者があった。

つづいて窪地に立つ老若男女は、ひとりずつ原生林の巨木の枝に絞首されてぶらさがった。遅く昇った月の光によって、すべての者らの絞首が終ったと確認された時、ほかならぬ「無名大尉」が行方不明だと報告された。将兵たちが探しもとめるうち、われわれの土地の人びとを絞首した際の手ちがいか、あるいは事故をよそおってみずから縊れ死んだのか、巨木群に絞首されてぶらさがる者らのなかに、軍服を脱ぎ棄てた「無名大尉」が発見された。
（『同時代ゲーム』352）

したがって、谷間の頸を破壊した土木作業は、《「無名大尉」の遺志を表現する手だてを探した部下たちの、試行錯誤的な行動》だったのではないか……　と、そのようにも人は伝承していい、という一文で【第四の手紙】は結ばれる。

・小説的ユニット——同時代としての戦後

「神話」「歴史」「民話」「伝奇」……　これらの語彙は『同時代ゲーム』のなかで明確な意図をもって使い分けられている。ただ一人**壊す人**のみが「神話」の神であり、死と再生を繰りかえす。つまり超・自然的な存在ではあるのだが、旧約聖書の神と異なり宇宙的な創世に関わる創造主《デミウルゴス》ではないし、当然ながら一神教の超越神のごとき絶対者でもない。伝承の中で繰りかえし語られるうちに、「壊す人」がいつしか聖性をまとい、神として信仰されるようになった。記紀神話が示すように、日本の国土では、神は成《な》るものなのである。一方「歴史上の人物」であり、民話的な英雄あるいはトリックスターでもあった亀井銘助が、死後に「メイスケサン」と呼ばれ「暗がりの神」として祀られるようになったのも、やはり伝承の力によるだろう。しかし、この「土俗神」をめぐる「神話」は存在しない。

「歴史」については、大江文学にとって「本当のリアリティー」とは何か？　という問いを立て、冒頭の項で考えた。常識的な了解によれば「神話」は聖なるものにつながりを持ち、「歴史」は非・宗教的な視点から事実を語るといえるだろうが、事がさほど明快でないことは、繰りかえすまでもない。十九世紀的なリアリズムが「歴史」に寄り添う姿勢をつらぬいたのに対し、これにあきたらぬ英国のモダニズムが「神話」を構造材とする文学の再生をめざしたのであり、その延長線上に大江文学は位置している。

そうした大江文学のポジションからして、自然な選択だろうと思うのだが、たとえば【第三の手紙】で同郷の青年に村＝国家＝小宇宙の「歴史」を語る時、「僕」は《たとえ神話的なものがそこに入りこんで》いるとしても、《それが神話的正確さをそなえるかぎり、歴史的事実に対してそれを一段低く置くつもりのない》父＝神主のスパルタ教育を思い起し、その成果を活かしたいと考える(193)。さらに《われわれの土地より外側で書かれた歴史》のうちに《その出来事の時代背景を傍証する事項》を見ることはできないはずであり、ましてや《村＝国家＝小宇宙における、外部から隔絶されて自由に流れはじめた時を理解する》ためには、そのような試みは意味あることではない、という省察がつづく。「僕」が大学で「歴史学」を学んだという設定はメタ・レヴェルにおいても活かされているのであり、いわゆる「歴史的事実」の素朴な反映を文学作品に見てとることへの戒めを、「僕」はこんなふうに折りあるごとに作中に書きこんでゆくのである。

『同時代ゲーム』のなかで「伝奇」と形容されるエピソードはひとつだけ、村＝国家＝小宇宙の共同体が大日本帝国軍隊の「無名大尉」とともに消滅する夜の物語である。そこに幻のように現出するのは、かならずしも聖なるものに依拠するのではない、いわば自律的な神秘《ミステール》にほかなるまい。この特別な夜のヴィジョンに共鳴するかのように、【第六の手紙　村＝国家＝小宇宙の森】の終幕では、森の真黒の闇に、濃密な神秘のヴィジョンが次つぎに顕れる……

これに対して「民話」という言葉は、思いのほか頻繁に使われる。「民話のような伝承」「民話的な伝承」「民話風な伝承」「民話風な語り口」といった具合……「民話」とは何か？　という民俗学的な定義がなされているわけではないけれど、「子供らの民話化した伝承」という表現からも推測されるように、子供らや民衆が進んで参画できる様式を指すらしい。ちなみに「神話」であれ「民話」であれ、語られる具体的な物語——一段落から数ページ程度の物語——の小ぶりな単位は、作品の中では一貫して「挿話」と呼ばれているのだが、たんに漢字より眼につきやすいという理由から、わたしはこれを「エピソード」に置きかえている。

民話的なものは、作品の終幕に向けてしだいに存在感を増してゆき、【第六の手紙】で頂点に達する——これが、わたしの読みなおし《リリーディング》が現時点で捉えている『同時代ゲーム』の全体的な「構造のパースペクティヴ」なのである。先だつ【第五の手紙　神話と歴史を書く者の一族】は、終盤の大きな流れの中に、やや異質な時間×空間のユニット群のように挿入されており、これを構成する一連の主要なエピソードは同時代小説のおもむきを持つ。

妹よ、われわれの父＝神主は、谷間の生れでも「在」の生れでもなかったにかかわらず、村＝国家＝小宇宙の神話と歴史の独自さを発見すると、生涯をかけてその伝承の蒐集と再建に没頭した。それのみならず五十日戦争後にはじめて生れた双子である僕ときみとを、その神話と歴史の研究の成果を顕在化させるための手がかりにしようとした。そのたくらみのままに幼・少年時の毎日をわれわれの土地の神話と歴史のスパルタ教育で埋められるようであった僕が、様ざまなかたちでかれのたくらみにさからった後に、いまは進んでその神話と歴史を書いている。妹よ、それも双子の妹のきみにむける手紙のかたちで。そのきみはいまやわれわれの土地の神話の核心に入りこむようにして、犬ほどの大きさのものに回復した**壊す人**と暮している。（『同時代ゲーム』355）

こんなふうに一見反覆的ではあるけれど、明らかな進展も認められる呼びかけの文章から**【第五の手紙】**は書き始められ、父＝神主が旅芸人だった母に生ませた五人の子供らが、戦後の社会をいかに生きたかを語る。同時代を語るといっても、年代記風な叙述に転換するのではなく、ここでも語り方《ナラティヴ》の運動は、年月の流れの中を行ったり来たりするのだが、ただし、神話時代ではないから、あい矛盾する伝承が断りもなく併記されたりすることはない。《村＝国家＝小宇宙の神話と歴史の光に照して、われわれ自身を見ることになろう》（傍点は引用者、356）という叙述の視点こそが、肝心なのではないか？

まずは壮年時の父＝神主の風貌について。なんとも念入りな描写から言葉を拾ってみるなら、人並みはずれて大きく頑丈な躰軀……　大きな顔の攻撃的なほどの奇怪さ……　外国種の大型の犬に似て、大ぶりの角ばった造作……　なじんでみればむしろ哀しげな愛嬌さえそなえていたのに、全体としては兇悪なほどの印象……　濃く太く長い眉と大きい眼球……　その下に厚ぼったくふくらんでいる涙嚢……　太く彎曲した鼻、一本ずつが藁の太さに見える灰黒色の髭がかぶさった大きい口、等々（359）。まるで地方に伝わる「お神楽」の誇張された面のようではないか……

この大きい口で咆哮する声を谷間に響かせて、真夜中に真赤に酔った父＝神主が、谷間の高いところにある社務所から、一番低いところにある子供の「僕」の家へ降りてくる。それは「僕」にかぎらず、われわれの土地のすべての子供らの見た悪夢であるという。その《子供らの悪夢》で特記すべきは、父＝神主の眼が《暗闇から燐光のように青く浮びあがる》という話。ここで父＝神主の祖父、つまりわれわれの曾祖父は《裏日本の小都市に漂着したロシア人》であることが明かされる。おのずと想起されるのは、柳田国男の『遠野物語』と『山の人生』――「山男」「山人」「山の神」「天狗」「異人」「鬼」「山姫」などと呼ばれる異界の存在について、とにかく丈が高いこと、顔が赤いことのほか、《眼の色少し凄し》《眼の光きわめて恐ろし》《髪の毛は赤く眼は青くして光っていた》など、極めつきの特色として眼に言及されることは多い。

父＝神主の五人の子供らは、すべて露西亜の露の字を入れて命名された。長男露一、次男露二郎、双子であるわれわれ露巳《つゆみ》、露己《つゆき》、そして弟露留《つゆとめ》（360）。【第四の手紙】ですでに説明されていたことだが、五十日戦争後はじめて出生した子供であるわれわれは、《男女両性を具有した、ひとりの人間》であるかのように、《ほとんどひとつの名》をあたえられることで、戸籍の二重制のカラクリとともに村＝国家＝小宇宙の共同体を潰滅させた大日本帝国への、象徴的な意味での報復をあらわしているという（248）。

旅芸人だったという母親についての回想はわずかである。父＝神主に正式の妻の座を拒まれ、盆地でただひとりの職業女優として十五年の間われわれの土地にとどまったのち、「僕」が三歳の時に追放された。《笑みをたたえた厚化粧の顔》、《お祭の気分を失わずに暮す人間》といった記憶の断片が記される（357〜358）。

「露一兵隊」と呼ばれる長兄の記憶は、出征の行列に紙の日の丸を振りながら加わった情景があるのみで、死んだと教えられていたのだが、敗戦後四半世紀たってから、新聞や週刊誌に写真が載るほどの事件を引きおこした。「僕」が伝え聞いたところによれば、子供の時分の露一兵隊は《不思議なほど青みがかった眼》をしていた。その特徴ゆえに新兵訓練の期間いじめぬかれて精神異常をおこし、《自分を訓練中の兵隊としてしか把握できぬ狂人》として精神病院に閉じこめられたまま、四半世紀が経過した。解放された露一兵隊は、大日本帝国の軍装を整え、《独自の作戦行動に蹶起》して衆目を集めたのだった（361〜363）。

次兄「露・女形《おやま》」による突然の《個性的なデモンストレーション》は、長兄の蹶起より二十五年まえ、すなわち大日本帝国が消滅した直後の秋に花開いた。復員して祝祭の気分をたかまらせたままの若者らが主催した演芸会に、引っ込み思案だった次兄が飛入りで出演したのである。秋祭の神社境内でおこなう少年楽師たちの神楽の音楽によって、それは始まり、《奇態な扮装》をした露・女形が全身を顫動《せんどう》させながら進み出た。数行にわたって描写される《奇怪な大頭》は、子供の「僕」の眼に《おぞましく醜く見えた》という。露・女形のスラリとした躰がまとってい るのは《牛鬼の胴体を覆う墨染めの布と同じもの》であるらしい。《黒褐色の球体の仮面と墨染めの衣裳で顫動する兄》に向けられた忿怒と嘲罵の声のなかに、子供の「僕」は「メイスケサン！」という叫びと「漆カブレ、大漆カブレ！」という叫びを聞きとった。外敵をよせつけぬ漆の林があるような土地だから(196)、「大漆カブレ！」は醜く腫れあがった大頭、もしくは漆への耐性を持たぬ他所者への、よくある罵声だろうか。ちなみに伝承になじんだ者らにとって「メイスケサン」と「牛鬼」との結びつきは、自明のものであったはず……

神楽の演奏はつづいているのに、仏頂面の女が蓄音機をかかえて現れた。追放されたわれわれの母親の妹芸人でカーネーチャンと呼ばれていた女は、そこいらにしゃがみこむと、いきなりハバネラのレコードを鳴り響かせた！ クス玉が炸裂するように黒褐色の球体の仮面が砕け散るかと見えた。墨染めの布がふりほどかれた。大振袖を着た娘の肉体があらわれ、仮面の斜め十文字がいっせいに外へはじけ、金と緑と朱で彩られた裏側のなかには、光輝にあふれたあでやかな顔があった。露・女形は《誇らしげな自己陶酔の塊り》と化し、大歓声のなかを、カルメンのリズムを踏みならして踊りに踊った。しどけない衣裳がはだけ、《下腹部は前もうしろもあらわになり、妹よ、僕は淡紅色に化粧された優しげなペニスを見た》(365)。

末っ子の、ツユトメサンと呼ばれた弟は、《職業野球を神話的な世界と思いなして、そこでの巨人的な存在となろうとした》(356)。二歳ちがいの「僕」は、凡庸な練習要員として、かれのひきいる新制中学軟式野球チームに属しており、山越えの道を早足に登る長距離のランニングにも駆り出された。ある日の雨あがり、夕暮が迫り、参加者が次つぎに脱落して、ついにただひとりの同行者となった僕は、はるかに先行していたツユトメサンが《赭土のぬかるみに膝と手をつき内臓発作に苦しむ犬のような身ぶりをおこなって》いる光景を見る。

昼頃には半透明なほどの薄さに見えた雲が、いまや確かな厚みと黒く翳る背骨をひとつずつそなえ、その薄い縁のみが、太陽はすでに見えぬのに暗い紅色に照りはえている。広大な空をみたす無数のそれらの、縁は紅く背骨は黒い鰯雲の列を、地面に手と膝をついたツユトメサンが、咳をするようにして喉をつきだしじっと見あげることを繰りかえす。その身ぶりが、宇宙的な規模の**壊す人**を礼拝する行為にほかならぬと、僕は直感したのであった。(『同時代ゲーム』369)

台風後の夕空いっぱいの鰯雲のもとで、じっと月の出を待ちながら、ツユトメサンは《野球狂のガキ大将とは思えぬ知的繊細さ》を示して、人間の死について語ったという。その後、十五年がたち、プロ野球の選手として最初の一軍登板にのぞんだツユトメサンが、甲子園球場のピッチャーズ・マウンドの上で、海の方角をむいて同じ《犬のような身ぶり》の儀式をおこなって、アナウンサーの嘲笑を買ったという噂が伝わってきた。

風変りというより奇矯と評したくなる二人の兄と弟が、それぞれのやり方で、村＝国家＝小宇宙の神話と歴史の光に照らされて生きたことは、エピソードを追うことで、それなりに想像できる。しかもその一方で、一九七〇年代から八〇年代にかけての日本の時代風俗を背景に置くなら、かれらは堂々たる「ソーシャル・フュギュア」にもなりえた存在だったのではないか？　美輪明宏という美しい芸人と長嶋茂雄という野球の天才は、「僕」の兄弟でもあり得た世代である。小野田寛郎や横井庄一など、ジャングルに潜んで四半世紀以上、戦争の終結を拒みつづけた大日本帝国の将兵は、戦争の終結を認識しえぬまま精神病院で四半世紀を過した長兄と、似かよった狂気の経験を生きたのかもしれない。「僕」の妹が性の遍歴をかさね、銀座のクラブの女たちを統率して乱交パーティをやり、アメリカ大統領の愛人にまでなったという話も(380)、赤坂のクラブの出身でインドネシア大統領の第三夫人になった女性が、一九六〇年代の初めから、絶えず週刊誌を賑わしていたことを思い返せば、あり得ぬほどに奇抜なケースというわけでもないだろう。

孤独な蹶起を決意した露一兵隊は、皇居前におけるいざこざののち、あらためて精神病院に収容されると、数週間を出ぬうちに衰弱して死んだ(388)。露・女形はカーネーチャンの献身的な援助のおかげで、新橋演舞場で舞踊公演をおこなうまでになり(389)、その後、大阪南のゲイ・バーに移る。そこで新たに得た情人は、東京帝大を出て出世の階梯を歩む同郷の男。五十日戦争で死んだ人間の名を名乗ることで生き延びた、苦しい過去を持つ。露・女形は、自分が情人にとって《恥かしい重荷》になることを惧れ、《男性的器官を消去して、表層のみでもニュートラルな存在になる》ことを計画し、モロッコに行き、手術後に死んだ(419)。ツユトメサンは、コーニーチャンという熱烈な支援者を得て、ついに京阪セネタース入団を果したが、惨憺たるデビューによって解雇され、《野球遍歴》を閉じる(410)。そして北海道にわたり、熊と誤認され射殺された(419)。

《妹よ、僕のようにつねに傍観者の位置にとどまり、村＝国家＝小宇宙の神話と歴史を書く者としてのみ生きようとした者をのぞけば、父＝神主と旅芸人であった母親の間に生れた子供らは、それぞれに波瀾万丈の生涯を駈けぬけて、ことごとくが滅亡の道を辿ったかのようであった》（419～420）という言葉で、同胞《はらから》の波瀾万丈の生涯を語る一連のエピソードはしめくくられる。そして妹の《性的遍歴》の神秘的な大団円へと物語は進んでゆくのだが、ひとつだけ、露一兵隊の「エスペラント」をめぐる一見ささやかなエピソードは省かずに、ほかの無縁ではなさそうな言語的エピソードも集約して、総合的なノートを作成してみたい。

「僕」は事件から三年も経った後で、言語学の雑誌に載ったコラムの文章から、はじめて《露一兵隊の行動を支える思想的な側面》をかいま見たという（387）。コラムはエスペラントの専門家の書いたものであり、二十五年も精神病院にいた狂人が、皇居前で逮捕された際、《意味不明の言葉》を、演説するようにしゃべったというジャーナリズムの報告に注目した論考だった。それはあきらかに分節言語であり、片仮名の表記は初心者が教本の脇に書きつける、エスペラント発音を思いおこさせた。専門家は、推理小説の種明かしめくが、と断って、露一兵隊が二十五年を過した精神病院には、運動草創期からのエスペランティストが、相当期間にわたって入院したことがある、という事実を書き添えていた（388）。

このコラムを契機にして「僕」は調査を始め、紆余曲折を経て、それが《死んだエスペラント詩人、伊東三郎の作品》であることを突きとめた。《狂気の行動とされた露一兵隊の、その蹶起後の感慨をあらわす言葉の実体》を示すものとして、エスペラント詩の原典と、詩人自身の日本語訳を、ほぼ二ページにわたり「僕」は引用する。《かげろうのように日が経った》《でもとうとうひと仕事やりとげた》等の言葉が読まれる詩のタイトルは、「ふかぶかと息をして」。詩の意味内容については、ごく自然に納得されるのだが、それにしても、なぜエスペラントなのか？「僕」が見出した回答はつぎのようなもの――《監禁されている露一兵隊は彼個人との間にそのような戦争のつづいている相手国、つまり日本国の言葉を使うことを拒み、かつ沈黙している間もその国語から自分を切り離しておくために、エスペラントで自己の言語宇宙を埋めたのではなかっただろうか？》（399～400）。なるほどエスペラントの選択によってこそ、露一兵隊は自分を俘虜とした日本国に抵抗しつづけ、そのことで村＝国家＝小宇宙の神話と歴史の光に照らされて生きることができたのかもしれない。

露一兵隊と同種の、とはかぎらないけれど、言葉をめぐるなんらかの屈折や葛藤や煩悶を生きた者、あるいは独自の発想で言葉を解放の契機となした者らを列挙する――まずは冒頭の項で触れた話だが、村＝国家＝小宇宙の繁栄の時代、《文化的な自立を究極まで押し進めよう》とした指導者が、《独力で言語体系をひとつあみ出す》という大仕事を、ひとりの男に託したことがある（215）。この大仕事は、初歩的な《場所の名》が創造された段階で、担当者の死により頓挫したのだが、**壊す人**の「言語理論家」としての側面は、まったく別の文脈で、すなわち孤独な独裁者の相貌をあらわした**壊す人**が、高校生だった「僕」の夢想のなかで「不死の人」スターリンと重なっていたという事実と結ばれて披露されている[61]（151～152）。**壊す人**の「言語政策」は、どうやら「スターリンの言語理論」と無縁ではないらしいのである。また別の伝承によれば、孤独な日々を送る最晩年の**壊す人**は、人間の言葉を忘れてしまい、《森の言葉、谷の言葉ともいうべき、盆地全体との交感に役だつ言葉のみを理解するようであった》（153～154）とも。いくたびも見たように「一書《あるふみ》」(別伝)方式の語りのなかで、**壊す人**の実像は、たえず揺れ動き定まることがない……

亀井銘助が藩主にまねかれて城中で披露したとされる滑稽話には、《文化的な退行》ということが語られていた。犬はワン、猫はニャー、空を飛ぶものはポッポ、水中にあるものはトット(239)。これらの「簡易語」が完成した暁には……と仮定する滑稽話の意図あるいは真意はどこにあるか? なにしろ亀井銘助は、両義的なトリックスターだから、迂闊には判断できない。

五十日戦争のさなかには、「敵性村民」に分類され隔離された他所者の教員たちのなかから、大きい熱狂を表明する初老の代用教員があらわれて、《五十日戦争の意義を語り、共闘を訴える通信文》(300)を書いた。それも、中国語、英語、フランス語、ドイツ語、スペイン語の商業通信文の文体による公開状として。「敵性村民」と作戦本部の老人たちの媒介者をつとめる父=神主は、代用教員の試みを支那の共産軍、アメリカのインディアンの大酋長、等に届けたい、と評価した上で、ただし共同体の存在は秘匿しつづけるという原則に反すると説得して、危うい企画を引っこめさせた。このエピソードから枝分かれしたようなのが、俘虜になった《ウソつきの名人》が、でまかせの中国語、朝鮮語をまじえて、村=国家=小宇宙の抵抗運動が「大陸」の反・日ゲリラとの共同戦線であることを力説するという話。

「牛鬼」による「**バハッ!**」という嘶きは、誰にも共有されることのない孤独な固有言語だといえなくはない。一方、集団に共有されて言語的に機能するらしい音として、人びとの「住みかえ」を強いる、あの「大怪音」があった。それは「僕」も指摘するように《政治的な性格のもの》であり、かりに同時代的な解釈を試みるなら、たとえば「イデオロギー」を根拠とした移住の強制を暗示するはずで、おのずと思い起こされるのは、毛沢東の共産主義革命と文化大革命ということになる。【第一の手紙】で語られる《奇怪な夢》によれば、帰国した「僕」が羽田空港で見出したのは、今や「中国人民軍」の占領下にある日本だったというではないか（53）……この読み解きは『同時代ゲーム』における宇宙論とその前衛的方法[62]」と題した吉田三陸の論考に拠る。論考の大きな構想は後に紹介するとして、『同時代ゲーム』はこのように、「大陸」の共産圏に切実な関心を寄せている。スターリン＝**壊す人**という夢想も、その一例といえようが、ついでながら、複数の大江作品にあらわれる「根拠地」も、毛沢東ひきいる中国共産党の「革命根拠地」に共鳴しうる言葉ではないか。なるほど『懐かしい年への手紙』では「ギー兄さん」の共同農場が「根拠地」と名づけられたのは、柳田国男の「美しき村」に拠る、と説明されている。それは事実だけれど、そのことは、ほかの意味論的な共鳴を妨げるものではないだろう。

もうひとつ、音と「イデオロギー」との関係という観点から注目されるのは、俘虜たちの葬送のエピソード。あの「大音響」を製作した陣営の意図を汲むなら、あれは個人の自由な思考を圧殺する軍国主義の悪しき言葉を、全部ひっくるめて愚弄し、撥ねかえそうとする疑似音楽のようなものだった。

さて露・女形が「先生」と呼ぶ新しい情人の場合、露・女形とカーネーチャンの《話し言葉のあり様》に、深く魅せられてしまったのが、そもそもの始まりだった（415）。生涯の上昇の階梯を支えた言葉、すなわち《他人の言葉である標準語》を離れて、露・女形とカーネーチャンを相手に、ほとんど三十年ぶりに使うことができる、《われわれの土地の言葉の海》に「先生」はひたりこんだ（416）。共同体の一員としてのアイデンティティを喪失した「先生」にとって《――

マー、ホンナラ、ウレシーナー》《——アラー、ドウシタンジャロー》《——モウナー、ドナイオシタンゼー》などという方言は、音声としての即物的なあり様だけで悲しみを慰撫する、妙なる音楽のようであったろう。

ところで『M／Tと森のフシギの物語』は『同時代ゲーム』とは別個の作品であるから、一方の謎解きに他方を援用するというやり方には慎重であらねばならないが、それでも「エスペラント」については、ひと言だけ……　創建期の指導者によって「国語」を発明するために選ばれた「言葉の専門家」の話を聞いて、子供の「僕」はもの思いにふけったという。そして《新制中学の時、エスペラントの学習に夢中になったことがあるのも、直接その夢想に根ざしていたのでした》との回想がある（202〜203）。

大江が身近に感じていたはずのエスペランティストについても、最小限のメモを。皇居前で朗読されたエスペラント詩の引用元、伊東三郎『高く　たかく　遠くの方へ——遺稿と追憶』[63]は、いま、かたわらの机上にあるのだが、その内容に言及するいとまはない。柳田国男のエスペラントとの出会いは「ジュネーブの思い出」に回想されており、帰国してから積極的に運動に参加したことも、よく知られている。[64]大江自身は『あいまいな日本の私』に収録された「世界文学は日本文学たりうるか？」において、《文学者の夢》である「世界言語」を志した作家として、《エスペラントと日本の東北地方の方言を結んだ美しい言葉》を工夫した宮澤賢治の名を挙げている。[65]しかし何よりも、大江が《生き方の根本的な動機づけ》という意味で模範とみなしていた二葉亭四迷が、『世界語』（一九〇六年）と題した日本初のエスペラント教科書を書いているのである。

そうしたわけで、ずいぶん遠回りしたけれど、エスペラント詩のエピソードが仄めかしているのは、「僕」の兄弟のなかで狂人の露一兵隊こそが、作者・大江健三郎の言語的感性を分かちあたえられた人物だということではないか？　「大江文学」には「世界語」としてのエスペラントへの仄かな憧憬が埋蔵されている。

　最後に「宇宙語」を想像してみたい。【第一の手紙】で回想される話だが、アポ爺、ペリ爺は、谷間と「在」の子供らのために、『森の怪物フシギ』という表題の絵本を製作していた(59)。「僕」と妹は《そこに描かれるはずのいくつかの情景について、あらかじめアポ爺、ペリ爺の説明を聞いた後、その内容を子供の言葉で、それもわれわれの土地の方言によって、あらためて表現することをもとめられていた》。それゆえ実現しなかった絵本の内容にも通じている。《森のなかの沢の、樹木の層の裂け目から空が見えるところに、腐葉土の上で蜘蛛の巣のように光っているあるもの》が発見された（傍点は大江、以下同様）。それは《言葉を受けとめる能力》をそなえた《不思議な生命体》であり、定まった形がなく、僕らの表現でいうなら、《水のようなもの》なのだ。フシギと名づけられたこのものは、地球よりほかの天体から到来した存在であり、《言葉を受容する能力》をそなえたこのものに、人びとは人間について、人間が知っていることについて、語り聞かせたという。宇宙大の規模から、原子の小ささにいたるまで、なにもかもを《もっとも基本的な言葉で、すなわち僕らのような子供の言葉で》……　フシギは、言葉を伝えられることで自分の形をかえてゆき、ある夕暮れ、このものが生みだされたもとの場所である、銀河系より外の一惑星へと帰ってゆく。そのものが出発の直前に見せた姿は《巨大なひとしずくの涙》だった……　【第六の手紙】でも反芻される、この懐かしく幻想的な物語において、宇宙と交感する言葉を持つのは、無名の子供らである。

・大きい循環をなす始めと終りの、すばらしい再統合

《炎のような恥毛の力》《燃えあがる恥毛のカラー・スライド》に励まされ、村＝国家＝小宇宙の神話と歴史を語ることへの情熱をかきたてられている、という「僕」から妹への頻繁な呼びかけは、開かれた文脈で考えるなら、エクリチュールと性的なものとは不可分であることの寓意とみなせようが、ここではむしろ、神話的な性との奥深い連関を問いたいと思う。

露己と露巳。ツユキとツユミ。見た目はほとんど同じで、最後の一音だけ違う双子の名が、イザナキとイザナミの《寓意的もじり》であることは、ほぼ確実と思われる、と述べているのは、先に言及した「『同時代ゲーム』における宇宙論とその前衛的方法」の吉田三陸である（157）。なるほど、イザナキとイザナミは男と女に分離されたからこそ、[66]初めての性交する神となったのであり、この神話に呼応するかのように「僕」は考える、自分と妹は《男女両性を具有した、ひとりの人間》であるかのように、《ほとんどひとつの名》をあたえられている、と（248）。古語において「妹」は、しばしば「妻」や「恋人」に対して使われたのであり、たぶんそのためもあって、繰りかえされる「妹よ」という甘やかな呼びかけにも、どことなく淫靡な響きがまとわりつくような……　要するに「僕」と妹の関係には、近親相姦という禁忌が成立する以前の性、ミルチャ・エリアーデ『神話と夢想と秘儀』[67]の定義を借りるなら、《全体的な存在様式》としての初源的な性のあり様《よう》を想起させるものがある（傍点はエリアーデ）。

吉田の論考は『同時代ゲーム』に固有の神話的な性をめぐるトポグラフィカルな構造を、以下

のように明快に描き出している。原生林に囲まれる盆地の地形的特徴は、《恥毛に守られた女性性器のそれを暗示し、宇宙における女性＝イザナミ＝露巳の実体論的意味を象徴する》（160）。さらに、父＝神主は一番高い所に住み、母親の旅芸人は一番低い所（深い所）に住んで、父＝神主が通ってくるという話は、《男女性器の交接の様態》を示す……　なるほど、盆地、窪地、谷川などを女性の性器とみなす宇宙観は、めずらしいものではない。終幕の一場面、赤く塗った素裸で独り原生林に入りこんだ子供の「僕」が、深い「沢」に踏み入って、苔むして濡れた岩、ぐっしょり濡れた砂、猛だけしい勢いで繁茂している大きい蕗《ふき》などを眼にした時のこと。子供の「僕」は思い出す、以前に《――この沢は鞘のようじゃが！》と年嵩の子供らが笑い声をあげていたのに、自分は幼い者らと同じに《この女子性器をあらわす言葉を地形の印象につなぐ》ことができなかった……　ところが子供の「僕」がいま独りで斜面を降りてゆくと《すでに月のかたむいた後の、濃い黒に紫色の点を撒きちらした異様に高い空を、裂けめのかたちに見出し》て、そこではじめて《その原生林の木立の裂けめにかさなる沢の全容》を、これがサヤのかたちなのかと自然に納得したという（傍点は大江、478）。夜空の見える木立の裂けめが足下の沢と合わさって、はじめて鞘が性的な実体として感得された。そして原生林に囲まれた盆地と異様に高い天空を包摂する宇宙論的な空間の全体が、神話的な女体として感知された、ということでもあるだろう。

これまでいくたびも見たように、言葉はしばしば神話的なイメージと、これにつらなるエピソードを喚起する。たとえば鞘という言葉……　子供の時分から《その字面から官能的な熱が頬に照り返してくるようだった》と大人の「僕」は回想する。この述懐は【第二の手紙】で演劇をやる同郷の若者から《**壊す人**がキノコのようなものとして冬眠していた「穴」から探し出されて、そのキノコのようなものを、妹が胎内で、あるいは外性器で育てあげたという噂を伝え聞いたことによる、大きい感慨を物語る三ページほどの記述のなかにある（114）。内性器においては日常的に繰りかえされる不思議なのだから……　という「僕」の弁明のような言葉を読む者は、たしかに神話のエピソードであれば荒唐無稽ではない、としっかり頷いて、《きみの鞘を介しての**壊す人**の再生からあたえられる恍惚感》を分かち合えばよいのではないか？

《宇宙における女性＝イザナミ＝露巳の実体論的意味》をめぐって吉田三陸はもうひとつ、神話的な解釈を提示している（158）。**【第一の手紙】**で語られた「アハヂ」の名の由来。それが「水蛭子」にかかわることは、この「文学ノート」でも冒頭の項で確認したが、死んだイザナミを追って黄泉の国に降ったイザナキが、見てはならぬという禁忌を破って《無数のうじがたかってぶつぶつと声をたてて》[68]いるイザナミを見てしまうというエピソードも想起させるというのである。怒ったイザナミは、じっさい「私に恥ずかしい思いをさせて！」（吾《ア》・恥《ハヂ》）と叫んだのだった……　この解釈は、村＝国家＝小宇宙の実体には「冥府」が浸透しているという見立ての傍証ともなろう。

さらに思い出されるのは、郷土史によれば「吾和地」の古名は「甕《かめ》」といったらしい、という情報がもたらされた時のやりとり。演出家のコメントは、確かに「死人の道」脇の高みから見おろすと、巨大な甕に似ているが、「甕棺」は冥府の暗喩ではないか、というもの。これに応えて「僕」は創建神話の出発点に遡り、《冥府のように忌みきらわれている場所であるからこそ、外部世界から切り離された土地として新世界を作りうると考えて、あえてそこに入って行ったのかもしれない》という。なるほど《大悪臭の湿地帯という伝承》とも、符牒が合う解釈である（214〜215）。

そして終幕。赤い素裸で原生林に入りこんだ時の子供の「僕」も、月の光に照らし出された谷間の全域を見おろして、《白い濁り水が充たされた甕》（459）を覗くようだと感じたのだった。あれは《死の国を収めている巨大な甕棺の縁》にほかならなかった、と最後の手紙を書く「僕」は回想する。

ところでエリアーデの『神話と夢想と秘儀』は、イザナキ・イザナミの結婚と冥府降りの神話をとりあげて、《天界と大地との聖体婚姻》と《地母神》による《宇宙開闢説的神話》として読み解いている。地下世界にとどまったイザナミは、《母性的な胎内》において《豊饒と死》《誕生と再統合》をつかさどる神となる（230〜233）。この神話的解釈をふまえての吉田の指摘——《生と死とは、生命存在の両極であると同時に、生命の循環の図式においては、じつは隣り合わせであって、このことは《甕棺に入れて葬られる人の体位が、胎児のそれと同じである》という事実に、いみじくも象徴される。そして、人の一生を宇宙的時間のなかに置いてみた時、《母親の胎内はすなわち墓であるとする考え方》が生じるという（159）。このような神話的・宇宙論的スケールの時空の換喩として、いま、読む者の眼前に「村＝国家＝小宇宙の森」は開示されようとしている……

《妹よ、われわれの土地の神話と歴史の、いまの僕としての最後の手紙をきみにむけて書きながら、しかしこの手紙については、きみに発信のしようがないことを僕は知っているのだ》という一文が【第六の手紙　村＝国家＝小宇宙の森】の冒頭に置かれている。先立つ手紙の最後の節では、性的遍歴ののち自殺したと伝えられ、行方知れずになっていた妹が――じっさいに《死と再生》を遂げたかのように？　――谷間に戻って老いた父＝神主のもとで暮らすようになり、しかも身重になっていることが話題になっていた。ある日、さびれた床屋で老いた女理髪師が、老いた父＝神主の髪を刈りとり、髭を剃りあげてゆくうちに《永遠の壮年の力》にみちた精悍な頭と顔があらわれた！　床屋を覗きこんでいた老人たちが《きみを受胎せしめた男とは、他ならぬこの異様な精力を隠し持っていた父＝神主ではないかという、不合理な疑い》をいだきそうになった時、ツユトメサンと別れて以来まっとうな魚屋の商売に戻っていたコーニーチャンが、機先を制して割って入った……　というのが、【第五の手紙】のしめくくりのエピソード。

それにしても物語の世界は、すでに大団円の神話的な運動に巻き込まれつつある。古《いにしえ》の宗教において「近親相姦」の禁忌は一般的ではないこと、そして伝承の世界は「異類婚姻譚」にみちていることをこそ、読む者は想起すべきではないか？　フレイザー『金枝篇』に紹介された例は、血統が女性を通してだけたどられる土地の王権についてのみあてはまるのだが、もし王が妻の死後も統治することを欲するなら、自分の娘と結婚することによって王権を延長することが、唯一の合法的な選択であったという。[69] 日本の山神信仰における多様な習俗を蒐集した柳田国男の『山の人生』の場合、とりわけ意義深く思われるのは、古来の日本の神社に従属した女性には、《大神の指命を受けて神の御子を産み奉《たてまつ》りし物語》が多い（106）、斎女《いつきめ》あるいは巫女と呼ばれる少女が《神に召されて優れたる御子を産み奉るべしという伝統的の空想》が存在していた（198）、等の記述である。

それというのも【第二の手紙】で「僕」は《きみが、ヤマイヌに性器を咬まれた出来事の記憶》を語っていた。このヤマイヌを「山の御犬《おいぬ》」あるいはオオカミと読みかえるなら、今でこそ狼は《山の神の使令》とみなされているが、かつては《狼をただちに神と信じて畏敬祈願した時代》があったという柳田の見解が、おのずと思い起される（195）。『同時代ゲーム』のなかで繰りかえし言及される、問題の出来事は、山の神と少女との性交を暗示すると考えるのは、理にかなっていよう。ところで《妹よ、きみがむきだしの下半身を血だらけにして》……という生なましい記述に先立って、《僕はきみが幼い肉体をつうじて経験したことを、自分自身の肉体の、この世界についての記憶としていだいている》（103）という奇妙な報告がある。それは《睾丸に鈍い痛み》を感じるという後遺症らしいのだが、考えてみれば《男女両性を具有した、ひとりの人間》として「僕」と妹が存在するのである以上、それは避けられぬことだったのかもしれない。そして、この時すでに子供の「僕」が終幕で森の神秘と交感し、いわゆる「天狗のカゲマ」となることまでが、約束されていたのではないか、とさえ思われてくる。年齢でいうと幼女の性的な体験は四、五歳の時、終幕の「僕」は十歳未満だったはず。

父＝神主は、聖なるものの顕現といかに相対していたか？　前項で触れたように、孤独な生活を送る**壊す人**は、やがて人間の言葉を忘れてしまい、《森の言葉、谷の言葉ともいうべき、盆地全体との交感に役だつ言葉のみを理解するようであった》とされる（153〜154）。つづく断章には、盆地と山稜の全域を閉ざす森の《地形学的な全構造と通いあう言葉》を優先する**壊す人**との《相互理解の道》を開きたいのであれば、人びとは《盆地の地形の表現する言葉の読みとり》につとめるべきだ、という指摘があり、父＝神主の仕事がつぎのように想起される。

その時期からいかにも永い時が流れた後、かれ自身は他所者ながら村＝国家＝小宇宙の神話と歴史の伝承蒐集に生涯をついやした父＝神主は、一時期、真夜中に「死人の道」へ登ってゆき、咆哮して歩き廻ることで、**壊す人**の言語の側に入ってみることがあった模様なのだから。それゆえにこそ父＝神主は、「穴」に冬眠するキノコのようなものとしての**壊す人**と交感し、かれが幼女のころから**壊す人**の巫女としようとしたきみの、ほかならぬ鞘によるその回復を実現しえたのだと僕は思う。（傍点は大江、『同時代ゲーム』154）

父＝神主は、前項で見たように、人並みはずれて大きく頑丈な躰軀、外国種の大型の犬に似て大ぶりの角ばった造作の顔を持ち、しかも獣のように《咆哮》するという。ヤマイヌに似ているということ？……　それに「死人の道」へ登る斜面の高みには多くの横穴があり、ヤマイヌがそこを根城に群れをなし繁殖を続けていることは、子供らにも知られていた（111）。地形的には、その辺りが**壊す人**と父＝神主の交感の場となっていたのだろうが、それはそれとして「僕」の妹の妊娠・出産は、実の父親との「近親相姦」によるものか？　それとも動物である山神との「異類婚姻」の例なのか？　おそらく結論しようとすること自体が無意味なのであり、そうした二者択一とは無縁に、全体をヴェールに包みこむような具合に、神話的な性のあり様ということが想像されるのだと思う。かりに神秘の刻印がきざまれているとしたら、それは「犬ほどの大きさのもの」という定型的な呼び名における、犬という字が、その痕跡なのではないか？

【第六の手紙】が、発信しようのないものとして書かれていることは、すでに述べた。もう《大型の犬》ほどのものに回復したにちがいない**壊す人**とともに、妹は姿をくらましてしまっていた。父＝神主が死んだという知らせは、役場の出張所の女事務員から受けた。遺品として残されていたのは《僕がきみに送りつづけた手紙としての村＝国家＝小宇宙の神話と歴史》のみであり、父＝神主が集めた資料は全て処分されていた。手許に戻った村＝国家＝小宇宙の神話と歴史には——作家・大江健三郎の習慣を、父＝神主が律儀に模倣したかのように——赤と青の色鉛筆でつけたしるしを消しゴムで除いたあとが、いたるところにあった。「僕」はただちに、《きみによってもたらされた、そのもっとも重要で、かつもっともいかがわしい証言》を記述したくだりを調べてみたが、疑問符がつけてあった跡は見られない（427）。つまり妹が《ついに完全な巫女》となったことを明かす妊娠・出産にかかわる部分を含め、父＝神主は「僕」の原稿の【第五の手紙】の終わりまで眼を通し、その上で、全てを承認したことになる……

いや、父＝神主が読まなかった部分がひとつある。それは【第一の手紙】の第8節（**第一の手紙のうち、投函前に削除された部分**。）とゴチック体で記された十ページほどの文章だが、削除された断片が、読者に対してのみ再現されているのはなぜか？「僕」のしかけた行為、すなわち失敗した性交の試みはひとまず脇へ措き、妹が《明るい声音》でいったひと言を、想起しておきたい。《——わたしは**壊す人**の名前をずっとまちがえていたようなんやよ。壊すという字を懐かしいという字と一緒にして、両方がひとつの字で、そのまま**壊す人**という名前になってると思ってたんやねえ。そう気がついてみると、**壊す人**という名前は不思議やなあ、どうして**壊す人**かなあ？》（傍点は大江、85）。この語調が《幼児の言語のような稚さ》の印象をあたえたことを回想してから、あの日、窓辺に立つ《きみの独自の肉体の眺め》を、ひとつの情景のように記憶した、と「僕」は語る。

なよやかな細い腿の上の、球体の尻。その球体としての盛りあがりがあまり完全なので、腰の上では背骨が捩じれているかと見えるほどだ。しかし躰全体のありさまはなだらかで、意志的な力の集中はどこにも見られぬのでもある。肩からも腹からも離れすぎている中間点の、これも完璧に丸い乳房。きみの右脚はまっすぐに伸びて、腿の裏がわとふくらはぎなど、筋肉があるとも思えぬ柔かさにそりかえっている。左脚は軽く曲げられて右脚のかげにかくれ、かくれているからかえってその腿は、さらに豊かに感じられる。上躰はわずかに左へ曲げられて、花やかに髪のウェーヴした頭もこころもち左下をむいている。（『同時代ゲーム』86〜87）

妹は明るい声音と美しく官能的な肉体を持つことを、読む者はここで早くも実感し、記憶にとどめることになるだろう。当たり前のようだが『同時代ゲーム』は妹に宛てて書かれた手紙という形式の小説なのであり、完結した暁に発信される相手は、わたしたち読者にほかならない。

それにしても、《壊すという字を懐かしいという字と一緒にして》いたという妹の述懐には、特別に惹かれるものがある。懐かしいという言葉が柳田国男に由来することは、尾崎真理子が『大江健三郎の「義」』で『海上の道』の大江による「解説」なども参照し、充分に論じているから、ここでは繰りかえさない。ただ、わたしなりの方向づけのようなものをひと言だけ……　大江によれば《柳田が懐かしいという時、それは個としてのかれをふくみこみつつ、数世代にわたるような規模の、大きい「共同体」を構成するものとしての日本人の心の動きにおき、懐かしいという言葉が発せられる》。こう述べてから、さらに《柳田自身が個として実際にそれを経験し、《その記憶に立って懐かしい思いをもつ》のではない、個としてのかれには《未知のもの》だが、《その懐かしさを感じとる方向づけの力によって、それへむけ自分を投げだす、そのように懐かしいのである》と念を押す。すなわち《未知のもの》にむけての《懐かしさによる投企》[70]（以上、傍点は大江）……　たとえば『同時代ゲーム』の読み《リーディング》なおすことは、そのような意味合いの《懐かしさによる投企》にほかならないことを、あらためて思う。

　ところで女性の裸の肉体に男性の視線が背後から注がれることが、違反的であることは、いうまでもない。その違反性をさらに誇張した構図として、少女の《バターの色に輝く真丸な尻》が、蠟倉庫の便所で、上から覗き見る複数の少年の視線に惜しげもなくさらされる場面がある。ちなみに「大岩塊、あるいは黒く硬い土の塊り」のような神話的存在と異なり、あえて日常的な事物として提示しようということか、「バター色の尻」と「恥毛」には定型的な呼び名はない。微妙に描写的な差異をともないつつ、反覆的に言及されるのである。

　注目すべきは、この便所の場面で、妹は《声にすればアハハアハハとなるにちがいない、あけっぴろげな大きい微笑》を浮かべたということ（373）。じつはメキシコ滞在中の「僕」に送られた恥毛のカラー・スライドにも《例のアハハアハハという笑い声》が同封されていたかのようだという回想もある（252）。（**第一の手紙のうち、投函前に削除された部分。**）の失敗した性交の試みの場面も、アハハ、アハハという妹の笑い声から始まっていた（87）。性的な笑い、それもアハハアハハというあけっぴろげな笑いを、どう受けとめよう？　ここは妹がそうするであろうように、屈託なくアハハアハハと笑いながら読んでほしい、という書き手からの目配せのようなものを、わたしは感じとるのだけれど……

性と笑い。このような結びつきの主題は、生真面目な日本の「私小説」には稀かもしれないが、子供や民衆の想像力の表出である「民話」においては、大いにありそうではないか？　しかも「民話」はしばしば「神話」の語りなおしである。そこで『古事記』にまでさかのぼるとして、原初の性的な笑いが響きわたる場面はどこか？　ただちに思い起されるのは、以前にも触れた「天の石屋戸」のエピソード。《更に天宇受売命《アメノウズメノミコト》は神がかりになって、乳房をもろ出しに出して、着物の紐をホトのあたりまで押し下げて舞う。／その場に集まったありとあらゆる神々が大笑いに笑い、その笑い声に高天の原もどよめくほどだった》（60）。付言するなら――笑いに結びつくとはかぎらないけれど――厠《かわや》あるいは便所は性的なトポスというのも、おそらく「神話」起源の話である。詳細は省くが、丹塗矢《にぬりや》に化けて美しい女のホトを突っつく神様もいるし（142）、藤の花で飾られた弓矢を乙女の便所にかけておいて、その乙女が不思議な花を持ち帰る後をつけ、首尾よく部屋に入って共寝してしまう神様もいる（266）。

父＝神主にスパルタ教育された「神話と歴史」の伝承が土台となり、子供らの「民話風」の想像力によって活性化されたエピソードが生れるというプロセスは、「民話的ユニット」の項でいくつかの例を見たように、随所に認められるのだが、【第六の手紙】においては、その傾向が一気に加速する。手紙の書き手にとっては自然なことでもあろう。なにしろ父＝神主は死んでいるから、もはや検閲のまなざしはない。それにまた、父＝神主がつねに口にするスパルタ教育の授業開始の言葉「**――とんとある話。あったか無かったかは知らねども、昔のことなれば無かった事もあったにして聴かねばならぬ。よいか？**」（94）という「定《き》まり文句」は――《この言葉がいかにも父＝神主の文体なので、のちに柳田国男の蒐集をつうじてそれが一般的な定まり文句であるのを知った時、意外に感じた》との補足が記されているのだが[71]——語られる話を率直に聴きとることを求めているだけであり、子供の「僕」の想像力の飛翔を妨げはしなかった。そもそも子供の道化た反応について、父＝神主はむしろ寛容だったことが、【第六の手紙】で回想される毎日一時間の授業風景からも推察される。したがって、子供の「僕」自身に重大な変化が起きたとすれば、それは父＝神主が抑圧的な父権を行使していたか否かに起因することではない。

ある「歴史」的な事件が、子供の「僕」が父＝神主から決定的に離反するほどの衝撃をあたえたのだった。太平洋戦争も後半に入ってからのこと、《奇想天外なふるまい》を父＝神主がおこなった。発狂したのだという者も少からずいた（442）。谷間の国民学校に赴任してきた新校長は、この盆地には、非常時下の大日本帝国にみなぎるはずの《愛国の熱気》が、驚くほど稀薄であると糾弾し、三島神社において月二回、戦勝と郷土出身兵士の武勲を祈願する集団参拝をおこなうことを決定した。第二回の全校参拝で、神社の境内いっぱいに児童が整列し、国民服に威儀を正した校長が、拝殿に深く頭をたれた時、父＝神主が奇態な扮装で神殿から駈けおりてきた。朱色に染めた棕櫚の毛の蓬髪……　おなじく朱色の天狗の面……　棕櫚の毛を植え込んで赤黒い獣の足のように見える大沓《おおぐつ》……　他はまったくの裸で、全身に朱の文様……　ペニスは朱の鞘に突っ込み、尻からおなじく朱の棒を出して、両者を結んだ紐は腰に廻されていた。「僕」の考えるところでは、それは子供が集団で行おうとする《大日本帝国の神への参拝を、笑いのうちに解消すること》をめざした扮装だったはずだが、生来が生真面目な父＝神主には、その奇態な扮装に見あう道化た身ぶりは不可能だった。校長は、威嚇してくる父＝神主に立ちむかう。壮年の体力、膂力の衰えぬ父＝神主が校長を巧みにあしらって、児童たちを大笑いさせた。父＝神主が神社脇の浅い池に入って姿を消すと、笑いに笑っていた子供らは、急に震撼されて黙りこんだ。《子供らの受け取りの多義性は、父＝神主の舞いおどりに解放された、想像の力をあらわしていると思う》と「僕」はいう（444）。現実の滑稽な出来事と舞いおどりの《象徴性》との両面を、子供らは想像力によって理解したのである。

この格闘のために肋骨を三本も折った校長は、父＝神主の仇敵になった。アポ爺、ペリ爺が父＝神主のために堂々たる論陣を張った。双子の天体力学者は、父＝神主のスパルタ教育に熱い関心を寄せ、土俗信仰の内容にまで精通するようになっていた。父＝神主の奇態な扮装での舞いおどりが、いかなる意味でも《反・神道的、反・国家的》な策謀ではないことを立証するために仕組まれた、一見まわりくどい告発と弁護の対話の妙味には触れぬとして、結論部分だけを思いきり要約するなら、以下のようになる——父＝神主の伝承と民俗の研究は、アマツカミの、すなわち天皇陛下の御祖先の神たちの到来に叛逆し、追われて山間に入りオニとなった、この地方のクニツカミに関わっている。神官は敗れた神として隠れ棲むオニを研究し、御神楽の扮装を手がかりに、オニを復元した。そして、オニとなったまつろわぬクニツカミに神官みずから扮装し、支那や南方や太平洋海域で、大日本帝国の軍隊にはむかう朝敵のあさましさも、一身にあらわして、戦勝祈願の朝、神殿にしのび入ろうとしたのである。一連の身振りには筋書があった。神官は、オニを追って出現される事代主神《ことしろぬしのかみ》と相撲をとり、さんざんに負かされる。神に奉納される一人相撲は、各地でおこなわれているではないか。要するに《民俗に根ざした神事》を校長は妨害したのである（450）。

父＝神主がアポ爺、ペリ爺の弁論に納得してはいなかったふうであることも、言い添えねばならないが、このことがあって、六ヵ月のち、国民学校長が反撃に出た。父＝神主は特高課の刑事に連行された。酷たらしい拷問にもかかわらず、父＝神主を《反・国家思想の宣伝家》として告発する論拠が見出せない。立場が微妙なものとなることを恐れた校長は、保身のためにアポ爺、ペリ爺を告発した。われわれの土地は《単なる隠れ里でなく、ひとつの独立した国家であり、小宇宙とさえ呼ぶことができる》（傍点は引用者、469）という、公言されてもいた持論だけで、双子の科学者の有罪は確定するはずだった。国民学校長の卑劣な陰謀を黙認した父＝神主を、子供の「僕」は――まさに「吾《ア》・恥《ハヂ》」として――深く恥じ、憤り、悲しみ、五日間絶望して考えあぐねたのち、素裸の躰を真赤に塗って満月の谷間から森の奥の暗闇へと駈け登って行った……

それはアポ爺、ペリ爺を裏切った父＝神主から《自立》するための儀式めいた行動でもあったろうと思われるが、それだけではない。現在の「僕」が分析するところによれば、双子の天体力学者にむけて、熱い敬愛をいだいていた子供の「僕」は、父＝神主の窮境を救ったアポ爺、ペリ爺の弁論について、《意識化できるところではアポ爺、ペリ爺の側に立ち、無意識のもとでは**壊す人**の影のなかの父＝神主の側に立っていた》というのである（451〜452）。同じ頃、「僕」は《奇妙な憑依現象》を経験するようになっていた。はじめに自分の躰と心が、こわばりを感じる……生乾きの毛皮に自分が包み込まれている気分になる……　そのうちに、小さな自分をとりこんでいる大きい生乾きの皮袋が、真暗なある図体、それも直立している巨人の肉体だと思われるようになった……　しかも、この憑依は、あの「歯痛」という現象にみちびかれるようにしてやってくる。

自分にとり憑くものは他ならぬ**壊す人**だと子供の「僕」はひそかに思いきめていたのだが、それが《父＝神主の側》に立つことを意味するとすれば、一方でアポ爺、ペリ爺との交流が「民話」的なものへ、そして笑いへと、励ましてくれたことも事実だった。たとえば貴重な画用紙を自由に使わせてくれたこと。「生れる前の思い出」と自分で呼んでいる情景、村＝国家＝小宇宙の神話と歴史の様ざまな出来事が、なにもかも一挙に表現されているパノラマの情景を、「僕」はアポ爺、ペリ爺が画用紙を貼りあわせてくれた大画面に描いたのだった。【第一の手紙】で「僕」は「クェルナバカの宮殿壁画」を見たことから、《全歴史をひとつの壁画に見る、そのような歴史の現前のさせ方》を夢想していたが、じつは十歳にもならぬうちに、実践の機会はあたえられていた！ **壊す人**の躰を描くのが難しくて、描きあげると、それはタンク・タンクローのようで、《僕の懐かしく思う**壊す人**とは似ても似つかぬものだった》という反省も微笑ましい（傍点は引用者、437）。

伝承と笑い。とりわけ糞尿譚《ふんにょうたん》と民話との緊密な関係は、典型といえようか。柳田国男が蒐集した全国の伝説や昔話には、便所や肥溜めに落ちた話などいくらでもありそうだから、子供の「僕」がアポ爺、ペリ爺に見守られて開陳する《**壊す人**の生涯の糞の総量の計算》の話など、奇想天外とはいいきれない。二百年を越える**壊す人**の最初の死までの、巨人化した躰から排泄された糞の総量は、すくなくとも四百トンだとか（439）……以下は父＝神主のスパルタ教育にもあった正統的な伝承だが、五十日戦争のさなかに村＝国家＝小宇宙は原生林に糞尿を垂れ流しにせず、深く掘って粘土でかためた糞溜めをつくった。敵軍の兵隊どもは、当然その糞溜めに落ちたのであり（336〜338）、敗北後の土地の再建にあたっては、実際ここで蓄積させた生産の力から豊かな果樹園がつくりだされたのである（440）。さらにまた「大岩塊、あるいは黒く硬い土の塊り」は、ほかならぬ**壊す人**の糞でできていたのではないか？ と子供の「僕」は考えた。しかるに、創建者たちをひきいて「大岩塊、あるいは黒く硬い土の塊り」の前に立ったのが、まだ若い──普通サイズの──**壊す人**自身である以上、さすがに、この思いを道化たふうにしてすらも口に出すことはしなかった、とも付言している（441）……まさに、バシュラールのいう「運動の想像力」！ 子供はイメージを「歪形」déformerすることのエキスパートであるのだが、巨人化した**壊す人**の糞の前に立つ若者の**壊す人**という夢想において、捩じ曲げられ、déformerされているのは、時間と空間の相互関係である。話を先取りするなら、真暗な森のなかでの「メビウスの輪」をめぐる夢想も、**壊す人**の糞をめぐる夢想と同種といってさしつかえない、時間と空間の「歪形」……

《子供の僕もただ一面的に父＝神主の授業に耳をかたむけていたのではなく、**壊す人**および村＝国家＝小宇宙の神話と歴史について積極的な関係を開きつつあったのだ》（442）という一文で、**壊す人**の糞の話がしめくくられて、父＝神主の《奇想天外なふるまい》と、これにつづく一連の事件が語られる。そして満月の夜に、素裸の躰を真赤に塗って森の奥の暗闇へと駆け登ってしまった子供の「僕」は、六日間の経験によって「天狗のカゲマ」と呼ばれることになる。

子供が不意に姿を消してしまったときに使う「神隠し」という言葉は一般的なものだが、われわれの土地における「神隠し」には《**壊す人**が神話的な影をおとして》いる、と「僕」は以前に語っていた（305）。柳田国男『山の人生』の「一〇 小児の言によって幽界を知らんとせしこと」に開陳されている話によれば、運強くして「神隠し」から戻ってきた児童は《しばらくは気抜けの体《てい》》(128)になり、はかばかしい返答も出来ないのだが、このように呆けた者が「天狗のカゲマ」と呼ばれるらしい。一方で「神隠し」に遭った者の見聞談は珍重されており、江戸で有名な近世の記録『神童寅吉《とらきち》物語』(129)はよい例だが、むやみに詳しく見てきた世界を語る者がいるという。

先にも触れた平田篤胤『仙境異聞』は、天狗や山人《さんじん》が棲むという「仙境」と江戸とを往復したと自称する少年・寅吉を、国学者の平田篤胤が自家に住まわせ聞き取り調査をおこなったという書物。[72] 大江は『同時代ゲーム』を刊行してほどなく、第一回日本記号学会記念講演「フィクションの悲しみ」において、篤胤の仕事に触れている。バフチンや山口昌男などの「文化の記号論」をめぐる本論の考察は先端的なものだが、導入の部分には、こんな指摘がある――《ひとりの少年が狐憑きのようなことになる。神隠しにあう。そして仙界で暮らしてきたと信じている。そういう少年の精神のシーンで起こったところのもの、そのようにしてかれの意識と無意識がつくりだしたものを、つまりはその少年のフィクションを、一応信じるふりをして、それを契機に、自分たちの学問に、ある活性化作用、賦活作用をあたえようとしたということだったろうと私は思います》。[73]「仙境」「仙界」「幽界」「幽冥」「かくり世」……　呼び方はともあれ、平田篤胤の仕事に倣い、《ある活性化作用、賦活作用》を作品の終幕にあたえようとして、小説家は「神隠し」にあった少年の《精神のシーン》を現出しようと試みたのではないか?

さて、子供の「僕」は真夜中に露天の井戸端に、母親が残していった化粧道具(それは妹が**壊す人**の巫女として薄化粧をする際にも使っていたものだった)を持ち出して、紅の粉を水に溶き、全身に塗りたくって、森にむかったのだった。手に携えていたのはマッチ箱。《真赤に塗った僕の裸は、怒りに絶望した自分が放火する建物の、暗闇をつらぬいて弾けとぶ火の粉の暗喩のようですらあった》(455)というが、実際には父＝神主の住む社務所は素通りし、三島神社を越えて、さらに高みへと登ってゆく。その間も父＝神主の「裏切り」を思い返し、《渦を巻く憤りと恥の力》(458)によって、父＝神主のスパルタ教育を、もう決して二度と受けることはすまいと思い定めた(じっさいスパルタ教育は再開されなかった)。

谷間と原生林の狭いはざまに立った素裸の「僕」は、すでに憑依されつつある。伝承のすべてをふくみこんだ、ひとつの小宇宙。その小宇宙の全体が、巨大な**壊す人**の肉体と精神にみたされている(460)……《そして僕は、自分が生れぬ太古と死んだ未来の匂いにみちみちた、真黒の森へ入った。妹よ、僕はこの森でした経験について、いまはじめて語ろうとする、それもあらためて姿を隠したきみに向けて》(471)。【第六の手紙】も余すところ二十ページ、その一字一句を丹念に読んでゆきたい。

＊

素裸の「僕」は捻挫した足指をかばい《チンバの犬》のように恐怖に焼かれつつ進んでゆく。「死人の道」の周囲をテリトリーとするヤマイヌが恐いのではない(471)。原生林の大きい樹木の幹になかば隠れるように、あるいは苔に覆われた倒木や岩によりそって「大猿」どもがじっとしている(それは子供の時分に覚えた罪障感の悪夢の反覆のようでもある)。みな殺しにされた先住民である「大猿」どものただなかを突っ切って、闇よりほかなにひとつ見えぬなかを前進するうちに、ついに森のなかの浅い沢に辿りつく。暗闇のうちに確認した沢は、以前にアポ爺、ペリ爺の二人組に引率された子供らの一隊が、探検に入ったところ。二人組は、子供らに伝わっている、民話のような伝承を聞きとろうとつとめていた（476）。五十日戦争のさなか《自分でつくり出した迷路に入りこみ、出て来ることができなくなった子供ら》の伝承もあったし、山仕事に森へ入った者が「森のフシギ」を見たという噂もあったから、「実地調査」してみようと子供らを探検に誘ったのである。その時の昂奮を思い出しながら、素裸の「僕」は沢に降りてゆき、年嵩の少年の《この沢は鞘のようじゃが！》という言葉を反芻する。そして原生林の木立の裂けめにかさなる沢の全容をはじめて《サヤのかたち》と納得した、という話は、神話的な性をめぐるトポグラフィカルな構造という観点から、先に見た。

《妹よ、そのようにして森の裂けめの深い空を見あげている間に、鶏卵の黄身のような色とかたちの飛行体が、当の裂けめの上限から下限へと、輝きつつ回転して通過した》。裸の「僕」は、宇宙からの飛行体が森の空をこのように飛ぶのである以上、フシギはやはり異星から到来した生物なのだと確信し、砂の中を流れる水に足を浸してしゃがみこみ、眼をつむった。そして、この沢は《そのかたちにおいてでなく、当の実体そのものによって鞘である》ことを感得した（傍点は大江、479）。干からびたキノコのような**壊す人**を模倣するかのように、素裸の「僕」はいまや実体となった鞘の中に胎児のようにうずくまり、眠りにつこうとする。神話的・宇宙論的な女体とは、すなわち母体であり、さらには母胎にほかならないという確かな思いにつつまれて……

森の怪物フシギは、父＝神主の伝える伝承によると、そもそもの創建期から森に住んでいた。それは遥かな昔、宇宙の異星から到着したものであり、フシギが森の縁に近く落下して来た時、原生林は薙ぎ倒されてまっすぐな裂けめが生じ、そこに沢すらも形成されたという。一方、アポ爺、ペリ爺は科学者として、森のフシギが関心をいだく対象が《「言葉」そのもの》であることに注目した。実地調査では、子供らみなが文部省唱歌を歌ったのだった。人類の「言葉」のいちばん良いものを、姿を見せぬ森のフシギに聴かせるために……　なかば眼ざめつつ、「僕」は夢の眼で、沢全体の音と光がレンズで収斂される焦点としての場所に、森のフシギが表面を硬くして埋もれているのを見た。

しかし、その夜の深い眠りのなかでの永い夢によって、「僕」はより重大な試練を課せられていた。巨大な**壊す人**の肉体は、屠殺され解体されたばかりの獣肉のように、こまかくバラバラに切り分けられて、この森のいたる所に埋められている。**壊す人**の全体を復原せよ、という指令があたえられた（オシリスの神話のように……）。そのための象徴的な行為として、巨人の肉体の破片が埋まる上を、通り過ぎてゆけばいい、《**壊す人**の全体像を、地図のかわりに思いえがきつつ……》(483)。

こうして素裸の「僕」は、森に入った翌日の夕暮まで、発熱した躰で、蔓の葉の苦い汁と苔の露を飲みこみながら、前進する足は片時もとどめず、歩きに歩いた。《森の空間のひとつに躰を置いて周りを見わたす感覚は、理科教材室の硝子玉をつらねた分子模型を思い出させた。あれらの硝子玉のひとつのなかに自分を置いているとみなせば、森の永劫の薄昏がりのうちに認められる、明るい空間のいちいちは、つらなる構造体の硝子玉群そっくりだ》と「僕」は考える(484)。その硝子玉群の連鎖にみちびかれ、ほの明るいひとつの空間から、もうひとつの空間へと、迷わず進んでゆく……　森のなかの早い夕暮が訪れ、ひとつのヴィジョンがあらわれた。五十日戦争で殺された「犬曳き屋」の自転車を曳く赤犬が……　ついで**壊す人**の暗殺をはかった大男のシリメが……　たちまち「僕」の斜め前方や両脇に、また背後にすらも、伝承のなかの人びとが、ひとりあるいは数人で占めている硝子玉が見出され、たゆみなく歩きつづけた「僕」は、そのように様ざまなヴィジョンを見つつ、**壊す人**のバラバラの肉体の復原に力をつくしたのである。

夜の闇が森を閉ざしてしまうと、なおも働きつづけたい思いにかられながら朴の巨木のもとに、古びた枯れ葉を小山のようにかき集めて、寝床をつくった。

水のように濃い森の匂いのみちみちていた僕の鼻孔は、いま朴の葉の匂いと、それが培養する無数の菌の匂いに、それも裸の皮膚の熱に高められた強い匂いに、溺れかけているような具合だったが、それでも僕が屁をはなつと、その生きた匂いをかぎわけはした。そこで僕は、闇に沈んだ巨木の間の、やはり暗い硝子玉式空間のひとつへむけて、そのなかにふたりで入っている天体力学の専門家たちに対して、こんなふうに道化めいたことをいってみたのだ。——わしの腸をグルグル廻った屁が、尻の穴から外に出て、今度はわしがその匂いのグルグル廻るなかに丸まっているると、屁が「メビウスの輪」をつくったようですが！ 僕はクスクス笑いをして皺のよった布のような朴の枯れ葉を、躰の周り全体に震えさせた。発熱のせいもあり、そのように闇に横たわることで、巨人的な力との一体感をかちとっていた僕は、朴の枯れ葉のなかの自分の笑いが、次つぎに連鎖的な震動を惹き起してゆき、広大な森全体を鳴動させるかとも感じた……（『同時代ゲーム』487〜488）

このようにして「僕」は六日の間、森にとどまった。救助隊を組んで森に登った消防団員らに発見された「僕」は、帰還して以来、しだいに失語症の子供のように、《それまでの、傍観者的ではあるが時に道化たこともいう子供でなく、魂をぬきとられた「天狗のカゲマ」そのものの子供》のようになった(489)。そして土地の人間の「天狗のカゲマ」という嘲弄に対抗しつつ、《今につづく静かな確信》を育てていた。以前にアポ爺、ペリ爺の二人組が、《ひとつの三次元の空間についてそれ固有の時間があり、つまりは空間×時間のユニットとしてこの世界があるのだ》と教えてくれたことがあった。その時の自分の道化た受け答えはこうだった。この世界には、地球のような惑星が無数にあって、そのいちいちに固有の時があり、つまり空間×時間のユニットをなしている。それらを一望のもとに見わたしうるならば、《ほとんど無限に近い空間×時間のユニットのなかから、ゲームのように任意の現実を選びとって、人類史をどのようにも組みかえることができよう……　いまわしらが生きておる、この今につながってくる歴史も、そういうもののひとつにすぎんか知れんが!》

　アポ爺、ペリ爺にむかって子供の「僕」が道化て話したことが、あの六日間に経験した森のなかに、現実としてあった。《分子模型の硝子玉のように明るい空間》がひらき、そのなかに「犬曳き屋」の犬や、シリメや、われわれの土地の伝承の人物たちがおり、村に進駐軍が入ってきた時の、つまり未来の出来事に関わる者らまで、誰もかれもが同時に共存していた。以前に子供の「僕」があたえられた画用紙は二次元の限られた平面だったが、いま大人の「僕」があらためて夢見るのは、固有の時間を持つ三次元空間のユニット群が、分子模型のように立体的につらなってゆく物語。森のなかの六日間にはすでに、その願望がヴィジョンとなって顕れていた。

　ヨーロッパに発する近代小説の王道は、過去から未来へ直線的に進行する「年表」と碁盤目に区切った「地図」で構成されているのだが、英国のモダニズム文学は「神話」を取りこみ、構造材とすることで、近代小説の時空に内在する原理的な桎梏から解きはなたれた。その成果をゆずり受けた『同時代ゲーム』が、「神話」によって更新された時空の特性を持つことは、すでに【第二の手紙】で予告されている――《巨人化した**壊す人**の完成した村＝国家＝小宇宙の神話と歴史の総体が、いまは犬ほどの大きさの**壊す人**を膝にのせた巫女であるきみによって読みとられる。それは大きい循環をなす始めと終りの、すばらしい再統合のように僕には感じられるのだ》（傍点は引用者、112）。

それにしても、村＝国家＝小宇宙は、巨人化した**壊す人**の肉体の外側にあったのか、それとも巨大な**壊す人**の内側に、村＝国家＝小宇宙が生成したのだろうか？　内側と外側が、あるいは始めと終りとが、背反する二面、遠隔の二極であることをやめて、いつのまにか《再統合》されて繋がってしまい《大きい循環》を生ぜしめるのが、あの「メビウスの輪」にほかならない。その循環する時空にいる子供の「僕」が見るのは、美しく成長して**壊す人**の巫女となった未来の妹のヴィジョン……

終りに、もうひとつだけいうことがある。消防団員四人が死んだ猿でも運ぶように僕の両手、両足をぶらさげ、雨滴をふくんで宙に浮ぶ湖のような森を横切った時、妹よ、僕は樹木と蔓の囲む硝子玉のように明るい空間の、核心をなすひとつを見たのだ。そのなかには、妹よ、娘に成長したきみが入っていた。きみは燃えるように美しい恥毛で下腹部をかざっているほかは、全裸の躰じゅうをバターの色に輝かせて、その傍らには、再生し回復した犬ほどの大きさのものがつきそっていた。(『同時代ゲーム』493)

なんだか狐につままれたような気がしないでもない幕引きだけれど、ここは朴の枯れ葉のなかの素裸の少年のクスクス笑いに同調し、了としよう。

＊しめくくりのノート――女性と大江文学

やがて「戦後八十年」になる。若き大江健三郎は、文学的実体としての「戦後文学」が存在するという確信を持っていた。その作家の生涯がひとつの「パースペクティヴ」のもとに完結してしまった今、「大江文学」もまた、ひとつの文学的実体としてわたしたちの眼前にある。文学に「時代の精神」というものが表現されているとすれば、そして漱石のそれが「明治の精神」であるとすれば、自分の文学は「戦後の精神」だろう、という最後の言葉が遺されている[74]……

「文学の狂気」という形容がかりに「大江文学」に、ふさわしいとすれば、その危険な臨界点にもっとも近づいたモデルが『同時代ゲーム』であることはまちがいない。原稿用紙千枚の長篇がヴォリュームにおいて異様なわけではないが、二千三百枚あったという第一稿から定稿にいたるまでの《消すことによって書く》作業を想像しただけで、眩暈を覚えはしないか？　大江の文章は、書きなおすほどにlisibilité（読みやすさ）が減じるという話を聞いたことがある。しばしばいわれる『同時代ゲーム』の難解さなるものは、消されてしまった千三百枚と消されなかった千枚の、絡み合う言葉の密度と質量に起因する。それはまた、神話と民話の素材はもとよりだけれど、伝承という口語的ないとなみの語り方《ナラティヴ》の原理までを取りこんでしまった巨大な構造の、入り組んで捩れたような複雑さにも由来しよう。しかし、それはそれとして、終幕では《すっぽり谷間を閉じこめるための外縁、生と死のそれぞれの母胎が共存している、魅惑的で恐しい暗闇の場所》である「村＝国家＝小宇宙の森」が、端的に立ちあらわれて宇宙論的な神秘の佇まいを見せている——そのことは、誰の眼にも明らかではないか？

大江は子供の時分に《愛玩犬のような顔をした片足びっこの小さな老婆》の語りに魅了されていた。矛盾と混乱にみち、きわめて特殊なものであったという谷間の語り部のスタイルに匹敵するような、固有のリアリティーを持つ小説の語り方《ナラティヴ》を『同時代ゲーム』を書きながら探究したのではないか、とわたしは「＊このノートのためのノート（三）」で推論した。

ところで、その小説が刊行された時の反響は？　尾崎真理子によるインタヴュー『大江健三郎作家自身を語る』によれば《十万部は越えた》という。ただし《講演会での質問や、周りの人たちの反応から、どうもうまく理解されていない、読者に通じていないということがよくわかった。〔……〕読者は少なくなったし、自分の主題自体、その狭まった読者にすら伝わっていない、その気持ちから、『M／Tと森のフシギの物語』という、少年たちにも読めるものに書き換えてみるということをしました》と大江は語っている（傍点は引用者、163）。この時、大江の念頭に「女性たちにも読める」という言葉はあったのだろうか、なかったのだろうか……　現実には当時、大江作品の読み手の大半、というよりほとんどは男性だったはず。しかしペンをにぎり原稿用紙に向かう大江自身は、「文学の狂気」に向き合う小説家であるかぎりにおいては、そのような社会的な条件に左右されないだろう、とわたしは想像する。

いったい『同時代ゲーム』と『M／Tと森のフシギの物語』は——『万延元年のフットボール』と『同時代ゲーム』がそうであったように——連続したプロジェクトといえるのか？　連続性よりむしろ、質的転換を強調したいという捉え方もあるだろう。現に『作家自身を語る』では、つづく章に「女性が主役となった八〇年代」という小見出しが掲げられ、まず尾崎が『「雨の木《レイン・ツリー》」を聴く女たち』（一九八二年）を取りあげて《主役は女性たちに譲られて》いる、と指摘する（174）。さらに《男性の悲しみよりも、女性の側の悲嘆のほうが、より深く切実に伝えられたように読んだのは、私が女性だから》かもしれない、と断ったうえで、《大庭《おおば》みな子さんや津島佑子《ゆうこ》さんをはじめ、鋭い女性作家たちが、この作品から大江作品の本格的な読者、批評家として加わったとも記憶しています》と述べている。この対話が収録されたのは、二〇〇六年。

翌二〇〇七年『M／Tと森のフシギの物語』の講談社文庫版に小野正嗣が「解説」を寄せた。[75]『同時代ゲーム』とのちがいとはどのようなものか？　という設問につづけて《作品――「大江健三郎」という身体あるいは宇宙――が女性化、母性化したことである。そのことは『M／T』のMが英語の matriarch（メイトリアーク）「女家長、女族長」を意味していることからも明らかだ。森のなかの谷間の土地に受けつがれてきた神話と伝承は、何よりもまず祖母によって健三郎少年に開かれたものであるにもかかわらず、『同時代ゲーム』ではほとんど女性に言葉は与えられていなかった》と記されている。

新しい世代の女性・男性のすぐれた読み手による発言や解説に共感し、励まされもして、わたしは「女性と大江文学」という考察の主題を――じつはヴァージニア・ウルフに借用したものなのだが[76]――ここで思い切りよく自らに課してみる。「と」の含意をひとまず三つに腑分けするなら、①小説内の「人間」としての女性（＝登場人物論）②「語り手」あるいは「語り部」としての女性（＝語り方《ナラティヴ》の問題）③小説の「読み手」としての女性（＝読書の社会学）。その上で、まずは「読み手」としての自身の記憶をたぐり寄せてみた。一九八〇年前後、女性は日本の経済活動にも、そして知的活動にも、ほとんど参加していなかった。つまりわたしたちは言葉を与えられていなかったから、大江作品を読むことはあっても「読み手」としての意見を求められることは皆無だった。

今になって、大江の評論やエッセイを読みながら、なるほどと思い当たることは少なからずある。たとえば「喚起力としての女性的なるもの」[77]と題した一九七八年の文章——《自分の小説のいくつかを読みかえし、かつて自分が描いた女性たちが、具体的であるよりは象徴的だと考えた。質の高低は別にして、むしろ神話的だとも》（304）。さらに《僕は自分の小説のなかに、女性像の日常的な実在などもとめはしなかった。その女性像が僕に驚きをあたえる瞬間をのみ、とらえようとした。そこで彼女たちはつねに象徴的・神話的な身ぶりと言葉をもってあらわれる》（305）。なるほど『個人的な体験』の火見子などはよい例だが、わたしとほぼ同世代の、ほぼ同じ生活環境に身を置いていたはずの、小説内の女性たちに対して、わたしは大きな距離感・違和感をいだいていた。このような女性のモデルは、わたしたちの中にはいない、という確信。手始めにこのことを、意見を求められることのなかった者による半世紀後の証言として、しっかり報告しておきたい。

もっとも、小説内の女性は、具体的であること、日常的な実在として典型的であること、要するにいかにもありそうな女性だという事実によって、説得力を増すわけではない、という基本的なことも、わたしは学んだと思う。そして今、《象徴的・神話的な身ぶりと言葉をもってあらわれる》という作家自身の言葉にみちびかれて、わたしは『万延元年のフットボール』の菜採子や『同時代ゲーム』の「妹」との思いがけぬ邂逅を経験する。作品を読みなおす《リリーディング》ことは、人生を生きなおすことにも似ている……

『「雨の木《レイン・ツリー》」を聴く女たち』についての記憶は奇妙なものである。刊行された当初から「主役は女性」ということが話題になっており、その女性は大学に所属する身で、つまり社会的な立場まで似ていたから、期待して読み、説明しがたい困惑と苛立ちのようなものを覚えた。ヒロインは、ペネロープという神話的な名前にもかかわらず、同時代の男性にとっての生身の異性であることを主張しているように思われる。ところが、いきなり主役に抜擢された女性の悲壮な主体性のようなものに、わたしは唐突で不自然なものを感じて無力感におそわれた、ということかもしれない（わたしより十五歳ほど若い尾崎真理子は、かりに同質のギャップを感じたとしても、それにたじろぎはしなかったということか）。そうしたわけで目下のところ、わたしはこの作品を生きなおすことができずにいる。

『M／Tと森のフシギの物語』は『同時代ゲーム』と連続したプロジェクトか、むしろ質的転換が重要なのか、という先の問いは、むろん選択肢が背反するわけではなくて、両立可能だろう。《作品――「大江健三郎」という身体あるいは宇宙――が女性化、母性化した》という、まことに刺戟的な問題提起について『同時代ゲーム』の方から、ゆっくり接近してみたいところだが、これはまたの機会にゆずり、二、三のささやかなメモを。

「女性と大江文学」の②「語り手」あるいは「語り部」としての女性」については、大枠の相違は歴然と見える。念を押すまでもなく「語り手」あるいは「書き手」は二作品とも「僕」であるが、伝承を受けつぐ「語り部」は「父＝神主」から「祖母」に交替した。「＊このノートのためのノート（三）」のしめくくりで話題にしたことだが、「いかにして「女たちの声」を、作品にみちびきいれるのか?」という課題は、一見やすやすと解決されており、『M/Tと森のフシギの物語』においては――すくなくとも物語の設定上は――女性である「語り部」の声が響いている。しかし《愛玩犬のような顔をした片足びっこの小さな老婆》のきわめて特殊なスタイルに匹敵する固有の語り方《ナラティヴ》が、あらためて確かに現出しているのかどうか……「作品」として丹念に読んでみなければわからない。

「①小説内の「人間」としての女性」という観点からして、matriarch(メイトリアーク)「女家長、女族長」はどうか? 市民社会が想定する生身の異性、近代的な核家族が期待する多少ともフロイト的な母性とはまったく異質な、神話的存在が物語の中心に置かれているのである。そこに『同時代ゲーム』のオシコメが前景化されたという以上の質的な変化があったのかどうか、これも丹念に比較してみなければわからない。

それにしても、「読書の社会学」的な見地からすれば、女性の「読み手」の共感を呼び覚ました可能性は大いにあるだろう。読者の男女比率などという統計は、むろん存在しない時代だったから、数としては限られた証言ではあるけれど、同時代の女性作家たちが大江について書いた文章を読んでみればよいのではないか[78]……

さて一冊の本をしめくくるはずのこのノートは、いっこうに結論めいた議論に到達することなく書きつづられてゆく。じつは「しめくくり」という言葉と同様に、大江健三郎が好んで引用する中野重治の言葉が、わたしの胸中にあって、それは「この項つづく」というもの[79]。「しめくくり」と「この項つづく」という二つの大江的運動は、もともと対立するのではなくて、絶妙に絡みあう脈動させながらに、「大江文学」の生成を促し、逞しく持続させるものであるように思われる。『大江健三郎 同時代論集』全十巻の各巻をしめくくるページの「未来へ向けて回想する」という、やや見慣れぬ感じのタイトルも、そのことと無縁ではない。「未来へ向けて回想する――自己解釈㈠」がサルトルの追悼から始まっていることは『万延元年のフットボール』を論じた時に話題にしたが、最終巻の「未来へ向けて回想する――自己解釈㈩」には、このタイトルが、ほかならぬサルトルの哲学概念としての「投企《プロジェ》」を《僕なりの受けとめ》により《表現者の生活》にかさねたものであることが明かされている（328〜329）。暗示されているのは、「しめくくり＝過去の回想と総括」と「この項つづく＝未来へ向けて投げかけなおす行為」の絡みあいということではないか？

わたしも未来へ向けて回想するというスタイルで「文学ノート＊大江健三郎」をしめくくりたい。「＊このノートのためのノート（一）」はヴァージニア・ウルフの『三ギニー』にみちびかれて書いたもの。かつて意見を求められたことのない女性作家が「反戦論」を依頼されて書くことのアイロニーを、ウルフはユーモアをこめて語っていた。迫りくる第二次世界大戦の気配に脅かされていた当時のヨーロッパと、二〇二二年夏の日本を、わたしはかさねて考えていた。ロシアによるウクライナ侵攻から五ヵ月。さらに二年近くが経過した今、黒海に面した土地の戦火は熾烈さを減じる兆しもない。しかも、衝撃を受けとめる感性が鈍くなるほどに反覆される日々のBSニュースに重く覆いかぶさるようにして、地中海東岸パレスチナでの凄惨な破壊と流血と飢餓の映像が、絶え間なく世界に発信されている。今や「防衛力の増強」は、日本のマス・メディアの日常的な話題となってしまった。

大江健三郎が『同時代としての戦後』の冒頭に《新しい「戦前」が、重く、制禦《せいぎょ》しがたく、苦しく、時代によって懐胎されていると告げる声がおこっている。しかし、よく「戦後」を記憶し、それをみずからの存在のなかに生かしつづけている者のみが、もっともよく新しい「戦前」を感知するであろう。そして、戦争を、また「軍国」を。》と書いたのは、半世紀ほど昔の一九七三年のこと。一九五七年、大江の『奇妙な仕事』が第二回五月祭賞を得て大きな評判を呼んだのと同じ年に『婦人公論』に載った、野上彌生子のエッセイの冒頭を引用する。

> 神武以来なる新造語はいったい誰の発明であろう。言葉が翼をもって飛び廻るのを詩人がうたったのは昔話で、ラジオの普及した今日では、この不思議な生きものは翼のみでなく大きな声をだしてがあがあ鳴きたてるから、それこそマス・コミュニケーションの怖ろしさが改めて感じられる。しかもこの言葉はほかの流行語とは質的に違った無気味なひびきで私たちの耳を打つ。十年まえきれいに死語になったつもりの八紘一宇、一億玉砕のスローガンまでが、この化鳥の羽ばたきで眼を覚まして、墓の下から舞いたって来そうな気がする。紀元節復活の運動や自衛隊の死の行進の底には、辿れば同じ根を絡みあわせた地下茎が見いだされるのではないであろうか。（『鬼女山房記』[80] 163）

「実験はどうぞお膝もとで」と題したエッセイの本題は、英国の太平洋での核実験強行に対する抗議である。その文体は、ウルフの反戦論に劣らず気風が良くて、ユーモアとアイロニーにも欠けてはいない。

わたしの記憶にあるのは、経済復興の乱高下を象徴する「神武景気」や「なべ底不況」、そして学部学生だった頃のキャンパスに響いていた「紀元節復活反対！」のシュプレヒコール。進駐軍により撤廃された「紀元節」を「建国記念の日」と看板だけつけかえて、神武天皇即位の日という国家神道の虚構の起源を隠蔽した祝日が、思惑どおり「復活」されたのは、一九六六年。明治維新の回顧がブームとなった六〇年代の《無気味なひびき》、すなわち「戦後」に早くも兆した新しい「戦前」の国家主義的な胎動を、いちはやく、鋭敏に、野上彌生子は感じとっていた。

大江は上記のエッセイ「喚起力としての女性的なるもの」の先だつページにおいて、漱石の弟子でもあったこの小柄な女性に《巨人》という言葉を恭しく捧げ、《そこには端的に、日本語近代百年の、真の文学に根ざした批評の力がある》（303）と述べている。

大江健三郎は古今の女性作家をいかに読み、いかなる共感をあらわしているか？　これが「女性と大江文学」が問うべき、もうひとつの主題である。《批評の力》を持つ野上彌生子は、近代日本の稀有な例外であるのかもしれない。ほかに誰か、名を挙げるとしたら？　たとえば、あの遠い平安朝の紫式部……　一九八八年、ベルギーのルーヴァン大学で、大江は「日本の知識人」と題した講演をおこなった。そして古《いにしえ》の女性作家を中核に据え、渡辺一夫やエラスムスを脇の控えとした考察を展開してみせた。[81]

北欧最古といわれる大学で、大江は《ダンテの『神曲』より三百年前》に《宮廷につとめる女性によって書かれた長篇小説》という簡潔な言葉で『源氏物語』を紹介し、第二十一帖「少女《おとめ》」の巻から小さなエピソードをひとつだけ、論点に選ぶ。源氏の息子、夕霧が大学（宮廷にある大学寮）で学ぶことになり、祖母の大宮《おおみや》がご不満の様子。そこで源氏は説得を試みるのだが、中心をなす論理は以下のようなもの――《なほ才《ざえ》をもととしてこそ、大和　魂《やまとだましひ》の世に用ゐらるゝかたも強うはべらめ》。これを大江は《やはり、学問という基礎があってこそ、日本人独自の才能も世間に重んじられるのでしょう》と現代語に訳し、さらに、ここで「才《ざえ》」といわれているのは、漢籍つまり中国の書物を読んで学ぶ中国の学問であることに注意を喚起する。

紫式部のいう「大和魂」は、日本人としての固有の知的な力、感情、想像力的なものなどによって成り立っているのだが、その基盤に、知的な力をやしなうものとして、「才《ざえ》」がなければ、それは現実的に有効には働かない。それゆえ日本人は上代から、中国文化を中心とする外国文化をすすんで学ぼうとした。ところが明治維新後、近代化を指導した者たちは、「和魂漢才」を「和魂洋才」に挿げ替えただけでなく、ヨーロッパの学芸、技術をとりいれて、その上位に、天皇を絶対的な価値とする日本イデオロギーを置いた。しだいに戦闘的な思想となった「和魂洋才」には、『源氏物語』のユマニスト的な寛容はまったく欠けており、ついには「大和魂」があれば、近代兵器において劣っていても、戦争には勝てるという狂信が、日本人をとらえたのである。「才」がなければ「大和魂」も現実的には働きえないという、紫式部の思想を、近代日本の指導者たちは逆転させてしまった……

究極の問いは「文明」とは、そして「野蛮」とは、何か？　ということであり、「大和魂」の名のもとに、徒手空拳の民を戦場に駆り立てた者らの「野蛮」のおぞましさを考えれば、千年前に『源氏物語』を書いたひとりの女性が、いかに輝かしき「文明の人」であったことか、あらたな感動とともに想像される――これが大江健三郎の「知識人論」から、わたしが読みとったこと。さて、この「文明／野蛮」の問題ともつながるのだが、「戦後文学」を担うことから出発した作家のなかでも大江健三郎ほど誠実に、社会的弱者の人間としての尊厳を考えぬいた者はいないのではないかと思う。その倫理的な作家が、なぜこれほどまでに、暴力的な性を繰りかえし、小説に書いたのか？　その種の経験の様ざまのありようを、強い意志をもって造形しつづけたのは、なぜなのか？

　これは「女性と大江文学」の「①小説内の「人間」としての女性」にかかわる主要な問いのひとつ。『臈たしアナベル・リイ　総毛立ちつ身まかりつ』のサクラさん、『水死』のウナイコ……最晩年の作家が生んだ最後のヒロインたちに、わたしは強い思いを寄せる。凌辱とは野蛮の極であり、弱者の尊厳を深く傷つけることにほかならない。それはわかりきっている。でも、そこで「しめくくり」にするわけにはゆかない……　それゆえおのずと「この項つづく」。

二〇二四年六月

注

I

1 ヴァージニア・ウルフ『三ギニー』片山亜紀訳、平凡社ライブラリー、二〇一七年。

2 大江健三郎『同時代としての戦後』講談社、一九七三年。参照は講談社文芸文庫、一九九三年。

3 『大江健三郎 同時代論集1 出発点』岩波書店、一九八〇年、46。

4 『大江健三郎 作家自身を語る』聞き手・構成 尾崎真理子、新潮社、二〇〇七年。参照は新潮文庫、二〇一三年、72〜74。

5 大江健三郎『あいまいな日本の私』（岩波新書、一九九五年）所収。

6 大岡昇平『戦争』岩波現代文庫、二〇〇七年、152。初版は大光社、一九七〇年。

7 大岡昇平の年譜については、池澤夏樹＝個人編集『日本文学全集18 大岡昇平』（河出書房新社、二〇一六年）を参照。

8 大岡昇平『戦争』128。

9 大岡昇平『俘虜記』創元社（合本）、一九五二年。参照は新潮文庫、一九六七年、33〜45。

10 大岡昇平『証言その時々』筑摩書房、一九八七年。参照は講談社学術文庫、二〇一四年。

11 大岡昇平『わがスタンダール』講談社文芸文庫、一九八九年、100〜102。

12 『大岡昇平・埴谷雄高 二つの同時代史』岩波書店、一九八四年、384〜385。

13 大江健三郎『取り替え子《チェンジリング》』講談社、二〇〇〇年。参照は講談社文庫、二〇〇四年。

14 大江健三郎『壊れものとしての人間』講談社、一九七〇年。一九九三年に講談社文芸文庫。参照は『大江健三郎同時代論集5 読む行為』岩波書店、一九八一年、30。

15 夏目漱石『坊っちゃん』（『筑摩現代文学大系12』筑摩書房、一九七五年、289〜290）。

16 「皇帝《ツァー》よ、あなたに想像力が欠けるならば、もはやいうことはありません」『同時代論集5』150〜151。

17　『大江健三郎 作家自身を語る』36。
18　大江健三郎『芽むしり仔撃ち』講談社、一九五八年。参照は新潮文庫、一九六五年。
19　総務省「松山市における戦災の状況」（愛媛県）　https://www.soumu.go.jp/main_sosiki/daijinkanbou/sensai/situation/state/shikoku_03.html
20　大江健三郎年譜は尾崎真理子『大江健三郎全小説全解説』（講談社、二〇二〇年）による。
21　大江健三郎『文学ノート　付＝15篇』新潮社、一九七四年、20〜21。
22　大江健三郎「小説のなかの子供」『小説の経験』朝日新聞出版、一九九四年、71。
23　『大江健三郎 同時代論集』全十巻、岩波書店、一九八〇〜八一年。作家の死後、二〇二三年に同書店から「新装版」として再刊された。
24　「反逆的なモラリスト＝ノーマン・メイラー」『同時代論集1』112。
25　工藤庸子『大江健三郎と「晩年の仕事《レイト・ワーク》」』講談社、二〇二三年、63〜64。
26　『大江健三郎全小説3』講談社、二〇一八年、70。
27　加藤周一・樋口陽一『時代を読む──「民族」「人権」再考』小学館、一九九七年。参照は岩波現代文庫、二〇一四年。
28　総務省「仙台市における戦災の状況」（宮城県）　https://www.soumu.go.jp/main_sosiki/daijinkanbou/sensai/situation/state/tohoku_05.html
29　「戦後世代のイメージ」『同時代論集1』12。
30　「憲法についての個人的な体験（講演）」『同時代論集1』73。
31　『大江健三郎自選短篇』岩波文庫、二〇一四年。参照は第七刷。
32　ドストエフスキー『死の家の記録』望月哲男訳、光文社古典新訳文庫、二〇一三年。
33　大岡昇平「『パルムの僧院』について──冒険小説論──」『わがスタンダール』97。
34　『わがスタンダール』221〜223。

35　「「野火」の意図」『大岡昇平全集14』筑摩書房、一九九六年、132～133。
36　大江健三郎『世界の若者たち』新潮社、一九六二年。
37　『世界』岩波書店、一九六二年、一九五巻。
38　大江健三郎『洪水はわが魂に及び』新潮社、一九七三年。参照は新潮文庫（上・下）一九八三年。
39　『大江健三郎　作家自身を語る』158～159。
40　大江健三郎「グロテスク・リアリズムのイメージ・システム」（『小説の方法』所収、岩波現代選書、一九七八年）、「小説のなかの子供」（『小説の経験』所収）等を参照。
41　M・バフチン『ドストエフスキイ論――創作方法の諸問題』（新谷敬三郎訳、冬樹社、一九六八年）。その後、二冊目の翻訳として、ミハイル・バフチン『ドストエフスキーの詩学』（望月哲男・鈴木淳一訳、ちくま学芸文庫、一九九五年）が出版された。
42　大岡昇平『少年　ある自伝の試み』筑摩書房、一九七六年。参照は新潮文庫、一九八〇年、245～246。
43　ドストエフスキー『カラマーゾフの兄弟』上・中・下、原卓也訳、新潮文庫、一九七八年。引用のコーリャの言葉は下109。
44　大江健三郎「表現された子供」（講演）『言葉によって――状況・文学＊』所収（新潮社、一九七六年）、『大江健三郎　同時代論集8　未来の文学者』（岩波書店、一九八一年）に再録。ガストン・バシュラール『空と夢――運動の想像力にかんする試論』宇佐見英治訳、法政大学出版局、一九六八年。
45　『大江健三郎　作家自身を語る』78。
46　大江健三郎『持続する志』文藝春秋、一九六八年、302。
47　大岡昇平『野火』創元社、一九五二年。参照は新潮文庫、一九八九年版。
48　「「野火」の意図」『大岡昇平全集14』133。
49　「マタイ伝」（六の二八―三〇）から、一部省略して引用したもの。
50　大江健三郎『鯨の死滅する日』文藝春秋、一九七二年。参照は講談社文芸文庫、一九九二年。

51　尾崎真理子『大江健三郎全小説全解説』93
52　『同時代としての戦後』、参照は『大江健三郎 同時代論集6　戦後文学者』岩波書店、一九八一年、27。
53　大岡昇平『レイテ戦記』(『大岡昇平集9〜10』岩波書店、一九八三年)、下巻・巻末に所収、608。以下『大岡昇平集9』を『レイテ戦記』上巻、『大岡昇平集10』を『レイテ戦記』下巻とする。
54　『レイテ戦記』下巻「解説」623。以下、大江健三郎の「解説」については、「『レイテ戦記』下巻」を省略して「解説」と記す。
55　「全体小説」の概念については、『大江健三郎と「晩年の仕事《レイト・ワーク》」』の終章を参照。
56　大江の「解説」には引用文の出典ページ数が記されていないが、この「文学ノート」では読者の便宜のために脚注53の岩波版『レイテ戦記』の該当ページを付記する。
57　大岡昇平『ミンドロ島ふたたび』中央公論社、一九六九年。参照は中公文庫、一九七六年、35。
58　蟹澤聰史「文学作品の舞台・背景となった地質学（5）　魯迅、大岡昇平の作品と地質学」『地質ニュース』603号、二〇〇四年十一月号、46〜57。
59　池澤夏樹＝個人編集『日本文学全集18　大岡昇平』の巻末年譜、及び『大岡昇平・埴谷雄高　二つの同時代史』49。
60　『大岡昇平・埴谷雄高　二つの同時代史』290。
61　ゲーテ『イタリア紀行』相良守峯訳、岩波文庫、一九六〇年。とりわけ幕開けの記述を参照。ガストン・バシュラール『大地と意志の夢想』及川馥訳、思潮社、一九七二年、208。
62　「地形について」『大岡昇平全集21』筑摩書房、一九九六年、40。
63　『レイテ戦記』上巻272。引用元の『神風特別攻撃隊』は、元参謀・猪口力平、元飛行長・中島正が『きけ　わだつみのこえ』に対抗して神風特攻を正当化するために書いた本である。
64　「武蔵野夫人と地図」『大岡昇平全集14』筑摩書房、一九九六年、83〜84。
65　カール・フォン・クラウゼヴィッツ『ナポレオンのモスクワ遠征』外山卯三郎訳、浅野祐吾解題、原書房、一九八二年。

66 大岡昇平「歩哨の眼について」、『靴の話　大岡昇平戦争小説集』（集英社文庫、一九九六年）所収。

67 「隣人大江健三郎」『大岡昇平全集21』554。

Ⅱ

1 その後、単行本として刊行された。松浦寿輝・沼野充義・田中純『徹底討議　二〇世紀の思想・文学・芸術』講談社、二〇二四年。

2 ミシェル・フーコーと日本の研究者との交流については、『群像』二〇二四年三月号の「小特集・蓮實重彦」における「ミシェル・フーコー『The Japan Lectures』をめぐるインタビュー」に詳しい。

3 筒井康隆・蓮實重彦『笑犬楼vs.偽伯爵』新潮社、二〇二二年、31。

4 『大江健三郎　同時代論集7　書く行為』（岩波書店、一九八一年）は、『文学ノート　付＝15篇』の本論、ほぼ百六十ページを採録し、「付＝15篇」に当たるほぼ八十ページは割愛している。タイトルも「文学ノート」に改められた。

5 Michel Foucault: *L'utopie du corps* (Radio Feature, 1966) の邦訳は、ミシェル・フーコー『ユートピア的身体／ヘテロトピア』佐藤嘉幸訳、水声社、二〇一三年。

6 *Le Degré zéro de l'écriture* の邦訳は、一九六五年に『零度の文学』（森本和夫訳、現代思潮社）、一九七一年に『零度のエクリチュール　付・記号学の原理』（渡辺淳・沢村昂一訳、みすず書房）として刊行された。

7 邦訳は『尖筆とエクリチュール　ニーチェ・女・真理』（白井健三郎訳、朝日出版社、一九七九年）

8 ジャン＝ピエール・リシャールの『文学と感覚』（原典一九五四年）所収の「フローベールにおけるフォルムの創造」は、筑摩書房の『フローベール全集　別巻』（一九六八年）に蓮實重彦による抄訳が収められており、大江健三郎がこれを熟読した蓋然性は高い。なお参照は、二〇一三年に水声社から単行本として出版された全訳『フローベールにおけるフォルムの創造』（芳川泰久・山崎敦訳）による。周到な注を添えた確かな翻訳である。

9 松澤和宏『生成論の探究　テクスト・草稿・エクリチュール』名古屋大学出版会、二〇〇三年、21。「生成論」「生成批評」の方法論的な探索と日仏の作家を対象にした実践的な分析とを、高度の学問的な水準において達成したものであり、草稿研究を試みる者にとって必読の研究書。

10　蓮實重彥「フローベールと文学の変貌――解説にかえて」『フローベール全集　別巻――フローベール研究』筑摩書房、一九六八年。菅谷憲興「批評と贅沢――『「ボヴァリー夫人」論』をめぐって」『論集　蓮實重彥』羽鳥書店、二〇一六年、106。

11　開講講義 « L'ordre du discours » は一九七〇年十二月二日に行われたもの。邦訳は『言語表現の秩序』（中村雄二郎訳、河出書房新社、一九七二年）があり、その後『言説の領界』（慎改康之訳、河出文庫、二〇一四年）が刊行された。なお、蓮實はフランス滞在中にフーコーの講義に出ており、『批評　あるいは仮死の祭典』（せりか書房、一九七四年）の文章は、その報告を中心に構成されている。

12　蓮實重彥『夏目漱石論』講談社文芸文庫、二〇一二年、巻末の年譜（蓮實篇、作成協力・前田晃一）を参照。ちなみに『批評　あるいは仮死の祭典』の刊行が、一九七四年五月となっているのは（二刷り奥付の）ミスによると思われる。

13　GQジャパン　二〇二二年八月一日　入江哲朗によるインタヴュー。https://www.gqjapan.jp/preview/articles/62de2ad860c9cab374c9be64?status=draft&t=1659000882849

14　蓮實重彥『映像の詩学』筑摩書房、一九七九年。

15　『批評　あるいは仮死の祭典』80。

16　蓮實重彥 « Modalité corrélative de narration et de thématique dans les *Trois Contes* de Flaubert »「主題体系と説話技法――フローベールの《トロワコント》の場合――」『外国語科研究紀要』フランス文学論文集、一九七四年、第21巻第4号、東京大学教養学部外国語科編、35〜79。

17　蓮實重彥『「ボヴァリー夫人」拾遺』羽鳥書店、二〇一四年、176。

18　「言葉、word, mot」『鯨の死滅する日』568〜569。

19　大江健三郎『厳粛な綱渡り』571。

20　蓮實重彥『大江健三郎論』青土社、一九八〇年、242～243。筒井康隆・蓮實重彥『笑犬楼vs.偽伯爵』19。
21　一九七四年九月に岩波書店から刊行された『状況へ』の「プロローグ「書き方」の問題」および「2　眼くらましの言葉」には、「談論《ディスクール》」という表記がある（36）。
22　蓮實重彥『夏目漱石論』、巻末の年譜にある言葉。
23　『大江健三郎　同時代論集3　想像力と状況』岩波書店、一九八一年、47～50。
24　ウェブサイト「24人の読み巧者が選ぶ　講談社文芸文庫　私の一冊」に掲載されたエッセイ。http://bungei-bunko.kodansha.co.jp/recommendations/3.html
25　菅谷憲興「批評と贅沢——『「ボヴァリー夫人」論』をめぐって」100～104。
26　筒井康隆・蓮實重彥『笑犬楼vs.偽伯爵』20。
27　ロラン・バルト『文学の記号学——コレージュ・ド・フランス開講講義』花輪光訳・解説、みすず書房、一九八一年。

Ⅲ

1　Gustave Flaubert, *Correspondance, Tome II*, La Pléiade, 1980, pp. 544-545. *Tome V*, 2007, pp. 940-941.
2　『図書』岩波書店、二〇二三年十一月号。
3　単行本としては『壊れものとしての人間——活字のむこうの暗闇』講談社、一九七〇年。
4　「作家にとって社会とはなにか?」『同時代論集5』110。
5　大江健三郎『さようなら、私の本よ!』講談社、二〇〇五年。参照は講談社文庫、二〇〇九年、168～169。
6　『大江健三郎　作家自身を語る』123。
7　柳田国男『日本の伝説』の「片目の魚」、同『妖怪談義』の「一つ目小僧」等。
8　『大江健三郎　作家自身を語る』154。
9　秋山駿『対談・私の文学』講談社、一九六九年、54。大江は作者として自作について語る時には「章」という不可欠の用語を使っている。
10 日夏耿之介『ポオ詩集・サロメ』講談社文芸文庫、一九九五年。E・A・ポオ『ポオ 詩と詩論』福永武彦他訳、創元推理文庫、一九七九年。巻末の一覧によれば、この詩の訳者は入沢康夫。詩の原題は《A Dream within a Dream》(450)。
11 *My Family and Other Animals* (1956)。大江は《もともと動物についての本のファン》であって、《ジェラルド・ダレルの動物採集旅行記はロンドンに旅行した時あるかぎり買いあつめて読んだ》という(『大江健三郎 同時代論集10 青年へ』岩波書店、一九八一年、236)。ちなみに亀の名は「アレキサンダー」ではなく「アキレス」。
12 保坂智『百姓一揆とその作法』(吉川弘文館、二〇〇二年)、ウェブ版『日本大百科全書《ニッポニカ》』の保坂智による「百姓一揆」の項などを参照。
13 大塚英志「構造と固有信仰――大江健三郎における柳田國男の「実装」問題」『ユリイカ総特集*大江健三郎――1935―2023』青土社、二〇二三年七月臨時増刊号、122。
14 柳田国男『遠野物語・山の人生』岩波文庫、一九七六年。参照は改版、二〇〇七年、106。
15 「自己の「根」を求めて」『持続する志』410~411。
16 折口信夫「民族史観における他界観念」『折口信夫全集 第十六巻 民俗学篇2』中公文庫、一九七六年。
17 柳田国男「先祖の話」『定本 柳田國男集 第十巻(新装版)』筑摩書房、一九六九年。論考に付された「自序」の日付は「昭和二十年十月二十二日」。
18 日本戦没学生記念会編『新版 きけ わだつみのこえ――日本戦没学生の手記』岩波文庫、一九九五年、9~10。
19 大江健三郎「総合的な姿をあらわす死者たち――『地のさざめごと』をめぐって」挟み込み小冊子「旧制静岡高等学校戦没者遺稿集『地のさざめごと』によせて」、講談社、一九六八年。
20 大江が一九六六年六月の日付で刊行されたエミリィ・V・ワリナーの『新・ジョン万次郎伝』(田中至訳、出版協同社)を『万延元年のフットボール』執筆中に参照したことは、ほぼ確実である(『同時代論集5』183~184)。
21 中江兆民『三酔人経綸問答』桑原武夫・島田虔次訳・校注、岩波文庫、一九六五年、98~99。「恩賜的と恢復的」

と題した短い論考も参照（『持続する志』479～483）。
22 『大江健三郎 作家自身を語る』126。
23 小野武夫編『増訂 徳川時代百姓一揆叢談』上下二冊、刀江書院、一九六四年。同『増訂 維新農民蜂起譚』刀江書院、一九六五年。これら三巻が出揃った一九六五年、「叛逆ということ」と題して経済週刊誌『エコノミスト』に大江が掲載した論考が『同時代論集3』に収録されている。
24 「著者から読者へ 乗越え点として」『万延元年のフットボール』講談社文芸文庫、一九八八年、456。
25 尾崎真理子『大江健三郎の「義」』講談社、二〇二二年、137～142。第一部「柳田国男の「美しき村」」の全体が、柳田と大江の関係をめぐる考察である。
26 柳田国男『海上の道』初版刊行は一九六一年であり、一九七八年の岩波文庫版に、大江の「解説」が付された。なお、参照は二〇〇八年の改版、14。
27 『大江健三郎 同時代論集4 沖縄経験』岩波書店、一九八一年、328。伊波普猷『古琉球の政治』初版は一九二二年、一九二七年再版。手元の版は一九七七年、名著出版の復刻版。
28 山上浩嗣『パスカル『パンセ』を楽しむ』講談社学術文庫、二〇一六年、64。
29 小林成彬「遅れてきた大江健三郎――サルトルにみちびかれて」『ユリイカ総特集＊大江健三郎――1935―2023』518～529。
30 「ぼく自身のなかの戦争」『同時代論集1』47～48。
31 大江健三郎『同時代ゲーム』新潮社、一九七九年。
32 『同時代ゲーム』260～261参照。作家自身と重なるように見える小説内の人物は、ほぼ例外なく大江健三郎と「同い年」である。
33 ミルチャ・エリアーデ『聖と俗――宗教的なるものの本質について』風間敏夫訳、法政大学出版局、一九六九年。法政大学総長・田中優子（当時）が行ったインタヴュー「大江健三郎と語る――消された一文字が象徴する戦後精神の危機」での発言であり、法政大学出版局へのオマージュというニュアンスを伴っての話題である。https://yab.

yomiuri.co.jp/adv/hosei/voice/vol04.php

34 大江健三郎『小説のたくらみ、知の楽しみ』新潮社、一九八五年。

35 大江健三郎『M／Tと森のフシギの物語』岩波書店、一九八六年。

36 エリアーデ『永遠回帰の神話―祖型と反復―』堀一郎訳、未來社、一九六三年。ただし大江がここで参照しているのは、邦訳ではなく、Princeton University Press による英訳廉価版。この邦訳で「祖型」と訳されている archetype は、大江のいう「元型」である。

37 原典漢文は『同時代ゲーム』44。『現代語訳　日本書紀』福永武彦訳、河出文庫、二〇〇五年。

38 池澤夏樹訳『古事記』は『池澤夏樹＝個人編集　日本文学全集01』河出書房新社、二〇一四年。大江健三郎×池澤夏樹の対談「文学全集の作り方」は『文藝』（河出書房新社、二〇一五年春季号）に掲載。

39 ブラント『阿呆船』上・下、尾崎盛景訳、現代思潮社／古典文庫、一九六八年。

40 『古事記』の語り方《ナラティヴ》の特徴、および『日本書紀』の語り方との相違については、池澤夏樹訳『古事記』巻末の「解説」を参照（386）。

41 ポール・ラディン、カール・ケレーニイ、カール・グスタフ・ユング『トリックスター』皆河宗一・高橋英夫・河合隼雄訳、山口昌男解説、晶文社、一九七四年。

42 大江健三郎『小説の方法』岩波現代選書、一九七八年。参照は岩波書店「同時代ライブラリー」、一九九三年。

43 山口昌男『道化の民俗学』新潮社、一九七五年。参照は「筑摩叢書」、一九八五年。J・スタロバンスキー『道化のような芸術家の肖像』大岡信訳、新潮社（叢書　創造の小径）、一九七五年。

44 フレイザー『金枝篇』㈣、永橋卓介訳、岩波文庫、一九五一年。参照は改版、一九六七年、40～41。

45 エリアーデ『聖と俗』（94～95）に「食人儀礼」についての考察がある。

46 「個人の死、世界の終り」『同時代論集5』133～134。

47 原武史『〈出雲〉という思想』（講談社学術文庫、二〇〇一年）によれば《出雲大社の祭神は、明治維新とともに正式にオホクニヌシとされたが、それ以前はスサノヲなのかオホクニヌシなのかはっきりしなかった》とのこと（3）。

48　柳田国男『遠野物語・山の人生』189。
49　『同時代ゲーム』の巻末に掲げられた文献のひとつ、日本思想大系58『民衆運動の思想』（岩波書店、一九七〇年）は、盛岡藩の百姓一揆の指導者として知られる歴史上の人物、三浦命助の「露顕状」「獄中記」を収録し、学問的な校注を付したもの。亀井銘助の造形に、少なからず貢献した資料である。
50　菊間晴子『犠牲の森で――大江健三郎の死生観』東京大学出版会、二〇二三年、第I部第二章。
51　大本敬久「牛鬼論―妖怪から祭礼の練物へ―」『研究紀要』愛媛県歴史文化博物館、一九九九年。
52　「恐ろしきもの走る――「日韓条約」抜打ち採決の夜」『同時代論集3』73。
53　「恐怖にさからう道化」『同時代論集8』274～278。
54　『小説の方法』が岩波書店「同時代ライブラリー」で再刊（一九九三年）された時の「解説」として付された「どう書くか・なにを書くか」より（243）。
55　里見龍樹「〈同時代〉の民族誌――文化人類学者が読む大江健三郎」『ユリイカ総特集＊大江健三郎――１９３５―２０２３』148～159。
56　C・レヴィ＝ストロース『アスディワル武勲詩』西沢文昭・内堀基光訳、青土社、一九七四年。
57　「幽冥談」『柳田國男全集31』ちくま文庫、一九九一年。
58　原武史『〈出雲〉という思想』第一部「四　篤胤神学の分裂と「幽冥」の継承」。
59　「小林秀雄『本居宣長』を読む」は、大江健三郎『表現する者――状況・文学＊＊』所収、新潮社、一九七八年。
「フィクションの悲しみ」は、大江健三郎『核の大火と「人間」の声』所収、岩波書店、一九八二年。
60　「日本の伝説」『柳田國男全集25』ちくま文庫、一九九〇年、304。
61　田中克彦『「スターリン言語学」精読』岩波現代文庫、二〇〇〇年。「スターリンの言語理論」は一九五〇年代から日本に紹介されており、大江の眼に触れていたと思われる。
62　吉田三陸「『同時代ゲーム』における宇宙論とその前衛的方法」『大江健三郎文学　海外の評価』所収、創林社、一九八七年、163～164。

63 伊東三郎『高く　たかく　遠くの方へ——遺稿と追憶』土筆社、一九七四年。引用された詩篇は159。
64 「ジュネーブの思い出」『柳田國男全集3』ちくま文庫、一九八九年。
65 大江健三郎『あいまいな日本の私』213、219。
66 大野晋『日本語をさかのぼる』（岩波新書、一九七四年、7）によれば、オキナ（翁）とオミナ（媼）に見られるごとく、《最も古く男の意を表わしたのはキという語で、女の意を表わしたのはミという語であった》。
67 ミルチャ・エリアーデ『神話と夢想と秘儀』岡三郎訳、国文社、一九七二年、229。
68 池澤夏樹訳『古事記』42。
69 フレイザー『金枝篇』㈢、永橋卓介訳、岩波文庫、一九五一年。参照は改版、一九六七年、24。
70 「青年と世界モデル——熊をからかうフライデー」『同時代論集10』44。
71 「昔話の発端と結び」『定本　柳田國男集　第六巻（新装版）』筑摩書房、一九六八年、385〜386。《相手の少年にウンといふ返事をさせて後に、始めて昔々と語り出したもの》といった現場風景も記録されている。
72 大江が読んだ『仙境異聞』は、おそらく『新修　平田篤胤全集』第9巻（名著出版、一九七六年）収録のもの。『仙童寅吉物語』と呼ばれることもあるが、これは本来、下巻の副題である。
73 大江健三郎『核の大火と「人間」の声』226。
74 『大江健三郎自選短篇』（岩波文庫、二〇一四年）に付された「生きることの習慣《ハビット・オブ・ビーイング》——あとがきとして」。前年の秋に『晩年様式集《イン・レイト・スタイル》』を刊行してのちの、作家にとって文字通り最後の仕事である。
75 この「解説」は、二〇一四年の岩波文庫に再録されている。長篇小説のほぼ全体への展望に立ち、とりわけ『同時代ゲーム』との対になった関係を明らかにしたものであり、そのような意味で、自分にとって《特別なもの》である、と大江自身が、新しく書きくわえた「語り方《ナラティヴ》の問題（二）」の中で推奨の言葉を記している。
76 ヴァージニア・ウルフ『自分ひとりの部屋』（片山亜紀訳、平凡社ライブラリー、二〇一五年）の冒頭に置かれた問題提起〈女性と小説《フィクション》〉のもじり。
77 「喚起力としての女性的なるもの」『同時代論集8』291〜307。

78　尾崎真理子『大江健三郎全小説全解説』の第九章「アメリカの影が差す女性たち」を参照。この章の全体が、著者自身の視点による「女性と大江文学」の論考をなしている。

79　大江健三郎『生き方の定義――再び状況へ』（岩波書店、一九八五年）の冒頭にある、中野重治『五勺の酒』からの引用。

80　野上彌生子『鬼女山房記』岩波書店、一九六四年。

81　大江健三郎『人生の習慣《ハビット》』岩波書店、一九九二年。大江はノーベル賞受賞の二年前、一九九二年に「北欧で日本文化を語る」と題した講演をおこなっており、その中でも、紫式部の「大和魂」について、ほぼ同じ内容の議論を展開している（『あいまいな日本の私』所収）。

初出　『群像』　二〇二二年九月号～一二月号
二〇二三年七月号、九月号、一一月号
二〇二四年四月号、七月号
※単行本化にあたり、適宜訂正を施しました。

装幀・目次・扉　水戸部　功

工藤庸子（くどう・ようこ）

1944年生まれ。フランス文学者、東京大学名誉教授。東京大学文学部フランス語フランス文学専修卒業、同大学大学院人文科学研究科博士課程満期退学。フェリス女学院大学助教授、東京大学教養学部教授、東京大学大学院総合文化研究科教授、放送大学教授等を歴任。著書に『プルーストからコレットへ』（中公新書）、『フランス恋愛小説論』（岩波新書）、『ヨーロッパ文明批判序説』（東京大学出版会）、『宗教vs.国家』（講談社現代新書）、『女たちの声』（羽鳥書店）、『大江健三郎と「晩年の仕事《レイト・ワーク》」』他、訳書にアンリ・トロワイヤ『女帝エカテリーナ』（中公文庫）、コレット『シェリ』（岩波文庫）、メリメ『カルメン／タマンゴ』（光文社古典新訳文庫）他多数がある。

文学《ぶんがく》ノート＊大江健三郎《おおえけんざぶろう》

二〇二五年二月二五日　第一刷発行

著者　工藤庸子《くどうようこ》

発行者　篠木和久

発行所　株式会社講談社

東京都文京区音羽二―一二―二一

郵便番号　一一二―八〇〇一

電話　出版　（〇三）五三九五―三五〇四

販売　（〇三）五三九五―五八一七

業務　（〇三）五三九五―三六一五

KODANSHA

印刷所　株式会社ＫＰＳプロダクツ

製本所　株式会社若林製本工場

本文データ制作　講談社デジタル製作

定価はカバーに表示してあります。

落丁本・乱丁本は購入書店名を明記のうえ、小社業務宛にお送りください。送料小社負担にてお取り替えいたします。なお、この本についてのお問い合わせは、文芸第一出版部宛にお願いいたします。

ISBN 978-4-06-538443-5